OBJĘCIA NOCY

Sherrilyn Kenyon

OBJĘCIA NOCY

CYKL „MROCZNY ŁOWCA"

Przełożyła Maria Stępień

Wydawnictwo MAG
Warszawa 2011

Tytuł oryginału:
Night Embrace

Redakcja:
Joanna Figlewska

Korekta:
Elwira Wyszyńska

Ilustracja na okładce:
Wojciech Zwoliński i Joanna Jankowska

Opracowanie graficzne okładki:
Irek Konior

Projekt typograficzny, skład i łamanie:
Tomek Laisar Fruń

ISBN 978-83-7480-198-0
Wydanie I

Wydawca:
Wydawnictwo MAG
ul. Krypska 21 m. 63, 04-082 Warszawa
tel./fax (0-22) 813 47 43
e-mail: kurz@mag.com.pl
www.mag.com.pl

Wyłączny dystrybutor:
Firma Księgarska Jacek Olesiejuk Sp. z o.o.
ul. Poznańska 91, 05-850 Ożarów Maz.
tel. (22) 721-30-00
www.olesiejuk.pl

Druk i oprawa:
drukarnia@dd-w.pl

Moim wielbicielom,
którzy mnie wspierają i którzy ofiarowali mi
niewypowiedzianą liczbę uśmiechów podczas konferencji,
spotkań w księgarniach i czytania otrzymanych od nich
listów i e-maili.

Członkom forum RBL Romanticans *i* DH,
których obecność jest nieodmiennie źródłem otuchy.

Mojej rodzinie i przyjaciołom, którzy ubarwiają mi życie.

Kim i Nancy, które wierzą we mnie
i są gotowe dać mi szansę na przedstawienie światu ludzi,
którzy żyją w moim sercu i umyśle.

Dziękuję Wam wszystkim!
Mam nadzieję, że każdy z Was
dostanie wszelkie błogosławieństwa i bogactwa,
na jakie zasługuje.

Ściskam!

PROLOG

A.D. 558, GLIONNAN

Ryczące płomienie w wiosce wznosiły się wśród nocy i lizały ciemne niebo niczym węże wijące się na czarnym aksamicie. Dym snuł się w mglistym mroku, gryzący od odoru śmierci i zemsty.

Ten widok i zapach powinien cieszyć Talona.

Ale nie cieszył.

Już nic nigdy nie sprawi mu radości.

Nic.

Gorycz boleści, która w nim wzbierała, niszczyła go. Osłabiała. Nawet on nie był w stanie tyle znieść i już ta myśl niemal wystarczała, żeby się roześmiał...

Albo zaklął.

O tak, przeklinał z powodu nieznośnego ciężaru tego bólu.

Jeden po drugim – stracił wszystkich ludzi na tej ziemi, którzy coś dla niego znaczyli.

Stracił ich wszystkich.

W wieku siedmiu lat stał się sierotą i spadło na niego poważne brzemię opieki na malutką siostrzyczką. Nie mając dokąd pójść i nie mogąc samemu zadbać o niemowlę, powrócił do klanu, któremu kiedyś przewodziła jego matka.

Klanu, który skazał na wygnanie jego rodziców jeszcze przed jego narodzinami.

Wuj dopiero pierwszy rok sprawował królewską władzę, kiedy Talon siłą wywalczył sobie wejście do sali tronowej. Król niechętnie przyjął jego i Cearę, ale klan nigdy się z tym nie pogodził.

Przynajmniej dopóki Talon go do tego nie zmusił.

Może i nie szanowali jego pochodzenia, ale zmusił ich do szacunku dla swojego miecza i temperamentu; szacunku dla gotowości okaleczenia lub zabicia każdego, kto go znieważył.

Już zanim osiągnął wiek męski, nikt nie śmiał kpić z jego urodzenia ani kwestionować pamięci lub czci jego matki.

Awansował w szeregach wojowników i nauczył się wszystkiego, czego można było, na temat broni, walki i przywództwa.

Ostatecznie został wybrany w anonimowym głosowaniu na następcę wuja przez tych samych ludzi, którzy kiedyś z niego kpili.

Jako dziedzic Talon stał po prawicy wuja, chroniąc go nieustannie, dopóki nie wpadli nieprzygotowani w zasadzkę wroga.

Ranny i cierpiący katusze Talon trzymał w ramionach swego wuja, dopóki Idiag nie zmarł od ran.

– Strzeż mojej żony i Ceary, chłopcze – szepnął mu wuj tuż przed śmiercią. – Niech nie pożałuję, że cię przyjąłem.

Talon złożył taką przysięgę, ale już kilka miesięcy później jego ciotka został zgwałcona i zamordowana przez wrogów. Ciało zbezczeszczono i rzucono na żer zwierzętom.

Niecały rok później tulił w ramionach swoją najdroższą żonę, Nynię, i ona także wydała ostatnie tchnienie i zostawiła go samego, na wieczność pozbawionego jej czułego, kojącego dotyku.

Była jego światem.

Jego sercem.

Jego duszą.

Bez niej nie chciał już dłużej żyć.

Jego duch był złamany jak serce; umieścił ich synka, który urodził się martwy, w jej zimnych ramionach, i pochował ich razem przy jeziorze, nad którym bawili się z Nynią jako dzieci.

A potem zrobił to, czego nauczyli go matka i wuj.

Przetrwał, żeby poprowadzić klan.

Na ile zdołał, zapomniał o swojej żałobie i żył tylko dla dobra klanu.

Jako wódz przelał dostatecznie dużo krwi, żeby wypełnić nią rozszalałe morze, i zebrał niezliczoną liczbę blizn na własnym ciele, walcząc za swoich ludzi. Poprowadził klan do zwycięskiej walki ze wszystkimi plemionami z północy i z głębi kraju, które pragnęły ich podbić. Kiedy większość jego rodziny nie żyła, oddał klanowi wszystko, co miał. Swoją lojalność. Swoją miłość.

Ofiarował swym ludziom własne życie, żeby chronić ich przed bogami.

W okamgnieniu pobratymcy odebrali mu ostatnią rzecz na tym świecie, którą kochał. Cearę.

Umiłowaną młodszą siostrę, którą miał chronić za wszelką cenę – przysięgał to własnej matce, ojcu i wujowi. Cearę o złocistych włosach i śmiejących się bursztynowych oczach. Taką młodą. Taką dobrą i hojną.

Żeby zaspokoić egoistyczną ambicję jednego człowieka, jego klan zabił ją na jego oczach, kiedy on leżał związany i nie mógł ich powstrzymać.

Umarła, wołając go na pomoc.

Jej przerażony krzyk nadal dźwięczał mu w uszach.

Po egzekucji klan zajął się nim i zakończył także jego życie. Jednak śmierć nie przyniosła Talonowi ulgi. Czuł tylko wyrzuty sumienia. Wyrzuty sumienia i potrzebę wyrównania krzywd wyrządzonych jego rodzinie.

To pragnienie zemsty wykraczało poza wszystko, nawet śmierć.

– Niech bogowie przeklną was wszystkich! – ryknął w stronę płonącej wioski.

– To nie bogowie rzucają na nas klątwy, sami potępiamy siebie własnymi słowami i uczynkami.

Odwrócił się gwałtownie, słysząc głos za sobą, i zobaczył mężczyznę odzianego w czerń, który właśnie wchodził na małe wzniesienie. Talon nigdy nie widział nikogo podobnego do niego.

Nocny wiatr owiewał jego postać, szarpiąc płaszczem z delikatnej tkaniny, kiedy nieznajomy wspierał się na trzymanym w lewej ręce potężnym, sękatym kosturze.

W ciemnej, wiekowej dębinie wyrzeźbiono symbole, a całość zwieńczono piórami przymocowanymi rzemieniem.

Światło księżyca tańczyło na jego włosach, które były kruczoczarne i związane w trzy długie warkocze.

Jego srebrzyste, migoczące oczy kłębiły się jak widmowe mgły.

Te lśniące oczy były upiorne i nie z tej ziemi.

Wyprostował się w obliczu olbrzyma – nigdy wcześniej nie musiał zadzierać głowy, patrząc komuś w twarz, ale teraz miał wrażenie, że nieznajomy jest wielki jak góra. Dopiero kiedy podszedł bliżej, Talon zdał sobie sprawę, że jest tylko kilka cali wyższy i wcale nie tak stary, jak w pierwszej chwili mu się wydawało. Przeciwnie – twarz nieznajomego wskazywała na młodzieńca, który stał na progu między wiekiem dojrzewania a dorosłością.

Dopóki Talon nie przyjrzał mu się lepiej – bo wtedy w oczach nieznajomego zobaczył wielowiekową mądrość. To nie był chłopak, tylko wojownik, który ciężko walczył i wiele widział.

– Kim jesteś? – zapytał Talon.

– Jestem Acheron Partenopajos – odpowiedział tamten, z obcym akcentem, chociaż w ojczystym języku Talona mówił bezbłędnie. – Zostałem przysłany przez Artemidę; mam cię wyszkolić do twojego nowego życia.

Grecka bogini uprzedziła Talona, że ma się spodziewać tego mężczyzny, który wędrował po ziemi od niepamiętnych czasów.

– I czego mnie nauczyć, Czarowniku?

– Nauczę cię zabijać Daimony, które żerują na nieszczęsnej rasie ludzkiej. Nauczę cię, jak ukrywać się za dnia, żeby promienie słońca cię nie zabiły. Pokażę ci, jak mówić, nie pokazując ludziom kłów; nauczę cię wszystkiego, czego będziesz potrzebował do przetrwania.

Talon zaśmiał się gorzko, kiedy znowu ogarnął go oślepiający ból. Cierpiał tak bardzo, że ledwie oddychał. Pragnął tylko spokoju.

Swojej rodziny.

A ona odeszła.

Bez niej nie chciał już dłużej istnieć. Nie, nie mógł żyć z takim ciężarem w sercu.

Spojrzał na Acherona.

– Powiedz mi, Czarowniku, czy znasz czar, który mógłby uśmierzyć mój ból?

Acheron spojrzał na niego ostro.

– Tak, Celcie. Pokażę ci jak ukryć ból tak głęboko w sobie, że nie będzie cię więcej dręczył. Ostrzegam jednak, że nigdy niczego nie dostaje się za darmo i nic nie trwa wiecznie. Pewnego dnia wróci, a wtedy poczujesz też cierpienie wszystkich wieków. Wszystko, co skrywałeś, ujawni się i będzie groziło zniszczeniem nie tylko tobie, ale także twoim najbliższym.

Talon nie przejął się ostatnimi słowami. Teraz chciał tylko jednego dnia, w którym serce by mu nie pękało. Jednej chwili wolnej od udręki. Gotów był zapłacić za to każdą cenę.

– Na pewno nic nie będę czuł?

Acheron skinął głową.

– Mogę cię tego nauczyć, jeśli tylko posłuchasz.

– Zatem naucz mnie dobrze, Czarowniku. Naucz mnie dobrze.

ROZDZIAŁ 1

DZIEŃ DZISIEJSZY, NOWY ORLEAN

– Wiesz, Talonie, zabicie wysysającego dusze Daimona bez porządnej walki to jak seks bez gry wstępnej. Absolutna strata czasu i coś w żaden sposób nie... niesatysfakcjonującego.

Talon burknął coś pod nosem, słysząc słowa Wulfa. Siedział przy stoliku w kącie w Café Du Monde, czekając, aż kelnerka wróci z kawą z dodatkiem cykorii i z orleańskimi pączkami. W lewej ręce trzymał starą anglosaską monetę, którą przekładał między palcami, przyglądając się ciemnej ulicy przed sobą, po której płynęły tłumy turystów i miejscowych.

Odkąd piętnaście wieków temu odciął się od większości emocji, pozwalał sobie jeszcze na tylko trzy przyjemności: łatwe kobiety, gorącą kawę i telefony do Wulfa.

W tej właśnie kolejności. Chociaż szczerze mówiąc, bywały takie chwile, kiedy przyjaźń z Wulfem znaczyła dla niego więcej niż filiżanka kawy.

Jednakże dzisiejszy wieczór do nich nie należał.

Talon obudził się już po zmierzchu i odkrył, że ma żałośnie niski poziom kofeiny we krwi. Nieśmiertelni teoretycznie nie mogli mieć nałogów, ale wcale by się o to nie założył.

Włożył tylko spodnie i skórzaną kurtkę, zanim wybiegł na poszukiwanie bogini Kofeiny.

Zimna noc w Nowym Orleanie była nieprzeciętnie spokojna. Nie widział nawet wielu turystów na ulicach, co było nietypowe tak blisko Mardi Gras.

Mimo wszystko, trwał właśnie najlepszy sezon dla Daimonów w Nowym Orleanie. Niedługo wampiry zaczną tropić turystów i żerować na nich jak zaproszone na darmową ucztę.

Na razie jednak cieszył się, że jest spokojnie, bo mógł się zająć kryzysem Wulfa i zaspokoić jedyne pragnienie, które nie mogło czekać.

– Mówisz jak prawdziwy wiking – odparł Talon do komórki. – Trzeba ci, bracie, sali biesiadnej pełnej miodu, dziewek z pucharami i wikingów gotowych wywalczyć sobie drogę do Walhalli.

– Nawet mi nie mów – zgodził się Wulf. – Tęsknię za starymi, dobrymi czasami, kiedy Daimony były wyszkolonymi wojownikami. Te, które dzisiaj znalazłem, nie miały pojęcia o walce, a ja mam wyżej uszu tej ich mentalności w stylu „pistolet to recepta na wszystko".

– Znowu zarobiłeś kulkę?

– Cztery razy. Przysięgam, żałuję, że nie ma tu takiego Daimona jak Desiderius. Naprawdę, z przyjemnością chociaż raz powalczyłbym na poważnie.

– Uważaj, o co prosisz, bo możesz to dostać.

– Wiem, wiem. Ale co tam... Czy nie mogłyby choć raz przestać uciekać przed nami i nauczyć się walczyć jak ich przodkowie? Tęsknię za starymi czasami.

Talon poprawił ciemne ray-bany, obserwując grupę kobiet na ulicy.

Proszę, była tam jedna sztuka, w którą chętnie wbiłby kły...

Nie otwierając ust, przesunął językiem po długim, lewym kle, przyglądając się przepięknej blondynce ubranej na niebiesko. Szła powolnym, uwodzicielskim krokiem, który sprawiał, że nawet mający tysiąc pięćset lat facet czuł się jak małolat.

Miał ochotę na kawałeczek. Cholerne Mardi Gras.

Gdyby nie święto, siedziałby sobie właśnie z Wulfem albo pogoniłby za tą panienką, żeby zaspokoić podstawowe potrzeby.

Obowiązki. Niech to szlag!

Wzdychając, skupił się znowu na rozmowie.

– Mówię ci, a ja najbardziej tęsknię za Talpinami.

– A co to takiego?

Talon rzucił tęskne spojrzenie za kobietami, które już prawie znikały mu z oczu.

– Fakt, to było przed twoimi czasami. W jaśniejszym okresie mroków średniowiecza mieliśmy klan Giermków, którego jedynym zadaniem było zajmować się naszymi cielesnymi potrzebami.

Talon westchnął z zachwytem na wspomnienie Talpin i pociechy, jaką przynosiły jemu i jego pobratymcom, Mrocznym Łowcom.

– Stary, były wspaniałe. Wiedziały, czym są, i z radością chodziły z nami do łóżka. Do diabła, Giermkowie nawet je szkolili, jak nas zaspokajać.

– Co się z nimi stało?

– Jakieś sto lat przed twoim narodzeniem pewien Mroczny Łowca popełnił błąd i zakochał się w Talpinie. Niestety dla całej naszej reszty, nie przeszła próby Artemidy. Bogini tak się wściekła, że zdecydowała się na ingerencję: przegnała Talpiny i wprowadziła zasadę „z każdą sypiasz tylko raz". A z kolei Acheron wymyślił prawo „nigdy nawet nie tkniesz swojego Giermka". Mówię ci, nie wiesz, co to życie, jeśli nie próbowałeś znaleźć porządnego jednorazowego numerka w Brytanii w siódmym wieku.

Wulf prychnął.

– Nigdy nie miałem takich kłopotów.

– Pewnie, wiem. Zazdroszczę ci tego. Podczas gdy cała nasza reszta musi opuszczać łoża naszych kochanek, żeby nie zdradzić, kim jesteśmy, ty nie musisz niczego się obawiać.

– Uwierz mi, Talon, to wcale nie jest tak wspaniale, jak się wydaje. Ty żyjesz samotnie z własnego wyboru. Wiesz, jakie to frustrujące, że nikt cię nie pamięta pięć minut po twoim odejściu? – Wulf westchnął ciężko. – Matka Christophera w samym zeszłym tygodniu przychodziła trzy razy, żeby poznać osobę, dla której on pracuje. A znam ją... ile? Trzydzieści lat? Już nie wspomnę o tym, jak szesnaście lat temu wróciłem do domu, a ona wezwała gliny, bo myślała, że włamałem się do własnego domu.

Talon skrzywił się, słysząc ból w głosie Wulfa. To mu przypomniało, dlaczego nie pozwalał już sobie na żadne inne odczucia poza fizyczną przyjemnością.

Emocje niczemu nie służyły w życiu i o wiele lepiej radził sobie bez nich.

– Przykro mi, braciszku – powiedział do Wulfa. – Przynajmniej masz nas i swojego Giermka, który cię pamięta.

– No tak, wiem. Bogom dzięki za nowoczesną technikę, inaczej bym zwariował.

Talon poprawił się na składanym krześle.

– Nie chciałbym zmieniać tematu, ale widziałeś, kogo Artemida przysłała do Nowego Orleanu na miejsce Kyriana?

– Słyszałem, że Valeriusa – odparł z niedowierzaniem Wulf. – Co ona sobie myślała?

– Nie mam pojęcia.

– Kyrian wie?

– Z oczywistych powodów postanowiliśmy z Acheronem nie mówić mu, że wnuk człowieka, który go ukrzyżował i zniszczył jego rodzinę, zjawił się w mieście i zamieszkał przecznicę od niego. W dodatku Valerius to przecież skóra zdjęta z dziadka. Niestety, jestem pewien, że prędzej czy później Kyrian się dowie.

– Stary, Kyrian go zabije przy pierwszym spotkaniu i nieważne, że już jest człowiekiem. Zresztą to ostatnia rzecz, jaką powinieneś mieć na głowie o tej porze roku.

– Nawet mi nie mów.

– Więc komu w tym roku przypadł dyżur w czasie Mardi Gras? – spytał Wulf.

Talon upuścił monetę na dłoń i pomyślał o grecko-rzymskim niewolniku, który jutro zostanie tymczasowo przeniesiony do miasta, żeby pomóc w walce z Daimonami, których o tej porze roku zawsze gwałtownie przybywało. Zarek był znanym Pożeraczem, który karmił się ludzką krwią. W najlepszym razie był chwiejny emocjonalnie, w najgorszych chwilach po prostu psychotyczny. Nikt mu nie ufał.

I oto całe szczęście Talona, że przysłali mu tutaj właśnie Zareka, zwłaszcza że miał nadzieję na wizytę Mrocznej Łowczyni. Nie szkodzi, że obecność drugiego Mrocznego Łowcy pozbawia go mocy – i tak wolał popatrzeć na atrakcyjną kobietę niż zmagać się z psychozami Zareka.

Poza tym, do tego, co mu chodziło po głowie, on i Łowczyni wcale nie potrzebowali specjalnych mocy...

– Sprowadzają Zareka.

Wulf zaklął.

– Nie sądziłem, że Acheron kiedykolwiek pozwoli mu opuścić Alaskę.

– Wiem, to sama Artemida zażyczyła sobie go tutaj. Wygląda na to, że w tym tygodniu będziemy tu mieli zlot świrów. Ach, czekaj, to Mardi Gras. Czego się spodziewałem?

Wulf znowu się zaśmiał.

Wreszcie kelnerka przyniosła Talonowi kawę i mały talerzyk pączków obficie posypanych cukrem pudrem. Westchnął z zachwytem.

– Podali ci kawę? – spytał Wulf.

– Aha.

Talon zaciągnął się aromatem kawy, odstawił ją na bok i sięgnął po pączka. Ledwie zdążył tknąć ciastko, kiedy zobaczył coś po drugiej stronie ulicy, po prawej stronie Jackson Square, w głębi deptaka.

– O rety...

– Co?

– Podróbka Fabio na celowniku.

– Ej, tobie też niedaleko do Fabio, blondasku.

– Goń się, wikingu.

Poirytowany faktem, że wypadło to w takiej chwili, Talon patrzył, jak cztery Daimony wychodzą na nocny żer. Wysokie i jasnowłose Daimony, które odziedziczyły typową dla swojej rasy boską urodę. Kroczyły z dumą jak nabzdyczone pawie i pijane swoją mocą wybierały turystów, których zabiją.

Z natury były tchórzami. Broniły swego i walczyły z Mrocznymi Łowcami wyłącznie w grupach i tylko kiedy już nie miały innego wyjścia. Ponieważ były o wiele silniejsze od ludzi, nie kryły się, żerując na nich, ale gdy tylko w pobliżu zjawiał się Mroczny Łowca, zaraz szukały kryjówki.

Były czasy, kiedy wyglądało to całkiem inaczej. Ale młodsze pokolenia były ostrożniejsze od przodków, słabiej wyszkolone i mniej pomysłowe.

Za to dziesięć razy bardziej pewne siebie.

Talon zmrużył oczy.

– Wiesz, gdybym był malkontentem, poważnie wkurzyłbym się w tej chwili.

– Na moje ucho już jesteś wkurzony.

– Nie, to jeszcze nic takiego. To tylko leciutkie podenerwowanie. Poza tym żałuj, że nie widzisz tych gości.

Talon przestał mówić z celtyckim akcentem, kiedy zaczął przedrzeźniać Daimony. Odezwał się nienaturalnie piskliwym głosikiem:

– Cześć, przystojniaku, coś mi tu zalatuje Mrocznym Łowcą.

– O rety, Wacek – mówił dalej głosem o dwie oktawy niższym – ale z ciebie wacek. Tu nie ma żadnego Mrocznego Łowcy. – I znowu odezwał się falsetem: – No sam nie wiem... Czekaj – powiedział teraz niskim głosem. – Czuję turystę. Turystę z wielką... silną duszą.

– Przestaniesz wreszcie?

– Całe kleksy... – powiedział Talon, używając obraźliwego określenia, którym Mroczni Łowcy nazywali Daimony. Wzięło się od dziwnego czarnego znamienia, które pojawia się na piersi wszystkich Daimonów, kiedy przestają być po prostu Apollitami i stają się zabójcami ludzi. – Niech to szlag, chciałem się tylko napić kawy i zjeść jednego, małego pączka. – Zerknął tęsknie na filiżankę, rozważając priorytety. – Kawa... Daimony... Kawa... Daimony...

– Myślę, że w tym wypadku lepiej, żeby wygrały Daimony.

– Tak, ale to kawa z cykorią.

Wulf zacmokał.

– Ktoś tu chce oberwać od Acherona za to, że nie udało mu się ochronić ludzi.

– Wiem – westchnął z niesmakiem Talon. – Wybacz, ale muszę je sprzątnąć. Odezwę się później.

Wstał, zamknął telefon w kieszeni kurtki motocyklowej i spojrzał tęsknie na pączki.

Och, te Daimony zapłacą mu za to.

Wypił szybki łyk kawy, sparzył sobie język i ruszył między stolikami ku wampirom, idącym w stronę budynku Presbytere.

Talon, w którym obudziły się już zmysły Mrocznego Łowcy, ruszył na drugą stronę placu. Przetnie im drogę i dopilnuje, żeby zapłaciły za swój nałóg odbierania dusz.

I za jego zmarnowane pączki.

ROZDZIAŁ 2

To była jedna z tych nocy. Jedna z tych, podczas których Sunshine Runningwolf zastanawiała się, po co w ogóle zawracała sobie głowę wychodzeniem z pracowni.

– Ile razy człowiek może się zgubić w mieście, w którym mieszka całe życie?

Wyglądało na to, że nieskończenie wiele razy.

Oczywiście pomogłoby, gdyby potrafiła się skupić na dłużej niż pięć sekund.

Cóż, była artystką, która nie umiała skoncentrować się na tym, co jest tu i teraz. Jak wystrzelone z procy, jej myśli mknęły we wszystkie strony, skacząc między tematami. Jej umysł nieustannie wędrował, badał nowe pomysły i techniki, nowości w świecie wokół niej i sposoby najlepszego ich uchwycenia.

Dla niej piękno kryło się wszędzie, w każdym drobiazgu. Zadaniem Sunshine było pokazywanie tego piękna innym.

A ten zgrabny budynek, który budowano dwie albo trzy, a może cztery przecznice dalej, odciągnął jej uwagę i sprawił, że zaczęła się zastanawiać nad nowymi wzorami swoich wyrobów ceramicznych, wędrując przez French Quarter do ulubionej kawiarni przy St. Anne Street.

Oczywiście nie piła tej trucizny. Nie cierpiała jej. Jednakże w kawiarence Coffee Stain urządzonej w stylu bitników wisiały na ścianach świetne prace, a jej przyjaciółki miały słabość do tej płynnej smoły i wypijały jej całe galony.

Dzisiaj wybiorą się z Triną do...

Wróciła myślami do budynku.

Wyciągnęła szkicownik i zrobiła kilka notatek, a potem skręciła w prawo w jakiś zaułek.

Zrobiła dwa kroki i wpadła na ścianę.

Tyle że to nie była ściana, jak zdała sobie sprawę, kiedy dwie ręce złapały ją, zanim się przewróciła.

Spojrzała w górę i zamarła.

Ożeż w mordę! Spojrzała na twarz tak wspaniale ukształtowaną, że wątpiła, czy nawet grecki rzeźbiarz oddałby całą jej urodę.

Jego włosy w kolorze pszenicy jarzyły się w ciemnościach nocy, a płaszczyzny twarzy...

Idealne, po prostu idealne. Absolutnie symetryczne. Rety.

Niewiele myśląc, wyciągnęła rękę, złapała go za podbródek i obróciła jego twarz, żeby obejrzeć ją pod różnymi kątami.

Nie, to nie było złudzenie optyczne. Niezależnie od kąta, rysy tej twarzy stanowiły ucieleśnienie doskonałości.

O rety, rety. Absolutnie nieskazitelna twarz.

Musiała ją naszkicować.

Nie. Oleje! Farby olejne byłyby lepsze.

Pastele!

– Nic ci nie jest? – spytał.

– Nic – powiedziała. – Przepraszam. Nie zauważyłam, że tu stoisz. Wiesz, że twoja twarz to czysta eurytmia?

Uśmiechnął się do niej powściągliwie, poklepując po ramieniu, na którym miała czerwoną pelerynę.

– Owszem, wiem. A ty wiesz, Czerwony Kapturku, że Wielki Zły Wilk wyszedł dziś na łowy i jest głodny?

A to co znowu?

Ona mówiła o sztuce, a on...

Nagle Sunshine zdała sobie sprawę, że mężczyzna nie jest sam.

Było jeszcze czterech mężczyzn i jedna kobieta. Wszyscy szaleńczo piękni. Cała szóstka patrzyła na nią, jakby była smacznym kąskiem.

Ojejku...

W gardle jej zaschło.

Zrobiła krok w tył, gdyż każdy zmysł w ciele kazał jej uciekać.

Podeszli bliżej, otaczając ją.

– No proszę, proszę, Czerwony Kapturku – powiedział pierwszy. – Chyba nie zamierzasz opuścić nas tak szybko, co?

– Ehm, owszem – odparła, szykując się do ucieczki.

Nie mieli pojęcia, że kobieta, która nałogowo umawia się z ostrymi facetami z gangów motocyklowych, w razie potrzeby potrafi solidnie przykopać.

– Myślę, że to byłby naprawdę świetny pomysł – dodała.

Wyciągnął po nią rękę.

Nie wiadomo skąd nadleciało coś okrągłego, śmignęło obok jej twarzy, ocierając się o wyciągnięte ramię mężczyzny. Tamten zaklął i przytulił do piersi krwawiącą rękę. Wirujący przedmiot odbił się rykoszetem jak broń Xeny i zawrócił do wylotu zaułka, gdzie cień chwycił go w dłoń.

Sunshine zagapiła się na zarys mężczyzny. Był ubrany na czarno, stał w rozkroku jak wojownik, a jego broń lśniła niebezpiecznie w słabym świetle.

Chociaż nie widziała jego twarzy, miał gigantyczną, zmienną aurę, przez co jego obecność była zarówno zaskakująca, jak i imponująca.

Ten nowo przybyły nieznajomy był niebezpieczny.

Śmiertelnie niebezpieczny.

Śmiercionośny cień, czekający tylko, żeby uderzyć.

Stał w milczeniu i patrzył na napastników, trzymając broń w lewej ręce nonszalancko, a jednak groźnie.

Rozpętał się chaos, kiedy mężczyźni, którzy ją otaczali, rzucili się na przybysza...

***

Talon musnął sprężynę *srada* i złożył potrójne ostrze w pojedynczy sztylet. Próbował przedostać się do kobiety, ale Daimony rzuciły się na niego całą bandą. Normalnie nie miałby żadnych problemów w unicestwieniu wszystkich, lecz Kodeks Mrocznych Łowców zabraniał mu ujawniać moce w obecności niewtajemniczonych ludzi.

Niech to szlag.

Przez sekundę zastanawiał się, czy nie wezwać mgły, która by ich spowiła, ale to utrudniłoby mu walkę z Daimonami.

Nie, nie mógł im dać żadnej przewagi. Dopóki kobieta tu była, musiał walczyć z rękami związanymi na plecach, a zważywszy nadnaturalną siłę i moc Daimonów, nie było to nic dobrego. Niewątpliwie dlatego właśnie zaatakowały.

Chociaż raz rzeczywiście miały z nim szansę.

– Uciekaj! – rozkazał kobiecie.

Już chciała go posłuchać, kiedy złapał ją jeden z Daimonów. Kopnęła go w krocze i zdzieliła w plecy, kiedy zgiął się wpół, po czym zostawiła go i uciekła.

Talon uniósł brew, widząc jej ruchy. Płynne, bardzo płynne. Zawsze podziwiał kobiety, które potrafią o siebie zadbać.

Posługując się mocami Mrocznego Łowcy, wezwał mgłę, która podniosła się za kobietą, osłaniając ją przed Daimonami, teraz bardziej skupionymi na nim.

– Nareszcie – powiedział do nich – jesteśmy sami.

Ten, który wyglądał na przywódcę, rzucił się na niego. Talon wykorzystał telekinezę, żeby go unieść, obrócić do góry nogami i cisnąć nim o ścianę.

Nadeszło dwóch następnych.

Jednego załatwił sztyletem, a drugiego kolanem.

Przebił się przez tę dwójkę wystarczająco łatwo, żeby sięgnąć po następnego, kiedy zauważył, że najwyższy z nich popędził za kobietą.

Ta chwila nieuwagi kosztowała go trochę – kolejny Daimon zaatakował i trafił go w splot słoneczny. Siła ciosu ścięła go z nóg.

Przeturlał się i natychmiast poderwał z ziemi.

– Teraz! – wrzasnęła Daimonka.

Zanim zdążył naprawdę odzyskać równowagę, kolejny Daimon złapał go w pasie i pchnął do tyłu, na ulicę.

Prosto pod ogromny pojazd, który jechał tak szybko, że Talon nie zdążył go nawet rozpoznać.

Coś, co musiało chyba być atrapą chłodnicy, uderzyło Talona w prawą nogę, natychmiast ją łamiąc.

Uderzenie pojazdu wyrzuciło go w górę i Talon wylądował na chodniku.

Przeturlał się jakieś pięćdziesiąt jardów i zatrzymał pod lampą uliczną na brzuchu, podczas gdy ciemny pojazd wziął ostry zakręt i zniknął mu z oczu. Leżał na ziemi z rozłożonymi rękami, z lewym policzkiem przyciśniętym do szorstkiego asfaltu.

Cały był obolały i ledwie się ruszał. Co gorsza, w głowie mu pulsowało i z trudem zachowywał przytomność.

Z najwyższym trudem.

Nieprzytomny Mroczny Łowca to martwy Łowca – przypomniała mu się piąta zasada z podręcznika Acherona. Nie wolno mu było odpłynąć.

Podczas gdy moce słabły z powodu bólu i obrażeń, tarcza z mgły zaczęła się rozpraszać.

Talon zaklął. Za każdym razem, gdy żywił jakieś negatywne emocje, jego moce słabły. To kolejny powód, dla którego tak bardzo je tłumił.

Emocje były dla niego śmiertelnie niebezpieczne na wiele sposobów.

Powoli i ostrożnie wstał – i w tej samej chwili zobaczył Daimony uciekające drugim zaułkiem. Nic nie mógł z tym zrobić. W tym stanie nigdy ich nie złapie, a nawet gdyby mu się udało, mógłby co najwyżej wykrwawić się na nich.

Oczywiście, krew Mrocznego Łowcy była trująca dla Daimonów...

Cholera. Nigdy wcześniej nie zawiódł.

Zgrzytając zębami, zwalczył falę zawrotów głowy.

Kobieta, którą uratował, biegła w jego stronę. Sądząc po zmieszaniu malującym się na jej twarzy, zorientował się, że nie bardzo wiedziała, jak mu pomóc.

Teraz, kiedy widział ją z bliska, zauroczyła go ta twarz wróżki. Ogień i inteligencja płonęły w jej wielkich, ciemnobrązowych oczach. Przypominała mu Morrigán, kruczą boginię, której przysiągł miecz i wierność wieki temu, kiedy był człowiekiem.

Jej długie, proste, czarne włosy opadały z głowy splecione w najróżniejsze warkocze. Na policzku była umazana węglem drzewnym. Odruchowo starł ślad z jej twarzy.

Skóra kobiety była taka miękka, taka ciepła i pachniała odrobinę olejkiem paczulowym i terpentyną.

Co za dziwne połączenie...

– O Boże, nic ci nie jest? – spytała.

– Nie, nic – odparł cicho Talon.

– Wezwę karetkę.

– *Nae!* – zaprotestował w ojczystym języku i całym ciałem przy okazji. – Żadnych karetek – dodał po angielsku.

Kobieta zmarszczyła brwi.

– Ale jesteś ranny...

Spojrzał na nią stanowczo.

– Żadnych karetek.

Skrzywiła się niezadowolona, dopóki światełko nie zabłysło w jej inteligentnych oczach, jakby doznała olśnienia.

– Jesteś nielegalnym imigrantem? – szepnęła.

Talon chwycił się jedynej wymówki, jaką mógł się zasłonić. Zważywszy na jego wyrazisty, starodawny celtycki akcent taki wniosek sam się narzucał. Pokiwał głową.

– W porządku – szepnęła, poklepując go delikatnie po ramieniu. – Zajmę się tobą bez pomocy pogotowia.

Talon z wysiłkiem odsunął się od oślepiającej latarni ulicznej, która raniła jego wrażliwe na światło oczy. Złamana noga zaprotestowała, ale ją zignorował.

Dokuśtykał do ceglanego budynku, żeby się oprzeć i nie obciążać uszkodzonej nogi. Świat znowu się zakołysał.

Niech to szlag. Musiał znaleźć bezpieczne miejsce. Był dopiero wczesny wieczór, a ostatnie, czego potrzebował, to wpaść w pułapkę – zostać w mieście aż do świtu. Kiedykolwiek Mroczny Łowca był ranny, nachodziła go nienaturalna potrzeba snu. To narażało go na ogromne niebezpieczeństwo, jeśli nie dotrze szybko do domu.

Wyciągnął komórkę, żeby dać znać Nickowi Gautier, że jest ranny, i szybko odkrył, że telefon – w przeciwieństwie do niego – nie jest nieśmiertelny. Był w kawałkach.

– Chodź – powiedziała kobieta, stając obok niego. – Pomogę ci.

Talon zagapił się na nią. Nigdy żaden obcy nie pomógł mu w ten sposób. Przywykł, że walczy w pojedynkę i sam potem sprząta.

– Nic mi nie jest – powiedział. – Odejdź...

– Nie zostawię cię – upierała się. – Przeze mnie jesteś ranny.

Chciał się z nią sprzeczać, ale za bardzo był obolały, żeby zawracać sobie tym głowę.

Spróbował odsunąć się od niej. Zrobił dwa kroki i świat znowu zaczął się kręcić.

A potem zrobiło mu się ciemno przed oczami.

Sunshine w ostatniej chwili złapała go, zanim uderzył o ziemię. Zatoczyła się pod jego ciężarem, ale jakoś się nie przewróciła.

Najdelikatniej jak mogła położyła go na chodniku.

Proszę zauważyć: najdelikatniej jak mogła.

Co w praktyce oznaczało, że uderzył o chodnik ze sporym impetem, przez co znowu serce jej się ścisnęło, bo głową omal nie zrobił dziury w nawierzchni.

– Przepraszam – powiedziała, prostując się, żeby na niego spojrzeć. – Proszę, powiedz, że nie zaliczyłeś właśnie przeze mnie wstrząsu mózgu.

Miała nadzieję, że nie zrobiła mu jeszcze większej krzywdy, próbując pomóc.

Co miała teraz zrobić?

Nielegalny imigrant wyglądający jak motocyklista i ubrany na czarno był ogromny. Nie śmiała jednak zostawić go samego na ulicy. Co będzie, jeśli wrócą tamci napastnicy? Albo ktoś go obrobi?

To był Nowy Orlean, gdzie prawie wszystko mogło się przytrafić przytomnemu człowiekowi, a co dopiero nieprzytomnemu...

Cóż, nie sposób powiedzieć, co podejrzane typki by z nim zrobiły, więc zostawienie go nie wchodziło w grę.

Kiedy już zaczynała brać w niej górę panika, usłyszała, że ktoś woła ją po imieniu.

Rozejrzała się i zobaczyła zdezelowanego niebieskiego dodge'a Wayne'a Santany, który zatrzymał się przy krawężniku. Wayne miał trzydzieści trzy lata, a przez surową męską urodę wyglądał na starszego. Jego czarne włosy były mocno szpakowate.

Westchnęła z ulgą na jego widok.

Opuścił szybę.

– Ej, Sunshine, co jest grane?

– Wayne, pomógłbyś mi zanieść tego faceta do twojego wozu?

Spojrzał sceptycznie.

– Pijany?

– Nie, ranny.

– Więc zadzwoń po karetkę.

– Nie mogę. – Spojrzała błagalnie. – Wayne, proszę. Muszę go zabrać do siebie.

– To twój znajomy? – zapytał jeszcze bardziej sceptycznie.

– Niezupełnie. W pewnym sensie wpadliśmy tu na siebie.

– Więc go zostaw. Ostatnie, czego ci trzeba, to żebyś znowu związała się z gościem z gangu motocyklowego. To nie nasza sprawa, co się z nim stanie.

– Wayne!

– To może być kryminalista.

– Jak możesz mówić coś takiego?

Siedemnaście lat temu Wayne został skazany za nieumyślne spowodowanie śmierci. Po tym, jak odsiedział swoje, przez kilka miesięcy próbował znaleźć pracę. Nie miał pieniędzy ani mieszkania, nie znalazł nikogo, kto byłby gotów zatrudnić byłego więźnia, i niewiele brakowało, a znowu wróciłby za kratki, gdyby nie zgłosił się po pracę do klubu należącego do ojca Sunshine.

Mimo protestów ojca, zatrudniła go.

Minęło pięć lat, a Wayne nigdy nie opuścił ani jednego dnia pracy; nigdy nawet się nie spóźnił. Był najlepszym pracownikiem ojca.

– Wayne, proszę – nalegała Sunshine, rzucając mu spojrzenie szczeniaka, które jeszcze nigdy jej nie zawiodło i zawsze naginało mężczyzn do jej woli.

Kiedy wysiadał z wozu, żeby jej pomóc, pomrukiwał zirytowany pod nosem.

– Pewnego dnia, przez to swoje wielkie serce wpakujesz się w kłopoty. Wiesz cokolwiek o tym człowieku?

– Nie.

Wiedziała tylko, że uratował jej życie, kiedy nikt inny nie zaprzątał sobie tym głowy. Ktoś taki nie zrobi jej krzywdy.

Powoli zdołali z Wayne'em podnieść nieznajomego, ale nie było to łatwe zadanie.

– Jezu – mruknął Wayne, kiedy zataczali się, prowadząc między sobą mężczyznę. – Jest wielki jak diabli.

Sunshine przyznała mu rację. Nieznajomy miał co najmniej sześć stóp i pięć cali wzrostu i cały był zbudowany z mięśni. I chociaż gruba skórzana kurtka zasłaniała jego tors, bez wątpienia miał także umięśnioną klatkę piersiową.

Nigdy w życiu nie dotykała takiego twardego, wręcz stalowego ciała.

Wreszcie udało im się wsadzić go do dodge'a.

Kiedy jechali w stronę klubu, Sunshine trzymała głowę nieznajomego na ramieniu. Odgarnęła mu falujące jasne włosy z twarzy o pięknych rysach.

Było w nim coś dzikiego i nieposkromionego, przypominającego jej starodawnych wojowników. Złote włosy opadały mu swobodnie na ramiona, co świadczyło tym, że dba o swój wygląd, ale nie ma na tym punkcie obsesji.

Ciemne brwi wyginały się w łuki nad zamkniętymi oczami. Jego twarz była surowa i słodka zarazem, z jednodniowym zarostem na policzkach. Nawet nieprzytomny, był pociągający i olśniewająco przystojny, a jego bliskość poruszyła w niej jakieś głęboko skrywane pragnienie.

Jednakże najbardziej podobały jej się w nieznajomym ciepłe zapachy mężczyzny i skóry. Miała ochotę wtulić twarz w jego szyję i wdychać przyprawiającą o zawrót głowy mieszankę, aż w końcu by się nią upiła.

– No dobrze – zagadnął ją Wayne. – Co się z nim stało? Wiesz?

– Potrąciła go karnawałowa platforma.

Nawet w słabym świetle szoferki widziała, że Wayne patrzy na nią jak na wariatkę.

– Nie ma dziś parady. Skąd się wzięła?

– Nie mam pojęcia. Chyba musiał zadrzeć z bogami albo coś w tym stylu.

– Hm?

Przeczesała dłonią zmierzwione włosy nieznajomego i bawiła się dwoma cieniutkimi warkoczykami, które zwieszały mu się ze skroni.

– To była wielka platforma Bachusa. Pomyślałam po prostu, że ten biedak musiał obrazić naszego patrona, boga nieumiarkowania, skoro platforma go potrąciła.

Wayne mruknął coś pod nosem.

– Pewnie to kolejny wygłup chłopaków z bractwa. Mam wrażenie, że co roku jedno bractwo kradnie platformę i urządza sobie przejażdżkę po mieście. Ciekawe, gdzie tym razem ją porzucą.

– Próbowali ją zaparkować na tym oto moim kumplu. Cieszę się, że go nie zabili.

– Jestem pewien, że nic mu nie będzie, kiedy się obudzi.

Bez wątpienia. Sunshine pochyliła się ku nieznajomemu i wsłuchała się w jego powolny, głęboki oddech.

Co w nim takiego było, że nie potrafiła się mu oprzeć?

– Niech to – powiedział po chwili Wayne. – Ale twój ojciec się wścieknie. Usmaży moje jaja na kolację, jak się dowie, że zawiozłem obcego faceta do twojego mieszkania.

– Więc mu nie mów.

Wayne rzucił jej paskudne, wredne spojrzenie.

– Nie mogę mu nie powiedzieć. Gdyby coś ci się stało, to byłaby moja wina.

Westchnęła poirytowana, przesuwając palcem po ostrej linii wygiętych brwi nieznajomego. Dlaczego wydawał jej się taki znajomy? Nigdy wcześniej go nie widziała, a jednak miała przedziwne wrażenie *déjà vu*. Jakby skądś go znała.

Dziwne. Bardzo, bardzo dziwne.

Tyle że Sunshine przywykła do dziwnych rzeczy. Jej matka napisała na ten temat książkę, a ona sama przedefiniowała znaczenie słowa „dziwny".

– Jestem dużą dziewczynką, Wayne. Potrafię o siebie zadbać.

– Aha, a ja mieszkałem przez dwanaście lat z bandą wielkich, włochatych gości, zjadających na śniadanie takie małe dziewczynki jak ty, które myślały, że potrafią o siebie zadbać.

– Dobra. Położymy go u mnie, a ja zanocuję u rodziców. A potem rano zajrzę do niego z mamą albo z którymś z braci.

– A jeśli się obudzi, zanim wrócisz, i obrobi ci mieszkanie?

– Z czego? W moje ciuchy nie wejdzie, a nie mam niczego cennego. No, chyba że spodoba mu się moja kolekcja Petera, Paula i Mary.

Wayne przewrócił oczami.

– W porządku, ale lepiej mi obiecaj, że nie dasz mu szansy, żeby zrobił ci krzywdę.

– Obiecuję.

Wayne nie wyglądał na zadowolonego, ale już prawie nie marudził, kiedy jechali do jej mieszkania przy Canal Street. Za to przez całą drogę klął pod nosem.

Na szczęście, Sunshine przywykła do ignorowania mężczyzn, którzy robili to w jej obecności.

Kiedy już dotarli do jej mieszkania, znajdującego się dokładnie nad barem ojca, potrzebowali bitego kwadransa, żeby wyciągnąć nieznajomego z wozu i zawlec na górę.

Sunshine poprowadziła Wayne'a przez pracownię, do miejsca gdzie zawiesiła na drucie ufarbowaną na różowo bawełnianą zasłonę oddzielającą sypialnię od reszty ogromnego pokoju.

Ostrożnie położyli jej nieznajomego gościa na łóżku.

– No dobra, to chodźmy – powiedział Wayne, biorąc ją za rękę.

Sunshine delikatnie strąciła jego dłoń.

– Nie mogę go tak zostawić.

– Dlaczego nie?

– Jest cały we krwi.

Wayne spojrzał na nią ze złością. Prędzej czy później wszyscy robili przy niej taką minę. Prawdę mówiąc, raczej prędzej niż później.

– Idź, usiądź na kanapie, a ja go rozbiorę.

– Sunshine...

– Wayne, mam dwadzieścia dziewięć lat i jestem rozwiedzioną artystką, która w college'u rysowała nagich modeli i została wychowana przez dwóch starszych braci. Wiem, jak wygląda nagi facet. W porządku?

Powarkując gardłowo, Wayne wyszedł z sypialni i poszedł usiąść na sofie.

Sunshine odetchnęła głęboko i odwróciła się do swojego bohatera w czerni. Na jej łóżku wyglądał na olbrzyma.

I był w fatalnym stanie.

Ostrożnie, żeby nie zrobić mu krzywdy, rozpięła motocyklową kurtkę, która była najładniejszą rzeczą, jaką w życiu widziała. Ktoś namalował na niej czerwono-złote zawiłe celtyckie wzory. Była po prostu piękna. Rzetelne studium starodawnej sztuki. Od zawsze pociągała ją sztuka celtycka. Zjadła zęby na sztuce i kulturze Celtów.

Kiedy tylko rozpięła kurtkę, znieruchomiała, ujrzawszy, że niczego pod nią nie ma. Zobaczyła cudowną jasną skórę, na widok której napłynęła jej do ust ślinka, a jej ciało natychmiast zapulsowało. Nigdy w życiu nie patrzyła na mężczyznę o ciele tak twardym i tak wysportowanym. Każdy mięsień rysował się wyraźnie i nawet kiedy obcy leżał rozluźniony, jego siła była oczywista.

Ten mężczyzna był bogiem!

Pragnęła narysować te idealne proporcje i unieśmiertelnić je. Tak wspaniałe ciało zdecydowanie wymagało uwiecznienia. Zdjęła kurtkę i delikatnie odłożyła ją na łóżko. Odwracając lampkę na przykrytej chustką szafce nocnej, przyjrzała się mu dobrze i widok prawie ją powalił na kolana.

Ożeż!

Był jeszcze piękniejszy od ludzi, którzy ją zaatakowali. Jego falujące blond włosy skręcały się na karku, a dwa długie cienkie warkocze sięgały mu aż do nagiej piersi. Oczy miał zamknięte, ciemne rzęsy – nieprzyzwoicie długie, a brwi wygięte w idealnie uformowane łuki. Cała twarz emanowała niezwykłą powagą, ale i czymś nieposkromionym.

Znowu powróciło dziwne wrażenie *déjà vu* i w jej umyśle rozbłysły obrazy – widziała go przytomnego i unoszącego się nad nią. Uśmiechającego się, kiedy wchodził w nią i wysuwał się z niej powoli...

Na tę myśl aż oblizała usta. Była cała obolała z pożądania.

Minęło dużo czasu, odkąd ktoś obcy zrobił na niej takie wrażenie. W nim jednak było coś, co sprawiało, że do bólu pragnęła go posmakować.

Dziewczyno, za długo obywałaś się bez faceta.

Niestety, to była szczera prawda.

Zmarszczyła brwi i podeszła bliżej, żeby przyjrzeć torquesowi, który nosił na szyi. Był gruby i złoty, zakończony dwiema zwróconymi do siebie smoczymi głowami.

Najdziwniejsze było to, że dokładnie taki sam wzór naszkicowała wiele lat temu w szkole plastycznej i nawet próbowała sama odlać taki torques, ale nic z tego nie wyszło. Trzeba ogromnego talentu, żeby stworzyć coś równie zawiłego.

Jeszcze większe wrażenie robiły plemienne tatuaże, które pokrywały całą lewą część torsu mężczyzny i jego lewą rękę. To był wspaniały labirynt celtyckich wzorów, przywodzący Sunshine na myśl „Księgę z Kells". I o ile się nie myliła, został pomyślany jako hołd dla celtyckiej bogini wojny, Morrigán.

Niewiele myśląc, powiodła dłonią po tatuażu, śledząc bieg wzoru.

Na prawym bicepsie nieznajomy miał utrzymaną w tym samym stylu tatuowaną przepaskę, szeroką na trzy cale.

Niewiarygodne. Ktokolwiek rysował te tatuaże, z pewnością znał ich celtycką historię.

Palcem musnęła jego sutek; jako artystka była oszołomiona pięknem wzoru.

Drzemiąca w niej kobieta wyskoczyła na pierwszy plan, kiedy jej spojrzenie przeskoczyło na smukłe, muskularne żebra i brzuch, którego mięśnie były tak napięte i doskonale uformowane, że facet powinien brać udział w pokazach kulturystycznych.

O, tak, to był naprawdę przystojny mężczyzna.

I chociaż miał mnóstwo krwi na spodniach, nie było widać żadnych obrażeń, które mogłyby być tego powodem.

Jak się nad tym zastanowić, to nie miał nawet wielu siniaków. Nawet w miejscu, gdzie uderzyła go platforma Bachusa.

Czy to nie dziwne?

Z zaschniętym gardłem sięgnęła do guzika jego spodni.

Jakaś jej część nie mogła się doczekać, kiedy zobaczy, co jest pod tymi czarnymi spodniami.

Bokserki czy slipki?

Skoro do tej pory prezentował się jak ogier, to dalej mogło być tylko lepiej...

Sunshine!

Po prostu podziwiam jego ciało jako artystka, tłumaczyła się przed sobą.

Aha, jasne.

Ignorując tę myśl, rozpięła mu spodnie i odkryła, że niczego pod nimi nie nosi.

Nic a nic!

Twarz jej zapłonęła na widok jego wyjątkowo hojnego wyposażenia, męskości leżącej wśród włosków w kolorze ciemny blond.

Och, daj spokój Sunshine, nie pierwszy raz widzisz nagiego faceta! Jezu! Przez sześć lat szkoły plastycznej widziałaś mnóstwo nagich facetów. I z wieloma się spotykałaś, nie wspominając już o twoim byłym potworze, Jerrym, który też nie należał do małych.

No tak, ale żaden z nich nie wyglądał aż tak dobrze.

Zagryzając usta, ściągnęła mu ciężkie, czarne buty motocyklowe, a potem zsunęła spodnie z długich, muskularnych nóg. Syknęła, kiedy dotknęła jego skóry obficie porośniętej krótkimi złotymi włoskami.

O tak, bez wątpienia był przystojny i olśniewający.

Złożyła spodnie i zamarła. Raz jeszcze przesunęła dłonią po materiale. Nigdy w życiu nie dotykała równie miękkiego materiału. Niemal jak ircha, ale nie do końca. Miał dziwną fakturę. To nie mogła być prawdziwa skóra. Spodnie były takie cienkie i...

Jej myśli urwały się, kiedy zerknęła na nieznajomego na łóżku.

O tak, skarbie. To było ucieleśnienie kobiecych fantazji. Cudowny nagi mężczyzna zdany na jej łaskę.

Leżał na różowej kołdrze, z jedną opaloną ręką na brzuchu i lekko rozsuniętymi nogami, jakby czekał, aż dołączy do niego i zacznie gładzić jego smukłe, twarde ciało.

Było na co popatrzeć.

Gwałtownie wciągnęła powietrze przez zęby, kiedy ogarnęło ją pragnienie, żeby wejść na to mocne, cudowne ciało i wyciągnąć się na nim jak kocyk. Poczuć jego wielkie, mocne dłonie na swojej skórze, kiedy wzięłaby go w siebie i kochała się z nim jak szalona przez resztę nocy.

Mmmm!

Jej usta zapłonęły, kiedy zamarzyła o całowaniu tej olśniewającej, złocistej skóry. A on calutki był taki złoty. Nigdzie nie rysowała się różnica w opaleniźnie.

Daj mi, daj!

Potrzasnęła głową, żeby pozbyć się natrętnych myśli. Rety, zachowywała się przy nim jak czubek.

A jednak...

Było w nim coś szczególnego. Coś, co przyzywało ją jak pieśń syreny.

– Sunshine?

Aż podskoczyła, słysząc niecierpliwe wołanie Wayne'a. Całkiem o nim zapomniała.

– Chwileczkę – odpowiedziała.

Chciała jeszcze raz tylko zerknąć. Kobieta potrzebuje sobie popatrzeć raz na jakiś czas, a jak często ma się okazję popatrzeć na nieprzytomnego, przystojnego boga?

Opierając się pokusie, żeby pogłaskać swojego gościa, przykryła go kocem, zabrała kurtkę z łóżka i wyszła.

Podchodząc do sofy, przyjrzała się spodniom. Skąd się wzięła ta krew?

Zanim zdążyła dokładniej je zbadać, Wayne wyjął je z jej rąk i wyciągnął portfel z tylnej kieszeni.

– Co robisz? – zdziwiła się.

– Sprawdzam go. Chcę się zorientować, kim ten facet jest.

Wayne otworzył portfel i skrzywił się.

– Co?

– Niech zerknę. Siedemset trzydzieści trzy dolary w gotówce i żadnego dowodu tożsamości. Nawet prawa jazdy czy karty kredytowej albo debetowej.

Wayne wyciągnął wielki sztylet z drugiej kieszeni spodni i zwolnił sprężynę. Sztylet rozłożył się koliście w trzy niebezpiecznie wyglądające ostrza.

Wayne zaklął jeszcze głośniej.

– Cholera, Sunshine, myślę, że znalazłaś sobie dilera prochów.

– On nie handluje prochami.

– Czyżby? A skąd to wiesz?

Bo dilerzy nie ratują kobiet przed gwałcicielami.

Nie śmiała jednak powiedzieć tego Wayne'owi. Ona musiałaby wysłuchać wykładu, a on dostałby niestrawności.

– Po prostu wiem. Odłóż to.

***

– No więc? – spytał Camulus Dionizosa, który wszedł właśnie do pokoju hotelowego.

Styxx oderwał wzrok od czasopisma na dźwięk jego głosu. Celtycki bóg Camulus siedział na kanapie naprzeciwko niego w apartamencie hotelowym, gdy czekali na wieści.

Ubrany w czarne dżinsy i szary sweter starożytny bóg bez ustanku przerzucał kanały odkąd Dionizos wyszedł, aż Styxx miał ochotę wyrwać mu pilota i cisnąć go na szklano-metalowy stolik.

Ale tylko głupiec zabierałby pilota bogu.

Styxx może i igrał ze śmiercią, ale nie marzył o bezlitosnych torturach, które poprzedziłyby jego zgon.

Dlatego tylko zgrzytał zębami i starał się ze wszystkich sił ignorować Camulusa w oczekiwaniu na powrót Dionizosa.

Camulus miał długie czarne włosy związane w kucyk. Było w nim coś demonicznego i złego – ale to zrozumiałe, skoro był bogiem wojny.

Dionizos zatrzymał się tuż za drzwiami. Zrzucił długi kaszmirowy płaszcz i ściągnął rękawiczki z brązowej skórki.

Mając sześć stóp i dziesięć cali wzrostu, przerażał większość ludzi swoim widokiem. Jednakże Styxx mierzył raptem dwa cale mniej, a ponieważ był synem króla i tęsknił za śmiercią, niewiele rzeczy go przerażało.

Co Dionizos mógł mu zrobić? Odesłać go z powrotem do piekielnej samotni?

Był tam, zaliczył to i miał na dowód koszulkę.

Dionizos miał na sobie tweedową marynarkę, granatowy golf i brązowe spodnie z zaprasowanymi zaszewkami. Na krótkich ciemnobrązowych włosach miał idealne złociste pasemka i nosił perfekcyjnie przystrzyżoną kozią bródkę. Wyglądał jak potentat biznesowy, który odniósł sukces i zdobył miliardy. Zresztą, naprawdę prowadził wielką, międzynarodową korporację, w której mógł się zabawić, wykańczając konkurencję i przejmując interesy innych.

Wiele wieków temu wymuszono na nim przejście na emeryturę. Od tamtej pory Dionizos spędzał część czasu na Olimpie, a część w świecie śmiertelników, których nienawidził niemal tak mocno jak Styxx.

– Odpowiedz mi, Bachusie – upierał się Camulus. – Nie jestem jednym z tych twoich mięczaków, Greków, żeby czekać wieki na odpowiedź.

Wściekłość zapłonęła w oczach Dionizosa.

– Lepiej nie odzywaj się do mnie takim tonem, Cam. Nie jestem jednym z twoich słabeuszy Celtów, żeby trząść się na myśl o twoim gniewie. Chcesz się bić? Śmiało, chłopczyku.

Camulus zerwał się na równe nogi.

– Ej, chwileczkę – wtrącił się Styxx, próbując załagodzić sytuację. – Zostawmy sobie bójki na tę chwilę, kiedy już we dwóch zawładniecie światem, dobrze?

Obaj posłali mu takie spojrzenia, jakby oszalał, skoro śmie się wtrącać.

I bez wątpienia mieli rację. Gdyby jednak się pozabijali, on nigdy by nie umarł.

Cam spiorunował Dionizosa wzrokiem.

– Twój pupilek ma rację – powiedział. – Ale kiedy odzyskam mój boski status, pogadamy sobie.

Błysk w oku Dionizosa mówił, że już nie może doczekać się tej chwili.

Styxx odetchnął głęboko.

– Więc... kobieta jest z Talonem? – spytał Dionizosa.

Bóg uśmiechnął się zimno.

– Wszystko działa jak w zegarku. – Spojrzał na Camulusa. – Jesteś pewien, że to go załatwi?

– Nigdy tak nie mówiłem. Powiedziałem tylko, że to go zneutralizuje.

– A jaka to różnica? – spytał Styxx.

– Taka, że w jeszcze większym stopniu zacznie zaprzątać uwagę Acherona. To jeszcze jeden sposób, żeby go osłabić.

To się spodobało Styxxowi.

Teraz musieli się tylko upewnić, że Mroczny Łowca i kobieta zostaną razem. Przynajmniej do Mardi Gras, kiedy bariera między tym światem i *Kolasis* osłabnie na tyle, że da się zrobić w niej wyłom i uwolnić Atlantydzką Niszczycielkę.

Minęło sześćset lat, odkąd ostatni raz mieli taką okazję, i minie kolejne osiemset, zanim znów będą mogli spróbować.

Styxx wzdrygnął się na myśl o przeżyciu następnych ośmiuset lat. Następne osiem wieków samotnej, niekończącej się monotonii i bólu. Patrzenia, jak jego strażnicy przychodzą i odchodzą, starzeją się i umierają, w miarę jak przeżywali swoje śmiertelne życie w otoczeniu rodziny i przyjaciół.

Nie wiedzieli, ile mają szczęścia.

Kiedyś, jako człowiek, bał się śmierci. To jednak było wiele eonów temu.

Teraz bał się tylko tego, że nigdy nie ucieknie od koszmaru swojej egzystencji. Że dalej będzie żył, wiek po wieku, aż cały wszechświat eksploduje.

Pragnął końca i dopiero trzydzieści lat temu pojawiła się nadzieja.

Dionizos i Camulus chcieli odzyskać status bogów i potrzebowali do tego Niszczycielki oraz krwi Acherona. Szkoda, że Styxx nie miał w sobie krwi Atlantydów, bo sam chętnie złożyłby się w ofierze.

A tak Acheron był jedynym kluczem do uwolnienia Niszczycielki.

Styxx zaś był jedyną żywą istotą, która mogła im dostarczyć Acherona.

Jeszcze tylko kilka dni i wszystko będzie załatwione. Stare moce odzyskają władzę nad ziemią, a on...

On będzie wreszcie wolny.

Westchnął na samą myśl o tym. Musiał tylko zadbać o to, żeby Mroczni Łowcy skoczyli sobie do gardeł i byli sobą zaabsorbowani, podczas gdy on dopilnuje, żeby bogowie nie pozabijali się nawzajem.

Jeśli Talon albo Acheron uświadomią sobie, co się dzieje, powstrzymają to. Oni jedni mieli taką moc.

Czyli albo on, albo oni. Tym razem skończy to, co zaczął jedenaście tysięcy lat temu.

A kiedy zrobi swoje, Mroczni Łowcy pozostaną bez przywódcy.

On będzie wolny, a świat, jaki wszyscy znają, stanie się całkiem innym miejscem.

Styxx się uśmiechnął.

Jeszcze tylko kilka dni...

ROZDZIAŁ 3

Talon obudził się z ręką w ogniu.

Z sykiem wyszarpnął ją ze światła słonecznego, które wlewało się przez okna na wyjątkowo różowe łóżko. Podniósł się, opierając się o białe, wiklinowe wezgłowie, żeby uniknąć kontaktu z kolejnymi śmiercionośnymi promieniami.

Podmuchał na dłoń, ale nadal go piekła i bolała.

Gdzie, u diabła, się znalazł?

Po raz pierwszy od wieków poczuł się trochę niepewnie.

Zawsze i wszędzie był w swoim żywiole. Nigdy nie tracił zimnej krwi. Całe jego życie opierało się na wyjątkowym wyważeniu i umiarze.

Nigdy w całej swojej egzystencji Mrocznego Łowcy nie tracił rezonu i nie był skonfundowany.

Teraz jednak nie miał pojęcia, gdzie się znajduje, która jest godzina, jaki dzień, ani kim są kobiety, które słyszał po drugiej stronie różowej zasłony.

Mrużąc boleśnie oślepione oczy, rozejrzał się po dziwnym pokoju i zdał sobie sprawę, że jest uwięziony między dwoma otwartymi oknami. Serce zaczęło mu walić jak młotem. Nie miał jak bezpiecznie wyjść z łóżka. Mógł tylko przesunąć się w lewo i w kąt, w którym stała szafka nocna przykryta różową apaszką.

Niech to szlag.

Mimo bolesnego pulsowania w głowie poprzednia noc zaczęła do niego wracać we wspomnieniach, i to z zadziwiającą wyrazistością. Atak.

Kobieta...

Wielkie, ogromne coś, co go rozjechało.

Chociaż ciało miał poobijane i obolałe, moce Mrocznego Łowcy pozwoliły mu wyleczyć się w czasie snu. Za kilka godzin nawet te dolegliwości znikną.

Do tego czasu musiał wydostać się ze śmiertelnej słonecznej pułapki. Zamknął oczy i siłą woli zmusił ciemną chmurę, żeby zasłoniła słońce, dzięki czemu jasne światło przestało niszczyć mu wzrok.

Gdyby chciał, mógłby przywołać tyle chmur, że prawie zamieniłby dzień w noc, ale to nie wyszłoby mu na zdrowie.

Światło słoneczne to światło słoneczne.

Nietypowe moce Mrocznego Łowcy pozwalały mu w znacznym stopniu panować nad żywiołami, nad pogodą i leczeniem, ale nie miał władzy nad dominium Apolla. Jasny czy pochmurny, dzień nadal należał do Apolla i nawet jeśli teoretycznie Apollo był na emeryturze, nadal nie tolerował u siebie Mrocznych Łowców.

Gdyby tylko Apollo zobaczył go za dnia na zewnątrz albo chociaż w pobliżu okna, z Talona zostałby paseczek smażonego bekonu na chodniku.

Wysmażeni na skwarkę Celtowie w najmniejszym stopniu nie odpowiadali jego gustom.

Kiedy oczy wreszcie przestały go piec, chciał wstać z łóżka, ale zamarł. Nic nie oddzielało go od pachnącej olejkiem paczulowym i terpentyną pościeli.

Co się stało z moim ubraniem?

Był pewien, że nie rozebrał się sam zeszłej nocy.

Czy oni...?

Zmarszczył brwi, próbując sobie przypomnieć. Nie, to niemożliwe. Gdyby był dość przytomny, żeby uprawiać seks, byłby wystarczająco przytomny, żeby wyjść stąd na długo przed świtem.

– Gdzie to jest?

Podniósł wzrok, słysząc obcy głos po drugiej stronie różowego materiału, tworzącego litą ścianę wokół łóżka.

Dwie sekundy później zasłona się odsunęła, ukazując atrakcyjną kobietę, na oko dobiegającą czterdziestki. Długie czarne włosy miała zaplecione w trzy warkocze, a ubrana była w długą zwiewną czarną spódnicę i tunikę.

Wyglądała uderzająco podobnie do kobiety, którą spotkał zeszłej nocy. Na pierwszy rzut oka można by ją łatwo pomylić z młodszą odpowiedniczką.

– Ej, Sunshine, twój przyjaciel już nie śpi. Jak się nazywa?

– Nie wiem, Starla. Nie pytałam.

Oho, robi się coraz dziwniej.

Nieporuszona jego obecnością kobieta podeszła do szafki przy łóżku.

– Wyglądasz mi na Steve'a – powiedziała, schylając się i podnosząc różowe chustki. Zaczęła grzebać w stercie czasopism ukrytych pod apaszkami. – Jesteś głodny, Steve?

Zanim zdążył odpowiedzieć, zawołała:

– Tu nie ma!

– Pod starymi egzemplarzami „Art Papers".

– Nie ma.

Sunshine weszła do pokoju, poruszając się z wdziękiem księżniczki. Miała na sobie fioletową sukienkę z długimi rękawami, w tak rażącym odcieniu, że Talon musiał zmrużyć oczy. Przeszła przed oknem i wtedy zdał sobie sprawę, że materiał jest dość cienki i nie osłania dostatecznie jej bujnych, obfitych kształtów oraz zdradza fakt, że nie ma niczego pod spodem.

Nie miała pod nią nic oprócz opalonej skóry.

Zaschło mu w gardle.

Ocierała ręce z farby w ręcznik, idąc w stronę szafki i nawet nie zerknąwszy w jego kierunku.

– Tu jest – powiedziała, wyciągając czasopismo i podając je starszej od niej kobiecie.

Wreszcie spojrzała na łóżko i napotkała wzrok Talona.

– Jesteś głodny?

– Gdzie moje ubranie?

Sunshine zerknęła zmieszana na Starlę.

– Pytałaś go, jak się nazywa?

– Steve.

– Nie nazywam się Steve.

Sunshine zignorowała go, ale obie ze Starlą spojrzały na niego leżącego na łóżku, jakby był jakąś nieożywioną ciekawostką.

Podciągnął różowe prześcieradło wyżej, zasłaniając się w pasie. A potem, nagle skrępowany, schował pod prześcieradło również nagą nogę i ugiął kolano, żeby centralne części jego ciała nie rysowały się tak wyraźnie pod cienką bawełną.

Obie kobiety nadal gapiły się na niego.

– Widzisz, o czym ci mówiłam? – spytała Sunshine. – Czy on nie ma najbardziej niesamowitej aury, jaką w życiu widziałaś?

– To bez wątpienia stara dusza. I druidzka krew. Jestem przekonana.

– Myślisz? – dopytywała się Sunshine.

– O, tak. Musimy go namówić na regresję i powrót do poprzednich wcieleń, żeby zobaczyć, czego się dowiemy.

W porządku, więc obie były szurnięte.

– Kobiety – rzucił ostro Talon. – Potrzebuję ubrania. I to zaraz.

– Popatrz – mówiła Sunshine. – Patrz, jak zmienia się jego aura. Jest taka żywa.

– Wiesz, nigdy czegoś takiego nie widziałam. To naprawdę coś innego.

Starla wyszła, kartkując czasopismo.

Sunshine nadal ocierała ręce z farby.

– Głodny?

Jak ona to robiła? Jak mogła przejść od jednego tematu do drugiego i z powrotem?

– Nie – odpowiedział, starając się utrzymać ją przy głównym wątku rozmowy. – Chcę dostać swoje ubranie.

Skrzywiła się.

– Co się stało z metkami przy twoich spodniach?

Talon zmarszczył brwi, słysząc tak dziwne pytanie. Starał się panować nad irytacją, ale z jakiegoś powodu przy tej kobiecie było to naprawdę trudne.

– Słucham?

– No wiesz, były całe we krwi...

Ogarnęły go najgorsze przeczucia.

– I?

– Zamierzałam je wyczyścić i...

– O w mordę, uprałaś je?

– Nie tyle pranie im zaszkodziło, ile suszenie.

– Wrzuciłaś do suszarki moje skórzane spodnie?!

– Nie wiedziałam, że są ze skóry – odpowiedziała cicho. – Były naprawdę miękkie i takie dziwne, więc pomyślałam, że to skaj albo coś takiego. Mam taką sukienkę i piorę ją cały czas, ale nie niszczy się ani nie kurczy jak twoje spodnie.

Talon potarł czoło. Nie było dobrze. Do licha, jak miał wynieść się z jej mieszkania w środku dnia, do tego nago?

– Wiesz... – ciągnęła. – Naprawdę nie powinieneś odcinać metek z ubrań.

Minęło dużo czasu, odkąd czuł prawdziwe, głębokie zdenerwowanie, ale teraz właśnie zaczynało go ogarniać.

– To były szyte na miarę skórzane spodnie, ręczna robota. Nigdy nie miały metek.

– Och... – jęknęła jeszcze bardziej zażenowana. – Kupiłabym ci inne, ale że tamte nie miały żadnych metek, nie wiedziałam, jaki rozmiar.

– Super. Uwielbiam lądować w cudzych domach bez ubrania.

Zaczęła się do niego uśmiechać, ale zacisnęła usta, uznając, że to zły pomysł.

– Mam gdzieś różowy dres, który naprawdę nie będzie na ciebie pasował, a nawet gdyby pasował, nie chciałbyś go włożyć, prawda?

– Nie. Portfel też mi uprałaś?

– Nie, nie. Wyjęłam go ze spodni.

– Świetnie. Gdzie jest?

Znowu milczała i Talona ogarnęła groza.

– Czy w ogóle chcę wiedzieć? – spytał.

– Wiesz...

Zaczynał nie cierpieć tego słowa, zwłaszcza że najwyraźniej zwiastowało zgubę jemu i jego rzeczom.

– Położyłam go na pralce razem z kluczami w pralni samoobsługowej, a potem zdałam sobie sprawę, że nie mam drobnych, więc poszłam do automatu, który rozmienia. Nie było mnie tylko sekundę, ale kiedy wróciłam, portfela już nie było.

Talon się skrzywił.

– A klucze?

– Wiesz, że jak się pierze tylko jedną rzecz, to cała pralka chodzi, nie? Klucze zjechały z pralki i wpadły do odpływu.

– Nie wyjęłaś ich?

– Próbowałam, ale nie mogłam sięgnąć. Prosiłam trzy osoby, nie dały rady.

Talon nie wierzył własnym uszom. Gorzej, nie mógł się na nią gniewać, bo tylko próbowała mu pomóc. Ale naprawdę, naprawdę miał ochotę się wściec.

– Nie mam pieniędzy, spodni, kluczy. Mam jeszcze kurtkę?

– Tak, jest bezpieczna. Nie włożyłam też do pralki twojego Snoopy'ego z cukierkami. Są też twoje buty i nóż – dodała, podnosząc rzeczy z podłogi obok łóżka.

Talon skinął głową; dziwnie mu ulżyło, że nie zniszczyła wszystkiego, co miał przy sobie zeszłej nocy. Bogom niech będą dzięki, że zostawił motocykl przy Brewery. Wzdrygnął się na myśl o tym, co mogłaby z nim zrobić.

– Jest tu jakiś telefon, z którego mógłbym skorzystać?

– W kuchni.

– Możesz mi go przynieść?

– To nie jest bezprzewodowy aparat. Bezprzewodowe zawsze gubię, albo upuszczam gdzieś i psuję. Ostatni utopiłam w toalecie.

Talon spojrzał niepewnie na kobietę i słabe światło słoneczne w pokoju. Zastanawiał się, która z tych rzeczy jest dla niego bardziej niebezpieczna.

– Mogłabyś opuścić rolety? – spytał.

Zmarszczyła brwi.

– Światło słoneczne ci przeszkadza?

– Mam na nie alergię – odpowiedział, wykorzystując typowe kłamstwo Mrocznych Łowców w podobnych sytuacjach.

Chociaż wątpił, żeby jakikolwiek Mroczny Łowca wpakował się kiedykolwiek w taką kabałę jak on.

– Naprawdę? Nigdy wcześniej nie poznałam nikogo uczulonego na słońce.

– Cóż, ja jestem.

– Więc jesteś jak wampir?

To słowo trafiło zdecydowanie za blisko celu.

– Niezupełnie.

Podeszła do okna, ale kiedy pociągnęła roletę, ta cała spadła na ziemię.

Szare światło słoneczne rozlało się po łóżku.

Talon zaklął i skoczył w kąt, w ostatniej chwili unikając bladych promieni.

– Sunshine... – Starla urwała, kiedy weszła do pokoju i zobaczyła Talona stojącego w kącie pokoju. Obrzuciła go dziwnym, obojętnym spojrzeniem, jakby był meblem.

Talon nie wiedział co to wstyd, ale kiedy tak na niego spojrzała, poczuł się cholernie nieswojo. Nie bacząc na promienie słońca, zerwał z łóżka różowy koc i się nim zasłonił.

– Wiesz, Sunshine, musisz znaleźć sobie takiego faceta na męża. Jak facet jest tak wyposażony, to nawet po trzech, czterech dzieciakach zostanie mnóstwo do zabawy.

Talon rozdziawił usta.

Sunshine się roześmiała.

– Starla, zawstydzasz go.

– Och, uwierz mi, nie ma się czego wstydzić. Powinieneś być dumny. Serio. Zaufaj mi, młody człowieku, kobiety w twoim wieku z chęcią by sobie uszczknęły co nieco.

Talon gwałtownie zamknął rozdziawione usta. W życiu nie miał takiego pecha, żeby spotkać równie dziwaczne kobiety.

Niech bogowie go stąd ratują.

Starla spojrzała na Sunshine przy oknie.

– Co robisz?

– On ma uczulenie na słońce.

– Jest tak pochmurno na dworze, prawie ciemno.

– Wiem, ale on mówi, że światło mu szkodzi.

– Naprawdę? Więc przyprowadziłaś do domu wampira? Świetnie.

– Nie jestem wampirem – powtórzył Talon.

– Niezupełnie, powiedział wcześniej – wtrąciła Sunshine. – A co to znaczy „niezupełnie wampir"?

– Wilkołak – odparła Starla. – Z taką aurą to miało sens. Rety, Sunny, znalazłaś sobie wilkołaka.

– Nie jestem wilkołakiem.

Starla wyglądała na szczerze rozczarowaną.

– Co za szkoda. Wiesz, kiedy się mieszka w Nowym Orleanie, człowiek spodziewa się, że przynajmniej raz na jakiś czas natknie się na nieumarłego albo potępieńca. – Spojrzała znowu na Sunshine. – Myślisz, że powinnyśmy się przeprowadzić? Może gdybyśmy mieszkały w sąsiedztwie Anne Rice, to zobaczyłybyśmy jakiegoś wampira albo wilkołaka.

Sunshine powiesiła roletę z powrotem.

– Z radością zobaczyłabym zombie.

– O, tak – zgodziła się Starla. – Twój ojciec mówił, że widział jednego nocą na starorzeczu tuż przed naszym ślubem.

– To pewnie przez pejotl, mamo.

– Hm. Masz rację.

Talon znowu rozdziawił usta, patrząc na kobiety. Matka i córka? Z pewnością nie zachowywały się w taki sposób, a Starla nie wyglądała na wystarczająco starszą od Sunshine, ale nie dało się zaprzeczyć łączącemu je podobieństwu. Ani dziwactwu.

No tak, szaleństwo mocno zakorzenia się w rodzinie.

Sunshine opuściła roletę w drugim oknie.

Owinięty kocem Talon ostrożnie wyszedł z pokoju i z ulgą odkrył, że po drugiej stronie zasłony znajduje się puste, przestrzenne mieszkanie.

Po jego lewej stronie ciągnął się następny szereg okien, gdzie Sunshine wydzieliła sobie małą pracownię, ale resztę poddasza spowijał błogi półmrok i nigdzie nie było słońca. Przytrzymując koc wokół bioder, Talon ruszył do telefonu w kuchni.

– Teraz, kiedy już się obudził, Sunshine, muszę przyznać, że rzeczywiście nie stanowi zagrożenia...

Talon uniósł brew, słysząc ten komentarz. W jego życiu jeszcze nigdy nie przydarzyła się taka chwila, w której nie stanowiłby zagrożenia! Był Mrocznym Łowcą. Już samo to określenie budziło przerażenie w stworzeniach, które nadawały prawdziwe znaczenie słowu „zło".

– Idę na dół do klubu zapłacić parę rachunków, złożyć kilka zamówień i trochę popracować na serio.

– W porządku, Starla, do zobaczenia.

Musiał się stąd wynosić. Tym kobietom nie tylko brakowało piątej klepki, ale były tak dziwaczne, że nie wyrażą tego żadne słowa.

Starla pocałowała Sunshine w policzek i wyszła.

Po kilku minutach szukania Talon znalazł wtyczkę od telefonu w ścianie i wytropił staroświecki aparat z tarczą ukryty w szufladzie kuchennej, w której znajdował się także szeroki wybór zaschłych pędzli i tubek z farbami akrylowymi.

Wyciągnął telefon pomalowany we wściekle neonowe kolory i postawił go na blacie obok słoika w kształcie różowego prosiaczka, w którym znajdowały się ryżowe ciasteczka o smaku cynamonowym.

Podniósł słuchawkę i wybrał numer Nicka Gautier, który kiedyś był Giermkiem (czyli ludzkim pomocnikiem) Kyriana z Tracji. Odkąd kilka miesięcy temu Kyrian ożenił się z Amandą Devereaux i porzucił stanowisko Mrocznego Łowcy, Nick stał się nieoficjalnym Giermkiem Talona, takim na pół etatu. Talon wcale nie chciał mieć Giermka. Ludzie wokół niego umierali w okropny sposób, a Nick miał niewyparzoną gębę, przez którą na pewno pewnego dnia zginie.

Mimo to, bywały takie chwile, kiedy Giermek się przydawał. I teraz właśnie taka nadeszła.

Telefon dzwonił dopóki nie rozległ się komunikat, że abonent komórki jest w tej chwili niedostępny.

Niech to szlag. To oznaczało, że będzie musiał wykonać telefon, którego tak bardzo chciał uniknąć, że wolałby umrzeć. Gdyby inni Mroczni Łowcy się o nim dowiedzieli, wypominaliby mu to całą wieczność. Giermkowie przysięgali, że dochowają tajemnicy. Nie wolno im było ujawniać żadnych niewygodnych sekretów Mrocznych Łowców, ani w ogóle niczego, co mogłoby ściągnąć na nich niebezpieczeństwo.

Niestety, inni ludzcy pomocnicy, niebędący Giermkami, nie składali takiej przysięgi.

Nick Gautier był już trupem, niech tylko Talon go dorwie.

Szykując się na to, co zaraz nastąpi, zadzwonił do Kyriana Trackiego, który odebrał po pierwszym dzwonku.

– Talon? – upewnił się Kyrian, kiedy tylko rozpoznał jego głos. – Jest południe, co się stało?

Talon zerknął na Sunshine, które mijała go po drodze do kuchni, nucąc *Puff the Magic Dragon*.

– Potrzebuję... przysługi.

– Nie ma sprawy.

– Musisz pojechać do mnie, wziąć zapasowe kluczyki, drugą komórkę i trochę pieniędzy.

– Dobra, w porządku. Musiałeś porzucić motor?

– Tak, stoi na parkingu przy Brewery, więc musisz mi go przyprowadzić na dziś wieczór.

– Jasne, gdzie mam go podstawić?

– Poczekaj. – Talon odsunął słuchawkę od ucha. – Sunshine?

Odwróciła się do niego.

– Gdzie ja, do cholery, jestem?

Nawet mając telefon przy ramieniu, słyszał, jak Kyrian śmieje się szyderczo.

– Znasz nocny klub Runningwolfa przy Canal Street?

Pokiwał głową.

– Jesteśmy dokładnie nad nim.

– Dzięki.

Talon przekazał informację Kyrianowi.

– Talon, przysięgam, przez te swoje hormony któregoś dnia dasz się zabić.

Talon nie zawracał sobie głowy tłumaczeniem czegokolwiek Kyrianowi. Znali się od tysiąca lat i nigdy wcześniej nie dał się tak złapać. Kyrian i tak by nie uwierzył, gdyby Talon opowiedział mu, jak znalazł się na poddaszu. Sam ledwie w to wierzył.

– Musisz też przywieźć mi jakieś ubranie.

Cisza po drugiej stronie była ogłuszająca. O tak, Nick był skończonym trupem, gdy tylko Talon go dorwie.

– Co? – zapytał z pewnym wahaniem Kyrian.

– Straciłem ubranie.

Kyrian wybuchł śmiechem. Gromkim.

– Zamknij się, to wcale nie jest zabawne.

– Z mojego punktu widzenia wręcz przeciwnie.

No cóż, z punktu widzenia Talona, który stał zawinięty w różowy koc, sytuacja nie była wesoła.

– W porządku. – Kyrian spoważniał. – Przyjedziemy tak szybko, jak się da.

– My?

– Ja i Julian.

Talon znowu się skrzywił. Były Mroczny Łowca i Wyrocznia. Cudownie, po prostu cudownie. Nigdy w życiu nie dadzą mu o tym zapomnieć i – ma to jak w banku – przed zmrokiem jeden z nich wyśle odpowiednią notkę na stronę Dark-Hunter.com, żeby wszyscy mogli się pośmiać.

– W porządku – odpowiedział Talon, tłumiąc gniew. – Do zobaczenia niedługo.

– Wiesz co? – powiedziała Sunshine, kiedy się rozłączył. – Mogłabym wyjść i kupić ci jakieś ubranie. Jestem ci to winna.

Talon rozejrzał się po mieszkaniu. Wyglądało tak, jakby eksplodowała w nim butelka płynu na zgagę albo wpadł z wizytą „Kot w kapeluszu" – wszystko było różowe. Najbardziej jednak uderzył go stan mebli (opłakany) i chaotyczny wystrój. Sunshine zdecydowanie wyglądała mu na przymierającą głodem artystkę i ostatnią rzeczą, na którą było ją stać, były spodnie za dwa tysiące dolarów. A prędzej ziemia przestanie się kręcić i rozpadnie na kawałki, niż on włoży dżinsy.

– Nie ma sprawy – powiedział. – Moi przyjaciele się tym zajmą.

Przyniosła mu talerz z babeczkami i czymś, co wyglądało jak trawa.

– Co to?

– Śniadanie... albo lunch. – Kiedy Talon nie wziął talerza, Sunshine dodała: – Musisz jeść. To ci dobrze zrobi. To żurawinowa babeczka z otrębów i siemienia lnianego z dodatkiem kiełków lucerny.

Na talerzu nie było niczego, co chociaż z grubsza przypominałoby jedzenie. Zwłaszcza dla mężczyzny, którego urodzono i wychowano na celtyckiego wodza.

W porządku, Talonie, dasz radę.

– Masz jakąś kawę?

– Fuj! Nie, to świństwo cię zabije. Ale mam herbatki ziołowe.

– Ziółka? To bełt, a nie napój!

– Proszę, pan Wybredny wstał lewą nogą.

Żaden człowiek jeszcze nigdy nie odnosił się do niego z taką nonszalancją. Nawet Nick wiedział, co mu wolno.

Czując, że naprawdę nie jest w swoim żywiole, Talon się poddał.

– No dobrze. Gdzie jest łazienka?

Tylko proszę, powiedz, że masz jakąś w mieszkaniu, a nie na tyłach domu, gdzieś na parkingu, pomyślał.

Wskazała ciemny kąt poddasza.

– O, tam.

Kolejne miejsce oddzielone zasłoną. Czy to nie wspaniałe?

Jak bardzo się mylił, myśląc, że średniowiecze już się skończyło.

Och, co za wspomnienia... Okropność.

Ledwie zdążył zaciągnąć za sobą zasłonę i upuścić koc na podłogę, kiedy zjawiła się Sunshine. Trzymała różowy ręcznik i myjkę. Zamarła w pół kroku, widząc go nagiego.

Położyła ręcznik na umywalce i obeszła Talona, mierząc go wzrokiem od stóp do głów.

– Jesteś po prostu ucieleśnieniem męskiego ideału, wiesz?

Pochlebiłoby mu to, gdyby nie patrzyła na niego jak ktoś oceniający samochód. To nie pożądanie kazało jej tak powiedzieć. Mówiła beznamiętnie, jak wcześniej jej matka.

Przesunęła ciepłą, gładką dłonią po jego wytatuowanych plecach.

– Ktokolwiek zrobił ci ten tatuaż, był niezwykle utalentowanym artystą.

Przeszedł go dreszcz, kiedy jej dłoń przesunęła się w dół po kręgosłupie, aż do biodra.

– Zrobił go mój wuj – odpowiedział, zanim ugryzł się w język.

Od wieków nie mówił nikomu o swoim wuju.

– Serio? Rety.

Przesunęła ręką po ramieniu do piętna w kształcie łuku i strzały na prawej łopatce.

– A to skąd?

Talon wzdrygnął się i strząsnął jej rękę. O tym nigdy nie rozmawiał z niewtajemniczonymi ludźmi.

– To nic takiego.

I wtedy jej wzrok padł na jego erekcję. Twarz Sunshine zaróżowiła się, przybierając barwę ręcznika.

– Przepraszam – powiedziała szybko. – Mam skłonność robić różne rzeczy, zanim pomyślę.

– Zauważyłem.

Ale najgorsze było to, że nadal patrzyła na jego erekcję. Nie mogła oderwać wzroku.

– Jesteś naprawdę dużym mężczyzną.

Po raz pierwszy od ponad tysiąca lat poczuł, że oblewa się rumieńcem. Złapał ręcznik i się zasłonił.

Dopiero wtedy odwróciła wzrok.

– Poczekaj, dam ci maszynkę do golenia.

Uklękła, oferując mu przyjemny widok na swoją pupę, gdy grzebała w prowizorycznej szafce z różowej wikliny stojącej obok umywalki. Jej biodra poruszały się prowokacyjnie, kiedy szukała w niej czegoś, tylko pogłębiając jego pożądanie.

Zacisnął zęby. Ta kobieta miała najseksowniejszy tyłek, jaki w życiu widział. Jego widok sprawiał, że Talonowi jeszcze bardziej zapłonęły lędźwie, gdy pomyślał, że mógłby unieść tę zwiewną sukienkę i wejść głęboko w Sunshine. Poruszać się w jej wilgoci i żarze, podczas gdy oboje byliby spoceni i wyczerpani.

O tak, zdecydowanie była kobietą, która mogła zaspokoić mężczyznę. Zawsze miał słabość do kobiet o bujnych kształtach i...

Wynurzyła się z różową maszynka do golenia i szczoteczką do zębów.

Talon wykrzywił usta na myśl o używaniu takich dziewczęcych rzeczy.

– Masz coś, co nie jest różowe?

– Mam fioletową maszynkę, jeśli wolisz.

– Poproszę.

Wyjęła ciemnoróżową maszynkę.

– To nie jest fioletowe, tylko też różowe.

Przewróciła oczami.

– Tylko to mam, chyba że wolisz mój nożyk do ostrzenia ołówków.

Propozycja była kusząca, ale jednak wybrał maszynkę.

Sunshine nie ruszyła się z miejsca, dopóki nie wszedł do stojącej na pazurzastych łapach wanny i nie zaciągnął zasłonki. Dopiero wtedy pozwoliła sobie zagryźć kostki rąk na cudny widok jego nagiego tyłka. Bez dwóch zdań zamierzała go narysować.

Ten facet to był gorący towar. Aż można się było sparzyć. I za każdym razem, kiedy się odzywał z tym niesamowicie egzotycznym akcentem, topniała. Brzmiało to jak specyficzna mieszanka angielskiego i szkockiego.

Wachlując się, zmusiła się do wyjścia z łazienki i wróciła do kuchni.

Ale tak naprawdę to chciała zrzucić ciuchy, wejść z nim pod prysznic i mydlić to cudne, wysokie, smukłe ciało, aż nieznajomy zacznie błagać o litość.

Poczuć pod dłońmi jego jędrną, twardą skórę... Niebo. Po prostu raj.

I nawet się nie wściekł z powodu spodni! Nie mogła uwierzyć, że przyjął to tak spokojnie. Normalnie faceci już by na nią wrzeszczeli, a ona już by ich wywalała za drzwi.

A on po prostu zbył to wzruszeniem ramion. Och, to jej się podobało.

Teraz, skoro o tym pomyślała, nie okazywał zbyt wielu emocji. Był uosobieniem cierpliwości, co stanowiło bardzo przyjemną odmianę.

– Ej, Steve! – zawołała.

– Nie nazywam się Steve! – odkrzyknął spod prysznica. – Tylko Talon.

– Talon i co dalej?

– Po prostu Talon.

Uśmiechnęła się. Talon, czyli szpon. To do niego pasowało.

– Czego chciałaś?! – zawołał.

– Co? – zdziwiła się.

– Zawołałaś, jakbyś chciała mnie o coś zapytać. Czegoś potrzebujesz?

Sunshine zagryzła usta, próbując sobie przypomnieć. Ojejku...

– Już zapomniałam.

Usłyszała, że roześmiał się w głos. Rety. To pierwszy taki mężczyzna. Normalnie, na tym etapie faceci już dostawali białej gorączki.

Przez następne pięć minut szukała szkicownika, który jakimś cudem znalazł się w lodówce. Znowu. Siadła przy blacie i zaczęła rysować swoje najnowsze odkrycie.

Talon.

Nieśpiesznie szkicowała jego doskonale wyrzeźbione płaszczyzny twarzy i zawiły tatuaż na ciele. Nigdy w życiu nie widziała mężczyzny o tak idealnych proporcjach. I zanim się zorientowała, zagubiła się w tych liniach. Zatraciła się i uwolniła swój zmysł twórczy, a ten rozwijał się i odtwarzał rzeczy, które uznała w tym mężczyźnie pod prysznicem za tak niewiarygodnie fascynujące.

Zanim się zorientowała, ile czasu minęło, Talon zakręcił prysznic i wyszedł zza zasłony z mokrym ręcznikiem owiniętym wokół smukłych bioder.

Mamusiu moja...

Z czystego zachwytu znowu miała ochotę obgryźć sobie knykcie. Nie licząc dwóch cienkich warkoczyków, które kołysały się przy każdym jego ruchu, mokre złociste włosy odgarnął do tyłu. Jego czarne jak smoła oczy błyszczały inteligencją i tajemnicza mocą. Nigdy nie widziała tak ciemnych oczu, zwłaszcza u blondyna.

Jego obecność wywierała tak potężne wrażenie, że od samego patrzenia zapierało jej dech w piersi. Jakby samo powietrze wokół niego wypełniało się mocą i siłą; nade wszystko pragnęła uchwycić to w swoich pracach.

Nikt jednak nigdy nie zdoła odzwierciedlić ani stworzyć tak intensywnej aury. To było coś, czego można tylko doświadczyć osobiście.

Z każdym jego krokiem serce Sunshine waliło coraz mocniej. Ten facet był obezwładniająco męski. Mężczyzna w najlepszym gatunku.

Jego surowy, zwierzęcy magnetyzm... sprawiał, że krew płonęła jej w żyłach.

Wczoraj w jej łóżku wyglądał atrakcyjnie, ale gdy stał i był przytomny, prezentował się wręcz zniewalająco.

– Wiesz co, Talon? – powiedziała, wodząc wzrokiem po liniach jego idealnych mięśni. – Ręczniki naprawdę świetnie na tobie wyglądają. Wyjdź tak na dwór, a zapoczątkujesz nową modę.

Kąciki jego ust drgnęły w rozbawieniu.

– Zawsze mówisz, co ci przyjdzie na myśl?

– Przeważnie. Pewne myśli zachowuję dla siebie. Kiedyś mniej się przejmowałam i waliłam wszystko prosto z mostu, ale za którymś razem moja współlokatorka z college'u wezwała pogotowie psychiatryczne. Wiesz, oni naprawdę mają kaftany.

Talon uniósł brwi, wyczuwając jej szczerość. To była prawdziwa historia. Ta kobieta była ekscentryczna, bez wątpienia, ale daleko jej było do wariatki.

No może nie tak bardzo daleko.

Sięgnęła po jego nietknięte „śniadanie" i wzięła tak zwaną „babeczkę". W ciastku były małe lśniące kawałki, których nie potrafił nawet z grubsza zidentyfikować.

– Nie zjadłeś swojej babeczki.

Aha, jasne. Nie zjadł też jeszcze swoich butów, a już prędzej dobierze się do nich niż do tego czegoś, co Sunshine trzymała w ręku.

– Nie jestem głodny.

A przynajmniej nie, jeśli idzie o zwykłe jedzenie.

Upuściła babeczkę; Talon mógłby przysiąc, że uderzyła w blat z głuchym odgłosem. Marszcząc brwi, Sunshine wyciągnęła rękę i dotknęła jego naszyjnika. Musnęła jego szyję, budząc dreszcz i inne reakcje w ciele.

– Jest taki piękny, zawsze chciałam mieć torques, ale nie mogłam znaleźć takiego, który by do mnie pasował. – Przesunęła kciukiem po prawym smoczym łbie. – Jesteś ze Szkocji?

– Niezupełnie – odpowiedział, patrząc, jak przygląda się torquesowi, który był ślubnym podarunkiem od ciotki.

On i Nynia dostali dwa naszyjniki, takie do pary. Nie wiedział, czemu nadal go nosi, poza tym, że zdjęcie go wywołałoby więcej bólu, niż gotów był znieść. Na swój sposób zdjęcie torquesa byłoby jak ponowna utrata Nynii.

Wbrew woli powrócił myślami do chwili, w której Nynia zakładała mu torques na szyję. Jej uśmiech był olśniewający, a twarz pełna miłości, kiedy całowała go w usta.

Bogowie, jak za nią tęsknił. Nawet po tych wszystkich wiekach.

Bywały chwile, kiedy mógłby przysiąc, że nadal czuje ciepły zapach jej włosów. Czuje jej dotyk. Jak fantomowe doznania po utraconej kończynie – nawet wiele lat później nadal mógłby przysiąc, że ją czuje.

W Sunshine było coś, co przypominało mu żonę. I nie chodziło tylko o to, że obie miały umiejętność doprowadzania go do białej gorączki.

Sunshine była przedziwnie fascynująca. Podobnie jak on, widziała rzeczy na innym poziomie, rzeczy ukryte przed zwykłym wymiarem egzystencji.

Jej umysł przeskakiwał z tematu na temat jak błyskawica, co było równie intrygujące, jak dezorientujące. Znał jeszcze tylko jedną osobę obdarzoną podobną cechą: Nynię.

Kiedy był śmiertelnikiem, specyficzna logika Nynii często wprawiała go w zdumienie.

– Wiesz, często powtarzasz słowo „niezupełnie" – powiedziała Sunshine. – Jesteś niezupełnie wampirem. Jesteś niezupełnie ze Szkocji. I masz uczulenie na światło słoneczne. Co jeszcze?

– Nie cierpię otrębowych babeczek i trawy.

Skwitowała to śmiechem – dźwiękiem głębokim i gardłowym, który go rozgrzał. Patrzył z fascynacją, jak poplamioną szmatką wyciera z węgla długie smukłe palce.

– Ile masz czasu do przyjazdu twoich przyjaciół?

– Na pewno kilka godzin. Mieszkam za miastem.

Sunshine spojrzała na ręcznik na jego biodrach. Jeśli będzie go tu trzymała w tym stanie, to nie sposób powiedzieć, do czego dojdzie.

A właściwie to przeciwnie: łatwo przewidzieć do czego dojdzie, a to oznaczało, że naprawdę musiała zdobyć dla niego jakieś ubrania... i to szybko.

Odetchnął głęboko, co podkreśliło rzeźbę mięśni na twardym brzuchu.

O tak, musiała zakryć czymś tę pokusę.

– Coś ci powiem, panie Talonie-Bez-Nazwiska. Co ty na to, żebym wyszła i przyniosła ci coś do ubrania, dopóki twoi przyjaciele nie przyjadą?

Nie chcę, żebyś wychodziła.

Talon aż zamrugał, zaskoczony tą dziwną, nietypową dla siebie myślą.

Skąd się wzięła?

Było w tej kobiecie coś frapującego. Jakaś siła, a zarazem bezbronność. Wyczuwał w niej potrzebę wynagrodzenia szkód, które mu wyrządziła, nie pojmował jednak źródła. Zwłaszcza że przecież uratowała mu życie.

Gdyby zostawiła go na ulicy, byłby już martwy. Zostałaby z niego wysmażona plama na chodniku.

– Nie musisz.

– Wiem. Ale nalegam. Przynajmniej tyle mogę zrobić, skoro zniszczyłam ci spodnie.

Spojrzał na jej dobrą, urzekającą twarz okoloną prostymi, czarnymi jak smoła włosami i zafascynował go wykrój jej ust. Wydawało się, że leciutko się uśmiechają, nawet kiedy jej twarz była całkowicie rozluźniona. Sunshine* to było coś więcej niż imię – to była jej natura. Szczęśliwa, radosna.

Nie sposób było się jej oprzeć, a Talon tak bardzo chciał jej posmakować, że nie bardzo wiedział, dlaczego jeszcze tego nie zrobił.

Musiał poznać jej smak. Poczuć ją.

Sunshine patrzyła, jak Talon przygląda się jej ustom. W jego obsydianowym spojrzeniu było tyle żaru, że podpaliłby nawet lodowiec. Nawet jej nie dotknął, a mogłaby przysiąc, że już czuje, jak otacza ją jego żar i pożądanie.

Powietrze wokół niej było wprost naładowane seksualnością. Niemal skwierczało erotyzmem i tęsknotą. Nigdy w życiu nie czuła czegoś podobnego.

Talon emanował niewiarygodną seksualnością. Pociągał ją tak, jak jeszcze nigdy żaden mężczyzna w jej życiu.

---

* Sunshine (ang.) – słońce, blask słoneczny, pieszczotliwie o kimś: słoneczko (przyp. tłum.).

Zmrużył oczy, pochylił głowę i zagarnął jej usta w mistrzowskim pocałunku, od którego dosłownie zakręciło jej się w głowie. Jej ciało topniało.

Jęknęła, czując smak jego warg na swoich i jego język poruszający się namiętnie w jej ustach. Ściągnął ją ze stołka barowego i wziął w mocne objęcia, przesuwając dłońmi po jej plecach, zaciskając pięści na materiale sukienki.

Surowy, męski zapach owładnął nią, gdy poczuła zaciskające się wokół niej mięśnie. Ledwie mogła znieść świadomość tej męskiej siły i nie zemdleć.

To był mężczyzna z krwi i kości, który wiedział, co robić z kobiecym ciałem. Wyczuwała to w jego mistrzowskim pocałunku – dobrze wiedział, gdzie i jak ją pieścić.

Jej ciało zapłonęło z pożądania i chwyciła się jego nagich ramion, czując jak jego męskość twardnieje na wysokości jej brzucha.

Nigdy w życiu nie doświadczyła czegoś podobnego. Zupełnie jakby umierał z głodu, tęskniąc z nią.

I tylko za nią.

Dopiero kiedy się odsunął, zdała sobie sprawę, że oparła się na nim całym ciężarem ciała i że trzymał ją, nawet nie napinając mięśni. Jezu, ależ on był silny.

Przesunął kciukiem po jej nabrzmiałych wargach i popatrzył tak ciepło i czule, że jego wzrok zaparł jej dech w piersi jeszcze mocniej niż wcześniejszy pocałunek.

– Mam trzydzieści trzy cale w pasie, nogawka trzydzieści osiem.

– Yhm... – westchnęła, nie słuchając go.

Zatoczyła się ku niemu, gotowa na następny pocałunek.

Talon poczuł, jak coś w jego wnętrzu drgnęło, kiedy spojrzał w jej zamglone i pełne uwielbienia oczy.

– Pocałuj mnie jeszcze – szepnęła, na chwilę przed tym, nim sięgnęła ustami ku jego wargom.

Ujął jej twarz, całując głęboko, uważając, żeby przypadkiem nie dotknęła językiem jego kłów i nie poznała prawdy o nim.

Ale trudno było się odsunąć, kiedy jej smak doprowadzał go niemal do szaleństwa. Zapach olejku paczulowego i terpentyny otumaniał go; do bólu pragnął podciągnąć jej sukienkę i przesunąć dłonią po bujnych udach ku...

Jej język znalazł się niebezpiecznie blisko jego kłów.

Odsunął się i wypuścił ją z objęć.

Zaszło to trochę za daleko, ale nawet w połowie nie tak daleko, jak by chciał. Obrzucił spojrzeniem jej ciało rysujące się pod sukienką. Była krągłą kobietą, nie drobną ani zwiewną. Miała duże, bujne piersi – do takich właśnie miał słabość.

Zaciskając zęby, zwalczył straszliwe pragnienie, żeby wziąć ją w ramiona i zakosztować tych piersi. Spróbować ich ustami. Dłońmi.

Językiem.

A jeszcze lepiej kłami...

– No dobrze... – powiedziała dziwnym, piskliwym głosem. – Było miło.

Złożyła ręce i odsunęła się o krok. Dopiero wtedy jej wzrok padł na ręcznik i w jej ciemnych oczach zapaliło się światełko.

– Ubrania. Potrzebujesz ubrań, zanim zrobię coś, czego mogłabym potem nie żałować. Jaki nosisz rozmiar, Steve?

– Talon.

– Talon. Rozmiar. Ubrań. Żeby go zasłonić.

Talon uśmiechnął się, patrząc, jak Sunshine próbuje się skupić, a jej wzrok cały czas wędruje po nim pożądliwie. Podobała mu się. Mimo jej dziwactw, było w niej coś niezwykle świeżego i czystego.

– Idę po ubrania dla Talona. – Z naciskiem wypowiedziała jego imię. Wyszła i wróciła kilka sekund później. – Kluczyki – wyjaśniła, idąc do różowego pojemnika na blacie kuchennym. – Potrzebuję kluczyków do samochodu. – Zaraz znowu wróciła. – Portmonetka. I pieniądze na ubranie.

Talon przeczesał dłonią wilgotne włosy, kiedy ponownie wyszła. Zastanawiał się, czy zapomniała jeszcze czegoś.

Zapomniała.

– Buty – powiedziała następnym razem. – Muszę włożyć buty, żeby mi nogi nie zmarzły, kiedy pójdę do sklepu. – Wsunęła stojące przy drzwiach pantofle bez pięty.

– A płaszcz? – spytał Talon, widząc, że znowu wychodzi. – Mamy zimę.

– Płaszcze przydają się zimą – zgodziła się z nim, podchodząc do wieszaka przy drzwiach, który, jak domyślał się Talon, pełnił funkcję szafy. Włożyła stary brązowy płaszcz, który zupełnie do niej nie pasował. – Zaraz wracam.

– Poczekaj.

Zatrzymała się i spojrzała na niego.

Talon przeszedł przez pokój. Rozpiął jej krzywo zapięty płaszcz i zapiął go jak należy.

– Dziękuję – powiedziała, posyłając mu uśmiech, który miał przedziwny wpływ na jego żołądek i lędźwie.

Talon zdołał tylko skinąć głową, zwłaszcza że tak naprawdę chciał wziąć ją na ręce, zanieść do łóżka i kochać się z nią przez resztę popołudnia.

– Zaraz wracam – powtórzyła i wyszła.

Kiedy zniknęła, wreszcie pozwolił sobie na szeroki uśmiech. Kobieta była naprawdę nie z tej ziemi.

Przypominała mu ciepły wiosenny dzień po surowej zimie. Minęło wiele czasu, odkąd ktoś dotykał go tak, jak ona. Dużo czasu, odkąd ktoś zaprzątnął jego myśli.

– Podoba ci się.

Odwrócił głowę, żeby spojrzeć przez ramię na ducha, który rozbłysnął za nim.

– Jest interesująca – odpowiedział Cearze.

Ceara przesunęła się i zatrzymała obok niego. Na jej bladych policzkach malował się eteryczny rumieniec, kiedy migotała między tym wymiarem egzystencji i następnym.

Powinna była wieki temu przejść całkowicie do miejsca wiecznego spoczynku albo się odrodzić, ale nie chciała go zostawić samego.

I chociaż było to okropnie samolubne, Talon cieszył się z jej towarzystwa. Zwłaszcza w dawnych czasach, kiedy nie miał do pomocy zdobyczy nowoczesnej techniki, pozwalających mu utrzymać kontakt z Mrocznymi Łowcami.

Wtedy osamotnienie było straszliwe. Spędzał całe dnie sam, bo z powodu klątwy nie miał odwagi nikogo do siebie dopuścić. Nie śmiał do nikogo zwrócić się o pomoc.

Jedyną pociechę znajdował w nieczęstych wizytach siostry.

Jednakże za każdym razem, gdy patrzył na Cearę, boleśnie przypominał sobie, jak straszliwie ją zawiódł. Powinien był pomóc jej w dniu, w którym umarła. Gdyby nie był głupcem, przeżyłaby swoje życie, na które zasługiwała. Życie z mężem i dziećmi.

A zamiast tego złożono ją w ofierze, ponieważ był głupim, aroganckim dupkiem.

Za pierwszym razem, kiedy przyszła do niego po ich śmierci, to doświadczenie wstrząsnęło nim do głębi. Nie padły z jej strony żadne oskarżenia, nie było w niej nienawiści, chociaż na to zasłużył.

Okazała mu tylko współczucie i miłość.

– Obiecałam ci, że nigdy cię nie opuszczę, *bràthair* – powiedziała wtedy. – I nie opuszczę. Zawsze będę tu dla ciebie.

Na przestrzeni wieków jej obecność była jedyną rzeczą, która pozwalała mu zachować panowanie nad sobą i jakoś funkcjonować. Nic na świecie nie miało dla niego większej wagi niż jej przyjaźń i miłość.

Siostrzanym gestem musnęła siniak na jego prawym udzie. Nie czuł dotyku, ale ten gest sprawił, że skóra go zamrowiła.

– Już cię nie boli?

– Nie, nic mi nie jest.

– Speirr... – zwróciła się do niego jego celtyckim imieniem. – Wiesz, że możesz być ze mną szczery.

Sięgnął, żeby odgarnąć pasemko jasnych włosów z jej policzka, i dopiero wtedy przypomniał sobie, że nie może jej dotknąć.

Zamknął oczy, wspominając przeszłość.

Klan zabił ją na kilka dni przed jej szesnastymi urodzinami.

„Będzie naszą ofiarą dla bogów, a oni przebaczą nam grzechy naszego przywódcy...".

Zacisnął zęby, powstrzymując wzbierający w nim żal i wyrzuty sumienia. Zginęła z jego winy. Zabił ją. Jakby sam trzymał nóż.

Odepchnął jednak te myśli na bok i znalazł odrętwienie, którego potrzebował, żeby funkcjonować.

Nie jestem już człowiekiem i nie mam przeszłości. Powtórzył w myślach litanię Acherona, która pomagała mu stłumić uczucia.

Istniała tylko teraźniejszość i przyszłość. Jego ludzkie życie było daleko za nim, a on był Mrocznym Łowcą, którego istnienie sprowadzało się do szukania i niszczenia zła żerującego na ludziach, nieświadomych tego, co czai się w ciemności i na nich czyha.

– Noga mnie boli, ale tylko trochę.

W przeciwieństwie do serca.

Ceara pokręciła głową.

– Speirr, to nie jest bezpieczne miejsce dla ciebie. Tu jest za dużo światła. Nie podoba mi się, że tu jesteś.

– Wiem. Opuszczę je jak najszybciej.

– Dobrze więc. Wrócę, kiedy będziesz mnie potrzebował.

Rozwiała się i został sam. Znowu.

Jego wzrok padł na blat, przy którym Sunshine siedziała, kiedy wszedł do kuchni. Zmarszczył brwi na widok szkiców, nad którymi pracowała.

Podniósł szkicownik. Talon był pod wrażeniem podobieństwa, jakie udało się jej uchwycić.

Była utalentowaną artystką. Potrafiła wyrazić emocje i znaczenie nawet w najprostszych liniach. Nigdy nie widział czegoś podobnego.

Niestety, nie mógł tu tego zostawić.

Wyrwał stronę ze szkicownika i, używając swoich mocy, spalił ją. Mroczni Łowcy nie mogą dopuścić do tego, by gdziekolwiek zachowały się jakieś ich podobizny. Nie potrzeba dowodów na ich nieśmiertelność; rodziłyby tylko pytania i prowadziły do komplikacji, których żaden z nich nie chciał.

Miał tylko nadzieję, że Sunshine nie odtworzy rysunków po jego wyjściu.

Rozejrzał się po mieszkaniu i zauważył, że cała przestrzeń jest zawalona oprawionymi i nieoprawionymi dziełami sztuki. Na podłodze, na długim stole do rysowania i na trzech sztalugach walały się niedokończone projekty.

Przeszedł przez pomieszczenie, żeby przyjrzeć się im lepiej. Stracił poczucie czasu, oglądając je, a potem znalazł jeszcze więcej obrazów, stojących pod ścianą obok sypialni. Sunshine lubiła żywe barwy, a jej maźnięcia pędzlem na płótnie były równie lekkie i delikatne jak ona sama.

Najbardziej jednak zafascynowała go jej ceramika. Wyroby stanowiły ognistą mieszankę kolorów, a wzornictwo było dalekie od nowoczesnego. Musiała studiować kulturę starożytnej Grecji i Celtów, żeby stworzyć tak dobre kopie. To zadziwiające, jak wiernie oddawały oryginały z przeszłości. Gdyby nie wiedział, przysiągłby, że przeniósł je w czasie jakiś Zwierzo-Łowca.

Ktoś zapukał do drzwi.

Talon odstawił miskę, którą oglądał, na półkę wiszącą obok drzwi, gdzie stało takich więcej. Podszedł i otworzył drzwi, za którymi ujrzał Kyriana i Juliana.

Obu zatkało na widok całkiem nagiego przyjaciela stojącego w mieszkaniu.

Talon natychmiast zatrzasnął drzwi.

Kyrian ryknął śmiechem. Talon się skrzywił.

– Daj spokój, Tally – droczył się z nim Kyrian. – Chcesz swoje ubrania? I klucze? Czekaj, a co powiesz na odrobinę godności osobistej?

Talon otworzył drzwi, złapał Kyriana za koszulę i wciągnął go do środka.

– Ale z ciebie dupek.

Kyrian zaśmiał się jeszcze głośniej. Za nim wszedł Julian Alexander.

Sądząc po jego minie, też chciał się roześmiać, ale ze wszystkich sił się powstrzymywał. Talon to doceniał.

Kyrian z kolei nie był tak uprzejmy.

– Ładne kolanka, stary, ale tym owłosionym nóżkom przydałaby się kosiarka.

– Zamknij się. – Talon wyrwał mu torbę z ubraniem i wyciągnął skórzane spodnie. – Julian, chciałem ci tylko podziękować, że zachowujesz się jak dorosły i nie bawisz się moim kosztem.

Stojący z rękami w kieszeniach Julian skinął głową.

– Cóż, byłem w podobnej sytuacji, więc wiem, jak to jest. Oczywiście, na swoje usprawiedliwienie mogę dodać, że mój ręcznik był ciemnozielony, a nie różowy.

Obaj z Kyrianem wybuchli śmiechem, a Talon jęknął.

Kyrian trącił brzeg ręcznika.

– A to co? Koronka?

– Nie, ja raczej myślę, że to się robi na szydełku – poprawił go Julian.

Talon odsłonił kły, patrząc na nich.

– Lepiej uważajcie, ludzie, bo może postanowię pożywić się waszym kosztem.

– Ehm, jestem tylko w połowie człowiekiem – przypomniał mu Julian. – Spróbuj mnie, a dorobisz się bólu brzucha jak diabli.

Warcząc na nich, Talon szybko zastąpił ręcznik spodniami.

– No dobra – zaczął Kyrian. – To jak to się stało, że bawisz się w Ravyna? Mam uprzedzić Nicka, że teraz będziesz regularnie zrzucał ciuchy, czy co?

Talon przewrócił oczami na dźwięk imienia katagarskiego Mrocznego Łowcy. Ravyn był zmiennokształtnym, który o świcie często budził się nago.

– Nie, to jednorazowa sytuacja. – Taką mam nadzieję, dodał w myślach. – A skoro mowa o Nicku, gdzie on się podziewa? Próbowałem dodzwonić się do niego w tej sprawie.

– Ma zajęcia.

– Cóż, nadal pracuje na rzecz Mrocznych Łowców, więc powinien być pod telefonem.

– Proszę, jacy się robimy drażliwi bez ubranka.

Talon udał, że nie słyszy Kyriana, i włożył czarny T-shirt.

***

Sunshine przystanęła obok kramiku tarocistki Seleny Laurens przy Jackson Square. Kasztanowe poskręcane włosy Selena związała z tyłu chustką w lamparcie cętki, a jej szczupłą sylwetkę okrywał czarno-biały płaszcz w kurzą stopkę.

– Cześć, Sunny – powitała ją Selena. – Zastanawiałam się, czy jesteś chora, czy co, skoro nie zjawiłaś się ze swoimi dziełami.

– Och, ktoś do mnie wpadł.

Selena uniosła brew.

– Ktoś stary czy ktoś nowy?

– Nowy.

Selena nie kryła sceptycyzmu.

– Mam nadzieję, że milszy od tego poprzedniego wałkonia, z którym się spotykałaś.

Sunshine zmarszczyła nos na wspomnienie Grega. Gruboskórny członek gangu motocyklowego zdecydowanie nie był odpowiedni dla niej i cały czas ją mylił ze swoją byłą dziewczyną Sarą – nie ma to jak usłyszeć niewłaściwe imię, kiedy się z kimś kochasz.

Już nie wspominając o tym, że pożyczył od niej trzysta dolarów dzień przed tym, jak go wykopała z domu. Chociaż, zważywszy to wszystko, warto było poświęcić trzysta dolców, żeby się go pozbyć.

– Na to wygląda. – Poklepała torbę z ubraniami dla Talona. – Muszę do niego wracać...

– Sunshine! – wykrzyknęła Selena. – Nie mów mi, że to zrobiłaś.

– Co takiego?

– Zostawiłaś go samego w mieszkaniu.

– Nie ma sprawy. Nic mu tam nie grozi.

Selena jęknęła.

– Kobieto, przez to swoje hojne serce masz same kłopoty. Znasz go chociaż?

Sunshine odetchnęła głęboko. Miała już serdecznie dość tego, że wszyscy ją pouczają.

– Do zobaczenia później, Madame Selene.

Ruszyła ulicą w stronę samochodu, a Selena cały czas gorączkowała się za jej plecami.

Boże! Dlaczego nikt nigdy jej nie ufa? Nie miała przecież dwóch latek! Fakt, że jest roztargniona, nie oznaczał, że jest także głupia. Jeśli jej dobroć ją zabije, to i tak lepiej umrzeć niż wieść zimne, nieczułe życie, w którym jak skąpiec trzymałaby wszystkie swoje uczucia i przedmioty tylko dla siebie.

Poza tym, Talon nie był taki jak inni mężczyźni. Wiedziała to. Robił wrażenie kogoś, kto ma więcej serca niż większość facetów, których znała.

Był elektryzujący. Niebezpieczny. Tajemniczy.

A najlepsze było w tym wszystkim to, że czekał na nią nago w mieszkaniu.

Wsiadła do samochodu i pojechała do domu.

Nie potrzebowała wiele czasu, żeby dojechać do klubu ojca i podjechać na jego tył, gdzie zawsze parkowała. Zmarszczyła brwi na widok wielkiego czarnego harleya zaparkowanego obok czarnego lamborghini.

Kumple Talona?

Hm, może Wayne miał rację? Może Talon rzeczywiście handluje prochami?

Już nie taka pewna swoich racji wysiadła z samochodu i weszła tylnymi drzwiami do pustego klubu.

Ruszyła do pracowni schodami ze stali i betonu.

Pchnęła drzwi i zamarła, widząc trzech mężczyzn, u których poziom testosteronu wykraczał daleko poza skalę Richtera. Byli po prostu olśniewający.

Rety, potrzebowała szkicownika. Natychmiast.

Talon miał na sobie czarne skórzane spodnie i obcisłą koszulkę, która podkreślała każdy szczegół jego zabójczo męskiego ciała.

Stał i rozmawiał z dwoma facetami w kuchni – dwoma niewiarygodnie przystojnymi facetami. Obaj byli porządnie ubrani – zupełnie nie jak bezrobotni motocykliści.

Co za cudowna odmiana.

– Cześć, Sunshine – przywitał ją Talon. – To moi przyjaciele.

Ten, który był wzrostu Talona, wyciągnął do niej rękę.

– Kyrian Hunter – przedstawił się z czarującym akcentem, który w niczym nie przypominał akcentu Talona.

Uścisnęła jego mocną, stwardniałą rękę. Rozpoznała imię.

– Jesteś szwagrem Seleny. Cały czas mówi o tobie i Amandzie.

Kyrian był nieco smuklejszy od Talona, miał śmiejące się, zielone oczy i niewymuszony uśmiech. Jego jasne włosy były o odcień ciemniejsze od włosów Talona i obcięte w bardzo modny sposób.

– Chyba powinienem się bać tego, co mówi na mój temat. Jak ją znam, wszystkiego można się spodziewać.

Sunshine się uśmiechnęła.

– Mówi samo dobre, słowo daję.

– A to doktor Julian Alexander – przedstawił Talon drugiego mężczyznę, ubranego w granatowy sweter i spodnie khaki.

– Miło mi – powiedział Julian, podając jej rękę.

Sunshine odwzajemniła się tym samym. Julian był o jakieś dwa cale niższy od przyjaciół, ale jego aura była równie silna i potężna jak u tamtych dwóch. Miał cudownie niebieskie oczy i włosy w takim samym odcieniu jak Kyrian. Był najbardziej powściągliwy z całej trójki, lecz jego spojrzenie wcale nie było mniej przyjazne.

– Doktor? – spytała.

– Wykładam filologię klasyczną na Loyoli.

– Och. Też znasz Selenę Laurens?

Julian pokiwał głową.

– I to bardzo dobrze. Jest najlepszą przyjaciółką mojej żony.

– Grace? Jesteś mężem Grace?

W tej samej chwili rozpoznali się nawzajem.

– To byłeś ty? – spytała, obchodząc go od tyłu. O, teraz sobie przypominała. – To ty jesteś Słodkim Tyłeczkiem!

Julian się zaczerwienił, zażenowany.

– Słodki Tyłeczek? – powtórzył Talon. – Tego muszę posłuchać.

– Zdecydowanie – poparł go Kyrian.

– Musimy się zbierać – rzucił Julian, popychając Kyriana w stronę drzwi.

– Pocałuj się w nos, najpierw muszę usłyszeć tę historię – odparł Kyrian.

– Naprawdę miło było cię poznać, Sunshine – powtórzył Julian, mocniej popychając Kyriana w stronę drzwi.

– Nie martw się, Kyrian! – zawołał za nimi Talon. – Z pewnością powtórzę ci całą historię ze szczegółami.

Sunshine odstawiła torbę z ubraniami na blat, kiedy drzwi się zatrzasnęły.

– Chyba nie będziesz tego potrzebował.

– Przykro mi. – Oparł się o blat i przyjrzał się jej. – To opowiedz mi, jak poznałaś Juliana.

Wzruszyła ramionami.

– Sprzedaję swoje prace na Jackson Square i mam budkę obok Seleny. Parę lat temu przyprowadziła tego przystojniaka do pracy, a miał na sobie tylko obcisły podkoszulek i szorty. Nosił wtedy naprawdę długie włosy. W każdym razie zgromadził się wokół nich ogromny tłum kobiet. Selena uznała, że to katastrofa, ale zarobiłam tyle pieniędzy na jego portretach, że nic mi nie przeszkadzało.

Talon zmarszczył brwi, kiedy odezwało się w nim coś bardzo dziwnego – zazdrość. Zanim zdążył się ugryźć w język, zapytał:

– Zachowałaś sobie jakieś szkice?

– Został mi tylko jeden, ale oddałam go Grace, jakiś rok temu.

Ulżyło mu bardziej, niż był gotów przyznać. Przyglądał się, jak ona przygląda się jemu. Jej wzrok błądził po zarysie jego ust, linii żuchwy, a on aż się wyrywał, żeby znowu ją porwać w ramiona i raz jeszcze pocałować.

– Wiesz, jesteś naprawdę przystojny, kiedy się uśmiechasz.

– Tak? – spytał. Jej słowa sprawiły mu przedziwną przyjemność.

– Owszem.

Sunshine przełknęła ślinę, gdy zdała sobie sprawę, że nie ma już powodu, żeby jej gość został. Zresztą nie powinna się tym przejmować, bo musiała iść do pracy. A jednak nie chciała, żeby wychodził.

– Pewnie zaraz sobie pójdziesz, skoro już masz ubranie.

Talon spojrzał z ukosa na światło słoneczne.

– Obawiam się, że nie mogę wyjść aż do zmroku.

– Och. – Sunshine próbowała zapanować nad sobą, ale w głowie się jej zakręciło.

Odchrząknął.

– Jeśli masz coś do załatwienia...

– Nie, skąd... – odparła szybko i urwała. – To znaczy, wiesz... to byłoby niegrzeczne, bardzo niegrzeczne zostawić cię tu samego. Zwłaszcza, że nie mam telewizora ani nic innego czym mógłbyś się zająć. – Oblizała usta. – A skoro nie możesz wyjść, to czym chciałbyś się zająć przez resztę popołudnia?

– Szczerze?

– Pewnie.

– Na nic nie mam takiej ochoty jak na kochanie się z tobą.

ROZDZIAŁ 4

Sunshine cofnęła się odruchowo, zaskoczona szczerością Talona, ale jeszcze bardziej była oszołomiona faktem, że chciała dokładnie tego samego, i to od mężczyzny, którego ledwie znała. Nie mogła zaprzeczyć temu, jak bardzo pragnęła się z nim kochać, jak bardzo wyrywała się, żeby pieścić każdy cal tego boskiego, silnego, męskiego ciała.

Ta żądza nie wydawała jej się zła – przeciwnie, jawiła się jako dziwnie słuszna i po prostu naturalna. Nie wiadomo dlaczego Sunshine miała wrażenie, jakby go znała. Jakby powinni znać się o wiele bliżej niż być dla siebie tylko nieznajomymi, którzy przypadkiem wpadli na siebie na ciemnej ulicy.

Pragnęła go na poziomie, którego nie pojmowała.

– Nie owijasz w bawełnę, co? – rzuciła nonszalancko.

– Nie – odparł, a jego czarne jak smoła oczy paliły ją żywym ogniem. – Nie owijam.

Siła jego pożądania ogarnęła ją jak wezbrana fala i pochłonęła całkowicie. Był taki namiętny, taki hipnotyzujący. Pociągał ją w jakiś niewyjaśniony sposób.

Dotknął jej włosów. Pożądanie wypełniło jej żyły, budząc bolesne pulsowanie w całym ciele.

Poza tym muśnięciem nie dotykali się, a mogłaby przysiąc, że czuje go każdą komórką ciała.

Zadrżała owładnięta pragnieniem.

Żarem.

Pożądaniem.

Pochylił się i szepnął jej do ucha, oddechem muskając jej skórę:

– Zawsze całym sercem wierzyłem, że trzeba żyć chwilą. Brać to, czego się chce, kiedy się chce. A w tej chwili, Sunshine, chcę ciebie. Chcę posmakować każdego cala twojej skóry. Czuć twój oddech na szyi, kiedy będę się z tobą kochał. Zbadać każdy załom twojego ciała językiem, aż będziesz błagać, żebym przestał.

Zadrżała, słysząc, w jaki to mówi sposób.

– Fakt, życie jest krótkie.

Zaśmiał się, muskając jej policzek ustami. Drażnił jej skórę zarostem i cała aż dygotała, czując go tak blisko.

– Dla jednych bardziej, dla innych mniej.

Sunshine odetchnęła głęboko, kiedy oboje spoważnieli. Nastrój w pokoju stał się nie tylko poważny – powietrze między nimi dosłownie huczało wyuzdaniem.

Erotycznym iskrzeniem.

Talon przysunął usta niebezpiecznie blisko jej warg.

Powoli.

Uwodzicielsko.

Czas zatrzymał się, kiedy czekała, aż jego wargi zagarną ją w pocałunku. Czekała, aż znowu zakosztuje jego namiętności.

I wtedy wziął ją ramiona i pocałował tak zaborczo, że nie mogła złapać oddechu.

Jęknęła, smakując go ustami i sercem. Zdominował wszystkie jej zmysły. Jego mięśnie napinały się i rozluźniały pod jej dłońmi, kiedy poruszał językiem w jej ustach. Słyszała, jak mruczy nisko i gardłowo niczym wypuszczona z klatki bestia.

Znowu zadrżała.

Musnęła jego ciepły kark, drażniąc miękką, delikatną skórę w tym miejscu, a potem przesunęła dłoń w górę, przeczesując złote pasma włosów i plącząc w nie palce.

Och, jakże podobał jej się sposób, w jaki ten mężczyzna trzymał ją w ramionach! Od zapachu skóry i Talona kręciło się jej w głowie, aż się zachwiała. Otoczył ją swoim silnym, twardym ciałem.

Poczuła jego pożądanie, gdy jego erekcja naparła na jej brzuch i rozpaliła w niej żądzę, tęsknotę za jego ciałem, jego dotykiem. Tak desperacko chciała go mieć w sobie, że aż ją to zaszokowało. Nigdy w życiu tak bardzo nie pragnęła mężczyzny.

Uniósł ją w ramionach, trzymając cały jej ciężar i pogłębiając pocałunki. Bez wysiłku podtrzymywał jej pupę na wysokości swoich bioder, więc wybrzuszenie spodni przycisnęło się do jej żaru. Jęknęła, czując tak intymną bliskość wyprawionej skóry – i mężczyzny.

Odpowiadając na jego pocałunki najmocniej jak potrafiła, objęła go nogami w pasie.

Poczuła zadowolony śmiech Talona dudniący w jego ciele. To sprawiło, że brzuchem pieścił ją między udami, a torsem ocierał się o jej pierś, jeszcze bardziej ją rozpalając.

O rety, skarbie, co ty wyprawiasz?

W głowie słyszała głos rozsądku. Nie pozwalała sobie na jednorazowe numerki od czasów college'u. Ten jedyny raz, kiedy sobie pofolgowała, czuła się potem tak parszywie, że przysięgła sobie więcej tego nie robić.

A teraz była o krok od powtórzenia tamtej wpadki.

Dobry Boże, nic nie wiedziała o tym facecie.

Nie znała nawet jego nazwiska.

A jednak z jakiegoś powodu to się nie liczyło. Jedynym, na czym potrafiła się skupić, było to, jak cudownie się go obejmowało. Jak cudownie wyglądał w jej łóżku. I jeszcze na fakcie, że naprawdę go polubiła. Bardziej, niż powinna. Bardziej, niż to podpowiadał zdrowy rozsądek.

Nie wiedziała, czy to dobrze, czy źle, ale chciała się z nim podzielić swoim ciałem.

Nie, nie chciała: ona tego potrzebowała. Tego właśnie pragnęła w głębi serca. A zawsze słuchała serca, niezależnie od tego, dokąd ją prowadziło.

Nie będzie tego żałować. Nie będzie się zastanawiać, czy dobrze zrobiła.

Podciągnął jej sukienkę na wysokość ud. Zadygotała, czując, jak chłodny materiał przesuwa się po jej skórze, a tuż za nim suną gorące dłonie Talona. Przesuwał rękami po tyle jej ud, aż chwycił ją za nagie pośladki. Zamruczał z przyjemności, gardłowo i dziko.

I pożądliwie.

– Podoba mi się to, jaka jesteś w dotyku – mruknął, całując ją.

Sunshine nie mogła jasno myśleć, gdy jego wielkie, silne dłonie dotykały jej nagiej skóry. Przysunął głowę do jej szyi, a jego usta aż ją parzyły. Zębami drapał jej skórę, skubiąc delikatnie.

Już miała coś powiedzieć na temat tego, jakie ostre ma zęby, kiedy przesunął po jej skórze gorącym, drżącym językiem.

Jej myśli się rozpierzchły.

Ten mężczyzna był zwyczajnie zbyt wyborny. Nie mogła go wypuścić, nie spróbowawszy jego smukłego, twardego ciała. Ściągnęła mu koszulkę przez głowę i przesunęła dłońmi po jego piersi i tatuażu. O tak, tego właśnie chciała!

Chciała jego.

Talon uśmiechnął się do niej, gdy zobaczył nieposkromiony głód w ciemnych oczach. Zamierzał się nią delektować.

Minęło dużo czasu, odkąd natrafił na kobietę, która by go zafascynowała. Jako Mroczny Łowca wybierał kochanki na chybił trafił, bo wiedział, że nigdy więcej ich nie zobaczy. Przez wieki zaspokajał się jednorazowymi numerkami. Z rozpustnymi kobietami, które nie chciały od niego niczego poza kilkoma godzinami rozkoszy, jaką mógł im zaoferować.

Spotykał się z nimi tylko w mrokach nocy.

Nigdy w świetle dnia.

Po minimum rozmowy, żeby je ugłaskać, rżnął je ostro, a potem każde szło swoją droga. Zwykle nie zawracał sobie nawet głowy pytaniem, jak się nazywają.

I w głębi duszy wiedział, że dzisiaj będzie inaczej.

Sunshine była inna.

Nie potrafił zliczyć, ile wieków minęło, odkąd ostatni raz naprawdę śmiał się z kochanką.

Ta kobieta sprawiała, że się śmiał. Doprowadzała go do szaleństwa.

A najpiękniejsze było to, że przy niej płonął.

Wpadła do jego świata i wywróciła go do góry nogami. Wyzwoliła emocje, które zakopał w sobie dawno temu. Przy niej poczuł się znowu żywy, co dla człowieka, który zmarł tysiąc pięćset lat temu, było niemałym wyczynem.

Budziła w nim uczucia, których nie rozumiał. Czuł się jak dzieciak w Boże Narodzenie, przytłoczony widokami i zapachami. Zmysły przytłaczały go pragnieniem.

Pożądaniem.

Oblizując usta wyczekująco, przesunął dłonią po jej jedwabistym udzie aż do biodra. Miała najwspanialsze pośladki, jakie kiedykolwiek pieścił. Sunshine skrzyżowała nogi za jego plecami.

W głowie mu się kręciło, gdy obejmowała go w ten sposób. Żar wnętrza jej ud palił go w pasie, a na brzuchu czuł jej wilgoć.

Znów przycisnął usta do jej ust, zaniósł ją na łóżko i położył na materacu. Nie odrywając się od niej, położył się na niej i całował ją mocno, głęboko, a kiedy przyciskał się lędźwiami do niej, nie mógł się doczekać, kiedy w nią wejdzie. Kosztował ciepła jej warg i słuchał, jak Sunshine jęczy z rozkoszy.

Zamknął oczy, zaciągnął się jej niepowtarzalnym zapachem i całkowicie w nim zatonął.

Sunshine chciało się płakać, tak cudownie było go czuć na sobie. Skóra jego spodni pieściła ją delikatnie, podczas gdy jego wargi dręczyły jej usta. Jego warkocze łaskotały ją w szyję przy każdym ruchu. A jego ręce były cudowne i grzeszne, gdy wędrowały po całym jej ciele, badając każdą jego część.

Prawie zaszlochała w proteście, gdy się odsunął.

Ściągnął z niej sukienkę i rzucił na podłogę.

Czuła się przed nim naga nie tylko na poziomie fizycznym. Z jakiegoś powodu czuła się równie naga duchowo. Jakby patrzył w głąb niej i wiedział rzeczy, o których nikt inny nie miał pojęcia.

Jakby coś łączyło ich na jakimś innym, głębszym poziomie, wykraczającym poza więź fizyczną.

A przynajmniej tak myślała, dopóki znowu się na niej nie położył – bo wtedy jej myśli ponownie się rozpierzchły i cała stała się chwilą obecną. To było naprawdę dziwne uczucie – jego bliskość.

Aż syknęła – tak bosko smakował. Ta cudowna, płowa skóra kłująca zarostem. Uwielbiała całować u mężczyzn linię żuchwy.

A żaden inny nie smakował tak idealnie.

Sięgnęła do jego rozporka. Wybrzuszenie było ogromne. Odsunęła się nieco i obserwowała wyraz twarzy Talona, kiedy rozpinała mu spodnie i dotykała go po raz pierwszy.

Zamknął oczy i zachrypiał gardłowo, ocierając się delikatnie o jej ręce. Och, podobało jej się to, jak go tam czuła. Był taki twardy i gotowy dla niej.

Wsunęła palce w krótkie loczki, przesuwając dłoń niżej, aż ujęła jego miękki żar.

Talon jęknął z rozkoszy. To było niesamowicie przyjemnie czuć, jak go tak trzyma. Uprawiał seks więcej razy, niż potrafiłby to zliczyć, a jednak było coś nowego w tym doświadczeniu.

Coś świeżego.

Zsunęła mu spodnie niżej, aż mogła zahaczyć o nie palcami stóp i całkiem je ściągnąć. Dopiero kiedy zmarszczyła brwi, oboje przypomnieli sobie, że nie zdjął butów.

– Ups... – powiedziała z uśmiechem.

Talon zaśmiał się, pocałował ją mocno, przeturlał się i zdjął buty. Sunshine podniosła się na kolana i pochyliła się nad jego nagimi plecami. Aż zadygotał, gdy jej piersi otarły się o jego kręgosłup.

– Uwielbiam ten tatuaż – powiedziała, powoli wodząc językiem po jego plecach.

– A ja uwielbiam, kiedy to robisz – odparł Talon.

Odrzucił buty i spodnie w kąt. Złapał się za brzeg łóżka, podczas gdy ona wędrowała ustami po jego plecach.

– Ma jakieś specjalne znaczenie?

Zamknął oczy. Sunshine dalej wodziła językiem po wzorze.

– To celtyckie symbole obrony, mocy i długowieczności.

Zacisnął zęby, myśląc o ironii losu. Wuj nie miał pojęcia, co czeka siostrzeńca, kiedy nakładał mu ten wzór na skórę. Jak długie okaże się jego życie.

Polizała go jeszcze raz, przeciągle, i odsunęła się.

– Nie mogę uwierzyć, że zrobił to twój wuj. Mój ojciec się wściekł, kiedy zobaczył mój tatuaż.

Talon zerknął przez ramię.

– Masz tatuaż?

Objęła go lewą nogą w pasie, pokazując wnętrze kostki. Widniało tam bardzo małe, stylizowane celtyckie słońce z zębatym symbolem kreatywności.

Uśmiechnął się i dotknął tatuażu.

– Bardzo ładny.

– Tak, ale bolało przez wiele dni. Nie mogę sobie wyobrazić, o ile gorzej musiało być z twoim.

Nie miała pojęcia. Zwłaszcza że jego tatuaż wykonano na długo przed erą sterylizowanych igieł i całej maszynerii. Wuj skrupulatnie umieszczał wzór na jego ciele przez ponad trzy miesiące. W kilku miejscach wdało się zakażenie i przeżył tylko dzięki temu, że Nynia znała się na ziołach.

– Nie było tak źle.

– Proszę, proszę... – droczyła się z nim, marszcząc nos. – Jaki twardziel.

– Wolałabyś, żebym powiedział, że bolało?

– To nie boli przyznać, że coś sprawia ból.

– Skarbie, ja nie czuję bólu. Nigdy.

Spojrzała na niego zaskoczona.

– Naprawdę? Ani odrobiny?

Pokręcił głową, tłumiąc emocje. Nadal bał się poczuć ból po doznanej stracie. Nawet po tych wszystkich wiekach to by go zniszczyło.

– To strata czasu i energii. Poza tym wyczerpuje umysł.

– Ale bez bólu nie ma radości. To równowaga pozwala doceniać ekstrema.

To była głęboka myśl. I to bardzo, zważywszy że właśnie siedzieli z gołymi tyłkami na jej łóżku.

– Zawsze filozofujesz, kiedy jesteś nago z facetem?

Skubnęła psotnie jego ramię zębami.

– Dość trudno znaleźć faceta, który by się na to pisał.

Spojrzał na jej piersi.

– Myślę, że byłoby to o wiele łatwiejsze, gdybyś nie wyglądała tak cholernie dobrze bez ubrania.

Jęknęła, gdy pochylił głowę i wziął jedną z jej piersi do ust. Położyła się na łóżku, pociągając go za sobą.

Talon westchnął, czując nabrzmiały sutek pod językiem. Przesunął ręką po krągłości jej biodra, po miękkim udzie i po wilgotnej plątaninie loczków, aż mógł dotknąć jej tam, gdzie najbardziej pragnął.

Jęknęła i zadrżała, kiedy ostrożnie rozłożył delikatne płatki, by móc pieścić przestrzeń między nimi.

O tak, pragnął jej tam dotykać. Chciał widzieć, jak odrzuca głowę do tyłu na poduszkach; chciał słyszeć, jak krzyczy głośno, dochodząc.

Przycisnęła jego głowę do piersi, rozkładając szerzej nogi, dając mu pełen dostęp. Pod wpływem jego pieszczot pulsowała niemal boleśnie. A kiedy wsunął w nią palce, krzyknęła.

Jej ciało płonęło dla niego w najbardziej niewiarygodny sposób. Namiętnie i żarliwie, aż dygotała z pożądania. Żadnego mężczyzny nie pragnęła tak bardzo jak Talona. Chciała go przyciągnąć mocno do siebie. Bliżej i bliżej, aż staliby się jednym.

Nie mogąc już dłużej czekać, sięgnęła w dół między ich ciała, żeby poprowadzić go ku sobie.

Jęknęli jednocześnie.

Sunshine wygięła plecy w łuk, wciągając go jeszcze głębiej w siebie.

Był taki twardy i gorący, taki pełny. Nigdy w życiu nie czuła niczego wspanialszego niż to, jak ją teraz wypełniał.

Przysiadł na piętach i podciągnął jej biodra, żeby wsuwać się w nią powoli i głęboko. Poruszał się w rozkołysanym rytmie; Sunshine wiła się pod nim, czerpiąc niewysłowioną rozkosz z jego ruchów.

Patrzyła na Talona, jak przygląda jej się z czułością.

– Jesteś piękna. – Westchnął, poruszając biodrami i wbijając się w nią jeszcze głębiej i mocniej.

– Ty też – odpowiedziała, łapiąc go za kolana.

Jego oczy pociemniały, kiedy przyglądając się jej, zatracił się w ich połączeniu. Jeszcze nigdy żaden mężczyzna nie kochał z nią w taki sposób. Jakby był samym seksem. Jakby nie czuł niczego poza jej ciałem.

Poruszał w specyficzny sposób biodrami, kiedy na przemian wysuwał się i wsuwał, mocno i głęboko. Drażnił ją rękami, pieścił palcami w rytm pchnięć. Przyjemność, jaką dawał jego dotyk, przenikała każdą cząstkę jej istoty.

Kiedy doszła, orgazm był tak intensywny, że aż krzyknęła.

Talon warknął, słysząc jej rozkosz i czując, jak Sunshine do niego przywiera. Wciąż krzycząc, złapała go i przyciągnęła w dół, ku sobie.

A potem zrobiła coś przedziwnego... wtuliła się w jego szyję i twarz, obsypała pocałunkami jego policzek i ramię.

Talon zamarł.

Trzymała go ze wszystkich sił, wtulając się weń całym ciałem. Czułość jej dotyku i ruchów uderzyła go, przebiła barierę, za którą tłamsił emocje.

Jakby naprawdę zależało jej na nim. Jakby coś dla niej znaczył. Jakby rzeczywiście się z nim kochała.

Tylko jedna kobieta tak go obejmowała...

Ledwie łapał oddech. Po raz pierwszy od tysiąca pięciuset lat rzeczywiście czuł, że kocha się z kobietą, a nie tylko zaspokaja prymitywną potrzebę.

Nie, to nie był seks bez znaczenia.

Naprawdę ją czuł. Czuł się z nią połączony. Czuł, że są kimś więcej niż nieznajomymi, których nic nie łączy.

Jej usta paliły jego skórę, kiedy nadal muskała jego szyję i przyciskała się do niego. Przytrzymał ją mocno i zamknął oczy. Kłębiły się w nim emocje i zmysłowe doznania pod wpływem cudowności tej chwili.

Kiedy doszedł w jej ramionach, drżenie dosięgło największych głębin jego poturbowanego, zmęczonego serca.

Leżał na łóżku odsłonięty i spanikowany.

Nie, nie mógł się tak czuć. Nie mógł czuć jej. To niemożliwe.

Mylił się. Po prostu uprawiali seks. Niesamowicie dobry seks, ale nic więcej.

Seks.

Prosty.

Zwyczajny.

Nic skomplikowanego.

I zamierza to sobie udowodnić w taki czy inny sposób...

Sunshine leżała w pełnej zadowolenia błogości, z trudem łapiąc oddech i powoli wracając do siebie. To był najbardziej niewiarygodny orgazm, jakiego w życiu doświadczyła. Nie mogła uwierzyć, jak go czuła, jak on jej dotykał...

Trzymała jego głowę blisko serca i czuła na piersi rwany oddech. Tuliła go całym ciałem, nasiąkając ciepłym, męskim ciężarem.

Przyzwyczajona do mężczyzn, którzy szybko przysypiali po tym, jak doszli, była zaskoczona, gdy przeturlał się na plecy i przyciągnął ją do piersi.

– Nie myślałaś chyba, że już z tobą skończyłem, co? – szepnął jej do ucha.

– Właściwie to tak.

Roześmiał się.

– Dopiero zaczęliśmy, droga pani.

Ku jej zachwytowi i zdumieniu, udowadniał, że mówił prawdę, w ciągu następnych kilku godzin.

Kochali się na łóżku, na podłodze, na sofie. Wziął ją na tyle różnych sposobów, że miała wrażenie, że odtwarzają całą „Kamasutrę".

Wreszcie skończyli w kuchni, gdzie, posadziwszy ją na blacie kuchennym, kochał się z nią powoli i czule.

O niebiosa, ten facet był niesamowity! Miał wytrzymałość drużyny sportowców i był całkowicie pozbawiony wstydu, jeśli idzie o kochanie się z nią. Przy żadnym mężczyźnie nie czuła się tak swobodnie ze swoim ciałem i oczekiwaniami partnera.

Takich jak on po prostu się nie spotyka.

Po tym, jak skończyli na blacie (na który już nigdy więcej nie będzie mogła spojrzeć bez rumieńca), nagi Talon zajrzał do lodówki; warkocze odsunął za uszy, kiedy szukał jedzenia.

Nadal ciężko dyszał po ich ostatniej rundce i Sunshine zastanawiała się leniwie, czy gdzieś w trakcie tego popołudniowego maratonu nogi jej się trwale nie wykrzywiły.

Wyglądał przepysznie, kiedy grzebał w pojemnikach, szukając czegoś pożywnego. Jego nagi tyłek był jak uczta dla oczu, a kiedy pochylił się, żeby zajrzeć do dolnej szuflady, Sunshine nie mogła się oprzeć i przesunęła ręką w górę jego muskularnego uda, między nogami, aż ujęła go w dłoń i pogłaskała.

Sapnął gwałtownie przez zęby i wyprostował się.

Wyszczerzyła do niego szelmowsko zęby, dostając za to całusa, po czym Talon wrócił do przeszukiwania lodówki.

– Moja pani, masz tu cokolwiek zrobionego z mięsa?

Sunshine przesunęła dłonią po jego plecach, gładząc czerwone ślady, które zrobiła mu paznokciami w czasie ostatniego orgazmu.

– Mam sojowe burgery, a kiedy wyszłam po ubrania, kupiłam kilka batoników muesli, kiełki pszenicy i owsiankę.

Talon dosłownie zaskomlał.

– Przykro mi. Jestem stuprocentową wegetarianką.

– A ja stuprocentowym mięsożercą. – Westchnął ciężko.

Oblizała usta i uśmiechnęła się, przypominając sobie, jak pieszczotliwie skubał i kąsał jej ciało.

– Zauważyłam.

Odwrócił się do niej i przycisnął nagą do siebie. Pocałował ją w usta, jakby nadal był w stanie rozkoszować się nią po tym wszystkim, co zrobili tego popołudnia. A potem się odsunął.

– Chociaż bardzo chciałbym cię mieć raz jeszcze, muszę dostać coś bardziej odżywczego niż twoje seksowne, cudowne ciało.

Porwał sojowy ser z górnej półki i krakersy pełnoziarniste, które leżały na blacie.

Sunshine już chciała go ostrzec przed serem, ale się powstrzymała. Rzeczywiście musiał schrupać coś więcej niż tylko ją, chociaż, szczerze mówiąc, z przyjemnością pełniła rolę jego gryzaka.

Ten mężczyzna był nienasycony, a co najwspanialsze, był mistrzem świata w tym, co robił.

Patrzyła z zaciekawieniem, jak bierze z blatu dozownik do cukierków w kształcie Snoopy'ego i wraca do salonu.

Szybko wzięła szklanki z wodą i poszła za nim do stolika w stylu art déco.

Talon siadł przy nim, ukroił kawałek sera i położył na krakersie. Podsunął jej tę przekąskę.

– Powiedz, gdyby mnie tu nie było, co byś dzisiaj robiła?

Zachichotała.

– Z pewnością wygodniej by mi się siedziało, to jedno jest pewne.

Spojrzał rozbawiony i pochylił się, żeby pocałować ją w szyję.

– Mogę później cię wymasować, żeby mniej bolało?

Syknęła, słysząc jego niski, zmysłowy głos.

– To przez to twoje masowanie mam teraz kłopoty.

Przesunął językiem po jej obojczyku, a potem odsunął się i zjadł krakersa.

Zakrztusił się.

Sunshine podała mu wodę.

Wypił ją szybko i się skrzywił.

– Jak stare to jest? – Sprawdził datę przydatności na serze i jeszcze bardziej się skrzywił. – Soja? – powiedział, gdy wreszcie rozpoznał opakowanie. – Pozwoliłaś mi zjeść sojowy ser?!

– Dobrze ci zrobi.

– To ohyda.

– Biedactwo – powiedziała, jakby rozmawiała z dzieckiem. – Tak mi przykro.

– Wcale nie.

– Właśnie że tak. Naprawdę jest mi przykro, że nie mam niczego, co mógłby przełknąć super facet.

Talon opadł na oparcie i pokręcił głową. Powinien był poprosić Kyriana, żeby razem z ubraniami przywiózł mu hamburgera. Mimo to naprawdę świetnie się bawił, spędzając dzień w towarzystwie Sunshine.

Nawet jeśli oznaczało to jedzenie rzeczy, które powinno się zakwalifikować jako toksyczne odpady.

Krzywiąc się, sięgnął po kolejnego krakersa, tym razem przygotowany na ohydny smak. Czystą siłą woli zmusił się do przełknięcia sześciu krakersów z serem, chociaż nawet nie złagodziły głodu.

Bogom dzięki, miał ze sobą cukierki Pez. Złapał dozownik z główką Snoopy'ego i wrzucił trzy kostki do ust, żeby poprawić sobie smak.

– Jak możesz to jeść? – spytała. – To tylko aromatyzowany cukier.

– Ale smaczny.

Zmarszczyła nos.

Talon uśmiechnął się do niej szelmowsko.

– Wiesz, w jaki sposób najlepiej je zjadać?

Pokręciła głową.

Odgiął główkę Snoopy'ego i wyjął mały kwadracik palcami. Podsunął go Sunshine.

– Ugryź go lekko i przytrzymaj między zębami.

Zawahała się, a potem posłuchała.

Przez sekundę Talon patrzył, jak siedzi nago z cukierkiem w zębach. A potem pochylił się ku niej i językiem wyłuskał cukierek.

Sunshine jęknęła, czując jego smak połączony z cukrem. Rozchylając usta, pocałowała go mocno i namiętnie.

– To rzeczywiście było miłe.

– Warto zanieczyścić organizm?

– Mhm... – westchnęła, przesuwając palcami po zarysie jego szczęki.

Kiedy cukierki się skończyły, wzięła dozownik i przyjrzała mu się uważnie.

– To mi całkiem nie pasuje do takiego twardziela jak ty. Trudno uwierzyć, że facet, który sam walczył z szóstką kryminalistów, nosi ze sobą cukierki Pez.

Odgarnął jej kruczoczarne włosy z ramienia i zostawił na chwilę w nich dłoń.

– Tak naprawdę to kolekcjonuję te dozowniki. Ten jest z 1969 roku.

– Serio?

Pokiwał głową.

Spojrzała znowu.

– Jest sporo wart?

– Kilkaset dolarów.

– Bez żartów?

– Bez żartów.

– Rety. Niewiele brakowało, a wrzuciłabym go do pralki.

Zaśmiał się.

– Cieszę się, że tego nie zrobiłaś. Znamy się ze Snoopym kopę lat.

Wziął dozownik z jej rąk i odstawił na stolik. Potem odwrócił się do niej z błyskiem w oku, który zaczynała już rozpoznawać.

– Naprawdę jesteś obolała?

Biorąc wszystko pod uwagę, powinna być, ale dotykał jej tak delikatnie, że nie była.

– Nie. A ty?

– Mam się znakomicie.

Położył się na podłodze i pociągnął ją do siebie. Sunshine usiadła na nim i jęknęła, tak cudownie było czuć pod sobą jego stalowe mięśnie brzucha.

Ku jej zdumieniu już był twardy.

– Ty nigdy się nie męczysz, co?

Ujął jej twarz i rzucił jej mroczne, poważne spojrzenie.

– To twoja zasługa, kochana. Bez wątpienia. Przy kimś innym wiele godzin temu zwinąłbym się i zasnął.

– Mówisz poważnie?

Powiódł jej rękę do swojego nabrzmiałego członka.

– A jak myślisz?

– Myślę, że powinieneś był dziś rano przyjąć więcej witamin.

– A ja myślę, że jest jeszcze kilka pozycji, których nie wypróbowaliśmy.

***

Talon obudził się w łóżku Sunshine tuż po zachodzie słońca. Uśmiechnął się zaspany i zadowolony, czując na skórze zapach terpentyny i olejku paczulowego.

Sunshine.

Leżała w jego ramionach i smacznie spała. Ze zdumieniem poczuł, że jego ciało znowu na nią reaguje.

Po tym popołudniu powinien mieć dość na co najmniej jeden albo dwa dni, jeśli nie na cały tydzień.

Właściwie to nie powinien być w stanie się ruszać.

A jednak chciał znowu ją wziąć. Teraz. Chciał poczuć, jak jej ramiona i nogi oplatają się wokół niego, przytrzymują go, kiedy zatraca się w bliskości jej ciała.

Tylko przy Nynii czuł się tak samo. Nią nigdy nie potrafił się nasycić. Gdy na nią patrzył, od razu jej pragnął.

Nigdy nie pomyślał, że może znaleźć drugą równie pociągającą kobietę. A jednak teraz pragnął tylko spędzić resztę nocy w Sunshine. Czuć jej oddech na szyi, gdy raz za razem zanurza się w jej wilgotnym żarze.

Nie mógł jednak sobie na to pozwolić. Miał spotkać się z Acheronem przy Jackson Square.

Już nie wspominając o żądnych mordu Daimonach na ulicach. Musiał chronić niewinnych ludzi.

– Talon?

W głębi ducha skrzywił się, słysząc zaspany głos. Miał nadzieję wyjść po cichu, póki spała.

Nie cierpiał nieprzyjemnych pożegnań.

– Dobry wieczór, najdroższa – mruknął, całując ją w czoło.

Posłała mu uśmiech, który go oszołomił.

– Wychodzisz?

– Aha, muszę się z kimś spotkać.

– W porządku.

Wstała z łóżka i owinęła się prześcieradłem.

– Naprawdę wspaniale było cię poznać. Dziękuję za cudowny dzień.

A potem zostawiła go samego.

Talon zmarszczył brwi. To była zwykle chwila, kiedy dziewczyny błagały, żeby został, przynajmniej jeszcze chwilę. Kiedy mówiły mu, że jest najlepszym kochankiem, jakiego znają, a potem płakały na myśl o tym, że nigdy więcej nie będą go miały.

Sunshine jednak całkowicie pogodziła się z tym, że on wychodzi. Nie robiła wrażenia nawet trochę zasmuconej.

Co to znaczyło?

Zerwał się z łóżka i wyszedł za nią. Zastał ją w kuchni z waflem ryżowym w zębach, nalewającą sobie kubek różowego soku.

– Sunshine, wszystko w porządku?

Wyjęła wafel z ust i spojrzała na niego.

– Jasne. – Trochę pobladła. – O Boże, nie zrobisz się teraz zaborczy ani nie zaczniesz dziwaczyć, co? Proszę, powiedz, że nie należysz do tych gości, o których opowiadała mi Trina, że jak zabawią się trochę z kobietą, to myślą, że ona już do nich należy.

Trochę się zabawią?

Trochę?!

Talon zdębiał. Przywykł do porzucania kochanek, ale nigdy tak mu tego nie ułatwiono i odkrył, że jest to nieco niepokojące.

Denerwujące.

Upokarzające.

Zwłaszcza po tym, ile oboje z siebie dali. To był najlepszy maraton łóżkowy, jaki kiedykolwiek przeżył.

Dorównywała mu wytrzymałością i namiętnością w stopniu wręcz niewiarygodnym.

A teraz nie miała nic przeciwko temu, że on wyjdzie?

– Na pewno nic ci nie jest? – zapytał raz jeszcze.

– Słuchaj, jest w porządku, rozumiesz? Kiedy się na to zgodziłam, wiedziałam, że nie zostaniesz. Nie jestem głupia. Jestem dużą dziewczynką. A ty jesteś dorosłym facetem i na pewno masz swoje życie, do którego wracasz. – W jej oczach pojawiła się panika. – O Boże, nie jesteś chyba żonaty, co?

– Nie, nie jestem.

Odetchnęła z ulgą.

– Więc nikomu nie stała się krzywda.

Podeszła do lodówki i schowała dzbanek z sokiem.

– Sunshine?

Spojrzała na niego poirytowana.

– No co? Nie masz chyba lęku separacyjnego, co? Dzisiaj było wspaniale i warto było to przeżyć, ale muszę wracać do pracy. Mam huk roboty.

– No tak, ale... – Nie dokończył zdania. Nie chciał.

– Ale?

Zacisnął zęby. W porządku, jeśli chciała, żeby zniknął, to już znikał.

I tak nie powinien był spędzać z nią tego dnia.

Tak blisko Mardi Gras nie wolno mu było się rozpraszać. Nawet jeśli w grę wchodziła kruczowłosa kusicielka.

– Nie, nic.

Spojrzała na niego z ulgą.

– Skoro masz się z kimś spotkać, nie krępuj się i weź prysznic, a ja zrobię nam jakąś kolację.

Talon wziął prysznic, ale potem nie zgodził się na zjedzenie jej sałatki tofu i sojowych steków.

– Jeszcze raz dziękuję, Sunshine – powiedział, wkładając skórzaną kurtkę na koszulkę. – Naprawdę spędziłem miły dzień.

– Ja też. – Uśmiechnęła się, skubiąc sałatkę i przeglądając czasopismo o sztuce.

Nie mógł uwierzyć, że tak dobrze przyjmuje jego odejście. Niech to szlag.

Po części spodziewał się, że przynajmniej poprosi, żeby do niej zadzwonił.

Zapyta go o e-mail.

Cokolwiek.

Ale nic z tych rzeczy.

Rety, nienawidził dwudziestego pierwszego wieku.

Podniosła wzrok, gdy szedł do drzwi.

– Uważaj na siebie. I na przyszłość spróbuj trzymać się z dala od platform karnawałowych, dobrze?

Talon uniósł brwi zadziwiony.

– Słucham?

– Nie pamiętasz, jak wczoraj wieczorem dałeś się skosić?

Talon pokiwał z wahaniem głową, nie mogąc uwierzyć, że to go właśnie potrąciło.

– Wpadłem pod platformę na Mardi Gras?

– Aha. Bachusa.

Jakby tego było mało. Jezu. Miał tylko nadzieję, że Nick się o tym nie dowie. Nigdy.

***

Nicholas Ambrosius Gautier przyszedł na ten świat z marnymi perspektywami. Urodził się jako nieślubne dziecko kryminalisty i nastoletniej striptizerki z Bourbon Street i nie należał do najbardziej przestrzegających prawa obywateli. Ba, pedagog z jego szkoły średniej uznał, że najprawdopodobniej skończy w celi śmierci.

Jednakże pewnej nocy, kiedy Nick postawił się swojemu gangowi, jego los odmienił się i zesłał mu anioła stróża w postaci Mrocznego Łowcy, który przygarnął wyszczekanego dzieciaka, wyszorował i dał mu prawdziwą przyszłość.

Teraz, dziewięć lat później, przygotowywał się do studiów prawniczych, zamiast trafić za kratki jak ojciec, i był prawie szacownym obywatelem. Określenie „prawie" jest tu kluczowe.

A wszystko dzięki Kyrianowi z Tracji i Acheronowi Partenopajosowi.

Zrobiłby dla nich wszystko i dlatego teraz właśnie siedział w samochodzie zaparkowanym na pustym polu tuż po zachodzie słońca, zamiast spędzać czas ze swoją najnowszą dziewczyną, uszczęśliwiając ją ze wszystkich sił.

Nawet przy włączonym silniku było mu zimno. Panował wilgotny, przenikliwy ziąb, który przenikał go do szpiku kości. Kawa z termosu się skończyła i Nick chciał tylko wrócić do domu i odtajać.

Musiał jednak siedzieć i czekać, aż zjawi się wsparcie dla Talona na czas Mardi Gras, ponieważ Zarek, który spędził ostatnie dziewięćset lat na Alasce, nie miał pojęcia o prowadzeniu samochodu. Najwyraźniej żyjący wśród śniegów Mroczni Łowcy nie korzystali z aut.

Hip, hip, hura. Normalnie czekał na tę chwilę przez całe swoje życie.

– Nick, jesteś tam?

– Aha – powiedział do krótkofalówki, która leżała na siedzeniu pasażera jego jaguara i pozwalała mu utrzymać kontakt z nadlatującym helikopterem. – Kiedy lądujesz?

– Za jakieś dwie minuty – odparł Mike.

Nick zaczął rozglądać się po ciemnym niebie za czarnym helikopterem typu H-53E Sea Dragon Sikorsky. To był długodystansowy, konstruowany na zamówienie wojskowy śmigłowiec, który Giermkowie często wykorzystali do przewożenia Mrocznych Łowców. Był szybki, uniwersalny i mógł tankować w powietrzu.

Tył kadłuba został wyposażony w stalowy przedział pasażerski, w którym Mrocznym Łowcom nie groził kontakt ze światłem słonecznym. Okna w tej części można było odsłonić za pomocą jednego przełącznika, dzięki czemu Mroczny Łowca mógł wyjrzeć po zmroku na zewnątrz, jeśli miał taką ochotę.

Nieliczni Mroczni Łowcy, tacy jak Acheron, posiadali własne helikoptery i sami je pilotowali.

Tego wieczoru jednak to Mike Callahan, który był *Doreanem* (czyli Giermkiem, który nie służył żadnemu określonemu Mrocznemu Łowcy), przywoził Zareka z Alaski.

Dzięki internetowym tablicom ogłoszeniowym dla Giermków do Nicka dochodziło mnóstwo plotek, z których wynikało, że Zarek z Mezji to psychotyk. Nie był pewien, jak dokładne są te informacje, ale za kilka minut przekona się na własnej skórze.

– Ej, Mike – połączył się przez krótkofalówkę z pilotem. – Jest bardzo kiepsko?

Mike się żachnął.

– Pozwól, że tak to ujmę: jeśli masz broń, rozładuj ją.

– Dlaczego?

– Bo w przeciwnym wypadku strzelisz do drania, a to go tylko jeszcze bardziej wkurzy. Pierwszy raz naprawdę współczuję Daimonom.

To nie brzmiało zachęcająco.

– Co? Jest gorszy od Acherona?

– Uwierz mi na słowo. Nigdy w życiu nie widziałeś kogoś takiego. Teraz już wiem, czemu Artemida i Ash wysłali go na Alaskę. Nie mogę tylko pojąć, dlaczego, u licha, Artemida zdecydowała się go przenieść do dużego miasta. Moim zdaniem, to jest jak rzucenie granatem w stację benzynową.

O tak, teraz żołądek zacisnął się Nickowi w supeł.

Poczekał, aż helikopter wyląduje na prywatnym lądowisku, z którego korzystał Acheron, gdy składał im wizytę. Na końcu pola stał budynek, wyglądający jak rozpadająca się stodoła. W rzeczywistości był to zmodyfikowany nowoczesny hangar wyposażony w system alarmowy i drzwi tak grube, że mógłby też pełnić funkcję schronu. W owej stodole stał właśnie wart dwadzieścia osiem milionów dolarów śmigłowiec MH-60K Sikorsky, którego używał Acheron, oraz jego zbudowany na zamówienie motocykl Buell.

Ash przybył poprzedniego dnia, z pompą.

Teraz Zarek.

Mardi Gras zapowiadało się przerażająco.

Nick wysiadł z samochodu i zamknął krótkofalówkę w bagażniku, a potem stanął z boku, czekając, aż Mike wyłączy silnik i wirnik przestanie się kręcić.

Kiedy wszystko zamarło, szczupły Giermek w średnim wieku wyskoczył z helikoptera i zdjął hełm. Mike nigdy nie był przesadnie przyjazny, ale dzisiaj robił wrażenie do głębi zdegustowanego i wyjątkowo poirytowanego.

– Nie zazdroszczę ci – powiedział, rzucając hełm na swoje siedzenie.

– Daj spokój, przestań mnie nakręcać. Nie może być aż tak zły.

Nick zmienił zdanie, kiedy po odsunięciu przez Mike'a drzwi do części pasażerskiej pierwszy raz zobaczył Zareka z Mezji.

Mroczny Łowca wynurzył się z maszyny niczym Lucyfer wyłaniający się z najgłębszej otchłani, z niechęcią tak gigantyczną, że Nick dziwił się, że śmigłowiec w ogóle zdołał się oderwać od ziemi.

Był ubrany na czarno, nosił dżinsy, motocyklowe buty i koszulkę z długimi rękawami. Robił wrażenie kompletnie nieświadomego zimnej, wilgotnej aury panującej w zimową noc w Nowym Orleanie. W lewym uchu miał długi kolczyk: srebrny miecz z rękojeścią w kształcie trupiej czaszki i skrzyżowanych piszczeli.

Zarek wysiadł z szyderczym uśmiechem na ustach, który wyglądał jeszcze bardziej złowieszczo z powodu czarnej, koziej bródki. Jego proste czarne włosy sięgały ramion, a czarne jak gagat oczy pałały pogardą i nienawiścią. Nick przywykł do nieprzyjaznego nastawienia ze strony innych –

kurczę, od dziecka się z nim stykał! – nigdy jednak nie spotkał człowieka, który byłyby gorszy od Zareka.

Zarek przypominał mu morderców, których jego ojciec sprowadzał do domu. Zimnych. Nieczułych. Śmiertelnie niebezpiecznych. Za każdym razem, gdy Zarek patrzył na niego, miał wrażenie, że bierze miarę na jego trumnę.

Zarek oparł się lewą ręką o helikopter i schylił po ogromny, czarny worek marynarski. Nick ze zgrozą patrzył na jego olbrzymią dłoń. Na każdy palec, nie wyłączając kciuka, miał nałożony długi srebrny szpon zakończony tak ostro, że Nick natychmiast zorientował się, że to musi być jego ulubiona broń.

Ten facet lubił się ostro zabawić ze swoimi ofiarami.

Niech to diabli, nazwanie Zareka psychotykiem to wręcz komplement!

Zarek odsunął się od helikoptera i syknął na Mike'a, odsłaniając kły. Ten jeden raz Mike nie skomentował jego zachowania, co dało Nickowi najlepsze pojęcie o bestialstwie Zareka. Nigdy w życiu nie widział, żeby Mike nie zareagował na coś takiego jakąś ciętą uwagą.

– Jeśli już skończyłeś drażnić się z biednym Mike'em, to możemy jechać? – zapytał.

I natychmiast pożałował tych słów, gdy tylko Zarek na niego spojrzał. Lodowate, wrogie spojrzenie zmroziło go bardziej niż przenikliwy wiatr.

– Jeszcze jedna taka uwaga, chłopaczku, a nie zostanie z ciebie dość, żeby przesiać przez sito.

Nicka niełatwo było nastraszyć, ale te słowa wypowiedziano tak szczerze, że cofnął się o krok i powstrzymał od riposty.

Bez dalszych słów Zarek podszedł do samochodu z gracją śmiertelnie niebezpiecznego drapieżnika, z ustami wykrzywionymi w niezmiennym grymasie. Rzucił worek na podłogę, wsiadł i zatrzasnął drzwi.

W tej samej chwili Nick pożałował, że nie kupił samochodu z tylną kanapą. Chociaż, zważywszy na gwałtowny i nieprzewidywalny charakter Zareka, wolał go raczej mieć obok siebie niż za plecami.

Mike odetchnął z ulgą i poklepał go po plecach.

– Niech Bóg się nad tobą zmiłuje, dzieciaku. Pewne jak cholera, że nie chciałbym być dzisiaj na twoim miejscu.

Nick nigdy nie był przesadnie religijny. Kiedy jednak szedł do swojego grafitowego jaguara, odkrył w sobie nowe pokłady wiary.

Wsiadł, włączył silnik i ruszył w stronę miasta. Mieli spotkać się z Talonem, Valeriusem i Acheronem za jakieś pół godziny na Jackson Square. Niech to szlag, to będzie najdłuższa jazda w jego życiu.

Jeszcze mocniej przycisnął pedał gazu – teraz najchętniej poruszałby się z prędkością nadświetlną.

Jadąc, nie mógł nie zerkać co chwila na lewą rękę Zareka ze srebrnymi pazurami rozłożonymi na lewym kolanie. Cisza była wręcz ogłuszająca, a zakłócał ją tylko odgłos prostowania i zaciskania pazurów opartych o czarny dżins. Po jakimś czasie metaliczne drapanie zaczęło drażnić Nicka. Włączył radio.

– Lubisz rock? – spytał.

Radio natychmiast zamilkło.

Nick przełknął, zdając sobie sprawę, że jedną z mocy Zareka jest telekineza.

– Chłopaczku, nie jestem twoim przyjacielem. Nie jestem twoim Mrocznym Łowcą ani twoją cholerną panienką. Odzywaj się do mnie tylko wtedy, gdy zadam ci pytanie. W przeciwnym wypadku trzymaj gębę na kłódkę i nie patrz na mnie, to może pożyjesz wystarczająco długo, żeby dowieźć mnie do French Quarter.

Nick ścisnął kierownicę. To go naprawdę wkurzyło, ale nie na tyle, żeby nabrał skłonności samobójczych. Tylko skończony głupiec zadarłby z tak niebezpiecznym facetem.

Zarek otworzył marynarski worek, wyciągnął odtwarzacz MP3 wielkości karty kredytowej i parę ciemnych okularów. Włożył słuchawki i okulary, a potem oparł głowę na zagłówku. Nick słyszał szemrzący w słuchawkach *Hair of the Dog* Nazarethu. Prawdziwy antyspołeczny hymn. Niewiarygodnie na miejscu.

Kiedy radio samochodowe nagle się włączyło, Nick dosłownie podskoczył.

O, tak, Zarek był naprawdę psychotycznym sukinsynem i im szybciej pozbędzie się go z samochodu, odstawiając do Acherona, tym będzie szczęśliwszy.

***

Talon nadal myślał o Sunshine, kiedy przeszedł na drugą stronę deptaka w drodze na spotkanie z Acheronem. Zerknął w ulicę, przy której poprzedniej nocy spotkał Sunshine, i żołądek mu się zacisnął.

Ależ za nią tęsknił... To było najdziwaczniejsze w tym wszystkim. Ledwie ją znał. Wtargnęła w jego życie jak huragan, wnosząc całkowite zniszczenie i chaos, a jednak...

Westchnął. Stanowiła przyjemną odmianę. Nigdy więcej jej nie zobaczy.

Koniec.

Od tej chwili już nie istniała.

Taa, pewnie.

Zignorował szyderczy głos w głowie. Nie miał innego wyboru, jak o niej zapomnieć. Wieki temu zawarł pakt i tej umowy będzie przestrzegał przez resztę wieczności. Nigdy nie będzie miał domu, rodziny i absolutnie żadnej dziewczyny czy żony. Nawet gdyby nie złożył przysięgi Artemidzie, te rzeczy były dla niego zakazane.

Poza tym podobało mu się jego życie takie, jakie było. Miał mnóstwo wolności. Czas, żeby robić to, co chce, i wystarczająco dużo pieniędzy, żeby kupować wszystko, na co miał ochotę.

Życie Mrocznego Łowcy było dobre.

Bardzo dobre.

Wchodząc na plac, dostrzegł Acherona Partenopajosa stającego pod ścianą budynku ze skrzyżowanymi na piersi rękami. Wysoki atlantydzki wojownik stał z dala od tłumu zasłuchanego w głos ulicznego muzyka, który wyśpiewywał własną wersję tematu ze *Scooby-Doo*.

Zważywszy na jego wzrost (sześć stóp i osiem cali), długie, fioletowe, połyskujące metalicznie włosy i założone mimo zmroku ciemne okulary, trudno go było nie zauważyć. Talon zwykle nazywał Acherona Tyranozaurem, przy czym przezwisko odnosiło się bardziej do jego budzącej postrach, drapieżnej postawy niż do jego wieku.

Było coś naprawdę upiornego w śmiercionośnej aurze otaczającej Acherona. Opływała go jak niebezpieczne tsunami. Nawet powietrze wokół niego wydawało się naładowane mistyczną energią, tak potężną, że gdy stanęło się blisko niego, czuło się mrowienie na rękach i karku. A sądząc po tym, jak tłum trzymał się na dystans od Tyranozaura, Talon domyślał się, że nie on jeden to wyczuwał.

Z drugiej strony, poprawił się w myślach, widząc czarną, motocyklową kurtkę Acherona ze srebrną kolczą siatką na jednym rękawie, i skórzane spodnie mające sznurowania zamiast szwów, może to ekscentryczny, nietypowy wygląd sprawiał, że ludzie zostawiali go w spokoju.

Cokolwiek to było, nikt nie chciał wchodzić mu w drogę.

Acheron odwrócił głowę.

Mimo ciemnych okularów zasłaniających całkowicie oczy Talon wiedział, że Tyranozaur patrzy prosto na niego. Zaśmiał się, widząc nową ozdobę na twarzy Acherona: srebrny kolczyk w nosie.

Tyranozaur miał dwa dziwne zamiłowania: ciągle znajdował nowe miejsca na ciele do przekłucia i zmieniał kolor włosów szybciej, niż zmieniała się nieprzewidywalna pogoda w Luizjanie.

Miał również dziwną bliznę w kształcie odcisku dłoni, która pojawiała się czasem na jego szyi. Nikt nie był pewien, czy to prawdziwa blizna, czy jakaś dziwna sztuczka, którą posługiwał się Acheron, żeby zmylić ich czujność. Podobnie było z jego akcentem. Bywały chwile, kiedy mówił z wyraźnym, dziwnie melodyjnym akcentem, który – jak domyślał się Talon – wywodził się z Atlantydy, ale kiedy indziej mówił jak każdy inny zaprogramowany przez telewizję Amerykanin.

Starożytny wojownik czerpał ogromną przyjemność z tego, że ludzie ciągle zgadywali różne rzeczy na jego temat. Był jeszcze bardziej zamknięty w sobie niż Talon, a to już coś mówiło.

Acheron podniósł z ziemi czarny zamszowy plecak, ozdobiony logo anarchistów. Przewiesił go przez ramię, wrzucił kilka banknotów do stojącego przed grajkiem pudła od gitary i ruszył przed siebie.

Kilka osób z tłumu zaniepokoiło się i wzdrygnęło, kiedy mijał je płynnymi ruchami niebezpiecznego, długonogiego drapieżnika. Ci, którzy ośmielili się spojrzeć, szybko odwracali spojrzenia.

To była prawdziwa ironia losu, zważywszy że Acheron to ostatnia osoba na świecie, która skrzywdziłaby śmiertelnika. Był najstarszym obrońcą ludzkości.

Przez długie wieki sam jeden walczył z Daimonami.

Samotnie.

Bez przyjaciela ani Giermka.

Talon słyszał plotki, że Acherona szkolił w walce sam Ares. Inne plotki mówiły, że jest synem boga i legendarnym atlantydzkim bohaterem.

Jednakże zasadniczo nikt niczego nie wiedział na temat Acherona, poza tym, że był wysoki, skryty, budził przerażenie i bywał bardzo, bardzo dziwny.

Kiedy podszedł bliżej, Talon skinieniem głowy wskazał jego fioletowe włosy i cztery warkoczyki okalającego jego twarz.

– Wiesz co, chyba muszę przestać wołać na ciebie Tyranozaur, a zacząć mówić Barney.

Acheronowi drgnął kącik ust.

– Nie zaczynaj, Celcie. – Obrzucił rozbawionym spojrzeniem skórzane spodnie Talona, T-shirt i kurtkę. – Miło widzieć, że się ubrałeś z okazji naszego spotkania.

Talon skrzywił się, wyłapując aluzję.

– Kyrian już o mnie opowiedział, co?

– Pewnie. Mój ulubiony kawałek to ten z różowym ręcznikiem.

Kyrian za to zapłaci. Nawet jeśli Talon będzie musiał go sam dorwać.

– Przysięgam... Nick wie?

Acheron uśmiechnął się szczerze, odsłaniając odrobinę kły.

Niech to szlag, teraz Talon miał przerąbane.

Cóż, do diabła, warto było. Popołudnie z Sunshine wynagrodziło mu z nawiązką cały wstyd.

Tyranozaur obejrzał się przez ramię, jakby coś wyczuł; kołnierz skórzanej kruki odchylił się, odsłaniając gardło, na którym nie było widać odcisku dłoni.

Talon spojrzał w tym samym kierunku i zobaczył zbliżającego się Valeriusa. Spotkał rzymskiego generała tylko raz, kiedy przybył przejąć obowiązki Mrocznego Łowcy Kyriana.

Valerius rzucił tylko jedno spojrzenie na kurtkę Talona i prychnął szyderczo: „Celt", dając mu od razu do zrozumienia, że przyjaźń między nimi jest równie prawdopodobna, jak znalezienie miejsca parkingowego dla czołgu na Bourbon Street w czasie Mardi Gras.

I pomyśleć, że był skazany na spędzenie wieczności w Nowym Orleanie razem z tym dupkiem. Jak to mówił Nick: „hip, hip, hura".

Czarne włosy Rzymianina były zaplecione z tyłu głowy w nieskazitelny warkocz. Nosił spodnie z zaprasowanymi zaszewkami, mokasyny, golf i długi kaszmirowy płaszcz. Można by go wziąć za zamożnego prawnika, a nie zabójcę Daimonów.

Talon z trudem powstrzymywał śmiech, widząc, jak bardzo Valerius odstaje od towarzystwa, stając obok niego i w szczególności obok Acherona, który był chodzącym uosobieniem stylu Gotów – od srebrnego kolczyka w nosie po srebrne klamerki zdobiące boki szpiczastych butów.

– Jaki jesteś punktualny – powiedział do Valeriusa Acheron, zerkając na pęknięty zegarek kieszonkowy, który wyciągnął z kieszeni kurtki. Zegarek ucierpiał jakieś sto lat temu w czasie większego powstania Daimonów. On przetrwał, Daimony nie.

W oczach Valeriusa błysnęła uraza, kiedy spojrzał na Acherona.

– Może mi się nie podobać, że jesteś moim dowódcą, Greku, ale jako żołnierz będę wypełniał rozkazy niezależnie od mojej osobistej niechęci wobec ciebie.

– Rety, Ash, nie robi ci się od razu ciepło i miło na sercu w jego towarzystwie? – zakpił Talon.

– Okaż szacunek lepszym od siebie, Celcie – warknął Valerius, odsłaniając górne zęby. – Albo ci pokażę, jak my, Rzymianie, radziliśmy sobie z barbarzyńcami.

Te słowa nie wywołały żadnej głębszej emocji poza znudzonym rozbawieniem, ale Talon nie należał do mężczyzn, którzy puszczą obrazę mimo uszu.

A był już zdecydowanie za stary, żeby się zmienić.

– Uszanuj sobie to – powiedział i pokazał Valeriusowi palec.

Acheron ledwie zdążył złapać Rzymianina, zanim ten rzucił się na Talona. Wszedł między nich. Talon tego nie potrzebował, ale sądząc po furii w oczach Valeriusa, Rzymianin jak najbardziej.

– Dzieci, żebym nie musiał was drugi raz rozdzielać. – Acheron spiorunował wzrokiem Valeriusa i zmusił go do cofnięcia się o krok. – Uwierz mi, Val, nie potrzebuję, żebyś walczył w moim imieniu, a Talon mnie nie uraził.

– Nazywam się Valerius. – Mroczny Łowca poprawił płaszcz królewskim, aroganckim gestem. – I mnie on obraził.

No cóż, pewnie, żadna nowina. Tego faceta wszystko obrażało.

Jak zawsze, kiedy spotykało się dwóch albo więcej Mrocznych Łowców, Talon poczuł, jak jego moce słabną. To było zabezpieczenie Artemidy, zapewniające, że Mroczni Łowcy nie połączą sił i nie wystąpią przeciwko bogom albo nie zaczną polować na ludzi. Jedynym wyjątkiem był Acheron. Jako ich nauczyciel i najstarszy wśród nich nie tracił mocy w obecności Mrocznych Łowców.

Nie mogli pozostawać zbyt długo w swoim towarzystwie, bo pozostaliby osłabieni przez resztę nocy.

Talon zerknął ponad ramieniem Valeriusa i zobaczył Nicka i Zareka mijających piekarnię na rogu i zmierzających w ich stronę.

– Tylko spokojnie – uprzedził Acherona i Valeriusa. – Nadchodzą posiłki.

Valerius odwrócił się i zaklął w żywy kamień, co kłóciło się z jego królewską wytwornością i dobrym wychowaniem.

– Wzajemnie – warknął Zarek, zatrzymując się obok Acherona.

Na twarzy Valeriusa malowała się odraza.

– Jeszcze jeden francowaty Grek...

– Co jest, Rzymianinie? – zagadnął go Talon. – Przeszkadza ci obecność Greków?

Z rozdętymi nozdrzami Valerius rzucił szyderczo do Zareka:

– Wierz mi, gdybym był w Troi, kiedy zostawili konia, plaża byłaby tamtego dnia usiana pieczonymi Grekami.

Talon syknął, parodiując współczucie.

– A niech mnie, T-Rex, on naprawdę nienawidzi twoich przodków.

Acheron rzucił mu rozbawione spojrzenie.

– Bez obrazy, Talon, ale żyłem jeszcze przed nimi.

– A tak, wybacz.

Talon spojrzał na Nicka, który był o wiele cichszy niż zwykle. Robił wrażenie nieco spiętego.

Hm, to ciekawe. Dobrze by było zatrzymać Zareka gdzieś pod ręką, jeśli facet potrafi tak zgasić Giermka. Dobrze wiedzieć, że Nick ma jednak wyłącznik.

– Jakieś kłopoty w czasie lotu? – zapytał Zareka Acheron.

– Nie zjadłem pilota, jeśli o to pytasz. A mały Nick też jeszcze oddycha i nie krwawi.

– Cóż... – rzucił beznamiętnie Acheron. – To chyba jakaś poprawa od ostatniego razu.

Talon nie był pewien, czy Acheron żartuje, czy nie, ale, znając reputację Zareka, niespecjalnie wątpił w jego słowa. Plotki mówiły, że Zarek pociął na kawałki i pożarł poprzedniego Giermka, którego Acheron po niego posłał.

Obrzucił spojrzeniem całą ich piątkę.

Niezła zbieranina, co? Jedyne, co ich łączyło, to wzrost. Razem musieli wyglądać jak uciekinierzy z NBA, bo ich wymiary wahały się od sześciu stóp i czterech cali Nicka do sześciu stóp i ośmiu cali Acherona.

Nick miał na sobie dżinsy, ciemnozielony sweter i kurtkę lotniczą – idealny wizerunek bogatego dzieciaka z college'u. Talon wyglądał jak harleyowiec, który dopiero co wyszedł z Sanctuary, ulubionego baru motocyklistów w Nowym Orleanie. Acheron wyglądał jak uciekinier z Dungeon, miejsca spotkań Gotów. Valerius prezentował się jak prawnik, a Zarek...

Zarek wyglądał, jakby był gotów kogoś zabić.

– Dlaczego właściwie się zbieramy? – spytał Zarek.

Odraza w oczach Valeriusa aż paliła.

– Ktoś się do ciebie odzywał, niewolniku?

Acheron ledwie zdążył złapać go za rękę, zanim ten rozciął pazurem odsłonięte gardło Valeriusa. Nigdy wcześniej Talon nie widział, żeby Acheron tak się męczył, próbując kogoś powstrzymać. Już samo to wiele mówiło o mocy Zareka.

I o jego temperamencie.

– Zaniechaj! – rozkazał Zarekowi Acheron. – Wiem, że minęło dużo czasu, odkąd znajdowałeś się w towarzystwie innego Mrocznego Łowcy, ale pamiętaj, że cokolwiek mu zrobisz, sam odczujesz to dziesięciokrotnie mocniej.

Twarz Zareka stężała.
– Ból mogę znieść, ale jego nie.
Valerius nadal się krzywił.
– Nie rozumiem, po co nam chłopiec do bicia? Żeby Daimony miały się z kim bawić? Wiesz, za życia był tak mało wart, że mój ojciec musiał zapłacić handlarzowi niewolników za zabranie go od nas.
Zarek warknął jak dzikie zwierzę, odepchnął Acherona i rzucił się na Valeriusa. Złapał go w pasie i obaj padli na ulicę. Z całym impetem.
Zanim Talon zdążył go ściągnąć z Valeriusa, Zarek wymierzył Rzymianinowi kilka ciosów i kopniaka w żebra na pożegnanie, kiedy już Celt go odciągał.
Tak jak powiedział Acheron, twarz Zareka odzwierciedlała każdy cios zadany Valeriusowi. Z nosa i ust lała mu się krew, ale on jakby tego nie zauważał – a jeśli nawet, to błysk satysfakcji w czarnych oczach mówił, że były rzymski niewolnik uznał, że warto było.
Valerius był tylko odrobinę pokorniejszy, kiedy wstał.
– Powinieneś dostać za to cięgi.
Talon przytrzymał Zareka mocniej, ale ten odepchnął go ze złością.
– Zabierz łapy, Celcie – warknął i odwrócił się do Valeriusa. – Spróbuj mnie uderzyć, ty żałosna kupo łajna, a wepchnę ci do gardła twoje własne czarne serce.
– Dość tego! – ryknął Acheron. – Jeszcze jedno słowo, a przysięgam, że obu wam wyrwę serca.
Valerius starł krew z ust.
Zarek otarł twarz dłonią, rzucając Valeriusowi morderczе spojrzenie.

Acheron był człowiekiem o anielskiej cierpliwości i Talon nigdy wcześniej nie widział go poirytowanego. Teraz zobaczył.

Acheron spiorunował ich wzrokiem.

– Następnym razem po prostu wyślę wam e-maile. Co ja sobie myślałem, kiedy zdecydowałem się na to spotkanie?

– Och, no wiesz – odezwał się Nick. – Że faceci, którzy mają po parę tysięcy lat, potrafią zachować się jak dorośli?

Zarek zdzielił go łokciem w żołądek.

– Ojejku – powiedział do Acherona. – Mimowolny skurcz w ręce.

Acheron zaklął pod nosem.

– Przysięgam, niezależnie od Daimonów, jeśli nie będziesz grzeczny, odeślę cię na Antarktydę i zostawię, żebyś tam zgnił.

– O rety... – rzucił znudzonym tonem Zarek. – Jestem przerażony. Te mordercze pingwiny i włochate foki są naprawdę straszne.

Acheron warknął ostrzegawczo.

Talon współczuł sfrustrowanemu przywódcy. Wiedział, dlaczego Acheron zarządził spotkanie: chciał się przekonać, co się stanie, kiedy ścieżki tej trójki się przetną. Lepiej wiedzieć, ile pojawi się wrogości i być przy tym, żeby nad tym zapanować, niż zaryzykować przypadkowe spotkanie, w czasie którego Zarek spuściłby manto Valeriusowi i zabrakłoby kogoś, kto by ich rozdzielił.

A teraz Acheron dobrze wiedział, z czym ma do czynienia i jak bardzo trzeba tamtych oddalić od siebie. Talon musiał wyrazić uznanie dla mądrości Atlantydy. Acheron może i wyglądał młodo, ale naprawdę posiadł tysiąclecia mądrości, wiedzy i umiejętności radzenia sobie ze zbuntowanymi Mrocznymi Łowcami, którzy mu podlegali.

Acheron spojrzał na Zareka i Valeriusa.

– Zapanujcie nad sobą przez pięć minut, bo musimy jakoś podzielić się miastem. Ponieważ jako jedyny mogę się zająć cmentarzami, biorę je na siebie. Valeriusie, chcę, żebyś się zajął Garden District i dzielnicą biznesową. Zarek i Talon mogą wziąć French Quarter. W czasie samego Mardi Gras wszyscy musimy pojawić się we French Quarter nie później niż o dziewiątej. – Odwrócił się do Nicka. – Masz być w gotowości. Jeśli któryś padnie, chcę, żebyś natychmiast wkroczył.

– Jest tylko jeden mały kłopot.

– To znaczy?

Nick skinął głową na Valeriusa.

– Jeśli on oberwie, jest zdany na siebie.

Zarek się uśmiechnął.

– Wiedziałem, że nie bez powodu lubię tego dzieciaka.

Nick rzucił mu pełne niedowierzania spojrzenie.

– Nick – powiedział Acheron ostrzegawczo. – Masz obowiązki względem nas wszystkich. Valerius jest Mrocznym Łowcą tak samo jak ja, Talon i Zarek.

– Wiem, że złożyłem przysięgę, ale przysięgałem chronić Kyriana z Tracji i prędzej piekło mnie pochłonie, niż ruszę choćby małym palcem, żeby pomóc człowiekowi, który torturował go i ukrzyżował.

Oczy Valeriusa rozbłysły.

– To był jego dziadek, a nie on.

Nick wskazał Valeriusa palcem.

– On też tam był. Patrzył, jak to się odbywa i nie zrobił nic, żeby to powstrzymać. Odmawiam udzielenia pomocy komuś, kto był do czegoś takiego zdolny. – Spojrzał na Asha. – Tobą, psycholem i Talonem się zajmę, nim nie.

– Psychol? – powtórzył Zarek. – Hm, to mi się podoba.

Acheron zignorował Zareka.

– Nick...

– W porządku, Greku – przerwał mu Valerius. – I tak prędzej zginę, niż pozwolę, żeby ten plebejusz mi pomógł.

– No to mamy trzy głosy – oznajmił Zarek. – Ja też bym wolał, żeby on umarł. A teraz wspólnie zagłosujmy, że pozbywamy się tego dupka z wyspy.

Talon ukrył rozbawienie i zastanawiał się, ile potrzeba jeszcze czasu, żeby Acheron rozwalił Zareka i Valeriusa na tycie kawałeczki. Może trzeba było powiedzieć Nickowi, żeby miał pod ręką szufelkę. Sądząc po minie Acherona, długo to już nie potrwa.

– Dobrze więc – powiedział do Nicka Acheron. – Zadzwoń do Erica St. Jamesa i każ mu wrócić do obowiązków *Doreana*, na wypadek gdyby Valerius czegoś potrzebował.

Nick pokiwał głową.

– Mogę też podesłać mu Zareka? Mam jeszcze na głowie szkołę.

Zanim Acheron zdążył odpowiedzieć, Valerius rzucił szyderczo:

– Nie będę pracował z niewolnikiem jak z równym ani dzielił się z nim sługą.

Nozdrza Zareka się rozdęły.

– Uwierz mi, chłopaczku, nie jesteśmy sobie równi. Znajdujesz się tak daleko pode mną, że prędzej usiadłbym w gównie, niż pozwolił ci podetrzeć mi tyłek.

Talon złapał Valeriusa, zanim ten dopadł Zareka.

Spojrzeli po sobie z Acheronem.

– Będzie zabawa, co? Ciągłe rozdzielanie tych dwóch przy jednoczesnej walce z Daimonami. Może powinniśmy zapomnieć o wszystkim i zaszyć się w domach, dopóki nie będzie po sprawie?

Jednakże jeszcze bardziej zniechęcająca była świadomość, że jeżeli Kyrian dowie się, że Valerius jest w mieście, ataki Zareka wydadzą się miłosnym uściskiem. A ponieważ Kyrian nie był już Mrocznym Łowcą, jego mocy nie osłabią ograniczenia nakładane przez Artemidę. Będzie mógł spokojnie zabić Rzymianina.

Acheron westchnął poirytowany.

– Jestem prawie gotów zgodzić się z tobą. – Odwrócił się do Valeriusa. – Idź patrolować swoje dzielnice.

Valerius zasalutował na sposób rzymski, może tylko trochę kpiąco, odwrócił się na pięcie i odszedł.

Atmosfera natychmiast się ociepliła. Do diabła, nawet Zarek wydawał się niemal... znośny. Znacząca część napięcia zniknęła z jego ciała.

– Mieszkam z tobą, Kyrianem czy Nickiem? – spytał.

Acheron milczał, wyławiając klucz z kieszeni kurtki.

– Pomyśleliśmy, że najlepiej będzie, jeśli będziesz miał własny kąt. Kazałem Nickowi wynająć dom przy Dauphin Street. Pomalował okna na czarno i zabezpieczył wnętrze przed światłem dziennym.

Twarz Zareka znowu stężała, a jego czarne oczy zabłysły. Z jakiegoś powodu wściekł się, kiedy porwał klucz z dłoni Acherona i odwrócił się, żeby odejść.

– Nick wskaże ci drogę – dodał Acheron.

– Nie potrzebuję, żeby ktokolwiek cokolwiek mi wskazywał – warknął Zarek. – Sam trafię.

Kiedy Zarek odszedł, Nick się skrzywił.

– Wiem – powiedział do Acherona. – „Nick, idź za tym psycholem i pokaż mu, gdzie mieszka". Ale czy wolno mi zauważyć, że jeśli to zrobię, przysługuje mi dodatek za pracę w niebezpiecznych warunkach?

Acheron uniósł brew.

– A mnie wolno zauważyć, że, zostając tutaj, o wiele bardziej narażasz swoje zdrowie?

Nick udał zaskoczenie.

– Co? Jeszcze tu jestem? Oj, przepraszam, myślałem, że odszedłem dziesięć minut temu.

I pobiegł za Zarekiem.

Kiedy zostali sami, Talon przeczesał włosy palcami.

– Bywają takie noce, kiedy po prostu nie warto wstawać z łóżka, nie?

– Nawet sobie nie wyobrażasz. – Acheron westchnął ciężko, jakby w jednej chwili spłynęło z niego całe napięcie.

– No to teraz powiedz mi, czym podpadłeś Artemidzie, że zwaliła ci coś takiego na głowę?

Zgodnie z przewidywaniami, Acheron nie odpowiedział. Talon dobrze go znał: Acheron nigdy nie ujawniał osobistych szczegółów na swój temat, nie komentował też natury swojego związku z boginią.

– Chodź ze mną, Talon.

To nie zabrzmiało dobrze, ale Celt posłusznie ruszył.

Acheron milczał, gdy minęli deptak i ruszyli Pirate's Alley w stronę Royal Street.

Tuż za katedrą Świętego Ludwika, w pobliżu znajdującego się na jej tyłach maleńkiego ogrodu, Acheron się zatrzymał. Talon rozejrzał się niespokojnie. Mroczni Łowcy nie czuli się dobrze w pobliżu świętych miejsc. Ponieważ byli ludźmi, którzy stracili dusze, inne dusze, pozbawione ciał, próbowały w nich zamieszkać. Mocny Mroczny Łowca mógł walczyć z taką duszą, ale tylko Acheron był całkowicie odporny na próby opętania.

To był główny powód, dla którego Mroczni Łowcy mieszkali wyłącznie w nowych domach. To dlatego Nick poprosił medium o sprawdzenie domu Zareka, żeby się upewnić, że nie ma tam żadnych duchów. Opętany Mroczny Łowca to straszna rzecz.

– Powiedz mi o kobiecie, z którą spędziłeś dzień.

Talon zdębiał. Moce Acherona nigdy nie przestaną go zadziwiać.

– Nie ma o czym mówić, naprawdę.

– Nie okłamuj mnie. Sunshine nadal ci towarzyszy. Wyczuwam ją. Jest w twoich myślach i w twojej krwi.

Ten facet był naprawdę upiorny.

– Słuchaj, znam swoje obowiązki. Złożyłem przysięgę Artemidzie i nie szukam sposobu, żeby ją złamać.

– Nie to mnie martwi.

– Więc co? – spytał Talon.

– Pamiętasz co ci powiedziałem w tamtą noc, kiedy zemściłeś się na swoim klanie?

– Że wszystko ma swoją cenę.

– Właśnie. Ta kobieta jest w tobie, młodszy bracie. Jeśli się jej nie pozbędziesz, odblokuje emocje, które nauczyłem cię ukrywać.

– To byłoby takie złe?

Acheron zdjął okulary i spojrzał na Celta surowo i poważnie wiecznie młodymi, lśniącymi oczami.

– Tak. Jesteś tym Mrocznym Łowcą, na którego zimną krew mogę liczyć. Musisz być skoncentrowany, zwłaszcza że zbliża się czas uczty Daimonów i mamy w mieście dwóch Mrocznych Łowców, którzy się nienawidzą. Emocje są kluczem do twoich mocy. Kiedy stracisz nad nimi kontrolę, stracisz nieśmiertelność, a nie chcę, żebyś zginął tylko dlatego, że nie zapanowałeś nad swoim libido.

– Nie martw się, wszystko jest pod kontrolą.

– Dobrze. Dopilnuj, żeby tak pozostało, bo w przeciwnym razie zginiesz.

ROZDZIAŁ 5

– Och, Bogu dzięki, że jesteś – powiedziała Selena, kiedy tylko Sunshine odebrała telefon. – Gdzie się podziewałaś? Przez cały dzień wydzwaniałam do ciebie. Wiem, że nigdy nie możesz znaleźć tej cholernej słuchawki, ale niech to szlag, dziewczyno... Tak się martwiłam, że już zamierzałam wpaść do ciebie i sprawdzić, czy nic ci nie jest i czy ten nieznajomy nie zamordował cię w pracowni. – Wreszcie zrobiła przerwę na nabranie tchu. – Powiedz mi, proszę, że już go tam nie ma.

Ocierając dłonie z farby i trzymając słuchawkę przy uchu ramieniem, Sunshine uśmiechnęła się na dźwięk troski w głosie Seleny i jej matczynej perory.

– Nie, przystojniak już się zmył. Poszedł spotkać się ze znajomymi.

– A o której wyszedł?

– Kilka minut temu.

– Sunshine!

– Co? – spytała, udając niewiniątko.

– Och, skarbie – stęknęła Selena – nie mów mi, że spędziłaś cały dzień, grając z nim w Chińczyka albo coś w tym guście.

Sunshine zagryzła usta, przypominając sobie, na czym tak naprawdę upłynął jej dzień. Zrobiło jej się ciepło i poczuła mrowienie.

– Nie doszliśmy do Chińczyka, ale parę razy zrobiliśmy to na stoliku do tryktraka. Oraz na kanapie, blacie kuchennym, na podłodze, stoliku do kawy i...

– O Boże, nie chcę tego słuchać, zatykam uszy, powiedz mi, że żartujesz.

– Nie, ani trochę. Seleno, zapomnij o króliczku Energizera, ten facet był lepszy.

Selena jęknęła.

– Coś ty sobie myślała? Dopiero co go poznałaś.

– Wiem – przyznała Sunshine, całkowicie zgadzając się z przyjaciółką, że musiało jej odbić, skoro zrobiła coś tak głupiego. – To nie w moim stylu, ale nie mogłam się powstrzymać. Zupełnie jak ta dziwna magnetyczna siła, która łapie mnie, kiedy mijam Frostbyte Cafe, i zmusza do gwałtownego skrętu po potrójną porcję lodów bananowych z karmelem i orzechami. – To była jej największa słabość. Nigdy nie potrafiła oprzeć się tym lodom. – Pokusa była zwyczajnie zbyt duża. Nie mogłam się oprzeć. On był kubełkiem lodów, a ja byłam w stanie tylko powiedzieć „dajcie mi łyżkę".

– Dobry Boże.

– No. To nawet było trochę dziwne. Ja tu byłam, on tu był, powiedział „zróbmy to", a potem zanim się obejrzałam, już miałam łyżeczkę w dłoni i nakładałam sobie porcję.

Selena prychnęła zniesmaczona.

– Błagam, powiedz, że nikt nie używał łyżki.

Sunshine uśmiechnęła się szelmowsko.

– Nie, nie było żadnej łyżki, ale lizania było całkiem sporo.

– Nie, nie, nie, zabijasz mnie! Nie mów nic więcej.

Sunshine wybuchła śmiechem.

– Nie mogłam się powstrzymać. Jest taki przystojny, a ja czułam ogromną potrzebę podzielenia się z tobą tym, jaki był niewiarygodnie gorący.

Selena parsknęła.

– Zobaczysz się z nim znowu?

– Nie, niestety nie. Nawet nie znam jego nazwiska.

– Sunshine! Dziewczyno, całkiem ci odbiło!

– Tak, wiem. To było coś, co zdarza się człowiekowi raz w życiu.

– Rety, ale nic ci nie jest? Nie zrobił ci krzywdy ani nic takiego?

– Nie, skąd. To był najlepszy dzień w moim życiu. Dziwne, co?

– Jezu, Sunny... Nie mogę uwierzyć, że to zrobiłaś. Spędzasz tyle czasu z tymi swoimi dziwacznymi przyjaciółmi, że zaczynasz przejmować ich zwyczaje. Żeby sprowadzać do domu przypadkowych facetów, których w ogóle nie znasz. Za chwilę zaczniesz tańczyć nago na stołach... Nie, czekaj, to akurat ja robiłam.

Sunshine się roześmiała.

– Nie martw się. To się więcej nie powtórzy. Znasz mnie, spotykam się z facetami od wielkiego dzwonu, ale zwykle spędzam z nimi przynajmniej kilka zwykłych, nudnych dni, zanim dom zatrzęsie się w posadach. Oczywiście, jeszcze żaden tak nie zatrząsł moim domkiem jak ten. Zrównał go z ziemią.

– Nie mogę uwierzyć, że cały czas mi o tym mówisz! – zapiszczała Selena.

Sunshine śmiała się, słysząc cierpienie w jej głosie, kiedy dalej się z nią droczyła.

– Nie mogę uwierzyć, że spędziłam cały dzień w łóżku z tym facetem, ale bez chwili wahania zrobiłabym to drugi raz. Mówię ci, to było najlepsze osiemnaście godzin w moim życiu.

– Jezu, znałaś go nawet krócej niż dzień?!

– Cóż, teraz znam go dobrze. Każdy jego smakowity cal. Nawiasem mówiąc, całkiem sporo ma tych cali.

– Przestań, Sunny! – błagała Selena głosem łamiącym się ze śmiechu. – Już dłużej tego nie zniosę. Nie muszę wiedzieć, że po Nowym Orleanie krąży seksualny wyczynowiec, skoro sama wyszłam za mąż za prawnika. To szczyt okrucieństwa.

Sunshine znowu się roześmiała.

– Cóż, Bill jest miły... na bardzo Billowy sposób.

– O rety, dzięki, teraz czepiasz się mojego Billa.

– Przepraszam. Wiesz, że go uwielbiam, ale ten mój facet był naprawdę, naprawdę świetny.

Ciągnąc za sobą ciężki telefon w psychodelicznych kolorach, Sunshine przeszła przez kuchnię do lodówki, żeby nalać sobie soku z gujawy.

Droczenie się z Seleną było zabawne, ale co dziwne, jakaś jej część była niesamowicie smutna z powodu odejścia Talona.

Naprawdę świetnie się z nim bawiła, i to nie tylko w łóżku, na podłodze czy w pięciu tysiącach innych miejsc, w których uprawiali seks. Rozmawiało się z nim też dobrze.

A najważniejsze, że miał do niej cierpliwość.

Otworzyła lodówkę i parsknęła śmiechem.

– Co znowu? – spytała Selena.

Sunshine zobaczyła bezcenny dozownik cukierków Talona: stał i patrzył na nią. Nie mogła w to uwierzyć.

To po to zaglądał do lodówki, kiedy ona brała prysznic. Nic dziwnego, że robił wrażenie speszonego, kiedy go przyłapała.

Jakie to słodkie.

– Och, zostawił na serze sojowym swój dozownik ze Snoopym.

– Co?

– Nic takiego – odparła Sunshine, biorąc do ręki zimną plastikową zabawkę. – Taki hermetyczny żarcik.

– Nie mów mi tylko, że robiliście coś z serem.

– Nie, po prostu go jedliśmy. Jezu, Selena, otrząśnij się. Nie wszystko wiąże się z seksem.

– Cóż, w wypadku was dwojga przeciwnie. Podstawy całego waszego związku sprowadzają się właśnie do seksu... Och, czekaj, przecież znałaś go tylko osiemnaście godzin. Czy to już się liczy jako związek?

– Zważywszy na to, jaki jest w seksie, to jak najbardziej się liczy, uwierz mi. Poza tym zostawił mi swój dozownik cukierków.

– No proszę... – zadrwiła Selena. – Śmiały i hojny. Co za facet.

– Ej, muszę oddać sprawiedliwość mojemu śmiałkowi: to bardzo cenny dozownik. Z sześćdziesiątego któregoś roku, gratka dla kolekcjonerów.

– Aha. A zostawił numer telefonu?

– No nie, ale położył Snoopy'ego na górnej półce, żebym go znalazła.

– Już dość powiedziałaś, sprawa zamknięta. Będziesz robiła za frajerkę, dopóki Snoopy nie stanie się naprawdę cenny.

– W porządku, dobra. Ściągasz mnie na ziemię po mojej miłosnej fecie i zaczynasz mi psuć miłe wspomnienia. Minęło dziesięć miesięcy, odkąd spałam z facetem, i pewnie miną wieki, zanim kolejny, który nie będzie gejem, pojawi się na moim progu, więc pozwól mi wrócić do pracy, gdzie będę mogła się upajać wspomnieniami popołudnia.

– No dobrze, skarbie. Zadzwonię później. Wracaj do pracy i do zobaczenia jutro.

– Dzięki. Do zobaczenia.

Sunshine rozłączyła się i spojrzała na trzymanego w ręce Snoopy'ego. Roześmiała się.

Talon może i nie był ideałem, czasem potrafił wszystko schrzanić, dał się rozjechać platformie karnawałowej – ale był świetnym facetem, a w dzisiejszych czasach świetni faceci rzadko się zdarzają.

Szkoda, że go więcej nie zobaczy. Z drugiej strony, nie należała do kobiet, które mazgają się z powodu tego, co mogłoby być. Była artystką, jej kariera dobrze się układała, bo ciężko na to zapracowała.

Nie szukała w tej chwili poważnego związku.

Lubiła mieszkać sama. Uwielbiała wolność, która pozwalała jej wstać i wyjść kiedy tylko miała na to ochotę. Krótkie małżeństwo tuż po dwudziestce nauczyło ją dobrze, czego mężczyzna oczekuje od żony.

Nie zamierzała więcej powtarzać tego błędu.

Talon był zabawną odmianą na jedno popołudnie, ale na tym koniec. Teraz jej życie będzie się toczyło tak samo jak wcześniej.

Z lżejszym sercem wzięła Snoopy'ego do sypialni i postawiła na nocnej szafce.

Uśmiechnęła się. Nigdy wcześniej nie miała pamiątki – bo tym właśnie był dla niej Snoopy. Pamiątką po cudownym dniu.

– Miłego życia, Talonie – powiedziała, wyłączając światło przy łóżku, zanim wyszła do pracy. – Może pewnego dnia znowu się spotkamy.

***

Było tuż po pierwszej, kiedy Talon znalazł się pod klubem Runningwolfa na Canal Street. Próbował sobie wmówić, że trafił tutaj, ponieważ Daimony często kręcą się przy klubach, gdzie pijani ludzie stanowią łatwy żer.

Próbował sobie wmówić, że po prostu wykonuje swoją pracę.

Ale kiedy spojrzał w ciemne okna nad klubem i zaczął się zastanawiać, czy Sunshine jest właśnie w łóżku, czy też stoi przy sztalugach, zrozumiał.

Zjawił się tutaj z jej powodu.

Zaklął pod nosem. Acheron miał rację. Weszła w niego w sposób, w jaki od wieków nikt go nie przeniknął.

Niezależnie od tego jak bardzo się starał, nie potrafił przestać o niej myśleć.

Raz za razem wracała do niego. Czuł jej ciało pod sobą, jej oddech na skórze. Słyszał jej południowy akcent rozlegający się szeptem w jego uchu.

A kiedy go dotykała...

To było jak niebiańska pieśń.

Fizyczna rozkosz i towarzystwo, jakie ofiarowała mu tego popołudnia, wstrząsnęły nim do głębi.

Poczuł, że go przyjmuje nie tylko na poziomie seksualnym.

Co ona z nim zrobiła? Po tych wszystkich stuleciach czyżby kobieta dotarła do jego uczuć?

Jego myśli?

Co było jeszcze bardziej frustrujące, wiedział, że gdyby był człowiekiem, byłby teraz z nią.

Nie jesteś człowiekiem.

Nie potrzebował przypomnienia. Aż za dobrze wiedział, czym był. Lubił to, czym był. Jego praca dawała specjalnego rodzaju satysfakcję.

A jednak...

– Speirr? Co robisz?

Spiął się, słysząc głos Ceary dobiegający z ciemności, zwłaszcza że dał się przyłapać na czymś, czego nie powinien robić.

– Nic.

Pojawiła się obok niego. Na jej migoczącej twarzy ujrzał znaczący uśmiech.

Westchnął zdegustowany. Dlaczego próbował ukryć coś przed tymi, którzy potrafili przejrzeć na wylot jego myśli?

– No dobra – przyznał się z oporami – chciałem sprawdzić, co u niej i jak sobie radzi.

– U niej wszystko w porządku.

– I to właśnie naprawdę mnie irytuje.

Te słowa wyrwały mu się, zanim zdążył pomyśleć.

Ceara się zaśmiała.

– Spodziewałeś się, że będzie smutna?

– Pewnie. Powinna przeżyć przynajmniej jedną albo dwie chwile żalu czy czegoś takiego.

Ceara zacmokała z niesmakiem.

– Biedny Speirr. Znalazłeś jedyną kobietę, która nie uznała cię za ósmy cud świata.

Przewrócił oczami.

– No dobrze, może jestem trochę arogancki...

Ceara uniosła znacząco brwi, więc Talon się poprawił:

– W porządku, jestem bardzo arogancki, ale niech mnie diabli wezmą, jeśli mogę przestać o niej myśleć. Dlaczego ona nic nie czuje?

– Nie powiedziałam, że nic nie czuje, tylko że nie jest smutna.

– Więc poczuła coś do mnie?

– Jeśli chcesz, mogę dowiedzieć się czegoś więcej.

– *Nae* – odparł szybko Talon. Ostatnia rzecz, jakiej chciał, to żeby Ceara dowiedziała się, co robił z Sunshine przez całe popołudnie.

Ceara była niewinna i chciał, żeby tak zostało.

Siostra zataczała wokół niego małe kółka. Z jakiegoś powodu lubiła to robić. Jako mała dziewczynka doprowadzała go do zawrotów głowy, kiedy tak śmigała wokół niego, chichocząc cały czas.

Mimo że teraz miał przed sobą młodą kobietę, oczami duszy widział ją zawsze jako pyzatego malucha, który godzinami przesiadywał u niego na kolanach, bawiąc się jego warkoczykami i gaworząc.

Zupełnie jak Dere...

Żołądek zacisnął mu się na wspomnienie.

Ceara nie była jego jedyną siostrą. Przed nią urodziły się trzy inne. Fia zmarła w pierwszym roku. Tress dożyła pięciu latek i umarła na tę samą chorobę, która zabrała jej matkę.

A Dere...

Dere umarła w wieku czterech lat.

Wyszła o świcie, chcąc zobaczyć wróżki, o których opowiadał jej Talon, gdy się z nią droczył. Powiedział, że często je widywał przez okno o świcie, kiedy ona jeszcze spała.

Sam miał raptem pięć lat. Usłyszał, że ktoś wychodzi z chaty. W pierwszej chwili pomyślał, że to ojciec. Kiedy jednak umościł się z powrotem do snu, zdał sobie sprawę, że Dere nie ma w łóżku.

Natychmiast się zerwał i wybiegł jej szukać.

Poślizgnęła się na skałach na krawędzi klifu nad morzem, gdzie – jak sam jej powiedział – wróżki dokazywały w pierwszych promieniach jutrzenki.

Usłyszał jej krzyk i pobiegł najszybciej, jak potrafił.

Zanim dotarł do niej, było już za późno: słabe, dziecinne rączki nie były w stanie utrzymać jej ciężaru tak długo.

Leżała na skałach, zalewana przez fale.

Nawet teraz cały czas widział, jak tam leży. Widział wyraz twarzy rodziców, kiedy obudził ich i powiedział, co się stało.

Najgorsze ze wszystkiego było oskarżenie, które dostrzegł w oczach ojca.

Żadne z rodziców nigdy nie powiedziało nawet słowa, ale w głębi serca wiedział, że winili go za śmierć Dere.

To nie miało znaczenia. Sam się o nią obwiniał. Zawsze.

Dlatego tak chronił Cearę i Tress. Dlatego postanowił sobie, że nic złego nie stanie się jego najmłodszej siostrze.

Dzisiaj zauważył u Ceary wahanie.

– Jakie nowiny ze świata Daimonów?

Ceara się zatrzymała.

– Skąd wiedziałeś?

– Jesteś dziwnie cicha. Nie chowasz się zwykle, gdy poluję, o ile nie naradzasz się z innymi.

Jej oczy rozbłysły.

– Niczego nie potrafiłabym przed tobą ukryć. – Objęła się rękami. – Krążą pogłoski. Pojawiła się tu jakaś siła. Nie Daimon.

– Goblin, ghul, demon? Co takiego?

– Nikt nie jest pewien. Daimony otaczają źródło tej siły, ale żaden z nich nią nie jest. To coś innego.

– Jakiś bóg?

Spojrzała na niego poirytowana.

– Próbuję znaleźć kogoś, kto wie, ale na razie... – Urwała i załamała ręce. – Chcę, żebyś na siebie uważał, Speirr. Cokolwiek to jest, ma w sobie wiele złości. Nienawiści.

– Możesz to zlokalizować?

– Próbowałam, ale przemieszcza się za każdym razem, gdy się zbliżę. Jakby wiedziało, że ma mnie unikać.

To nie było nic dobrego, zwłaszcza z Mardi Gras za pasem. Kiedy Bachus zjawiał się w mieście, nawet najbardziej zrównoważonych ogarniało szaleństwo. Dla Talona wyglądało to tak, że ktoś (lub coś) ma nadzieję, że świąteczne szaleństwo ułatwi realizację jakiegoś planu.

Odpłynął myślami daleko, kiedy nagle na ulicę przed nim wyjechał samochód. To był stary volkswagen garbus. Ktoś pomalował mu dach na granatowo i ozdobił go świecącymi w ciemnościach gwiazdami, a dolną połowę na jasny, słoneczny kolor z czerwonym pacyfkami.

Uśmiechnął się na ten widok. Samochód stał wcześniej pod klubem, kiedy wychodził od Sunshine. Instynkt podpowiadał mu, że auto należy do niej. Nikt inny za żadne skarby nie wsiadłby do takiego paskudztwa.

Jego podejrzenia się potwierdziły, gdy garbus skręcił w zaułek za klubem.

Dzięki wyostrzonym zmysłom Mrocznego Łowcy obserwował Sunshine, jak wysiada z wozu i schyla się po pudełko leżące na tylnym siedzeniu. Jego ciało natychmiast zareagowało.

Dziś wieczór włosy miała zaplecione w dwa warkocze. Była ubrana w długi płaszcz z dzianiny w kolorze fuksji, który idealnie podkreślał jej obfite krągłości.

W wyobraźni widział, jak podchodzi do niej i przyciąga ją do siebie, tylko po to, żeby zaciągnąć się jej ciepłym zapachem przesiąkniętym olejkiem paczulowym. Jak przesuwa dłonią po jej piersiach, po obcisłym czarnym swetrze zapiętym na małe guziczki. Jak je rozpina, aż Sunshine stoi przed nim odsłonięta.

Jego ciało zapłonęło.

– Speirr?

Ceara wyrwała go z marzeń.

– Przepraszam, zamyśliłem się.

– Powiedziałam, że pójdę poszukać informacji. Czy wolisz, żebym została tu z tobą?

– Nie, dziękuję. Dam sobie radę.

– Wyczuwam w tobie konflikt. Na pewno chcesz, żebym odeszła?

Był tego równie pewny, jak faktu, że za kwadrans nastąpi koniec świata. Nie, wcale nie był pewien, bo za każdym razem, gdy patrzył na Sunshine, zapominał o bożym świecie.

Chciał tylko na nią patrzeć. Dotykać jej.

– Na pewno.

– Dobrze więc. Będę nasłuchiwać. Zawołaj mnie, gdybyś czegoś potrzebował.

– Oczywiście.

Ceara zniknęła i zostawiła go samego w ciemności.

Sunshine zatrzasnęła drzwi samochodu i tylnymi drzwiami weszła do klubu.

Zrobił krok w jej kierunku, zanim w ogóle zdał sobie sprawę z tego, co robi.

Potarł twarz dłońmi. Musiał o niej zapomnieć. To nie miało sensu. Mroczni Łowcy nie chodzą na randki i jest jasne jak cholera, że nie mają swoich dziewczyn. No, poza Kellem, ale on i tak był dziwny, a jego dziewczyna stanowiła nieustanne źródło irytacji Acherona.

Irytowanie Acherona wcale Talonowi nie przeszkadzało – przeciwnie, przyjemnie było podenerwować Atlantydę, ale nie mógł w ten sposób psuć życia Sunshine.

Mroczni Łowcy nie randkowali, a już zwłaszcza ten konkretny. Przyswoił sobie już swoją lekcję, i to rzetelnie.

W przeciwieństwie do pozostałych, przeklęli go jego właśni bogowie. Dlatego nie chciał mieć Giermka. Dlatego w ogóle nie chciał mieć nikogo przy sobie.

„Z powodu tego, co mi odebrałeś, Speirrze Morrigánte, nigdy nie zaznasz spokoju ani szczęścia przy ukochanej osobie. Skazuję cię na wieczną samotność. Stracisz wszystkich, na których ci zależy. Jeden po drugim twoi bliscy będą cierpieć i umierać, a ty nie będziesz w stanie temu zaradzić. Twoje cierpienie będzie płynęło ze świadomości, że są zgubieni z powodu twoich czynów i pozostanie ci tylko pytanie kiedy, gdzie i jak uderzę. Zabiorę ich wszystkich i będę patrzeć, jak cierpisz".

Nawet po tych wszystkich stuleciach wściekły głos boga dzwonił mu w uszach.

Talon jęknął z bólu na wspomnienie żony umierającej w jego ramionach.

„Boję się umierać, Speirr..." – szepnęła.

To była jego wina.

Każda śmierć.

Każda tragedia.

Jak to możliwe, że tyle istnień zniszczono z powodu jednego głupiego błędu? Pozwolił sobie, żeby pokierowały nim emocje, i ostatecznie zniszczył nie tylko swoje życie, ale także życie tych, których kochał.

Skrzywił się na myśl o tej prawdzie.

Ból przeszył go tak głęboko, że aż zaklął na głos.

„Urodziłeś się przeklęty" – szeptał mu w głowie stary, zachrypły głos Gary. – „Bękart zrodzony ze związku, który nie powinien zaistnieć. A teraz wynoś się i zabierz ze sobą dziecko, zanim gniew bogów spadnie na moją głowę".

Mając siedem lat, patrzył w bezsilnym niedowierzaniu na starą wiedźmę, dla której pracowała jego matka. Kiedy mama i Tress zachorowały, Gara pozwoliła mu przejąć obowiązki matki. Po jej śmierci stara kobieta zwróciła się przeciwko niemu.

„Ceara umrze, jeśli odejdę. Nie wiem, jak się opiekować niemowlęciem".

„Wszyscy umrzemy, chłopcze. To nie moje zmartwienie, co się stanie z dzieckiem dziwki. A teraz wynoś się i pamiętaj, jak szybko zmieniają się nasze losy. Twoja matka była królową. Najbardziej kochaną pośród naszego ludu. Teraz jest martwą chłopką, jak reszta z nas. Nie jest nawet warta ziemi, która ją przysypała".

Okrutne słowa rozdarły dziecięce serduszko. Jego matka nigdy nie była dziwką. Jej jedynym błędem było pokochanie jego ojca.

Feara Morrigánte była dla niego warta tyle, co wszystkie skarby tej ziemi. Cenił ją ponad wszelką miarę...

– Zapomnij o tym – upomniał się półgłosem, biorąc głęboki wdech, żeby się uspokoić.

Acheron miał rację, musiał głęboko ukryć emocje. To właśnie przez nie zszedł na złą drogę. Jedyny sposób dla niego, żeby funkcjonować, to nie pamiętać. Nie czuć.

„Syn dziwki powrócił więc, mój królu, i błaga cię o schronienie. Powiedz mi, królu Idiagu, mam mu ściąć głowę, czy tylko obciąć nos, a potem wyrzucić żałosnego nędznika za próg, żeby zdechł w tej burzy jak pies, którym zresztą jest?".

Talon nadal słyszał śmiech ludu, z którego wywodziła się jego matka. Jego młode serce przepełniał lęk, że wuj, tak jak wszyscy inni, odrzuci jego i Cearę. Przyciskał siostrzyczkę do piersi, a ona krzyczała, domagając się jedzenia i ciepła, których nie potrafił jej zapewnić.

Miała raptem dwa miesiące i nie chciała ssać pęcherza, z którego próbował ją karmić.

Przez trzy dni wędrowali bez przerwy, a ona tylko wrzeszczała i płakała.

Niezależnie od tego, jak bardzo się starał, nie potrafił jej uspokoić.

Idiag patrzył na niego tak długo, że Talon był pewien, że odeśle ich na śmierć. Ogień w sali trzaskał, a zebrani ludzie wstrzymali oddech, czekając, aż król ogłosi wyrok.

W tamtej chwili Talon nienawidził matki. Nienawidził jej za to, że przez nią musiał błagać o życie siostry; że musiał tak cierpieć, będąc zaledwie niedoświadczonym młokosem. Chciał uciec i schować się przed tym upokorzeniem.

Ukryć się przed rozwrzeszczanym dzieckiem, które ani razu się nad nim nie ulitowało.

Złożył jednak przysięgę, a nigdy nie łamał słowa. Bez pomocy wuja kolejna jego siostra umrze.

Kiedy Idiag w końcu się odezwał, jego oczy pozostały beznamiętne. Nieczułe.

„Nie, Parth" – powiedział do strażnika. – „Nacierpiał się i natrudził, próbując dotrzeć do nas zimową porą, zwłaszcza że miał na nogach tylko te szmaty. Dajcie im schronienie. Wezwijcie mamkę, żeby zajęła się dzieckiem".

Talon omal nie osunął się na ziemię, tak bardzo mu ulżyło.

„A chłopiec?".

„Jeśli przetrwa karę, przed którą uciekła jego matka, także będzie mógł zostać".

Zaciskając zęby, Talon przypomniał sobie straszliwą torturę, którą mu wymierzono. Wiele dni bicia i głodzenia.

Jedyną rzeczą, która trzymała go przy życiu, był strach, że gdyby umarł, mogliby jednak wyrzucić Cearę.

Przeżył tylko dla niej.

Teraz w ogóle nie miał po co żyć.

Zmusił swoje stopy, żeby poniosły go jak najdalej od klubu i objęć Sunshine.

Jak najdalej od tamtych wspomnień, które jakimś cudem wydostały się na powierzchnię.

Musiał odnaleźć spokój.

Musiał zapomnieć o przeszłości. Pochować ją.

Kiedy jednak szedł przed siebie, stłumione myśli i wspomnienia przewalały się przez jego umysł.

Wbrew własnej woli przypomniał sobie dzień, w którym odkrył swoją żonę...

Nynia.

Nawet teraz samo wspomnienie jej imienia wystarczyło, żeby rzucić go na kolana. Była dla niego wszystkim. Jego najlepszym przyjacielem. Sercem. Duszą.

Ona jedyna była mu pociechą.

W jej ramionach nie obchodziło go, co inni o nim myślą. Istnieli tylko oni dwoje na świecie.

Była dla niego pierwszą i jedyną kochanką jako śmiertelnika.

– Jak mógłbym kiedykolwiek tknąć inną kobietę, Nyn, skoro mam ciebie?

Te słowa prześladowały go w połączeniu ze świadomością, z iloma kobietami sypiał od czasu jej śmierci. Kobietami, które nic dla niego nie znaczyły. Były tylko przelotnymi przygodami, służącymi zaspokojeniu fizycznych potrzeb.

Nigdy nie chciał niczego wiedzieć na ich temat.

Nigdy tak naprawdę nie chciał poznać żadnej kobiety poza swoją żoną.

Nynia i idealna miłość, którą mu ofiarowała, dotknęła czegoś w jego wnętrzu i dodała mu skrzydeł. Nynia pokazała mu w świecie rzeczy, których nigdy wcześniej nie widział

Dobroć.

Pocieszenie.

Akceptację.

Mieszała mu w głowie, irytowała go i sprawiała, że był nieprzytomnie szczęśliwy.

Kiedy umarła, zabrała go ze sobą. Przetrwało jego ciało, ale nie serce.

Ono umarło tego samego dnia.

Nigdy nie pomyślał, że zapragnie w podobny sposób innej kobiety. Nigdy, dopóki nie poczuł na skórze ciepła zgrabnych dłoni artystki.

Już na samą myśl o Sunshine czuł się, jakby oberwał w żołądek.

– Wynoś się z mojej głowy – warknął przez zaciśnięte zęby.

Nigdy więcej nie otworzy się na tak straszliwy ból. Nigdy więcej nie będzie trzymał w ramionach kogoś, na kim mu zależy, i patrzył, jak ta osoba umiera.

Nigdy.

Dość się wycierpiał w życiu. Nie mógł dłużej tego znosić. Sunshine była mu obca i taka pozostanie. Nikogo nie potrzebował.

Nigdy nie potrzebował.

Zamarł, gdy dziwny odgłos niesiony wiatrem przebił się przez jego myśli. To brzmiało trochę jak Daimon posilający się...

Wyciągnął palmpilota z kieszeni kurtki i uruchomił program naprowadzający. Program był tak pomyślany, żeby reagować na podwyższoną aktywność neuronową Daimonów, wynikającą z ich zdolności parapsychicznych. Pozwalał Mrocznym Łowcom precyzyjnie namierzyć wszelkie zgrupowania Daimonów po zmierzchu. Za dnia, kiedy Daimony odpoczywały, aktywność ich mózgów za bardzo przypominała ludzką, żeby urządzenia do czegokolwiek się nadawały.

Jednakże gdy tylko zapadał zmierzch...

Te małe rozumki zaczynały trzaskać i buczeć.

Talon zmarszczył brwi.

Palmpilot nie wskazywał niczego, jego zmysły Mrocznego Łowcy też niczego nie wykrywały, ale instynkt mówił mu co innego.

Skręcił w ciemny zaułek, z którego właśnie wyszła jakaś kobieta. Potknęła się i wpadła na niego. Miała szkliste oczy i małą rankę na szyi, która goiła się na jego oczach. Na kołnierzyku bluzki widniały ślady krwi.

– Nic się pani nie stało? – zapytał, przytrzymując ją.

Uśmiechnęła się nieprzytomnie i mglisto.

– Nic. Świetnie się czuję.

Odsunęła się chwiejnym krokiem i ruszyła do budynku po prawej stronie.

W jednej chwili zrozumiał, co się stało.

Ogarnęła go furia. Wszedł głębiej w zaułek. Zobaczył czarny cień i w okamgnieniu go rozpoznał.

– Niech cię diabli, Zarek. Lepiej skończ z posilaniem się, dopóki jesteś w tym mieście.

Zarek otarł ręką krew z ust.

– Bo inaczej co, Celcie? Uderzysz mnie?

– Rozerwę ci gardło.

Zarek się roześmiał.

– I przy okazji sam się zabijesz? Nie stać cię na to.

– Nie masz pojęcia, do czego jestem zdolny. Lepiej się módl do tego boga, którego wyznajesz, żebyś się nigdy nie dowiedział.

Zarek cmoknął w sposób, który miał na celu doprowadzić Talona do białej gorączki.

Udało mu się.

– Nie zrobiłem jej żadnej krzywdy. Nawet nie będzie tego pamiętała za trzy minuty. Nigdy nie pamiętają.

Talon zrobił krok, żeby złapać Zareka, ale tamten chwycił go za rękę.

– Ostrzegałem cię, żebyś mnie nie dotykał, Celcie. Nikt mnie nie dotyka. Nigdy.

Talon strzasnął jego dłoń.

– Złożyłeś przysięgę, jak my wszyscy. Nie pozwolę, żebyś żerował na niewinnych w moim mieście.

– Rety... – sapnął Zarek. – Co za frazesy, mój mały kolego. Chcesz mi powiedzieć, żebym się wynosił przed wschodem słońca, czy raczej oznajmić, że to miasto nie jest wystarczająco duże dla nas obu?

– O co ci chodzi?

Zarek chciał przejść obok niego.

Talon nie zamierzał mu pozwolić żerować na ludziach. Pchnął go na ścianę. Plecy zabolały go przy tym straszliwie, jakby sam też uderzył o ścianę, ale nie dbał o to.

Nie chciał oddać niewinnych ludzi w ręce tego potwora.

Oczy Zareka rozbłysły nienawiścią.

– Puść mnie, Celcie, bo inaczej wyrwę ci rękę. I wiesz co? Nie obchodzi mnie, czy przy okazji sam nie stracę obu. Na tym polega różnica między nami. Ból jest moim przyjacielem i sprzymierzeńcem. Ty się go boisz.

– Jasne, jak cholera.

Zarek odepchnął Talona.

– Więc gdzie on jest, hm? Pogrzebałeś swój ból tamtej nocy, kiedy opuściłeś swoją płonącą wioskę.

Talon zamarł po tych słowach, zastanawiając się, skąd Zarek to wie, ale po chwili wziął w nim górę gniew. Jakim prawem Zarek go osądzał?

– Ja przynajmniej się w nim nie pławię.

Zarek wybuchnął śmiechem.

– Czy wyglądam jak ktoś, kto się pławi w bólu? Świetnie się bawiłem, dopóki się nie zjawiłeś.

Znowu oblizał usta, jakby przypominał sobie smak kobiety.

– Powinieneś kiedyś tego spróbować, Celcie. Nie ma nic lepszego od ludzkiej krwi. Nie zastanawiałeś się nigdy, dlaczego Daimony najpierw żerują, zanim odbiorą duszę? Dlaczego nie zabijają ludzi szybko? Bo to lepsze od seksu. Wiedziałeś, że widzisz ich na wylot, kiedy to robisz? Czujesz ich emocje? Na jedną chwilę naprawdę łączysz się z ich siłą życiową. Totalny odlot, mówię ci.

Talon spiorunował go wzrokiem.

– Nick ma rację, jesteś psychotykiem.

– Prawidłowy termin brzmi „socjopata", ale poza tym wszystko się zgadza: jestem socjopatą. Ale przynajmniej nie mam co do siebie złudzeń.

– To znaczy?

Zarek wzruszył ramionami.

– Sam szukaj w tym sensu, gdzie ci się żywnie podoba.

Ten facet był ohydny. Nie do zniesienia.

– Dlaczego musisz doprowadzać do tego, żeby wszyscy cię nienawidzili?

Zarek parsknął śmiechem.

– Co? Teraz chcesz być moim przyjacielem? Jeśli się poprawię, będziesz moim kumplem?

– Ale z ciebie dupek.

– Jasne, ale przynajmniej wiem, kim jestem. Nie mam pretensji do bycia kimś lepszym. A ty? Nie wiesz, czy jesteś druidem, Mrocznym Łowcą czy playboyem. Zatraciłeś się wieki temu w czarnej dziurze, w której pochowałeś te części ciebie, które określały twoje człowieczeństwo.

Talon zdumiał się, że taka nędzna, wyrachowana forma życia gra przed nim mędrca.

– Ty mnie pouczasz na temat bycia człowiekiem?

– Co za ironia, prawda?

Talonowi zadrgała nerwowo szczęka.

– Nic o mnie nie wiesz.

Z błyskiem srebrnych pazurów Zarek wyciągnął powoli papierosa z kieszeni kurtki i zapalił go staroświecką złotą zapalniczką.

Chowając z powrotem zapalniczkę, zaciągnął się głęboko, wypuścił dym i wreszcie rzucił Talonowi sardoniczny, krzywy uśmieszek.

– Wzajemnie.

Krzywiąc się na pożegnanie, nieśpiesznie odszedł zaułkiem i wrócił na główną ulicę.

– Odpuść sobie żerowanie, albo sam cię zabiję – ostrzegł go Talon. – Przysięgam.

Zarek uniósł szponiastą dłoń i pokazał mu środkowy palec, nie zatrzymując się ani nie odwracając.

Talon warknął gardłowo, patrząc na znikającego w mroku Zareka. Jak Acheron go znosił? Przy Zareku nawet drzewo mogłoby stracić cierpliwość.

Pewnego dnia Artemida będzie musiała odstrzelić Zareka. Talon był właściwie zdumiony, że rozkaz zgładzenia Zareka jeszcze nie został rozesłany. Może właśnie po to Artemida przysłała go tutaj? Na Alasce Zarek był na swoim terenie, który znał lepiej niż ktokolwiek inny. Tam mógłby skutecznie się ukryć przed wyznaczonym zabójcą.

A tutaj był zdany na łaskę Acherona, który znał te ulice jak własną kieszeń. Gdyby nadszedł rozkaz, nie miałby gdzie się ukryć.

To była niegłupia myśl.

Talon pokręcił głową, żeby zapomnieć o Zareku. Były niewolnik był ostatnią osobą, o jakiej chciał dziś myśleć.

Zadzwoniła jego komórka. Talon odebrał i usłyszał charakterystyczny głos Acherona:

– Cześć, jestem na Commerce Street w Warehouse District. Miało tu miejsce morderstwo, o którym chciałbym z tobą porozmawiać.

– Już jadę.

Talon rozłączył się i ruszył do miejsca, w którym zostawił motocykl.

Nie potrzebował dużo czasu, żeby znaleźć motor i dojechać na miejsce zbrodni. Wszędzie byli policjanci, przesłuchiwali świadków, ogradzali teren, robili notatki i zdjęcia. Wielki tłum miejscowych i turystów zebrał się, żeby obserwować widowisko.

Oczy szczypały go od jasnych policyjnych świateł. Zaparkował motocykl i podszedł do Acherona, który teraz był blondynem.

Jezu, ten facet zmieniał kolor włosów częściej, niż przeciętny człowiek zmienia skarpetki.

– Co jest, T-Rex?

Acheron skrzywił się na dźwięk przezwiska, ale nie skomentował go. Kiwnął głową w stronę ciała zawiniętego w plastikową torbę, jeszcze niezamkniętą.

– Ta kobieta zginęła raptem godzinę temu. Powiedz mi, co wyczuwasz.

– Nic.

Ledwie to powiedział, zrozumiał. Kiedy ktoś umiera, jego dusza zostaje przez krótki czas przy ciele, zanim ruszy dalej. Istniał tylko jeden wyjątek: kiedy duszę pochwycono i ktoś ją uwięził.

– Ofiara Daimona?

Acheron pokręcił głową.

– Nowa Mroczna Łowczyni?

Znowu zaprzeczenie.

– Ktoś pożywiał się na niej tak długo, aż odebrał jej życie i mógł ukraść jej odchodzącą duszę. Potem rozerwał ją czymś, co przypomina pazury. Policja próbuje sobie wmówić, że to było zwierzę, ale głębokość i precyzja zadanych ran jest zbyt duża.

Talon zamarł.

– Takie pazury jak te, które nosi Zarek?

Acheron odwrócił się i spojrzał mu prosto w oczy. Talon widział tylko swoje odbicie w ciemnych szkłach.

– A co ty myślisz?

Talon potarł ręką szczękę, patrząc, jak policja przeczesuje teren. To było niepokojące.

– Słuchaj, wiem, że masz słabość do Zareka, ale muszę ci powiedzieć, że przyłapałem go kilka minut temu, jak zafundował sobie lunch za klubem. Wyglądało na to, że aż za dobrze się bawił, jeśli wiesz, co mam na myśli.

– Więc myślisz, że to on zabił?

Talon zawahał się, przypominając sobie, co Zarek powiedział, kiedy przyłapał go z tamtą kobietą w zaułku: „Nie zrobiłem jej żadnej krzywdy". Czy przyznawał się, że skrzywdził kogoś innego, czy też oznajmiał, że nigdy nie krzywdził kobiet, na których żerował?

– Nie wiem – odparł Talon. – Jeśli pytasz, czy jest do tego zdolny, to zdecydowanie tak. Ale nie chciałbym skazać kogoś na los Cienia bez poważniejszych dowodów.

Życie w Świecie Cieni to upiorna wegetacja czekająca Mrocznego Łowcę, który umarł bez duszy. Ponieważ nie ma już ani prawdziwego ciała, ani duszy, cierpi przez całą wieczność, uwięziony między dwoma wymiarami egzystencji. Mówi się, że to najstraszliwsze tortura, jaką można sobie wyobrazić.

– Więc co o tym myślisz? – spytał Talon. – Uważasz, że on to zrobił?

Powolny uśmiech wypłynął Acheronowi na usta, ale Talon nie doczekał się odpowiedzi. Włosy zjeżyły mu się na karku. Coś w tej sprawie śmierdziało.

Szczerze mówiąc, z Acheronem też było coś nie tak.

Atlantyda odsunął się o krok od Talona.

– Pogadam z moim dobrym kumplem Zarekiem i zobaczę, co powie.

Talon zmarszczył brwi. Zdecydowanie coś tu nie pasowało. Acheron nigdy nie mówił o nikim „mój kumpel".

– A tak przy okazji... – powiedział Atlantyda. – Jak sobie radzisz? Robisz wrażenie spiętego. Niespokojnego.

Rzeczywiście, tak się właśnie czuł. Zupełnie jakby ktoś otworzył zastawkę blokującą hormony i emocje i teraz Talon nie bardzo wiedział, jak ją zamknąć.

Ale nie zamierzał zwalać tego na głowę Acheronowi. Sam potrafił nad sobą zapanować.

– U mnie wszystko w porządku. – Odwrócił na chwilę wzrok od rozmówcy i zerknął w stronę koronera, który właśnie przyjechał. – Tak nawiasem mówiąc, co się stało z twoim kolczykiem w nosie i...

Urwał, kiedy odwrócił się i zobaczył pustą przestrzeń.

Rozejrzał się.

Acheron zniknął. Jedynym śladem jego obecności były dwa krwawe ślady na betonie w miejscu, gdzie stał kilka sekund wcześniej.

Co jest, u diabła?

Acheron nigdy wcześniej tego nie robił. Nieźle, ta noc z każda godziną stawała się coraz dziwniejsza.

– ...zakłócenie porządku na Canal Street. W klubie Runningwolfa...

Talonowi zamarło serce, kiedy usłyszał słowa płynące z policyjnego radia.

Sunshine.

Instynkt mówił mu, że ona jest w to zamieszana. Popędził po motocykl i natychmiast skierował się w stronę klubu.

ROZDZIAŁ 6

Zanim wrócił na Canal Street, na ulicy przed wejściem do klubu i w zaułku na tyłach zapanował chaos.

Tłum ludzi stał na zewnątrz, gdzie zaparkowały dwie karetki, podczas gdy sanitariusze zajmowali się trzema rannymi funkcjonariuszami. Ktoś sprał ich na kwaśne jabłko.

Talon zatrzymał się koło jednej z karetek, słysząc, jak policjant składa raport detektywowi z dochodzeniówki:

– Miał co najmniej sześć stóp wzrostu. Szczupły, muskularna budowa ciała. Rasa biała, ubrany na czarno, brunet, włosy długie, kozia bródka. Dobrze po dwudziestce, może nawet pod trzydziestkę. Nosił takie srebrne pazury na dłoni. Wyglądał jak diabeł wcielony, kiedy go podeszliśmy. Mówię ci, przeszedł przez nas jak przez powietrze. Władowałem mu co najmniej dwie kulki, a on nawet się nie wzdrygnął. Po prostu dalej atakował. Musiał być na PCP albo czymś takim.

Talon zamarł.

Zarek. Nikt inny nie pasował do tego opisu.

Niech to szlag! Nie powinien był opuszczać tej okolicy, skoro był tu Zarek. Najwyraźniej zaatakował policjantów kilka minut po tym, jak Talon odjechał.

– Więc co się dokładnie stało? – spytał detektyw.

– Ja i Gabe dostaliśmy zawiadomienie o bójce w zaułku. Dojechaliśmy akurat na czas, żeby zobaczyć, jak ten z pazurami walczy z dwoma facetami. Wrzeszczeliśmy, żeby przestał, ale nas zignorował. Wyrwał im serca. Na naszych oczach.

Talon jęknął. Widzieli, jak Zarek zdjął dwóch Daimonów. Cudnie, po prostu cudnie. Zamknął oczy i zaklął. Ta noc zaczynała być równie przyjemna jak ropień w zębie.

– Johnny zjawił się akurat wtedy, gdy wyciągnęliśmy broń i kazaliśmy facetowi z pazurami przestać. Odwrócił się i zaatakował nas jak dzika bestia. W następnej chwili leżałem na ziemi i krwawiłem, wy się zjawiliście, facet zniknął.

– A ciała?

– Musiał zabrać je ze sobą, kiedy my próbowaliśmy wezwać wsparcie. Mówię ci, Bob, to wariat!

Talon przeczesał włosy dłońmi. Zarek był w mieście pierwszą noc, a już szukała go cała policja.

Jakim cudem ten facet zdołał tak długo przetrwać?

Jego telefon znowu zadzwonił, ale aparat nie zidentyfikował numeru dzwoniącego. Spodziewając się, że to Acheron, bo on prawie zawsze miał zastrzeżony numer, Talon zdziwił się, słysząc wyraźny grecki akcent Zareka:

– Daimony chciały się zabawić z twoją dziewczyną, Celcie. Nie zostawiaj jej bez opieki.

Zarek się rozłączył.

Upiorny dreszcz przeszedł Talonowi po plecach.

Skąd Zarek wiedział o nim i Sunshine? Moce tego Łowcy prawie dorównywały mocom Acherona.

Instynkt kazał Talonowi spojrzeć na dach nad głową – na starą, opuszczoną aptekę obok klubu. Dostrzegł zarys postaci na tle ciemnego nieba. Dla ludzkich oczu mężczyzna stojący na dachu był niewidzialny, ale wyczulone zmysły Mrocznego Łowcy pozwoliły Talonowi go rozpoznać.

Zarek.

Skinął Talonowi głową, schował telefon do kieszeni, cofnął się i zniknął w ciemności.

Talon zmarszczył brwi. Zarek-psychol przez cały czas chronił Sunshine? Nawet kiedy szukała go policja?

To było całkiem nie w jego stylu.

Talon błyskawicznie wybrał opcję oddzwaniania.

– Czego? – zapytał kwaśno Zarek. – Nie widzisz, że próbuję się wydostać stąd, zanim dorwą mnie gliny?

– Co robiłeś w klubie?

– Dłubałem w nosie. A jak myślisz? Zobaczyłem Daimony na ulicy i wszedłem za nimi do środka.

To sporo wyjaśniało, ale Talon miał poważniejsze zmartwienie.

– Skąd wiedziałeś o mnie i Sunshine?

– Podsłuchałem, jak Daimony mówiły o was dwojgu. Powinieneś bardziej uważać. Taki błąd może sporo kosztować.

– Kosztować w jakim sensie? Właśnie widziałem ciało kobiety, której wyssano całą krew i duszę.

– Rety, ale nowina... – mruknął Zarek z udawanym przejęciem. – To robota Daimona. Nie zauważyłeś, że tak właśnie postępują?

– Wiem, ale jeszcze nigdy nie widziałem, żeby Daimon rozdzierał kobietę pazurami, kiedy ją zabija. A ty?

Na chwilę zapadła cisza.

– Co chcesz powiedzieć?

– Myślę, że wiesz.

– Jasne, pocałuj mnie w cztery litery, Celcie. Może jednak powinienem był zostawić im tę twoją sukę.

Znowu się rozłączył.

Talon zazgrzytał zębami, rozdarty między głęboką potrzebą odnalezienia Zareka i sprania go na kwaśne jabłko, a jeszcze głębszą upewnienia się, że Sunshine nic nie grozi.

Schował telefon i postanowił zostawić Zareka Acheronowi, który i tak zamierzał z nim porozmawiać. Zresztą, Acheron na pewno lepiej sobie z nim poradzi.

Przynajmniej może go zabić i samemu przy tym nie zginąć.

Odetchnął głęboko, myśląc o ostrzeżeniu Zareka: Daimony polujące na Sunshine. To nie miało najmniejszego sensu.

Dlaczego miałyby na nią polować? Skąd mogły wiedzieć o nich dwojgu?

To był drugi atak na nią w ciągu dwóch nocy. Zwykle Daimony brały wszystko, co się napatoczyło. Nie ścigały ofiar, które się im wymknęły. Po prostu znajdowały sobie pierwszy lepszy inny posiłek.

Nie wiedział, czego od niej chciały, ale dopóki się nie dowie, nie zamierzał zostawiać jej i narażać na niebezpieczeństwo.

Rozglądając się w tłumie, dostrzegł Sunshine stojącą pod latarnią przy klubie, obok muskularnego bruneta, który rozmawiał z policjantem w mundurze. Ona miała na sobie tylko cienki czarny sweter. Była bez płaszcza w kolorze fuksji, w którym widział ją wcześniej. Skrzyżowała ręce na piersi, jakby zmarzła.

Przeszedł przez tłum i stanął obok niej.

Rozpromieniła się na jego widok.

– Talon? Co tu robisz?

Ulżyło mu tak, że nie wiedział nawet, że to możliwe. Wystarczył jej widok, całej i zdrowej, dźwięk jego imienia na jej ustach...

Nie powinien niczego do niej czuć, a jednak nie mógł zaprzeczyć emocjom, które pojawiły się, kiedy spojrzała mu w oczy.

– Nic ci nie jest? – spytał, zdejmując kurtkę i podając ją dziewczynie.

Pokręciła głową. Pomógł jej włożyć kurtkę.

– Słyszałeś, co się stało? Jakiś facet oszalał w zaułku, gdzie parkuję samochód, i zabił dwóch ludzi. A potem zaatakował policję. To straszne!

Niewiele myśląc, Talon objął ją i mocno przytulił. Drżała z zimna, ale nadal była tak cudowna w dotyku, że nie chciał jej wypuścić.

– Cieszę się, że nic ci nie jest.

Mężczyzna, który rozmawiał z policjantem, skrzywił się, patrząc na nich.

– Wiesz co, koleś, nie mam pojęcia, kim jesteś, ale wieszasz się właśnie na mojej młodszej siostrze, więc myślę, że najmądrzej będzie, jeśli ją puścisz i się przedstawisz. W trybie natychmiastowym.

Talon powstrzymał uśmiech. Doskonale wiedział, o co tamtemu chodziło. Niektóre rzeczy były naprawdę święte i do takich należą młodsze siostry.

Niechętnie odsunął się od Sunshine, która lekko szturchnęła brata w ramię.

– Talon, to mój brat, Rain. Rain, poznaj Talona.

Jej brat się żachnął.

– Boże, sądząc po twoim imieniu*, twoi rodzice też musieli być zagorzałymi hipisami.

– Coś w tym stylu.

– To jego ulubione powiedzonko. To i „niezupełnie".

Rain obrzucił Talona nieufnym spojrzeniem, a potem podał mu rękę.

– Miło cię poznać. Lepiej wrócę do pracy. Sunny, wrzaśnij, gdybyś potrzebowała któregoś z nas.

Ukryta groźba nie umknęła Talonowi, który znowu powstrzymał uśmiech. Gdyby ten mężczyzna wiedział, jaką moc ma Mroczny Łowca...

– Nas? – powtórzył.

Rain wskazał dwóch mężczyzn za plecami Talona. Rozmawiali z policją. Starszy był Indianinem, którego szamańskie moce były doskonale widoczne, a młodszy wyglądał jak kopia Sunshine.

– Nasz ojciec i starszy brat, Storm**, też pracują w klubie.

Talon uśmiechnął się powściągliwie, odwracając się do Raina.

---

* Talon (ang.) – szpon; Rain (ang.) – deszcz (przyp. tłum.).

** Storm (ang.) – burza (przyp. tłum.).

– Storm, Rain i Sunshine, tak?

Sunshine się skrzywiła.

– Robota mojej matki. Cieszę się tylko że poprzestała na trójce. Powiedziano mi, że następne dziecko nazywałoby się Cloudy Day*.

Roześmiał się. Bogowie, ależ mu jej brakowało. Teraz chciał tylko wziąć ją w ramiona, popędzić z nią do łóżka i zbadać każdy cal jej ciała, żeby się upewnić, że nic jej się nie stało.

No dobrze, w porządku, miał też drugi, mniej czysty powód. Czuł jednak szaleńczą potrzebę udowodnienia sobie, że nikt jej nie tknął.

Że jest naprawdę bezpieczna, cała i zdrowa.

Obrzucił ją spojrzeniem, upewniając się, że nic jej nie jest. Jego troska o nią tak bardzo nie przypominała mu doświadczeń zebranych na przestrzeni wieków, że nie bardzo wiedział, jak sobie z nią poradzić.

Rain przeprosił ich i odszedł do klubu, zostawiając ich samych.

Zapadła niezręczna cisza, kiedy Talon próbował wymyślić, co powiedzieć.

Wreszcie Sunshine odchrząknęła.

– Nie sądziłam, że cię jeszcze zobaczę.

Nie wiedział, jak na to odpowiedzieć, zwłaszcza że jej słowa dobrze opisywały jego zamiary.

– Ja, ehm...

– Chcesz odzyskać Snoopy'ego.

– Nie – odparł szybko. – Wróciłem ze względu na ciebie.

---

* Cloudy Day (ang.) – pochmurny dzień (przyp. tłum.).

Na jej twarz wypłynął powolny, uwodzicielski uśmiech.

– Naprawdę?

– Tak. Usłyszałem o ataku i zmartwiłem się – wypalił, zanim zdążył się powstrzymać.

– Naprawdę? – powtórzyła.

Skinął głową.

Uśmiechając się jeszcze szerzej, weszła w jego objęcia.

– To naprawdę słodkie z twojej strony.

Niezupełnie, pomyślał Talon, trzymając ją w ramionach i wdychając zapach olejku paczulowego. Musiał jednak przyznać, że dobrze było ją trzymać w objęciach. Jej piersi rozpłaszczyły się na jego torsie i teraz potrafił tylko myśleć o tym, jak cudownie smakowały, jakie miękkie są w dotyku.

Jęknął w głębi duszy na to wspomnienie.

Odejdź od niej...

Muszę ją chronić.

Przysięgał chronić ludzi. Zwłaszcza tych, na których polowały Daimony. To był jego obowiązek, zatrzymać ją przy sobie. Strzec jej.

Ej, za jakiego głupca mnie bierzesz? Rozmawiasz sam ze sobą i żadne kłamstwa na świecie nie przekonają mnie, że za twoją decyzją stoi szlachetny, moralny powód. Chcesz znowu pójść z nią do łóżka. Przyznaj się.

Och, daj spokój. Potrafię panować nad sobą przez kilka dni. Trzeba ją chronić, a kto inny się tym zajmie?

Zarek nie wchodził w grę. Skończyłoby się na tym, że by się nią pożywił; Talon musiałby go zabić, gdyby psychol ważył się ją tknąć. Valerius prędzej umrze, niż zaopiekuje się „plebejuszką". Nick zacząłby ją podrywać i Talon musiałby zabić napalonego padalca. Kyrianowi urodziło się dziecko i był zbyt wyczerpany, żeby myśleć, a Acheron...

Miał zbyt wiele obowiązków, żeby bawić się w niańkę.

Został tylko on, Talon.

– Wiesz co, Sunshine, nie powinnaś zostawać sama w pracowni.

Odsunęła się od niego.

– Bądź spokojny, nie zostanę. Będę dziś nocować u Storma.

Talon się zawahał. To też nie wchodziło w grę. Jej brat był dużym facetem, ale nie stanowił godnego przeciwnika dla Daimonów.

– Sam nie wiem, Sunshine. Myślałem... – Nie mógł powiedzieć, o czym naprawdę myślał, zwłaszcza że to już graniczyło ze sprośnością.

Ale z drugiej strony nie musiał. Sunshine uśmiechnęła się szelmowsko.

– Wiesz, jeśli chcesz, żebym poszła do ciebie, to wystarczy, że poprosisz.

– Nie sądziłem, że to będzie takie proste.

Wspięła się na place i rzuciła mu diabelskie spojrzenie.

– Nie byłoby. Dla każdego poza tobą.

Jej słowa sprawiły, że serce Talona poszybowało pod niebo. Naprawdę lubił tę kobietę. Była śmiała, ekscentryczna i harda.

Wzięła go za rękę i przeprowadziła przez klub do drzwi w głębi, w prawym kącie. Wychodziły na korytarz, który Talon widział już wcześniej tego wieczoru. Po prawej stronie znajdowały się drzwi na zewnątrz, gdzie stał zaparkowany jej samochód, a po lewej stalowe schody prowadzące do jej mieszkania. Poprowadziła go do schodów.

Sunshine trzymała mocno dłoń Talona, chociaż w myślach ganiła się surowo. Pewnie nie powinna tego robić, zwłaszcza że popełniono tej nocy dwa morderstwa. Jednakże instynkt jej mówił, że Talon jej nie skrzywdzi.

Uratował jej życie. Nie zrobi jej niczego nawet w przybliżeniu złego.

Poza tym uwielbiała jego towarzystwo. Mogła zabrać ze sobą materiały do pracy i jutro nadgonić robotę.

A dzisiaj chciała spędzić z nim trochę czasu. Jeszcze jeden wieczór popławiłaby się w jego cieple, zanim wróci do rygorów codzienności.

To było takie troskliwe z jego strony, że dał jej kurtkę. Jego ciepło i zapach zostały na niej, przez co Sunshine chciała się w nią zawinąć jeszcze mocniej.

Weszła do mieszkania, oddała Talonowi kurtkę, zostawiła go na sofie w biało-różowe pasy, a sama poszła spakować rzeczy na noc. Szczerze mówiąc, wolała raczej zanocować u niego niż u Storma.

Storm chrapał.

I to głośno.

Nie mówiąc już o tym, że kiedy ostatni raz u niego nocowała, musiała przez dwie godziny sprzątać, zanim była w stanie dotknąć czegokolwiek w mieszkaniu, nie krzywiąc się przy tym z obrzydzenia. Storm był strasznym prosiakiem i nie przejmował się tym, czy siostra będzie się u niego czuła mile widziana. Traktował ją raczej jak służącą, która powinna się cieszyć, że może coś zrobić dla starszego brata.

A ten starszy brat był wstrętny. Może nie dosłownie, ale w przenośni – zdecydowanie tak.

Wzięła zmianę ubrania, buty, spinki do włosów i wepchnęła je do słomkowej torby razem ze szczoteczką do zębów i kremem nawilżającym (kobieta zawsze potrzebuje kremu nawilżającego), a potem wróciła do Talona.

Stał w głębi mieszkania, przy oknach, oglądając pejzaże miejskie, które namalowała na Jackson Square. Zaparło jej dech w piersi.

Co takiego było w tym mężczyźnie, że emanował taką siłą?

Falujące jasne włosy opadały mu wokół twarzy, dwa warkocze zwieszały się do ramion. Czarne skórzane spodnie opinały się na tyłku tak doskonałym, że na każdym pośladku powinien być stempel najwyższej jakości. A jego plecy... Mimo kurtki wiedziała, jak doskonale są wyrzeźbione.

Zagapiła się na jego ogromne, ogorzałe dłonie, w których trzymał jej obraz. Były takie silne i jednocześnie delikatne. Uwielbiała ich dotyk na swoim ciele i to, jak smakowały jego palce, gdy je skubała.

Ten facet był po prostu przepyszny od czubka blond głowy po same pięty, schowane teraz w czarnych motocyklowych butach.

Odwrócił się nieco, gdy do niego podeszła.

– Podoba mi się sposób, w jaki oddałaś słońce padające na katedrę. Kiedy na nią patrzę, prawie czuję ciepło jego promieni.

Komplement od razu ją rozgrzał. Artyście nigdy dość komplementów na temat jego pracy.

– Dziękuję. Najbardziej lubię zachód słońca właśnie na katedrze. Uwielbiam patrzeć, jak słońce gaśnie wokół budynków. Czasem promienie trafiają na szyld albo szkło, które wtedy iskrzą się i płoną jak żywy ogień.

Talon ujął jej twarz w dłoń.

– Potrafisz uchwycić rzeczy w tak niesamowity sposób.

Przygryzła dolną wargę i uśmiechnęła się psotnie.

– Owszem.

On nie miał o tym pojęcia, ale jego też zamierzała pochwycić. Przynajmniej na pewien czas.

Był jak dzikie, nieujarzmione stworzenie, które przez jakiś czas trzymasz przy sobie i karmisz, ale ostatecznie wiesz, że pewnego dnia trzeba będzie je wypuścić – dla dobra was obojga.

– Powiedz mi w takim razie, gdzie mieszkasz? – spytała.

Odchrząknął i zabrał rękę z jej policzka.

Zakłopotanie malujące się na jego twarzy sprawiło, że żołądek zacisnął się jej w supeł.

– O Boże, masz chyba jakieś mieszkanie, prawda? Nie mieszkasz z mamą albo jakąś okropną starą ciotką?

Spojrzał na nią z urazą.

– Oczywiście, że mam swoje mieszkanie. Po prostu...

Urwał i odwrócił wzrok.

Jezu, trzeba zapytać...

– Mieszkasz z dziewczyną?

– Nie.

Boże, więc jest gorzej niż myślała!

– Z chłopakiem?

Spojrzał, a w jego czarnych jak noc oczach zapłonęło oburzenie.

– Jezu, Sunshine, za kogo ty mnie masz?!

– Nie wiem, Talon. Zadałam proste pytanie, a ty zacząłeś świrować. Co miałam sobie pomyśleć?

Obrzuciła spojrzeniem jego drogie ubranie motocyklisty. Miał takie ciało, że nie dało się tego opisać słowami i był zbyt piękny, żeby był prawdziwy. A to sprawiało, że kobieta zaczynała, hm...

– I chętnie nosisz skórę.

– A to co ma znaczyć?

Spojrzała na niego w taki sposób, jakby mówiła o oczywistościach.

– Jestem artystką, sam wiesz. Spędzam sporo czasu z facetami, którzy są homo albo bi.

Jeśli wcześniej wyglądał na urażonego, to było to nic w porównaniu z jego obecnym wyrazem twarzy.

– Tego stereotypu nie brałem pod uwagę. Wielkie dzięki. Skoro już musisz wiedzieć, lubię skórzane rzeczy, bo chronią moją własną skórę, kiedy rozbijam się na motocyklu i szoruję po asfalcie.

– To też prawda. Więc dlaczego tak zacząłeś świrować, kiedy zapytałam, gdzie mieszkasz?

– Bo uznałem, że jeśli ci powiem, to ty zaczniesz świrować.

Zawahała się, kiedy milion przerażających miejsc przeszło jej przez myśl. Mieszkał w krypcie na cmentarzu. W ruderze. W kartonie. W magazynie portowym. W popsutej przyczepie kempingowej. W autobusie. Dobry Boże, w tym mieście nie sposób odgadnąć, gdzie mógł zamieszkać.

– No dobrze, mieszkasz zatem w dziwacznym miejscu. Zgadłam?

– Na starorzeczu.

Odetchnęła z ulgą, że jego wymijające odpowiedzi wynikały z takiej błahostki.

– Daj spokój, znam mnóstwo osób, które mieszkają przy bagnach.

– Nie powiedziałem, że mieszkam przy bagnach. Mieszkam na bagnach.

Mówił poważnie? Kto przy zdrowych zmysłach mieszkałby na starorzeczu wśród węży, aligatorów i innych stworzeń, o których nie chciała nawet słyszeć? Stworzeń, które nosiły broń i zajmowały się mnóstwem nielegalnych spraw, takich jak karmienie aligatorów ciałami zamordowanych ludzi.

– Mieszkasz na bagnach?

Pokiwał głową.

– Tam jest naprawdę spokojnie. Nie słychać żadnych odgłosów cywilizacji. Nie ma żadnych sąsiadów. Nie ma samochodów. Można się poczuć prawie jak sto albo dwieście lat temu.

W jego oczach pojawiła się nostalgia, gdy to mówił.

– To dużo dla ciebie znaczy, prawda?

– Tak. Dużo.

Uśmiechnęła się. Tak, potrafiła wyobrazić sobie Talona samego na bagnach. Bardzo przypominał jej ojca, który uwielbiał spędzać tam długie godziny, po prostu chłonąc przyrodę. Obaj należeli do tego spokojnego typu ludzi, którzy żyją w zgodzie z wszechświatem.

– Od jak dawna tam mieszkasz?

Odwrócił wzrok.

– Naprawdę bardzo długo.

Sunshine skinęła głową.

Kiedy ruszyli do drzwi, rzuciła słomianą torbę na podłogę i wyjęła z kąta przenośne sztalugi z zapasem farb i kompletem pędzli. Zawsze trzymała je pod ręką, na wypadek, gdyby naszła ją ochota wyjść gdzieś i pomalować.

– A to co takiego? – spytał Talon.

Mrugnęła do niego.

– Artysta mobilny, cała ja. Nigdzie nie idę bez przyborów do pracy.

Uśmiechnął się i wziął od niej sztalugi.

– Nadal szukasz przygód, co?

– Zawsze. Daj mi tylko repelent na aligatory i cała jestem twoja.

Talon spojrzał na nią i znowu naszła go durna ochota, żeby wyszczerzyć zęby. Twarz zaczynała go boleć, tak bardzo starał się nie odsłonić przed nią kłów. Była niesamowicie zabawna.

Chociaż potrafiła też przygadać.

Nadal irytował się na myśl o domysłach, jakie snuła na widok jego ubrań. Co też jej przychodziło do głowy...

Ale to też mu się w niej podobało. Nie pogrywała z nim w żadne gierki, ale mówiła to, co myśli, prosto z mostu, niezależnie od tego, jak skandalicznie to brzmiało.

Sunshine zamknęła drzwi, zeszła do połowy schodów i zatrzymała się.

– O rety, zapomniałam torby z rzeczami.

Mruknęła coś i pobiegła schodami z powrotem do mieszkania.

Wyszła kilka minut później ze słomianą torbą, stanęła na schodach i przypomniała sobie o płaszczu.

Po raz kolejny wróciła do mieszkania, zanim podeszła do Talona.

– Jak Boga kocham, któregoś dnia wyjdę z dynią zamiast głowy.

Potrzebował dłuższej chwili, żeby zrozumieć żart: gdyby głowa odpadła jej od ciała, natychmiast by ją zgubiła. Śmiejąc się, przystanął na schodach, gdy go minęła.

– Przy okazji, wcale nie wyglądam w skórze jak gej.

Sunshine odwróciła się i spojrzała na niego. Obrzuciła go gorącym, pożądliwym spojrzeniem, na które natychmiast zareagował, twardniejąc.

– Nie, skarbie, nie wyglądasz. Naprawdę muszę przyznać, że nosisz te ciuchy jak nikt inny.

Uśmiech powoli wypłynął mu na twarz, gdy szedł za nią przez klub.

O tak, będą mieli co nieco do załatwienia, kiedy tylko dowiezie ją do siebie.

Pewną sprawę, o której nawet nie powinien myśleć, ale musiał zadbać o swoją reputację. Poza tym musiał odpłacić jej się pięknym za nadobne. Kiedy wyjdzie z jego chaty, nie będzie miała żadnych wątpliwości co do jego orientacji seksualnej ani pociągu do niej.

Dotarli do drzwi wyjściowych i wyszli na dwór.

– Powiesz bratu, dokąd jedziesz?

Pokręciła głową.

– Zadzwonię do niego później, wtedy mu powiem. Uwierz mi, nie mam ochoty tłumaczyć mu tego, stojąc twarzą w twarz.

– Taki jest surowy?

– Nawet nie masz pojęcia.

Talon zaprowadził ją do motocykla i wyciągnął zapasowy kask z sakwy.

– Chcesz tu włożyć sztalugi?

Pokręciła głową, zarzucając sztalugi na plecy.

– Pomyślano je tak, żeby można było z nimi jeździć na motorze, a nawet się wspinać. Chętnie je noszę. Nie są takie ciężkie.

– Dużo jeździsz na motorze, co?

– Dużo.

Talon patrzył, jak Sunshine wkłada kask i go zapina. Boże, była taka piękna. Jej długie, zgrabne place z łatwością upchnęły pod kaskiem warkocze. I miała takie ciemne, błyszczące oczy...

Zdjął ciemne okulary, które nosił nocą, i włożył kask, a potem wskoczył na motocykl i kopniakiem uruchomił silnik. Sunshine usiadła za nim. Objęła go w pasie i mocno się do niego przytuliła.

Talon prawie jęknął. Czuł każdy cal jej ciała przyciskający się do niego w intymny, erotyczny sposób. Jej piersi na jego plecach, wnętrze ud wokół bioder.

Jak ona go obejmowała...

Wyobraził sobie, że Sunshine przesuwa dłoń w dół ku twardemu wybrzuszeniu w jego spodniach, ujmując go i głaszcząc przez skórę spodni. Jak rozpina mu rozporek i masuje go delikatnie dłonią, a on twardnieje i pręży się, gotowy ją posiąść.

A jeszcze lepiej – wyobraził sobie, jak klęka przed nim i bierze go w usta...

Nieznane uczucia zakłębiły się w nim, wywracając go na nice. Chciał, żeby to trwało wiecznie. Chciał zatrzymać motor i spróbować każdego cala jej bujnego, pełnego ciała – ustami i kłami.

Chciał ją pożreć.

Smakować i drażnić się z nią, aż wykrzykiwałaby jego imię, dygocząc w krańcowej rozkoszy.

Wbrew własnej woli wyobraził sobie – i poczuł! – jak w chwili orgazmu Sunshine wygina plecy w łuk, wbijając mu paznokcie w plecy.

Przekonał się dziś, że napina wtedy wszystkie mięśnie, aż odejdzie ostatni dreszcz orgazmu. Dopiero wtedy rozluźniała się i obsypywała pocałunkami jego skórę.

To było cudowne doznanie, któremu nic nie dorównywało.

Zacisnął zęby, starając się zachować zimną krew i nie ulec pragnieniu.

Jechali przez miasto w kierunku starorzecza, gdzie mieszkał.

Sunshine wsparła głowę między jego łopatkami i mocniej objęła go w pasie, opierając dłonie na jego smukłych, twardych mięśniach brzucha.

Przypomniała sobie, jak wyglądał, gdy stał przed nią nago w mieszkaniu. Jak wyglądał, pochylając się nad nią, gdy się kochali – powoli i spokojnie. A potem szybko i zaciekle.

W tym mężczyźnie było coś niezwykłego. Jakby znał wszystkie możliwe sposoby dawania kobiecie rozkoszy. I jeszcze więcej.

Czuła, jak jego pierś unosi się i opada pod jej rękami, gdy tak jechali przez ciemną noc. To, co z nim robiła, było szaleństwem, ale nie potrafiła się powstrzymać.

Nie umiała mu się oprzeć. Był niebezpieczny. Mroczny. Tajemniczy. Coś w nim sprawiało, że po prostu chciała wpełznąć w niego i zostać już tak na zawsze.

Szaleństwo, co?

A jednak nie mogła zaprzeczać temu, co z nią robił; temu, co czuła za każdym razem, kiedy o nim myślała; temu, że chciała na niego krzyknąć, kazać mu zatrzymać motor, bo wtedy mogłaby zedrzeć z niego kurtkę i lizać każdy cal jego tatuażu.

Każdy cal jego potężnego, umięśnionego ciała.

Och, jak go pragnęła.

– Nic ci nie jest?

Spięła się na dźwięk charakterystycznego głosu Talona.

– Ej, masz mikrofon w kasku!

– Tak, wiem. Ale nic ci nie jest?

Uśmiechnęła się, słysząc jego troskę.

– Wszystko w porządku.

– Na pewno? Sekundę temu prawie podskoczyłaś, jakby coś cię przestraszyło.

– Nie, serio, nic mi nie jest.

Talon nie był taki pewny i w tej chwili żałował, że jego moce Mrocznego Łowcy nie obejmują czytania w myślach. Niestety jego zdolności wiązały się z władaniem żywiołami, leczeniem, projekcją i telekinezą. Lepiej niż inni potrafił osłonić siebie i innych i dlatego właśnie nigdy nie musiał – w przeciwieństwie do Zareka – przejmować się tym, że policja albo ktoś inny zobaczy go, jak zabija Daimony.

Mógł przywołać siły natury, żeby osłoniły go przed ludzkim wzrokiem albo ogłupiły gapiów. Jeśli trzeba było, mógł nawet wszczepić nową myśl do czyjegoś umysłu i zmienić jego sposób postrzegania rzeczywistości.

Wolał jednak tego nie robić. Ludzki umysł był zbyt kruchy, a takie sposoby zostawiały trwałe szkody.

Z jego tajemnymi mocami wiązała się wielka odpowiedzialność. Tego nauczył go Acheron.

Maltretowany w dzieciństwie przez tych, którzy mieli nad nim przewagę, Talon nie chciał teraz nikogo krzywdzić. Niczego nie pragnął ani nie potrzebował tak bardzo, żeby sięgnąć po to cudzym kosztem.

Nie rozmawiali więcej, dopóki nie dotarli do garażu na końcu długiej i krętej bitej drogi. Nie było tam ani świateł, ani chodnika. Tylko przyroda Luizjany.

Sunshine zmarszczyła brwi, kiedy przedni reflektor oświetlił dziwną skrzynkę na listy pośrodku niczego. To była czarna skrzynka przebita dwoma długimi, srebrnymi gwoździami. Jeden przechodził przez nią poziomo, drugi pod skosem.

Skrzywiła się na widok sfatygowanej szopy, modląc się w duchu, żeby to nie był jego dom. Rudera wyglądała, jakby miała się zawalić.

Gdyby nie schludna skrzynka na listy, nie uwierzyłaby, że ktokolwiek był tu w ciągu ostatnich stu lat, jeśli nie więcej.

Talon zatrzymał motor i przytrzymał go między muskularnymi udami. Wyjął pilota z kieszeni i otworzył nim drzwi do szopy. Podniosły się powoli.

Sunshine rozdziawiła usta, gdy zapaliły się światła i zobaczyła wnętrze „szopy".

Ten budynek pod żadnym względem nie był zniszczony, ale lśnił nowoczesną technologią i był wypełniony fortuną w postaci motocykli i smukłego, czarnego dodge'a vipera.

O Boże, więc on jednak naprawdę handluje prochami! Żołądek zacisnął jej się ze strachu, kiedy pomyślała, w co się wpakowała. Nie powinna była tu z nim przyjeżdżać!

Zaparkował motocykl obok samochodu i pomógł jej zejść z siodełka.

– Ehm... Talon? – zapytała, rozglądając się po kolekcji klasycznych harleyów. – Z czego ty żyjesz? Mówiłeś, że jesteś nielegalnym imigrantem, tak?

Uśmiechnął się, odkładając kask na wieszak z dwunastoma kaskami, z których – Sunshine była tego pewna – każdy kosztował minimum tysiąc dolarów.

– Tak. A odpowiadając na twoje pierwsze pytanie: po prostu mam sporo pieniędzy.

– Jakim cudem?

– Taki się urodziłem.

Sunshine trochę się uspokoiła, ale nadal musiała zadać mu pytanie, które najbardziej ją dręczyło.

– Więc nie zajmujesz się niczym nielegalnym, typu handel narkotykami, prawda?

Znowu spojrzał urażony.

– Dobry Boże, kobieto, nie. Dlaczego tak pomyślałaś?

Wytrzeszczając oczy, rozejrzała się po luksusowym garażu i najnowocześniejszych zabawkach dla dużych chłopców.

– Nie mam zielonego pojęcia.

Przycisnął guzik i zamknął główne drzwi.

Ruszyła za nim, kiedy poprowadził ją na tyły garażu, gdzie cumowały dwa bardzo ładne i drogie katamarany. Wszystko w tym budynku było najwyższej jakości.

– Skoro masz tyle pieniędzy, dlaczego jesteś nielegalnym imigrantem?

Talon prychnął. Mógłby jej powiedzieć, że zamieszkał na starorzeczu, zanim Ameryka stała się państwem, i że nie potrzebował żadnego cholernego papierka, by stać się prawowitym obywatelem, ale jako Mroczny Łowca nie miał prawa mówić jej o swoim życiu. Wybrał więc proste i zgodne z prawdą rozwiązanie:

– Trzeba iść do sądu za dnia, żeby wypełnić papierki. Ponieważ nie mogę wyjść na światło dzienne...

Spojrzała na niego sceptycznie.

– Jesteś pewien, że nie jesteś wampirem?

– Nie byłem, dopóki cię nie zobaczyłem.

– To znaczy?

Podszedł do niej tak blisko, że musiała odchylić głowę, żeby spojrzeć mu w twarz. Poruszył szczęką, patrząc na nią. Desperackie pragnienie ogarniało jego ciało.

– To znaczy, że niczego tak nie pragnę, jak zatopić zęby w twojej skórze i cię pożreć.

Przygryzła wargę i obrzuciła go szelmowskim, rozpalonym spojrzeniem.

– Mmm... Uwielbiam, kiedy tak mówisz.

Weszła w jego objęcia.

Ciało Talona zapłonęło, gdy pochylił się, żeby ją pocałować.

Sunshine jęknęła, czując jego smak. Co takiego było w tym mężczyźnie, że miała ochotę go zjeść?

Kiedy nagle się odsunął, naburmuszyła się, niezadowolona.

– Lepiej się pośpieszmy – powiedział. – Niedługo nadejdzie świt, a jeszcze musimy dopłynąć do mojej chaty.

– Chaty? Przypomina tę szopę?

– Zobaczysz.

Odsunął się od niej, żeby uruchomić katamaran.

Sunshine usiadła i przypięła się pasami, a wtedy opuścili zacisze garażu i wypłynęli w upiorną ciemność bagien. Silnik pracował tak głośno, że bolały ją uszy, gdy pędzili do chaty Talona.

Panowała taka ciemność, że nie miała na czym skupić wzroku.

Jak Talon mógł kierować łodzią? Sunshine w każdej chwili spodziewała się, że wpadną na drzewo albo pniak.

Tymczasem on manewrował katamaranem bez wysiłku, bez wahania, ani na chwilę nie zwalniając.

Po kilku minutach jej oczy przywykły do mroku i zaczynała dostrzegać jakieś kształty i chmury bagiennych oparów. Przede wszystkim widziała mgłę, czasem także rzeczy, które wyglądały jak zwierzęta wpadające do wody.

Może jednak lepiej by było, gdyby pozostała ślepa.

W końcu dotarli do małej, samotnej chatki głęboko na bagnach. Odosobnionej. Odizolowanej. Mchy zwieszały się z ganku, a stare, zszarzałe drewno jaśniało nawet w ciemności nocy.

Talon zatrzymał katamaran przy małym pomoście i wysiadł. Pomógł Sunshine wysiąść, a kiedy ruszyła za nim po wąskiej desce w stronę ciemnego ganku, zdała sobie sprawę, że przy drzwiach leżą dwa aligatory.

Krzyknęła.

– Cicho... – uspokoił ją ze śmiechem Talon. – Nie ma się czego bać.

Ku jej bezbrzeżnemu zdumieniu pochylił się i poklepał większego aligatora po głowie.

– Cześć, Beth, jak się miewasz?

Aligator kłapnął szczękami i syknął, jakby zrozumiał pytanie.

– Wiem, mała. Przepraszam, że zapomniałem.

– Kim ty jesteś? Doktorem Dolittle?

Znowu się roześmiał.

– Nie. Znalazłem tę dwójkę, kiedy były maluchami, i je wychowałem. Jesteśmy rodziną. Znam je od tak dawna, że prawie czytam im w myślach.

Cóż, ona też miała gady w swojej rodzinie. Tyle że chodziły na dwóch nogach.

Większy aligator podszedł do Sunshine i przyjrzał się jej, jakby była daniem dnia w Aligatorowej Kafejce.

– Chyba mnie nie lubi.

– Bądź grzeczna, Beth.

Aligator machnął ogonem, a potem zsunął się powoli z ganku do wody. Drugi przyjrzał się Sunshine, kłapnął zębami i dołączył do swojej przyjaciółki.

Talon otworzył drzwi chaty i włączył lampkę przy biurku. Sunshine weszła do środka z wahaniem, trochę się obawiając, że Talon okaże się takim samym bałaganiarzem jak jej brat.

Albo że w środku znajduje się coś gorszego od aligatorów. Na przykład, gigantyczna anakonda, dla której ona miałaby być pokarmem.

Zawahała się w progu.

Chata w środku była większa, niż na to wyglądało, ale właściwie było to jedno pomieszczenie. Po lewej znajdowała się niewielka kuchnia, a drzwi po prawej, jak się domyślała, prowadziły do łazienki.

Talon miał trzy duże stoły zastawione komputerami i innym sprzętem elektronicznym. Na podłodze w głębi leżał ogromny czarny materac.

Ucieszyła się, że wszystko jest czyste i higieniczne. Jaka to cudowna odmiana, zobaczyć, że nie wszyscy mężczyźni są takimi prosiakami jak jej bracia.

– Masz tu ciekawe mieszkanko. Muszę powiedzieć, że podobają mi się te puste, czarne ściany.

Parsknął, słysząc jej ton.

– I to mówi kobieta, która żyje w różowej chmurce?

– Racja, ale tu wszystko jest takie ciemne. Nie uważasz, że to przygnębiające?

Wzruszył ramionami.

– Niezupełnie. Już o tym nie myślę.

– Nie chcę być niegrzeczna, ale mam wrażenie, że często to robisz.

– Co takiego?

– Nie myślisz o różnych rzeczach. Należysz do tych facetów, którzy po prostu żyją, prawda? Nie myślisz ani o przeszłości, ani o jutrze. Tylko o tym, co zamierzasz zrobić za godzinę, mniej więcej.

Talon rzucił klucze na stolik obok głównego komputera.

Była bardzo przenikliwa. Jedna z wad nieśmiertelności jest taka, że przestajesz sobie wytyczać konkretne cele.

Jego świat sprowadzał się do wstawania z łóżka, namierzania i zabijania Daimonów, oraz powrotów do domu.

Mroczny Łowca nigdy nie myśli o przyszłości. Ona i tak przyjdzie.

A co do przeszłości...

Nie było potrzeby tam wracać. Tylko obudziłby wspomnienia, których o wiele lepiej było nie pamiętać.

Spojrzał na Sunshine i namiętny błysk w jej ciemnych oczach. Miała w sobie miłość życia, która go urzekała. Jak by to było, znowu żyć w taki sposób? Naprawdę czekać na przyszłość i ją planować?

– Ty pewnie ciągle myślisz o przyszłości – powiedział cicho.

– No jasne.

– I co w niej widzisz?

Zdjęła sztalugi i postawiła je obok biurka.

– To zależy. Czasem marzę o tym, żeby moje obrazy zawisły w Muzeum Guggenheima albo w Met.

– Marzysz czasem o własnej rodzinie?

– Każdy marzy.

– Nie, nie każdy.

Zmarszczyła brwi.

– Ty naprawdę nie marzysz o tym?

Talon zamilkł, przypominając sobie twarz żony i noce, kiedy leżał, a ona spała obok. Trzymał rękę na jej brzuchu, żeby czuć, jak porusza się w niej ich syn.

Jakie wtedy miał marzenia?

Kiedy patrzył w oczy Nynii, widział wieczność. Wyobrażał sobie ich dwoje starych i szczęśliwych, otoczonych dziećmi i wnukami.

I jednym przesadnie emocjonalnym gestem zgubił ich oboje i zniszczył ich wszystkie wspólne marzenia.

Wszystkie nadzieje.

Skrzywił się, kiedy przeszył go ból.

– Nie – szepnął, czując nagle gulę w gardle. – W ogóle nie myślę o założeniu własnej rodziny.

Sunshine ściągnęła brwi, słysząc jego chrapliwy głos.

Odchrząknął.

Co w jej pytaniu mogło go zranić?

Kiedy pokazywał jej, gdzie odstawić torbę i sztalugi, zadzwonił telefon.

Talon odebrał, podczas gdy ona wyjmowała niezbędne drobiazgi i rozkładała w chacie.

– Cześć, Nick... Tak, słyszałem o Zareku. – Talon posłał Sunshine zakłopotane spojrzenie. – Nie, stary... Ehm. Nie jestem teraz sam, w porządku?

Odsunął się od niej, ale nadal dobrze go słyszała. Zachowywał się trochę nerwowo, a ona zastanawiała się czemu.

– Rozmawiałem wcześniej z Zarekiem i jestem pewien, że raczył się czerwonym sokiem mocy, zanim to się stało. Nie wiem, co w niego wstąpiło, ale był w podłym humorze. – Talon zamilkł na kilka minut. – Aha, i słuchaj, jest u mnie kobieta, nazywa się Sunshine. Jeśli zadzwoni do ciebie w jakiejkolwiek sprawie, masz to załatwić, bez żadnego gderania... Jasne, i wzajemnie. – Rozłączył się.

– Kim jest Nick? – spytała.

– Moim osobistym asystentem. Pracuje dla mnie, więc gdybyś czegokolwiek potrzebowała, po prostu przyciśnij czwórkę i znak funta, a połączysz się z jego komórką.

To było coś.

– Serio? Masz asystenta?

– Niewiarygodne, co?

– Muszę przyznać, że wśród wszystkich znanych mi motocyklistów jesteś pierwszym, który ma portfel akcji i asystenta.

Roześmiał się.

– Więc co to jest czerwony sok mocy? Jakieś wino?

Teraz Talon naprawdę się zmieszał.

– Coś w tym stylu.

Znowu zaczynał z tymi swoimi sekretami. Boże! Facet powinien trochę wyluzować. Trochę bardziej ufać ludziom.

Zdecydowanie musiała nad nim popracować.

Talon ruszył do małej kuchni.

– Nie wiem jak ty, ale ja jestem trochę nakręcony. Zwykle nie zasypiam wcześniej niż kilka godzin po świcie. Masz ochotę coś zjeść?

Patrzyła, jak przeszukuje szafki i wyciąga kilka garnków.

– Nie bardzo, ale mogę coś ci przygotować, jeśli chcesz.

Podniósł wzrok zaskoczony jej propozycją.

– Dzięki. To miło z twojej strony.

Wyjęła mu z ręki garnek i odstawiła go na kuchenkę.

– Więc na co masz ochotę?

Oblizał grzesznie usta, stojąc za plecami Sunshine i wędrując wzrokiem po jej ciele, przez co natychmiast zrobiło się jej gorąco. Zapragnęła go.

– Co powiesz na nagą Sunshine *al dente* pokrytą bitą śmietaną i czekoladą? – Odgarnął jej włosy z karku. – Moglibyśmy nawet położyć wisienkę na górze.

Zaśmiała się.

– To się da zrobić.

Jęknął, kiedy pochylił i się pocałował ją w szyję, ujmując jej piersi w dłonie.

Poczuła w piersiach mrowienie i wezbraną falą oblało ją pożądanie. Natychmiast stała się wilgotna i pulsująca.

– Zawsze jesteś nienasycony?

– Tylko wtedy, kiedy widzę coś, czego chcę – odpowiedział, przesuwając dłoń między jej nogi. – A ciebie chcę najbardziej.

Syknęła. Tak cudownie było poczuć jego palce dotykające jej przez dżins.

Z bijącym sercem spojrzała w dół na jego ręce, kiedy rozpinał jej spodnie. Jego długie, cudownie ukształtowane palce odsunęły na boki materiał i odsłoniły jej koronkowe, białe figi. Drażnił językiem jej ucho, a gorącym oddechem skórę, podczas gdy dłoń wsuwał pod koronkę, sięgając ku centrum jej ciała.

Sunshine zatoczyła się na widok jego dłoni i dotyku palców delikatnie pieszczących srom. Ogorzała skóra wyraźnie odcinała się od bieli, kiedy wsunął w nią palce.

Jęcząc, otarła się o niego, pragnąc znowu go poczuć głęboko w sobie.

Warknął jak dzikie zwierzę, zanim ukląkł za nią i zsunął z niej dżinsy i figi.

Pozwoliła także, by zdjął jej buty.

Klęczał, nadal całkiem ubrany, kiedy obrócił Sunshine przodem do siebie i spojrzał na trójkąt między jej nogami.

Zerknął jej w oczy i dostrzegła w nim ogień.

– Otwórz się dla mnie, Sunshine. Chcę, żebyś mnie do siebie zaprosiła.

Zarumieniła się, słysząc jego prośbę. Nigdy w życiu nie robiła czegoś podobnego, ale chciała sprawić mu przyjemność.

Rozsunęła nogi i palcami rozchyliła wargi sromowe.

– Cała jestem twoja, skarbie.

Był niczym dzika, wygłodniała bestia, kiedy zanurzył twarz między jej nogami i wziął ją w usta.

Sunshine krzyknęła z rozkoszy. Odchyliła się i oparła o blat. Talon najpierw poruszał językiem, a potem ssał i skubał. Wsunęła dłonie w jego miękkie włosy, jej ciało płonęło pod jego dotykiem.

Sutki tak jej stwardniały, że prawie czuła w nich ból.

– O tak, Talon – sapnęła, przyciskając do siebie jego głowę. – Tak.

Talon warknął gardłowo i chrapliwie, smakując ją. Jej kobiecy zapach zawrócił mu w głowie, kiedy chwyciła go za włosy.

Poruszał językiem, smakując i rozkoszując się kobietą, która przed nim stała. Minęło wiele czasu, odkąd ktokolwiek (czy cokolwiek) dało mu tyle przyjemności.

A ona dawała mu samą przyjemność.

Jej namiętność, jej kreatywność, jej ekscentryczność. To wszystko działało na niego jak magnes, przyciągając go wbrew jego woli.

Lizał i drażnił. Całował. Jego pomruki stały się echem jej rozkosznych jęków, a kiedy doszła, wykrzykując jego imię, mógłby przysiąc, że zobaczył gwiazdy przed oczami.

Zdyszana spojrzała w dół i zobaczyła Talona wstającego z podłogi. Stanął nad nią z mrocznymi oczami i głodem nadal malującym się na twarzy.

– Co w tobie takiego jest, że nie mogę ci się oprzeć? – spytał. – Za każdym razem, kiedy znajduję się w pobliżu ciebie, myślę tylko o tym, żeby cię posmakować.

Położył sobie jej rękę na kroczu i poczuła, że stwardniał i cały pulsuje dla niej.

– Nie wiem – odpowiedziała rwącym się głosem, wsuwając dłoń pod pas jego spodni i przesuwając ją po krótkich, szorstkich włoskach, aż wreszcie palcami objęła jego nabrzmiałą męskość.

Talon wziął gwałtowny wdech.

– Ale to samo czuję do ciebie – dodała Sunshine, przesuwając dłoń jeszcze niżej, szukając jego delikatnej moszny.

Zamknął oczy i zacisnął zęby, kiedy go pieściła.

Sunshine wiedziała, że daje mu rozkosz, a jednak zachowywał się, jakby jej dotyk sprawiał mu ból.

Czuła się dziwnie odsłonięta, kiedy stała rozebrana od pasa w dół, a nadal miała na sobie sweter i stanik. Talon był całkowicie ubrany.

To było podniecające i niepokojące.

Jakby czytając jej w myślach, zdjął z niej resztę rzeczy. Teraz była całkiem naga.

A on wręcz przeciwnie.

Przesunął dłońmi po jej ciele, bezbłędnie, czule.

– Zdradź mi swoje fantazje. Powiedz mi o czym marzysz późną nocą, kiedy leżysz sama w łóżku.

Nigdy w życiu nie dzieliła się tak intymnymi zwierzeniami, ale zanim zdała sobie sprawę, co robi, złapała się na tym, że już mu opowiada.

– Marzę o przystojnym nieznajomym, który do mnie podchodzi.

Stanął za nią.

– I?

– Jest ciemno i gorąco. Wyobrażam sobie, że stoi za mną i przyciąga mnie do siebie. Czuję, jak bierze mnie od tyłu, kiedy nie mogę go zobaczyć, tylko go czuję.

Talon przysunął się do niej i zgasił światło.

Sunshine zadrżała w ciemności.

– Talon?

– Cii.

Jego niski głos z charakterystycznym akcentem niemal ją pochłaniał.

Wtedy poczuła na sobie jego ręce. Nic nie widząc, zawierzyła zmysłowi dotyku, kiedy Talon przyciągnął ją do siebie. Zdała sobie sprawę, że nie zdjął kurtki i koszulki. Zamknął dłonie na jej piersiach, kąsając ją w szyję.

Ta fantazja nachodziła ją od lat, ale nigdy dotąd się nie spełniła. Jej mężczyzna z marzeń nigdy dotąd nie miał twarzy. Dzisiaj wyobrażała sobie Talona. Wyobrażała sobie, jak wygląda jego dłoń, kiedy znowu sięgnął między jej nogi.

Usłyszała, jak rozpina spodnie. Żar jego ciała rozgrzał ją, kiedy szepnął do niej w języku, którego nie rozumiała. Obce słowa sprawiły, że jego głos zabrzmiał jeszcze bardziej basowo i kusząco.

Erotycznie.

I wtedy znalazł się w niej, gorący i twardy. Jęknęła, wyginając plecy w łuk, kiedy zagłębiał się w niej raz za razem.

Wsunął dłonie w jej włosy, muskając jej ramiona. Szyję.

Jego dotyk był gorący, palący.

Delikatnie naparł ręką na jej plecy, by się pochyliła.

Zdławiła krzyk, kiedy wszedł w nią jeszcze głębiej. Uderzał w nią, wbijając rozkosz w jej ciało z taką intensywnością, że zaczęła jęczeć i dyszeć w rytm jego ruchów.

Talon zacisnął zęby, czując, jak jest mokra i gorąca, taka jedwabista. To czyste szaleństwo, ale kiedy był w niej, niemal czuł swoją utraconą duszę.

– Dojdź dla mnie – szepnął po gaelicku, a potem przypomniał sobie, że Sunshine go nie zrozumie, więc powtórzył to po angielsku.

– Talon...

Jej głos stał się mieszanką bólu i rozkoszy. Wyrazem gorącej, żarliwej żądzy. Była o krok od orgazmu.

Chcąc jej pomóc osiągnąć rozkosz, przesunął rękę w dół i zaczął ją pieścić w rytm pchnięć.

Niemal natychmiast krzyknęła, dochodząc w jego objęciach. Szybko do niej dołączył w tym momencie boskiego spełnienia.

Oboje byli spoceni i zdyszani, kiedy przycisnął jej nagie ciało do siebie. Zaśmiał jej się od ucha, ciesząc się, że chociaż ten jeden raz nie musi ukrywać kłów przy uśmiechu.

W ciemności nie mogła go zobaczyć.

Za to on widział ją doskonale. Jej długie czarne warkocze były uwięzione między jej plecami i jego piersią. Ich zapach wisiał w powietrzu, kiedy opierała się o niego spocona i rozpalona.

Zaniósł ją na fotel i usiadł, biorąc ją na kolana. Nadal dyszeli, wyczerpani i osłabieni.

Oparła się o niego, a potem objęła go za szyję, tuląc mocno. Przesunął ustami i językiem po jej policzku, muskając ją delikatnie.

Nigdy wcześniej nie była z takim mężczyzną jak on. Owszem, uprawiała już seks, a jej eks-mąż był napalonym byczkiem, ale nigdy nie pragnęła nikogo tak bardzo jak Talona.

Czuła pod sobą jego ciepłe i mocne ciało, takie męskie, że nie chciała już nigdy schodzić z jego kolan.

Westchnęła z zadowoleniem.

– Robisz to z każdą poznaną kobietą?

– Nie – szepnął jej do ucha. – I nigdy wcześniej nie przyprowadziłem kobiety do mojej chaty. Bez wątpienia jesteś nadzwyczajnym przypadkiem.

– Na pewno?

– Zdecydowanie. A ty? Idziesz do domu z każdym napotkanym facetem?

Odchyliła się, żałując, że nie widzi jego twarzy.

– Nie. Przysięgam, że też jesteś nadzwyczajnym przypadkiem.

Pocałował ją delikatnie.

Siedzieli tak przez dłuższy czas, obejmując się tylko.

Sunshine nie była pewna, co czuje do Talona. Jakaś część niej chciała trzymać go tak przez całą wieczność, a inna mówiła jej, że jest idiotką, skoro myśli tak o facecie, którego dopiero co poznała.

Pewnie, że wyglądał świetnie w skórzanych spodniach i potrafił rozkołysać każdą cząstkę jej ciała, ale czy ostatecznie zatrzyma się przy niej na dłużej, czy też będzie taki sam jak wszyscy inni faceci, których poznała?

Egoistyczny.

Zaborczy.

Krytyczny.

Nie miała pewności.

Nie była pewna, czy chce zostać i się przekonać.

Ziewnęła. To była długa noc, wyczerpująca emocjonalnie i fizycznie.

Teraz chciała tylko wtulić się w to ciepłe, męskie ciało i zasnąć.

Talon nagle poczuł się niezręcznie. Z początku przyprowadzenie jej tutaj wydawało się dobrym pomysłem, ale kiedy teraz pomyślał, że miałby położyć się z nią do łóżka i zasnąć...

Takiej bliskości nie doświadczył od czasu śmierci żony. Wiele razy uprawiał seks z kobietami, a potem oboje zasypiali na chwilę, ale to było coś zupełnie innego.

Spędzą ze sobą cały dzień. Śpiąc. Ciało przy ciele...

Sunshine znowu ziewnęła.

– Zaraz wracam.

Zapalił światło i nic nie powiedział, gdy wyjęła z torby koszulkę i ruszyła do łazienki.

Pod jej nieobecność nasłuchiwał odgłosów z sąsiedniego pomieszczenia. Słyszał płynącą wodę, kiedy Sunshine myła twarz i zęby.

To było takie dziwne wrażenie.

Powróciły wspomnienia. Wspomnienia z życia, które celowo odesłał w niepamięć.

Wspomnienia człowieka, którego pochował.

Pamiętał niezliczone noce, kiedy kładł się do łóżka i czekał na żonę, która szykowała się do snu. Noce, kiedy patrzył, jak ona szczotkuje włosy, aż lśniły jak płomień, a potem znowu je zaplata i kładzie się obok niego.

Noce, kiedy słuchał, jak nuciła, szyjąc przy kominku...

Spojrzał na komodę, na której Sunshine postawiła małą kosmetyczkę, różową szczotkę do włosów i małą buteleczkę, w której pewnie miała swój olejek paczulowy.

Patrzył na delikatne przedmioty, które tak nie pasowały do jego rzeczy. Przedmioty tak kobiece i obce, że aż coś ściskało go za serce.

Jak bardzo brakowało mu dzielenia z kimś życia; obecności kogoś, na kim by mu zależało i komu zależałoby na nim.

To było coś, o czym nie myślał od bardzo, bardzo dawna. Coś, o czym nie śmiał myśleć.

A teraz, kiedy już pomyślał, musiał przyznać, że w życiu Mrocznego Łowcy bywały chwile przemożnej samotności.

Sunshine wyszła z łazienki ubrana w odsłaniający nogi T-shirt, z włosami zaplecionymi w warkocze. Jej uśmiech przeszywał jego serce wojownika.

Przed wiekami wyczekiwał kolejnych bitew, wiedząc, że jeśli przeżyje, powróci w ciepłe objęcia kogoś go kochającego. Że znajdzie w nich pociechę.

Jako Mroczny Łowca mógł mieć najwyżej nadzieję, że po bitwie zwinie się w kłębek przed komputerem albo przy telefonie i podzieli się wspomnieniem walki z kimś, kto żyje od setek, jeśli nie tysięcy lat i mieszka tysiące mil od niego.

Nigdy wcześniej mu to nie przeszkadzało.

A dziś, z jakiegoś powodu – bardzo.

– Wszystko w porządku? – spytała.

Skinął głową.

Nie przekonał jej. Widziała udrękę malującą się na jego twarzy.

– Zmieniłeś zdanie co do mojego nocowania tutaj?

– Nie – odparł szybko. – Po prostu to była długa noc.

– Nawet mi nie mów. – Pokiwała głową.

Weszła do jego łóżka i przykryła się czarną kołdrą, a potem zgasiła nocną lampkę.

Talon spojrzał na nią. Leżała na boku, twarzą do ściany. Jej głowa wydawała się mała na jego wielkiej poduszce. Cała Sunshine była drobna i taka kobieca na czarnym tle łóżka.

A przede wszystkim wyglądała wybornie.

Położył się obok niej. Zanim zdążył się powstrzymać, objął ją i przytulił się do niej od tyłu.

– Mmm... – zamruczała sennie. – Naprawdę lubię, jak to robisz.

Przeszył go ból, kiedy zamknął oczy i zaciągnął się jej niespotykanym zapachem. Tak niewiarygodnie cudownie było trzymać ją w ramionach.

„*Nae!*" – ryknął jego umysł. Nie mógł tego zrobić. Nie mógł pozwolić sobie na żadne uczucia wobec Sunshine.

Nigdy nic nie może ich połączyć. Jutro będzie musiał pozwolić jej wrócić do własnego życia i sam powróci do swojego. Tak wyglądały sprawy.

Całując ją delikatnie w potylicę, westchnął i siłą woli zmusił się do zaśnięcia. Nigdy nie będzie mógł jej mieć, a ona nigdy nie stanie się niczym więcej jak tylko przelotnym kaprysem.

Nigdy.

Sunshine leżała przez jakiś czas, wsłuchana w oddech Talona. Nie było słów, które oddałyby to, co czuła, leżąc obok niego. Zupełnie, jakby byli sobie przeznaczeni.

Skąd to wrażenie?

Nie była pewna, jak długo tak leżała, nim zmorzył ją sen, ale wreszcie zasnęła i miała przedziwny sen...

Widziała Talona jako młodego mężczyznę, najwyżej dwudziestolatka. Długie złociste włosy miał zaplecione w opadający na plecy warkocz, a z lewej skroni zwieszały my się dwa cieńsze warkoczyki. Jego młodą twarz porastała gęsta jasna broda, ale mimo to Sunshine go rozpoznała.

Rozpoznała w nim młodego mężczyznę, który był dla niej całym światem.

Leżał na niej, podparty na rękach; był nagi i przyciskał się do niej twardym, męskim ciałem, wsuwając się i wysuwając z niej z taką czułością, że jej serce jednocześnie wzbijało się pod niebo i zaciskało boleśnie.

– Och, cudna Nyn – westchnął jej do ucha. Wszedł w nią głębiej i mocniej, akcentując ruchem każde wypowiadane słowo. – Jak mógłbym cię opuścić?

Ujęła jego twarz w dłonie i pocałowała go, a potem odsunęła od siebie, żeby spojrzeć w jego bursztynowe oczy, kiedy się z nią kochał.

– Nie masz wyboru, Speirr. Walczyłeś z takim zacięciem... Za dużo wycierpiałeś, żeby zostać dziedzicem. Dzięki temu zyskasz pewność, że klan wybierze cię na króla, kiedy twój wuj umrze.

Zobaczyła cierpienie w jego oczach i poczuła, że cały sztywnieje.

– Wiem.

Tak bardzo się kochali. Od zawsze. Od dnia, kiedy ona miał sześć lat, a on osiem i dzielnie obronił ją przed dziobiącym ją kogutem.

Stał się jej bohaterem.

Dorastali osobno, ale nigdy się nie rozstali.

Nawet jako dzieci wiedzieli, że ich przyjaźń zostanie zniszczona albo wyśmiana. Speirr zniósł tyle szyderstw, że wystarczyłoby mu ich na dziesięć tysięcy żywotów.

Nigdy w życiu nie skrzywdziłaby go bardziej.

Dlatego nigdy nie powiedzieli nikomu o tym, jak wymykają się potajemnie, jak porzucają domowe niedostatki i obowiązki, żeby być razem.

Przez wiele lat ich spotkania pozostawały niewinne. Spotykali się, żeby się bawić albo łowić ryby. Czasem, żeby popływać albo podzielić się troskami.

Dopiero w tym ostatnim roku ośmielili się dotknąć nawzajem swych ciał.

Ona była córką handlarza ryb – pochodzenie najpodlejsze z podłych. Mimo to Speirr nigdy nie traktował jej tak jak inni. Nie wypominał jej, że śmierdzi rybami ani że nosi wytarte, cerowane i łatane ubrania.

Szanował ją i cenił jej przyjaźń tak samo, jak ona jego.

Z radością oddała mu swoje dziewictwo, wiedząc, że między nimi nigdy nic naprawdę nie zaistnieje. Wiedząc, że nadejdzie dzień, kiedy on poślubi inną.

I chociaż to złamało jej serce, wiedziała, że nie ma innego wyjścia, jak pozwolić mu teraz odejść. Musiał poślubić inną, żeby zmazać skazę, jaką pozostawiła mu jego matka. Żeby udowodnić innym, że jest człowiekiem szlachetnej krwi i ducha.

– Będziesz dobrym mężem. Ma szczęście, że cię dostanie.

– Przestań – powiedział, tuląc ją mocniej. – Nie chcę myśleć o nikim innym, kiedy jestem z tobą. Po prostu mnie obejmij. Pozwól mi udawać przez chwilę, że nie jestem synem swojej matki. Pozwól mi udawać, że jesteśmy tylko my dwoje na świecie i nic i nikt nie może nas rozdzielić.

Zacisnęła powieki, gdy poczuła ból.

Tak bardzo pragnęła, żeby tak było naprawdę...

Odsunął się, żeby na nią spojrzeć. Ujął czule jej twarz.

– Jesteś jedynym ciepłem w moim sercu. Jesteś jedynym słońcem, jakie poznała moja zima.

Och, jak bardzo go takim uwielbiała. Kiedy on, bezwzględny, śmiały książę-wojownik uwalniał barda żyjącego w jego sercu. Tylko ona znała go z tej strony. Tylko ona wiedziała, że miał talent poety.

Dla reszty świata musiał na zawsze pozostać bezwzględny i silny. Musiał pozostać wojownikiem, którego waleczności i umiejętności nikt nie zakwestionuje.

Ale to jego serce poety najbardziej kochała.

– A ty jesteś moim ogniem – szepnęła. – I jeśli nie odejdziesz teraz i nie spotkasz się z wujem, on cię zgasi.

Zaklął i odsunął się od niej.

Patrzyła, jak się ubiera. Pomogła mu włożyć zbroję. Był księciem. Nie tylko z tytułu, ale i z postawy. Nigdy nie było szlachetniejszego mężczyzny.

Kiedy i ona się ubrała, wziął ją w objęcia i pocałował po raz ostatni, żarliwie.

– Spotkasz się ze mną dziś wieczór?

Odwróciła wzrok.

– Jeśli tego sobie życzysz. Zrobię wszystko, o co poprosisz, ale nie sądzę, żeby to było właściwe w stosunku do twojej nowej żony, żebyś spotykał się ze mną w swoją noc poślubną.

Wzdrygnął się, jakby go spoliczkowała.

– Masz rację. A przede wszystkim nie byłoby to właściwe w stosunku do ciebie.

Sunshine jęknęła, gdy poczuła, że opuszcza Nynię. Nadal znajdowali się nad jeziorem, ale teraz czuła jego. Jego uczucia.

Widziała ich oboje jego oczami.

Zrozpaczony patrzył, jak Nynia odsuwa się od niego. Ból był tak przejmujący, że bał się, że go okaleczy.

Wyciągnął do niej rękę, wiedząc, że już odeszła.

Że jest stracona.

Stracona dla niego na zawsze.

Jak jego matka.

Jak siostry i ojciec.

Bogowie, jakie to niesprawiedliwe.

Ale życie nie jest sprawiedliwe. Zwłaszcza wobec mężczyzny, który miał swoje obowiązki i zobowiązania. Mężczyzny, który musiał siłą i mieczem zdobyć szacunek dla siebie i siostry.

Nigdy nie był panem swojego losu.

Odwrócił się do niej plecami, dosiadł konia i odjechał na spotkanie z wujostwem, żeby sfinalizować małżeństwo łączące ich klan z plemieniem galijsko-celtyckim, z którym graniczyli od północy.

Małżeństwo, które wreszcie uciszy plotkarzy i czarnowidzów domagających się, by kogoś innego wyznaczono na następcę.

Sunshine rzucała się w łóżku, a sen trwał. Zobaczyła Talona później tego samego dnia, stojącego pomiędzy piękną trzydziestoletnią kobietą i kilka lat starszym od niej mężczyzną. Kobieta miała takie same jasne włosy i bursztynowe oczy jak Talon, mężczyzna był czarnookim brunetem.

Stali pośrodku starego drewnianego dworu. W pomieszczeniu tłoczyli się nieznani im ludzie, odziani w pyszne kraciaste stroje, przystrojeni złotą biżuterią.

Wuj Speirra nosił czarną skórzaną zbroję, a jego ciotka złoty pancerz z długą spódnicą w kratę.

Zebrani wydawali się Talonowi silni i dumni. Bezwzględni i arystokratyczni.

Szepty Galów niosły się echem po sali, kiedy opowiadali historie o jego waleczności i powtarzali sobie, że jest ulubionym wojownikiem Morrigán.

Powiadano, że sama bogini kroczy u jego boku w bitwach i rzuca wszystkim wyzwanie, żeby spróbowali oszpecić go albo stępić jego miecz.

Nikt jednak nie wiedział, że Speirr był gotów uciec, kiedy tak czekał na swoją oblubienicę.

– Przysięgam, chłopcze, że jesteś płochliwy jak źrebię – szepnęła ze śmiechem ciotka.

– Ty też taka byłaś, Ora – droczył się z nią wuj. – Pamiętam, jak twój ojciec zagroził, że przywiążę cię do swojego boku, jeśli nie przestaniesz się wiercić, kiedy rodzice wiązali nas ze sobą.

– Tak, ale byłam znacznie młodsza od niego.

W uspokajającym geście ciotka położyła dłoń na ramieniu Speirra.

Speirr wziął głęboki wdech, kiedy przyprowadzono przed jego oblicze młodą kobietę.

– Oto moja córka, Deirdre – powiedział król Llewd.

Piękna – taka była pierwsza myśl Speirra. Miała włosy złociste jak nikt inny i niebieskie oczy, dobre i łagodne.

Jednakże nie dorastała Nynii do pięt. Żadna kobieta nie mogła się nawet zbliżyć do tego ideału.

Speirr odruchowo się odsunął.

Wuj pchnął go do przodu.

Deirdre uśmiechnęła się zachęcająco. Patrzyła ciepło i z aprobatą.

Znowu się odsunął.

Tym razem to ciotka go szturchnęła.

– Co masz jej do powiedzenia, chłopcze?

– Ja... – Speirr znał słowa, które miały ich ze sobą związać.

Wielokrotnie je sobie powtarzał.

Ale teraz uwięzły mu w gardle.

Dusił się.

Znowu się odsunął i znowu ciotka i wuj pchnęli go do przodu, w stronę oblubienicy i przeznaczenia, które nagle wydało mu się puste. Zimne.

– Speirr... – powiedział wuj ostrzegawczym tonem. – Wypowiedz słowa.

Zrób to, bo inaczej wszystko stracisz...

Zrób to, a stracisz tę jedyną rzecz.

W głębi duszy zobaczył oczy Nynii. Łzy, które próbowała ukryć.

Zdeterminowany, zacisnął zęby.

– Nie zrobię tego.

Odwrócił się i wyszedł z sali, słysząc za plecami zaszokowane, zduszone okrzyki.

Kilka sekund później wybiegli za nim ciotka i wuj. Był w połowie drogi do konia, kiedy wuj złapał go i brutalnie zatrzymał.

– Co ci odbiło?!

– Speirr? – odezwała się łagodniej ciotka. – O co chodzi?

Popatrzył na wujostwo, szukając słów, dzięki którym zrozumieliby, co się dzieje w jego sercu.

– Nie poślubię jej.

– Oczywiście, że poślubisz – odparł stanowczo wuj. Jego ciemne oczy płonęły. – A teraz maszeruj tam z powrotem i zakończ sprawę.

– *Nae* – upierał się Speirr. – Nie poślubię jej, bo kocham kogoś innego.

– Kogo? – zapytali jednocześnie.

– Nynię.

Wujostwo spojrzało po sobie, marszcząc czoła.

– A kim, u licha, jest ta Nynia? – spytał wuj.

– Córka handlarza ryb? – zdziwiła się ciotka.

Oba pytania padły jednocześnie. Dopiero po chwili pytanie żony dotarło do wuja.

– Córka handlarza ryb?! – powtórzył i zamachnął się, żeby zdzielić Speirra w potylicę.

Speirr złapał go za rękę i spiorunował wzrokiem. Dawno minęły czasy, kiedy pozwalał się wujowi bić.

– Oszalałeś? – wściekał się wuj, wyrywając rękę. – Skąd ją w ogóle znasz?

Speirr zesztywniał, spodziewając się potępienia ze strony wuja. Bez wątpienia teraz wyrzucą go z klanu, tak jak to zrobili z jego matką.

To się jednak w ogóle nie liczyło.

Nynia była jedyną osobą, która naprawdę go akceptowała.

Nie zawiedzie jej, żeniąc się z kimś innym i skazując ją na powrót do nędznego życia.

Nie chciał zestarzeć się bez niej.

– Wiem, że tego nie rozumiesz, i wiem, że powinienem poślubić córkę Gala, ale nie mogę. – Spojrzał na ciotkę, mając nadzieję, że ktoś zrozumie jego błagania. – Kocham Nynię. Nie chcę bez niej żyć.

– Jesteś młody i głupi – powiedział wuj. – Tak jak twoja matka, pozwalasz, żeby rządziło tobą serce. Jeśli teraz zawiedziesz, nigdy nie zmażesz hańby matki. Będą w tobie widzieć tylko wyszydzanego syna dziwki. A teraz wracaj tam i poślub Deirdre. Natychmiast!

– *Nae* – odparł stanowczo.

– Klnę się na bogów, jeśli teraz zawiedziesz, będę musiał cię za to wypędzić.

– Więc mnie wypędź.

– *Nae* – wtrąciła się do ich kłótni ciotka. Miała ten sam zamyślony wyraz twarzy co zawsze, kiedy postrzegała otaczający ich naturalny świat na wyższym poziomie. – Idiagu, widzę w tym rękę bogów. Spójrz mu w oczy. Nynia to jego bratnia dusza. Są sobie przeznaczeni.

Wuj zaklął.

– To by było wspaniałe przymierze dla naszego klanu – mruknął gorzko. – Zapewniłoby pokój między naszymi ludami i zagwarantowało, że nikt nie rzuciłby wyzwania Speirrowi jako mojemu dziedzicowi. Ale nie będę się spierał z bogami.

Poklepał Speirra po ramieniu.

– Śmiało, Speirr. Jedź po swoją Nynię, a ja spróbuję uratować z tego spotkania co się da. Módlmy się, żeby nie doszło do wojny.

Speirra zamurowało. Nigdy wcześniej wuj nie okazał mu dobroci ani litości.

– Mówisz poważnie?

Wuj zmrużył oczy.

– Chłopcze, lepiej zbieraj się stąd, zanim odzyskam zdrowy rozsądek.

Speirr z okrzykiem pobiegł do konia. A potem zawrócił i uściskał najpierw ciotkę, a potem wuja.

– Dziękuję. Dziękuję wam obojgu.

Najszybciej jak potrafił popędził do konia i dosiadł go, nie zatrzymując się. Uderzył go piętami w boki i skierował się w głąb kraju.

Pędził przez las jak szaleniec. Czarny rumak przelatywał ponad splątanym poszyciem, ziemia tryskała mu spod kopyt. Światło słoneczne sączyło się przez korony drzew, kładąc się cętkami na zbroi Speirra, gdy poganiał konia.

Musiał dotrzeć do swojej Nynii...

***

Nynia westchnęła, kiedy matka wręczyła jej stary, zszargany kosz z cuchnącymi rybami.

– Muszę to zanieść? – spytała matkę błagalnym głosem.

– Twój brat poszedł coś załatwić, a oni czekają na te ryby. Idź już, dziecko. Nie chcę już słyszeć żadnego sprzeciwu.

Nynia zacisnęła zęby i wzięła kosz. Nienawidziła tego. Wolała dostać lanie niż iść do domu kowala, gdzie Eala bez wątpienia już czekała na dostawę. Eala, jej rówieśnica, była córką kowala, ale zachowywała się tak, jakby pochodziła z równie szlachetnego rodu co Speirr.

Upokarzanie Nynii sprawiało jej ogromną przyjemność.

A dzisiaj Nynia zupełnie nie miała na to ochoty. Serce bolało ją po stracie.

Speirr na pewno już zdążył poślubić tamtą kobietę. Straciła go na zawsze.

Mrugając, żeby powstrzymać łzy, wyszła z maleńkiej chaty, którą dzieliła z matką, ojcem i bratem. Ruszyła do ładniejszej części wioski, gdzie mieszkała reszta ludzi – po nawietrznej od handlarza ryb, garbarza i rzeźnika.

– Och, Speirr... – szepnęła, ocierając łzy.

Jak miała przeżyć dzień bez niego? Przez całe życie był przy niej, pomagając przetrwać beznadzieję dnia powszedniego. Zawsze czekała na ich spotkania. Wyczekiwała wspólnego śmiechu i zabawy nad jeziorem.

Teraz te dni odeszły na zawsze.

Kiedy wróci, zjawi się z nową żoną.

A pewnego dnia jego królowa urodzi mu dzieci...

Przeszył ją jeszcze dotkliwszy ból. Szła na oślep przez wioskę, myśląc tylko o jednym mężczyźnie, którego kiedykolwiek kochała i o tym, że nigdy nie urodzi mu dzieci. Nigdy więcej nie będzie mogła go objąć.

Kiedy zbliżyła się do chaty kowala, zobaczyła, że Eala nie jest sama. Stała z małą grupką przyjaciół i rozmawiała. Nynia rozpoznała trzech chłopców i kilka dziewcząt, które byłyby też jej przyjaciółkami, gdyby – jak to jej wielokrotnie przypominały – nie cuchnęła rybą.

– A niech licho! – powiedziała zdegustowana Eala. – Przyszedł śmierdziuch z rybami. Szybko wstrzymajcie oddech, bo zsiniejecie od smrodu.

Nynia uniosła podbródek. Nie mogli jej zranić słowami. Nie dziś. Wystarczająco już cierpiała.

Wepchnęła kosz z rybami w ręce Eali.

Dziewczyna wrzasnęła.

– Ależ ty jesteś odrażająca! – wykrzyknęła, upuszczając kosz i uciekając w podskokach. – Żaden mężczyzna nie zechce takiej śmierdzącej kobiety. Prawda, Dearg?

Chłopak zerknął na Nynię w zadumie.

– Sam nie wiem. Z tego, co widzieliśmy przedwczoraj, jak dawała Speirrowi, to byłbym skłonny zatkać nos.

Twarz jej zapłonęła, gdy przeraziła się, że ktoś napatoczył się na nich, gdy się kochali ze Speirrem w lesie.

– A co ty myślisz, Aberth? – zagadnął przystojnego przyjaciela Dearg.

– Racja. Byłaby dobra na jeden, może dwa razy, zwłaszcza że zaliczyła już prawdziwego wojownika, ale ożenić się z nią można tylko pod warunkiem, że, tak jak Speirr, ktoś lubi motłoch. Ja raczej za tym nie przepadam.

Ich złośliwy śmiech zadźwięczał Nynii w uszach.

Upokorzona i zawstydzona zaczęła odchodzić, kiedy usłyszała zbliżający się tętent kopyt.

Wszyscy w wiosce zamilkli na ten dźwięk. Bez wątpienia jeździec niesłychanie się śpieszył. Słychać było jego niski, dźwięczny głos, gdy ponaglał konia.

W tej samej chwili, gdy Speirr wypadł z lasu, ludzie się rozbiegli, schodząc mu z drogi.

Nynia nie mogła się ruszyć i oderwać od niego oczu. Jechał z głową nisko pochyloną, obaj z koniem byli zlani potem. Zjednoczeni w swej mocy, pięknie i formie, koń i jeździec stanowili przerażający i straszliwy widok.

Pędzili, jakby goniły ich demony Annwn.

Spodziewała się, że przejedzie obok niej i popędzi w stronę domu.

A jednak nie.

Zamiast tego gwałtownie ściągnął wodze i rozpędzony wierzchowiec zatrzymał się przed nią, stając dęba.

Speirr wyskoczył z siodła i porwał ją w ramiona.

Serce waliło jej z radości jak młotem, ale się przeraziła. Przestraszyła się tego, co może znaczyć jego obecność.

– *Fiù?* – spytała z wahaniem, używając odpowiedniego tytułu dla księcia, bo przy tylu świadkach nie śmiała odezwać się do niego po imieniu. – Czego sobie życzysz, mój panie?

Jego bursztynowe oczy były jasne, błyszczące i pełne uczucia, gdy spojrzał na nią.

– Ciebie, moja ukochana – szepnął. – Każdego dnia przez resztę życia. Przyjechałem ożenić się z tobą, Nyn. Jeśli mnie zechcesz.

Łzy napłynęły jej do oczu.

– A twój wuj?

– Życzy nam dobrze i spotka się z tobą po powrocie.

Ręce jej drżały, gdy tuliła go mocno.

– Jesteś moja, cudna Nyn – szepnął. – Nie chcę żadnej innej.

– Nawet jeśli śmierdzę rybą?

Wybuchnął śmiechem.

– A ja cuchnę spoconym koniem. Stanowimy doskonałą parę.

Tylko on mógł powiedzieć coś takiego.

Łzy popłynęły jej po twarzy, kiedy przytuliła go i zapłakała ze szczęścia.

Jej Speirr wrócił do niej i ona już nigdy nie da mu odejść. Wspólne życie było im pisane.

Na zawsze...

***

Sunshine obudziła się z głębokim, ciepłym spokojem w sercu. Poczuła za sobą ciężar Talona i uśmiechnęła się sennie. Nie pamiętała właściwie swojego snu, poza tym, że dotyczył Talona.

Zerknęła na zegarek na ręku i zorientowała się, że jest już południe. Powinna być w pracy, sprzedawać swoje prace na placu.

A jednak nie miała ochoty zrywać się z materaca.

Przeturlała się na drugi bok i wtuliła w Talona.

Położyła głowę na jego ramieniu i przesunęła dłonią po tatuażu na jego piersi. Był taki ciepły i zachęcający.

– Dobrze mieć cię w domu, ukochana.

Wyszeptał te słowa w języku, który słyszała tylko jeden raz wcześniej, kiedy kochali się poprzedniego wieczoru – a jednak go zrozumiała.

Podparła się na łokciu i zorientowała, że Talon nadal śpi jak zabity.

– Talon?

Nie poruszył się.

– Speirr? – zapytała, zastanawiając się, dlaczego to imię przyszło jej na myśl, ale z jakiegoś powodu wydawało się jej właściwe.

Otworzył oczy. Zmarszczył brwi.

– Potrzebujesz czegoś?

Pokręciła głową.

Zamknął oczy, obrócił się i z powrotem zasnął.

Och, to już było zdecydowanie zbyt dziwne.

Dlaczego znała to imię i dlaczego on na nie zareagował?

Czy było częścią jej snu?

Próbowała sobie przypomnieć, ale mimo usilnych starań nie potrafiła.

Kiedy tak leżał plecami do niej, dostrzegła coś swoim wewnętrznym wzrokiem. Coś jak mgliste wspomnienie z dzieciństwa.

Zobaczyła Talona jako młodzieńca, rozciągniętego na wielkim kamiennym stole. Wokół nich stały inne monolity, tworząc coś na podobieństwo Stonehenge.

Talon leżał na brzuchu z rękami pod głową, a nad nim pochylał się wysoki ciemnowłosy mężczyzna. Jego szaty wydymały się, kiedy chłostał Talona wystrzępionym biczem.

Talon patrzył prosto na nią oczami błyszczącymi od łez i zaciskał mocno zęby.

„Spotkajmy się później", powiedział, bezgłośnie poruszając ustami. Skinęła głową.

Sunshine odsunęła się od niego, zaniepokojona.

Nagle zaczęła sobie przypominać sen. Wygrzebała się z łóżka, wzięła komórkę Talona i wybrała numer do matki. Wyszła z chaty, żeby Talon nie usłyszał jej rozmowy.

– Sunshine? – spytała matka, gdy tylko rozpoznała głos córki. – Gdzie jesteś? Storm powiedział, że wystawiłaś go wczoraj i nawet nie zadzwoniłaś.

– Przepraszam, mamo, znasz mnie. Zapomniałam zadzwonić. Słuchaj, muszę się czegoś dowiedzieć. Pamiętasz, jak wiele lat temu ty i babcia zrobiłyście mi regresję do poprzedniego życia?

– Aha.

– Powiedziałyście mi, że dawno temu byłam Celtem, zgadza się?

– Tak.

– Pamiętasz jakieś szczegóły?

– Nie, nie bardzo. Musiałabym zadzwonić do mamy i zapytać, czy coś pamięta. Jak ją znam, to pewnie tak. A co się stało? Sprawiasz wrażenie spanikowanej.

– Bo panikuję. Powracają do mnie przedziwne wspomnienia. Nie wiem, jak to inaczej nazwać. To coś naprawdę, naprawdę dziwnego.

– Jesteś ze Steve'em?

– Talonem, mamo, on się nazywa Talon. I tak, jestem u niego.

– Myślisz, że znałaś go w poprzednim życiu?

Sunshine obejrzała się na drzwi i przełknęła ślinę.

– Szczerze mówiąc, to myślę, że byłam jego żoną.

ROZDZIAŁ 7

Było tuż po zachodzie słońca, kiedy Acheron zapukał do drzwi Zareka. Większość dnia spędził z Artemidą, rozmawiając o tym, co należy zrobić, skoro policja poszukuje Zareka.

Oczami wyobraźni wciąż widział Artemidę wyciągniętą nonszalancko na wyściełanym białymi poduszkami tronie. Na jej pięknej twarzy malował się całkowity brak zainteresowania.

– Już ci mówiłam, Acheronie, zabij go. Tylko ty jesteś wobec niego ślepy i nie dostrzegasz jego charakteru. To właśnie dlatego chciałam, żeby pojawił się w Nowym Orleanie. Chciałam, żebyś na własne oczy zobaczył, jak bardzo jest szalony.

Ash nie chciał w to uwierzyć. On lepiej niż ktokolwiek inny rozumiał paskudny charakter Zareka; potrzebę zadania pierwszego ciosu, zanim samemu się oberwie.

Dlatego wytargował u Artemidy więcej czasu dla Zareka. Chciał jej udowodnić, że ten Mroczny Łowca nie jest jakimś wściekłym zwierzęciem, które trzeba zabić z litości.

Nienawidził targowania się o cokolwiek z Artemidą, ale też nie zamierzał podpisywać wyroku na Zareka. Jeszcze nie teraz, nie – dopóki istniała nadzieja.

Zapukał jeszcze raz. Mocniej. Jeśli Zarek spał na górze, mógł go nie usłyszeć.

Drzwi powoli się uchyliły.

Ash wszedł do środka, jego oczy natychmiast przywykły do egipskich ciemności. Zamknął drzwi siłą woli i sięgnął zmysłami przed siebie.

Zarek znajdował się w salonie po lewej stronie.

Były niewolnik nie włączył ogrzewania, więc w domu panował ziąb. Z drugiej strony, Zarek przywykł do niskich temperatur na Alasce i pewnie nawet nie zauważał niewielkich lutowych chłodów w Nowym Orleanie.

Ruszył do salonu, ale zatrzymał się, widząc Zareka leżącego na podłodze obok wiktoriańskiej sofy. Miał na sobie tylko czarne spodnie od dresu i wydawało się, że śpi, ale Ash wiedział, że to tylko pozory.

Zmysły Zareka były równie wyostrzone jak jego własne. Były niewolnik nie pozwoliłby nikomu wejść do miejsca, w którym śpi, nie będąc samemu w pełni przytomnym i gotowym do ataku.

Ash obrzucił spojrzeniem jego nagie plecy. W dolnej części widniał wystylizowany smok. Obecnie to był jedyny ślad na jego plecach, ale Ash pamiętał czasy, kiedy ciało Zareka było pokryte bliznami tak głębokimi, że za pierwszym razem na ich widok Atlantyda aż się wzdrygnął.

Jako chłopiec do bicia w rodzinie Valeriusa, Zarek płacił słono za każdy potknięcie Valeriusa i jego braci.

Miał blizny nie tylko na plecach, ale też na nogach, piersi, rękach, twarzy. Jedna z tych na twarzy, przecinająca niewidzące lewe oko, była tak poważna, że ledwie mógł unieść powiekę. Blizna na policzku pod tym okiem trwale zniekształciła mu twarz.

W ludzkim życiu Zarek mocno utykał i ledwie władał prawą ręką.

Kiedy przeszedł na drugą stronę i stał się Mrocznym Łowcą, nie potrafił spojrzeć Ashowi w oczy. Gapił się w podłogę i wzdrygał za każdym razem, gdy Ash się poruszył.

Zwykle Ash dawał każdemu nowemu Mrocznemu Łowcy wybór, czy chce zachować blizny, czy woli, by je usunąć. W wypadku Zareka nawet nie pytał. Jego ciało było tak straszliwie poranione, że natychmiast usunął szramy.

W drugiej kolejności nauczył go, jak się bronić.

I rzeczywiście, Zarek odpowiadał na każdy atak. Zanim Ash zakończył szkolenie, uwolnił w sobie furię tak straszliwą, że dało mu to niewiarygodne moce.

Niestety, ta sama furia sprawiła też, że nie sposób było nad nim zapanować.

– Będziesz tak się gapił na mnie, Wielki Acheronie, czy już jesteś gotowy?

Ash westchnął. Zarek nadal się nie poruszył. Leżał zwrócony plecami do niego, z ręką pod głową.

– Co chcesz, żebym ci powiedział? Dobrze wiesz, że nie atakuje się gliniarza. Już nie mówiąc o trzech naraz.

– I co z tego? Miałem pozwolić, żeby zakuli mnie i zabrali do pierdla, gdzie mógłbym w celi poczekać na wschód słońca?

Ash zignorował urazę w głosie Zareka.

– Co się stało?

– Widzieli, jak zabijałem Daimony, i próbowali mnie aresztować. Ledwo się wybroniłem.

– Obrona nie wymagała, żeby jeden skończył ze wstrząśnieniem mózgu, drugi z połamanymi żebrami, a trzeci z rozwaloną szczęką.

Zarek wstał i spiorunował wzrokiem Acherona.

– To, co im się przytrafiło, to ich własna wina. Powinni byli się wycofać, kiedy im kazałem.

Ash spokojnie wytrzymał wściekłe spojrzenie Mrocznego Łowcy. Zarek potrafił wzbudzić w nim gniew jeszcze szybciej niż Artemida.

– Niech to szlag, mam już dość obrywania od Artemidy za to, że ty nie potrafisz się zachować.

– Co się stało, Wasza Wysokość? Nie możesz znieść krytyki? Pewnie tak to jest, kiedy się ma szlachetne urodzenie. Nigdy nie musisz się przejmować, że będziesz na cenzurowanym. Każdy uważa, że jesteś doskonały, a ty możesz bawić się życiem. Powiedz mi, dlaczego zostałeś Mrocznym Łowcą? Ktoś porysował ci buciki i uszło mu to na sucho?

Ash zamknął oczy i policzył do dwudziestu. Powoli. Wiedział, że liczenie do dziesięciu tym razem mu nie wystarczy.

Zarek poczęstował go znajomą kpiną. Były niewolnik zawsze go nienawidził. Ash jednak nie brał tego do siebie, bo Zarek nienawidził wszystkich.

– Wiem, co o mnie myślisz, o Wielki Acheronie. Wiem, że litujesz się nade mną, a ja tego nie potrzebuję. Naprawdę myślisz, że mógłbym kiedykolwiek zapomnieć sposób, w jaki na mnie patrzyłeś pierwszej nocy, kiedy się spotkaliśmy? Stałeś i patrzyłeś przerażony, starając się nie zdradzić z tym przerażeniem przede mną. Cóż, udał ci się twój dobry uczynek. Umyłeś małego znajdę i sprawiłeś, że znowu był śliczny i zdrowy. Ale nawet nie myśl, że będę ci za to lizał buty albo całował cię w tyłek. Moje dni poddaństwa minęły.

Ash warknął gardłowo, walcząc z narastającą w nim chęcią, żeby roztrzaskać Zareka o ścianę.

– Nie prowokuj mnie. Tylko ja stoję między tobą a pośmiertną egzystencją tak straszną, że przerasta to twoje pojmowanie.

– Śmiało więc. Zabij mnie. Naprawdę myślisz, że się tym przejmę?

Nie, Ash wcale tak nie myślał. Zarek narodził się z pragnieniem śmierci – jako śmiertelnik i jako Mroczny Łowca. Ash jednak nigdy więcej nie zabije Mrocznego Łowcy i nie skaże go na cierpienie w roli Cienia. Na własnej skórze odczuł straszliwość takiej egzystencji.

– Zgól bródkę, zdejmij kolczyk i nie pokazuj tych swoich cholernych pazurów. Jeśli masz dość rozumu w głowie, to będziesz trzymał się z daleka od gliniarzy.

– To rozkaz?

Ash posłużył się swoimi mocami, uniósł Zareka z podłogi i brutalnie przyszpilił go do sufitu.

– Przestań mnie prowokować, chłopcze. Mam już tego wyżej dziurek w nosie.

Zarek się roześmiał.

– Myślałeś kiedyś o tym, żeby zatrudnić się w Disneylandzie? Ludzie zapłaciliby fortunę za taką jazdę bez trzymanki.

Ash warknął głośniej, szczerząc kły na zuchwałego dupka. Naprawdę trudno było zastraszyć kogoś, w kogo życiu nie istniało nic, co miałoby dla niego jakąkolwiek wartość. Kiedy miał do czynienia z Zarekiem, czuł się jak rodzic wobec dziecka, na które nie ma wpływu.

Pośpiesznie opuścił go na podłogę, zanim pokusa uduszenia Zareka wzięła w nim górę.

Zarek zmrużył oczy, kiedy jego stopy dotknęły podłogi. Podszedł nonszalancko do worka marynarskiego i wyjął paczkę papierosów.

Dobrze wiedział, że lepiej nie szydzić z Atlantydy. Acheron mógłby go zniszczyć w okamgnieniu, gdyby tylko zechciał, ale nadal zachował w sobie człowieczeństwo i naprawdę współczuł ludziom. Zarek był zawsze wolny od tej słabości. Nikt nigdy się nim nie przejmował, więc dlaczego on miałby przejmować się innymi?

Zapalił papierosa.

Acheron ruszył do wyjścia.

– Talon będzie patrolował Canal Street, więc chcę, żebyś ty zajął się terenem od Jackson Square do Esplanade Avenue.

Zarek wydmuchnął dym.

– Coś jeszcze?

– Zachowuj się. Na miłość Zeusa, zachowuj się.

Zarek zaciągnął się głęboko, a Acheron otworzył drzwi, nie dotykając klamki, i wyszedł z domu.

Zarek przytrzymał papierosa w zębach i przeczesał dłońmi zmierzwione czarne włosy.

Zachowuj się.

Śmieszył go ten rozkaz.

To nie jego wina, że kłopoty zawsze same go odnajdywały – ale też musiał przyznać, że nigdy ich specjalnie nie unikał. Dawno temu nauczył się przyjmować ciosy i ból.

Zacisnął zęby, wspominając poprzednią noc. Zobaczył Daimony na ulicy idące do pracowni Sunshine. Słyszał, jak planowały, co jej zrobią. Poszedł więc za nimi do miejsca, gdzie mógł z nimi walczyć z dala od ciekawskich oczu.

Aż tu nagle dostaje cztery kule w brzuch i jakiś gliniarz wrzeszczy do niego, żeby się nie ruszał.

Najpierw zamierzał się poddać i zadzwonić po Nicka, żeby wpłacił kaucję, ale wtedy jeden z gliniarzy uderzył go w krzyż pałką i wszystkie dobre intencje poszły w diabły.

Dni, kiedy był chłopcem do bicia, skończyły się.

Nigdy więcej nikt go nie tknie.

***

Sunshine siedziała przed chatą Talona, pracując nad obrazami, które zamówił u niej Cameron Scott. Talon smacznie spał w domu, a ona spędziła przed domem wiele godzin, próbując zrozumieć, dlaczego nadal siedzi z nim na bagnach.

I po co przyjechała tutaj z nim zeszłego wieczoru, zamiast po prostu zanocować u brata.

Jej objawienie na temat ich poprzedniego wspólnego życia przeraziło ją.

Była jego grzeczną, pasywną żonką, jakby żywcem wyjętą z lat pięćdziesiątych...

Sunshine zadygotała. Nie chciała być niczyją żoną. Nigdy więcej. Kobieta tylko traci na małżeństwie. Były mąż dobrze ją nauczył, że faceci chcą nie tyle żony, ile raczej pokojówki, która w każdej chwili służy seksem.

Jerry Gagne, artysta tak samo jak ona, wydawał się idealną partią. Poznali się w szkole plastycznej. Zakochała się w tym pochmurnym, tajemniczym chłopaku.

Kochała go wtedy tak żarliwie, że nie wyobrażała sobie dnia bez niego.

Myślała, że są dwiema połówkami jabłka, które będą stanowiły całość przez resztę ich życia. Spodziewała się, że Jerry zrozumie jej potrzebę twórczą i będzie ją szanował; że da jej przestrzeń, której potrzebowała, by rozwijać się w roli artystki.

A Jerry chciał, żeby ona zajęła się nim, kiedy on będzie się rozwijał jako artysta. Jej potrzeby i pragnienia zawsze pozostawały w cieniu jego oczekiwań.

Ich małżeństwo przetrwało dwa lata, cztery miesiące i dwadzieścia dwa dni.

Nie cały ten czas był zły. Po części nadal go kochała. Lubiła jego towarzystwo i chętnie dzieliła z nim życie, ale nie chciała znowu być odpowiedzialna za to, gdzie ktoś położył jego skarpetki (zwłaszcza że ledwie pamiętała, gdzie położyła własne). Miała dość porzucania pracy i pędzenia do sklepu, bo ktoś zapomniał kupić jajka, których potrzebował do farb własnej roboty.

To zawsze jej plany musiały się zmienić. To jej sprawy mogły zaczekać.

Jerry nigdy jej nie ustępował.

Nie chciała się znowu zatracić na rzecz jakiegoś mężczyzny. Chciała mieć własne życie. Własną karierę.

Talon był świetnym facetem, ale przede wszystkim miała wrażenie, że jest taki sam jak ona: samotnik, który ceni sobie prywatność. Na razie świetnie się bawili, była jednak przekonana, że do siebie nie pasują.

Ona lubiła wstać rano i malować przy świetle dziennym – on przesiadywał do późna. Ona uwielbiała tofu i muesli – on uwielbiał żarcie na wynos i kawę.

Ona i Jerry mieli taki sam rozkład dnia, byli do siebie bardzo podobni – i patrzcie, jak to się skończyło. Jeśli im się nie udało, to z pewnością nie wróżyło to dobrze jakiemukolwiek związkowi z Talonem.

Nie, musiała wracać do własnego życia.

Kiedy tylko Talon wstanie i zjedzą śniadanie, powie mu, żeby odwiózł ją do domu.

***

Talon westchnął przez sen. Minęło dużo czasu, odkąd śniła mu się żona. Nie śmiał sobie na to pozwolić. Myśli o Nynii zawsze wyrywały mu serce z piersi.

Dzisiaj jednak była razem z nim. W snach, tam gdzie powinni być razem.

Z zaciśniętym gardłem patrzył, jak siedzi przed kominkiem, z ogromnym brzuchem (była w ciąży) i szyje ubranka dla malucha. Nawet po pięciu latach małżeństwa i trwającej całe życie przyjaźni potrafiła rozpalić w nim krew i sprawić, że serce nabrzmiewało mu miłością.

Dorastał pod niechętnym spojrzeniem wuja, wzgardzony przez klan; tylko ona potrafiła go pocieszyć. Ona jedna sprawiała, że czuł się kochany.

Słuchał, jak nuci tę samą kołysankę, którą śpiewała mu matka, kiedy był bardzo mały.

Bogowie, jak bardzo jej potrzebował. Teraz bardziej niż kiedykolwiek dotąd. Miał dość walki, dość oczekiwań i żądań, jakich przybywało od czasu śmierci wuja.

Miał dość szeptów na temat jego matki i ojca.

Był młodym człowiekiem, ale dziś czuł się jak starzec. I ogarniał go chłód.

Dopóki nie spojrzał na Nynię. Ona rozgrzewała go w środku i wszystko stawało się lepsze.

Bardzo ją za to kochał.

Przykucnął przed krzesłem, kładąc jej głowę na kolanach. Objął ją rękami, jak to miał w zwyczaju, i poczuł, że dziecko kopie go w rękę w geście protestu.

– Wróciłeś – powiedziała delikatnie, przeczesując palcami jego włosy.

Nie odezwał się. Nie mógł. Zwykle najpierw zmyłby krew ze zbroi i ciała, zanim pokazałby się jej, ale tego dnia smutek zbyt silnie palił go w serce.

Musiał poczuć jej delikatny, kojący dotyk, musiał sprawdzić, że w tej chwili jest przy nim i nic jej nie grozi.

Tylko ona potrafiła uśmierzyć ból w jego sercu.

Jego ciotka nie żyła. Została okaleczona. Znalazł ciało, kiedy poszedł jej szukać, gdy nie przyszła na obiad.

Nawet gdyby żył całą wieczność, nigdy nie zapomniałby tego makabrycznego widoku. Będzie żył w nim razem ze wspomnieniem matki umierającej w jego ramionach.

– To klątwa bogów – szepnął wcześniej tego wieczoru Parth, nie wiedząc, że Talon stoi wystarczająco blisko, żeby słyszeć jego rozmowę z bratem. – Jest synem dziwki. Poszła z druidem, żeby spłodzić przeklęty ród, i teraz wszyscy za to płacimy. Bogowie ukarzą nas wszystkich.

– Chcesz rzucić wyzwanie Speirrowi i walczyć o przywództwo?

– Tylko głupiec rzuciłby wyzwanie komuś takiemu jak on. Nawet Cuchulainn by mu nie dorównał.

– Więc lepiej módl się, żeby nigdy cię nie usłyszał.

Talon zacisnął powieki, próbując odciąć się od szeptów, które prześladowały go przez całe życie.

– Speirr? – Nynia pogłaskała go po twarzy. – Czy wszyscy nie żyją?

Pokiwał głową. Po tym, jak przywiózł ciało ciotki do domu, zebrał swoich ludzi i najechał plemię północnych Galów. Znalazł przy jej ciele jeden z ich sztyletów i natychmiast domyślił się, kto jest odpowiedzialny za jej śmierć.

– Naprawdę jestem przeklęty. – Słowa uwięzły mu w gardle. Przez całe życie próbował udowodnić innym, że nie jest przeklęty z powodu postępku rodziców, a teraz sam skazał się na potępienie. – Powinienem był cię posłuchać, kiedy zmarł wuj. Nie trzeba było się mścić na klanie z północy. Teraz mogę się tylko bać, co znowu odbiorą mi ich bogowie.

Ale w głębi serca już wiedział. Nie miał na tym świecie niczego cenniejszego od kobiety, którą obejmował.

Ona umrze.

Przez niego.

To wszystko jego wina. Wszystko.

On jeden ściągał gniew bogów północnego klanu na ich głowy.

Nie mógł teraz tego powstrzymać. Nic nie pozwoli mu zatrzymać żony.

Nie mógł znieść tego bólu.

– Zaproponowałem ofiary dla Morrigán, ale druidzi powiedzieli mi, że to nie wystarczy. Co jeszcze mogę zrobić?

– Może to już koniec. Może teraz to się skończy.

Miał taką nadzieję. W przeciwnym wypadku...

Nae, nie mógł stracić Nynii. Bogowie mogli mu odebrać wszystko, ale nie ją...

Talon jęknął, gdy sen przeniósł go dalej w przyszłość. Trzymał żonę, kiedy rodziła ich dziecko.

Oboje byli spoceni od ognia i wielogodzinnego wysiłku. Akuszerka otworzyła okno, żeby wpuścić zimny, niosący prószący śnieg wiatr.

Nynia zawsze kochała śnieg. Pogoda dała im nadzieję, że może wszystko się uda. Może dziecko będzie nową szansą dla nich wszystkich.

– Przyj! – rozkazała akuszerka.

Nynia wbiła paznokcie w jego ręce, zaciskając dłonie i krzycząc. Talon przytulił policzek do jej policzka, trzymając ją blisko i szepcząc jej do ucha:

– Jestem tu, ukochana, nigdy cię nie opuszczę.

Jęknęła gardłowo i rozluźniła się, w chwili gdy syn opuścił jej ciało i znalazł się w rękach akuszerki.

Nynia zaśmiała się, kiedy mąż pocałował ją w policzek i mocno przytulił.

Ale ich radość zaraz zniknęła, gdy akuszerce nie udało się obudzić dziecka.

– Nie żyje.

Głos kobiety zadźwięczał mu w głowie.

– *Nae!* – warknął. – Tylko śpi. Obudź go.

– *Nae*, mój *triath*. Dziecko urodziło się martwe. Naprawdę bardzo mi przykro.

Nynia zaszlochała w jego ramionach.

– Tak mi przykro, że nie mogłam urodzić ci syna. Nie chciałam cię zawieść.

– Nie zawiodłaś mnie, nigdy nie mogłabyś mnie zawieść.

Przerażony i zrozpaczony Talon tulił Nynię. Akuszerka obmyła i ubrała drobne ciałko ich syna.

Nie mógł oderwać wzroku od maleństwa.

Ich synek miał dziesięć paluszków, dziesięć idealnych paluszków. Czarną, gęstą czuprynę. Twarzyczkę piękną i spokojną. Był idealny.

Dlaczego ich dziecko nie żyło?

Dlaczego nie oddychało?

Zaciskając zęby, żeby powstrzymać ból, Talon siłą woli próbował obudzić dziecko. Bezgłośnie żądał, żeby synek zapłakał i ożył.

Jak tak idealna istota mogła nie oddychać? Dlaczego nie poruszała się i nie kwiliła?

To był ich syn.

Ukochany skarb.

Nie było powodu, dla którego nie miałby być żywy i zdrowy. Żadnego powodu.

Żadnego poza tym, że Talon był głupcem.

Zabił własnego syna.

Łzy napłynęły mu do oczu. Ile razy trzymał rękę na brzuchu Nynii i czuł silne ruchy syna? Ile razy rozpierała go duma kochającego ojca?

Odliczali dni do narodzin syna. Dzielili wspólne nadzieje i marzenia.

A teraz nigdy nie pozna chłopca, który już podbił jego serce. Nigdy nie zobaczy, jak mały się uśmiecha i rośnie.

– Tak mi przykro – powtarzała cicho Nynia, płacząc.

Objął ją mocniej i szeptał słowa pocieszenia. Musiał być silny za nich dwoje. Potrzebowała go.

Pocałował ją w policzek, przełknął łzy i spróbował ją pocieszyć:

– Nie martwy się, ukochana. Będziemy mieli więcej dzieci.

Ale w głębi serca znał prawdę. Bóg Camulus nigdy się nie zgodzi, żeby dziecko Speirra przeżyło, a on nie pozwoli, żeby Nynia znowu przez to przechodziła. Za bardzo ją kochał.

Nadal trzymał ją w ramionach, gdy po godzinie wszystkie kolory odeszły z jej twarzy; gdy resztki nadziei roztrzaskały się i opuściły go, nie zostawiając mu nic poza bezgranicznym cierpieniem.

Nynia umierała z upływu krwi.

Akuszerka zrobiła wszystko, co mogła, ale w końcu zostawiła ich, żeby się pożegnali.

Nynia odchodziła.

Nie mógł oddychać.

Nie mógł nic zrobić.

Umierała.

Wziął ją na ręce i przytulił. Cały był we krwi, ale nawet tego nie zauważył. Myślał tylko o tym, żeby zatrzymać ją przy sobie, pomóc jej.

Żyj dla mnie!

Całą wolą przekazywał jej swoją siłę życiową, ale to nie wystarczyło.

W milczeniu targował się z bogami, żeby odebrali mu coś innego – jego życie, ziemie, ludzi. Cokolwiek. Niech mu tylko zostawią serce. Za bardzo go potrzebował, żeby stracić je w ten sposób.

– Kocham cię, Speirr – szepnęła.

Gardło mu się zacisnęło.

– Nie możesz mnie zostawić – szepnął, kiedy zadygotała w jego ramionach. – Nie wiem, co zrobię bez ciebie.

– Zaopiekujesz się Cearą, tak jak obiecałeś matce. – Przełknęła ślinę, przesuwając zimną dłonią po jego ustach. – Mój dzielny Speirr. Zawsze silny i szczodry. Poczekam na ciebie po drugiej stronie, aż Bran znowu nas połączy.

Zamknął oczy, kiedy łzy przełamały wszelkie bariery.

– Nie mogę żyć bez ciebie. Nie dam rady.

– Musisz. Nasi ludzie cię potrzebują. Ceara cię potrzebuje.

– A ja potrzebuję ciebie.

Przełknęła ślinę i spojrzała na niego przestraszonymi oczami.

– Boję się. Nie chcę umierać. Tak mi zimno. Nigdy wcześniej nigdzie nie poszłam bez ciebie.

– Ja cię ogrzeję.

Otulił ją futrami i rozcierał jej ręce. Gdyby tylko zdołał ją ogrzać, zostałaby z nim. Wiedział, że by została...

Gdyby tylko potrafił ją ogrzać.

– Dlaczego robi się ciemno? – spytała drżącym głosem. – Nie chcę, żeby już robiło się ciemno. Chcę cię jeszcze chwilę potrzymać...

– Ja cię będę trzymał. Nie martw się, ukochana, trzymam cię.

Położyła rękę na jego policzku, po którym spłynęła pojedyncza łza.

– Żałuję, że nie byłam żoną, na jaką zasługujesz. Przykro mi, że nie mogłam ci dać wszystkich dzieci, których pragnąłeś.

Zanim zdołał coś powiedzieć, poczuł to. Jej ostatni wydech, po którym zwiotczała w jego objęciach.

Przeszył go ból. Wściekły i obolały, wydał z siebie bojowy wrzask. Po twarzy popłynęły mu łzy.

– Dlaczego?! – ryknął na bogów. – Niech cię szlag, Camulusie! Dlaczego?! Dlaczego nie zabiłeś mnie i nie zostawiłeś jej w spokoju?

Zgodnie z przewidywaniami, nikt nie odpowiedział. Morrigán opuściła go, zostawiła samego w obliczu cierpienia.

– Dlaczego bogowie mieliby pomóc synowi dziwki? Nie zasługujesz na nic poza lizaniem butów lepszych od siebie.

– Popatrz na niego, Idiag, jest żałosny i słaby, tak samo jak ojciec. Nigdy nic z niego nie będzie. Równie dobrze możesz dać nam go zabić i zaoszczędzić jedzenie dla jakiegoś lepszego dziecka.

Głosy przeszłości przeszyły go, raniąc obolałe serce.

– Jesteś księciem?

Usłyszał dziecięcy głosik Nynii w dniu, kiedy ratował ją przed kogutem.

– Jestem niczym – odpowiedział.

– *Nae*, mój panie, jesteś księciem. Tylko ktoś szlachetnie urodzony nie uląkłby się straszliwego koguta i uratował wieśniaczkę.

Tylko przy niej czuł się szlachetny i dobry.

Tylko dla niej chciał żyć.

Jak to możliwe, że jego najdroższa Nynia odeszła?

Łkając, godzinami tulił ją i dziecko. Trzymał je, aż za oknem słońce zabłysło jasno na śniegu, a rodzina Nynii zaczęła błagać, żeby pozwolił rozpocząć przygotowania do pogrzebu.

Nie chciał, żeby ich przygotowywano do pogrzebu.

Nie chciał dać im odejść.

Od dnia pierwszego spotkania nigdy nie rozdzielali się na dłużej niż kilka godzin.

To jej miłość i przyjaźń pozwoliły mu tak wiele przetrwać. Przez długie lata to ona była jego siłą.

Jego lepszą połową.

– Co ja teraz zrobię, Nyn? – szepnął, tuląc twarz do jej zimnego policzka i kołysząc ją. – Co ja zrobię...

Siedział z nią sam – zagubiony, zimny, obolały.

Następnego dnia pochował ją nad jeziorem, gdzie spotykali się w dzieciństwie. Wciąż widział, jak czekała na niego z promienną twarzą. Wyobrażał sobie, jak biegnie do niego przez śnieg, zgarnia garść puchu, żeby zrobić kulkę, podkraść się i wrzucić mu ją za tunikę.

A on potem goniłby za nią, a ona uciekałaby ze śmiechem.

Uwielbiała śnieg. Uwielbiała odchylać głowę, kiedy białe, czyste płatki spadały na jej śliczną twarz i złociste włosy.

To się wydawało takie niesprawiedliwe, że umarła w taki dzień. Dzień, który napełniłby ją szczęściem.

Krzywiąc się z bólu, żałował, że nie mieszka gdzieś, gdzie nigdy nie pada śnieg. W jakimś ciepłym miejscu, żeby nigdy więcej nie musiał oglądać śniegu, który przypominał mu o wszystkim, co stracił.

Bogowie, jak mogła odejść?

Warknął z bólu. Osunął się w zimny śnieg, na czworakach, z sercem przepełnionym bólem i żałością.

Myślał tylko o Nynii leżącej w ziemi, tulącej ich dziecko przy piersi. O tym, że nie mógł jej obronić i ogrzać. Że nie może wziąć jej za rękę i poprowadzić tam, dokąd zmierzała.

Poczuł wątłą dłoń na ramieniu.

Spojrzał w górę i zobaczył drobną twarzyczkę siostry. Ceara widziała już dość bólu.

– Nadal jestem przy tobie. Nie zostawię cię samego.

Talon objął ją w pasie i przyciągnął do siebie. Trzymał ją, płacząc. Tylko ona mu została. Przeciwstawi się samym bogom, żeby tylko ją uchronić.

Nie był w stanie obronić Nynii, ale ochroni Cearę.

Nikt jej nie skrzywdzi, nie mając najpierw z nim do czynienia...

***

Obudził się tuż przed zachodem słońca. Miał mdłości. Czuł się taki samotny.

Jego uczucia były żywe i bolesne. Nie czuł się tak od wieków. Nie cierpiał tak od tamtej nocy, kiedy Acheron nauczył go ukrywać emocje.

Dziś wieczorem poczuł prawdziwą samotność, która paliła mu pierś żywym ogniem. Z trudem łapał oddech.

Dopóki nie poczuł dziwnego zapachu na skórze i łóżku.

Olejek paczulowy i terpentyna.

Sunshine.

Natychmiast zrobiło mu się lżej na sercu, kiedy pomyślał o niej i o tym, jak szła chwiejnym krokiem przez swoje barwne życie.

Wciągając jej cudny zapach, obrócił się na bok i zobaczył, że łóżko jest puste.

Zmarszczył brwi.

– Sunshine?

Rozejrzał się i nigdzie jej nie zobaczył.

– Zostawisz mnie w spokoju, ty chodząca torebko?

Uniósł brew, słysząc za drzwiami głos Sunshine. Zanim wstał, drzwi otworzyły się, ukazując Sunshine besztającą Beth. Aligator syczał, niezadowolony, gdy przepychali się w progu.

– Puść moje sztalugi, ty zbiegu z fabryki walizek! Jeśli szukasz wykałaczki, to mnóstwo drewna znajdziesz na ganku.

Talon uśmiechnął się kącikiem ust, widząc kłótnię Sunshine z Beth.

– Beth... – warknął. – Co robisz?

Beth otworzyła paszczę, wypuściła sztalugi spomiędzy zębów i Sunshine wpadła do chaty ze sztalugami w garści.

Aligator syknął i kłapnął zębiskami, wymachując ogonem i piorunując ją wściekłym wzrokiem.

– Mówi, że zapędziła cię do domu, żeby coś cię nie zjadło, kiedy zrobi się ciemno – wyjaśnił Talon.

– Powiedz tej bagiennej poczwarze, że właśnie wracałam do domu. Dlaczego ona... – Sunshine urwała i spojrzała na Talona. – Jezu, czy ja naprawdę rozmawiam z aligatorem?

Uśmiechnął się szeroko.

– Wyluzuj, ja to robię cały czas.

– No tak, ale bez obrazy, ty jesteś trochę dziwny.

Przyganiał kocioł garnkowi...

Sunshine odpędziła Beth, zatrzasnęła drzwi i odstawiła swoje rzeczy do kąta.

Talon obserwował ją z zaciekawieniem, zwłaszcza że dżinsy całkiem przyjemnie opinały jej się na pupie, gdy się pochyliła.

– Kiedy wstałaś?

– Kilka godzin temu. A ty?

– Przed chwilą się obudziłem.

– Zawsze śpisz do późna?

– Ponieważ nie śpię całą noc, owszem.

Uśmiechnęła się do niego.

– Moim zdaniem nadajesz zupełnie nowy wymiar definicji „nocnego marka".

Usiadła obok niego na materacu i wytarła umazane farbą dłonie o uda, przyciągając jego uwagę do ich idealnego kształtu. Chciałby przesunąć ręką po ich wewnętrznej stronie, w górę, ku jej...

Na samą myśl stwardniał.

– Masz ochotę na śniadanie? – spytała. – Nie ma w kuchni zbyt wielu rzeczy, od których się nie rozchorujesz albo nie umrzesz, ale chyba dam radę upichcić jakiś omlet z białek.

Skrzywił się na myśl o tym, jak może smakować omlet z białek. Pewnie jeszcze gorzej od sera sojowego.

Jezu, ktoś powinien pokazać tej kobiecie czekoladową polewę, pomyślał. I zaraz potem zastanowił się, jak smakowałaby Sunshine polana czekoladą. W nocy jakoś nie miał okazji tego sprawdzić.

Nieświadoma jego myśli, Sunshine pomstowała dalej:

– Nigdy nie słyszałeś o otrębach? Produktach pełnoziarnistych?

– Nie.

Przesunął dłońmi po jej ręce aż do szyi, gdzie poczuł pod opuszkami miękkość skóry. Hmm, uwielbiał dotykać jej ciała.

Sunshine dalej go pouczała:

– Wiesz, jak będziesz jadał tak jak do tej pory, to będziesz miał szczęście, jeśli przeżyjesz kolejne trzydzieści lat. Słowo daję, więcej wartości odżywczych można znaleźć w fabryce czekolady Willy'ego Wonki niż w twojej kuchni.

Talon tylko się uśmiechnął.

Dlaczego tak go fascynowała? Słuchał jej głosu, kiedy go pouczała, ale zamiast go irytować, sprawiała mu przyjemność.

Miło było mieć przy sobie kogoś, kto na tyle się nim przejmował, żeby zawracać sobie głowę tłumaczeniem mu, co powinien jeść.

– A może ciebie sobie przekąszę? – spytał.

Sunshine urwała w pół zdania. Zanim zdążyła odpowiedzieć, pochylił się nad nią i ją pocałował.

Aż jęknęła, tak przyjemny był jego pocałunek. Cudownie smakował. Pod biodrem czuła jego erekcję.

Jej ciało topniało pod jego dotykiem.

Zanim się zorientowała, już leżała na materacu, a on pochylał się nad nią, rozpinał jej sweter. Jej piersi stwardniały, wyczekując jego dotyku.

– Masz ogromny talent do odwracania mojej uwagi – powiedziała.

– Tak? – mruknął, całując dolinę między jej piersiami.

– Mhm... – westchnęła.

Dreszcze przebiegły jej po całym ciele, kiedy skubał jej skórę tuż pod linią szczęki. Jego gorący oddech palił ją. Talon ujął jej piersi w dłonie i uciskał je delikatnie.

Przesuwała rękami po jego zmierzwionych włosach, tuląc go mocno. Jego warkoczyki muskały jej skórę, łaskocząc i drażniąc. Cała płonęła i pulsowała, pragnąc jego gorącego dotyku.

Zamknął oczy i zaciągnął się zapachem jej skóry. Była taka ciepła i miękka. Taka kobieca. Przesunął dłonią po jej szczodrych kształtach i opalonej skórze, muskając jej szyję językiem i zębami.

Ona przesunął rękami po jego ciele.

Och, uwielbiał jej smak. Tak cudownie było mieć ją pod sobą.

Przesunął dłonią po czarnej koronce stanika, ujmując delikatnie pierś. Syknęła z rozkoszy, przesuwając nogi wzdłuż jego nóg. Nigdy wcześniej dotyk dżinsu na skórze nie sprawiał mu przyjemności, ale kiedy Sunshine nosiła dżinsy, w ogóle mu to nie przeszkadzało.

Otworzył zapięcie z przodu jej stanika i uwolnił piersi. Przesuwał dłońmi po stwardniałych sutkach w tę z powrotem, rozkoszując się ich dotykiem.

Pocałunkami zszedł w dół aż do nich.

Sunshine przytrzymała jego głowę i wygięła plecy w łuk. Drażnił jedną pierś językiem, trącając ją i ssąc, aż Sunshine prawie krzyczała z rozkoszy. Zupełnie jakby znał jakiś sekretny sposób wydobywania każdej odrobiny zmysłowej ekstazy z najdelikatniejszego dotyku.

Kiedy tak ją trzymał, stało się coś dziwnego. Przeskoczyła do bardzo dawnych czasów...

Zobaczyła Talona, trzymającego ją tak samo, jak robił to teraz.

Tylko że wtedy było późne lato i leżeli w lesie nad jeziorem. Bała się, że ktoś ich przyłapie, i jednocześnie była aż obolała z pragnienia.

Jego oczy miały głęboki bursztynowy odcień. Pociemniały z namiętności, kiedy oparł się nad nią jedną ręką, drugą rozsznurowując jej sukienkę.

– Zawsze cię pragnąłem, Nyn.

Wyszeptane słowa przeszyły ją na wylot, gdy pochylił głowę i posmakował jej odsłoniętych piersi. Jęknęła z rozkoszy pod wpływem nieznanego do tej pory wrażenia – pocałunków na piersiach. Nigdy wcześniej nie pozwoliła się dotknąć mężczyźnie. Nigdy nie pokazała nikomu swojego ciała.

Czuła się trochę zakłopotana, ale nie potrafiła mu niczego odmówić. Sprawiał jej zbyt wielką przyjemność.

Matka dawno temu powiedziała jej o potrzebach i pragnieniach mężczyzn. O tym, jak wchodzą w kobietę, żeby ją posiąść.

Od tamtej chwili wiedziała, że nie chce, by ktoś poza Speirrem posiadł ją w ten sposób. Dla niego zrobiłaby wszystko.

Uniósł rąbek sukienki, podciągając ją aż do bioder. Spojrzał na nią ciepłym, wygłodniałym wzrokiem. Zadrżała, kiedy rozsunął jej nogi, żeby zobaczyć najbardziej intymne skrawki jej ciała.

Instynktownie chciała złożyć nogi, ale zmusiła się do posłuszeństwa. Otworzyła się przed nim i wstrzymała oddech, kiedy spojrzał na nią z taką tęsknotą, że poczuła ból.

Przesunął dłonią po jej brzuchu i udzie. A potem bardzo wolno powiódł ręką po wnętrzu jej uda, sprawiając, że zapłonęła i zadrżała jednocześnie. Zamknęła oczy i jęknęła, kiedy jego ciekawskie palce dotknęły jej pulsującego, dziewiczego zakątka między udami.

W głowie jej się zakręciło pod wpływem przedziwnego wrażenia, kiedy głaskał ją i drażnił. Rozsunął jej nogi jeszcze szerzej, a potem wsunął w nią palce głęboko i cała zadygotała.

Jęknęła, gdy zabrał rękę i ułożył się między jej nogami. Poczuła na wnętrzu uda jego sztywną pulsującą męskość.

– Popatrz na mnie, Nynia.

Otworzyła oczy i spojrzała na niego.

Miłość w jego oczach przeszyła ją na wskroś.

– Jeszcze nie jest za późno. Powiedz mi, że mnie nie chcesz, a odejdę i nie stanie się żadna krzywda.

– Chcę cię, Speirr – szepnęła. – Chcę tylko ciebie.

Pochylił się i pocałował ją czule, a potem wsunął się w nią.

Naprężyła się, czując ból, kiedy przerwał jej błonę dziewiczą i wypełnił ją całą. Zagryzła usta i tuliła go mocno, kiedy powoli się w niej poruszał.

– Tak cudownie czuć cię pod sobą – zamruczał gardłowo. – Cudowniej niż sobie wyobrażałem.

– Ile kobiet miałeś pod sobą?

Przeraziła się swoimi słowami, ale chciała to wiedzieć i była za młoda, żeby zdać sobie sprawę, jak głupie było jej pytanie.

Przestał poruszać się w niej i odsunął się, żeby spojrzeć jej w oczy.

– Tylko ciebie. Dla mnie to też pierwszy raz. Inne kobiety oferowały mi siebie, ale tylko o tobie marzyłem.

Zachwycona uśmiechnęła się i objęła nogami jego smukłe, nagie lędźwie. Ujęła jego twarz w dłonie i przyciągnęła go do siebie, aż dotknęli się nosami.

– Och, Speirr – szepnęła Sunshine, tuląc go do piersi.

Talon zamarł w jej ramionach.

W ciągu ostatniego tysiąca lat nikt poza Cearą nie zwracał się do niego prawdziwym imieniem. I tylko jedna kobieta wypowiadała je tak, jak teraz Sunshine. Nie chodziło o to, co powiedziała, ale o brzmienie jej głosu.

Przeszedł go dreszcz.

– Jak mnie nazwałaś?

Sunshine przygryzła wargę. Jezu, pewnie pomyślał, że nazywa go imieniem innego mężczyzny. Na pewno nie pamięta swojego poprzedniego życia. Ona też nie powinna. Nie miała pojęcia, skąd się biorą te wspomnienia.

Wiedziała tylko, że ją przerażają.

Jej babka na poważnie zajmowała się regresją i wychowała ją w głębokim poszanowaniu dla idei reinkarnacji. Babcia Morgan wpoiła jej jedną prawdę: kiedy się odradzasz, zawsze zapominasz poprzednie życie.

Dlaczego więc ona je pamięta? Dlaczego pamięta jego?

– Odchrząknęłam tylko – odparła, mając nadzieję, że Talon to kupi. – A myślałeś, że co powiedziałam?

Talon się rozluźnił. Może się przesłyszał. Może to przez tę kobietę wygrzebywał dawno zapomniane wspomnienia. A może dręczyło go poczucie winy, bo tak bardzo jej pragnął.

Tylko Nynia potrafiła go tak rozpalić.

Sunshine była całkiem inna. Przy niej czuł, nawet kiedy tego nie chciał. Nawet kiedy z tym walczył.

Wsunęła dłonie w jego włosy i pociągnęła go w dół, żeby skubnąć skórę na jego żuchwie. Kiedy go dotykała, gdy czuł jej ciepło pod sobą...

Obniżył się, wbił usta w jej ramię, poczuł sól na skórze.

Westchnął głęboko. Z zadowoleniem.

I wtedy ku jego najwyższemu wzburzeniu zadzwonił telefon.

Zaklął, odebrał i usłyszał po drugiej stronie Acherona:

– Musisz dzisiaj popilnować tej kobiety. Chcę, żeby została u ciebie.

Talon zmarszczył brwi. Zastanawiał się chwilę, skąd Ash wie, że Sunshine jest na bagnach, ale moce Atlantydy były po prostu przerażające.

– Przecież powiedziałeś mi, żebym się trzymał z dala od niej.

– Sprawy przybrały nowy obrót.

Talon powstrzymał jęk, kiedy Sunshine musnęła zębami jego sutek. Zatrzymanie jej tutaj to będzie sama przyjemność.

– Jesteś pewien, że nie potrzebujesz mnie dzisiaj?

– Tak.

Acheron się rozłączył.

Talon odrzucił telefon na bok i spojrzał na Sunshine z szelmowskim uśmiechem. Ta noc właśnie nabrała nowego uroku.

ROZDZIAŁ 8

Dochodziła północ, kiedy Ash opuścił klub Runningwolfa.

Gdzie, u diabła, podziewał się Talon? Powinien być na ulicy, patrolować teren.

Ash od kilku godzin próbował się z nim skontaktować.

Zadzwonił znowu do Nicka i dowiedział się, że chłopak też nie miał żadnych wiadomości od Mrocznego Łowcy.

To było zupełnie nie w stylu Celta. Ash wyczuwał, że nic mu się nie stało, i gdyby chciał, wyśledziłby go, ale nigdy nie nadużywał swoich mocy. Polowano na niego i tropiono go, więc nie zniósłby myśli, że robi to samo komuś innemu. Chyba że sytuacja naprawdę by tego wymagała.

Wolna wola to coś, przy czym nie majstruje się lekką ręką.

Chowając telefon do kieszeni, poczuł, że włosy jeżą mu się na karku.

– Popatrz, jaka bezbronna...

– Tak, ale przy tym wystarczająco silna, żeby nakarmić nas wszystkich.

Głosy szeptały w jego umyśle jak szósty zmysł Spidermana...

Ten pełzający po ścianach gość myślał, że ma nadnaturalną moc.

Litości.

Ash zamknął oczy i zlokalizował źródło głosów. Czterech Daimonów i dwie Daimonice w zaułku przy Royal Street. Uruchomił silnik motocykla, ale zaraz się zatrzymał. Nie było mowy, żeby dotarł na czas konwencjonalnymi środkami transportu.

Rozejrzał się, sprawdził, czy nikt go nie widzi, i zgarnął otaczające go w powietrzu jony. Odczekał, aż jego ciało całkiem się zdezintegruje, i wykorzystał moc, żeby ugiąć czas i materię. Niewidziany przez nikogo przemknął przez miasto prosto do zaułka, do którego zapędzono kobietę. Stała tam zapłakana, otoczona przez Daimony, i obejmowała się rękami.

– Proszę, nie róbcie mi krzywdy! – błagała. – Weźcie moją torebkę i zostawcie mnie w spokoju!

Najwyższy z Daimonów przeczesał palcami jej włosy i uśmiechnął się złowrogo.

– To nie będzie boleć. W każdym razie niezbyt długo.

Acheron się zmaterializował. Przywołał tarczę dla kobiety, żeby ją obronić i oszołomić: zobaczy i zapamięta tylko nieznaną postać, która przepłoszy napastników.

Zagwizdał.

Daimony odwróciły się jednocześnie.

– Cześć – rzucił Ash nonszalancko, podchodząc do nich. – Chyba nie planowaliście przypadkiem wyssać duszy z niewinnego człowieka, co?

Daimony spojrzały po sobie i rzuciły się do ucieczki.

– Co to, to nie – dodał, rzucając kolejną tarczę za nimi, żeby nie mogły uciec z zaułka. – Żadne Daimony nie wyjdą stąd żywe.

Uderzyły w niewidzialną ścianę i odbiły się od niej.

– Rety... – powiedział Ash, udając, że się krzywi. – Człowiekowi od razu robi się szkoda owadów rozbijających się o przednią szybę, co?

Daimony zaczęły wstawać.

Najwyższy, niemal równy wzrostem Acheronowi, zmrużył oczy.

– Nie boimy się ciebie, Mroczny Łowco.

– Dobrze. Wtedy walka jest uczciwsza.

Ash rozłożył ręce i siłą woli wyczarował kostur z powietrza.

Daimony płci męskiej rzuciły się na niego jednocześnie; kobiety się cofnęły.

Acheron podciął pierwszego Daimona, drugiego dźgnął czubkiem kostura, po czym zaparł koniec kija o beton, wsparł się na nim, wyskoczył w powietrze i kopnął trzeciego – uprzednio wysunąwszy ukryte w czubku buta ostrze, które teraz utkwiło w piersi Daimona. Stwór rozpadł się w nicość.

Ash wylądował zgrabnie na ulicy. Pierwsze dwa Daimony gramoliły się z ziemi, a pozostałe dwa dalej się cofały.

– Ojej, dziewczyny... Nie bądźcie takie nieśmiałe – zadrwił. – Ja przynajmniej daję wam szansę powalczyć, a to więcej, niż wy dajecie swoim ofiarom.

– Słuchaj... – odezwał się drżącym głosem przywódca. – Puść nas, a udzielimy ci ważnej informacji.

Ash się skrzywił.

– Co takiego możecie wiedzieć, że warto puścić was wolno, żebyście zabijali kolejnych ludzi?

– Ta informacja jest tego warta – odezwał się drugi Daimon. – Chodzi o...

Urwał i wydał się z siebie tylko zduszony okrzyk.

Zanim Ash zdążył się ruszyć, wszystkie Daimony rozpłynęły się w powietrzu.

Po raz pierwszy od wieków był tak zaskoczony, że nie mógł się ruszyć.

Co tu się, u diabła, stało?

Kobieta, która do tej pory siedziała przykucnięta, zerwała się z ziemi i rzuciła mu w ramiona.

– Uratowałeś mnie!

Ash zmarszczył brwi. Nie mógł się zorientować, jakim cudem go widzi, dopóki nie pocałowała go namiętnie.

– Niech to szlag, Artemido! – warknął, odpychając ją od siebie. – Puść mnie.

Warknęła gardłowo, poirytowana. Puściła go i ze śmiertelnej blondynki stała się płomienną boginią. Jej kasztanowe włosy zwijały się w pukle wokół ramion, kiedy nadąsana stała z rękami na biodrach.

– Skąd wiedziałeś, że to ja?

– Po jedenastu tysiącach lat nie sądzisz, że poznam twój smak?

Naburmuszona Artemida skrzyżowała ręce na piersi.

– Gdybym była prawdziwym człowiekiem, założę się, że przespałbyś się dzisiaj ze mną.

Westchnął zdegustowany. Kostur zniknął.

– Szkoda mi czasu na twoją małostkową zazdrość. Sama wiesz, że mam inne sprawy na głowie.

Oblizała usta i stanęła obok niego, przesuwając dłonią po jego ramionach. Pochyliła się i szepnęła mu do ucha:

– Ja jestem jedną z tych spraw, które masz na głowie. Chodź ze mną do domu, Acheronie. Nie pożałujesz.

Przesunęła językiem po jego uchu, aż przeszedł go dreszczyk.

Odsunął ją.

– Boli mnie głową.

– Od dwustu lat boli cię głowa!

Spojrzał na nią oschle.

– A ty od jedenastu tysięcy lat masz zespół napięcia przedmiesiączkowego.

Zaśmiała się.

– Pewnego dnia, mój kochany, pewnego dnia...

Ash odsunął się jeszcze trochę, żeby nie mogła go niby od niechcenia dotykać.

– Po co przyszłaś?

Wzruszyła ramionami.

– Chciałam zobaczyć, jak walczysz. Uwielbiam, kiedy robisz się taki poważny i śmiertelnie niebezpieczny; lubię patrzeć, jak poruszają się twoje mięśnie, kiedy atakujesz. To naprawdę mnie nakręca.

Przynajmniej tym razem nie musiał jej poprawiać, kiedy posłużyła się slangowym określeniem. Za to pociemniało mu przed oczami, gdy zrozumiał, jak nim manipulowała. Nie cierpiał jej gierek, zwłaszcza kiedy w grę wchodziło życie innych ludzi.

– Czyli najpierw stworzyłaś Daimony, a potem je zniszczyłaś?

Zbliżyła się do niego.

– Och nie, Daimony były prawdziwe. I to nie ja je skasowałam. Uwierz mi, uwielbiam sposób, w jaki porusza się twoje ciało, gdy atakujesz. Nigdy w życiu bym ich nie wyjęła, dopóki walczysz.

– Chciałaś powiedzieć „zdjęła"?

– Hmm... zdjąć, wyjąć... włożyć... – Artemida ukąsiła go w ramię, przesuwając dłońmi po jego torsie. – Mów mi dalej takie świństwa, to naprawdę zabiorę cię do siebie.

Zaczęło mu dudnić w głowie. Oderwał jej ręce od swojego krocza.

– Artie, nie możesz się skupić na minutę? Jeśli nie ty ich załatwiłaś, to kto?

– Nie wiem.

Odsunął się od niej. Znowu.

Tupnęła jak dziecko, któremu zabrano ulubioną zabawkę. Spiorunowała go wzrokiem.

– Nie cierpię, kiedy tak kombinujesz z włosami! I co to za zabawkę masz w nosie?

Ash poczuł, że kolczyk znika i dziurka po nim zarasta. Zacisnął zęby. Bez wątpienia znowu miał blond włosy.

– Do diabła, nie jestem twoją własnością.

Jej oczy zabłysły niebezpiecznie.

– Należysz do mnie, Acheronie Partenopajosie – odpowiedziała tonem zaborczym i pełnym wściekłości. – Cały. Umysłem, ciałem i duszą. Nie zapominaj o tym.

Zmrużył oczy.

– Nie masz nade mną prawdziwej władzy. Oboje o tym wiemy. W ostatecznym rozrachunku twoje moce są po prostu śmieszne w porównaniu z moimi.

– O nie, kochany. Dopóki twoja armia Mrocznych Łowców i ludzie, których chronią, znaczą dla ciebie więcej niż ty sam, zawsze będę miała nad tobą władzę.

Uśmiechnęła się do niego chłodno, a potem zniknęła ze świata ludzi.

Ash zaklął. Naszła go dziecinna pokusa, żeby cisnąć w zaułek błyskawicę. Artemida bez wątpienia próbowała go zwabić do swojej świątyni.

A on jak ostatni idiota pójdzie za nią.

Nie miał wyboru. Nadal nie wiedział, kto skasował Daimony, i jeśli nie była to Artemida, to ktoś inny zabawił się jego kosztem.

I biada każdemu idiocie, który wejdzie mu w drogę. Artemidę tolerował, bo musiał.

A innych nie musiał znosić. I na kolczasty buzdygan Archona, urwie łeb następnej osobie, która go zdenerwuje.

***

– No dobrze – powiedziała Sunshine do Talona, siadając na jego łóżku w samym pożyczonym T-shircie i podkulając nogi. – Zamierzasz trzymać mnie tu przez całą wieczność, czy jak?

Leżał na boku i grzebał w talerzu, który dla nich przygotowała, aż znalazł czekoladową drażetkę M&M's. Uparł się, żeby je dorzuciła.

– To zależy, czy zamierzasz dalej karmić mnie tym zdrowym śmieciem, czy mogę wyjąć z lodówki stek, który został mi z poprzedniego obiadu.

Zmarszczyła nos, pogryzając kolejną truskawkę. Wciąż nie mogła się nadziwić, że znalazła mały sekretny zapas świeżych owoców w dolnej szufladzie lodówki. Ten facet miał najwyraźniej awersję do jedzenia wszystkiego, co nie było toksyczne.

– Nie wiem, jak zachowujesz zdrowie, jedząc te śmieci, które masz w szafkach. Wiesz, że doliczyłam się pięciu różnych rodzajów chipsów ziemniaczanych?

– Serio? Powinno być sześć. Zjadłem wszystkie o smaku barbecue?

– To nie jest śmieszne.

Ale i tak się roześmiała.

– Wyluzuj – powiedział, sięgając po chipsa bananowego, które przygotowała. – Zjedz banana.

Spojrzała na niego z ukosa, a potem obrzuciła psotnym spojrzeniem jego cudowne, nagie ciało.

– Już dostałam twojego banana.

Uśmiechnął się do niej.

– Myślę, że to raczej mój banan dostał ciebie.

Sunshine znowu się zaśmiała i pochyliła, żeby nakarmić go truskawką. Przytrzymał jej dłoń przy ustach, przesuwając językiem po jej palcach i delikatnie kąsając jej skórę, zanim pozwolił jej zabrać rękę.

Nigdy nie poznała nikogo podobnego.

Niestety, to nie mogło potrwać długo.

Zakłuło ją w sercu, kiedy to sobie uświadomiła. Musiała się stąd wynieść, zanim odejście stanie się jeszcze trudniejsze niż już jest. Nie chciała zranić ani jego, ani siebie.

– Wiesz – powiedziała, grzebiąc w truskawkach – ostatnie kilka dni to była świetna zabawa, ale naprawdę muszę wracać do domu.

Talon przełknął jedzenie i napił się wody. Łatwiej powiedzieć niż zrobić. Nie mógł zabrać jej do domu – nie kiedy Daimony nadal jej szukały i Ash chciał, żeby ją chronić.

Zaniedbanie obowiązków nie było czymś, co Atlantyda łatwo wybaczał.

Mroczni Łowcy byli obrońcami. Każdy, który nie przestrzegał kodeksu, szybko lądował w miejscu, gdzie czekała go wieczność wypełniona bolesnymi udrękami.

Chociaż on nie potrzebował tej groźby. Prawda była taka, że nie chciał, by Sunshine stała się krzywda. Lubił ją o wiele bardziej, niż powinien.

A najgorsze było to, że lubił z nią przebywać. Minęło wiele czasu, odkąd dzielił z kimś wieczór. A z nią tak dobrze mu się rozmawiało. Była taka zabawna i ciepła.

– Zostałabyś dziś na noc, gdybym cię poprosił?

Zobaczył smutek w jej oczach.

– Chętnie, ale co będzie jutro? Nie możesz mnie wtedy odwieźć do domu, a jeśli ja posłużę się twoją łodzią, nie będziesz miał jak wydostać się z chaty.

– Mógłbym zawieźć cię do domu jutro wieczorem.

Zaczęła bawić się jego warkoczykami. Uśmiechała się delikatnie i z żalem.

– Nie, Talonie. Chociaż naprawdę chciałabym zostać, muszę wracać do domu. Mam pracę do wykonania i nie jestem zamożna. Każdy dzień, kiedy nie jestem na placu, to dzień, kiedy nie zarabiam. Muszę jeść, sam wiesz. Kiełki pszenicy nie są tanie.

– Jeśli chodzi tylko o pieniądze...

– Nie tylko. Muszę wracać do swojego życia.

Wiedział, że Sunshine ma rację. Prędzej czy później musieli się rozstać.

Mógł odwieźć ją tak, jak chciała, a potem nadal chronić ją po zmroku, ukryty w cieniach.

– Bądź częścią świata, ale pozostań poza nim.

Przypomniał sobie pewną noc dawno temu, kiedy Acheron powiedział mu te słowa.

– Z racji tego, co robimy, musimy mieć do czynienia z ludźmi. Ale musimy pozostać niewidocznymi cieniami, krążąc pośród nich. Nigdy nie pozwól, żeby ktoś cię poznał. Nie pozwól, by ktokolwiek zdał sobie sprawę z tego, że się nie starzejesz. Poruszaj się w ciemności zawsze czujny, zawsze gotowy. Tylko my stoimy między ludźmi i zniewoleniem. Bez nas wszyscy umrą, a ich dusze będą stracone na zawsze. Nasze zobowiązania są poważne. Nasze bitwy niezliczone i legendarne. Ale pod koniec nocy, wracasz do domu sam, gdzie nikt nie wie, czego dokonałeś, żeby uratować świat, który się ciebie boi. Nigdy nie będziesz się pławić w swojej chwale. Nigdy nie zaznasz miłości i nie zyskasz rodziny. Jesteśmy Mrocznymi Łowcami. Jesteśmy wieczni i potężni. I jesteśmy skazani na samotność.

Talon odetchnął głęboko. Jego czas z Sunshine dobiegł końca.

– W porządku, odwiozę cię.

Ujął jej twarz w dłonie i pocałował ją głęboko. Kiedy ją całował, myślami cofnął się w przeszłość.

– Speirr?! – zawołał zza drzwi poirytowany wuj. – Czy mógłbyś chociaż na jedno popołudnie oderwać się od żony i zająć się poważnymi sprawami? Na mą duszę, nie pojmuję, dlaczego nie macie już z pięciu tuzinów dzieciaków!

Nynia się roześmiała, delikatnie ujeżdżając Talona.

– Znowu masz kłopoty.

– Mam. Ale jesteś tego warta.

Jak to miała w zwyczaju, pochyliła się i potarła nosem o jego nos, zanim pocałowała go namiętnie i zsunęła się z niego.

– Lepiej idź już, bo inaczej wuj obojgu nam pourywa głowy.

Talon skrzywił się na to wspomnienie. Skrzywił się też z bólu, jaki wywołało.

Sunshine odsunęła się od niego i potarła nosem o jego nos – zupełnie tak samo, jak robiła to Nynia.

To go zmroziło.

Coś tu się nie zgadzało. Te wspomnienia, jej zachowanie...

Sposób, w jaki budziła w nim uczucia.

Ujął ją za policzek, żeby spojrzeć w jej ciemnobrązowe oczy. W jej rysach nie było niczego, co przypominałoby jego żonę, ale jej zachowanie...

– Talon? Co się stało?

Nie mógł się odezwać. Nie śmiał jej powiedzieć, że przypominała mu kobietę, którą kochał tysiąc pięćset lat temu.

– Nic – powiedział cicho. – Musisz się ubrać.

Wstała.

– Speirr?

Talon złapał koc i przykrył się, kiedy Ceara zamigotała w chacie.

– Coś nie tak? – zaniepokoiła się Sunshine, widząc jego nagłe zakłopotanie.

Pokręcił głową.

Ceara zatrzymała się gwałtownie na widok Sunshine. Wytrzeszczyła oczy.

– Masz towarzystwo?

Nie odpowiedział. Nie mógł, nie zdradzając jednocześnie Sunshine, że pojawiła się Ceara.

– Jakiś problem? – spytał.

– Nie – powiedziała Sunshine.

– Owszem – odpowiedziała Ceara. – Wiedziałeś, że Acheron cię szuka?

Talon się skrzywił. Porwał komórkę z nocnego stolika i wybrał numer Acherona.

Nikt nie odbierał.

– Wyłączył telefon? – spytał.

Sunshine skrzywiła się jak on wcześniej.

– Kto taki?

Ceara pokręciła głową.

– Przez całą noc próbuje się do ciebie dodzwonić.

Talon jeszcze mocniej ściągnął brwi. Spuścił wzrok i wybrał numer Nicka.

Znowu żadnej odpowiedzi.

– Nikt nie odbiera – powiedział. – To dziwne.

Sunshine zbyła to wzruszeniem ramion.

– Niezupełnie. Dochodzi druga w nocy. Może śpią.

– Zaufaj mi, ci goście na pewno teraz nie śpią. – Talon zwrócił się do siostry: – Cearo, gdzie jest Acheron?

– Ceara? – spytała Sunshine. – Acheron? O czym ty mówisz?

Ceara zignorowała jej zdziwienie.

– Jest teraz z Artemidą, ale martwił się o ciebie.

– Dlaczego zjawiasz się dopiero teraz?

– Wcześniej nie mogłam. Ktoś uniemożliwiał mi dostęp do ciebie.

– Od kiedy?

– Nie wiem. Coś otoczyło cię kokonem mocy. Coś mrocznego i złego.

– Z kim rozmawiasz? – zdziwiła się Sunshine.

– Sunshine, proszę, zaraz ci wszystko wyjaśnię. Najpierw muszę poznać kilka odpowiedzi.

Talon spojrzał na siostrę.

Ceara z zaciekawieniem przyglądała się Sunshine. Podeszła do niej i położyła jej rękę na ramieniu.

Sunshine zadrżała.

– Co to było?

Ceara odskoczyła, jakby ten dotyk ją poraził.

– Nynia – wyszeptała, patrząc na brata i marszcząc czoło.

Coś w nim krzyczało, coś nie chciało się z tym pogodzić. Tym razem, kiedy odezwał się do Ceary, mówił w ich ojczystym języku:

– *Nae*, to nie ona. To niemożliwe.

– Możliwe czy nie, *bràthair*, to jest ona. Ma duszę Nynii. Nie czujesz tego?

Talon z bijącym sercem spojrzał na Sunshine.

Czy to możliwe?

Owinąwszy się w pasie kocem, podszedł do Sunshine i ujął jej twarz w dłonie. Spojrzał w jej ciemne oczy.

Mimo że temu zaprzeczał, czuł ją. Wyczuł ją już w pierwszej chwili, kiedy spojrzał na nią w świetle tamtej latarni. W najgłębszym zakamarku serca od początku wiedział, że jest jego Nynią. Wiedział od pierwszego razu, kiedy jej posmakował.

Ręce zaczęły mu się trząść, gdy pojął prawdę.

– Jak to możliwe? – spytał.

Ale w głębi serca już wiedział. Camulus ją do niego przysłał.

Zjawiła się, żeby znowu go zniszczyć.

Poczuł ciężar na piersi. Nie mógł złapać tchu.

To dlatego tak bardzo go pociągała. Dlatego nie chciał jej puścić. Camulus chciał, żeby go uwiodła i żeby potem Talon mógł raz jeszcze oglądać jej śmierć. W swoich ramionach.

Zamknął oczy i przyciągnął ją mocno do siebie, rozdarty między pragnieniem poruszenia nieba i ziemi, żeby zatrzymać ją przy sobie, i świadomością, że nie ma szansy wygrać.

Nikt jeszcze nie pokonał boga.

Sunshine walczyła o oddech w jego miażdżących objęciach.

– Talonie, przerażasz mnie. Co się dzieje?

– Nic takiego. Muszę cię zawieźć do domu.

Jak najdalej ode mnie, zanim bogowie zdadzą sobie sprawę, że tu jesteś, i zdecydują się ukarać cię za to.

– Speirr? – spytała Ceara, a jej głos brzmiał jak z oddali. – Nie mogę tu zostać. Ktoś mnie odciąga.

– Ceara?

Już jej nie było.

Talon z całej siły stłumił emocje. Nie mógł sobie na nie teraz pozwolić. Miał zbyt wiele spraw na głowie i potrzebował pełni swoich mocy, żeby sprostać zadaniu, jakim było zapewnienie Sunshine bezpieczeństwa.

Nie wspominając już o tym, że musiał dowiedzieć się, co zakłóca moce Ceary i blokuje telefon Acherona.

Życie Sunshine było w jego rękach. Tym razem jej nie zawiedzie.

Zgrzytnął zębami, żałując, że nie może zmienić historii.

– Zostań ze mną, Speirr, proszę, nie odjeżdżaj z zemstą w sercu.

Gdyby posłuchał Nynii tego dnia, kiedy zginął jego wuj, jego życie przybrałoby zupełnie inny obrót.

Ale on, ogarnięty rozpaczą i wściekłością, odmówił prośbie Nynii.

Nie spierała się z nim. Jak zawsze odsunęła się na bok i pozwoliła mu działać po swojemu.

Pojechał prosto do plemienia północnych Galów i zniszczył ich, nie wiedząc, że i na niego, i na Galów zastawiono pułapkę.

Zanim poznał prawdę, było za późno na przeprosiny.

Galowie byli pod ochroną boga wojny Camulusa, a dowodził nimi jego ludzki syn. Gniew boga wojny nadal odbijał się echem na życiu Talona.

– Będę trwał tylko po to, żeby widzieć, jak cierpisz...

Camulus dotrzymał obietnicy.

Nie, nie mógł walczyć z Camulusem i wygrać. Jako Mroczny Łowca był silny i potężny, ale nie na tyle, żeby zabić boga.

Czyli będzie miał przerąbane, jeśli nie pozbędzie się Sunshine ze swojego życia i nie da jej wrócić do własnego.

I to migiem.

***

Kiedy już się ubrali i Sunshine zebrała swoje rzeczy (po które musiała wracać trzy razy), Talon pomógł jej wsiąść do łodzi i ruszyli z powrotem do Nowego Orleanu. Im szybciej się rozdzielą, tym będzie bezpieczniejsza.

Kiedy już znajdą się w mieście, będzie mógł skontaktować się z Acheronem i sprawdzić, czy Atlantydzie uda się znaleźć innego Mrocznego Łowcę albo Giermka, który mógłby popilnować Sunshine w czasie Mardi Gras. Kogoś, czyja obecność nie będzie jej zagrażać bardziej niż Daimony, które na nią polowały.

Dotarli już do garażu, gdzie Talon postanowił nie ruszać motocykla: tym razem wybrał dodge'a vipera. Chciał jechać szybko, a nie zamierzał narażać Sunshine.

Łamiąc więcej ograniczeń prędkości, niż chciałby rozważać, zawiózł ją do mieszkania, a potem z jej stacjonarnego telefonu zadzwonił do Acherona.

– Co robisz w mieście? – zapytał ostro Acheron.

– Powiedziano mi, że próbowałeś się ze mną skontaktować.

– Kto ci tak powiedział? Myślałem, że jasno się wyraziłem. Miałeś zostać w chacie z tą kobietą.

Talon zmarszczył brwi. To było dziwne. Ceara nigdy wcześniej się nie myliła ani go nie okłamywała.

– No tak, ale... – Urwał, próbując poukładać sobie wszystko w głowie.

Co tu się działo?

– Tak?

– Nic. Chyba źle cię zrozumiałem.

– Więc dlaczego rozmawiasz jeszcze ze mną przez telefon? – spytał Ash. – Masz zabrać ją z powrotem do swojej chaty. Natychmiast.

Talon nie przejmował się jego wyniosłym tonem. Ash potrafił być wymijający i denerwujący, ale nigdy wcześniej nie był autorytarnym dupkiem.

– Nie mogę, stary. Dzieje się coś dziwnego. Muszę ją tu zostawić.

– Dlaczego?

Talon się rozejrzał. Chciał mieć pewność, że Sunshine nie podsłuchuje. Nie odezwała się do niego ani słowem przez całą drogę powrotną, a teraz siedziała na sofie, szkicowała i robiła wrażenie kompletnie nieświadomej jego obecności.

Wolał, żeby tak zostało.

Na wszelki wypadek zniżył głos:

– Jest moją żoną.

– Słucham?

Talon odpowiedział jeszcze ciszej:

– Myślę, że Sunshine jest reinkarnacją Nynii.

– Proszę, to dopiero ciekawostka.

– Rzeczywiście, ciekawostka. Nie mogę jej dłużej chronić. Ktoś inny musi się tym zająć, rozumiesz?

– Rozumiem twoje wątpliwości.

Talon zmarszczył brwi. Wątpliwości? To nie była odzywka w stylu Acherona.

– Coś z tobą nie tak?

– Nie, po prostu zmartwiłem się tą sytuacją. Zostawiasz ją?

– Muszę.

– Może powinieneś zaczekać do jutra?

– Co?

– Dzisiaj nikogo nie znajdę. Może zajmij się nią, dopóki nie znajdę kogoś na twoje miejsce. Nie chcesz chyba powierzyć jej Zarekowi, co?

– Do diabła, pewnie, że nie. Masz rację. Zdecydowanie nie chcę zostawić jej bez ochrony.

– Tak. To byłby problem. Zostań tam na resztę dnia. Jutro zajmę się tą sprawą.

Ash się rozłączył.

Talon odłożył słuchawkę. Czuł lodowatą kulę w żołądku. Coś mu w tej rozmowie nie pasowało.

Kiedy jednak spojrzał w głąb pokoju, widok Sunshine przesłonił wszystkie jego niepokoje. Nadal siedziała na sofie, szkicując i nucąc coś pod nosem.

To była kołysanka Nynii. Ta sama piosenka, którą nuciła przy pracy.

Tęsknota i ból przeszyły go tak straszliwie, że ledwie mógł się ruszyć.

Jednakże to miłość, którą do niej czuł, naprawdę go obezwładniła.

Wbrew swojej woli podszedł do niej, uklęknął, położył głowę na jej kolanach i przytulił ją mocno, wdzięczny, że jest przy nim, niezależnie od tego, że inaczej wygląda i inaczej się zachowuje.

Jego Nynia wróciła.

Sunshine była oszołomiona tym, jak znajome wydało się jej jego zachowanie. Odruchowo przeczesała palcami jego miękkie, złote włosy, przypominając sobie jeszcze więcej szczegółów z ich dawnego wspólnego życia. Już tak robił. Wiele razy.

– Co się dzieje?

– Chciałbym móc ci powiedzieć.

Uniósł głowę i spojrzał na nią.

Cierpienie w jego czarnych jak agat oczach dotarło do niej i sprawiło, że serce boleśnie jej zabiło.

Talon się odsunął.

Teraz, kiedy już wiedział, kim ona jest, nie był w stanie odejść.

Ale nie pozostawało mu nic innego. Będzie musiała przeżyć to życie z kimś innym.

Jaki miał wybór? Nigdy nie zrobiłby niczego, żeby ją zranić. Nie tym razem.

Raz już ją zabił, więcej tego nie zrobi.

Nie mogło być mowy, żeby zostali razem, dopóki ciąży na nim klątwa.

***

Styxx bawił się komórką, myśląc o swojej rozmowie z Talonem.

Uśmiechnął się.

To było cudne. Talon już wiedział, że jego nieżyjąca żona się odrodziła.

Idealnie. Po prostu idealnie. Nie wymarzyłby sobie lepszej chwili. Wszystko szło zgodnie z planem.

Zarek połknął przynętę i dał się wrobić. Talon zaprzątał sobie głowę żoną. Valeriusa kontrolował Dionizos.

A Acheron...

Cóż, dla niego Styxx zaplanował coś specjalnego.

Jak to mawiali francuscy osadnicy z okolic Nowego Orleanu: „*Laissez les jeux commencer*".

Igrzyska czas zacząć.

ROZDZIAŁ 9

– Chyba powinieneś już iść – powiedziała cicho Sunshine, chociaż jakaś jej część nie chciała, żeby wyszedł.

Jej ogromna pracownia wydała się nagle nieco opustoszała, gdy pomyślała o tym, że go zabraknie.

Świetnie się razem bawili w jego domu, komponując tacę z przysmakami i kochając się, ale miłosna feta dobiegła końca. Nadszedł czas, żeby każde z nich poszło swoją drogą.

Dlaczego zatem tak bardzo bolało ją to, że nigdy więcej go nie zobaczy?

Talon skinął głową.

– Chyba tak.

Puścił jej rękę i ruszył do drzwi. Znajdzie jakieś miejsce noclegowe w opuszczonym budynku po sąsiedzku. Znajdzie piętro wystarczająco blisko jej mieszkania, żeby mógł obserwować ją do świtu. Prześpi się tam aż do następnego wieczoru.

Tak będzie łatwiej. Łatwiej dla nich obojga, jeśli po prostu zakończy teraz ich związek.

Nie było sensu spędzać z nią jeszcze jednego dnia. Wiedział, że nie może jej dać z siebie nic więcej.

I stanowił dla niej zagrożenie.

Sunshine cierpiała, gdy sięgnął dłonią do klamki.

Odchodził.

To koniec.

Nie mogła oddychać. Straszliwy ból zaciskał jej żołądek, kiedy pomyślała, że więcej go nie zobaczy.

Nie mogła tak siedzieć i patrzeć, jak on wychodzi.

– Talon?

Odwrócił się do niej.

– Może jednak zostaniesz na noc? Wiem, nie zdążysz wrócić do siebie przed wschodem słońca.

– Nie, to kiepski pomysł.

– Ale dokąd pójdziesz?

Wzruszył ramionami.

Pozwól mu odejść...

Nie mogła. Nie w ten sposób. To nie było w porządku.

– Daj spokój. Wychodzę jutro z samego rana i będziesz miał mieszkanie do swojej dyspozycji, kiedy będę w pracy. Nikt nie będzie ci przeszkadzał. Obiecuję.

Talon się zawahał.

Wyjdź.

Rozkaz rozległ się echem w jego głowie. Musiał wyjść.

Nie potrafił.

– Na pewno nie masz nic przeciwko? – spytał.

– Nic a nic.

Odetchnął głęboko i podszedł do niej.

Do swojej żony.

Do swojego ostatecznego wybawienia.

Ostatecznej zguby.

Nynia była dla niego wszystkim. Przez wszystkie te wieki myślał, że odciął się od emocji. Odciął się od bólu związanego ze wspominaniem jej.

Teraz wszystko wróciło. I bolało jeszcze bardziej.

– Coś nie tak? – spytała Sunshine.

– Chyba jestem zmęczony – powiedział, zdejmując kurtkę i odkładając ją na bok.

Sunshine przełknęła ślinę na widok jego obcisłego T-shirta, który podkreślał doskonale wyrzeźbione ciało. Jego wspaniała sylwetka znów przyciągnęła jej uwagę. Ten facet miał najseksowniejszy tyłek, jaki kiedykolwiek opinały skórzane spodnie. I do tego długie, pięknie ukształtowane nogi. Aż za dobrze pamiętała, jakie to uczucie, kiedy ich nogi są splątane.

Wrażenie, kiedy leżał w jej ramionach w całej swojej krasie... Kiedy poruszał się między jej nogami...

Nieomal jęknęła, wyobraziwszy to sobie.

Teraz jednak wyrosła między nimi ściana. Jakby jakąś część siebie odciął od niej.

Zniknął czuły mężczyzna, który dzielił z nią ciało i śmiech. Teraz widziała w nim tylko potężne zwierzę, które zaatakowało i przepłoszyło jej napastników.

Tęskniła za jego delikatną stroną.

– Przeze mnie zrobiłeś się strasznie sztywny, co?

Zdziwiony, uniósł brwi, robiąc wrażenie zbitego z tropu.

– Moja droga, sztywnieję za każdym razem, gdy zbliżysz się do mnie.

Zapłonęły jej policzki. Skrzywiła się.

– Nie to miałam na myśli. Chociaż ten rodzaj sztywności jest lepszy od tego drugiego. Przynajmniej wtedy wiem, że mnie lubisz.

Talon jęknął, kiedy zerknęła na jego spodnie, w których – nie wątpił – erekcja była już doskonale widoczna. Czuł, że bariery się kruszą. Zapragnął być człowiekiem, którym zawsze był przy Nynii.

Przy niej był sobą. Nigdy nie oczekiwała po nim niczego więcej, niż żeby był jej przyjacielem.

Nigdy nie widziała w nim żałosnego chłopczyka, którego opluwano i którym wzgardzono. Któremu pisane było sprzątać po lepszych od siebie.

Którego zmuszono do płaszczenia się.

Nie widziała młodzieńca o zimnym sercu, którym się stał, bo miał dość bicia i szyderstw.

Jako dziecko zamknął swoje serce i nauczył się przyjmować ciosy. Nauczył się odpowiadać na drwinę i odpłacać każdemu, kto spojrzał na niego złym okiem albo powiedział coś niewłaściwego o nim samym, jego matce lub siostrze.

Wmówił sobie, że nie potrzebuje niczyjej troski i miłości. I tak nauczył się żyć jak dzikie zwierzę, zawsze gotowy do ataku, kiedy ktoś próbował go dotknąć.

Aż do Nynii. Ona ujarzmiła żyjącą w nim bestię. Przy niej mógł być delikatny, mógł nie być twardy i nieugięty, skryty i brutalny.

Przy niej był po prostu Speirrem – chłopcem (i mężczyzną), który chciał, żeby ktoś go pokochał. Który sam chciał kogoś pokochać.

Minęło tyle czasu, odkąd był przy kimś sobą...

Jego pobratymcy, Mroczni Łowcy, zwracali się do niego po radę. Acheron polegał na jego sile, mądrości i rozsądku.

Nikt z nich tak naprawdę go nie znał, nikt. Nawet Wulf. Nigdy nie otworzył serca przed nikim prócz tej kobiety, która siedziała teraz przed nim.

Kobiety, przed którą nie śmiał się otworzyć w tym życiu.

– Jesteś nienasycony, co? – powiedziała.

– Tylko przy tobie – szepnął, podchodząc bliżej, próbując pogodzić kobietę, którą była kiedyś, z kobietą, którą stała się teraz. – Nie potrafię się oprzeć pokusie. Muszę cię dotykać, być w tobie. Czuć twój oddech na skórze i twoje piękne ręce na swoim ciele.

Sunshine zadrżała, słysząc te słowa.

Podszedł do niej jak wielkie, niebezpieczne zwierzę. Jego ciało było symfonią ruchu.

Poczuła jego męski zapach i ślina napłynęła jej do ust.

W głowie jej się zakręciło od jego pocałunku, ale odepchnęła go, skonsternowana słowami, które wypowiedział.

– Mówisz to, jakbyś znał mnie od dawna. Dlaczego?

– Mam wrażenie, że znam cię od wieków. Jakbym od setek lat nosił cię w sercu.

Zadygotała. To on prześladował ją w snach. Celtycki poeta i wódz. Mężczyzna, którego pamiętała, jak wyruszał na bitwę, a potem wracał do domu, żeby się z nią kochać.

Ale to nie mógł być ten sam mężczyzna, prawda?

A jednak kiedy się nad tym zastanowiła, zdała sobie sprawę, jak dziwne były jej sny. Ona w nich miała jasne włosy i niebieskie oczy, a Talon...

Talon wyglądał tak samo.

Łącznie z tatuażem na ciele. Warkoczami na skroniach. Nosił nawet ten sam torques. Miał tylko inny kolor oczu.

To nie mogła być prawda. Kryło się w tym coś dziwnego. Coś, co ją przerażało, i to na tak głębokim poziomie, że z jego istnienia nawet nie zdawała sobie sprawy.

Czy mógł być tym samym człowiekiem?

Czy mógł?

To wydawało się niemożliwe, ale, żyjąc ze swoimi rodzicami, widziała wiele niemożliwych rzeczy. W tym świecie działały różne nadnaturalne siły.

Oderwała się od ust Talona i odchyliła jego głowę, żeby obejrzeć skórę tuż pod prawym uchem.

Zobaczyła małą bliznę. Małą bliznę, którą ona, jako Nynia, zafundowała Speirrowi, kiedy jako dzieci łowili ryby: zamachnęła się wędką i zadrasnęła go haczykiem.

Gwiazdkowata blizna nadal tam była.

Tak jak zawsze.

Nie, to niemożliwe.

Czyżby?

Zadrżała z niepewności.

Patrzył na nią wygłodniałym wzrokiem spod zmrużonych powiek. Czuła jego delikatny oddech na twarzy. Wyczuwała pod dłońmi jego bijące serce, siłę i żar.

– Tak bardzo za tobą tęskniłem, moja żo... mój żonkilku.

Sunshine zamarła i natychmiast się odsunęła. Sądząc po jego minie, był nie mniej od niej zaskoczony tym, co powiedział.

– Jak mnie nazwałeś?

– Żonkilek – odparł szybko.

– Wcześniej.

– Nijak.

No dobrze, to już było cholernie dziwne. A ona chciała... nie: ona musiała usłyszeć jakieś wyjaśnienie.

– Talonie... – powiedziała, wstając z krzesła. – Powiedz mi, co się dzieje. Wiesz, kim jest Nynia, prawda?

Jego obsydianowe oczy rozbłysły.

– A ty?

O Boże, to prawda! Znał ją. Jakimś cudem też pamiętał przeszłość.

Nie zmienił się ani na jotę. Nie znosił światła dziennego, nie był obywatelem amerykańskim, a jednak...

Och, nie trzeba geniusza, żeby to rozgryźć. Jakimś cudem Talon był Speirrem.

Był wampirem, nieśmiertelnym albo kimś podobnym. Była pewna.

– Jakim cudem mnie pamiętasz? – spytała.

– A jak mógłbym zapomnieć?

Odsunęła się, unikając pocałunku, i znowu go odepchnęła.

– Sprytne, ale to nie jest odpowiedź na moje pytanie. Jesteś naprawdę dziwnym człowiekiem. To nie ma sensu, że wyglądasz tak samo, jak w moich snach. Nawet ja nie wyglądam w nich tak samo. Ale ty tak. Dlaczego?

Talon chciał jej powiedzieć, ale nie mógł znaleźć właściwych słów.

Po tym, jak umarłaś, zaprzedałem duszę greckiej bogini, żeby móc się zemścić. Teraz należę do niej, przez wieczność poluję na wampiry i zabijam je dla niej.

Nawet on nie mógł uwierzyć w prawdziwość tych słów, a żył w tej rzeczywistości od tysiąca pięciuset lat.

Warknęła na niego.

– Znowu zesztywniałeś.

– Nie możesz po prostu żyć chwilą? Zaakceptować mnie takim, jaki jestem?

– W porządku. Ale powiedz mi jedno.

– Tak?

– Kiedy skończyłeś szkołę średnią?

To pytanie zakłopotało go.

– Nie skończyłem.

– Więc w którym roku przerwałeś naukę?

Talon odsunął się od niej. Na pewne pytania nie potrafił odpowiedzieć. Na pewne nie chciał.

Uraza w jej oczach raniła jego serce.

– O co chodzi, Talon? Nie jestem głupia, nikt nie ma takiej alergii na słońce, że nie może nawet przejść przed oknem. I nie myśl, że to umknęło mojej uwagi, że nigdy nie pokazałeś mi zębów. Kiedy za bardzo się zbliżam do nich w czasie pocałunku, natychmiast się odsuwasz.

Talon pożałował, że nie śmie wykorzystać swojej mocy, by wymazać jej wspomnienia. Albo chociaż zmienić temat na bardziej neutralny.

– No co? Mam przyznać, że jestem wampirem? Że wyję do księżyca w pełni?

– A jesteś? I wyjesz? – Podeszła do niego i położyła rękę na jego podbródku, jakby zamierzała rozchylić mu usta. – Pokaż zęby.

Odsunął się.

– Nie mogę.

Spiorunowała go wzrokiem.

– Jesteś Speirr, prawda? Jakimś cudem to właśnie ciebie widziałam we śnie, prawda?

Odwrócił wzrok.

– Nikomu nie powiem – nalegała, zniżając głos. – Po prostu muszę wiedzieć.

– A co to za różnica? – warknął, zmęczony tą rozmową. – Dlaczego mnie nie wyrzucisz?

– Nie – westchnęła, jakby pogodzona z losem. – Nie sądzę, żebym kiedykolwiek potrafiła wyrzucić cię za drzwi.

– Więc dlaczego musisz wiedzieć?

Jej oczy znowu zapłonęły, kiedy je zmrużyła.

– Bo chcę, żebyś był otwarty i szczery ze mną, jeśli mamy dzielić życie.

Jej słowa rozdarły go. Gorzka tęsknota wezbrała w jego sercu, kiedy przypomniał sobie, jak małe miał szanse spędzić z nią życie, kiedy jeszcze był śmiertelnikiem. Wtedy stały między nimi tylko plotki i pozycja społeczna. Teraz cały wszechświat zjednoczył się, żeby ich rozdzielić.

– A dlaczego myślisz, że chcę dzielić z tobą życie? Może chodziło tylko o seks?

Odsunęła się od niego wstrząśnięta.

– A chodziło?

Przeszył go ból w jej oczach. Nie chciał jej ranić.

– A ty jak uważasz? – odbił piłeczkę. – Powiedz mi, czego ode mnie chcesz, Sunshine.

– Szczerze mówiąc, nie wiem. Jedną część mnie pociągasz, a drugą przerażasz. Jest w twoich oczach coś bardzo mrocznego. Gdybym chciała lepiej cię poznać, pozwoliłbyś mi?

– Nie – odpowiedział przez zaciśnięte zęby. – Nie możemy.

– Więc winien mi jesteś wyjaśnienie, dlaczego nie możemy. Wiesz, że nie jestem dzieckiem, które potrzebuje ojca wyręczającego je w podejmowaniu decyzji. Myślałam, że mnie szanujesz.

– Szanuję.

– Więc traktuj mnie jak dorosłą. Powiedz mi, dlaczego nie chcesz odpowiedzieć na nawet najbardziej podstawowe pytanie na swój temat.

Prosiła o rzecz niemożliwą. Nie mógł jej powiedzieć o swoim obecnym życiu, dopóki Acheron albo Artemida nie zwolnią go z przysięgi.

– Jeśli ci powiem, kim jestem, twojemu życiu będzie zagrażało wielkie niebezpieczeństwo.

– Mieszkam w Nowym Orleanie nad jednym z najpopularniejszych klubów w mieście i parkuję samochód w zaułku, w którym wczoraj w nocy zamordowano dwie osoby. Moje życie jest w ciągłym niebezpieczeństwie.

– Tamci dwaj nie byli ludźmi i nie zostali zamordowani.

Talon nie wiedział, dlaczego się z tym wyrwał.

– A czym byli?

Powiedz jej...

Rozkaz był silny. Nigdy wcześniej nie złamał kodeksu milczenia. Nigdy.

„Daimony chciały się zabawić z twoją dziewczyną, Celcie. Nie zostawiaj jej bez opieki".

Miała prawo wiedzieć, co jej zagraża.

– Talonie... – Weszła w jego objęcia i ujęła jego twarz w dłonie. Jej dotyk był kojący i ciepły. Prawie udało jej się go złamać. – Zaufaj mi. Cokolwiek to jest, nie powiem o tym nikomu.

– Nie mogę, Sunshine. Nie mogę.

– Nie chcesz. Po prostu nie chcesz. – Westchnęła poirytowana i opuściła ręce. – Dobrze. Zachowaj swoje sekrety. Śmiało, olej mnie. Żyj sobie szczęśliwie i rób dalej to, co robisz.

Odsunęła się od niego.

Wyciągnął do niej rękę, ale jej uniknęła.

– Sunshine...

– Nie dotykaj mnie. Jestem na ciebie wściekła.

– Proszę, nie wściekaj się na mnie.

Pokręciła głową.

– Świetny jesteś w robieniu smutnych oczu szczeniaka. Ta głęboka nuta w twoim głosie... Ale mnie to już nie rusza. Po prostu wyjdź.

Skrzywił się, słysząc ból w jej głosie i ostre słowa. To go dotknęło do głębi.

Wtedy zdał sobie z czegoś sprawę. Zarek i Acheron mieli rację. Bał się. Bał się wyjść i bał się zostać.

Ostatnia rzecz, jakiej chciał, to znowu stracić Nynię, ale kiedy spojrzał na Sunshine, dotarło do niego, że nawet jeśli miała duszę jego żony, nie była jego żoną.

Była kimś innym. Kimś nowym i nieznośnym. Nynia nigdy by się na niego nie wściekła, nawet kiedy zasługiwał na jej gniew. Zawsze była płochliwa i nieśmiała, a nie odważna i wymagająca jak Sunshine.

Gdyby powiedział Nynii, żeby porzuciła ten temat, skinęłaby głową i odpuściła. Nigdy nie uderzyłaby kolanem Daimona ani nie walczyła z aligatorem.

Jednakże jeszcze bardziej zadziwiający był fakt, że podobał mu się ten ogień w Sunshine, ta umiejętność postawienia się jemu i całemu światu.

– No co? – spytała, mrugając, jakby nie mogła uwierzyć w to, co widzi. – Jeszcze tu jesteś? Myślałam, że jasno się wyraziłam.

Uśmiechnął się wbrew sobie.

– Nie chcę cię zostawiać, Sunshine. Nie możesz mnie zaakceptować takiego, jaki jestem?

Sunshine odwróciła wzrok.

– Podobają mi się te nieliczne rzeczy, które wiem o tobie, ale kłopot w tym, że wiem naprawdę niewiele. Żyjesz na bagnach, najwyraźniej masz mnóstwo pieniędzy, nie nosisz nazwiska, lubisz ogromne, przerażające aligatory i masz na posyłki chłopaka imieniem Nick. To wszystko. To cała moja wiedza na temat Talona i jest tego raczej niewiele. – Spojrzała mu w oczy. – Nie chcę być w związku z facetem, który nie jest gotowy zaufać mi na tyle, żeby podać kilka faktów ze swojej biografii. Jeśli chodzi ci tylko o łóżko, to zbieraj się, tam są drzwi. A jeżeli naprawdę chcesz zostać, powiedz mi coś o sobie. Coś znaczącego.

– Co na przykład?

– Jak się nazywa twój najlepszy przyjaciel.

– Wulf Tryggvason.

Zaszokowana rozdziawiła usta.

– O Boże, właśnie odpowiedziałeś mi na pytanie. Myślę, że zaraz świat się skończy.

– To nie jest śmieszne. Więc mogę zostać?

Zacisnęła usta i zastanawiała się minutę.

– Dobrze, ale tylko dlatego, że wiem, że nie zdążysz przed świtem do domu.

Zdeterminowana zachować dystans, dopóki nie odpowie na jej pytania, Sunshine poszła do sypialni. Porwała poduszkę i koc z łóżka i wróciła do salonu, gdzie wręczyła mu jedno i drugie.

Spojrzał na nią kompletnie ogłupiały, kiedy podała mu różowy koc i poduszkę.

– A to co?

– Dopóki nie zaczniesz ze mną rozmawiać, możesz spać na sofie.

– Żartujesz sobie.

– Nie. Ani trochę. Nie wpuszczę cię z powrotem do swojego łóżka, dopóki ty nie wpuścisz mnie do swojej głowy.

Talon stał oszołomiony, podczas gdy ona podeszła do okien i spuściła rolety.

– Powiedziałem ci o Wulfie.

Odwróciła się do niego i wyglądała na rozbawioną.

– Podałeś mi jedno nazwisko. Wielkie mecyje. Ile się dzięki temu dowiedziałam na twój temat, co? Moje najlepsze przyjaciółki to Trina Devereaux i Selena Laurens. I co to mówi na mój temat? Nic. Zero. To znaczy tylko, że mam kogoś, do kogo mogę zadzwonić, gdy ktoś mnie wkurzy, i wierz mi, gdyby nie późna pora, już bym wykręcała numer do jednej z nich.

Talon warknął, ale to wcale nie zbiło jej z tropu. Ta kobieta miała zdecydowanie za dużo ikry.

– Opowiedz mi o Wulfie – zaczęła powoli, podchodząc do niego. – Jak zarabia na życie? Mieszka w Nowym Orleanie? Jest żonaty? Od jak dawna go znasz?

– Mieszka w Minnesocie i nie jest żonaty.

Wyglądała na zadowoloną, ale jednocześnie robiła wrażenie urażonej.

– Jak go poznałeś?

Na Mardi Gras sto dwa lata temu, kiedy przeniesiono Wulfa do miasta na tymczasową służbę, o czym nigdy nie będzie mógł powiedzieć Sunshine.

Talon westchnął poirytowany.

– Znam go od dawna.

– No proszę – rozpromieniła się. – Dzięki takim odpowiedziom możesz wygrać wybory, ale nie wrócisz do mojego łóżka. Z pewnością nie dadzą ci dostępu do mojego ciała.

– Zachowujesz się nierozsądnie.

– Ha!

To było nie w porządku. Próbował ją chronić, a ona prosiła go o coś, czego nie mógł jej dać. Odmawiała mu swojego ciała, bo nie chciał, żeby coś jej się stało.

Jak mogła mu to robić?

Rozłoszczony jej uporem, warknął:

– Jestem twoim mężem.

Parsknęła i obrzuciła go zdziwionym spojrzeniem.

– Nie w tym życiu, koleś. – Podniosła lewą rękę i ją obejrzała. – Nie widzę obrączki na palcu i jeśli mnie pamięć nie myli, nie wpadłeś do miasta na czarnym rumaku, żeby porwać mnie w ramiona i prosić o rękę.

Talona zmroziły jej słowa.

– Pamiętasz to?

Część jej gniewu przygasła. Pokiwała głową.

– A ja chcę wiedzieć, jakim cudem ty to pamiętasz.

Rzucił koc i poduszkę na sofę i się położył.

– Powiedziałem, że nie mogę ci powiedzieć.

– Więc dobrej nocy, kochanie. Miłych słów.

Pocałowała go w czoło i poszła do siebie.

Solidnie wkurzony patrzył, jak Sunshine robi przedstawienie z zasuwania zasłon. Ta kobieta potrafiła zagotować mu krew w żyłach i tym razem nie znaczyło to nic dobrego.

Był wściekły.

Zwłaszcza kiedy zapaliła lampkę na nocnym stoliku i światło prześwietliło cienki materiał jej koszulki.

Serce waliło mu jak młotem. Nie mógł oderwać od niej wzroku, kiedy zdejmowała ubranie, a potem kładła się nago do łóżka.

Wyobrażał sobie, jak tam leży, a różowa bawełna układa się między jej ciepłymi, wilgotnymi udami. Jej piersi stulone razem, kiedy leży na boku. Lewa ręka ociera się o nie, lekko przesłaniając ciemny sutek lewej piersi. Jej plecy, nagie, odsłonięte przed jego wzrokiem, i włosy rozkładające się wachlarzem wokół głowy, tylko czekające, żeby położył się za nią i przycisnął do siebie.

Potem przesunąłby rękę po jej udzie, ujął miękkie ciało i uniósł jej nogę, otwierając sobie drogę, żeby móc wsunąć się w nią głęboko.

O tak, już czuł jej miękkie pośladki na pachwinie, kiedy wsuwa się i wysuwa z jej gorącego ciała. Czuł jej głowę pod podbródkiem, kiedy wkłada rękę między jej nogi i pieści ją palcami, kochając ją czule.

Owionąłby go leśny aromat olejku paczulowego, a Sunshine wiłaby się pod jego dotykiem i jęczała z rozkoszy.

Każdy hormon w jego ciele obudził się gwałtownie. Ścisnęło go w podbrzuszu, tak bardzo jej pragnął.

Nynia nigdy by mu czegoś takiego nie zrobiła. Nigdy nie odmawiała mu dostępu. Ani razu. Wystarczyło, żeby pokiwał palcem albo uniósł brew, a żona z radością szła w jego ramiona.

Teraz tęsknił za nią bardziej niż kiedykolwiek wcześniej.

– Sunshine?

– Nie – odparła stanowczo, gasząc światło. – Odpowiedź nadal brzmi: nie.

– O nic cię nie prosiłem.

– Znam ten ton, kiedy wypowiadasz moje imię, i wiem, czego chcesz, a ty wiesz, czego ja chcę. Zgadnij, które z nas będzie musiało obejść się smakiem? – Urwała, ale zaraz potem dodała: – Od razu powiem, że nie ja.

Zaklął pod nosem. Była tak cholernie uparta w tym życiu. Co się stało z jego łagodną Nynią, która dawała mu to, czego chciał, kiedy tylko chciał?

Dobrze więc, niech tam leży sama i naga.

Jego ciało zagregowało na to ostatnie słowo.

Z jękiem obrócił się na bok, twarzą do oparcia, żeby już jej nie widzieć.

Był dorosłym facetem, da radę. Zapanuje nad sobą.

Niech to szlag! Żadna kobieta wcześniej mu nie odmówiła. To było nieznośne i wkurzające.

Wbił pięść w poduszkę, kiedy stwardniał jeszcze bardziej. Sofa była dla niego zdecydowania za mała i cholernie niewygodna, ale albo na niej zaśnie, albo umrze.

***

Sunshine słuchała, jak Talon wierci się na sofie. Prawie mu współczuła. Prawie.

Miała jednak już powyżej uszu jego sekretów. Miała dość tajemniczych gierek. Myszkowania po jego domu, żeby się dowiedzieć, że jednak nie handluje prochami, zwłaszcza że nie miał nawet buteleczki aspiryny, a za to mnóstwo ciekawych gadżetów elektronicznych. Miał też mnóstwo skóry, importowane piwo i taką masę płyt DVD, że pod ich ciężarem zatonąłby spory pancernik. Nie wspominając już o dziwnej broni, którą znalazła. Niektóre egzemplarze – sądząc po wzornictwie – musiały być bardzo stare.

Było coś dziwnego w jego życiu i dopóki nie dowie się, o co chodzi, nie pozwoli sobie zbliżyć się do niego. Była to sobie winna – musiała dowiedzieć się czegoś więcej o nim, zanim znowu zacznie robić do niego maślane oczy.

Obróciła się na bok i zmusiła do zaśnięcia. Musiała jutro popracować. W przeciwieństwie do niego nie miała nieograniczonych funduszy.

***

– No proszę, patrzcie kto wrócił...

Sunshine odłożyła książkę i uśmiechnęła się do Seleny, która rozstawiała swój kramik obok niej. Ubrana w luźną, fioletową sukienkę i czarną pelerynę wróżka zaparkowała wózek obok stoiska Sunshine z ceramiką i szkicami, po czym zaczęła rozstawiać stolik do kart i inne magiczne gadżety.

– Wiem – przytaknęła smutno Sunshine, zaznaczając zakładką stronę w romansie „Grzeszne narodziny" i odkładając książkę na bok. – Byłam ostatnio zajęta. Przepraszam.

Selena rozłożyła fioletowy obrus na stoliku.

– Więc dowiem się czegoś o tym gościu? Chcesz, żebym ci powróżyła?

Sunshine westchnęła i zerwała się z krzesełka, żeby pomóc przyjaciółce rozstawić szyldy.

– Niewiele o nim wiem, poza tym, że jest gigantycznym blond seks bogiem, który je co popadnie, ma wory pieniędzy, żyje na bagnach i zna twojego szwagra, Kyriana... Och, zna też męża Grace.

Selena pobladła. Spojrzała zaskoczona.

– Talon? Spotkałaś się z Talonem? Więcej niż raz?

Sunshine zamarła, rozdarta między podnieceniem i niepokojem.

Selena źle wyglądała. Jakby zrobiło jej się słabo.

– Znasz go? – zapytała z niedowierzaniem Sunshine.

Selena rozejrzała się dookoła, zakłopotana.

– Dobry Boże, błagam, powiedz, że to nie jest ten łóżkowy wyczynowiec, którego potrąciła karnawałowa platforma. Powiedz, proszę, że facet, o którym fantazjowałam, to nie Talon. Na miłość boską, jadłam z nim kolację!

– W porządku, nie powiem ci, że to on, ale... to on. Prawda, że to super?

Selena jęknęła.

– Jezu, słyszałam plotki na jego temat, ale kto wie, co z tego jest prawdą? Nie mogę w to uwierzyć.

Sunshine ulżyło. Wreszcie ktoś coś jej wyjaśni, o ile uda jej się coś wydusić z Seleny. Jednak przyjaciółka nie robiła wrażenia chętnej do zwierzeń.

– Lainie, lepiej mów, co o nim wiesz.

Selena otworzyła usta, ale już po jej minie Sunshine poznała, co zaraz usłyszy.

– Nawet nie waż się mi mówić, że nie możesz mi nic powiedzieć – rzuciła, zanim przyjaciółka zdążyła się odezwać. – Dość tego nasłuchałam się od niego.

Selena zamknęła usta.

– Przede wszystkim, to dobry facet – odparła. – Nie jest taki jak twoi bezrobotni motocykliści i ma przed sobą przyszłość. Bardzo długą przyszłość.

– I co jeszcze?

Selena się zawahała.

Sunshine rozłożyła dla niej krzesełko, na którym przyjaciółka sadzała klientów, a potem usiadła obok niej.

– Mów, Lainie. Ja naprawdę bardzo lubię tego faceta i doprowadza mnie do szału to, że nic nie mówi, nawet tego, kiedy ma urodziny. Więc co wiesz?

– Nie wolno mi nic powiedzieć. Przysięgałam.

– Komu?

Selena odłożyła na stolik pudełko z tarotem.

– Nie wolno mi mówić.

– Jest z mafii?

– Nie – odparła ostrzegawczym tonem Selena. – Przy jego kumplach mafia wygląda jak harcerzyki. Nikomu nie odpuszczą.

Gorsi od mafii?!

– Kim oni są?

– Słuchaj, powiedzmy tylko, że Talon zajmuje się tym samym, co Tabitha. W porządku?

Sunshine zmarszczyła brwi.

– Handluje damską bielizną? A nie wygląda...

– Nie, głupolku. Mówię o tym, czym Tabitha zajmuje się nocą.

Sunshine rozdziawiła usta, kiedy wreszcie zrozumiała.

– Walczy z wampirami?

– Tak, i jest w tym bardzo dobry.

To wyjaśniało, dlaczego spotkali się w tamtym zaułku. To znaczy, poniekąd wyjaśniało, bo jej napastnicy nie wyglądali na wampiry, tylko raczej na japiszonów.

– Jest w tym coś więcej, prawda?

Selena pokiwała głową.

Sunshine uśmiechnęła się szelmowsko.

– I ty, moja najlepsza przyjaciółka na ziemi, moja bratnia dusza, z którą bez wahania dzielę się ulubionymi lodami i pikantnymi e-mailami, kobieta, która zmusiła mnie jako druhnę do noszenia falbaniastej, koronkowej sukienki w kolorze limonki, dodającej moim biodrom piętnaście funtów, z pewnością o wszystkim mi powiesz, prawda?

Selena zesztywniała.

– To nie w porządku, a sukienka była w kolorze mięty.

– To była limonkowa, ohydna zieleń i wyglądałam w niej jak zmulona pistacja. Ale to nie na temat. Powiesz mi wszystko, bo w miłości i na wojnie wszystkie chwyty dozwolone.

Sunshine nie była pewna, która z nich bardziej zdziwiła się ostatnią częścią tej wypowiedzi.

Selena spojrzała na nią.

– Słucham? Chcesz powiedzieć, że kochasz Talona?

Sunshine usiadła prosto, próbując uporządkować w głowie swoje uczucia do Talona. Tyle rzeczy w nim uwielbiała, tylu rzeczy w nim pragnęła, ale jednocześnie nie miała pojęcia kim i czym teraz był.

Wiedziała tylko, jak się czuła, kiedy na niego patrzyła. Że chciała natychmiast wracać do domu i być z nim.

– Szczerze mówiąc, nie wiem. Za każdym razem, kiedy jestem przy nim, czuję się taka żywa. Robi mi się ciepło i czuję się bezpieczna, jakby nic na świecie nie mogło mnie zranić ani zniszczyć mojego szczęścia. Po prostu pasuje do mnie. Wiem, że to brzmi jak szaleństwo...

Urwała, zerkając na stoiska Seleny pełne wisiorków, kamieni runicznych i symboli tarota. Szaleństwo było dla Seleny normą.

Sunshine spojrzała na nią, próbując siłą woli zmusić ją do zrozumienia.

– Byliśmy z Talonem małżeństwem w poprzednim życiu.

Mroczne światło zabłysło w oczach Seleny. Kiedy się odezwała, ledwie szeptała:

– Talon o tym wie?

Sunshine pokiwała głową.

– Nawet nazwał mnie żoną wczoraj w nocy, kiedy kazałam mu spać na kanapie.

– Spać na kanapie?

– Długa historia.

Selena obróciła jedną kartę. Spojrzała na wizerunek Śmierci, a potem na Sunshine.

– Czy powiedział, że to było w jego poprzednim życiu?

– Nie. Właściwie, kiedy mi się śnił, ja wyglądałam inaczej, a on się nie zmienił. Ma nawet takie same tatuaże, co jest naprawdę przedziwne. Nawet pamiętam, jak mu je robiono. Nie wiem, czy zwariowałam, czy co...

Selena położyła dłoń na ręce przyjaciółki i uścisnęła ją delikatnie, współczująco.

– Nie, skarbie. Nie zwariowałaś, a przynamniej nie w tej kwestii.

– Więc co jest grane?

Selena rozejrzała się, pochyliła się mocniej i znowu zniżyła głos, jakby bała się, że ktoś ich podsłucha:

– Sunny, powiedz mi szczerze, jakie są twoje intencje względem Talona?

Sunshine się zirytowała.

– A kim ty jesteś? Jego matką? Obiecuję, że na drugi dzień rano potraktuję go z szacunkiem.

Selena przewróciła oczami.

– To poważna sprawa. Twoje obecne zainteresowania dotykają rzeczy naprawdę złych, które bez wahania zabiją was oboje, jeśli uznają, że je zdradziliście.

Sunshine skrzywiła się, słysząc śmiertelnie poważny ton Seleny. To nie brzmiało dobrze.

– Jest wampirem, tak? Wiedziałam!

– Niezupełnie.

– Tak samo on powiedział. Więc zapytam cię o to samo, co jego: co to jest niezupełnie wampir?

– Mroczny Łowca.

Sunshine przeżyła szok, usłyszawszy wreszcie odpowiedź. Oczywiście nie miała ona dla niej żadnego sensu, ale zawsze to jakiś początek. Długo na to czekała.

– A to znaczy...?

– Nieśmiertelny łowca wampirów, który dla zemsty zaprzedał duszę.

Sunshine przeszedł dreszcz.

– Zaprzedał duszę komu? Diabłu?

– Bogini Artemidzie.

Sunshine się skrzywiła. To była ostatnia rzecz, jakiej się spodziewała. Z drugiej strony... Zważywszy na to, jak przebiegała ta rozmowa, nie powinna niczemu się dziwić.

– Żartujesz sobie, co?

Selena powoli pokręciła głową.

– Ale to nie ma sensu. W końcu nie ma na świecie aż tylu wampirów, prawda? Ilu Mrocznych Łowców może istnieć? Jest jedyny?

Sądząc po minie Seleny, odpowiedź nie była przyjemna.

– Istnieją tysiące Mrocznych Łowców i nieprzeliczone rzesze wampirów. A ściśle mówiąc „Daimonów". Daimony istnieją o wiele dłużej niż słowo „wampir".

Sunshine siedziała znieruchomiała, próbując to wszystko ogarnąć.

– Nie chwytam tego. Zawsze wierzyłam w wampiry, ale tylko teoretycznie, a nie w takie żywe i materialne, i trudno mi uwierzyć, że jest ich aż tyle i potrzebujemy do walki z nimi prawdziwych Łowców. – Spojrzała Selenie w oczy. – Bez obrazy, zawsze uważałam, że twoja siostra Tabitha lekko zbzikowała.

Selena zaśmiała się półgębkiem.

– Bo zbzikowała, ale to nie ma nic do rzeczy.

Sunshine próbowała pogodzić się z tym, co powiedziała jej Selena. Nadal nie bardzo wiedziała, czy powinna w to wierzyć. Czy Talon naprawdę mógł być nieśmiertelnym łowcą wampirów?

A jednak na swój sposób to wszystko wyjaśniało. Mnóstwo rzeczy.

O Boże, on naprawdę był pogromcą wampirów!

Zrobiło jej się niedobrze.

– Skąd się biorą wampiry? – zapytała Selenę. – To demony czy biorą się z ludzi, jak na filmach?

Selena zawahał się, a potem odezwała się cicho:

– Dobrze, pozwól, że zrobię ci mały wykład z historii i zobaczysz, czy to pomoże ci wszystko zrozumieć. Eony temu stworzono dwie rasy: ludzi i Apollitów. Apollici byli dziećmi Apolla. Apollo chciał stworzyć nadrasę, która przewyższałaby nas pod każdym względem. Byli piękni, niezwykle wysocy i posiadali potężną, nadnaturalną moc.

Sunshine przełknęła ślinę, przypominając sobie napastników. Opis zdecydowanie do nich pasował.

– Ale jak wielu innych obdarzonych takimi mocami, nadużyli ich i zaczęli walczyć z ludźmi, próbując ich sobie podporządkować.

– Apollici to wampiry?

– Nie. I nie przerywaj mi. W czasie walki między Grekami i Apollitami Apollici zabili kochankę Apolla i jego syna. Z powodu tego morderstwa Apollo wpadł w gniew i zniszczył ojczyznę Apollitów, Atlantydę, a oni sami zostali przeklęci jako zdrajcy. Odtąd musieli pić swoją krew, żeby przetrwać, i nie wolno im było pokazywać się w świetle dziennym, gdzie mógłby ich dostrzec Apollo. Ponieważ jego kochanka miała dwadzieścia siedem lat, gdy zginęła,

Apollici skazani są na straszliwą śmierć w dniu dwudziestych siódmych urodzin.

– Jaką śmierć?

– Rozpadają się na kawałki i powoli rozkładają w ciągu dwudziestu czterech godzin.

Sunshine zdusiła okrzyk.

– Okropne.

Selena zgodziła się z nią, wzięła kartę i odłożyła do talii.

– Mogą uniknąć tego losu na dwa sposoby. Albo dzień wcześniej popełnią samobójstwo, albo zamienią się w Daimony i będą zabijać ludzi, żeby gromadzić ich dusze w swoich ciałach, przedłużając sobie życie.

– W jaki sposób?

– Nie wiem dokładnie. Wiem tylko, że wypijają z nas krew, dopóki nie umrzemy, a potem zabierają z naszych ciał dusze. Dopóki dusza istnieje, utrzymują się przy życiu. Kłopot w tym, że ludzka dusza zaczyna umierać, kiedy tylko ją pochwycą. Dlatego ciągle szukają nowych dusz, żeby podtrzymać swoje życie.

– To zbieranie dusz czyni z nich wampiry?

– Daimony, wampiry, ghule... Nazywaj je jak chcesz. Wysysają krew i duszę, i zostawiają cię z niczym. Jak prawnicy. – Selena się uśmiechnęła. – No popatrz, właśnie obraziłam swojego męża.

Sunshine doceniała fakt, że przyjaciółka próbuje poprawić jej humor, ale nadal miała kłopot z przetrawieniem jej słów.

– A Mroczni Łowcy? Skąd się wzięli? To też Apollici?

– Nie, to starożytni wojownicy. Kiedy Atlantyda zatonęła w oceanie, greccy bogowie byli wściekli, że Apollo stworzył i wypuścił na nas Daimony, więc jego siostra, Artemida, stworzyła armię, która polowała na nie i je zabijała. Mrocznych Łowców. Talon to jeden z jej żołnierzy.

– Jak ich stworzyła?

– Nie wiem. Robi coś, żeby pochwycić ich dusze, i przywraca Łowcom życie. Kiedy wracają, otrzymują sługi i pieniądze, żeby mogli skupić się na łowach i zabijaniu Daimonów. Ich jedynym zadaniem jest uwalniać skradzione dusze, zanim umrą.

Sunshine odetchnęła głęboko, chłonąc informacje. Nie wyglądało to dobrze dla niej i dla Talona.

– Czyli Talon przysiągł Artemidzie wieczną służbę. – Sunshine wzięła rozdygotany wdech. – Jezu, ja to potrafię dobierać sobie facetów. Nawet mi nie mów o beznadziejnych związkach, które prowadzą donikąd.

– Niekoniecznie.

Sunshine spojrzała na Selenę, która zrobiła przebiegłą minę.

– Co?

Selena przetasowała karty.

– Wiesz, Kyrian był kiedyś Mrocznym Łowcą...

Serce Sunshine zabiło mocniej.

– Serio?

Selena pokiwała głową.

– Mogą się wycofać. Prawdziwa miłość może odnowić ich dusze i uwolnić ich ze służby u Artemidy.

– Więc jest nadzieja?

– Skarbie, zawsze jest nadzieja.

ROZDZIAŁ 10

Wycisnąwszy z Seleny wszystkie pikantne szczegóły, Sunshine spakowała swoje stoisko i postanowiła wrócić do domu. Kiedy dotarła na miejsce, Talon nadal spał na sofie.

Jej usta zadrżały, kiedy na niego spojrzała. Wyglądał prześlicznie i było widać, że jest mu niewygodnie. Zdecydowanie nie mieścił się na biało-różowej sofie; ręce i nogi po prostu mu z niej zwisały.

Koszula i kurtka leżały złożone na stoliku, a wielkie motocyklowe buty stały pod nim.

Jasne włosy miał potargane, twarz rozluźnioną. Nieprzyzwoicie długie rzęsy opierały mu się o policzki. Dwa cienkie warkoczyki opadły na poduszkę. Oddychał spokojnie. Spał.

Jedną dłonią zasłonił twarz.

Patrząc na niego teraz, nie mogła uwierzyć, że jest starożytnym nieśmiertelnym wojownikiem, którego samo imię jest synonimem śmierci. Był tym, dla którego jej serce miękło i krew szybciej płynęła w żyłach.

Był przepysznym kąskiem.

Zagapiła się na skomplikowane plemienne tatuaże na jego ciele. Więc naprawdę był Celtem. Prawdziwym, żywym, oddychającym, biegającym nago po wrzosowiskach Celtem.

Jej babka byłaby zachwycona.

Zamknęła oczy i czekała, aż zaleją ją wspomnienia Nynii. Tyle że to nie były do końca jej wspomnienia, przypominały raczej wspomnienia z filmu, który oglądała dawno temu.

Jednocześnie wydawały jej się prawdziwe i nie. Nie była już Nynią, a Talon...

On też nie był tym samym człowiekiem.

Speirr był krewki i wybuchowy. Talon też czasem wybuchał, ale przez większość czasu pozostawał spokojny i oderwany od emocji.

Oboje się zmienili, ale jednak nie mogła się pozbyć wrażenia, że w jakiś sposób są sobie pisani.

A jeśli Selena miała rację? Jeśli Talon faktycznie ma ważniejsze zadanie niż bycie jej kochankiem?

Już nie wspominając o tym, że ona nie była już Nynią. Jakaś część tamtej dziewczyny żyła w niej, ale Sunshine stała się zupełnie nową, odmienną osobą.

Kochała Talona dlatego, że była właśnie Sunshine, czy to tylko pozostałości z jej poprzedniego życia?

Czy kiedykolwiek nabierze pewności?

„Nigdy nie pokocham nikogo innego prócz ciebie, Nyn".

Celtyckie słowa rozbrzmiały echem w jej głowie.

Kawałek po kawałku wracały do niej wszystkie wspomnienia poprzedniego życia. Jakby ktoś otworzył zapieczętowane drzwi i teraz wlewała się przez nie przeszłość.

Wiedziała o jego siostrze, matce, ojcu. Nawet o wuju, ciotce i kuzynie z nieprawego łoża.

Pamiętała, jak wyglądał jako mały chłopiec, kiedy pierwszy raz wykradli się nad jezioro, żeby się pobawić.

Pamiętała, jak traktował go jego klan. Pamiętała skandal spowodowany tym, że jego matka, królowa, dała się uwieść druidowi. Że jego rodzice uciekli nocą, żeby klan nie zabił jego ojca i nie wychłostał matki za zakazany romans.

Wszyscy nienawidzili Talona z tego powodu. Obwiniali go za słabość matki; za to, że uwiodła ich głównego kapłana i pozostawiła ich bez wodza. Mieli do niego pretensje, że jego matka wyżej ceniła własne potrzeby i pragnienia niż swoich ludzi.

W ramach odkupienia za jej czyny, Talon cenił potrzeby i pragnienia innych wyżej niż własne.

Ścisnęło ją w gardle, kiedy przypomniała sobie wszystko, co wycierpiał.

W ową mroźną i śnieżną noc Nynia była przy tym, jak Talon wszedł chwiejnym krokiem do dworu, przemarznięty do szpiku kości, z płaczącym dzieckiem w ramionach. Swoim płaszczem owinął siostrę, żeby nie zmarzła. Buty sprzedał, żeby kupić dla Ceary mleko, którego i tak nie chciała wypić.

I stanął wyzywająco przed nimi wszystkimi. Chłopiec był gotowy na każde zło z ich strony. Nawet dziś widziała zaciekłą determinację płonącą w jego bursztynowych oczach.

– Twoja matka... – odezwał się król Idiag. – Gdzie jest?

– Umarła prawie dwa tygodnie temu.

– A ojciec?

– Minęło sześć miesięcy, odkąd zginął w walce, kiedy bronił nas przed Anglosasami. – Talon spojrzał na płaczące dziecko, a potem na wuja. Jego twarz złagodniała, zdradzała strach. To była jedyna szczelina w fasadzie dzielności. – Proszę, Wasza Wysokość, zlituj się nad moją maleńką siostrzyczką. Nie chcę, żeby i ona umarła.

Idiag przyjrzał mu się ciekawie.

– A co z tobą, chłopcze? Nie prosisz o litość dla siebie?

Talon pokręcił głową.

– Nie, Wasza Wysokość. Nie proszę o nic dla siebie.

Wuj adoptował Cearę, ale nigdy nie uznał Talona. Pogardzał nim jak wszyscy inni.

Nigdy nie chronił go przed szyderstwem i ciosami członków klanu.

Zamiast tego powiedział mu, żeby przyjął je jak mężczyzna, bo na nie zasłużył i nie powinien się mazać.

I tak uczynił Talon.

Sunshine nie potrafiła zliczyć, ile razy zastała Talona nad jeziorem ćwiczącego walkę mieczem.

– Zmuszę ich, żeby mnie zaakceptowali, Nyn. Będę najlepszym wojownikiem, jaki kiedykolwiek się narodził. Nigdy nie ośmielą się zwracać do mnie inaczej niż z należytym szacunkiem.

Patrzyła, jak ten wściekły, zraniony chłopiec dorasta i staje się zgorzkniałym, zapalczywym mężczyzną. Kiedy szedł swym niebezpiecznie zawadiackim krokiem, twarz miał skrzywioną i tak surową, że nawet najbardziej niezłomne serca drżały na jego widok.

Wywalczył sobie drogę do serca wuja. Walczył tak długo, aż cały klan, który go nienawidził, zrozumiał, że tylko on może ich poprowadzić przeciwko wrogom.

Nikt nie śmiał spojrzeć mu w oczy i tylko szeptem mieli odwagę źle mówić o nim lub jego matce.

Wuj nie miał innego wyjścia, jak go zaakceptować. Gdyby go nie uznał, Talon pokonałby go w walce i odebrał mu tron.

Był niepokonany. Silny. Nieugięty.

Wojownik.

Dopóki nie zostawała z nim sama. Tylko wtedy miękł.

Tylko wtedy ośmielał się śmiać i uśmiechać.

Najsilniej prześladowały ją wspomnienia tego, jak szeptał jej słowa miłości, gdy umierała w jego ramionach...

Z zaciśniętym gardłem Sunshine odstawiła torbę i termos z kawą na stół, a potem uklękła na podłodze obok jego głowy. Ogarnęła ją czułość.

Naprawdę kochała tego mężczyznę.

Zmieniła się pod wieloma względami.

A Talon pod wieloma się nie zmienił.

Nadal był zaciekłym wojownikiem, który chadzał własnymi ścieżkami. Tym samym człowiekiem, który przedkładał innych ponad siebie.

Przesunęła palcem po jego czole. Potem pochyliła się i pocałowała go w policzek.

Zerwał się tak gwałtownie, że dosłownie spadł z kanapy.

Zdusiła śmiech.

– Przepraszam.

Talon rozejrzał się, zaspany, a potem usiadł na sofie.

Potrzebował kilku minut, żeby sobie przypomnieć, gdzie jest. Odchrząknął i zmarszczył czoło, spoglądając na Sunshine, która siedziała na piętach i patrzyła na niego z dziwną, rozczuloną miną.

– Co zrobiłaś? – spytał.

– Budziłam pocałunkiem śpiącą królewnę.

Zmarszczył czoło, słysząc te słowa, a potem wyczuł zapach niemal tak samo ponętny jak jej olejek paczulowy.

– Kawa?

Podała mu termos stojący na stoliku.

– Pączki. Pomyślałam, że będziesz wolał je od soku z gujawy i babeczek z żurawiną.

Spojrzał na nią podejrzliwie, zastanawiając się, czy jakiś kosmita nie porwał jej i nie posługiwał się teraz jej ciałem. Nie mogła być tą samą kobietą, która godzinami przetrząsała jego domek w poszukiwaniu czegoś „nietrującego" do jedzenia. Ani rozgniewaną kusicielką, która wypędziła go z łóżka i skazała na samotny dzień na kanapie.

– Już nie jesteś na mnie zła?

– Chcę, żebyś mi zaufał. To się nie zmieniło.

Odwrócił wzrok, nie potrafiąc znieść bólu w jej oczach. Nie chciał jej ranić, nie chciał niczego przed nią ukrywać. Nie miał jednak wyboru.

Pod wieloma względami była jego żoną – a pod wieloma nie. Musiał od nowa się jej nauczyć.

Najbardziej jednak zaskakiwało go to, jak wielką przyjemność sprawiało mu poznawanie jej.

Sunshine była niewiarygodnie seksowną i zabawną towarzyszką.

Wyjęła z torebki pączka z cukrem.

– Głodny?

Tak, był głodny, ale nie myślał o jedzeniu. Pragnął jej ciała, jej towarzystwa.

A przede wszystkim pragnął, żeby jej oczy znowu się zaśmiały i nie były przyćmione bólem.

Uniosła rękę do jego ust, podsuwając mu pączka. Nie zabrał go z jej dłoni. Pochylił się i ugryzł, patrząc, jak Sunshine mu się przygląda.

Zadrżała, gdy ugryzł ciastko, a potem pochylił się, żeby ją pocałować. Jęknęła, czując jego cukrowy smak.

Z westchnieniem zmusiła go, żeby usiadł prosto na kanapie i usiadła mu okrakiem na kolanach.

– Mmm... – westchnął. – Lubię takie przebudzenia.

Odłożyła pączka i ostrożnie nalała Talonowi kubek kawy z termosu.

Patrzył na nią trochę niespokojnie.

– Nie oblej mnie tym, proszę.

Spojrzała na niego krzywo.

– Jestem zapominalska, a nie niezdarna.

Mimo to, jak najszybciej wyjął kubek z jej rąk i wypił kawę z dodatkiem cykorii. Sunshine zakręciła termos i odstawiła na stolik.

Przeczesała dłonią zmierzwione włosy Talona, czując, jak złote fale owijają jej palce. Mięśnie falowały mu przy każdym ruchu, przez co płonęła pożądaniem. Naprawdę był przepięknym mężczyzną, któremu nie sposób się oprzeć.

– Pomyśl tylko, o ile milej by było, gdybyś powiedział mi coś o sobie.

Zacisnął zęby.

– Aleś ty uparta.

Przesunęła palcem po jego zarośniętej szczęce i patrzyła, jak jego oczy ciemnieją, gdy twardnieje pod dotykiem jej ud.

– Tylko wtedy, gdy mi na czymś zależy.

Talon wyjął następnego pączka z torebki i podsunął go Sunshine.

Skrzywiła się i odsunęła jego rękę.

– To jest niebezpieczne dla zdrowia.

– Skarbie, samo życie jest niebezpieczne dla zdrowia. A teraz skubnij mały kęs, to odpowiem ci na pytanie.

Nie dowierzała, ale była gotowa spróbować, ugryzła więc kęs i jęknęła, tak cudownie, dekadencko smakował. Zupełnie jak Talon.

Mroczny Łowca uśmiechnął się, patrząc, jak Sunshine rozkoszuje się pączkiem. Dopiero potem zauważył, że cukier posypał się na jej piersi.

Jeszcze bardziej stwardniał.

Sunshine ugryzła znowu i jeszcze więcej cukru obsypało jej piersi.

Zaschło mu w gardle.

Zanim zdołał się powstrzymać, pochylił się i zlizał cukier puder z jej ciała odsłoniętego w głębokim dekolcie w serek.

Jęknęła z przyjemności, ujmując jego twarz. Oparła czoło o jego głowę i zapytała:

– Więc jak długo znasz Wulfa?

Roztargniony jej smakiem i zapachem, odpowiedział odruchowo:

– Sto lat.

Zamarł, kiedy dotarły do niego własne słowa.

– To znaczy... chciałem...

– W porządku – szepnęła i oblizała jego ucho, czym wywołała rozkoszny dreszczyk. – Wiem, że jesteś Mrocznym Łowcą.

Odsunął się i zmarszczył brwi.

– Skąd?

– Przyjaciółka mi powiedziała.

– Kto taki?

– Czy to ważne? – Przesunęła się na jego kolana i położyła mu ręce na ramionach, żeby spojrzeć mu w oczy. – Powiedziałam ci, że nigdy cię nie zdradzę. Mówiłam serio.

– Nie powinnaś znać tego określenia.

– Wiem.

Talon odwrócił wzrok, jakby się bał, co się z nią stanie, kiedy ktokolwiek dowie się, że wie o Mrocznych Łowcach i ich świecie.

– Co jeszcze powiedziała ta twoja przyjaciółka?

– Że jesteś nieśmiertelny. Nie wiedziała, ile masz lat, ale powiedziała, że sprzedałeś duszę w zamian za zemstę na swoim klanie.

Zmrużył oczy.

– A powiedziała ci dlaczego?

– Nie wiedziała.

– Co jeszcze ci wyjawiła?

– Że prawdziwa miłość może przywrócić ci wolność i zwolnić z przysięgi złożonej Artemidzie.

To była prawda, ale w tym wypadku nie miała znaczenia. Wolny czy nie, nie mógł jej mieć.

– Pod warunkiem, że chcę odzyskać wolność, rzecz jasna.

– A nie chcesz?

Spuścił wzrok.

Ujęła jego podbródek i zmusiła, żeby na nią spojrzał.

– Talonie?

Wziął ją za ręce i ucałował obie, a potem uściskał. Chciał spędzić życie z tą kobietą. Tylko tego pragnął.

I tego jednego nie mógł mieć.

– To nie takie proste pytanie. Złożyłem przysięgę, a zawsze dotrzymuję słowa.

– Czy ja w ogóle coś dla ciebie znaczę?

Wzdrygnął się, słysząc takie pytanie. Chętnie sprzedałby jeszcze raz duszę, żeby spędzić z nią resztę wieczności.

– Tak, znaczysz, ale musisz przyznać, że ledwie się znamy.

– Wiem, a jednak, kiedy na ciebie patrzę, znam cię. Czuję cię w sercu tak głęboko, że to aż boli. Ty też to czujesz?

Czuł, ale nie mógł jej tego powiedzieć. Nie śmiał. Między nimi stało coś więcej niż tylko uczucia. Był jeszcze gniew dwojga starożytnych bogów, którzy będą bardzo niezadowoleni, jeśli wybierze życie z nią.

– Prowadzę niebezpieczne życie. Nie ma żadnej gwarancji, że Artemida kiedykolwiek odda mi duszę. Wiele razy w przeszłości zdarzało się, że odmawiała Mrocznemu Łowcy, a nawet gdy się zgodzi, nie ma gwarancji, że przejdziesz jej próbę i mnie uwolnisz. Już nie wspominając o drobnym szczególe, że przed wiekami wkurzyłem pewnego ważnego celtyckiego boga i kiedy tylko pozwalam sobie pokochać ludzką istotę, on ją zabija. Jak myślisz, dlaczego mieszkam sam na bagnach? Myślisz, że lubię życie pustelnika? Z radością przyjąłbym Giermka albo zaprzyjaźnił się z człowiekiem, ale się nie odważę.

Znajoma żelazna determinacja zabłysła w jej oczach, jakby miała jakiś plan.

– Kogo wkurzyłeś?

– Camulusa.

– Co zrobiłeś... – Urwała i zapatrzyła się w dal, jakby coś sobie przypominała. – Zabiłeś mu syna.

Talon zamknął oczy. Chciałby wrócić do przeszłości i zmienić bieg zdarzeń. Gdyby tylko został w domu z Nynią i rozpaczał tam po wuju, do niczego by nie doszło.

– Tak. – Westchnął. – Myślałem, że to jego syn poprowadził drużynę, która zaatakowała i zabiła Idiaga.

– Za to, że postanowiłeś się ożenić ze mną, a nie z jego córką.

Pokiwał głową.

– Oślepiony rozpaczą nie sprawdziłem faktów i nie dowiedziałem się, że jego córka wyszła już za kogoś innego. – Przełknął ślinę, przypominając sobie tamten dzień i ból, który przetrwał w jego sercu. – Nynia próbowała mnie powstrzymać, ale nie słuchałem. Kiedy zabiłem ich wojowników i króla, Camulus przyszedł do mnie na polu bitwy i mnie przeklął. Dopiero później dowiedziałem się, że na czele ataku stanął syn wuja z nieprawego łoża, który próbował pozbyć się mnie i Ceary, żeby zostać królem. Ale już było za późno. Kości zostały rzucone, nasz los przypieczętowany. Całą prawdę poznałem dopiero w chwili śmierci.

Ujął jej twarz w dłonie i ból tamtego dnia powrócił do niego z dawną siłą.

– Tak cię przepraszam za to, co ci zrobiłem. Co nam zrobiłem. Nie było dnia w moim życiu, w którym nie pragnąłem cofnąć się w czasie i naprawić swoich błędów.

– To nie twoja wina. Zrobiłeś to, co uważałeś za słuszne. – Sunshine go przytuliła, próbując ukoić jego wyrzuty sumienia i ból. – Na pewno istnieje jakiś sposób, żeby odwrócić klątwę Camulusa. Prawda?

– Nie. Nie masz pojęcia, jaki jest potężny.

Odsunęła się i spojrzała na niego.

– Próbowałeś go kiedyś ułagodzić albo z nim porozmawiać?

Zanim zdążył odpowiedzieć, drzwi tworzyły się z hukiem.

Sunshine zdusiła okrzyk i zeskoczyła z kolan Talona. Serce jej zaczęło tłuc, kiedy zobaczyła mężczyznę zbliżającego się do nich powoli, nonszalanckim krokiem, jakby miał całą wieczność dla siebie.

Nie był tak wysoki jak Talon, pewnie mierzył nie więcej niż sześć stóp. Długie czarne włosy opadały swobodnie, okalając twarz. Nosił czarne dżinsy, dopasowaną szarą koszulkę z długimi rękawami i czarny sweter z wycięciem w serek.

Był oszałamiająco przystojny, ale jednocześnie otaczała go mroczna, złowieszcza aura, świadcząca o tym, że rozkoszuje się zadawaniem cierpienia.

Talon wstał, gotowy do walki.

Nieznajomy uśmiechnął się do niego arogancko, z pewnością siebie.

– Mam nadzieję, że nie przeszkadzam, ale uszy mnie palą. Oczywiście musiałem się zjawić i sprawdzić, o czym rozmawiacie.

Nikt nie musiał Sunshine niczego tłumaczyć. Sama zrozumiała, że to Camulus.

Talon zaklął. Zanim się zorientowała, dwa sztylety wyskoczyły spod leżącej na stoliku kurtki i poleciały do dłoni Talona.

Kciukami odblokował tworzące krąg potrójne ostrza i przykucnął w pozycji do walki, gotów zetrzeć się z bogiem.

– Czekaj! – powiedziała Sunshine, mając nadzieję, że powstrzyma walkę, która mogła kosztować Talona życie. Spojrzała na Camulusa. – Po co przyszedłeś?

Bóg zaśmiał się złowrogo, lodowato.

– Zjawiłem się tylko po to, żeby zadać Speirrowi ból, zabijając ciebie. A po co innego miałbym przyjść?

Przerażona Sunshine cofnęła się przed nim.

To by było tyle, jeśli idzie o negocjacje z tym mężczyzną. Był złem wcielonym.

Talon przeskoczył nad sofą i rzucił się mu do gardła.

Camulus wyczarował miecz z powietrza.

– Och, Speirr, jak ja się za tobą stęskniłem... Nikt nie walczy tak jak ty.

Sunshine wytrzeszczyła oczy, kiedy wdali się w pojedynek. Nigdy w życiu nie wiedziała niczego podobnego. Zapomnijcie o Hollywood, tym dwóm nie dorastało do pięt. Walczyli z niewiarygodną zaciekłością, perfekcyjnie, jak prawdziwi mistrzowie.

Talon zablokował miecz Camulusa *sradami* i zrobił unik. Kiedy bóg szykował się do następnego ataku, Talon ciął po łuku i drasnął go w rękę.

Bóg syknął, kiedy krew popłynęła z rany.

– Nie pozwolę ci jej zabrać – rzucił przez zaciśnięte zęby Talon. – Najpierw cię zabiję.

Camulus zaatakował jeszcze gwałtowniej niż poprzednio. Szybciej.

Talon ripostował każdy cios. Śmiercionośny atak w odpowiedzi na śmiercionośny atak.

– Nigdy się nie nauczyłeś, gdzie jest twoje miejsce, Speirr. Nie zrozumiałeś, że powinieneś po prostu odłożyć miecz i grzecznie się bawić.

Talon złapał jego miecz między dwa ostrza.

– Nie bawię się grzecznie z wrogami, tylko ich zabijam.

Uderzył Camulusa z byka i bóg aż się zatoczył do tyłu.

Ale zaraz się otrząsnął.

– Twoja technika się poprawiła.

– Miałem tysiąc pięćset lat na doskonalenie umiejętności.

Kiedy Talon zrobił wypad, do mieszkania wpadło kolejnych sześciu ludzi.

Dwóch z nich oślepiło go jasnymi latarkami.

Zaklął i uskoczył, zasłaniając oczy, bo światło paliło.

– Naprawdę żałuję, że nie mamy na to więcej czasu – powiedział Camulus. – Ale obawiam się, że już się znudziłem.

Talon odwrócił się do Sunshine, która złapała lampkę ze stolika i uderzyła nią pierwszego mężczyznę, który do niej doskoczył.

– Niech cię szlag, Camulusie! – warknął.

– Daj spokój, Speirr. To ty jesteś przeklęty.

Talon próbował dotrzeć do Sunshine, ale jeden z mężczyzn zaczął do niego strzelać. Obrażenia nie groziły mu śmiercią, lecz były niewiarygodnie bolesne, gdy pociski raniły go w pierś, plecy, ręce. Zatoczył się i upadł.

Sunshine krzyknęła, widząc, jak jej ukochany osuwa się na podłogę. Przerażona rzuciła się do niego, ale wtedy kula trafiła ją w bark. Myślała tylko o tym, żeby uratować Talona i siebie. Nie miała broni w mieszkaniu, ale w sypialni trzymała kij baseballowy.

Musiała go wziąć.

Niewielka to ochrona przed bogiem. Ale niewielka, najmniejsza szansa jest lepsza niż nic.

Kiedy biegła do sypialni, zdała sobie sprawę, że to nie zwykła kula ją raniła.

To był ładunek z silnym środkiem usypiającym.

Pokój zakołysał jej się przed oczami, kiedy próbowała iść dalej. Nogi miała ciężkie, trudno jej było zrobić krok. Miała wrażenie, że brnie przez gęsty beton.

To był zbyt duży wysiłek.

A potem wszystko poczerniało.

Zakrwawiony i obolały Talon walczył najlepiej jak umiał. Ilekroć wstał, ktoś świecił mu prosto w oczy i znowu do niego strzelał. Oczy paliły go żywym ogniem i ledwie był w stanie je otworzyć.

Walczył, żeby przebić się do Sunshine.

Camulus trafił go boskim gromem i cisnął nim o ścianę.

Talon spojrzał na niego, cały obolały i krwawiący.

Bóg nonszalancko podniósł Sunshine i na nią spojrzał.

– Ładniutka jest, co? Nawet ładniejsza niż za pierwszym razem. – Posłał Talonowi złowrogi uśmiech. – Nawet sobie nie wyobrażasz, co zamierzam z nią zrobić. – Pocałował Sunshine w policzek. – Ale obiecuję, że się dowiesz.

Talon ryknął z wściekłości.

– Niech mnie piekło pochłonie, Camulusie, zabiję cię, jeśli ją tkniesz!

Camulus roześmiał się i po prostu wyszedł.

Talon ledwie oddychał z bólu, kiedy Camulus puścił go i pozwolił mu paść na kolana. Cały był we krwi, przez co jeszcze trudniej było mu poruszać się po śliskim teraz parkiecie. Mimo to, próbował.

Bezpieczeństwo Sunshine było najważniejsze.

Ktoś zaczął zrywać rolety z okien. Światło słoneczne wlało się do pokoju.

Talon warknął, kiedy promienie przypiekły mu skórę, i rzucił się do drzwi, za którymi zniknął Camulus.

Trzech mężczyzn skoczyło za nim i go obaliło.

Torował sobie drogę kopniakami i ciosami, prąc w ślad za Camulusem.

Pobiegli do tylnych drzwi klubu i zniknęli w zaułku.

Myśląc tylko o ocaleniu Sunshine, Talon nie zdawał sobie sprawy ze światła słonecznego, dopóki skóra mu nie zapłonęła. Klnąc, cofnął się i rozejrzał bezradnie. Camulus zatrzymał się przy samochodzie i uniósł głowę Sunshine, pokazując Talonowi jej twarz.

– Pożegnaj się ze swoją żoną, Speirr. I o nic się nie martw, naprawdę dobrze się nią zaopiekuję.

Camulus wepchnął ją do samochodu i odjechał.

– Nie! – wrzasnął Talon.

Nie mógł być przyczyną śmierci Sunshine.

Nie znowu.

ROZDZIAŁ 11

Dochodziła czwarta po południu, kiedy Nick wyszedł zza rogu przy deptaku i zobaczył Asha stojącego przed Corner Cafe. Atlantyda na niego czekał. Stał przy ceglanej ścianie, w nonszalanckiej pozie, ze skrzyżowanymi rękami i jedną nogą ugiętą w kolanie i opartą o mur, ale Nick wiedział, że wystarczyłaby najmniejsza prowokacja, żeby Ash rzucił się do działania.

Ubrany w czarne skórzane spodnie, czarny T-shirt i długi kolonialny płaszcz kojarzący się z piratami, obserwował turystów, omijających go szerokim łukiem.

Otaczała go mroczna, śmiercionośna aura. Aura, jaka otacza dzikiego drapieżnika, pełnego wdzięku i miłego dla oka, ale przy którym człowiek zdaje sobie sprawę, że w każdej chwili może skończyć jako jego obiad.

Nikt nigdy nie wiedział, jak odnosić się do najstarszego Mrocznego Łowcy, więc większość traktowała spotkanie z nim jak wizytę u dentysty.

Prawdę powiedziawszy, Nick mu współczuł. To musiało być trudne, mieć taką moc i nie mieć nikogo, komu można by się zwierzyć. Ash zachowywał wielki dystans wobec wszystkich, którzy mogli się do niego zbliżyć – fizycznie i umysłowo.

Nick próbował traktować go tak, jak traktowałby każdego innego kumpla, i podejrzewał, że Ash to lubił. W każdym razie bardziej się rozluźniał przy Nicku niż przy innych Łowcach i Giermkach.

– Mamo, patrz, olbrzym!

Nick odwrócił się i zobaczył małą dziewczynkę, pewnie pięciolatkę, pokazującą Asha palcem.

Matka zerknęła raz na Asha, porwała córkę na ręce i w ogromnym pośpiechu przeszła na drugą stronę ulicy, kierując się w stronę katedry.

Ash pomachał do dziewczynki, która kazała mamie na niego spojrzeć. Biedaczysko.

Nick podszedł do niego.

– Wiesz, gdybyś ubierał się trochę mniej przerażająco, to może ludzie by się tak nie zachowywali.

Ash palcem wskazującym zsunął ciemne okulary w dół nosa i posłał Nickowi cierpki uśmiech.

– Uwierz mi, to nie jest kwestia ubrania.

Pewnie miał rację. Było w nim coś nadnaturalnie przerażającego i śmiercionośnego i ludzie chyba instynktownie wyczuwali, że nie jest tak do końca człowiekiem.

Nick zauważył, że zmienił kolor włosów. Znowu. Tego ranka, kiedy był u Kyriana, miał fioletowe.

– Znowu jesteś brunetem, co?

– Znowu jesteś upierdliwy, co?

Nick się zaśmiał.

Ash odepchnął się od ściany i podniósł z ziemi czarny plecak. Nick nigdy nie widział, żeby Ash się z nim rozstawał. Bardzo go ciekawiło, co jest w środku.

Nie miał jednak skłonności samobójczych, więc nie próbował tego sprawdzić. Ash strzegł plecaka jak najcenniejszego skarbu.

– Jak ci poszło na sprawdzianie? – spytał Ash.

– Beznadzieja. Mogłem użyć swojego dwustronnego mikrokomunikatora i cię podpytać. Chodzę na zajęcia ze starożytnej Grecji u Juliana Alexandra i obrywam po tyłku. To ostry zawodnik. I ostry nauczyciel.

– Owszem, nigdy nie przepadał za nepotyzmem.

Nick skinieniem głowy wskazał na wpół zapełnioną restaurację.

– Masz coś przeciwko temu, żebym coś zjadł w czasie naszego spotkania? Przegapiłem lunch, bo się uczyłem, i teraz umieram z głodu.

– Nie ma sprawy – odparł Ash i otworzył mu drzwi.

Jak się nad tym teraz zastanowił, Nick zauważył, że Ash często to robił. Nie pozwalał, żeby ktokolwiek stanął mu za plecami. Zawsze stał plecami do czegoś i pilnował, żeby tłum był przed nim.

Jego matka nazwałaby to odruchem rewolwerowca. Tik nerwowy u człowieka, który w każdej chwili spodziewa się nieoczekiwanego ataku.

Nick usiadł przy końcu baru, a Ash na stołku plecami do ściany, obserwując klientów i drzwi.

Podszedł do nich krępy, starszy barman.

– Co podać? – zapytał niskim, chrapliwym głosem.

– Poproszę piwo – powiedział Nick.

Barman skinął głową i spojrzał na Asha.

– A dla ciebie?

– To samo.

Barman zmrużył oczy i otaksował Asha wzrokiem. Nick zacisnął zęby, żeby się nie uśmiechnąć. Wiedział, co się stanie, zanim barman się odezwał:

– Masz jakiś dowód tożsamości, dzieciaku?

Nick się roześmiał.

Ash kopnął jego stołek, wyciągnął z plecaka podrobiony dowód i podał go barmanowi, który bardzo uważnie obejrzał dokument.

– Bez urazy, ale w tych ciemnych okularach to nie wiem, czy to ty, czy nie. Jeśli chcesz piwo, dzieciaku, musisz je zdjąć.

Zaciskając nerwowo zęby, Ash zdjął ciemne okulary.

Barman odchrząknął, kiedy zobaczył jego upiorne, srebrzyste tęczówki.

– Stary, przepraszam. Nie wiedziałem, że jesteś niewidomy. Trzymaj swój dowód.

Nick zachichotał, kiedy barman złapał Asha za rękę i wsunął do niej dowód. Ash był jedynym Mrocznym Łowcą, którego legitymowano.

Kiedy barman sobie poszedł, Nick nie mógł się oprzeć i zaczął droczyć się z Ashem.

– Więc to znaczy, że jesteś kaleką?

– Nie – odparł Ash, chowając dowód do kieszeni. – Ale jeśli ze mnie nie zejdziesz, to osobiście zafunduję kalectwo tobie.

Nick spoważniał. Powoli.

– Przepraszam, po prostu dla mnie to zabawne jak diabli. Uwielbiam ten dowód, który zrobił dla ciebie Jamie. Urodzony w 1980. Jasne. A w którym tak naprawdę się urodziłeś?

Ash potarł czoło.

– W 9548 przed naszą erą.

– Rety! – Nick był pod wrażeniem daty. Wiedział, że Ash jest stary, ale pierwszy raz podał dokładną datę. – Naprawdę jesteś stary jak świat.

Barman wrócił z piwami.

– Zjecie coś? – spytał.

Nick zamówił czerwoną fasolę i ryż. Kiedy barman odszedł, wrócił do rozmowy:

– To ile masz lat?

Ash upił łyk piwa, zanim odpowiedział:

– Jedenaście tysięcy pięćset pięćdziesiąt jeden. I tak, owszem, czuję się dokładnie tak staro.

– Rety, nie miałem pojęcia. Kurde, nie wiedziałem nawet, że wtedy żyli jacyś ludzie!

– A żebyś wiedział. Kumplowałem się z Flintstone'ami i pracowałem z nimi w kamieniołomie. Miałem własnego dinozaura-koparkę. Barney Rubble może i był niski, ale przynajmniej świetnie grał w kości.

Nick parsknął, a zaraz potem wybuchnął śmiechem. Naprawdę lubił Acherona, chociaż facet był wyjątkowo dziwny.

– No to czemu tu jestem?

– Chciałem porozmawiać z tobą gdzieś, gdzie Kyrian nas nie usłyszy.

– W porządku. O co chodzi?

Zanim Ash zdążył odpowiedzieć, fantastyczna wysoka brunetka o długich, zgrabnych nogach, w bardzo krótkiej czarnej spódniczce podeszła do baru obok nich. Zerknęła obojętnie na Nicka, a potem położyła elegancką, zadbaną dłoń na piersi Asha, wspięła się na palce i szepnęła mu coś do ucha.

Uśmiechnął się do niej uprzejmie.

– Doceniam, skarbie, ale mam już kogoś.

Dziewczyna nadąsała się i podała Ashowi wizytówkę.

– Jeśli zmienisz zdanie, daj mi znać. Obiecuję, że nie gryzę.

– A ja owszem – mruknął Ash, kiedy już odchodziła.

Nick nie był pewien, czy dobrze usłyszał, więc postanowił zignorować uwagę Asha, zwłaszcza że barman przyniósł jedzenie.

– Wiesz – powiedział do Asha – to nie w porządku. Nie rozumiem jak to jest, że ubierasz się jak dziwadło, a mimo to kobiety nadal na ciebie lecą.

Ash odwrócił się i rzucił się mu rozbawiony krzywy uśmieszek.

– Jak się to ma, to się to ma.

– No tak, ale to naprawdę denerwujące dla tych z nas, którym na tym zależy. Mógłbyś się przynajmniej podzielić. – Nick przełknął kęs. – Naprawdę kogoś masz?

Ash nie odpowiedział. Nigdy nie odpowiadał.

– Wracając do naszej rozmowy. Jesteś tutaj, bo chcę, żebyś przekazał Kyrianowi wiadomość, że Valerius jest w Nowym Orleanie.

Nick zadławił się chlebem.

– Już lecę. Pędzę.

– Nick, to poważna sprawa. Prędzej czy później ich ścieżki się przetną i chcę, żeby obaj z Julianem byli na to przygotowani. Jeśli jeden z nich, Zeusie uchowaj, zabije Vala, Artemida będzie mogła na nich zapolować. Nie chcę patrzeć, jak któryś z nich cierpi albo umiera. Mają żony i dzieci, które ich potrzebują.

Nick otarł usta i przełknął ślinę.

– Czego ode mnie oczekujesz?

– Chcę, żebyś mnie wsparł. Pomóż mi przekonać Kyriana, że nie musi się mścić na Valeriusie.

Nick westchnął ciężko i pogrzebał widelcem w fasolce. Łatwiej coś takiego powiedzieć niż zrobić.

– Prosisz mnie o bardzo wiele. Sam pomógłbym Kyrianowi obić mordę temu aroganckiemu sukinsynowi.

– Nicholasie Ambrosiusie Gautier, cóż to za język!

Nick obrócił się gwałtownie na dźwięk melodyjnego francuskiego akcentu matki. Stała za nim z miną, która mówiła, że syn wpakował się w niezłe kłopoty. Miała czterdzieści lat, ale wyglądała o wiele młodziej. Długie jasne włosy czesała w kok. Miała na sobie dżinsy i niebieski sweter. Uznałby ją za bardzo atrakcyjną kobietę, gdyby nie była jego matką.

Ash przysunął sobie piwo Nicka.

Kobieta zacmokała z niesmakiem na widok Atlantydy.

– Nie waż się go kryć. – Pogroziła synowi palcem. – Prowadzisz?

– Nie, mamo, siedzę.

– Nie cwaniakuj. Wiesz, co mam na myśli.

Uśmiechnął się do niej czarująco, co zwykle wystarczało, żeby ją ułagodzić.

– To moje pierwsze i przysięgam, że nie siądę za kółkiem, jeśli wypiję więcej.

Kobieta odwróciła się do Asha z tą samą matczyną dezaprobatą, która zdradzała zarazem złość i miłość.

– A ty? Przyjechałeś tym swoim motocyklem?

– Nie, proszę pani.

– Mamo! – Nick zirytował się, że im przeszkodziła. – Co tu robisz?

– Szłam właśnie do pracy, kiedy was tutaj zobaczyłam. Chciałam zajrzeć i się przywitać, bo wrócę do domu późno, a ty wybiegłeś o świcie bez słowa pożegnania. – Spojrzała na niego z urazą. – Czy to zbrodnia, że matka chce spędzić z synem pięć minut?

Teraz poczuł się jak ostatni osioł.

– Przepraszam. Miałem parę spraw i chciałem się nimi od razu zająć, by potem mieć czas na naukę.

Zmierzwiła mu włosy.

– W porządku, rozumiem.

Potem obrzuciła spojrzeniem Asha, rozchyliła mu płaszcz i westchnęła zmartwiona.

– Przysięgam, że jesteś jeszcze chudszy niż ostatnim razem, kiedy cię widziałam. – Machnęła na barmana i zamówiła dla Asha czerwoną fasolę i ryż. – Chcesz coś jeszcze? – spytała go.

– Nie, dziękuję.

Pogroziła mu palcem.

– Zjesz to wszystko, dobrze?

– Tak, proszę pani.

Nick zacisnął usta, żeby się nie roześmiać, słysząc, jak Ash odgrywa grzecznego chłopca, a jego mama próbuje matkować wojownikowi, który ma jedenaście tysięcy lat. Tylko Cherise Gautier mogła mieć taki tupet.

– Mamo, on nie potrzebuje, żebyś mu matkowała.

Poprawiła mu kołnierz płaszcza, przygładziła go ręką i odparła:

– Zaufaj mi, Nick, potrzebuje, żeby ktoś się nim zaopiekował, tak samo jak ty. Wy, chłopcy, myślicie, że jesteście tacy dorośli i gotowi pójść w świat.

Gdyby tylko wiedziała...

– Może przyprowadzisz Asha dziś wieczór do Sanctuary, a ja zrobię mu kruche ciasto z truskawkami i placki ziemniaczane, żeby nabrał trochę ciała? Możesz uczyć się na zapleczu, jeśli musisz. Dotrzymasz mi towarzystwa w czasie pracy.

Jego matka nie umiała się pogodzić z tym, że syn jest już dorosły. Dla niej zawsze pozostanie pięcioletnim brzdącem, którego trzeba pilnować. Mimo to, kochał ją.

– W porządku. Jeśli nie będę musiał pracować, zajrzę.

– Grzeczny chłopiec. – Sięgnęła do torebki, wyjęła dwie dwudziestki i podała je Ashowi. – Zapłać z tego za fasolę z ryżem, a jeśli wypijesz jeszcze jedno piwo, to lepiej wracaj do domu taksówką, jasne?

– Dobrze, pani Gautier – odpowiedział Ash, biorąc pieniądze. – Dzięki.

Uśmiechnęła się, pocałowała Nicka w policzek, a potem uścisnęła przedramię Asha.

– Bądźcie grzeczni i postarajcie się nie wpakować w żadne kłopoty.

Nick pokiwał głową.

– Dobrze.

Kiedy już wyszła, Nick zwrócił się do Asha:

– Stary, przepraszam cię za to. Dzięki, że tak spokojnie to przyjmujesz.

– Nick, nigdy nie przepraszaj za swoją matkę. Po prostu ciesz się jak diabli, że ją masz – odparł Ash i oddał mu czterdzieści dolarów.

– Uwierz mi, cieszę się. – Nick schował banknoty.

Uśmiechnął się, myśląc o kochającym sercu matki. Zawsze miała tę chorobliwą potrzebę matkowania całemu światu – ale też, z drugiej strony, ojciec wyrzucił ją z domu, kiedy miała piętnaście lat i dowiedziała się, że jest w ciąży. Podchodziła więc z sympatią do wszystkich porzuconych albo zaniedbanych dzieciaków.

Barman wrócił z fasolą dla Asha.

Atlantyda zerknął na jedzenie i podsunął talerz Nickowi.

– Mam nadzieję, że jesteś głodny.

Nick rzeczywiście był, ale nawet on nie poradziłby sobie z dwiema porcjami. Nagle olśniło go, że nigdy nie widział, żeby Ash coś jadł.

– Czy ty w ogóle coś jadasz?

– Tak, ale tego nie ma w menu.

Nick zmarszczył brwi. Wolał nie drążyć tematu.

– Tak się zastanawiam... Czemu spotykamy się za dnia? Jak to możliwe, że wychodzisz na słońce i nie stajesz w płomieniach?

– Jestem wyjątkowy.

– Ach, więc znowu wracamy do kwestii bycia facetem specjalnej troski.

Ash pokręcił głową. Sięgając po piwo, kątem oka zauważył telewizor. Odwrócił głowę i poczuł, że drętwieje z niedowierzania, gdy zobaczył w popołudniowych wiadomościach zdjęcie Zareka.

Kelner włączył dźwięk.

– ...uważa się, że to ta sama osoba, która zamordowała kobietę w Warehouse District wczorajszej nocy...

Nick zaklął.

– Czy to ten facet, o którym myślę?

Ash tylko pokiwał głową, patrząc na zdjęcia z kamery internetowej, na których Zarek walczy z Daimonami, a potem zjawia się policja.

– ...policja oferuje nagrodę za wszelkie informacje na temat podejrzanego.

Nick i Ash zaklęli zgodnie, kiedy pokazano idealny portret Zareka.

– Jesteśmy załatwieni – jęknął Nick.

– Na cacy – warknął Ash.

Wyciągnął komórkę z płaszcza i wyszedł z baru, żeby zadzwonić do Zareka. Ostatnie, czego potrzebował, to żeby ktokolwiek podsłuchał ich rozmowę.

Nick wyszedł za nim.

– Co zrobimy?

Ash się rozłączył.

– Ma wyłączony telefon. Pewnie śpi.

– Ignorujesz moje pytanie czy mnie nie usłyszałeś?

– Słyszałem cię, Nick. Nie wiem. Musimy go ukryć. Z tymi zdjęciami jest już skazany.

– Możesz nimi pomanipulować?

– Nie wiem. W wypadku nowoczesnej elektroniki moje moce słabo się sprawdzają. Mogę co najwyżej coś wysadzić...

Ash urwał w pół zdania, widząc coś jeszcze bardziej wstrząsającego niż twarz Zareka pokazana w wiadomościach. Westchnął zdegustowany i spojrzał na ciemniejące niebo.

– Nudzisz się tam na górze, Artie?

– Hę? Co jest grane?

Ash skinął głową na Chartres Street, gdzie dwie postaci szły prosto ku nim. Dwaj bracia. Prawie dorównywali mu wzrostem, poruszali się jak drapieżniki, powoli, rytmicznie. Rozglądali się na prawo i lewo, przyglądając się każdej mijanej osobie, jakby oceniali, czy to przeciwnik, zdobycz czy ofiara.

Byli ubrani na czarno, w długie skórzane płaszcze, które plątały im się przy motocyklowych butach. Każdy trzymał jedną dłoń w fałdach płaszcza, jakby ukrywali tam broń.

O tak, to były dwie najniebezpieczniejsze istoty, jakie Ash znał. Głównie dlatego, że gotowe były bez chwili wahania zabić każdego, kto im zagrozi.

– Kto wypuścił te psy? – warknął Ash.

Nick zmarszczył brwi.

– Co?

– W mieście są dwaj Katagarowie – wyjaśnił mu Atlantyda.

Katagarowie to były zwierzęta, które przyjmowały ludzką formę i szukały sobie wśród ludzi ofiar – albo czego im się tam akurat zachciało. Jak wszystkie dzikie zwierzęta, byli niezwykle niebezpieczni i nieprzewidywalni.

– O Boże... – jęknął Nick. – Tylko nie mów mi, że to Pogromcy.

– To zależy, kogo zapytasz.

– Co masz na myśli?

– Arkadyjczycy nazwaliby ich Pogromcami, ale dla swoich katagarskich pobratymców są Strati.

Nick zmarszczył brwi.

– A co to znaczy „Strati"?

– To właściwe określenie na katagarskiego żołnierza. Pogromcy zabijają wszystkich i wszystko, co im wejdzie w drogę. Strati zabijają głównie w obronie własnej, w obronie stada i terytorium.

– Czyli są tu u siebie?

Ash pokręcił głową. Wilki podeszły bliżej. Zwolniły na jego widok.

– Acheron Partenopajos – powiedział Vane, zatrzymując się przed nim. – Kopę lat.

Ash skinął głową. Minęło co najmniej kilkaset lat, odkąd ostatni raz ich widział. Uciekali wtedy przed ludzkimi Arkadyjczykami, którzy od zarania dziejów polowali na ich specyficzny gatunek. Bracia szukali jakiegoś miejsca, gdzie mogliby ukryć siostrę przed wrogami.

Vane był starszy; miał włosy do ramion, ciemnokasztanowe z jaśniejszymi pasemkami. Jego dzikie, zielone oczy nigdy niczego nie przegapiały. Fang był o cal wyższy, czarne włosy obcinał krócej i miał piwne oczy. Każdy z nich z osobna był niebezpieczny. Razem byli właściwie niezwyciężeni.

– Vane. Fang. – Ash skinął każdemu głową. – Co was sprowadza do Nowego Orleanu?

Vane rzucił Nickowi podejrzliwe spojrzenie, ale najwyraźniej uznał, że Nick nie stanowi zagrożenia.

– Szukamy legowiska.

Ash skrzywił się, słysząc to określenie, które oznaczało, że Katagarowie przybyli z całą watahą i zamierzają się na jakiś czas osiedlić w Nowym Orleanie.

– To naprawdę kiepski pomysł. Zbliża się Mardi Gras i zjawi się tu wiele Daimonów. Musicie zabrać swoją watahę...

– Nie możemy – przerwał mu Vane. – Mamy sześć samic, które niedługo urodzą.

– I jedną, która urodziła dziś rano – dodał Fang. – Znasz nasze prawa. Ugrzęźliśmy tu, dopóki szczeniaki nie będą wystarczająco dorosłe, żeby podróżować.

Robiło się coraz lepiej. Ciężarne Katagarki były magnesem dla Daimonów ze względu na siłę ich dusz i charakterystyczne dla Katagarów moce parapsychiczne. Nie wspominając już o tym, że w Nowym Orleanie mieszkały trzy grupy Arkadyjczyków, których nic tak nie ucieszy, jak oskórowanie Vane'a i Fanga.

– Wiecie, że mieszkają tu trzy grupy arkadyjskich Wartowników? – spytał Ash.

Oczy Vane'a pociemniały.

– W takim razie lepiej im powiedz, żeby się trzymali od nas z daleka. Mamy młode i jeśli dorwiemy ich gdziekolwiek w pobliżu legowiska, rozerwiemy ich na strzępy.

Ash odetchnął głęboko. Sytuacja była tak absurdalna, że chętnie by się roześmiał, gdyby nie było mu niedobrze. Miał naprawdę kiepski dzień.

Miał na głowie napaloną, wkurzoną boginię. Zaginionego w akcji Celta. Rzymskiego generała w mieście, w którym trzech mężczyzn chciało go wypatroszyć. Mrocznego Łowcę, który wyrwał się spod kontroli i był ścigany za morderstwo. A teraz stado katagarskich wilków zafundowało sobie siedem szczeniaków na wrogim terytorium.

Tak, cudownie jest być przywódcą.

Nick zaczął węszyć i się rozejrzał.

– Co to jest? Czuję gumbo?

Vane i Fang zesztywnieli, kiedy Nick do nich podszedł.

Mimo że Vane powarkiwał, Nick odciągnął mu połę płaszcza i odsłonił jasnoróżowe pudełko, które Vane chował w lewej ręce.

– Co to jest? – spytał Nick.

– Gumbo – odpowiedział Vane niskim, chrapliwym głosem.

– A od kiedy to wilkołaki jedzą gulasz?

Ash się skrzywił, słysząc to pytanie.

Fang rzucił się na Nicka, ale Ash złapał go i odepchnął, zanim ten dorwał się do gardła chłopaka.

– Nie jesteśmy wilkołakami, cielaku – warknął Fang. – Jesteśmy wilkami. Kropka.

Nick robił wrażenie rozbawionego przezwiskiem.

– Cielak?

– Slangowe określenie – wyjaśnił Ash. – Wynikające z faktu, że traktują ludzi jak bydło rzeźne.

Nick się cofnął.

– Różowe pudełeczka, hę? – zagadnął ich Ash, rozbawiony samym pomysłem.

Nic dziwnego, że je ukrywali.

Vane przeniósł groźne spojrzenie z Nicka na Asha.

– Anyę naszła ochota na gumbo i czekoladę. I chciała, żeby obie rzeczy przynieść jej koniecznie z Flamingo Room.

Ashowi zadrżały kąciki ust.

– Nie mogę uwierzyć, że jesteście u siostry na posyłki.

Fang parsknął.

– No cóż, pamiętaj, że określenie „suka" wprowadzono z myślą o naszych samicach.

Vane warknął na niego.

– Jest z naszego miotu, Fang. Trochę szacunku.

Oczy Fanga zabłysły, ale pochylił głowę, okazując uległość starszemu bratu.

Vane podał różowe pudełko Fangowi, wyciągnął z kieszeni długopis i zapisał numer. Podał go Ashowi.

– To moja komórka. Gdybyś potrzebował pomocy z Daimonami, daj mi znać. Mamy w sforze kilkunastu Strati i ostatnie, czego nam trzeba, to Daimony węszące przy samicach i szczeniakach.

Ash wziął numer i schował do kieszeni. Ledwie zdążył to zrobić, kiedy zobaczył pozostałych Strati.

Poruszali się ukradkiem, wynurzając się zza rogu jak stado dzikich psów. Ubrani na czarno, szli szerokim wachlarzem i wyglądali jak śmiertelnie niebezpieczni zabójcy, którymi zresztą byli. Wszyscy na ulicy odsuwali się od nich, zerkając nerwowo.

Tyle, jeśli idzie o dyskrecję. Z drugiej strony, Zwierzo-Łowcy nigdy nie przejmowali się tym, kto i co wie o ich istnieniu. Jeśli ktoś przysparzał im kłopotów, kończył jako ich obiad.

Otoczyli Asha i Nicka.

– Mroczny Łowca – warknął Stefan. Dorównywał wzrostem Ashowi, był przywódcą Strati i śmiertelnym wrogiem Vane'a. Kiedy musieli, walczyli ramię w ramię, ale poza tym serdecznie się nienawidzili. – Co tu robisz z naszymi *filos*?

Ash zauważył, jak wykrzywiły się usta Stefana, kiedy użył czułego określenia na samca z jego sfory. Reszta sfory mogła nie przepadać za Vane'em i Fangiem, ale Ash był kimś z zewnątrz, a przed obcymi sfora zawsze udawała zwartą całość.

– Wymienialiśmy się informacjami.

Stefan zmrużył oczy, patrząc na Vane'a.

– Masz nasze zapasy?

Vane prychnął, zerkając na Nicka.

– Smutne to czasy, kiedy cielę może zwęszyć jedzenie, a ty nie.

Stefan rzucił się do ataku, ale niewzruszony wyraz twarzy Vane'a sprawił, że jednak się wycofał. Stefan był przywódcą z racji wieku i doświadczenia. Vane był jego podwładnym tylko dlatego, że jeszcze nie rzucił mu wyzwania. Gdyby Vane chciał walczyć z przywódcą o zwierzchnictwo nad sforą, nie było wątpliwości, kto by wygrał.

– Do zobaczenia – powiedział Stefan do Asha i poprowadził sforę dalej.

Vane i Fang zostali trochę z tyłu.

– Skorzystaj z tego numeru, gdybyś nas potrzebował – powiedział Vane.

Ash skinął głową.

Bracia dołączyli do sfory. Wszyscy Strati wsiedli na motocykle, które zaparkowali niedaleko, przy ulicy.

Ash nie ruszył się, dopóki nie zniknęli mu z oczu.

– To dopiero przerażający ludzie, co?

– Nie, Nick – odparł powoli Ash. – To nie są ludzie. To zwierzęta. Mogą na krótki czas przybrać ludzką postać, ale nie ukryją swojej wilczej natury.

Jego komórka się rozdzwoniła. Dzwonił Talon. Jego głos tętnił bólem i wściekłością.

– Potrzebuję twojej pomocy. Jestem w klubie Runningwolfa. Zabrali Sunshine.

– Kto?

– Ten celtycki bóg, Camulus. Kiedy tylko słońce zajdzie, ruszam za nim.

ROZDZIAŁ 12

Talon był wściekły. Wzywał Cearę, ale nie odpowiadała. Próbował wejść na ścieżkę duchów, lecz nie był w stanie.

Uwolnione emocje ograniczały jego moce i musiał nad nimi zapanować, żeby zacząć jasno myśleć.

A to było niemożliwe.

Musiał znaleźć Sunshine.

Była sama i nikt jej nie bronił. Jeśli cokolwiek jej się stanie, Camulus mu za to zapłaci – już Talon o to zadba. Bóg nie bóg – nikt więcej jej nie skrzywdzi.

Krążył za tylnymi drzwiami klubu jak lew w klatce. Gniew kipiał mu w żyłach, zjadliwy i namacalny. Miał ochotę rozerwać coś gołymi rękami. Rozszarpać kłami.

Najmroczniejsza część Mrocznego Łowcy uwolniła się i Talon po raz pierwszy zrozumiał w przybliżeniu, co czuje Zarek.

To była furia tak gorąca, że całkowicie nim zawładnęła.

Uderzył dłonią o ścianę obok drzwi.

– Odzyskam ją! – warknął.

Jego udręczone ciało pulsowało boleśnie i krwawiło, ale nie zamierzał czekać na górze, w mieszkaniu Sunshine, mimo że z powodu ran obezwładniała go potrzeba snu.

Nie położy się i nie wyleczy. Zachowa przytomność, nawet gdyby miał przez to znowu umrzeć.

Raz za razem widział Nynię umierającą w jego ramionach, tyle tylko że teraz miała twarz Sunshine. Słyszał jej południowy akcent, kiedy go wołała.

Gdy tylko zajdzie słońce, ruszy odszukać Sunshine i sprowadzi ją z powrotem do domu. Niezależnie od tego, ile będzie go to kosztować.

I niech Bóg ma w opiece tych, którzy okażą się wystarczająco durni, żeby wejść mu w drogę.

Piętnaście minut przed zachodem słońca Acheron i Nick zjawili się przy drzwiach i weszli do korytarza na tyłach klubu. Talon odsunął się jak najdalej od słabnącego światła słonecznego, które wlało się zza progu.

– Co się stało? – spytał Ash, kiedy Nick zamknął drzwi.

Talon zmagał się z gniewem i niepokojem. Emocje były tak przemożne, że gdyby jego moce nie uległy osłabieniu, był pewien, że wystarczyłaby jedna myśl, żeby zrównał ten budynek z ziemią.

– Camulus z paroma ludźmi włamał się do jej mieszkania. Zjawili się przygotowani na Mrocznego Łowcę i mieli halogenowe latarki.

– Krwawisz? – spytał Nick, kiedy jego wzrok przyzwyczaił się do ciemności. Pobladły i przerażony przyglądał się ranom Talona. – Jezu, krwawisz jak diabli.

Talon zignorował nerwowy ton chłopaka.

– Postrzelili mnie.

– Nie, stary – powiedział Nick. – Zamienili cię w ser szwajcarski. Ash, popatrz na jego plecy.

Ash warknął na ich widok.

– Nic ci nie jest?

– Jestem obolały, ale czuję się wystarczająco dobrze, żeby zapolować, i aż nadto dobrze, żeby zabić.

– Jeeezu... – jęknął Nick. – Myślałem, że twoje moce obejmują leczenie.

Talon spojrzał na niego dziwacznie.

– Bo obejmują, ale leczę w ten sposób, że przejmuję na siebie cudzy ból i rany. Trochę trudno to zrobić, kiedy to ja jestem ranny.

– Nick? – rzucił Ash. – Przynieś mu jakieś ubrania. Biegiem.

Nick bez chwili wahania wyszedł wykonać rozkaz.

Ash przyjrzał się Talonowi.

– Nie możesz wyjść na dwór cały we krwi, z dziesiątkami dziur po kulach w ciele. Ludzie nabraliby podejrzeń i zaczęli się zastanawiać, jakim cudem stoisz i nie jesteś... jak by to powiedzieć... martwy. A ostatnie, czego mi teraz trzeba, to kolejny Mroczny Łowca w wieczornych wiadomościach.

Talon obstawał przy swoim:

– Powiedziałem ci, wychodzę, kiedy tylko zajdzie słońce. Za trzynaście minut. Odliczanie trwa.

Ash spiorunował go wzrokiem.

– Do diabła, Celcie. Lepiej zapanuj nad sobą i pomyśl chwilę.

– Nic mi nie jest. Nie stało mi się nic, czego nie uleczy zabicie paru osób.

Ash jeszcze mocniej zmarszczył brwi.

– Odwróć się twarzą do ściany.

Niepewny intencji Acherona, ale w pełni mu ufając, Talon posłuchał.

Poczuł, że Ash dotyka środka jego pleców otwartą dłonią. Dotyk był gorący i elektryzujący, promieniował ciepłem przez całe jego ciało. Talon syknął, kiedy rany zaczęły jeszcze bardziej pulsować. A potem w kilka chwil kule same wyszły z jego ciała, a otwory po nich zaczęły się zasklepiać.

A to sukinkot. Talon nawet nie wiedział, że Ash ma taką moc. Imponujące.

W czasie leczenia zadzwonił telefon Celta.

Ash odsunął się, kiedy Talon odebrał komórkę.

– Tęsknisz już za nią?

– Niech cię diabli, Camulusie. Niech cię diabli!

Odpowiedział mu śmiech.

– Powiedz mi, lepiej zaznać miłości i ją stracić czy nigdy jej nie poznać?

Talon miał czerwoną mgiełkę przed oczami.

– Gdzie ona jest?

– Talon?!

Żołądek gwałtownie mu się zacisnął na dźwięk przerażonego głosu Sunshine.

– Kochanie, nic ci nie jest? – zapytał łamiącym się głosem.

– Nic mi nie zrobili, ale chcą, żebyś przyjechał do magazynu przy Commerce Street. Ja...

– Sunshine! – wrzasnął Talon z bijącym sercem. – Sunshine, jesteś tam?

– Pewnie, że jest, ale potrzebuje cię. Jeśli chcesz ją odzyskać, bądź przy Commerce Street 609 punkt siódma. Przyprowadź tylu przyjaciół, ilu zechcesz, i zobaczymy, kto zabierze Sunshine do domu. I w ilu kawałkach.

Camulus się rozłączył.

Ślepa, gorąca furia przeszyła Talona. Zapominając o niebezpieczeństwie związanym ze słońcem, ruszył do drzwi.

Ash go złapał.

– Talonie, spójrz na mnie.

Nie chciał. Widział tylko martwą Sunshine.

– Talon! – ryknął Ash. – Weź się w garść. Jeśli wyjdziesz teraz, jesteś martwy.

– A co ty, do diabła, wiesz na ten temat?

– Celcie. – Ash zacisnął dłoń na jego ręce. – Robisz to, czego oni chcą. Wybiegniesz w ostatnich minutach słońca słonecznego. Pomyśl, ze wszystkich Mrocznych Łowców, na tobie właśnie mogę polegać, że zachowasz przytomność umysłu. Nie daj sobą manipulować.

Talonowi rwał się oddech, kiedy próbował zdusić gniew i strach.

– Nie mogę pozwolić jej umrzeć.

– Nie umrze, jeśli się opanujesz. Musisz wziąć w karby swój temperament.

Ash go puścił.

Talon na przemian zaciskał i rozluźniał pięści, patrząc na drzwi.

– Zastanów się – ciągnął dziwnie kojącym głosem Acheron. – Przypomnij sobie, czego cię nauczyłem. Nie zapominaj, że zostałeś Mrocznym Łowcą, bo nie potrafiłeś zapanować nad gniewem. Musisz odnaleźć swój spokój. Swoją równowagę.

Talon wziął głęboki wdech i powoli odepchnął od siebie gniew. Bardzo powoli.

– W porządku, jestem już prawie spokojny.

– Dobrze. Bo nie chcę, żebyś był prawie martwy. – Ash odsunął się od niego. – Poczekamy na Nicka, aż wróci z ubraniami, a potem pójdziemy po nią.

Talon pokiwał głową, chociaż nadal żołądek mu się zaciskał. Nie chciał czekać, ale Ash miał rację. Jeśli nie zrobi dokładnie tego, co Camulus powiedział, tamten zabije ją z czystej złośliwości.

Skrzywił się na tę myśl.

– Zabije ją, prawda?

– Nie wiem. Mam nadzieję, że nie.

Talon zamilkł na chwilę, przypominając sobie adres podany przez Camulusa.

– Commerce Street. Czy to nie tam zamordowano tamtą kobietę?

Acheron spojrzał na niego zaskoczony.

– Jaką kobietę?

– Tę, którą miałem zobaczyć. Po to mnie wezwałeś.

Ash spojrzał na niego, nic nie rozumiejąc.

– No wiesz... – upierał się Talon. – Kobietę, którą, jak sam powiedziałeś, mógł zabić Zarek.

Acheron się skrzywił.

– Nie wzywałem cię, żebyś obejrzał zamordowaną kobietę, i jestem pewien na sto procent, że nigdy nie uważałem, że Zarek jakąś zabił.

– Ależ tak.

Acheron pokręcił głową.

– Nie, na pewno nie.

Talon też się skrzywił. Co, u diabła, działo się z tym facetem? W końcu zdziecinniał na starość? To nie w jego stylu, takie roztargnienie.

W tej chwili to raczej była domena Talona.

– T-Rex, spotkaliśmy się tam. Pamiętasz? Zadzwoniłeś do mnie, a kiedy byłem z tobą, Zarek urządził sobie zabawę z policjantami. Wiem, że to byłeś ty. Nie ma na świecie drugiego faceta twojego wzrostu, który wyglądałby tak jak ty.

Acheron pobladł. Gdyby Talon go nie znał, przysiągłby, że zobaczył w jego oczach prawdziwe przerażenie.

Działo się coś naprawdę złego.

– Co jest grane, Ash?

Acheron się odsunął.

– Muszę coś załatwić. Zostań tu, zaraz wrócę i zostanie nam jeszcze mnóstwo czasu na odszukanie Sunshine.

Talon złapał go za rękę, kiedy Acheron ruszył do drzwi.

– Lepiej mi wszystko wyjaśnij. I to teraz.

– Nie mogę.

– Acheronie, to nie czas na zabawę w Wyrocznię. Jeśli wiesz, co się dzieje i z czym mamy do czynienia, lepiej wszystko powiedz.

Ku absolutnemu zdumieniu Talona Acheron po prostu zniknął.

***

Ash nie mógł oddychać, kiedy pojawił się w Katoteros, niewielkiej przestrzeni pomiędzy wymiarami. To była jego prywatna domena, gdzie nikt poza nim nie miał prawa przebywać.

Wieki temu Hades zesłał go do tego nie-miejsca. A ściśle rzecz biorąc, uwięził go tam.

Od dnia, kiedy Artemida go uwolniła, Ash używał Katoteros jak kamienia probierczego – to miejsce przypominało mu, czym był.

A był...

Teraz Ash walczył o odzyskanie panowania nad sobą. Potrzebował kilku minut, żeby zebrać myśli. Zapanować nad emocjami.

Żołądek zacisnął mu się w supeł. Dostał mdłości, kiedy zaatakowały go wspomnienia i ból. Powietrze wokół zaskwierczało i zaczęło iskrzyć w rytm jego napięcia.

Musiał wziąć się w garść. Nie mógł uwolnić spętanych uczuć. Wtedy nikt nie zdołałby go powstrzymać.

Przeczesał dłońmi długie czarne włosy i z jego ust wyrwał się starożytny okrzyk wojenny. Błyskawice rozbłysły i szare burzowe chmury zakotłowały się na upiornym, sinoczarnym niebie.

To niemożliwe. Nie teraz.

A jednak nie istniało inne wytłumaczenie. Styxx był wolny. Jakimś cudem uciekł ze Znikającej Wyspy i grasował po Nowym Orleanie.

Jak mogło do tego dojść?

Teraz Styxx udawał jego. Zadawał się z ludźmi Asha, rozmawiał z nimi...

Ogarnęło go przerażenie.

Musiał go powstrzymać, zanim Styxx opowie komuś o jego przeszłości. Nie zniósłby, gdyby ktokolwiek dowiedział się o jego ludzkim życiu. Gdyby ktoś dowiedział się, czym był.

Co zrobił...

– Acheron?

Wzdrygnął się, słysząc głos Artemidy.

– To moje miejsce, Artie. Obiecałaś, że nigdy tu nie przyjdziesz.

Zmaterializowała się przed nim.

– Poczułam twój ból.

– Tak jakby to cię obchodziło.

Wyciągnęła rękę, żeby dotknąć jego twarzy, ale skrzyżował ręce na piersi i odsunął się od niej. Westchnęła i opuściła rękę.

– Obchodzi mnie, *akribos*. Bardziej, niż myślisz. Ale nie dlatego się zjawiłam. Dowiedziałam się o Zareku.

Ash warknął gardłowo. Oczywiście nie zjawiłaby się z powodu jego cierpienia. Nauczyła go już dawno temu, że jego ból nic dla niej nie znaczy.

– Panuję nad sytuacją.

– Niby jak? Wiedzą o nim, ściga go ludzka policja. Wszystkiemu zagraża. Musi umrzeć.

– Nie. – Warknął na boginię. – Zajmę się tym. Potrzebuję po prostu więcej czasu.

Na jej twarzy pojawił się znajomy wyraz wyrachowania.

– A co mi dasz za ten czas, o który prosisz?

– Niech to szlag, dlaczego o wszystko muszę się z tobą targować?! Nie możesz chociaż raz zrobić czegoś tylko dlatego, że cię o to proszę?

– Nic nie jest za darmo – powiedziała, krążąc wokół niego.

Skrzywił się, kiedy przesunęła dłonią po jego plecach.

– Ze wszystkich ludzi ty najlepiej powinieneś to wiedzieć. Przysługa za przysługę.

Odetchnął głęboko i przygotował się na to, co go czeka. Czy mu się to podobało, czy nie, musiał odegrać pokornego, żeby uratować Zareka.

– Czego chcesz?

Odgarnęła mu włosy z karku i musnęła go ustami i nosem. Wbrew jego woli, przeszedł go dreszcz. Natychmiast stwardniał.

Kiedy się odezwała, głos miała chrapliwy i niski:

– Wiesz, czego chcę.

– Dobrze – odparł zrezygnowany. – Możesz mnie mieć, po prostu nie wysyłaj jeszcze Tanatosa. Pozwól mi zabrać Zareka z powrotem na Alaskę.

– Mmm... – mruknęła tuż przy jego szyi. – Widzisz... jest o wiele lepiej, kiedy współpracujesz.

Zesztywniał, kiedy polizała jego skórę.

– Jedno pytanie – odezwał się chłodno. – Uwolniłaś Styxxa, żeby ze mną pogrywać?

Oderwała się od niego gwałtownie i się odsunęła. Popatrzyła na niego wstrząśnięta.

– Co?!

Ash obserwował ją uważnie.

– Styxx grasuje po Nowym Orleanie. Wolny.

Artemida osłupiała.

– Nigdy bym ci czegoś takiego nie zrobiła. Nie miałam pojęcia, że uciekł. Jesteś pewien?

Wbrew sobie poczuł ulgę, wiedząc, że go nie zdradziła. Znowu.

– Talon go widział. Myślał, że to ja.

Artemida przycisnęła rękę do ust. W jej zielonych oczach rozbłysło przerażenie.

– Spróbuje ci się dobrać do skóry.

– Już zaczął. Jestem pewien, że potańcówka z Zarekiem przed klubem to była zasadzka, żeby doprowadzić do śmierci Zareka. Bez wątpienia Styxx próbuje zneutralizować moich ludzi. Albo żeby mnie nie bronili, albo żeby odwrócić moją uwagę.

– Nie pozwolę cię skrzywdzić – odparła zapalczywie.

– To sprawa między mną i moim bratem. Nie chcę, żebyś się do tego mieszała. – Ash odsunął się od Artemidy. – Wrócę o świcie, żeby dopełnić umowy. Tymczasem zostaw Zareka mnie.

***

Vane nadal miał ludzką formę, kiedy pomagał siostrze zjeść gumbo.

Była jedyną żywą istotą, której kiedykolwiek pokazał swoje czułe oblicze. Dla reszty świata zawsze był bezwzględny i ostry, żeby sfora nie dręczyła Anyi i Fanga z powodu ich mieszanego dziedzictwa.

Zacisnął dłoń na gęstym, miękkim futrze Anyi i zwalczył ból. Tylko ją i Fanga miał na świecie.

Tylko oni się dla niego liczyli.

W dniu, w którym Anya skojarzyła się w parę z jednym ze Strati, Orianem, Vane wpadł w szał. Zawsze wiedział, że jej lekkomyślny, głupi partner szybko umrze.

Kilka tygodni temu Parki potwierdziły jego przeczucia.

Nadal dźwięczał mu w uszach jej głos, kiedy, dowiedziawszy się o śmierci Oriana, powiedziała, że nie tylko połączyli się w parę.

Zgodziła się też, żeby ją i wilka połączyła nadnaturalna więź. Skoro ich siły życiowe połączyły się w jedno, śmierć Oriana oznaczałaby także jej śmierć, gdyby nie fakt, że nosiła jego młode.

Ale kiedy tylko szczenięta przyjdą na świat, połączy się ze swoim partnerem po drugiej stronie wieczności.

Przygnębiony Vane zamrugał, powstrzymując łzy.

Anya spojrzała na niego i polizała go po twarzy.

– Smakuje ci gumbo, hę? – spytał, głaszcząc ją po uszach obiema rękami.

Usłyszał w głowie jej śmiech.

„Dzięki za gulasz".

Skinął głową. Dla niej przeszedłby przez ognie piekielne, żeby przynieść szklankę wody.

Wyciągnęła się obok niego i położyła mu głowę na kolanach.

„Powinieneś przyjąć formę wilka, zanim reszta nabierze podejrzeń".

Patrzył, jak jej futro otula jego palce. Będzie za nią tęsknił, kiedy już odejdzie. Była najpiękniejszą wilczycą, jaką kiedykolwiek widział – i wcale nie chodziło o wygląd. Najbardziej będzie tęsknił za jej czułym sercem. Za tym, jak zawsze martwiła się o niego.

– Zaraz, jeszcze tylko kilka minut.

Wyczuł, że Fang nadchodzi w wilczej formie. Brat szturchnął go w plecy głową, a potem skubnął w ramię.

Z prawej strony rozbłysło światło. Vane spojrzał w górę i zobaczył Acherona stojącego pośród trzęsawiska. Atlantyda rozejrzał się, upewnił się, że są sami, i zapytał:

– Masz minutkę?

Fang warknął.

– W porządku, *adelfos* – powiedział Vane, odpychając brata. – Zajmij się Anyą.

Wstał i zaprowadził Acherona do lasu, z dala od ich legowiska. Jeśli ktokolwiek ze sfory dowiedziałby się, że wciągnął w to Mrocznego Łowcę, byłoby już po nim.

– Powinieneś był do mnie zadzwonić.

– To nie mogło czekać. Mam problem i tylko tobie mogę zaufać, że mi pomożesz.

Vane był wstrząśnięty. Bezgranicznie.

– Ufasz mi?!

Ash spojrzał na niego cierpko.

– Nie, niezupełnie. Ale pewien renegat udaje mnie i zagraża moim Łowcom.

– Co to ma wspólnego ze mną?

– Jesteś mi coś winien i potrzebuję waszego wsparcia, twojego i Fanga. Potrzebuję kogoś, kogo się nie spodziewają.

– Kiedy?

– Teraz.

***

Talon krążył po pracowni Sunshine. Szybko zmył krew z ciała i przebrał się w rzeczy przyniesione przez Nicka.

Zachował spokój, chociaż było to dla niego prawdziwe wyzwanie.

– Nic jej nie jest – powiedziała Ceara. – Przysięgam.

Odetchnął głęboko i z ulgą. Cieszył się, że Cearze udało się tym razem zjawić, ale z trudem się przy nim utrzymywała. Z czymś takim jak moc, która ją blokowała, nigdy wcześniej się nie zetknęli.

Miał tylko nadzieję, że Ceara oprze się jej nieco dłużej i pomoże mu chronić Sunshine.

– Możesz mi powiedzieć, gdzie dokładnie jest? – zapytał.

– Jezu... – odezwał się Nick siedzący przy blacie śniadaniowym i czekający na powrót Asha. – Nie rozmawiasz znowu z martwymi, co? Nie cierpię, kiedy to robisz.

– Zamknij się, Nick.

Chłopak wykrzywił się pogardliwie.

– „Zamknij się, Nick, do nogi, Nick, siad, aport". Też cię kocham, Celcie.

Talon spiorunował go wzrokiem.

– Może zjesz coś na cudzy koszt, żeby zająć czymś usta?

– To rzeczywiście mogę zrobić. – Nick zerwał się z wysokiego stołka i poszedł do kuchni.

– Nie, nie mogę jej znaleźć – odpowiedziała Ceara. – Nie mogę dokładnie określić jej lokalizacji. Mówiłam, chroni ją coś potężnego. Coś, co zaczyna mi wyglądać na boską moc.

– Camulus?

– Nie jestem pewna. Niby czuję, że mógłby to być celtycki bóg, ale wyczuwam coś jeszcze.

– Co?

– Jakby różne moce się połączyły. Jakby działało dwóch bogów.

– Dlaczego?

Ceara wzruszyła ramionami.

Nick zaklął.

– Tu nie ma nic do jedzenia. Tylko trawa, tofu i inne gówno. Nie ma nawet coli. Stary, twoja dziewczyna jest rąbnięta. – Wyciągnął kawałek sojowego sera i go powąchał. – Ale to wygląda na jadalne. Chyba nie można totalnie schrzanić sera, co?

– Pewnie, Nick, zjedz sobie sera. – Talon odwrócił się do Ceary. Nick rozglądał się za jakimś nożem. – Uwolnią ją?

– Nie mogę ci zdradzić przyszłości, znasz zasady.

– Muszę wiedzieć, czy będzie żyła.

Ceara zawahała się, zanim odpowiedziała.

– Dzisiaj będzie.

– A jutro.

Ceara odwróciła wzrok.

– Nie mogę ci tego powiedzieć.

Talon zaklął.

Nagle w pokoju rozbłysło jasne światło. Talon osłonił oczy od blasku, patrząc, jak za progiem pojawia się Acheron i dwaj mężczyźni. Nigdy wcześniej ich nie widział, ale wystarczyło mu jedno spojrzenie, żeby rozpoznać Katagarów. Powietrze wokół nich huczało od zwierzęcej, nadnaturalnej mocy.

– O rety... – mruknął Nick. – Nie cierpię tej sztuczki. Tak mnie przeraziłeś, Ash, że aż przełknąłem ten ohydny ser. – Spojrzał na Talona. – Co to właściwie jest?

– Ser sojowy.

Katagarowie spojrzeli po sobie zdegustowani.

– Tyle, jeśli idzie o moją kolację – powiedział wyższy z nich. – Teraz cały jego organizm jest zanieczyszczony. Minie najmarniej tydzień, zanim komórki ciała się oczyszczą i znowu będzie jadalny.

Nick wyraźnie pobladł.

– Jesteś gotowy ruszać po Sunshine? – zapytał Talona Acheron.

Celt z żelazną determinacją pokiwał głową.

– Bierzmy się do roboty.

Acheron zerknął na stojącego w kuchni Nicka.

– Nick, musisz pojechać do Zareka i dopilnować, żeby przez jakiś czas się nie pokazywał. Ma areszt domowy, więc jeśli dorwę go gdzieś na mieście, obaj się wpakujecie w niezłe szambo.

Nick się skrzywił.

– W porządku, ale chcę zaznaczyć, że gdyby nie chodziło o życie kobiety, powiedziałbym ci, żebyś wypchał się z tym rozkazem. – Wyszedł z mieszkania, mijając Katagara i mrucząc cały czas pod nosem: – „Nick, przyprowadź wóz, przynieś ubranie, wymieć kominek, pościel łóżko, popilnuj mojego psychopaty, przynieś mi kapcie". Dobra, przyniosę ci te kapcie i wepchnę ci je gdzieniegdzie.

Kiedy Talon już myślał, że Nick skończył, usłyszał ostatni komentarz na pożegnanie:

– Przysięgam, że matka powinna była nazwać mnie Reksio.

– Ej, wiedz, że mój najlepszy przyjaciel nazywa się Reks – rzucił przez ramię Katagar.

Drugi szturchnął go lekko.

– Przestaniesz wreszcie?

Acheron wskazał na wyższego Katagara o krótkich czarnych włosach, tego, który rzucił komentarz o kolacji.

– Talon, poznaj Fanga.

Potem wskazał na drugiego – tego o dłuższych kasztanowych włosach i zielonych oczach.

– A to jego brat, Vane.

– Po co tu są? – spytał Celt.

– Powiedzmy tylko, że jeśli tamci goście znowu będą uzbrojeni w halogenowe latarki, to nie zrobią takiego wrażenia na Katagarach jak na tobie.

– Jasne – przytaknął Vane, uśmiechając się złowrogo. – Światło tylko pobudza nas do ataku.

Dobrze, przynajmniej mieli w zanadrzu jedną niespodziankę.

A teraz, gdyby tylko dorwał Camulusa w swoje ręce...

– Więc jaki mamy plan, dziewczęta? – rzucił Fang.

– Plan jest taki, że żaden z nas ma nie zginąć – odparł Acheron.

Vane wyprowadził ich z mieszkania i zszedł na dół do samochodu Talona. Talon zorientował się, że dwa motocykle – czarny i szary ninja – należą do Katagarów. Ponieważ zmiennokształtni musieli się poruszać szybko, żeby wymknąć się wrogowi, woleli jeździć motocyklami wyścigowymi niż biegać czy chodzić i tracić niezbędne w walce siły.

Talon zerknął na zegarek. Dwadzieścia minut do spotkania. Po części chciał, żeby Acheron po prostu przeniósł ich do magazynu, ale wiedział, że lepiej go o to nie prosić.

Ash bywał kapryśny, jeśli idzie o tę moc, i robił się drażliwy, gdy ktoś go prosił o jej użycie.

Talon wsiadł do vipera i pierwszy wyjechał z zaułka. Pozostali uruchomili motocykle, ruszyli za nim i skierowali się w stronę Commerce Street.

Kilka minut później dotarli do Warehouse District.

Na ulicach roiło się od turystów i miejscowych. To popularne miejsce było w Nowym Orleanie dzielnicą artystyczną, często nazywaną „SoHo Południa".

Nie potrzebował dużo czasu, żeby znaleźć opuszczony magazyn, który w latach osiemdziesiątych mieścił popularną galerię. Zamknięto ją na początku lat dziewięćdziesiątych i od tamtego czasu magazyn świecił pustkami. Wielkie okna były ciemne, niektóre częściowo zabito albo powybijano. Niegdyś czerwone drzwi obłaziły teraz z farby, a trzymały się w kupie tylko dzięki grubemu łańcuchowi i kłódce.

Kiedy zaparkowali pojazdy i zebrali się przy drzwiach, ze środka nie dobiegały żadne dźwięki.

– Ej, panowie – wycedził Fang, zdejmując kask – zdajecie sobie sprawę, że to najpewniej pułapka?

– Nie, serio mówisz? – odparł sarkastycznie Talon.

Fang przewrócił oczami.

Talon wezwał moc i czekał, aż go wypełni. Czuł, jaka jest pokiereszowana. Nie wyglądało to za dobrze.

Nie wiedział, co ich czekało w budynku, ale stanąłby do walki z całym piekłem, żeby tylko obronić Sunshine. Ze swoimi mocami lub bez nich.

Ruszyli do budynku. Ash szedł ostatni.

– Uuu, włamanie – mruknął Fang, kiedy Talon pracował nad kłódką. – To przywołuje złe wspomnienia, co, Vane?

– Zamknij się, Scooby – powiedział Vane, posługując się obraźliwym katagarskim określeniem głupich, tchórzliwych szczeniaków. – I pilnuj własnego tyłka.

Talon otworzył kłódkę i zaraz potem drzwi. Zaskrzypiały przeraźliwie, jakby miały wypaść z zawiasów. Zaklął i pchnął je z irytacją.

Weszli do budynku jeden za drugim i rozeszli się promieniście, po czym zatrzymali się w ciemnym, pustym pomieszczeniu, pokrytym co najmniej dziesięcioletnim kurzem, pajęczynami i brudem.

Od czasu do czasu ulicą przejeżdżał samochód, rozświetlając reflektorami zniszczone wnętrze. Panowała w nim absolutna cisza, nie licząc dobiegającego z góry dziwnie rytmicznego łoskotu i odgłosu gryzoni biegających po podłodze.

Fang zanucił melodię z jakiegoś kiepskiego filmu.

– Ej, Ash, chcesz mi wyssać krew?

Ash rzucił mu dziwne, puste spojrzenie.

– Nie, dzięki. Ostatnie, czego mi trzeba, to złapać od ciebie psi wirus albo inną dziwną psią chorobę, przez którą będę musiał podnosić nogę przy każdym hydrancie.

Vane grzmotnął brata w potylicę.

– Następnym razem zostawię cię w domu.

– Ej, to boli – mruknął Fang, rozcierając głowę.

– Ale nie tak bardzo jak to – rozległ się bezcielesny głos.

Talon usłyszał coś lecącego w powietrzu. Ostro odchylił głowę w lewo, żeby nie oberwać, i złapał przedmiot, gdy ten przelatywał mu nad ramieniem.

Uniósł brwi na widok wielkiego średniowiecznego topora. Oddał go Vane'owi.

Tamten się skrzywił. Nie był ubawiony.

– Ej, palancie, powinieneś coś wiedzieć. – Vane sprawdził ostrze kciukiem. – Zaatakuj mojego brata, a naprawdę mnie wkurzysz.

Odrzucił topór w stronę tego, kto pierwszy nim cisnął.

Talon usłyszał jęk i zaraz potem reflektory przecięły ciemność.

Talon i Ash syknęli z bólu, schylili się i osłonili oczy.

W następnej sekundzie rozległ się trzask i światła pogasły.

Ash cisnął błyskawicę w kąt, gdzie musiała trafić w cel, bo Talon usłyszał wrzask. Zaśmierdziało przypalonym mięsem.

Daimony wyległy z ciemności i zaatakowały. Talon dorwał pierwszego, który do niego dotarł, i powalił. Palcami stóp wysunął ostrze z noska buta, ale zanim zdążył nim zabić Daimona, drugi złapał go w pasie i pchnął do tyłu.

– Gorące żarcie, świeże Daimony na kolację – powiedział ze śmiechem Fang. – Ej, Vane, wolisz białe mięso czy czerwone?

Vane trafił jednego z Daimonów nożem w pierś, prosto w serce. Daimon się rozpadł. Vane roześmiał się, widząc, jak brat właśnie załatwia drugiego.

– A może ja złapię za jedną nogę, ty za drugą i sprawdzimy, któremu spełni się życzenie?

Talon przewrócił oczami, obrócił się i ostrzem w bucie załatwił Daimona, który go złapał.

Rzucił się na następnego, który chciał zaatakować Fanga od tyłu. Chwycił go, zanim tamten dosięgnął Katagara.

Daimon odwrócił się z sykiem i spróbował go dźgnąć. Talon wykręcił mu nadgarstek i wyrwał nóż z dłoni.

– Kiepski ruch, kleksie – mruknął i uderzył.

Przeciwnik zatoczył się do tyłu i Talon wykończył go nożem. Daimon rozpadł się, a skradzione dusze, teraz wolne, wyrwały się z jego ciała i popłynęły pod sufit.

Dostrzegł kątem oka coś, co przyciągnęło jego uwagę. Odwrócił się i zobaczył, że grupa Daimonów otoczyła Asha.

Acheron walczył z nimi kosturem, ale zaatakowało go ich tyle, że równie dobrze mógłby opędzać się od mrówek, stając w środku mrowiska.

Talon przyszedł mu z pomocą.

Skąd się ich tyle brało?

Zgoda, zwykle gromadziły się w Nowym Orleanie o tej porze roku, ale niech je wszyscy diabli... Wyglądało na to, że zlazła się tu połowa światowej populacji Daimonów.

Walcząc wspólnie, Talon, Katagarowie i Ash wykończyli wszystkie.

– Dzięki – powiedział Ash, kiedy ostatni Daimon się rozpadł.

Talon skinął głową i złożył *srad* w pojedynczy sztylet, po czym wsunął go do buta.

– Cóż... – odezwał się Fang, parodiując południowy akcent. – Muszę przyznać, że to okropnie miło ze strony Daimonów, że sprzątają po sobie, jak się je zabije. To o wiele lepsze od załatwiania Arkadyjczyków. – Pokazał ręce. – Popatrz, mamusiu, wcale się nie pobrudziłem.

– Czy Fanga da się jakoś wyłączyć? – zapytał Vane'a Talon.

Vane pokręcił głową i posłał mu przepraszające spojrzenie.

Talon nie zwracał już na nich uwagi.

Miał ważniejsze sprawy na głowie.

– Musimy znaleźć Sunshine – powiedział, kierując się do schodów.

– Czekaj! – zawołał Ash. – Nie masz pojęcia, co jest na górze.

Talon nie zwolnił kroku.

– Nie dowiem się, dopóki tam nie wejdę.

Myśląc tylko o ratowaniu Sunshine, ruszył w kierunku, z którego dobiegał łoskot – do drzwi na końcu korytarza na piętrze. Zanim do nich dotarł, dogonili go Vane, Fang i Ash.

Otworzył z rozmachem drzwi, gotowy do walki.

Zamiast kolejnej grupy Daimonów znaleźli Sunshine przywiązaną do łóżka oświetlonego małą latarenką. Jęcząc, wiła się i szarpała, jakby płonęła żywcem.

Przerażony, że coś z nią jest nie tak, Talon podbiegł do niej, a Vane i Fang przeszukali pomieszczenie, spodziewając się kolejnych Daimonów.

Co oni jej zrobili?

Jeśli ją tknęli, dorwie ich i rozerwie na strzępy.

Kiedy tylko ją uwolnił, chwyciła go w uścisk niczym imadło.

– Cześć, skarbie – wydyszała gardłowo, ocierając się o niego, przeczesując rękami jego włosy i przebiegając palcami po całym jego ciele. – Myślałam o tobie, chciałam, żebyś do mnie przyszedł.

Nieświadoma obecności innych w pokoju, pocałowała go gorączkowo i zaczęła ściągać z niego ubranie. Przez całą minutę Talon był zbyt zaszokowany, żeby choćby drgnąć.

A potem hormony wzięły górę i zapragnął jej równie mocno, jak ona jego.

Pchnęła go na łóżko i weszła na niego, jakby zamierzała od razu go przelecieć.

Jego ciało natychmiast zapłonęło. Nigdy wcześniej nie widział czegoś takiego. Musiał z nią dosłownie walczyć, żeby nie zdarła z niego wszystkich ubrań. Nie miałby nic przeciwko temu, gdyby byli sami, ale nie zamierzał występować przed publicznością.

Acheron obserwował ją ze zgrozą. Miał minę, która przywodziła Talonowi na myśl człowieka przypominającego sobie straszliwy koszmar.

– Sunshine? – spytał, próbując sprawdzić, czy nic jej nie zrobiono. – Nic ci nie jest?

Ona tylko jęknęła, całując go w dół od podbródka do szyi. Natychmiast stwardniał.

– Śmiało, kochanie – mruknęła mu do ucha. – Potrzebuję cię. Teraz.

– Ej, Vane – odezwał się Fang. – Nie wiedziałem, że ludzkie samice też mają ruję, a ty?

Brat rzucił mu dziwne spojrzenie.

To nie miało najmniejszego wpływu na Fanga.

– Myślisz, że będzie potrzebowała dublera, kiedy już zajeździ Talona, jak katagarska samica? Zwykle nie tykam ludzi, ale ten kąsek może by mnie skusił.

Talonowi zrobiło się czerwono przed oczami.

Vane zatkał bratu usta i odciągnął go.

– Fang, lepiej się przymknij, bo Talon przerobi cię na kotlety z wilka.

Ash potrząsnął głową, próbując wybudzić się z transu. Odciągnął Sunshine od Celta. Walczyła i syczała jak dzika kotka, próbując się wyrwać. Ash szepnął coś do niej w języku, którego Talon nie zrozumiał, i Sunshine natychmiast zwiotczała mu w rękach.

– Coś ty jej zrobił? – zezłościł się Talon.

– Nic złego. – Acheron ostrożnie odłożył kobietę Talonowi na kolana. – To niewinny czar snu, który uspokoi ją i będziesz mógł bezpiecznie odwieźć ją do domu.

Ash podniósł rękę Sunshine i powąchał jej skórę.

Talon już wyczuł dziwny, korzenno-pomarańczowy zapach czegoś, co przenikało ciało Sunshine.

Ash odwrócił się do Vane'a i Fanga.

– Możecie poczekać na nas na dole?

Vane skinął głową.

– Sprawdzimy jeszcze raz budynek i upewnimy się, czy nie kryje się tu więcej Daimonów.

Wyprowadził brata z pokoju.

Talon przytulił Sunshine do piersi. Cieszył się, że ją odzyskał, ale niepokoił się, co jej zrobili. Zauważył też, jak dziwnie zachowuje się Ash – o wiele dziwaczniej niż zwykle.

– Co z nią?

Ash westchnął ciężko.

– Dali jej specyfik zwany *eycharistisi*.

Talon zmarszczył brwi, słysząc obce słowo.

– Rozkosz – dodał Ash.

– Słucham?

– To bardzo silny afrodyzjak. Zalewa ciało endorfinami i likwiduje wszelkie zahamowania. Jedna dawka i delikwent myśli tylko o tym, żeby znaleźć kogoś, kto pomoże mu osiągnąć orgazm.

Talona zalała wściekłość, kiedy pomyślał, dlaczego ktoś miałby dać jej coś takiego.

– Myślisz, że Camulus uprawiał z nią seks?

– Nie, myślę, że ktoś inny zostawił to jako wiadomość dla mnie i ostrzeżenie dla ciebie.

– Jak to?

Na policzki Asha wystąpiły czerwone plamy – coś, co przydarzało mu się wyłącznie wtedy, kiedy był naprawdę wściekły. Przez tysiąc pięćset lat Talon widział te rumieńce tylko trzy razy.

– Rozkosz była popularnym narkotykiem na Atlantydzie i nie produkowano jej od czasów, gdy kontynent legł na dnie Morza Egejskiego.

Talona ogarnęły złe przeczucia. Nie chodziło już tylko o niego i Sunshine. Zmrużył oczy, patrząc na Acherona.

– Co jest grane, T-Rex? Najpierw pogrywa ze mną ktoś, kto wygląda jak ty, ale nie jest tobą. Potem ktoś ma dostęp do narkotyku, który zniknął jedenaście tysięcy lat temu razem ze swoją ojczyzną, i karmi nim Sunshine porwaną przez Camulusa. A co chodzi?

– Pierwsze, co mi przychodzi do głowy, to że Camulus się z kimś sprzymierzył.

– Z kim?

Zgodnie z oczekiwaniami Talona, Acheron nie odpowiedział wprost.

– Masz się do tego nie mieszać.

– Trochę trudno mi się nie mieszać, kiedy ta osoba cały czas mnie w to wciąga. Nie będę stał z boku, dopóki coś grozi Sunshine.

– Zrobisz, co ci każę.

– Nie jestem twoim chłopcem na posyłki. Lepiej zmień ton. I to szybko.

Ash jeszcze bardziej poczerwieniał.

– Kwestionujesz moje zwierzchnictwo?

– Nie, kwestionuję twój osąd. Chcę, żebyś mi jasno powiedział, z kim i z czym mamy do czynienia i dlaczego ktoś podał Sunshine ten narkotyk.

– Nie jestem ci winien żadnych wyjaśnień. Musisz tylko wiedzieć, że mam starego wroga, który udaje mnie.

– Po co?

– No cóż, na pewno nie po to, żeby być dla mnie miłym i podbić serca moich przyjaciół, prawda?

Talon warknął, poirytowany faktem, że Acheron nie potrafi bąknąć ani słowa na temat swojej przeszłości. Dlaczego był tak potwornie tajemniczy?

– To zmiennokształtny? Półbóg?

– Kiedy ostatni raz sprawdzałem, był człowiekiem.

– Więc dlaczego wygląda tak jak ty? To twój krewny?

– Nie będę bawił się z tobą w dwadzieścia pytań. To nie twoja sprawa. Ja się nim zajmę.

– Wyjaśnij mi przynajmniej, jak na przyszłość mam was odróżnić?

Acheron zdjął ciemne okulary.

– Nasze oczy. Jestem jedynym człowiekiem, jaki narodził się z takimi oczami. Nie będzie takich miał i nie zdejmie okularów, bojąc się, że to by go zdradziło.

– Dlaczego się na ciebie uwziął?

– Chce mojej śmierci.

– Ale dlaczego?

Acheron odsunął się od Talona.

– Rozkazy dla ciebie są proste. Zabierz ją z powrotem na bagna. Nie wiem, ile narkotyku jej podali, ale jestem pewien, że nadal będzie czuła jego działanie, kiedy się obudzi. Zaufaj mi, jeśli tak będzie, zafunduje ci ogromny uśmiech na twarzy.

– Zaufać ci – powtórzył Talon. – To zabawne, że ciągle to powtarzasz, a sam nikomu nie ufasz nawet na tyle, żeby ujawnić choćby podstawowe fakty na swój temat. Dlaczego tak jest, Ash?

Acheron – jak zwykle – nie odpowiedział. Wtedy Talon zrozumiał, jak musiała czuć się przy nim Sunshine. To dziwne, że w ogóle go tolerowała.

– Ej, Ash! – zawołał z dołu Vane. – Jest tu coś, co powinieneś zobaczyć.

Talon wziął Sunshine na ręce i zniósł po schodach. Ash poszedł za nim.

Vane i Fang znajdowali się w małym pomieszczeniu przylegającym do głównej hali. Na przeciwległej ścianie ktoś namalował upiorny grecki symbol przedstawiający trzy kobiety i stado gołębi. Przyklejono do niego przylepcem trzy liściki – po jednym nad głową każdej z kobiet.

Jeden był adresowany do Talona, drugi do Sunshine, a trzeci do Asha.

Acheron przeszedł przez pokój i zdjął kartki. Otworzył list zaadresowany do Talona i przeczytał na głos:

– „Nie posłuchałeś mnie, Celcie. Ostrzegałem, żebyś trzymał ją na bagnach, gdzie pewnie nic by jej nie groziło. Założę się, że zadręczasz się teraz myślą o tym, kiedy, gdzie i jak ją zabiję. Ale bądź spokojny, na pewno to zrobię".

Ash otworzył list do Sunshine i również przeczytał na głos:

– „Talonie, czytasz listy Sunshine? Cóż to, nie ufasz swojej dziewczynie? Nie martw się. Nie zdradziła cię. Przynajmniej na razie, chociaż nie było łatwo. Musieliśmy ją przywiązać, żeby nie pieprzyła się z nami wszystkimi".

Talon ryknął z wściekłości.

– Niech mnie szlag, znajdę tego sukinsyna i wyrwę mu serce!

Rozwścieczony Ash otworzył ostatni list, ale tego nie przeczytał na głos. Ten był zaadresowany do niego. Innym charakterem pisma.

„Znam cię, młodszy bracie. Wiem, co zrobiłeś. Wiem, jak żyjesz. A przede wszystkim wiem, jakie kłamstwa wmawiasz sobie, żeby spokojnie zasnąć. Powiedz mi, co pomyśleliby o tobie twoi Mroczni Łowcy, gdyby kiedykolwiek poznali prawdę na twój temat? Pilnuj, żeby się do mnie nie zbliżali, bo inaczej postaram się, żeby wszyscy zginęli. Do zobaczenia na Mardi Gras".

Ash zmiął list w dłoni i zniszczył go siłą woli. Ogarnęła go bezsilna złość, rozpalając mu krew w żyłach. Jeśli Styxx chciał wojny, to niech lepiej zgromadzi więcej Daimonów. Nie miał pojęcia, na co się porywa.

– Co było napisane w tym ostatnim? – zainteresował się Talon.

– Nic. Zabierz Sunshine do siebie i trzymaj ją tam, dopóki narkotyk nie przestanie działać, a potem zadzwoń do mnie.

Ash przetarł oczy dłonią. Katagarowie wyprowadzili ich z budynku.

Talon wsadził Sunshine do samochodu. Stanęli we czterech wokół wozu.

Vane skrzyżował ręce na piersi, patrząc na Acherona.

– No dobrze, Ash, to jak właściwie teraz wygląda twoja sytuacja?

– Zasadniczo mam przerąbane. W ciągu następnych dwudziestu czterech godzin muszę znaleźć sposób na to, żeby wyciągnąć stąd Zareka, zanim dorwą go gliny. Jeśli się nie mylę, następnym numerem mojej nemezis będzie poinformowanie Kyriana i Juliana, kto jest ich nowym sąsiadem.

Talon spojrzał na Acherona.

– Chce cię zdekoncentrować.

Ash pokiwał głową.

– I świetnie mu to idzie – przytaknął.

Talonowi przyszedł do głowy pewien pomysł.

– Wiesz co? Myślę, że wszyscy o czymś zapominamy.

– A mianowicie?

Talon wskazał Katagarów, żeby przypomnieć Acheronowi, że wilcza *patria* nie jest jedyną grupą Zwierzo-Łowców w mieście.

– Że twój kumpel nie wie o Sanctuary. Myślę, że powinniśmy dać znać klanowi niedźwiedzi, żeby byli w pogotowiu. Na pewno Papa Peltier i jego chłopcy z radością pomogą nam w czasie Mardi Gras. Są mi winni parę przysług, a jeśli pojawi się tyle Daimonów, co dzisiaj, przyda nam się wszelka pomoc.

– Racja.

– Na twoim miejscu – ciągnął Talon – od razu powiedziałbym Kyrianowi o Valeriusie, tak jak planowałeś. I trzymałbym Zareka w pogotowiu, nie odsyłał go stąd.

– A co z policją?

– Zaufaj mi, znam to miasto. Policja będzie tak zajęta w czasie Mardi Gras, że Zarek mógłby podejść i się im przedstawić, a i tak nie skojarzyliby, że to on. Chociaż na twoim miejscu udałbym, że przenoszę go z miasta, na wypadek, gdyby nasi „przyjaciele" nas obserwowali. Zadzwoń do Mike'a, każ mu przylecieć i wywieź Erica pod osłoną nocy; niech myślą, że to Zarek. Prawdziwego Zareka ukryj, a Valeriusa zamelinuj aż do samego Mardi Gras.

Acheron zacisnął zęby.

– To ryzykowne.

– Jak życie na bagnie.

Vane wyszedł naprzód.

– Mogę wystawić warty wokół domu Talona. Jeśli znowu go zaatakują, zjawimy się z Fangiem w okamgnieniu.

– Dlaczego chcecie nam pomóc? – spytał Talon. – Myślałem, że zgodnie z waszą polityką lepiej by było, gdyby nic nie zostało z Mrocznych Łowców.

– Zgadza się, ale mamy dług u Acherona. – Vane odwrócił się do Atlantydy. – Jak już będzie po wszystkim, uznaj, że spłaciliśmy całość.

Acheron pokiwał głową.

– Umowa stoi.

Talon się pożegnał, wsiadł do samochodu i ruszył do domu.

Kiedy wyjechał z dzielnicy, wziął Sunshine za rękę i uścisnął mocno. Jej kości wydawały się takie kruche w jego dłoni, a jednak wiedział, ile ta kobieta ma w sobie siły. Ile wdzięku i determinacji.

Tak bardzo się bał, kiedy Camulus ją zabrał.

Nie podobało mu się życie w takim strachu. Nie podobało mu się, że w ogóle coś czuł. Żył bez emocji tak długo, że odzyskanie ich zadawało mu ból.

Brakowało mu spokoju i wyważenia. Przywykł do tego, że nigdy nie traci zimnej krwi, ale za każdym razem, kiedy patrzył na Sunshine, tracił panowanie nad uczuciami.

Poruszyła go do głębi i wiedział, że już nigdy nie będzie taki jak kiedyś. Nie chodziło tylko o to, że była Nynią. Ważniejsze, że była sobą.

Miała w sobie siłę, odwagę i ogień. Była niezależna i podziwiał to w niej.

Była dla niego bezcenna.

Kochał ją teraz bardziej niż kiedy był człowiekiem. I ból, jaki sprawiał mu ta myśl, był nie do zniesienia.

***

Zawiózł ją do siebie i teraz ostrożnie położył na materacu. Nie był pewien, co Acheron jej zrobił, ale spała spokojnie.

Zadzwonił telefon.

Odebrał i usłyszał głos Acherona:

– Dojechaliście?

– Tak, nadal śpi.

– Dobrze. Martwiłem się o was.

Talon zmarszczył brwi. To był głos Acherona, ale on nie powiedziałby czegoś takiego.

Natychmiast obudziły się w nim podejrzenia. To z pewnością nie był Acheron. Głos i ton nie zmieniły się, ale teraz, kiedy Talon wiedział, że jest ich dwóch, zauważał różnicę osobowości.

To był oszust.

– Więc jak myślisz, ile czasu potrzeba, żeby organizm pozbył się narkotyku? – spytał Talon.

– Nie wiem. Na jednej dawce można jechać od jednego do trzech dni.

– Serio? Sporo wiesz na ten temat.

– No cóż, jako śmiertelnik byłem tak od niego uzależniony, że gotów byłbym sprzedać za niego duszę.

– A kim jesteś teraz?

– Słucham?

– Wiem, że nie jesteś Acheronem.

Mroczny śmiech rozległ się w jego uchu.

– Bardzo dobrze, Mroczny Łowco. Bardzo dobrze. Za to pozwolę tobie i Sunshine przeżyć jeszcze jeden dzień.

Talon parsknął.

– Gościu, musisz się sporo o mnie dowiedzieć, jeśli myślisz, że możesz kiedykolwiek stanowić zagrożenie dla mnie albo moich bliskich. Zbliż się do niej po raz drugi, a zrobię sobie buty z twojej skóry.

– Nie sądzę. Ale jestem pod wrażeniem, że tym razem mnie rozgryzłeś. Zacząłem się zastanawiać, czy kiedykolwiek nauczysz się nas rozróżniać.

Talon mocniej zacisnął dłoń na telefonie.

– No cóż, jeśli zamierzasz odgrywać Acherona, może powinieneś dowiedzieć się czegoś więcej na jego temat.

– Zaufaj mi, Mroczny Łowco – powiedział tamten złowrogim, konfidencjonalnym tonem. – Znam Acherona o wiele lepiej niż ty. Wiem na jego temat rzeczy, które wprawiłyby cię w osłupienie i znienawidziłbyś go na zawsze. Nie jest tym, za kogo ty i pozostali go bierzecie.

– Znam go od tysiąca pięciuset lat. Myślę, że przez ten czas dowiedziałem się co nieco na temat jego charakteru.

– Czyżby? – odparł sarkastycznie jego rozmówca. – A wiedziałeś o tym, że miał siostrę, której pozwolił umrzeć? Znajdowała się raptem kilka kroków dalej w korytarzu i wołała go na pomoc, a on leżał w narkotycznym i pijackim odrętwieniu, gdy została rozerwana na strzępy. Wiedziałeś?

Talon był przerażony sceną, którą tamten mu opisał, ale dobrze znał Acherona. Atlantyda nigdy – niezależnie od narkotyków – nie zapędziłby się tak daleko, żeby nie przyjść z pomocą nawet nieznajomemu, a kiedy chodziło o tych, którzy znajdowali się pod jego opieką, poruszyłby niebo i ziemię, żeby ich ocalić.

– Nie wierzę ci.

– Uwierzysz. Zanim tutaj skończę, wszyscy poznacie prawdę na jego temat.

Oszust się rozłączył.

Talon rzucił telefon na nocny stolik i potarł twarz dłońmi. To był jakiś koszmar.

Był rozdarty między pragnieniem obrony przyjaciela, którego znał od tysiąca żywotów, i kobiety, której dusza znaczyła dla niego więcej niż jego własne życie.

I nigdy dotąd nie czuł się bardziej bezradny. Nawet kiedy patrzył, jak ginie jego wuj. Wtedy przynajmniej miał broń w dłoni i widział napastników.

Tym razem nie miał czego się chwycić. Gdzieś tam było dwóch wrogów. Jeden udawał Acherona, a drugi był dyszącym żądzą zemsty tchórzliwym bogiem.

Co robić?

Odwrócił się i spojrzał na Sunshine.

Jej czarne włosy rozlały się ciemną chmurą na poduszce. Twarz miała rozluźnioną i spokojną, jej opalona skóra stanowiła kojący widok na tle jego pościeli. Nawet teraz czuł ją w swoich ramionach, czuł żar jej ciała pod sobą, ciepło jej dotyku.

Jak miał ją chronić?

„Zaufaj Morrigán, Speirr. Nigdy nie wątp w jej lojalność. Nigdy nie kwestionuj jej poczynań. Wiedz tylko, że zawsze ci pomoże w miarę swoich możliwości".

To były ostatnie słowa, jakie ojciec wypowiedział do niego przed śmiercią.

Zamykając oczy, Talon nadal widział twarz ojca w świetle płonącego pośród nocy ogniska. Widział dumę i miłość lśniące na obliczu starszego mężczyzny, kiedy ten objął go i odesłał do łóżka.

Trzymał się kurczowo tych słów i nigdy nie dał się pokonać w walce. Nie wpadł w żadną pułapkę, nie uległ oszustwu.

Ostatecznie to wróg we własnym domu go zniszczył. Ostatnia osoba, którą by o to podejrzewał.

Jego kuzyn, który tak bardzo chciał zostać królem, że uznał zabicie Talona i Ceary za jedyną drogę do władzy.

Talon nigdy nie podejrzewał, że kuzyn doprowadził do śmierci wuja i ciotki.

Dowiedział się o jego zdradzie dopiero po tym, jak druidzi zabili jego i siostrę.

W tę noc, kiedy Talon przybył dokonać zemsty na klanie, jego kuzyn wyznał mu wszystko, błagając go o łaskę.

To nie miało żadnego znaczenia. Młody, wściekły, zraniony Talon zemścił się na wszystkich, a potem odrzucił emocje i zamknął serce.

I miał zamknięte, dopóki na pewnej cichej ulicy czarowna piękność nie spojrzała na niego swymi wielkimi ciemnymi oczami.

Kochał ją. Jej śmiech, jej inteligencję.

Przy niej znowu czuł. Stał się całością.

Bez niej nie chciał w ogóle żyć.

Nie zgadzał się jednak, żeby zabito ją z jego powodu.

– Muszę pozwolić jej odejść.

Nie miał wyboru.

ROZDZIAŁ 13

Zarek stał na kładce dla pieszych przy Jackson Brewery i patrzył w głąb Wilkinson Street. Z dłońmi zaciśniętymi na żelaznej poręczy przyglądał się ludziom idącym w dole Decatur Street, wchodzącym do sklepów, wychodzącym z restauracji i klubów.

Otrzymał polecenie od Acherona, że ma zostać w domu aż do Mardi Gras. Może nawet by posłuchał, ale nie był już najlepszy w wykonywaniu rozkazów.

Poza tym ostra, lutowa aura na Alasce wystarczająco długo zatrzymywała go w domu. Miał już dość uczucia, że siedzi w pułapce.

Kiedy opuszczał Fairbanks, było minus dwadzieścia pięć stopni Celsjusza. W Nowym Orleanie było czternaście na plusie i nawet kiedy zawiewało chłodem znad rzeki, nie były to temperatury, do jakich przywykł.

W porównaniu z Alaską to była łagodna letnia noc.

Mimo że pod koniec czerwca i w lipcu w Fairbanks bywało nawet i trzydzieści parę stopni, to jednak zanim słońce zaszło i mógł wyjść i zanurzyć się w upiorny zmierzch, który nigdy do końca nie czerniał, musiał mieć cholerne szczęście, żeby przytrafiła się noc równie ciepła jak ta.

Oczywiście, w samym środku lata w Fairbanks musiał też mieć wyjątkowe szczęście, żeby w ogóle wyjść na dłużej niż kilka minut, zanim słońce znowu wstawało i zmuszało go do powrotu do domu.

Przez dziewięćset lat był skazany na życie w tym surowym klimacie.

Teraz wreszcie miał chwilę wytchnienia.

Zamknął oczy i zaciągnął się gęstym od życia powietrzem. Poczuł mieszaninę zapachów jedzenia i rzeki. Słyszał dźwięki śmiechu i zabawy.

Naprawdę lubił to miasto. Nic dziwnego, że Talon i Kyrian je zagarnęli.

Żałował tylko, że nie może zostać w nim trochę dłużej. W miejscu, gdzie byli inni jego rodzaju. Gdzie byli ludzie, którzy by z nim porozmawiali.

Przywykł już jednak do pragnienia rzeczy, których nie może mieć.

Drzwi po prawej stronie otworzyły się i wyszedł z nich mały chłopiec. Był naprawdę milutki jak na takiego smyka. Miał krótkie brązowe włosy i płakał. Zatrzymał się gwałtownie na widok Zareka.

Zarek udawał, że go nie widzi.

– Proszę pana? – spytał chłopiec drżącym głosem. – Może mi pan pomóc? Zgubiłem się.

Zarek odetchnął głęboko i odsunął się od barierki.

Schował dłoń z pazurami do kieszeni spodni i się odwrócił.

– Uwierz mi, mały, znam ten ból.

Podał dziecku rękę i bardzo się zdziwił, widząc, jak mały i ufny jest chłopczyk. Nie pamiętał, żeby kiedykolwiek w życiu wyciągnął do kogoś rękę i zaufał, że nie stanie mu się krzywda.

– Kogo szukasz? Mamy czy taty?

– Mamusi. Jest naprawdę ładna i duża.

Zarek pokiwał głową.

– A jak się nazywa?

– Mamusia.

To naprawdę nie było specjalnie pomocne.

– Ile masz lat, smyku?

– Tyle. – Chłopiec przełknął łzy i podniósł cztery palce. – A pan?

– O wiele więcej niż cztery palce.

Chłopiec pokazał wszystkie dziesięć.

– Tyle?

Zarek uśmiechnął się wbrew sobie.

– Chodź – powiedział, otwierając drzwi. – Na pewno ktoś w środku pomoże nam znaleźć twoją mamę.

Chłopiec otarł twarz rękawem, a Zarek wprowadził go do Brewery. Przeszedł ledwie kawałek, kiedy jakaś kobieta wykrzyknęła zduszonym głosem.

– Co robisz z moim synem?

– Mamusia! – chłopiec popędził do kobiety.

Porwała dziecko na ręce, rzucając Zarekowi dzikie, podejrzliwe spojrzenie, po którym zorientował się, że lepiej będzie pośpiesznie się wynieść.

Bywały takie noce, kiedy złowrogi wygląd niespecjalnie się opłacał.

– Ochrona! – wrzasnęła kobieta.

Zarek zaklął i pobiegł do drzwi. Przeskoczył poręcz i wylądował na schodach piętro niżej, gdzie szybko zniknął w tłumie.

Przynajmniej tak mu się wydawało.

Kiedy tylko przeszedł połowę Wilkinson, dostrzegł czekającego w cieniu Acherona.

Tylko tego brakowało, niech to szlag! Acheron, który zaraz na niego naskoczy za to, że zamknął Nicka w szafie i wyszedł, chociaż miał nie wyściubiać nosa z domu.

Warknął.

– Nawet nie zaczynaj, Ash.

Acheron uniósł brew.

– Czego mam nie zaczynać?

Zarekowi zjeżyły się włosy na karku. Acheron był zbyt rozluźniony i nie miał tak napiętych ramion jak zawsze, kiedy rozmawiali.

Ponad dwa tysiące lat temu pogodzili się z tym, że za sobą nie przepadają.

A teraz Acheron zachowywał się tak, jakby Zarek był jednym z Mrocznych Łowców, z którymi się przyjaźnił.

Zarekowi przeszedł po plecach dreszcz.

Nienawiść i złość potrafił przyjąć, ale przyjazny Acheron budził w nim niepokój.

– Nie przyszedłeś po to, żeby mnie ochrzanić? – spytał Zarek.

– A czemu miałbym to robić? – Acheron poklepał go po ramieniu.

Zarek syknął i odsunął się od niego.

– Kim ty, do diabła, jesteś?

– Co się stało?

To nie mógł być Acheron.

Zarek posłużył się telekinezą i ściągnął tamtemu ciemne okulary z twarzy. Zamiast płynnej rtęci tęczówek zobaczył niebieskie oczy.

Nieznajomy zmrużył powieki.

– To było nierozsądne.

I w tej samej chwili Zarek oberwał boską błyskawicą.

***

Talon wisiał przypięty do drążka i robił skłony, ćwicząc mięśnie brzucha, kiedy Sunshine wreszcie się obudziła.

Z sykiem usiadła na łóżku. Powoli. Ospale.

– Jak tu gorąco... – powiedziała niskim, gardłowym głosem.

Talon rozluźnił się, patrząc na nią i zwisając głową do dołu, palcami dotykając podłogi.

– Jak się czujesz?

Zdjęła koszulę przez głowę i Talon natychmiast spiął się na widok czarnego koronowego stanika obejmującego jej piersi.

– Głodna – odpowiedziała, rozpinając stanik. – Ale nie mówię o jedzeniu.

Uniósł brwi, słysząc jej słowa i widząc, jak przesuwa rękami po piersiach i figach.

Och, to było okrutne.

Zdjęła figi, powoli, zmysłowo.

– Potrzebuję cię, Talon.

– Myślę, że potrzebujesz zimnego prysznica.

Podeszła do niego niczym lwica.

Jak zahipnotyzowany, Talon nie potrafił się ruszyć, dopóki nie przesunęła dłońmi po jego udach. Pochyliła się, żeby musnąć i polizać tylną stronę jego kolana.

Jęknął i natychmiast stwardniał. Podciągnął się, żeby się odpiąć od drążka, ale nie dała mu szansy: zatrzymała jego usta w namiętnym pocałunku.

Sunshine nie myślała jasno, kiedy odsunęła się i spojrzała w jego czarne oczy. Jej ciało ożyło. Płonęło. Potrafiła skupić się tylko na pulsującej żądzy. Palącej potrzebie, żeby poczuć na sobie jego ręce.

Nigdy w życiu nie czuła tak obezwładniającego pożądania. Takiego głodu, żeby posmakować i poczuć każdy kąsek ciała tego mężczyzny.

Tak bardzo go pragnęła.

Złapała go za ręce i położyła sobie na piersiach.

– Kochaj się ze mną, proszę.

Talon się zawahał.

– Nie wiem, czy powinniśmy to robić, kiedy jesteś pod wpływem... – Urwał w połowie zdania, kiedy zsunęła mu szorty na wysokość kolan.

Opętana straszliwą żądzą Sunshine delikatne skubnęła go zębami w biodro. Jęknął gardłowo, zachęcając ją tylko. Przeczesywała palcami jego krótkie kędziorki, które czepiały się jej palców, aż wreszcie wzięła go w dłoń.

Talon nie mógł się ruszyć, kiedy zalewała go jedna fala przyjemności za drugą.

Przesuwała dłonią po jego męskości, przez co jeszcze bardziej stwardniał.

– Hm, co my tu mamy – zamruczała.

Wsunęła sam czubek do ust, kreśląc kółka językiem, wciągając go głębiej w gorącą wilgoć ust. Łapiąc się jej nagich nóg jęknął z rozkoszy i przyciągnął ją bliżej.

Wsunęła go sobie głębiej do ust, palcami pieszcząc mosznę i wywołując fale rozkoszy w całym jego ciele.

Dobrze, że wisiał. Gdyby wcześniej stał, bez wątpienia już wylądowałby na podłodze.

Zamknął oczy i rozkoszował się pieszczotami jej języka i ust, kiedy go lizała, ssała i pobudzała dłonią, sprawiając, że rozkosz osiągnęła już niebezpieczny poziom.

Objął ją w pasie i pocałował w czuły punkt na biodrze. Z piersi wyrwał jej się gardłowy jęk, który aż zawibrował w jego ciele.

Zadrżała, gdy zdecydowanym szturchnięciem rozchylił jej nogi. Objęła go w pasie, rozsmakowując się nim, podczas gdy on pieścił ją delikatnie palcami. Czuła, jak przy każdym ruchu napinają mu się mięśnie brzucha. Szalała z podniecenia, czując stal jego ciała, a kiedy wziął ją w usta, krzyknęła.

Chociaż w głowie jej się kręciło, nadal drażniła go językiem i ustami, a on czarował jej ciało ustami. Nigdy nie doświadczyła takiego wzajemnego dawania. Wzajemnej potrzeby dotykania się i dawania drugiej stronie rozkoszy.

Pieścił ją językiem i pobudzał do takiego stopnia, że kolana już miała jak z waty. Przesunęła rękami po jego plecach i ramionach, przyciskając go mocniej do siebie.

Ocierała się o niego bezwstydnie, cały czas muskając i pieszcząc ustami, rozkoszując się jego gładkim jak atłas ciałem.

Zadygotała na ułamek chwili przed tym, jak spełnienie przeszyło ją na wskroś. Krzyknęła i pozwoliła, by orgazm zalał ją falą.

Nadal muskał ją i drażnił, aż wycisnął z niej ostatnie dreszcze.

Dopiero wtedy się odsunęła. Spojrzał na nią i uśmiechnął się.

– Uwielbiam twój smak – wychrypiał.

Odpowiedziała uśmiechem.

– Wiesz, jesteś bardzo czerwony.

Roześmiał się i podciągnął, żeby odpiąć buty od drążka.

– I będzie mnie po tym bolała głowa, ale nie obchodzi mnie, czy łeb mi od tego eksploduje, jesteś tego warta.

Zaczął podciągać szorty, ale go powstrzymała.

Przesuwając ręce i usta po jego stalowym brzuchu i nogach, zdjęła mu bieliznę i buty.

– Zamierzam wylizać cię od stóp do głów.

Uniósł brwi.

Przesunęła opuszkami po palcach jego stóp, wywołując dreszczyk.

– Będziesz krzyczeć i błagać o litość, zanim z tobą skończę.

To była obietnica, której spełnienia nie mógł się doczekać. Zamknął oczy i jęknął, gdy lizała kolejno każdy palec jego stóp. Jej język wędrował zmysłowo między palcami, elektryzując go i sprawiając, że coraz bardziej twardniał. Jak kamień.

Potem powędrowała w górę, drapiąc go paznokciami.

– Jesteś moją zabawką – powiedziała, kiepsko naśladując słowiański akcent.

Syknął, kiedy, skubiąc skórę, przesuwała się w górę jego nóg. Językiem i zębami drażniła wnętrze ud.

Z gardłowym śmiechem odsunęła się i uśmiechnęła do niego.

Patrzył na nią rozpalony, gdy ujęła piersi w dłonie i objęła nimi jego członek. Zacisnął pięści, gdy zaczęła się o niego ocierać, przesuwając piersi w górę i w dół.

– Podoba ci się? – zapytała szelmowsko.

– Tak – wydyszał.

– To zobaczmy, co jeszcze może ci się spodobać.

Zaprowadziła go do materaca i pchnęła go w dół, a potem powoli na nim usiadła.

Zdusiła okrzyk, kiedy wsunął w nią palce. Była taka mokra, taka gorąca. Potrzebowała jego dotyku.

Położył ją na materacu i klęknął między jej nogami.

Z bijącym sercem spojrzała na niego.

– Oprzyj stopy na ścianie za mną.

Zrobiła, jak powiedział.

Uniósł jej biodra i wszedł w nią.

Krzyknęła, kiedy wypełnił ją rozkoszą. Był taki nabrzmiały, a każde pchnięcie było mistrzowskie, kiedy poruszał się między jej udami... W tej pozycji był w stanie wejść w nią do końca, a ona mogła unosić biodra, odpowiadając pchnięciami na jego ruchy i wprowadzając go jeszcze głębiej w siebie, i mocniej.

Talon jęknął gardłowo – tak cudownie było ją czuć. Położył ręce na jej biodrach i zaczął poruszać się jeszcze szybciej.

Oparłszy się jedną ręką o materac, pochylił się, żeby pocałować Sunshine w usta, a wolną rękę przesunął tak, żeby prześlizgnąć się po jej wilgotnym trójkącie splątanych kędziorków i pieścić ją palcami.

Cała zadygotała, kiedy zaczął jej dotykać w rytmie pchnięć. Wszedł w nią głęboko, a potem zatrzymał się, rozkoszując się jej wilgotnym żarem. Potrzebował tej kobiety. Potrzebował z nią być.

Nie chodziło tylko o fizyczną bliskość, ale o coś znacznie więcej.

Jęknęła, a potem zaczęła powoli ocierać się o niego.

– Tak właśnie, skarbie – szepnął jej do ucha. – Ujeżdżaj mnie, ile zechcesz.

I tak zrobiła.

Zamknął oczy i zacisnął zęby, żeby powstrzymać orgazm, i czuć, jak Sunshine czerpie z niego rozkosz. Uwielbiał ją taką. Dziką i pożądliwą. W jego ramionach była całkowicie pozbawiona wstydu.

Tak bardzo za nią tęsknił; tak bardzo się cieszył, że ją odzyskał.

Chciał ją mieć. Przykuć ją do siebie na resztę wieczności.

Gdyby tylko wiedział, jak to zrobić.

Owładnięty rozpaczliwym pragnieniem, usiadł na piętach i przejął inicjatywę.

Sunshine jęknęła z zachwytu, kiedy wbił się w nią jeszcze głębiej niż wcześniej. Odpowiadała na jego ruchy jak oszalała.

I kiedy znowu szczytowała, wyjęczała jego imię.

Słyszała, jak śmieje jej się do ucha, zanim do niej dołączył.

Uśmiechnęła się, kiedy się od niej odsunął. Leżeli na materacu. Pocałowała Talona i wyciągnęła się na nim jak koc.

Zamruczała.

– To właśnie chciałam z tobą zrobić pierwszej nocy, kiedy się poznaliśmy.

– Co, zerżnąć mnie do nieprzytomności?

Zdzieliła go żartobliwie w brzuch.

– To też, ale chciałam być twoim kocykiem.

Przeczesał palcami jej włosy i ujął jej głowę w dłoń.

– Skarbie, możesz robić za mój koc, kiedy tylko zapragniesz.

Zdecydowanie tego pragnęła. Uśmiechając się szelmowsko, otarła się o niego i pocałowała go głęboko i namiętnie.

– Wiesz, że jeszcze z tobą nie skończyłam? – powiedziała, powtarzając jego słowa.

– Nie?

Pokręciła głową.

– Dopiero zaczynam.

***

Nim nastał świt, Talon był spocony i wyczerpany. Bolały go miejsca, o których nie myślał, że mogą boleć.

Nie był pewien, czy chce jeszcze kiedykolwiek uprawiać seks...

Roześmiał się na tę myśl. Aha, pewnie. Jednakże potrzebował przynajmniej paru godzin odpoczynku, nim zaczną kolejny maraton.

Nadal ciężko dyszał, kiedy Sunshine wreszcie zasnęła, leżąc obok niego z ręką wplątaną w jego włosy i nogą przerzuconą przez jego nagie uda.

Jezu, Ash nie żartował na temat jej apetytu. Wykręciła jego ciało w takich pozycjach, że nawet nie wiedział, że jest w stanie się tak wygiąć. Wyssała z niego całą energię. Właściwie to nie miał ochoty w ogóle wychodzić łóżka, a gdyby znowu przetoczyła się na niego i go złapała, to chybaby zakwilił.

Jęcząc na samą myśl, sięgnął na nocny stolik i wziął telefon. Zadzwonił do Acherona, żeby sprawdzić, jak wygląda sytuacja. Miał nadzieję, że tym razem się dodzwoni.

Udało mu się.

Jak zawsze, Acheron odebrał po pierwszym dzwonku.

– Cześć, to dobry Ash czy zły?

– Dobry, zły... To ja mam spluwę.

Talon parsknął śmiechem, słysząc tę odpowiedź. To był cytat z *Armii ciemności*, tandetnego filmu, który Acheron uwielbiał.

– Tylko prawdziwy Ash jest wystarczająco dziwaczny, żeby rzucić takim cytatem.

– Rety, dzięki. Co u ciebie? Sunshine już się obudziła?

– Owszem.

– I nadal jesteś w stanie chodzić i się ruszać?

– Nie drążmy tego tematu.

Ash się zaśmiał.

– No dobra. Więc czego potrzebujesz?

– Zadzwonił do mnie oszust zaraz po tym, jak dojechałem na miejsce z Sunshine.

Odpowiedziała mu absolutna cisza. Nie było słychać nawet trzasków w komórce.

– Ej, jesteś tam?

– Jestem. Co powiedział?

– Głównie to, że cię nienawidzi. W pierwszej chwili myślałem, że to ty, ale powiedział kilka rzeczy, które nie brzmiały normalnie.

– To znaczy?

– Powiedział, że on... znaczy ty... byłeś uzależniony od tego samego narkotyku, który podali Sunshine. A wyciągnięcie od ciebie czegokolwiek równie osobistego jest równie proste jak wyrwanie zęba lwu bez środka usypiającego.

Acheron się nie odezwał.

– Ej, stary, jesteś tam jeszcze?

– Powiedział coś poza tym?

– Tak. Że miałeś siostrę, której pozwoliłeś umrzeć. Nazwałem go kłamcą, wymieniliśmy się paroma wyzwiskami, a potem się rozłączył.

Talon usłyszał w tle Nicka, który wołał Asha, podczas gdy Zarek warczał na chłopaka, żeby go puścił.

– Coś nie tak?

– Nick właśnie przyprowadził Zareka, jest ranny. Muszę kończyć.

– W porządku, ale zadzwoń później i daj mi znać, co się dzieje.

– Jasne.

Ash się rozłączył.

To też było dziwne. Marszcząc brwi, Talon odłożył telefon i wrócił do Sunshine.

***

Sunshine obudziła się z krzykiem.

Talon złapał ją, kiedy zaczęła się rzucać na materacu.

– Cicho, cicho już – szepnął, tuląc usta do jej włosów. – To ja, Talon. Nic ci nie grozi.

Drżała, tuląc się do niego.

– Myślałam, że nadal jestem... – Zacisnęła ręce wokół niego. – O Boże, tak się bałam.

Ogarnął go gniew.

– Przepraszam, że nie potrafiłem cię obronić. Zrobili ci krzywdę?

Pokręciła głową.

– Tylko mnie przerazili. Zwłaszcza ten, którego nazywali Styxx.

– Styks? Jak ta grecka rzeka?

Pokiwała głową.

– Był upiorny. Jego oczy pałały nienawiścią i ciągle się krzywił. Camulus musiał go uspokajać.

Talon zgrzytnął zębami. Zamierzał znaleźć obu tych dupków i porządnie im dołożyć.

– Przykro mi, kochanie. Obiecuję, że nigdy więcej cię nie tkną.

Sunshine przytuliła się mocniej.

– Tak się cieszę, że mnie znalazłeś, ale skąd wiedziałeś, gdzie jestem?

– Camulus do mnie zadzwonił.

Ta wiadomość ją zaskoczyła.

– Ale dlaczego?

– Nie wiem. Myślę, że chce mi zamącić w głowie. Jest naprawdę pokręcony.

Sunshine usiadła. Ogarnęły ją mdłości.

– Co mi dali?

– Jakiś narkotyk. Afrodyzjak. Zażyli go razem z tobą?

– Nie. Zmusili mnie do wypicia, a potem zostawili samą. To było coś naprawdę paskudnego. Nadal czuję się dziwnie i mam zawroty głowy. – Spojrzała na niego i uśmiechnęła się. – Ale pamiętam, co robiłam z tobą.

– Ja też.

Roześmiała się i jej ciało zaprotestowało na próbę ruchu.

– Jesteś równie obolały jak ja?

– Powiedzmy tylko, że nie śpieszę się do wyjścia z łóżka.

Przesunęła ręką po jego tatuażu, ciesząc się, że przy nim nic jej nie grozi. Dobrze było czuć go obok siebie. Słyszeć jego głos. Przypomniała sobie, jak do niego strzelano i jak bardzo się bała, że umrze od ran postrzałowych.

Teraz nie miał nawet śladu po kulach.

– Tak się cieszę, że cię nie zabili – szepnęła.

– Uwierz mi, ja czuję to samo w stosunku do ciebie.

Musnęła dłonią jego sutek i zamarła, gdy nagle zrobiło jej się niedobrze.

– Sunshine?

Wyszła i pobiegła do łazienki.

Talon poszedł za nią i przytrzymał ją, kiedy pozbywała się resztek narkotyku z organizmu.

Nie wiedziała, ile czasu spędziła w łazience; miała wrażenie, że torsje nigdy nie przestaną jej męczyć.

Talon był z nią przez cały czas, podtrzymywał jej włosy, obmywał twarz chłodną, wilgotną ściereczką.

– Już lepiej? – zapytał, kiedy wreszcie przestała wymiotować.

– Nie wiem. Czuję się okropnie.

Pocałował ją w czubek głowy.

– Przyniosę ci colę i krakersy. To pomoże ci uspokoić żołądek.

Podziękowała mu i stanęła nad umywalką, żeby umyć zęby.

Kiedy wyszła z łazienki, Talon już czekał na nią w łóżku.

Usiadła obok niego i przykryła się. Nadal była roztrzęsiona i czuła mdłości.

Talon podał jej krakersa i puszkę coli.

– Hm, musisz bardzo mnie lubić, skoro pozwalasz mi jeść krakersy w łóżku.

Odgarnął jej włosy z twarzy. Spojrzał na nią płomiennym wzrokiem.

– Bardzo.

Przeszedł ją dreszcz.

– Naprawdę? Czy to może Nynię kochasz? Kiedy patrzysz na mnie, widzisz Sunshine czy żonę?

– Widzę was obie.

Skrzywiła się, słysząc tę odpowiedź. Nie to chciała usłyszeć. Przez całe życie walczyła, żeby być sobą. Rodzice ją zaakceptowali, ale faceci, z którym się spotykała, próbowali ją zmienić.

Nawet Jerry.

Ostatni facet, z którym się spotykała, był nią zainteresowany, bo przypominała mu jego byłą dziewczynę.

A teraz przypominała Talonowi jego byłą żonę.

Zawsze przegrywała.

Czy nikt nie mógł jej pokochać za to, kim była?

Czy Talon byłby taki czuły i uważny, gdyby nie była reinkarnacją jego żony?

– A co we mnie lubisz? – spytała, pogryzając krakersa.

– Twój ogień i ciało.

– Wielkie dzięki. Czy to znaczy, że gdybym była gruba i ohydna, to od razu byś uciekł?

– A ty nie uciekłabyś w takiej sytuacji przede mną?

Trafiona, zatopiona. Ten facet potrafił szybko się odgryźć.

– Pewnie tak. Nogi bym sobie połamała z pośpiechu.

Zaśmiał się na to.

– I tak pobiegłbym za tobą.

– Serio?

– Tak.

Tylko czy pobiegłby za Sunshine czy za Nynią?

To pytanie nie dawało jej spokoju.

Pochyliła się i pocałowała go w czoło.

– Musisz się przespać. Wyglądasz na wyczerpanego.

I tak właśnie się czuł. Dochodziło prawie południe, a on, w przeciwieństwie do niej, przesypiał całe dnie.

– Dobrze. Pamiętaj, Nick jest pod czwórką i symbolem funta, gdybyś czegoś potrzebowała. I nie odchodź za daleko. Camulus wróci, nie wiem tylko kiedy. Tutaj przynajmniej wiem, że aligatory go trochę spowolnią. Więc upewnij się, że jesteś wystarczająco blisko, żebym mógł cię znaleźć, gdy coś się działo.

Pokiwała głową.

– Jeśli nie będzie mnie w domu, to będę malować tuż za drzwiami. Obiecuję.

– Dobrze. – Musnął czule jej policzek, a potem ją pocałował. – Do zobaczenia za parę godzin.

Sunshine otuliła go kołdrą, ubrała się, pogasiła światła i wyszła na palcach, żeby trochę pomalować.

Spędzając popołudnie na ganku, zdała sobie sprawę, że Talon od wieków żyje na bagnach i ani razu nie widział ich piękna w świetle dnia. Nigdy nie widział słońca rozbłyskującego na wodzie. Nie widział żywej zieleni mchu na pieńku obok pomostu. Nocą kolory szarzały.

Jaka szkoda, że musiał tak żyć.

Samotnie, w świecie bez...

Skrzywiła się, kiedy do głowy przyszła jej fraza „bez odrobiny słońca". Bez Sunshine.

– Jezu... – mruknęła. – Zaleciało tandetą.

Mimo wszystko serdecznie mu współczuła.

Z powodu samotności.

Przez Camulusa nie śmiał zbliżyć się do kogokolwiek. To musiało być potworne.

O zmierzchu spakowała swoje przybory malarskie i wróciła do domu. Beth obserwowała ją z pomostu. Kręcąc nosem, Sunshine rzuciła apodyktycznemu aligatorowi resztki krakersów.

Pod względem fizycznym czuła się lepiej, ale psychicznie wcale się jej nie polepszyło.

Patrzyła, jak Talon śpi. Był stworzeniem nocy. Dosłownie. Nie mogła go zmienić. Nigdy.

On był nieśmiertelny.

Ona była człowiekiem.

Nie było dla nich nadziei.

Na tę myśl prawie się rozpłakała.

„Mogą się wycofać", powiedziała Selena.

Ale Talon musiałby się na to zgodzić, a potem co? Musiałaby zostać jego żoną? Czy wtedy spodziewałby się, że będzie taka jak Nynia?

Zadrżała na tę myśl. Bez obrazy, ale jako Nynia była trochę przygłupia.

Nie ma nic złego w życiu po to, żeby zadowolić męża, ale Nynia doprowadziła służbę małżonkowi do skrajności. Nigdy nie kwestionowała jego decyzji, nigdy mu się nie odgryzła.

Gdy powiedział „skacz", skakała; nawet nie pytała, jak wysoko. Robiła, co zechciał, niezależnie od własnych przemyśleń czy pragnień.

Była poprawną do bólu żoneczką. Fuj!

Sunshine nie sądziła, żeby potrafiła się tak zachowywać, nawet gdyby musiała. Mówiła bez ogródek i była uparta, czasem wręcz egoistyczna.

Oczekiwała od mężczyzny partnerstwa. Szukała kogoś, kto poradzi sobie z jej potrzebami artystki. Kogoś, kto doceni ją tak, jak ona jego, z całym dobrodziejstwem inwentarza.

Lubiła siebie, lubiła swoje życie.

Przy Talonie nigdy nie miałaby pewności, czy kocha w niej Sunshine, czy toleruje ją z powodu Nynii.

Czy kiedykolwiek pozna prawdę?

***

Talon obudził się, czując jej miękką dłoń odgarniającą mu włosy. Nie musiał otwierać oczu, żeby wiedzieć, kto go dotyka. Czuł ją aż w sercu.

Sunshine.

Otworzył oczy, zamrugał i zobaczył, że siedzi obok niego.

– Dzień dobry – powiedziała.

– Dobry wieczór.

Podała mu kawę. Napił się. Obawiał się, że się skrzywi, ale kawa była naprawdę dobra. Bardzo dobra.

Widząc jego zaskoczenie, Sunshine się roześmiała.

– Moi rodzice sprzedają kawę w barze. Mogę jej nie pić, ale wiem, jak się ją parzy.

– Doskonale wiesz.

Rozpromieniła się.

Talon usiadł na łóżku, żeby jej się przyjrzeć.

– Co robiłaś, kiedy spałem?

– Pracowałam. Muszę spotkać się z klientem i pokazać mu parę rzeczy, które zamówił. Jeśli mu się spodobają, podpisze ze mną kontrakt na obrazy i malowidła ścienne do swojej sieci restauracji.

– Serio? – spytał Talon, będąc pod wrażeniem tej wiadomości.

Jej oczy zapłonęły podnieceniem, a policzki się zaróżowiły. Widział, że to dla niej dużo znaczy.

– Jeśli dostanę to zamówienie, koniec z handlem na placu. Wreszcie będę miała dość pieniędzy, żeby otworzyć własną pracownię.

– Mogę ci dać pieniądze na jej otwarcie.

Posmutniała.

– Tak samo jak moi rodzice, ale to jest coś, co chcę zrobić sama. Nie chcę, żeby ktoś dawał mi coś za darmo.

Dobrze to rozumiał. Przez większość ludzkiego życia udowadniał swoją wartość innym.

– Nigdy nie zaszkodzi przyjąć pomoc.

– Wiem, ale to nie byłoby to samo. Poza tym myślę, że naprawdę miło byłoby wejść do restauracji i zobaczyć tam swoje prace.

– Pewnie. Mam nadzieję, że dostaniesz to zamówienie.

Znowu się uśmiechnęła.

– A co z tobą? Jakie ty masz nadzieje?

– Kiedy śpię za dnia, mam nadzieję, że huragan nie rozniesie mi chaty.

Roześmiała się.

– Pytam serio.

– I odpowiadam serio. Zrobiłoby się wtedy naprawdę nieprzyjemnie.

Usiadła na piętach.

– Ty naprawdę nie robisz żadnych planów na przyszłość, prawda?

– Nie mam czego planować. Jestem Mrocznym Łowcą.

– Myślisz czasem, żeby z tym skończyć?

– Nigdy.

– Nawet teraz?

Zamilkł i się zamyślił.

– Gdybym mógł jakoś obejść Camulusa, to może, ale...

Sunshine pokiwała głową, rozumiejąc go aż za dobrze. Camulus wyśmiał ją, kiedy zapytała, czy mógłby kiedykolwiek wybaczyć Talonowi.

„Prędzej świat się skończy, niż ja zostawię go w spokoju" – odparł. „Póki żyję, będzie płacił za życie mojego syna".

Nie powtórzyła tego Talonowi. Nie chciała go denerwować.

Znajdzie jakiś sposób, żeby obejść Camulusa.

– W porządku – powiedziała. – Nie wracajmy do tego więcej. Cieszmy się czasem, który nam dano.

– Dobry plan.

Spędzili wieczór spokojnie, grając w różne gry i rozmawiając. Sunshine pomyszkowała w kuchni i znalazła wystarczająco dużo składników, żeby przygotować jadalne farby do ciała.

Talon zaznajomił ją z bitą śmietaną z czekoladą i zachwycił się rozkoszą malującą się na jej twarzy, kiedy zajadała dekadencki deser.

Wreszcie miał okazję oblać ją czekoladą i wylizać do czysta.

Kto by pomyślał, że z artystką może być tyle zabawy?

Nigdy w życiu nie bawił się lepiej niż tego wieczoru. Nigdy się tyle nie śmiał. Czuł się zupełnie swobodnie i było mu dobrze. Nie musiał już niczego przed nią ukrywać. Wiedziała, kim jest, i jako Mroczny Łowca, i jako człowiek.

Zasnęła wkrótce po północy i zostawiła go samego z myślami na temat ich dwojga.

Wyszedł przed dom i usiadł na ganku. Na dworze było spokojnie i chłodno. Mgła na bagnach zgęstniała. Słyszał wokół siebie falującą wodę.

Przez wieki to była jego samotnia.

Nie zliczyłby tych nocy, kiedy siedział tu sam, wsłuchany w ciemność.

A teraz, po drugiej stronie drzwi czekało na niego niebo we własnej osobie.

Gdyby tylko mógł ją zatrzymać.

Jak człowiek mógł pokonać boga? Czy to w ogóle możliwe?

Jako śmiertelnik nawet o tym nie pomyślał, ale teraz... Teraz się zastanawiał...

***

Położył się spać kilka godzin po świcie. Przespał może godzinę, gdy usłyszał, że Sunshine grzebie w jego biurku.

– Co robisz? – spytał zaspany.

– Szukam kluczyków do motorówki.

– Dlaczego?

– Mówiłam ci, muszę się spotkać z klientem.

Talon potarł zaspane oczy, próbując się skupić na jej słowach.

– Co?

– Mówiłam ci o tym wczoraj wieczorem, nie pamiętasz? Mam się z nim spotkać przy moim stoisku o jedenastej. Obiecuję, że tylko spotkam się z nim i wrócę jak najszybciej.

– Nie możesz.

Zatrzymała się i spojrzała na niego.

– Mówiłam ci, jakie to dla mnie ważne. To moja kariera.

– Sunshine, nie bądź głupia. Mówimy o twoim życiu.

– Właśnie. – Wróciła do przeszukiwania biurka. – Nie pozwolę, żeby jakiś chory psychol zniszczył moją jedyną szansę. Uwierz mi, jeśli ten świr zbliży się dzisiaj do mnie, postaram się, żeby to był jego ostatni błąd. Wcześniej nie wiedziałam, że coś mi zagraża. Teraz wiem i zadbam o swoje bezpieczeństwo.

Talon – wściekły, że Sunshine mu się sprzeciwia – wstał z łóżka.

– Nie pozwolę ci stąd wyjść.

– Nie mów mi, co mam robić. Nawet ojciec mi nie rozkazuje. Jestem dorosłą kobietą, potrafię sama myśleć i nikt nie będzie mi dyktował, jak mam żyć.

– Do diabła, Sunshine, bądź rozsądna. Nie chcę, żeby stała ci się krzywda.

– Dlaczego? Bo mnie kochasz?

– Tak, bo cię kocham.

Oboje zamarli, kiedy wywarczał to ze złością.

Serce jej zatrzepotało. Chciała w to uwierzyć. Desperacko. Ale czy to prawda?

– Naprawdę? – spytała ochryple.

Talon patrzył, jak otwiera wyściełaną aksamitem srebrną szkatułkę, w której znajdował się torques, identyczny jak jego, tylko mniejszy.

Kobiecy torques.

Naszyjnik Nynii.

Podała mu otwarte pudełko.

– A może to Nynię kochasz?

Talon zamknął oczy, nie mogąc znieść widoku torquesa żony. Powinien był go zniszczyć dawno temu.

Nie potrafił.

Zamknął go w pudełku i nie oglądał.

Ale nigdy nie przestał o nim myśleć.

Sunshine zamknęła pudełko i odstawiła na biurko.

– Muszę to zrobić. Dla siebie. Nie będę żyła w strachu. Camulus wie, że jesteśmy razem. Może mnie stąd zabrać albo tu zabić równie łatwo jak w mieście. To bóg. Nie możemy się przed nim ukryć.

Talon się skrzywił. W myślach widział wuja padającego w walce u jego boku. Zobaczył śmiercionośny cios, który powalił wuja na ziemię, nim zdążył go zasłonić.

Ból przeszył mu pierś. Dobrze rozumiał, że Sunshine musi coś sobie udowodnić, zdobyć coś samodzielnie. Nie mógł jej jednak wysłać samej, bez ochrony.

Poza tym musiał być w pełni sił do walki, co oznaczało, że potrzebował więcej snu. Jeśli do wieczora nie wypocznie, może doprowadzić do śmierci ich obojga.

Gdyby wrócił do łóżka w obecności Sunshine, bez wątpienia wymknęłaby się, kiedy tylko zamknąłby oczy.

A gdyby zabrała łódź, utknąłby tutaj i musiałby ściągnąć Nicka, żeby przyprowadził mu drugą łódź z hangaru.

Niech to szlag.

– Dobrze – zgodził się poirytowany, sięgając po komórkę. Tylko jedna osoba poza Ashem miała dość siły i mocy, by zmierzyć się z bogiem i mieć szanse wyjść z tego względnie cało. – Możesz jechać, ale zabierzesz kogoś ze sobą.

– Kogo?

Uniósł rękę, żeby ją uciszyć, bo Vane właśnie odebrał.

Katagar nie robił wrażenie szczególnie uradowanego, słysząc jego głos.

– Nie pozwoliłem ci do mnie dzwonić.

– Goń się, wilku. Potrzebuję przysługi.

– Będziesz mi potem coś winien.

Talon spojrzał na Sunshine.

Dla niej zrobiłby wszystko.

– Jestem gotowy zapłacić – odpowiedział Vane'owi.

– Dobrze więc, czego potrzebujesz?

– Możesz przyjąć ludzką formę za dnia?

– Ależ oczywiście – żachnął się Vane. – Próbowałeś kiedyś odebrać telefon bez przeciwstawnego kciuka? Nie wspominając już o tym, że rozmawiam z tobą po angielsku, a nie po wilczemu.

Talon warknął, słysząc sarkazm.

– Tak, ale czy możesz zachować ludzką formę i walczyć w świetle dnia?

Vane parsknął.

– Pewnie. Światło słoneczne mi nie przeszkadza.

– Świetnie. Sunshine musi pojechać na Jackson Square dziś rano.

– Ash się zgodził?

– Nie.

Vane się roześmiał.

– Lubisz niebezpieczne życie. To mi się podoba. No dobrze, czego ode mnie oczekujesz?

– Chcę, żebyś jej pilnował, dopóki po zmierzchu sam nie będę mógł się tym zająć.

– Dobra, masz swojego psa obronnego. Będę za jakieś pół godziny.

– W porządku, dzięki.

– Powiedziałbym „do usług", ale to jednorazowy układ.

– Wiem.

Sunshine zmarszczyła brwi, kiedy Talon się rozłączył.

– Kto to był?

– Vane.

– Też jest Mrocznym Łowcą?

– Nie, kochana. Wreszcie poznasz swojego wilkołaka.

ROZDZIAŁ 14

Vane nie był zwyczajnym wilkołakiem, jak odkryła Sunshine, lecz Wilkołakiem przez duże W, sądząc po jego twardej, ostrej aurze.

Wszedł do chaty ubrany w wypłowiałe dżinsy, biały T-shirt, podniszczoną motocyklową kurtkę i czarne kowbojki. Miał ciało, które mogłoby spowodować korki uliczne.

Kiedy zdjął ciemne okulary, zaparło jej dech w piersi.

Dorównywał wzrostem Talonowi i był oszałamiająco przystojny. Jego zdumiewająco zielone oczy cudownie kontrastowały z włosami, które na pierwszy rzut oka były bardzo ciemnokasztanowe, ale kiedy przyjrzało się im bliżej, okazywało się, że mają wszelkie możliwe odcienie: było w nich widać ślady popielatej szarości i złota, barwy miedzi i czerni. Nigdy w życiu nie widziała podobnych włosów.

Przynajmniej nie u człowieka...

Włosy miał długie, sięgały mu za kołnierzyk. Widać było, że specjalnie o nie nie dba, co najwyżej czasem przeczesze je palcami.

Najbardziej jednak urzekła ją jego surowa, jawna męska seksualność, którą emanował. Pod tym względem był równie seksowny jak Talon. Poruszał się z płynną gracją drapieżnika, z pochyloną głową, jakby w każdej chwili był gotów do ataku.

Wrr, ten facet był zachwycającą bestią.

– Szybko przyjechałeś – powiedział Talon.

Vane wzruszył ramionami. Jego ciało było symfonią ruchu.

– Myślałem, że będę potrzebował więcej czasu, żeby wyrwać się ze sfory. – Spojrzał na Sunshine i posłał jej uśmiech, od którego kolana zamieniły jej się w watę. – Naprawdę chcesz mi powierzyć swoją kobietę?

– Tak, bo tu, na bagnach, to ja rządzę.

Vane uniósł brew.

– To groźba?

– Obietnica. Moja armia stacjonuje na twoim progu, żeby chronić twoją rodzinę. Proszę cię o to samo.

– Szanuję twoje zaufanie, ale tylko dlatego, że wiem, że rzadko je okazujesz.

Spojrzeli na siebie ze zrozumieniem.

Vane założył okulary przeciwsłoneczne.

– Jesteś gotowa, mała?

Sunshine zesztywniała na tę bezceremonialność. Może i był słodki, ale nie zamierzała pozwolić, żeby takie zachowanie uszło mu na sucho.

– Nie jesteś ani moim chłopakiem, ani bratem, więc daruj sobie „małą", jasne?

Olśnił ją dwoma zabójczymi dołeczkami w policzkach.

– Jasne, proszę pani.

Przytrzymał jej drzwi.

– Do zobaczenia po zmroku, Celcie.

– Do zobaczenia.

Sunshine zatrzymała się na ganku, zastanawiając się, jak się stąd wydostaną.

– Gdzie twoja łódź?

– Nie używam łodzi. Są głośne i zabierają zbyt dużo czasu.

– Więc jak się stąd wydostaniemy?

Vane uśmiechnął się do niej szelmowsko i wyciągnął rękę.

– Ufasz mi?

Żartował sobie?

– Nie, nawet cię nie znam.

Roześmiał się ciepło i dźwięcznie, co zabrzmiało uwodzicielsko i czarująco, ale, o dziwo, nie miało to nią żadnego wpływu. Doceniała, jaki był pociągający, ale jej serce należało do Talona.

– Dobrze więc, Dorotko – powiedział. – Zamknij oczy, stuknij obcasami trzy razy i powiedz „Nie ma to jak w domu".

– Co?

W mgnieniu oka złapał ją za rękę i w rozbłysku światła przenieśli się z ganku do lasu, gdzie między drzewami rysowała się wąska ścieżka. Nie miała pojęcia, gdzie się znajduje, ale nigdzie nie było widać chaty Talona.

Zdusiła okrzyk.

– Coś ty zrobił?

– Teleportowałem nas.

– Co ty jesteś, Scotty ze *Star Treka*?

Rzucił jej szydercze spojrzenie, jakby dobrze się bawił jej kosztem.

– Prawidłowo nazywa się to „lateralny skok w czasie". Właśnie przeniosłem cię przez czas w poziomie z ganku Talona przez bagno do miejsca, gdzie ukryłem motocykl. Proste.

– W poziomym czasie? Nie rozumiem.

– Czas płynie w trzech kierunkach – wyjaśnił Vane. – Do przodu, do tyłu i w bok. Jeśli nic nie robisz, zawsze płynie naprzód, ale jeśli odpowiednio chwycisz *Rytis*, możesz wybrać inny kierunek.

Kompletnie ogłupiała Sunshine zmarszczyła brwi, próbując pojąć, co mówi wilkołak.

– Co to jest *Rytis*?

– Z braku lepszego określenia powiedzmy, że to zakrzywiona przestrzeń.

Kiedy nadal się krzywiła, Vane zdjął kurtkę.

– Pozwól, że tak ci to wyjaśnię. – Złapał w prawą rękę plecy kurtki, a w lewą koniec rękawa. – Czas wygląda tak... jeśli chcesz przenieść się stąd... – poruszył prawą ręką – tutaj... – teraz potrząsnął lewą dłonią. – Widzisz, jak daleko musisz się przemieścić?

Pokiwała głową, zauważając długość rękawa. Facet miał naprawdę długie ręce.

– *Rytis* to zasadniczo niewidzialne fale, które nieustannie nas opływają. Przenikają całą planetę. Odbijają się echem, płyną, a czasem odkształcają. W skrócie robią coś takiego. – Vane zgniótł rękaw, tak że obie jego dłonie znalazły się teraz obok siebie. – Teraz podróż od jednej ręki do drugiej zajmuje kilka sekund zamiast paru godzin.

– Rety... – sapnęła Sunshine, kiedy wreszcie pojęła. – Więc możesz podróżować w dowolnym kierunku czasu? Umiesz się nawet cofnąć w czasie?

Pokiwał głową.

– Jak to robisz? Jak łapiesz *Rytis*?

Narzucił kurtkę na plecy.

– Mała, w tym świecie jestem wszechmocnym Ozem i niewiele jest rzeczy, których nie potrafię.

Oj, facet zaczynał być irytujący.

– Przestań nazywać mnie „mała".

Skinął głową i podszedł do drzewa. Dwie sekundy później smukły, ciemnoszary motocykl pojawił się nie wiadomo skąd.

– No dobra, a jak to zrobiłeś?

– Ujmując to w skrócie, jestem czarownikiem. Mogę naginać prawa fizyki znane ludzkości i kilka jeszcze nieodkrytych.

Imponujące.

– To naprawdę niezły talent.

Znowu się roześmiał, donośnie i ponuro.

– Mała, gdybyś nie była z Talonem, pokazałbym ci, na czym polega mój prawdziwy talent.

Gotowa była się założyć, że by pokazał.

Podał jej kask.

– Nazywasz mnie „mała", żeby mnie irytować, prawda?

– Mój ojciec zawsze mówił, że urodziłem się po to, żeby czepiać się wszystkich jak rzep psiego ogona. Chyba nic na to nie potrafię poradzić.

– Wyświadcz mi przysługę i się postaraj.

Czarując dołeczkami w policzkach, zdjął ciemne okulary, schował je w wewnętrznej kieszeni kurtki i założył kask.

– Powiedz mi coś – odezwała się Sunshine. – Skoro potrafisz robić te wszystkie magiczne sztuczki, dlaczego jedziemy do miasta motocyklem? Nie mógłbyś po prostu przenieść nas na plac?

Odpowiedział jej, zapinając pasek pod brodą:

– Mógłbym, ale, jak to często mawia Acheron, to, że coś możesz, nie znaczy, że powinieneś. Osobiście nie chcę wylądować w laboratorium jakiegoś naukowca, więc staram się nie pojawiać znikąd w zaludnionych miejscach, jeśli mogę temu zaradzić.

To miało sens.

– Skoro potrafisz podróżować w czasie i przestrzeni, myślisz czasem o zmianie przeszłości?

– Tak.

– Próbowałeś tego kiedyś?

Pokręcił głową i na jego twarzy pojawiła się ponura mina.

– Istnieją pewne siły na tym świecie, które lepiej zostawić w spokoju. Zmienianie czyjegoś przeznaczenia należy do tych właśnie rzeczy. Uwierz mi, Parki potrafią w naprawdę przykry sposób załatwić kogoś, kto jest na tyle durny, żeby wchodzić im w paradę.

Jego złowieszcze słowa zadźwięczały Sunshine w uszach. Mówił tak, jakby kiedyś popełnił ten błąd, i chciała o to zapytać, ale coś jej podpowiedziało, że lepiej zostawić ten temat.

Założyła kask, wsiadła na motocykl i ze wszystkich sił starała się trzymać na dystans od Vane'a. Był przystojnym mężczyzną, ale coś w nim sprawiało, że bardzo się denerwowała. I wcale nie chodziło o to, że był wilkołakiem albo podróżnikiem w czasie.

Było w nim coś takiego, że mu nie ufała.

Na jej prośbę zawiózł ją do małej galerii, gdzie trzymała zamknięty wózek z pracami, i pomógł jej zawieźć je na Jackson Square.

Zanim dotarli na miejsce, było nieco po dziesiątej i na placu zebrał się spory tłum.

– Nie rozumiem – powiedział Vane, kiedy doprowadził wózek do stoiska karcianego Seleny. – Dlaczego rozstawiasz sklepik, skoro masz się tylko spotkać z klientem?

– Cameron powiedział, że chce zobaczyć wszystko, co sprzedaję. Skoro mam to wyciągać dla niego, to równie dobrze mogę też coś sprzedać innym.

Pokazała mu, gdzie rozstawić stragan.

Vane posłuchał jej, chociaż nie był tym zachwycony.

Selenę zamurowało na ich widok.

– Ktoś nowy, Sunny?

– Nie, on to tylko...

– Pies obronny – odparł Vane, podając Selenie rękę. – Selena Laurens, prawda? Starsza siostra Amandy?

Selena pokiwała głową, ściskając jego rękę.

– Znasz Amandę?

– Znam Kyriana.

– To tylko ja mam takie wrażenie, czy wszyscy znają Kyriana? – zdziwiła się Sunshine.

Selena się roześmiała, a potem odwróciła się do Vane'a. Otwierał właśnie karton, w którym Sunshine trzymała tańszą ceramikę.

– Jest dzień, więc wiem, że nie jesteś Łowcą. Jesteś Giermkiem?

Zesztywniał.

– Nie obrażaj mnie. Nie aportuję dla nikogo.

– On wcale nie jest przyjazny – wyjaśniła przyjaciółce Sunshine. – Myślę, że ma wściekliznę albo coś w tym guście.

Vane się zaśmiał, trochę rozbawiony, trochę podenerwowany.

– Wiesz, Sunshine, podoba mi się twoja odwaga.

Już chciała odpowiedzieć, kiedy poczuła, że ktoś ją obserwuje.

Przestraszona i zaniepokojona rozejrzała się po tłumie i zobaczyła promienną, uśmiechniętą twarz, znaną jej tak dobrze jak własna.

Rozpromieniła się.

Chociaż nie była zbyt wysoka, starsza kobieta wyróżniała się w tłumie, i to nie tylko z powodu wściekle jaskrawej czerwonej koszuli, którą nosiła. Emanowała esencją równie potężną i mocną jak Talon czy Vane.

Stalowoszare włosy miała zaplecione w warkocze upięte wokół głowy. Jej twarz była pobrużdżona przez życie pełne szczęścia i uśmiechów, a ciemne oczy błyszczały dobrocią. Takie oczy przyciągały ludzi do wyjątkowo mądrej kobiety.

– Babciu! – zawołała Sunshine, kiedy kobieta podeszła bliżej. – Co tu robisz? Myślałam, że przysięgłaś, że nigdy więcej nie zjawisz się w Nowym Orleanie w czasie Mardi Gras.

Babka uściskała ją mocno, a potem odsunęła się na wyciągnięcie ręki i przyjrzała się wnuczce. Minął prawie rok, odkąd ostatni raz się widziały.

Och, jak wspaniale było znowu zobaczyć babkę!

Starsza kobieta przesunęła dłońmi po rękach Sunshine, jakby się upewniała, że tamta jest cała i zdrowa.

– Taki miałam zamiar, ale twoja matka zadzwoniła i powiedziała, że miałaś różne pytania odnośnie do swojego celtyckiego pochodzenia. Pomyślałam, że wpadnę i zrobię ci niespodziankę.

– I zrobiłaś. Ale się cieszę, że jesteś!

Babka uniosła brwi na widok Vane'a.

– A ty kim jesteś?

– Vane Kattalakis.

Babka spojrzała z powrotem na Sunshine.

– Gdzie jest ten Talon, o którym mówiła mi twoja matka?

– Przyjdzie później.

Babka pokiwała głową, a potem wyjęła spod koszuli medalionik, który założyła Sunshine.

– Co to jest?

Babka poprawiła medalionik tak, żeby zauważył go każdy, kto spojrzy na Sunshine.

– Trzymaj go blisko serca, dziecko. Jeśli tamten mężczyzna przyjdzie po ciebie, będzie wiedział, kto cię chroni.

– Jaki mężczyzna? – spytała Sunshine, mając nadzieję, że babcia nic nie wie o porwaniu.

Jednak wiedziała.

– Wiem, co się stało. Wiesz, że wiem.

Niech to. Babka miała naprawdę przedziwne zdolności parapsychiczne.

– Nie sądzę, żeby wisiorek go przestraszył.

– Zdziwiłabyś się. A jeśli to nie podziała, to zasłużył sobie na to, co go czeka. – Babcia poklepała jej ramię i odwróciła się do Seleny. – Wykonywała pani te ćwiczenia, które pani pokazałam?

– Tak, proszę pani. I czuję, że moje moce rosną każdego dnia.

– Dobrze. A teraz lepiej wrócę do Starli. Jeśli ten przebrzydły sukinkot zbliży się do mojego skarbu...

– Babciu! – Sunshine zatkało. Nigdy w życiu nie słyszała, żeby babcia używała takich słów.

– No cóż, takie są fakty. Zadarł z moją wnuczką. Wygarbuję mu skórę i rzucę łeb wilkom na pożarcie.

Vane parsknął.

– Wie pani, wilki tak naprawdę nie lubią zjadać głów. Mięso owszem, ale głowy są naprawdę twarde. Już nie wspominając o kawałkach czaszki, które włażą między zęby.

Babka rzuciła mu miażdżące spojrzenie.

– Wymądrzasz się, chłopcze?

– Tak.

– Młody człowieku – rzuciła wyniośle babcia – matka nie nauczyła cię dobrych manier?

– Matka nauczyła mnie jednego i daję słowo, że nie były to dobre maniery.

Babka pokiwała głową.

– Widzę. Ale pozostała ci jeszcze jedna ważna lekcja w życiu do pobrania.

– To znaczy?

– Pewnego dnia będziesz musiał dopuścić do siebie kogoś jeszcze oprócz brata i siostry.

Twarz Vane'a skamieniała, a wyraz oczu stał się dziki i niebezpieczny.

– Co wiesz o moim rodzeństwie?

– Więcej, niżbyś chciał. Czeka cię trudna droga i żałuję, że nie mogę ci jej ułatwić, ale musisz ją przebyć sam. Pamiętaj tylko, że jesteś o wiele silniejszy, niż myślisz.

– Uwierz mi, nigdy nie wątpiłem w swoją siłę.

Babcia się uśmiechnęła.

– Niesamowite, jakie kłamstwa opowiadamy innym ludziom, prawda? – Odwróciła się do Vane'a plecami. – Seleno, Sunshine, uważajcie na siebie. Sunshine, kiedy nadejdzie wieczór, idź za głosem serca. Rób, co ci rozkaże, a nie zawiedzie cię.

– Dobrze, babciu, tak zrobię.

Babcia pocałowała ją w policzek, a potem odeszła w kierunku St. Anne Street.

Kiedy zniknęła jej z oczu, Sunshine odwróciła się i zobaczyła, że Vane jest podenerwowany.

– Przykro mi, robi to wielu ludziom. Mówi, co jej przyjdzie do głowy.

Vane się nie odezwał. Zamiast tego skrzyżował ręce na piersi i oparł się o żelazne ogrodzenie placu.

Sunshine skończyła rozstawiać stoisko i spojrzała na zegarek.

Zostało jej jeszcze trochę czasu do spotkania z Cameronem, więc wyjęła szkicownik i zaczęła rysować.

Zanim zdała sobie sprawę, co robi, sportretowała mężczyznę, który ją porwał.

Vane zerknął na szkic.

– Uderzające podobieństwo.

Sunshine zamarła.

– Znasz tego faceta?

– No pewnie. Oczywiście, że tak. Talon też. Selena pewnie też go kojarzy.

– Selena, wiesz, kto to jest? – spytała przyjaciółkę.

– Pewnie, to Acheron.

– Kim jest Acheron? – spytała. Wszyscy powtarzali to imię, a ona nie miała pojęcia, o kogo albo o co chodzi.

– Nie mając na to lepszego określenia, powiem, że to szef Talona – powiedział Vane.

– Dlaczego jego szef miałby mnie porwać? Myślisz, że chciał mnie rozdzielić z Talonem?

Vane wybuchnął śmiechem.

– To nie w jego stylu. Gdyby Ash chciał zatrzymać cię z dala od Talona, po prostu zjawiłby się u ciebie i śmiertelnie cię przeraził. Poza tym, to on kierował drużyną, która cię uratowała.

Miło wiedzieć. Ale dlaczego wyglądał dokładnie jak facet, który ją porwał?

Zmarszczyła brwi jeszcze mocniej.

– Był tam, kiedy Talon zabrał mnie od Camulusa?

– Aha. Ja też. Nie pamiętasz?

Pokręciła głową. Pamiętała tylko Talona.

– Jak dobrze znasz Talona i Acherona? – spytała Vane'a.

Wzruszył ramionami.

– Talona dopiero co poznałem, ale ścieżki moja i Acherona skrzyżowały się już raz, może dwa na przestrzeni wieków.

– Ty też jesteś nieśmiertelny?

Pokręcił głową.

– Mój rodzaj żyje po prostu o wiele dłużej od ludzi.

– Jak długo?

– Jakiś tysiąc lat, plus minus wiek albo dwa.

Nieźle. Kawał czasu.

Sunshine nie wyobrażała sobie, jak to jest, mieć tyle czasu do zaplanowania przyszłości. Coś jednak jej powiedziało, że takie długie życie może być w równym stopniu przekleństwem, co błogosławieństwem, zwłaszcza kiedy trzeba je przeżyć w samotności.

Patrzyła, jak Vane przygląda się tłumowi wokół nich.

– Dlaczego tak otwarcie o tym mówisz? Talon odmawia zdradzenia czegokolwiek.

Vane wzruszył ramionami.

– Nie składałem przysięgi milczenia i uznałem, że napatrzyłaś się na dość rzeczy w ciągu ostatnich dni, żeby wiedza na mój temat była twoim najmniejszym problemem. Poza tym spróbuj komuś powiedzieć, że tak naprawdę jestem wilkiem, który tylko udaje człowieka. – Zawiesił głos i wyszczerzył do niej szelmowsko zęby. – Tylko spróbuj – wycedził – a wylądujesz za zamkniętymi drzwiami w pokoju wyściełanym gąbką.

Nie wątpiła w to. To tłumaczyło, dlaczego tak swobodnie mówił o tym, co go „odróżnia".

– Naprawdę jesteś wilkiem?

Pokiwał głową.

– Więc jak możesz być człowiekiem?

– Jesteśmy innym gatunkiem niż wy, ludzie. Moją rasę stworzono jakieś dziewięć tysięcy lat temu. Mój pradziad postanowił ratować życie swoich synów, łącząc za pomocą magii ich DNA z DNA kilku wybranych zwierząt. I tak powstaliśmy. Z jednego syna powstały dwa stworzenia półkrwi. Jedno miało ludzkie serce, a drugie zwierzęce. Jestem bezpośrednim potomkiem tego ze zwierzęcym.

– Więc masz serce wilka?

Znowu pokiwał głową.

– Tudzież wilcze standardy moralne i instynkt samozachowawczy.

– Żałujesz czasem, że nie jesteś człowiekiem?

– Nie, nigdy. Dlaczego miałbym żałować?

A jednak wyczuwała, że coś ukrywa. W jego uczuciach kryło się znacznie więcej, niż był gotów przyznać, i wyraźnie nie życzył sobie, żeby drążyła ten temat.

Zmieniła więc temat.

– Czy to boli, kiedy zmieniasz formę? Jest jak w filmach, kiedy cały porastasz sierścią i kości skrzypią?

Parsknął śmiechem.

– Nie. To wymysł Hollywood. Ponieważ powstaliśmy dzięki magii, władamy nią właściwie bezboleśnie. Przy przemianie czuję mniej więcej tyle bólu co ty, kiedy przeniosłem cię z domu Talona do lasu. Takie lekkie naelektryzowanie. Właściwe jest nawet całkiem przyjemnie, jeśli robisz to we właściwy sposób.

– To musi być fajne, umieć coś takiego. – Przekrzywiła głowę i zmrużyła oczy, przyglądając mu się.

– Co robisz?

– Próbuję wyobrazić sobie, jak wyglądasz jako wilk.

– Módl się, żebyś nigdy się nie przekonała.

Odsunęła się od niego.

– Wiesz, naprawdę myślę, że kręci was straszenie ludzi.

– Czasem rzeczywiście tak.

Nie zamierzając drążyć tematu, Sunshine wróciła do czekania.

Niestety, Cameron się nie zjawiał.

Vane chciał ją odwieźć z powrotem do Talona, ale odmówiła.

– Może tylko się spóźni. Może miał spotkanie albo coś podobnego. Nie mogę tak po prostu odjechać.

Vane warknął nisko jak wilk i usiadł za jej stoiskiem, opierając się o żelazne ogrodzenie, podczas gdy ona siedziała na stołeczku, sprzedając ceramikę i szkice.

Popołudnie się przeciągało, ale nic się nie wydarzyło.

Cameron nie przyszedł.

O czwartej Selena wyszła na krótką przerwę.

Vane siedział teraz na krawężniku obok Sunshine. Długie nogi wyciągnął na ulicę i skrzyżował w kostkach. Opierał się z tyłu na rękach. W tej pozycji bawełniany T-shirt opinał się na jego nieskazitelnym torsie.

– Robisz to codziennie? – spytał.

– Właściwie tak.

– Rety, to piekielnie nudne. Co trzeba robić, żeby nie oszaleć?

– Zwykle szkicuję albo maluję i zanim się zorientuję, dzień mija i wracam do domu.

– Nie pojmuję.

Ludzie, którzy nie byli artystami, nigdy tego nie rozumieli.

– Cześć, Sunshine, masz coś nowego?

Sunshine odwróciła się do Bride McTierney, która podeszła do stoiska z drugiej strony. Wysoka dziewczyna o wyjątkowo bujnych kształtach miała twarz jednego z aniołów Botticelliego i tak ciemnokasztanowe włosy, że wydawały się czarne, dopóki nie wyszła na słońce – wtedy przybierały głęboki rudy odcień. Zwykle nosiła je upięte i tylko pojedyncze kosmyki opadały jej na twarz.

Kochana dziewczyna, była stałą klientką Sunshine. Wzięła nawet kilka obrazów i powiesiła je w butiku.

– Nie, przykro mi – odpowiedziała Sunshine. – Nie malowałam ostatnio niczego z Jackson Square ani w stylu fantasy. Głównie pracowałam nad rzeczami na zamówienie.

– Niech to, właśnie wprowadziłam się do nowego mieszkania i miałam nadzieję, że masz coś, dzięki czemu da się znieść te bure ściany.

Sunshine zmarszczyła brwi. Bride miała cudowne mieszkanko przy Iberville Street.

– Dlaczego się przeprowadziłaś?

– Taylor nie lubi jeździć przez całe miasto wieczorami, więc pomyślałam, że łatwiej będzie, jeśli zamieszkam bliżej jego pracy.

– Ale ty pracujesz we French Quarter.

– Wiem. To jedno z poświęceń, na które musimy się zdobyć dla miłości.

Bride uśmiechnęła się do Sunshine, ale widać było, że to tylko pozór.

Tego właśnie Sunshine się bała.

Dlaczego to zawsze kobieta musi się poświęcać dla miłości? Czy ten jeden raz nie mógł poświęcić się facet?

Bride westchnęła.

– Zadzwoń, gdybyś namalowała coś nowego, co mogłoby mi się spodobać, dobrze?

– Zadzwonię. A tak przy okazji, wyglądasz naprawdę świetnie. Schudłaś?

Bride cała się rozpromieniła.

– Zeszłam do rozmiaru szesnaście. Ale muszę ci powiedzieć, że przez cały czas głoduję.

– No tak, ale wyglądasz bosko.

– Dzięki. Taylor zapisał mnie na zajęcia aerobiku w swoim klubie cztery razy w tygodniu i to bardzo mi pomogło zrzucić wagę.

– Nie wygląda na to, żebyś dobrze się tam bawiła.

Ból sprawił, że oczy Bride pociemniały. Odwróciła wzrok.

– Po prostu nie mogę znieść ubierania się w dres i wchodzenia do pokoju pełnego kobiet rozmiar dwa w obcisłych trykotach. Jakby naprawdę potrzebowały tych zajęć. Od tego jeszcze bardziej mam ochotę uciec do cukierni niż z powodu diety.

Sunshine się roześmiała.

– Nawet mi nie mów. Osobiście uważam, że dla osób poniżej rozmiaru dziesięć powinno się szyć wyłącznie jutowe worki.

Bride znowu się uśmiechnęła.

– Skoro mowa o rozmiarach sukienek i chudych kobietach, muszę wracać do sklepu. Trzymaj się.

– Ty też.

Bride odeszła w kierunku swojego sklepu.

– Kto to był? – Vane wstał i patrzył za Bride z głodnym błyskiem w oku.

Jak on to robił? Ten facet – a właściwie wilk – poruszał się upiornie cicho.

– Nazywa się Bride McTierney. Ma butik przy Iberville.

– Jest... bardzo miła.

Sunshine zdziwiła się, że tak powiedział. Większość facetów onieśmielał albo wręcz odstręczał jej wzrost i rubensowskie kształty.

Vane patrzył na nią, jakby właśnie zobaczył ucieleśnienie supermodelki.

A to ci ciekawostka...

Zamrugał i usiadł z powrotem na krawężniku.

– Mogłabym was sobie przedstawić.

Spojrzał na nią i zaraz odwrócił wzrok. A jednak dostrzegła żal w jego zielonych oczach.

– Wilki nie zadają się z ludźmi. Macie skłonność do wpadania w panikę, kiedy dowiadujecie się prawdy na nasz temat. Już nie wspominając o tym, że wasze samice są dość kruche. Nie lubię się hamować z obawy, że posiniaczę albo zabiję moją partnerkę w trakcie spółkowania.

– A ludzie uważają, że to ja walę prosto z mostu. Jezu. Potrafisz powiedzieć wszystko, co?

– Mówiłem, nie jestem człowiekiem. Nie mam waszych zahamowań.

Uznała, że Vane mówi prawdę. Szkoda, bo Bride przydałby się facet, który akceptowałby ją taką, jaka jest, nie zmuszając jej cały czas do drakońskiej diety i ćwiczeń.

– No dobrze – odezwał się po paru minutach Vane. – Co jest między tobą i Celtem? Tylko się zabawiacie czy to coś więcej?

– Dlaczego pytasz?

– Bo ty wypytałaś mnie o wszystko. Uznałem, że teraz moja kolej.

Sunshine usiadła obok niego.

– Nie wiem. Kiedy jestem z Talonem, czuję, że do siebie pasujemy. Jakby był częścią mnie, o której nie wiedziałam, że mi jej brakuje, dopóki jej nie znalazłam.

– On czuje to samo?

Westchnęła tęsknie.

– A kto to wie? W jego wypadku czasem trudno coś powiedzieć. Nie jestem naprawdę pewna, czy to mnie kocha.

– Racja. Wygląda na to, że emocje nie są jego najsilniejszą stroną. Ale musisz dla niego dużo znaczyć, skoro mnie wezwał.

– Skąd wiesz?

– Złamanie rozkazu Acherona to niezbyt mądra rzecz dla Mrocznego Łowcy. Ten facet jest ich władcą, decyduje o ich życiu i śmierci. Poza tym, Talon był gotowy zaciągnąć u mnie dług, żeby zapewnić ci bezpieczeństwo. A to też kiepski pomysł.

– Dlaczego? Przecież nie zamierzasz go skrzywdzić, prawda?

– Nie w tej chwili, ale zważywszy, na jakie niebezpieczeństwo jest narażony mój lud, zobowiązanie wobec katagarskiego Pogromcy to niemalże skończona głupota.

– Jakiego Pogromcy?

– To moja prawdziwa nazwa.

Sunshine ściągnęła brwi.

– No dobrze, a czym właściwie jest katagarski Pogromca?

– Kimś, kto zabija bez skrupułów.

Przeszedł ją dreszcz, a jednak nie potrafiła uwierzyć, że byłby do tego zdolny. Był dziki, bez wątpienia, ale nie wydawał się całkowicie pozbawiony sumienia, niezależnie od tego, co mówił.

– Naprawdę zrobiłbyś coś takiego?

– Mała, bez chwili zastanowienia zabiłbym własną matkę.

Przypomniała sobie, co powiedziała jej babcia na temat jego rodzeństwa.

– Tak, ale czy zabiłbyś brata albo siostrę?

Odwrócił wzrok.

Szturchnęła go w ramię.

– Nie jesteś taki amoralny jak udajesz. Myślę, że może być w tobie więcej z człowieka, niż myślisz.

Wróciła do stoiska i usiadła na stołku. Przyglądała się ludziom wokół, ale aż do zachodu słońca Cameron się nie zjawił, a ona nie zobaczyła nikogo niebezpiecznego.

W każdym razie nikogo poza swoim ochroniarzem.

***

Talon wstał i ubrał się jeszcze przed zachodem słońca. Krążył po domu, nie mogąc się doczekać, kiedy wyjdzie i znajdzie Sunshine.

Zadzwonił do Vane'a.

– Nadal żyje i nic jej nie jest – oznajmił Vane bez słowa powitania. – Sunshine! – zawołał. – To Celt, chce wiedzieć, czy cię nie zjadłem ani nic w tym stylu.

Talon potarł czoło, słysząc kolejny dziwaczny żart Vane'a, i poczekał, aż Sunshine podejdzie do telefonu.

– Talon?

– Cześć, kochanie, wszystko w porządku? – spytał, natychmiast uspokojony, gdy usłyszał jej południowy akcent. To było najcudowniejsze, co kiedykolwiek słyszał.

– Nic mi nie jest. Absolutnie nic się nie wydarzyło. To byłby naprawdę nudny dzień, gdyby nie Vane. Jest bardzo ciekawy na swój krwiożerczy sposób.

Uśmiechnął się. Natychmiast poprawił mu się humor, kiedy się dowiedział, że z Sunshine wszystko w porządku.

– Nie wątpię. Uważaj na siebie, a ja zjawię się jak najszybciej.

– Dobrze, do zobaczenia.

Serce mu się zacisnęło, kiedy przesłała mu całusa, a potem oddała telefon Vane'owi. Bogowie, jakże kochał tę kobietę.

– Ach, Tally, ja też ŝtlaśnie cię koffam.

– Zamknij się, pchlarzu. Nie pozwalam ci na takie poufałości, to może tylko mój skarbek.

Vane się żachnął.

– Wiesz, któregoś dnia naprawdę będziesz musiał spłacić dług.

– Jasne, przyniosę ci kilka dodatkowych puszek Pedigree Pal.

Vane zaśmiał się dobrodusznie.

– Za to, bagienny szczurze, wisisz mi dodatkowy duży talerz najlepszych żeberek.

– Masz jak w banku. A tak w ogóle, to jak się miewasz? Bez problemu utrzymujesz ludzką formę?

– Mam się cudnie. Udało mi się nawet zachować większość ubrań na sobie i w ogóle.

– Tak trzymaj. Widok twojego wychudzonego ciała mógłby oślepić Sunshine.

– Zaufaj mi, skoro nie oślepła, patrząc na twój gruby owłosiony tyłek, to mój nie zrobi jej krzywdy.

– Owłosiony? Przepraszam, ale zdecydowanie pomyliłeś mnie ze swoim bratem.

Vane znowu się roześmiał.

– Ale już całkiem serio, zachód słońca będzie za jakieś piętnaście minut i wtedy od razu wychodzę.

– Utrzymam fort, generale Custer. Nie martw się.

– Dzięki. Do zobaczenia wkrótce.

Talon rozłączył się i poczekał, aż poczuje mrowienie na skórze, które zawsze mówiło mu, że słońce zaszło i może bezpiecznie wyjść.

Było jakieś czterdzieści pięć minut po zmroku, kiedy Sunshine poprosiła Vane'a, żeby przeszedł się do stoiska na rogu i przyniósł jej coś do picia.

Wzdrygał się przed tym, ale w końcu przekonała go, że pozostanie na widoku i nie odejdzie, dopóki on nie wróci.

Ledwie stanął w kolejce, kiedy Sunshine usłyszała ciche gwizdnięcie Seleny.

– Oj, ten facet wygląda naprawdę przerażająco. Ma twarz seryjnego mordercy.

Sunshine odwróciła się i zobaczyła wyjątkowo wysokiego, ciemnowłosego mężczyznę wychodzącego zza rogu. Konie przy Decatur Street zarżały i poruszyły się niespokojnie, kiedy je mijał.

Jakby wyczuwały w nim coś złego.

Wyglądał tak nieprawdopodobnie złowieszczo, że żołądek jej się zacisnął.

– Powinnam zawołać Vane'a?

– Nie wiem. – Selena wstała zza stolika do kart i stanęła bok Sunshine. – Jeśli ruszy w twoją stronę, ja go złapię, a ty krzycz.

– W porządku. Może po prostu nas ominie.

Nie ominął.

Zerknął na jej kramik, kiedy się z nim zrównał. Zatrzymał się.

Sunshine spojrzała na złowieszcze srebrne pazury na jego lewej ręce.

Nie odezwał się słowem, podchodząc do jej wózka. Przełknęła ślinę i odruchowo przysunęła się do Seleny. Mężczyzna byłby niewiarygodnie przystojny, gdyby nie wyglądał tak srogo.

Nerwowo zerknęły z Seleną po sobie.

Jego ponure spojrzenie zatrzymało się na zrobionych przez Sunshine misach, naśladujących grecki wzór, który widziała w katalogu muzealnym. Z delikatnością, jakiej by się po nim nie spodziewała, przesunął dłonią po misie zrobionej w stylu czerwonofigurowym.

W jego oczach rozbłysła tęsknota, jakby deseń przywołał jakieś słodko-gorzkie wspomnienia.

– Pani to robi?

Dosłownie wzdrygnęła się, czując na sobie intensywne spojrzenie czarnych oczu. Miał niski, prowokacyjny głos i mówił z tak mocnym obcym akcentem, że w pierwszej chwili nie zrozumiała pytania.

– Tak.

– Świetna robota.

Byłaby chyba mniej zdziwiona, gdyby nagle wyjął broń i ją zastrzelił.

– Dziękuję.

Kiedy sięgnął do kieszeni, gotowa była zawołać Vane'a, dopóki nie zdała sobie sprawy, że mężczyzna wyciąga portfel.

– Ile?

– Co ty tu robisz?

Spojrzała za nieznajomego i zobaczyła nadchodzącego Talona. Podszedł długim, wściekłym krokiem drapieżnika i stanął obok niej. Szybko.

– Nie twój cholerny interes, Celcie – warknął nieznajomy.

– Zostaw Sunshine, albo przysięgam, że cię załatwię.

Zarek schował portfel i odwrócił się do Talona.

– Spróbuj, a gołą dłonią wyrwę ci serce.

Talon go odepchnął.

Zarek wziął zamach, ale Talon zrobił unik i znowu go popchnął.

Vane wynurzył się znikąd i rozdzielił ich.

– Ej, ej, ej! – warknął na Talona. – O co chodzi?

– Lepiej, żebym cię nigdy nie dorwał w jej pobliżu, Zarek. Mówię serio.

Zarek pokazał mu środkowy palec ze srebrnym szponem, odwrócił się i odszedł wściekły w kierunku gmachu Presbytere.

Sunshine przeraziła się, widząc wściekłość na twarzy Talona. Naprawdę wyglądał, jakby był gotów kogoś zabić.

– Talon?

– Siedź cicho – ostrzegł ją Vane. – Wszystko w porządku, Celcie?

Talon nie potrafił odpowiedzieć. Czuł tylko narastającą furię. Gorącą, gwałtowną potrzebę rozerwania Zareka na strzępy.

Gdy tylko zobaczył Zareka, przypomniał sobie, jak widział go w zaułku z zabitą kobietą. Niech go Bóg broni, jeśli kiedykolwiek zaatakuje w ten sposób Sunshine.

Zabiłby go, nie zważając na konsekwencje.

Bez słowa przycisnął do siebie Sunshine i przytrzymał blisko. Zacisnął w pięść rękę na jej włosach, odetchnął ciepłym zapachem olejku paczulowego i rozkoszował się spokojem, jaki czuł, gdy ją obejmował.

– Miałeś jej pilnować – warknął na Zwierzo-Łowcę.

– To był tylko Zarek. Uspokój się. Chciał obejrzeć jej naczynia.

– Mógł ją skrzywdzić.

– Ale nie skrzywdził.

– Fakt. Masz szczęście jak cholera.

***

Zarek nadal się wściekał, idąc Pirate's Alley.

Kiedy się wreszcie nauczy? Za każdy razem, gdy próbował komuś pomóc, zawsze obracało się to przeciwko niemu.

Rozpoznał kobietę, kiedy tylko ją zobaczył, i zdziwił się, dlaczego Talon zostawił ją bez opieki.

Zacisnął zęby.

– Dobra. Niech umrze.

Co go to właściwie obchodziło?

Kiedy doszedł do końca ulicy, zatrzymał się. Poczuł coś obcego i zimnego. Nie czuł czegoś takiego od tamtej nocy, kiedy z człowieka stał się Mrocznym Łowcą.

– Zarek.

Odwrócił się i zobaczył Dionizosa we własnej osobie. Grecki bóg miał idealnie uczesane brązowe włosy, nosił ciemną tweedową marynarkę i granatowy golf. Wyglądał jak dobrze opłacany prawnik.

– Jeśli zamierzasz mnie zabić błyskawicą, Dionizosie, to wal śmiało.

Dionizos się roześmiał.

– Mów mi Dion, proszę. Dionizos brzmi staroświecko.

Zarek zesztywniał, gdy bóg do niego podszedł. Jego mocy nie dało się zignorować, powietrze od niej skwierczało.

– Dlaczego ze mną rozmawiasz?

Dionizos wskazał kciukiem deptak.

– Podsłuchałem twoją rozmowę z Talonem. Pomyślałem, że moglibyśmy zawrzeć umowę, ty i ja.

Zarek skrzywił się na samą myśl.

– To by było jak zawarcie umowy z Lucyferem.

– Tak, ale ja nie śmierdzę siarką. I tak się składa, że lepiej się ubieram. Lucek zawsze wygląda jak alfons. – Dionizos poczęstował Zareka papierosem. – Śmiało, częstuj się. To nawet twoja marka.

Zarek skorzystał z oferty, ale obserwował podejrzliwie Dionizosa, zapalając papierosa.

– Więc co to za umowa?

– Prosta. Mam w mieście chłopaka, który coś dla mnie załatwia. Wpadłeś na niego zeszłej nocy. Wygląda jak twój szef.

– Aha, znam łajdaka. Należy mu się coś ode mnie.

– Wiem. To pech, że poznaliście się w ten sposób. Jeśli jednak możesz zapomnieć o swoim gniewie, myślę, że moja propozycja naprawdę ci się spodoba.

– Mianowicie?

– Mój chłopak potrzebuje paru drobiazgów. Moglibyśmy cię zabić, ale myślę, że kogoś o twoich „specjalnych" zdolnościach i umiejętnościach lepiej mieć po swojej stronie, niż pozwolić mu dryfować przez wieczność jako bezcielesny Cień... – Dionizos zawiesił głos.

– Mów dalej.

– Chcę tylko, żebyś nie polował. Idź do domu, tak jak chce Acheron, i zostań tam aż do Mardi Gras. W czasie mojego święta Styxx będzie z tobą w kontakcie. Pomóż mu w ostatnich przygotowaniach, a dam ci to, czego najbardziej pragniesz.

– A czego pragnę najbardziej?

– Końca cierpienia.

Zarek musiał mu przyznać rację. Bóg rzeczywiście wiedział, co mu zaproponować.

– Nie próbujesz mnie wykiwać?

– Przysięgam na rzekę Styks, że jeśli nam pomożesz, wybawię cię od twojego cierpienia. Całkowicie. Bez żadnych sztuczek. Bez kruczków prawnych. Jeden strzał i nawet śmierć cię nie dosięgnie.

– A w przeciwnym wypadku?

Dionizos uśmiechnął się złowrogo.

– Hades ma milutki kącik w Tartarze, który już na ciebie czeka.

Zarek zaciągnął się papierosem i zaśmiał ponuro.

– No, to mnie przestraszyłeś. Co mi zrobi? Będzie mi szarpał ciało na strzępy? Połamie kości? Albo lepiej, może rzuci mnie na ziemię i będzie deptał tak długo, aż zacznę krwawić? Albo może każe mi przerzucać gówno? Nie, czekaj, już to zaliczyłem i mam nawet na taśmie.

Zielone oczy Dionizosa rozbłysły.

– Nie mogę uwierzyć, że Artemida pozwala ci żyć.

– Nie mogę uwierzyć, że jesteś bogiem i nawet nie umiesz grozić. Ale nie martw się – dodał Zarek, gdy Dionizos wyglądał na gotowego do strzału. – Nienawidzę tych dupków i nie obchodzi mnie, czy któryś z nich zamieni się w Cień.

Bóg natychmiast się uspokoił.

– Rozumiem, że masz mój numer? – spytał Zarek.

Dionizos pokiwał głową.

– Będziemy w kontakcie.

– Jasne. Zobaczymy się we wtorek.

***

Talon nalegał, więc Sunshine złożyła kramik i pozwoliła mężczyznom odprowadzić go do galerii. Zanim jednak ruszyli, powstrzymała ich.

– Co robisz? – spytał Talon, widząc, że Sunshine otwiera boczne drzwiczki wózka.

– Nic.

Zmarszczył brwi, kiedy wyciągnęła misę, którą oglądał Zarek. Podała ją Vane'owi.

– Miałbyś coś przeciwko temu, żeby dać ją ode mnie Zarekowi?

Talon był wstrząśnięty.

– Czyś ty oszalała?!

– Nie. Ten człowiek straszliwie cierpi. Myślę, że dobrze mu zrobi drobny gest uprzejmości.

– Porządny kopniak w tyłek dobrze by mu zrobił – żachnął się Vane.

– Vane, proszę...

Zgodził się, chociaż niechętnie.

– W porządku, ale jeśli rzuci nią we mnie, zażądam rekompensaty.

Pocałowała go w policzek.

– Kiepska rekompensata, ale zważywszy na obecność Talona, zadowolę się i tym.

Vane wziął misę i ruszył ulicą.

Sunshine odwróciła się do Talona, który nadal marszczył czoło.

– Zarek ciśnie nią o ścianę i stłucze przy pierwszej okazji.

– Nie sądzę. A nawet jeśli, zawsze mogę zrobić następną.

Pomógł jej zamknąć wózek i zjechać na ulicę.

– Jesteś taka wspaniałomyślna.

– Wszyscy mi to mówią. Czy pójdziemy zapolować na Styxxa?

– Broń Boże. Nie zamierzam ryzykować, że coś ci się stanie.

Warknęła na niego.

– Słuchaj, moja babcia powiedziała mi coś dziś po południu: żebym wieczorem pokierowała się sercem. Nie wiem, co miała na myśli, ale ufam jej. Ma nadzwyczajne zdolności parapsychiczne. Cokolwiek mi mówiła, zawsze się sprawdzało.

– Posłuchaj, nic nie poradzę na to, co powiedziała. Wiem tylko, że nie zamierzam pozwolić, żeby coś ci się stało. Kiedy Nynia umarła, byłem zagubiony, zmrożony i ani razu od jej śmierci nie poczułem ciepła. Aż do chwili, kiedy mnie dotknęłaś. Radziłem sobie bez ciebie tylko dzięki temu, że zdusiłem wszystkie uczucia, ale już dłużej tak nie mogę. Kiedy jestem z tobą, potrafię tylko czuć i potrzebować.

– Ja też tak mam.

– Więc co to dla nas znaczy?

– Nie wiem, a chciałabym wiedzieć.

Talon objął ją za ramiona i ruszyli z powrotem w kierunku placu. Zauważył wokół nich inne pary.

Żałował, że nie mogą być normalną, szczęśliwą parą, która nie ma innych zmartwień niż spłata hipoteki. To jednak nie było im pisane.

Camulus bawił się nimi i Sunshine miała za to zapłacić.

Talon znał tylko jeden prawdziwy sposób, żeby obronić ich oboje.

– To dokąd idziemy? – spytała Sunshine.

– Spotkamy się z bogiem. W sprawie cudu.

ROZDZIAŁ 15

Ash zacisnął zęby, kiedy Artemida przeczesała dłońmi jego długie blond włosy, złapała jedno pasemko w palce i zaczęła się nim bawić.

– Muszę iść – powiedział.

Nadąsała się uwodzicielsko, przesuwając piękną dłonią po jego nagiej piersi i delikatnie drapiąc go paznokciami.

– Nie chcę, żebyś sobie poszedł.

– Wypuść mnie, Artie. Muszę znaleźć Styxxa, zanim skrzywdzi kogoś jeszcze. Wczoraj w nocy omal nie zabił Zareka.

– Kogo to obchodzi? Lepiej, żeby Zarek zginął.

– To samo można powiedzieć o większości z nas.

Boleśnie wbiła mu paznokcie w dłonie, przywiązane do kolumienek jej łóżka delikatnymi złotymi sznurami.

– Nie cierpię, kiedy tak mówisz. Jesteś taki niewdzięczny po tym wszystkim, co dla ciebie zrobiłam.

O tak, tyle dla niego zrobiła. A raczej jemu zrobiła. Niewiele z tego było dobre czy przyjemne.

– Nie zmuszaj mnie, żebym sam się wyrwał.

Gdyby użył mocy, żeby rozwiązać jej „specjalne" sznury, po całym Olimpie rozszedłby się sygnał informujący innych bogów o jego obecności w jej świątyni. Za każdym razem, kiedy ją „odwiedzał", jego moce były znacznie ograniczone. Mógł zabawiać się śmiesznymi, salonowymi sztuczkami typu otworzenie drzwi albo ubranie się lub rozebranie, ale cokolwiek więcej natychmiast zostałoby wychwycone przez olimpijskich bogów, którzy zainteresowaliby się nieznanym źródłem mocy.

To była jedyna rzecz, której Artemida się obawiała.

– Chciałbyś tego, co? Żeby Zeus albo ktoś inny znalazł cię w moim łóżku?

– No to mnie wypuść.

Złote sznury same się rozwiązały. Westchnął i poruszył rękami po raz pierwszy od świtu, przywracając normalne krążenie w dłoniach.

Zalała go fala wyczerpania, ale otrząsnął się z niej. Artemida jak zwykle nie dała mu zasnąć, kiedy był u niej, więc teraz nie spał już dwa dni z rzędu.

Był tak zmęczony, że myślał tylko o tym, żeby się przespać.

– Och, a zgadnij, czego się dla ciebie dowiedziałam – powiedziała Artemida. – Mój nic niewart brat, Dion, spiknął się z twoim bratem i tym galijskim bogiem wojny, marząc o prawdziwej władzy. Prawda, że to kompletna głupota?

Acheron zamarł.

– Coś ty powiedziała?

– Dion i Cam myślą, że mogą odzyskać boskość, jeśli posłużą się twoim bratem jako prowodyrem. Zmarniałe szanse, jak to mówicie, co? – Artemida się roześmiała. –

Wyobraź sobie tylko, zapomniany galijski bóg wojny, mój brat, który słynie wyłącznie z chlania wina i spania z kim popadnie, oraz twój brat, którego jedyną zaletą jest fakt, że wygląda jak ty. I wydaje im się, że kapusta zaprowadzi ich do chwały. – Parsknęła śmiechem. – Nie mogę się doczekać, kiedy zobaczę, co ci frajerzy wymyślili.

Acheron spojrzał na nią. Mogła nie doceniać ich zdolności, ale on miał pewne podejrzenia, co zamierzali.

W Mardi Gras bariera między ich światem i światem, w którym uwięziono Atlantydzką Niszczycielkę, stanie się cienka.

Istniał tylko jeden powód, dla którego włączyli Styxxa do swoich planów...

Chcą uwolnić Niszczycielkę.

A żeby tego dokonać, muszą zabić Asha.

On zaś będzie musiał im to uniemożliwić. W taki czy inny sposób.

Gdy nadejdzie Mardi Gras, wszystkich czeka wielka niespodzianka.

Nie mieli pojęcia, z kim i z czym mają do czynienia. Niszczycielka dalece przerastała ich możliwości; nie zapanują nad nią. Była najbardziej bezlitosnym ze starożytnych bogów, jej bestialstwo przechodziło wszelkie wyobrażenie. Zabiła wszystkich członków swojej rodziny i zniszczyłaby cały świat, gdyby jej nie powstrzymano i nie uwięziono.

Jeśli Camulus i Dionizos myśleli, że dobiją z nią targu po tym, jak go zabiją, to się mylili.

Prawie się uśmiechnął na myśl, jak próbowaliby przemówić jej do rozsądku. Mardi Gras bez wątpienia zapowiadało się interesująco.

– A tak przy okazji... – powiedziała Artemida, wyciągając się nago na łóżku i przesuwając bosą stopą po jego kręgosłupie w długiej, chłodnej pieszczocie. – Twoje dzieci bardzo źle się zachowywały, kiedy ty byłeś tutaj.

Ash przestał rozcierać nadgarstek i spojrzał na nią pytająco.

– Co masz na myśli?

– Zarek złamał twój rozkaz. Wyszedł wcześniej i wdał się z Talonem w bójkę we French Quarter.

Ogarnął go gniew.

– Co takiego? Kiedy?

– Jakieś dwie godziny temu.

– Niech to szlag – warknął Ash. – Dlaczego mi nie powiedziałaś?

Wzruszyła ramionami i przesunęła ręką po nagich piersiach, próbując zwrócić na siebie jego uwagę.

– Podobało mi się, gdzie byłeś, a wiedziałam, że gdybym ci powiedziała, zaraz byś mnie zostawił.

Spiorunował ją wzrokiem. Jej egoizm nie znał granic. Wściekły na nią pstryknął palcami i ubrania powróciły na jego ciało. Zamienił włosy z powrotem w czarne i porwał plecak z podłogi.

– Nie cierpię tego koloru na tobie – powiedziała z rozdrażnieniem, zamieniając jego włosy z powrotem na blond.

Zesztywniał.

– No cóż, jedyny kolor, którego nie cierpię bardziej od tego blond, to kasztanowy.

Zamienił swoje włosy z powrotem na czarne, a potem zmienił kolor włosów Artemidy na taki sam odcień.

Jej wściekły wrzask odbijał się jeszcze echem od ścian świątyni, gdy Ash siłą woli przeniósł się do Nowego Orleanu.

***

Sunshine poczuła przypływ adrenaliny, kiedy zbliżyli się do baru motocyklistów przy Ursulines Avenue 688. To było najlepsze miejsce w mieście, żeby się spotkać z przyjaciółmi, zjeść coś dobrego, dobrze się zabawić.

– Nie mówiłeś mi, że idziemy do Sanctuary.

Talon zmarszczył brwi.

– Skąd wiesz o tym miejscu?

– Skarbie, nie ma ani jednej kobiety w tym mieście, która nie słyszałaby o Sanctuary, Krainie Boskich Przystojniaków. Do diabła, ja i moje przyjaciółki chcemy zebrać się i przyznać Mamie Lo nagrodę za jej politykę zatrudniania wyłącznie facetów o urodzie modeli.

Zauważyła, że skrzywił się urażony i nie mogła się nie roześmiać.

– Ty też jesteś przystojniakiem. Z pewnością nie masz powodu obawiać się konkurencji ze strony ciach z Sanctuary. Ale powiedz tak serio, nie zauważyłeś, że to miejsce jest jak Hooters dla kobiet?

– Nie. Muszę szczerze przyznać, że nigdy nie zauważyłem, jacy przystojni są faceci w Sanctuary. I niespecjalnie się tym przejmuję.

Z zewnątrz wybudowany w 1801 roku klub wyglądał jak typowy nowoorleański lokal. Cegła miała rdzawy odcień, nad staromodnymi drzwiami w saloonowym stylu wisiał ogromny szyld. Przedstawiał księżyc w pełni wschodzący nad wzgórzem, na którym stał zaparkowany motocykl, i dumnie ogłaszał, że znajduje się tu Sanktuarium, dom Wyjców – tak się nazywała grająca w klubie kapela, składająca się zresztą z wyjątkowych przystojniaków.

Należący do rodziny Peltier bar był otwarty przez dwadzieścia cztery godziny na dobę, siedem dni w tygodniu. Właścicielka, Mama Lo, miała jedenastu synów, samych ogierów, za których należała się jej nagroda za upiększenie miasta. Każdy z nich był pierwszej jakości przedstawicielem gatunku męskiego. Na ich widok każdej kobiecie ciekła ślinka.

Dev Peltier stał przy drzwiach, kiedy weszli. Robił za bramkarza i do towarzystwa miał trzech braci – byli identycznymi czworaczkami. Sunshine nigdy nie spotkała kobiety, która nie chciałaby zabrać jednego z nich do domu – właściwie każda chciała zabrać całą czwórkę i wykorzystać ich jak komplet podpórek do książek... w sypialni. Tyle że to nie książki chciały jej przyjaciółki upchnąć między czworaczkami.

Dev miał niebieskie, przenikliwe oczy i długie kędzierzawe blond włosy sięgające do połowy pleców. Wiedziała, że to on, tylko dzięki temu, że w przeciwieństwie do braci miał na ręce tatuaż przedstawiający łuk i strzałę.

Stanęła jak wryta, kiedy zdała sobie sprawę, że identyczne znamię nosi Talon na łopatce.

– Ej, stary – powiedział Dev na widok Talona z przyprawiającym o dreszcz, gardłowym akcentem, plasującym się gdzieś pomiędzy francuskim z Francji i francuskim kreolskim. Przybili piątkę. – Gdzie się podziewałeś?

– Tu i ówdzie. A ty?

Dev rzucił mu szelmowski uśmiech.

– Raz tu, raz tam.

Talon się roześmiał.

– Nie będę tego drążył.

Dev spojrzał na Sunshine i mrugnął porozumiewawczo.

– Ej, mała Sunshine, dlaczego kręcisz z tym frajerem? Przegrałaś jakiś zakład, czy co?

– Czy co – odpowiedziała z uśmiechem.

– Znasz Deva? – spytał ją Talon, sztywniejąc, jakby już sama myśl o tym wywołała u niego zazdrość.

– Pewnie – odparł Dev, zanim Sunshine zdążyła się odezwać. – Ciągle tu przychodzi. Grają z Aimee w bilard, tam, z tyłu.

– Przychodzisz tu sama?

Sunshine szturchnęła go żartobliwie w ramię.

– Przestaniesz wreszcie? Nie jesteś moim ojcem, a tutaj nikt mnie nie zaczepia, dzięki Devowi i jego braciom.

– Właśnie, Talon, znasz moje podejście. Nikt nie zaczepia kobiety w Sanctuary, chyba że ona chce, żeby ją zaczepiano.

– Z wyjątkiem Aimee. – Sunshine nie mogła się oprzeć pokusie, żeby tego nie dodać.

Jedyna córka w ogromnym klanie Peltier nie mogła się zbliżyć do żadnego mężczyzny, żeby jeden z jej braci albo jej nadzwyczajnie wysoki, potężnie zbudowany ojciec się nie wtrącił.

– Zgadza się. – Dev skinął głową na trumnę stojącą w kącie przy drzwiach. – To ostatni kretyn, który zaprosił moją siostrę na randkę.

Talon znowu się zaśmiał.

– Kolejny temat, którego nie będę drążył. Szukam Erosa, pojawił się już?

– Jest na górze koło składziku, gra w pokera z Rudym, Justinem i Etiennem.

– Dzięki.

Talon przeprowadził ją przez główną salę, gdzie przy stolikach i w boksach siadali klienci, którzy przyszli coś zjeść. Tego wieczoru panował tam spory tłok. Muzyka Wyjców dudniła głośno.

– Ej! – krzyknęła mu do ucha Sunshine. – Dlaczego macie z Devem taki sam znak łuku i strzały?

Talon obejrzał się na stojącego przy drzwiach Deva.

– Dev uważa, że to zabawne, że nosi symbol... – Urwał, ale zorientowała się, widząc błysk w jego oczach.

To musiał być znak Mrocznego Łowcy.

– On też jest taki?

– Nie, on jest z zupełnie innego gatunku.

Nagle zrozumiała.

– Z takiego jak Vane?

Zatrzymał się i pochylił głowę, żeby nikt go nie podsłuchał.

– I tak, i nie.

Czyli musiał być zmiennokształtnym innego rodzaju.

– Czy to znaczy, że cała jego rodzina potrafi zmieniać... – ugryzła się w język, kiedy przeszedł obok nich klient – ...ubrania na coś zupełnie innego?

Talon pokiwał głową.

Rety! Kto by pomyślał? Rodzina zmiennokształtnych prowadziła jedną z najpopularniejszych knajp w mieście.

Talon wyprostował się i ruszył na tyły, gdzie stały stoły bilardowe. Były tam też ozdobne schody z sosnowego drewna, prowadzące do pomieszczeń na piętrze, gdzie rozstawiono dodatkowe stoliki dla tych, którzy przy jedzeniu chcieli oglądać kapelę z góry.

Nawet na górze panował dziś tłok.

Nie zatrzymując się, Talon wyminął klientów i ruszył do stojącego w kącie ostatniego stolika po lewej stronie.

Siedziało tam pięć osób; cztery z nich grały w pokera. Etienne Peltier był szczuplejszy od swojego starszego brata Deva, ale nie mniej muskularny. Miał proste blond włosy do ramion i twarz, którą można by nazwać anielską. Jednakże Sunshine nie raz się przekonała, że w tym pięknym ciele mieszka prawdziwy diabeł. Nikt nie chciał zadzierać z Etienne'em.

Obok niego siedział Rudy St. Michel. Wyglądał przeciętnie i przypominał typowego obiboka z Nowego Orleanu – miał długie czarne włosy i barwne tatuaże pokrywające każdy odsłonięty skrawek ciała. Zatrudnił się w Sanctuary mniej więcej przed rokiem i był odpowiedzialny za salon gier na dole.

Kolejny bramkarz, Justin Portakalian, siedział plecami do ściany. Oparłszy jedną odzianą w skórę nogę na drewnianym krześle, podał dwie karty Rudy'emu. Był równie przystojny jak każdy z Peltierów. Miał średniej długości ciemnokasztanowe włosy i piwne oczy, które błyszczały złowrogo. Ponieważ miał sześć stóp i sześć cali wzrostu i tak wredne usposobienie, że mógłby być nowym wzorcem wredności, Sunshine starała się go unikać. Niewiele mówił, a jej ostatniego chłopaka wyrzucił przez tylne drzwi knajpy. Dosłownie. Słyszała także plotki, że niedawno wyszedł z więzienia, gdzie siedział za morderstwo. Przy jego nieprzyjemnym sposobie bycia łatwiej było uwierzyć w takie pogłoski.

Pozostałych dwojga nie znała: blondyn w motocyklowej skórze trzymał na kolanach prześliczną, skąpo ubraną rudowłosą dziewczynę. Podniósł wzrok, zobaczył Talona i przestał się uśmiechać.

– Co tu robisz, Celcie?

– Muszę z tobą porozmawiać.

– Nie widzisz, że wygrywam?

Talon spojrzał na żetony pokerowe obok jego łokcia.

– Tak. Widzę też, że oszukujesz.

– Że co? – ożywili się nagle pozostali.

– Talon, ty dupku! – Blondyn odchrząknął. – On tylko żartuje. Dajcie mi minutę, dobra?

Rudy prychnął na Justina i Etienne'a, poprawiając pięć kart w ręku.

– Nie wiem, dlaczego tak się rzucacie. Wy też oszukujecie.

Etienne posłał mu czarujący, zuchwały uśmiech, a Justin zdecydowanie mniej rozbawione spojrzenie.

Blondyn zaczął wstawać, ale zaraz szybko wrócił i zabrał karty.

– Na wszelki wypadek – powiedział do pozostałych graczy.

Kiedy tylko podszedł do Talona i Sunshine, Talon przedstawił ich sobie.

– Sunshine, poznaj Erosa i Psyche.

Sunshine spojrzała na nich zaciekawiona.

– Oni tylko uważają, że te imiona są słodkie, prawda? Nie są naprawdę Erosem i Psyche.

Eros rzucił jej poirytowane spojrzenie.

– Dlaczego ona się do mnie odzywa?

– Kupidynie... – rzucił ostrzegawczym tonem Talon. – Bądź grzeczny. – Odwrócił się do Psyche. – Bądź tak miła i zajmij się Sunshine, dopóki ja rozmawiam z twoim mężem, dobrze?

– Jasne, słonko. – Psyche objęła Sunshine. – Chodź, zobaczmy, w jakie kłopoty możemy się wpakować na dole.

Sunshine ruszyła z Psyche do ozdobnych schodów prowadzających na dół obok sceny. Było tam tłoczno od słuchaczy, tancerzy oraz kobiet, które chciały się po prostu pogapić na ślicznych członków zespołu.

Podeszły z Psyche do stołów bilardowych, gdzie chłopak nazwiskiem Nick Gautier grał z Wrenem, jednym z kelnerów. Wren był cichym, nieśmiałym facetem, którego aura mówiła, że najchętniej stałby się niewidzialny, a jednak kryło się w nim coś niebezpiecznego. Jakby chętnie walczył z każdym durniem, który zakłóci jego introwertyczny spokój.

Miał długie ciemnoblond włosy, które plątał w coś, co nie było do końca dredami, ale niewiele im już do nich brakowało. Oczy miał tak jasnoszare, że wydawały się niemal bezbarwne.

Sunshine już kilkakrotnie spotkała Nicka Gautier. Jego matka była jedną z kucharek w klubie, więc często wpadał zjeść kolację albo zagrać szybką partyjkę z Wrenem.

– Witam panie – powiedział Nick ze słabym francuskim akcentem.

Psyche wyjęła mu kij z ręki.

– Zabieraj te swoje kulki, Nick. Chcemy zagrać.

Nick się roześmiał.

– Psyche, kobieta nigdy nie powinna mówić mężczyźnie, żeby zabierał swoje kulki.

Udając, że go nie słyszy, Psyche spojrzała na Wrena.

– Nie masz nic przeciwko, prawda?

Wren pokręcił głową i oddał kij Sunshine. Bez słowa szybko zniknął w tłumie.

– Nie chciałam wam przeszkadzać – powiedziała Sunshine do Nicka.

– Nie przejmuj się. Dużo gramy z Wrenem. I tak musiał wracać do kuchni. Napijecie się czegoś?

– Piwa – powiedziała Psyche.

– Wody.

Nick skinął głową i odszedł.

Sunshine patrzyła, jak lawiruje w tłumie, zanim odwróciła się do Psyche.

– Więc często tu bywacie z Erosem?

Psyche pokiwała głową.

– Widziałam cię tu parę razy – odparła. – Zwykle spędzasz czas z Aimee i jakąś brunetką.

– Triną.

– O właśnie.

Psyche złapała białą bilę i ustawiła ją na właściwym miejscu.

–Tak – powiedziała, jednym strzałem posyłając sześć bil do łuz. – Jestem boginią, a Eros jest bogiem.

– Skąd wiedziałaś, co...

– Jestem boginią. Słyszę każdą myśl w twojej głowie. – Psyche uśmiechnęła się do Sunshine, nacierając kredą czubek kija.

– To naprawdę nieprzyjemne.

– Prawda? – Psyche dmuchnęła na czubek, odłożyła kredę i wbiła do łuz kolejne trzy bile. – A ponieważ wiem, o czym myślisz, odpowiedź brzmi: tak.

– Odpowiedź na co?

– Na pytanie, czy Talon cię kocha.

Sunshine się skrzywiła. Psyche sprzątnęła resztę bil ze stołu.

– Sama nie wiem. Czasem mam wrażenie, że nie potrafi mnie odróżnić od Nynii. Myślę, że kocha ją bardziej ode mnie.

Psyche znowu ustawiła bile.

– Bez obrazy, ale to głupie. Jesteście z Talonem bratnimi duszami. W przeciwieństwie do innych olimpijskich bogów, ja wiem, kiedy widzę dwoje ludzi stworzonych dla siebie. Gdybyście oboje z Talonem zginęli tej nocy i potem odrodzili się na dwóch różnych biegunach, prędzej czy później znów byście się połączyli. Tak to już jest z bratnimi duszami. Potraficie przetrwać sami, do diabła, możecie nawet być z kimś innym, ale żadne z was nie jest kompletne bez tego drugiego. – Zerknęła na górę, gdzie zostali panowie. – Możecie z tym walczyć do woli, ale tylko się oboje unieszczęśliwicie.

Poklepała Sunshine po ramieniu.

– Wiem, że mi nie wierzysz. Wiem, że potrzeba czasu, żebyś to zaakceptowała. A skoro o tym mowa, problem z waszym związkiem nie polega na tym, czy on cię kocha, czy nie. Kłopot w tym, że on nawet nie może myśleć o miłości.

– Dlaczego?

– Bo gdy tylko to zrobi, Camulus cię zabije. I Talon o tym wie. Nie pozwoli sobie pokochać cię, bo się boi, że znowu umrzesz.

Sunshine przełknęła ślinę. Wszystko kręciło się wokół tego wkurzającego – i wkurzonego – celtyckiego boga.

– Można go jakoś obejść?

– Być może.

– Być może? Tylko na tyle cię stać?

– To i tak lepsze niż nic.

To prawda, ale Sunshine nadal liczyła na coś więcej.

– A co z Artemidą? Nawet jeśli obejdziemy Camulusa, co z nią?

Psyche obróciła kij w dłoniach, zastanawiając się nad tym drobiazgiem, o którym nie można było zapomnieć.

– To cwana sztuka. Trzeba z nią bardzo ostrożnie negocjować.

– Czyli mogłabym z nią porozmawiać?

– Mogłabyś.

Sunshine zakręciło się w głowie. Naprawdę istniała dla nich nadzieja?

***

Talon poprowadził Erosa do składziku i zamknął drzwi. Quinn Peltier wiele lat temu zadbał o to, by pomieszczenie było dźwiękoszczelne, dzięki czemu Peltierowie i niektórzy ich wybrani przyjaciele mieli odosobniony kąt dla siebie, gdy zachodziła taka nagła potrzeba.

Początkowo składzik miał się przydawać w nagłych wypadkach, gdy któryś z nich niechcący zamienił się w niedźwiedzia, a w klubie byli klienci. Z czasem jednak stał się wygodną garsonierą dla braci, do której zabierali kobiety, gdy naszła ich nieodparta chętka.

Ale to całkiem inna historia.

Talon włączył słabe górne światło i spojrzał Erosowi w twarz.

– Potrzebuję przysługi.

– Niech cię diabli, Talon... Nie wiesz, że powinienem zniszczyć każdego Mrocznego Łowcę, który zbliży się do mnie?

Talon spojrzał na niego krzywo.

– Zapamiętam to sobie, kiedy znowu będziesz chciał pożyczyć ode mnie kasę na pokera za plecami Psyche.

Eros uśmiechnął się dobrodusznie.

– Słuszna uwaga. No dobrze, w czym mogę pomóc?

Talon się zawahał. W duszy modlił się, żeby Eros udzielił mu innej odpowiedzi niż ta, której się obawiał.

– Znasz celtyckiego boga Camulusa?

Eros wzruszył ramionami.

– Nie bardzo. Trzyma się z Aresem, Kelem, Arą i innymi bóstwami wojny. Jako bóg miłości i pożądania nie zadaję się z nimi. A co?

– Rzucił na mnie klątwę i chciałabym wiedzieć, czy mam jakieś szanse ją przełamać.

– Szczerze?

– Tak.

– Najprawdopodobniej nie. Bogowie wojny z reguły nie są skłonni do przebaczania. To się wiąże z ich mentalnością, z zamiłowaniem do masowych zniszczeń. Mają mściwość we krwi. Jeśli jednak masz w sobie krew boga, to może dałoby się coś zrobić. Masz?

– Nie. Jestem w pełni człowiekiem, przynajmniej pod względem krwi.

– W takim razie masz przerąbane.

Talon zacisnął zęby, chociaż nie był zaskoczony. Dopiero teraz zdał sobie sprawę, że już zaczął sobie wyobrażać wspólną przyszłość z Sunshine.

Że w głębi duszy zaczął żywić nadzieję. Ale na próżno.

– Nie ma takiej możliwości, żebym zatrzymał Sunshine.

Nie zdawał sobie sprawy, że powiedział to na głos, dopóki Eros nie odparł:

– Jeśli ją pokochasz, ona na pewno za to zapłaci.

Talon przyszykował się na to, co musiał zrobić – nawet jeśli rozrywało mu to serce i przyprawiało go o łzy. Wiedział, że musi to zrobić.

Tylko w ten sposób mógł ją uchronić.

– Dobrze. Mam jeszcze jedną, ostatnią prośbę.

Eros spojrzał na niego wyrozumiale.

– Chcesz, żebym strzelił do was ołowianą strzałą i zabił waszą miłość.

Talon pokiwał głową.

Eros zdjął wisiorek w kształcie łuku i powiększył go siłą woli.

Talon złapał go za rękę, kiedy bóg w niego wycelował.

– Jeszcze nie, dobrze? Chcę spędzić z nią jeszcze chwilę. Możesz poczekać do północy?

Eros pokiwał głową i zmniejszył łuk do rozmiaru wisiorka. Poklepał Talona po plecach.

– Miłość rani, stary. Uwierz mi, wiem, co mówię.

Talon pomyślał o Psyche i poczuł zazdrość.

– Tak, ale ty przynajmniej możesz zatrzymać swoją prawdziwą miłość.

– Racja, mam cholerne szczęście w tej kwestii. – Eros poruszył się, jakby nagle zrobiło mu się niewygodnie. – Gdzie mam strzelić?

– Gdzieś, gdzie nie będzie bolało.

Eros przewrócił oczami.

– W klubie Runningwolfa – odpowiedział już całkiem serio Talon. – Zawiozę ją tam o północy.

Eros skinął głową i odsunął się o dwa kroki.

– Do zobaczenia o północy.

– Dzięki. Jestem twoim dłużnikiem.

– Owszem.

Talon skinął głową. Dobrze się rozumieli. Teraz miał już dług u Vane'a i Erosa, w tym tempie straci o wiele więcej niż duszę, zanim cała sprawa się zakończy.

Modlił się tylko, żeby ostatecznie Sunshine nie straciła też życia.

Na razie jednak postanowił o tym nie myśleć.

Chciał spędzić kilka ostatnich godzin z kobietą, którą kocha. Chciał się nacieszyć tą odrobiną czasu, jaka im została, zanim Sunshine nauczy się go nienawidzić.

Wyszedł ze składziku i zatrzymał się, widząc Sunshine grającą z Psyche w bilard.

Wyglądała tak pięknie. Światło reflektorów ze sceny igrało na jej kruczoczarnych włosach. I to pełne, krągłe ciało... ideał. Sunshine była dla niego wszystkim.

Myśli Talona rozproszyły się, kiedy zdał sobie sprawę, że rozmawia z nią jakiś mężczyzna średniego wzrostu, a ona nie jest z tego zadowolona.

Nagle ich rozmowa zamieniła się w kłótnię. Wzburzona Sunshine szturchnęła intruza palcem i odepchnęła.

Psyche odłożyła kij i stanęła między nimi.

Talona zalała krew.

Niewiele myśląc, oparł rękę o poręcz, przerzucił nogi na drugą stronę i zeskoczył na podłogę na parterze.

Ludzie na dole rozbiegli się z krzykiem.

Talon poczuł ból w nogach, który pogarszał się z każdym krokiem. Nie przejmował się tym. Widział tylko zdenerwowaną twarz Sunshine. Słyszał tylko jej rozzłoszczony głos:

– Jak mogłeś to zrobić, Jerry! Ty szujo!

– Powiedziałem ci już, Sunny, biznes to biznes.

– Ale to był mój klient! Siedziałam tam cały dzień, czekając, aż przyjdzie.

– Cóż, nieobecni nie mają racji.

– A tu masz inne powiedzonko – powiedział Talon, łapiąc gościa i odwracając twarzą do siebie. – Nie zadzieraj z moją dziewczyną.

Sunshine zamarła na widok wyrazu jego twarzy. Wyglądał naprawdę przerażająco. Patrzył na Jerry'ego w taki sposób, jakby był o krok od zrobienia z niego filetów.

– W porządku, Talon – powiedziała, nie chcąc, żeby narobił sobie kłopotów, albo gorzej: został aresztowany na pobicie gnidy.

Po minie Jerry'ego widziała, że aż się wyrywa, żeby powiedzieć coś ciętego, ale rozmiary i wściekłość Talona sprawiły, że trzymał gębę na kłódkę.

Wzięła Talona za rękę.

– Chodź, skarbie, zostaw go.

Talon naprawdę chciał rozedrzeć faceta na strzępy. Jak śmiał ukraść Sunshine klienta? Wiedział, ile to dla niej znaczyło. Złość w nim buzowała, zmagając się z jego zasobami zimnej krwi.

– Co to za dupek? – zapytał Sunshine.

– Byłem jej mężem, a ty?

Oczy Talona zapłonęły.

– Ja też.

Jerry nie byłby bardziej zaszokowany, nawet gdyby Talon naprawdę go uderzył.

Talon spojrzał na Sunshine. Jakaś jego część czuła się do głębi zdradzona, że Sunshine śmiała poślubić kogoś innego. Co z tego, że nie miała pojęcia o ich wspólnym poprzednim życiu? To bolało.

Posłała mu przepraszające spojrzenie.

– Zamierzałam ci powiedzieć.

– Kiedy?

Odwróciła się i spojrzała na Jerry'ego.

– Ale z ciebie dupek. Nie mogę uwierzyć, że byłam tak głupia, żeby za ciebie wyjść.

Ruszyła przez milczący teraz tłum.

– Ej, Sunny! – zawołał za nią Jerry. – Koniecznie zajrzyj kiedyś do Falliniego, żeby popodziwiać moje prace. Patrząc na nie, pamiętaj, że lepszy artysta wygrał.

Talon zobaczył łzy w jej oczach.

Stracił nad sobą panowanie.

Odwrócił się i zdzielił Jerry'ego tak mocno, że dosłownie ściął go z nóg. Facet wylądował z hukiem na stole bilardowym, rozrzucając bile na wszystkie strony.

Kilku członków klanu niedźwiedzi zaklęło, gdy rozbłysły flesze.

– Nie ma to jak nie rzucać się w oczy, Celcie – zadrwił stojący obok niego Justin.

Talon udał, że nie słyszy pantery. Wziął Sunshine za rękę i poprowadził przez tłum.

Nick złapał go przy drzwiach.

– Stary, Ash się wścieknie, kiedy się dowie. Nie mogę uwierzyć, że wykręciłeś taki numer przy całym tłumie, który zjechał się na Mardi Gras. Jesteś gorszy od Zareka.

– Po prostu tu posprzątaj.

– Posprzątać, do cholery?! Wiesz, ile aparatów uchwyciło twój kaskaderski skok z piętra? Moja mama myśli teraz, że jesteś na prochach, które, jak podejrzewa, sprzedaje Kyrian. Jesteśmy ugotowani. Moje życie właśnie legło w gruzach. Usłyszę kazanie na temat pracy dla handlarza prochami... znowu! Moja mama, niech jej bóg błogosławi, jest taka naiwna, że nawet nie wie, że pracuje dla niedźwiedzi. Mam przerąbane.

– Nie martw się – powiedział Dev, podchodząc do nich. – Wszystkim się zajmiemy, Celcie. Sprzątanie po takich wyskokach to nasza specjalność. Żaden człowiek nie będzie o tym jutro pamiętał. Zadbamy też o to, żeby żaden sprzęt elektroniczny nie zachował zapisów z tego wieczoru. Wszyscy się wkurzą, że na zdjęciach będą mieli tylko czarną plamę.

– A co ze mną? – spytał Nick. – Nie chcę, żebyście mieszali mi w głowie.

– Powiedziałem „żaden człowiek", Nicky.

Nick robił wrażenie głęboko urażonego.

– Dzięki – powiedział Talon do Deva.

– Nie ma sprawy. Do zobaczenia podczas Mardi Gras.

Talon skinął mu głową i wyprowadził Sunshine z klubu, chociaż czuł się tak, jakby przy skoku złamał nogę.

Kiedy tylko znaleźli się na ulicy, zapytał:

– Wyszłaś za mąż?

– To było siedem lat temu. Byłam młoda i głupia.

– Wyszłaś za mąż – powtórzył. – Za niego.

Sunshine odetchnęła głęboko i westchnęła.

– Tak.

– Nie mogę uwierzyć.

– Daj spokój, zejdź ze mnie. Nie wypominaj mi czegoś, co zrobiłam, kiedy nawet nie wiedziałam o twoim istnieniu. Jeśli ktokolwiek może się wściekać, to raczej ja.

– Słucham?

– Selena mi powiedziała o twojej reputacji. Przeleciałeś chyba wszystkie kobiety w Nowym Orleanie. Masz ochotę pogadać na ten temat?

– To co innego.

– Dlaczego? Bo jestem kobietą? Wiedziałeś, że nie jestem dziewicą. Czego się spodziewałeś?

Nie wiedział. Z drugiej strony, to nie miało znaczenia. Po dzisiejszej nocy i tak go znienawidzi. Nie chciał marnować ostatniego wieczoru na kłótnię.

Zostały im tylko te chwile.

– W porządku, Sunshine, masz rację. Przepraszam.

Sunshine oniemiała. Pierwszy raz spotkała się z mężczyzną, który tak łatwo ustępował.

– Naprawdę?

– Tak – odpowiedział szczerze. – Nie chcę się kłócić, rozumiesz? Zapomnijmy o tym i chodźmy coś zjeść.

Uniosła jego dłoń do ust i pocałowała go w kostki palców.

– Dobry pomysł.

Kiedy weszli do małej kafejki przy Iberville, zauważyła, że Talon lekko kuleje.

– Nic ci nie jest?

– Skręciłem nogę przy tym skoku. Za każdym razem, kiedy się wściekam, tracę moc Mrocznego Łowcy, a bez niej moje ciało staje się ludzkie.

– Potrzebujesz lekarza?

Pokręcił głową.

– Jeśli tylko zachowam spokój, powinienem dojść do siebie w trakcie posiłku.

Talon trzymał ją blisko siebie przez cały czas, jakiego potrzebowali, żeby dojść do restauracji i usiąść. Uczył się jej na pamięć. Zapamięta ją taką i te wspomnienia będą w nim żyły razem ze wspomnieniami Nynii.

A może straci je, kiedy Eros trafi go ołowianą strzałą?

Czy jego umysł w jakiś sposób je zniekształci, żeby nie mógł jej już dłużej kochać?

Żołądek zacisnął mu się na samą myśl. Jak to będzie, nie znajdować pociechy nawet we wspomnieniach o Nynii i Sunshine?

Nie pamiętać miękkości jej dotyku, paczulowego zapachu jej skóry?

Tego, jak jej oczy lśniły za każdym razem, gdy na niego patrzyła?

Zaciskając zęby, próbował nie myśleć o tym i nie czuć bólu w sercu.

Nie chodziło o niego i o to, co miał stracić.

Chodziło o nią.

Musiał to zrobić dla niej.

Siedziała naprzeciwko niego, z głową pochyloną nad jedzeniem. Światło świecy podkreślało czerń jej włosów i nadawało skórze kremowy odcień. Przez tę kremowość ślina napłynęła mu do ust.

Podziwiał wdzięk, z jakimi poruszała rękami, gdy jadła sałatkę z ciecierzycą. Uwielbiał jej długie wąskie palce. Uwielbiał brać je do ust, czuć na ciele.

– Dlaczego postanowiłaś zostać artystką?

– Uwielbiam pracować rękami.

Sięgnął ponad stołem i wziął jej lewą rękę w swoją. Przyjrzał się delikatnym kształtom dłoni, poczuł jej kruchość.

– Masz takie piękne ręce.

Uśmiechnęła się i uścisnęła jego dłoń.

– Dziękuję. To najcenniejsza rzecz dla artysty. Mam czasem koszmary, że coś się z nimi dzieje, że głęboka rana albo oparzenie uniemożliwia mi rysowanie albo tworzenie ceramiki. Sztuka to moje życie. Nie wiem, co bym robiła, gdybym nie mogła tworzyć.

Talon zamknął oczy, kiedy zalał go ból. Powróciły emocje, ale je zdusił. Musiał.

Ich czas uciekał.

Sunshine poczęstowała go swoją sałatką. Z trudem powstrzymał grymas obrzydzenia.

– Dlaczego twoje oczy nie są już bursztynowe? – spytała.

Przełknął kęs i napił się wina.

– To łączy się z byciem Mrocznym Łowcą. Zamieniamy się w drapieżniki, żeby tropić i zabijać Daimony. Nasze oczy stają się czarne i źrenice rozszerzają się nam o wiele bardziej niż ludziom, więc widzimy w ciemności.

– A kły? Używasz ich do wysysania krwi?

Pokręcił głową.

– Nie. Nigdy nie gustowałem we krwi. Kły to po prostu kolejna cecha Łowcy.

– I lubisz to, co robisz?

– Bywają chwile, kiedy to jest zabawne i stanowi prawdziwe wyzwanie. A czasem staje się to nudne. Przez większość czasu po prostu nie mam nic przeciwko temu zajęciu.

A ona najwyraźniej to akceptowała.

Jadła przez kilka minut, zanim znowu się odezwała:

– Dlaczego zaprzedałeś duszę?

Odwrócił wzrok. Przed oczyma stanął mu tamten dzień. Leżał na ołtarzu z rękami związanymi nad głową i nagą piersią pomazaną krwią w ofiarne symbole. Było chłodno. Zgromadzili się wszyscy członkowie klanu.

Odziany w czarne szaty druidzki kapłan spojrzał na niego i uśmiechnął się okrutnie.

„Łapcie Cearę".

Słowa kuzyna dźwięczały mu w głowie. Potrzebował całej minuty, zanim zrozumiał, co się dzieje. Przerażony patrzył, jak mężczyźni łapią jego siostrę za ręce.

„Speirr! Pomóż mi *bràthair*, błagam!".

Szarpał się z więzami, aż nadgarstki zaczęły krwawić i palić. Krzyczał na nich, żeby ją puścili.

Jak zwierzę w klatce, próbował do niej sięgnąć.

Cały czas krzyczała do niego.

„Taka jest wola bogów, macie oboje umrzeć za to, co zrobiła wasza matka".

Kuzyn zatopił sztylet w piersi Ceary.

Spojrzała na Talona przerażonymi i zapłakanymi oczami, walcząc o oddech.

A najgorsze ze wszystkiego było to, że dostrzegł w jej oczach rozczarowanie.

Wierzyła w niego, ufała mu, że ją ochroni.

Mężczyźni puścili ją, potknęła się i osunęła na ziemię.

„Speirr?". Jej głos drżał, kiedy wyciągnęła ku niemu zakrwawioną dłoń. „Nie chcę umierać" – szepnęła głosem dziecka.

Umarła na jego oczach.

Dusząc się z wściekłości, po raz ostatni wydał z siebie okrzyk wojenny i przeklął ich wszystkich. Domagał się gniewu Morrigán, ale go zignorowała.

To Artemida odpowiedziała na jego pragnienie zemsty.

Ostatnim, co zobaczył, był druid odchylający mu głowę i podrzynający gardło.

Talon oddychał głęboko, starając się pogrzebać te wspomnienia. To była przeszłość. Teraz miał Sunshine, której musiał strzec.

– To była młodzieńcza furia – powiedział ze spokojem, którego wcale nie czuł. – Tak wiele straciłem w tak krótkim czasie... ciotkę, wuja, ciebie i naszego syna. Po utracie ciebie, chodziłem pogrążony w żałobie. W każdej minucie każdego dnia walczyłem o przetrwanie. Jedyna rzecz, jaka mnie trzymała przy życiu, to świadomość, że klan i Ceara mnie potrzebują. Kiedy druidzi przyszli i powiedzieli mi, że muszę poświęcić życie dla bogów, żeby chronić klan, właściwie mi ulżyło. Nie zastanawiałem się ani chwili, tylko pozwoliłem, żeby przywiązali mnie na ołtarzu ofiarnym.

Zacisnął zęby, kiedy znowu zobaczył siostrę we wspomnieniach. Jak wyglądała tamtego dnia.

– Ceara płakała, ale starała się być dzielna. Wszystko szło jak trzeba, dopóki Murrdyd nie zwrócił się przeciwko mnie i nie kazał moim ludziom jej złapać. Powiedział, że oboje musimy zginąć, żeby ułagodzić bogów.

– To była prawda?

– Nie. Chciał zostać królem. Musiał usunąć ze swojej drogi nas oboje, bo byliśmy prawowitymi następcami tronu. Nie mogłem znieść niesprawiedliwości jego czynu.

Położyła dłoń na jego ręce.

– Kochanie, tak mi przykro.

Uścisnął jej palce i zamrugał, walcząc z bólem. Jedynym pocieszeniem, jakiego zaznał w tym życiu, był dotyk tej kobiety.

– Oni też pożałowali.

– Co zrobiłeś?

Odchrząknął, próbując zdławić wspomnienia tamtej nocy. Żal. Zachował się jak opętany jedną myślą potwór, kiedy szalał w wiosce.

Myślał tylko o tym, żeby dotrzeć do kuzyna.

Żeby sukinsyn zapłacił.

– Przeszedłem przez wioskę, zabijając każdego mężczyznę, który stanął między mną i tymi, którzy zabili Cearę.

Kobiety i dzieci uciekły, kiedy walczyłem z Murrdydem. A kiedy zemściłem się na nim, spaliłem całą wioskę na popiół.

– I od tamtego czasu służysz Artemidzie?

Pokiwał głową.

– Spotkałeś ją kiedykolwiek?

– Tylko ten jeden raz, kiedy przyszła targować się o moją duszę. Spotkała się ze mną w podziemnej krainie, gdzie trafiają dusze po opuszczeniu tego świata, przed odejściem do następnego.

– Nie widziałeś jej od tamtego czasu?

Pokręcił głową.

– Nie wolno nam kontaktować się z bogami. Jesteśmy dla nich odrażający.

– A co z Erosem?

Odetchnął głęboko i uśmiechnął się w duchu na myśl o kochającym zabawę, zuchwałym bogu miłości.

– On jest trochę inny. Z jakiegoś powodu trzyma z nami.

Sunshine rozważała jego słowa, kończąc kolację. Biedny Talon. Zaznał tyle bólu. Tyle rozpaczy.

Do pewnego stopnia męczyło ją, że nadal myli ją z Nynią. Może i miały wspólną duszę, ale jednak były dwiema różnymi osobami.

Chociaż to i tak nie miało znaczenia. Dopóki należał do Artemidy i ciążyła na nim klątwa Camulusa, nie mógł być naprawdę wolny. Nie mógł mieć przyszłości.

Kiedy rozmawiała z Psyche, bogini powiedziała jej, jak wezwać Artemidę.

Naprawdę chciała pogawędzić sobie z boginią i sprawdzić, czy Talon może odzyskać wolność. Gdyby jej się udało, może zdołaliby też jakoś powstrzymać Camulusa.

Kiedy zapłacili za kolację, wyszli z restauracji i ruszyli do klubu ojca.

Sunshine nie wiedziała, dlaczego Talon chce zabrać ją do domu, ale postarała się, żeby weszli niezauważeni, dzięki czemu mieli chwilę dla siebie.

Talon zaprowadził ją na parkiet.

Nie zdawała sobie spawy, jak seksownie może się prezentować mężczyzna w tańcu. Osobiście uważała, że większość facetów na parkiecie wygląda raczej głupio.

Ale nie Talon. W życiu nie widziała kogoś równie seksownego.

Kiedy piosenka się skończyła, ponaglił ją, żeby przedstawiła go ojcu i bratu. Siedzieli w pobliżu, przeglądając dokumenty i księgi rachunkowe klubu. Wayne im pomagał.

– Cześć wam.

Ojciec, Storm i Wayne spojrzeli na nią z uśmiechem, dopóki nie dostrzegli za nią Talona.

– Sunshine, nic ci nie jest? – spytał ojciec.

– Wszystko w porządku. Chciałam tylko, żebyś poznał Talona. Talonie, to jest mój ojciec, Daniel Runningwolf.

Talon wyciągnął rękę, lecz ojciec Sunshine jej nie uścisnął.

– Jestem szamanem, nie mogę cię dotknąć.

Talon skinął głową z wyrozumiałą miną.

– Przepraszam, nie pomyślałem.

Wayne przeprosił ich na chwilę i wyszedł. Ciemne oczy ojca zabłysły, kiedy obrzucił spojrzeniem Sunshine.

– Starla mi nie powiedziała, że twój chłopak nie ma duszy.

– Pewnie pomyślała, że się wściekniesz. Wściekasz się?

– Tak.

Sunshine szybko znalazła okazję do zmiany tematu:

– A jak się miewa mama?

– W porządku. A ty?

– Wszystko dobrze, tato. Nie martw się.

– Jestem twoim ojcem. Martwienie się o ciebie to dla mnie zajęcie na pełen etat.

Uśmiechnęła się do niego.

– I świetnie sobie z nim radzisz.

Mimo to, nadal nie wyglądał na uspokojonego.

Talon zrobił krok naprzód.

– Mogę pana prosić na słówko?

Sunshine zmarszczyła brwi, słysząc złowieszczą nutę w głosie Talona. Ojciec zmrużył oczy, zanim skinął lekko głową.

– Sunshine, zostań z bratem.

Patrzyła, jak tamci dwaj odchodzą, i zalała ją fala przerażenia. Działo się coś niedobrego.

***

Talon poprowadził jej ojca na drugi koniec baru. Zerknął na Sunshine. Zakłuło go w sercu.

– Czego ode mnie chcesz? – spytał Daniel.

– Proszę posłuchać, wiem, że nie przepada pan za mną...

– Nie przepadam? Jesteś mordercą bez duszy. Jasne, zabijasz w obronie innych, ale to nie zmienia zasadniczego faktu, że nie jesteś już człowiekiem.

– Wiem. Dlatego tu jesteśmy. Dziś wieczór zamierzam oddać Sunshine pod pańską opiekę. Pewni ludzie chcą ją skrzywdzić i naprawdę byłbym wdzięczny, gdyby się pan nią zajął. Do jutra będę w pobliżu, ale dyskretnie, na wypadek gdyby znowu chcieli ją porwać.

– Moja żona twierdzi, że Sunshine nie da panu odejść.

– Za cztery minuty nie będzie chciała nawet na mnie spojrzeć. Obiecuję.

Daniel zmarszczył brwi.

– Co to ma znaczyć?

Talon odchrząknął i zerknął na wielki zegar reklamowy Budweisera na ścianie nad barem.

Ich czas prawie dobiegł końca.

Niech was diabli, Parki.

– Nic – odpowiedział cicho. – Proszę po prostu uwierzyć mi na słowo, że córka znowu należy do pana.

Daniel skinął głową.

Kiedy Talon wracał do Sunshine, cały był obolały. Nie mógł znieść myśli o tym, co Eros zaraz zrobi. Głęboko go to raniło.

Ale trzeba było to zrobić.

Nie mogli być razem. Głupio było myśleć inaczej.

Musiał to zrobić, żeby ratować jej życie.

Kątem oka zobaczył Erosa objawiającego się w swojej boskiej postaci. Niewidzialny dla ludzi bóg miłości był łatwy do wykrycia zmysłami Mrocznego Łowcy.

– Jesteś pewien? – rozległ się w głowie Talona głos Erosa.

Talon pochylił się, pocałował Sunshine delikatnie w usta, a potem pokiwał głową.

Trzymał jej twarz w dłoniach, patrząc w jej ciemne oczy i czekając, aż staną się jeszcze ciemniejsze z nienawiści. Czekając, aż cała zesztywnieje i go przeklnie.

Eros uniósł łuk i strzelił prosto w Sunshine.

Talon przełknął ślinę, kiedy przeszył go ból związany z oczekiwaną reakcją.

Do widzenia, ukochana.

Skrzywiła się.

– Auć! Talon, uderzyłeś mnie?

Pokręcił głową i czekał, aż nienawiść napłynie do jej oczu.

Nic z tego. Sekundy mijały powoli, a Sunshine coraz mocniej ściągała brwi.

– Nie czuję się dobrze.

Potarła serce, w które trafił ją Eros.

A potem, o dziwo, podniosła wzrok i spojrzała prosto na Erosa.

– Kupidyn?

Eros rozejrzał się nerwowo.

– Widzisz mnie?

– No pewnie.

Bóg zesztywniał i lekko pozieleniał.

Talon zmarszczył czoło, kiedy ogarnęły go najgorsze przeczucia.

– Co się stało? Dlaczego mnie nie nienawidzi?

Eros jeszcze bardziej się stropił.

– Wy dwoje nie jesteście przypadkiem bratnimi duszami, co?

– Owszem – odpowiedziała Sunshine. – Psyche tak mi powiedziała.

Eros uśmiechnął się zażenowany.

– Ojej. Chyba muszę pogadać z żoną. Niech to szlag, powinna była mi powiedzieć.

– Ojej? – powtórzył Talon. – Eros, wolałbym, żeby w twoim słowniku nie było żadnego „ojej".

Eros odchrząknął.

– Nikt mi nie powiedział, że jesteście bratnimi duszami. Widzisz... – Podniósł łuk. – On działa tylko na pożądanie i zauroczenie. Bratnie dusze to całkiem inna sprawa. Tego rodzaju miłości nie mogę zabić. Nic nie może.

Sunshine gapiła się na niego tak długo, aż zrozumiała, co się dzieje. Miała ochotę udusić Talona.

– Kazałeś mu sprawić, żebym cię znienawidziła?!

Teraz Talon się stropił, zerkając na Erosa.

– Skarbie, wszystko ci wytłumaczę.

Spiorunowała go wzrokiem. Wściekłość przepełniała każdą cząstkę jej ciała.

– O tak, wszystko mi wytłumaczysz. Jak śmiesz bawić się moim umysłem i sercem? Nie podobają mi się takie krętackie zagrywki!

– Sunshine – odezwał się jej ojciec. – On ma rację. Nie ma dla was przyszłości. On nie jest człowiekiem.

– Nie obchodzi mnie, czym jest. Coś na łączy! Nie mogę uwierzyć, że mógł próbować czegoś takiego!

– Zabraniam ci się z nim widywać – oznajmił surowo ojciec.

Odwróciła się do niego ze złością.

– Nie mam trzynastu lat. Nie obchodzi mnie, czego mi zabraniasz, a czego nie. To sprawa między mną a nim.

– Nie będę patrzył, jak znowu umierasz – Talon wypowiedział każde słowo powoli i z naciskiem.

– A ja nie dam sobą manipulować. Nie poddam się tak po prostu.

Talon odwrócił się i wzburzony wybiegł z klubu. Nie mógł tego zrobić. Nie potrafił.

Musiał ją zostawić.

Dla ich własnego dobra.

Nie odwracając się, podszedł do motocykla. Wsiadł, ale zanim uruchomił silnik, Sunshine złapała go za rękę.

– Nie pozbędziesz się mnie tak łatwo.

Odsłonił kły.

– Rozumiesz, czym jestem?

Sunshine przełknęła ślinę. Nagle wszystko, co powiedziała jej Psyche, nabrało sensu. Nie był Speirrem, przywódcą swojego ludu; przestraszonym chłopcem, który zamienił serce w kamień, żeby przeżyć; mężczyzną, który skradł Nynii serce i posiadł ją jak nikt inny.

To był Talon, Mroczny Łowca, który spędził wieczność, chroniąc nieznajomych przed mrocznym złem nocy.

Jeszcze bardziej go pokochała.

Przy nim jej serce śpiewało. Bez niego nie potrafiła sobie wyobrazić przyszłości.

Nie wiedziała, jak pokonać wszystko, co stało między nimi, ale warto było o niego walczyć.

– Wiem, kim jesteś, Talonie. Jesteś mężczyzną, którego od chwili urodzenia pisane było mi pokochać, po to się urodziłam. Jedynym mężczyzną.

– Nie jestem mężczyzną, nie jestem człowiekiem. Już nie.

– Jesteś mój i nie oddam cię bez walki.

Talon nie wiedział, co ma zrobić. Ton jej głosu przeszył go na wylot.

Chciał ją przycisnąć do siebie i trzymać tak przez wieczność.

Chciał ją odepchnąć i przekląć. Żeby go znienawidziła.

Weszła w jego objęcia i pocałowała go mocno.

Jęknął, czując jej smak. Chociaż wiedział, że nie powinien tego robić, posadził ją na motocyklu, włączył silnik i odjechali.

Kotłowały się w nim miłość i gniew, kiedy jechał przez miasto na skraj swojego bagna. Przez cały czas wypełniał go jej zapach i ciepło, jeszcze bardziej rozbudzając emocje. Przyciskała się do niego tak mocno, że z trudem skupiał się na prowadzeniu motocykla.

Jej ciepło, jej miłość.

Musiał ją mieć.

Nie mogąc dłużej tego znieść, zatrzymał się w lesie i zgasił silnik.

Sunshine wystraszyła się trochę jego dzikiego wzroku, kiedy na nią spojrzał.

Jego oczy płonęły namiętnością, kiedy porwał ją w ramiona i pocałował.

Jego głód przeszył ją, podniecił. Objęła go, kiedy przyparł ją do baku.

Nigdy go takim nie widziała. Jakby stracił wszelkie panowanie nad emocjami, jakby żył tylko po to, żeby jej dotykać. Całował jej szyję, twarz, a dłońmi sięgnął pod bluzkę do piersi.

Był dziki i niepohamowany. Sunshine wydawało się, że ma więcej niż dwie dłonie – jakby dotykał jej wszędzie naraz.

Pragnęła go desperacko. Chciała go równie mocno, jak on jej.

Całowała jego usta, ocierała się o jego nabrzmiałe krocze, ściągnęła mu koszulkę przez głowę. Przesuwała dłońmi po szerokim torsie, czując falujące mięśnie.

Podciągnął jej rozkloszowaną spódnicę do bioder.

– Pragnę cię – szepnęła.

Chciał ją wziąć. Każda jego cząstka domagała się tego. Nigdy w życiu tak się nie czuł. Chciał być w niej. Musiał poczuć jej ręce na skórze, jej oddech na szyi.

Pragnienie było tak przemożne, że nim wstrząsnęło.

Manipulowała chwilę przy rozporku, aż wreszcie rozpięła spodnie, uwalniając jego erekcję. Dygotał, kiedy wzięła go w dłonie.

Prawie się zadławił, tak cudownie było czuć jej ręce na sobie.

– Tak właśnie, Sunshine – wyjęczał. – Weź mnie.

Wygięła plecy i delikatnie wprowadziła go w wilgotny żar swojego ciała. Talon jęknął, gdy to poczuł.

Kochał się z nią gwałtownie, jak zwierzę.

Zadyszana i słaba z pożądania Sunshine przywarła do niego, a on poruszał się w niej, aż z błogości zakręciło jej się w głowie. Po raz pierwszy, odkąd się spotkali, nie ukrywał przed nią kłów. Pozwalał, żeby widziała, kim naprawdę Talon jest.

Pozwalał jej poznać nieujarzmioną bestię, która zamieszkiwała ciało tego człowieka.

Gdy spojrzeli sobie w oczy, widziała ekstazę na jego twarzy, kiedy poruszał się między jej udami.

Ujęła jego twarz w dłonie, oczarowana mężczyzną i drapieżnikiem.

Przez całe życie słyszała historie o nieśmiertelnych istotach, o wampirach, które brały ofiary w posiadanie.

Dzisiaj chciała należeć do niego.

Talon stracił nad sobą panowanie. Wiedział to. Emocje narastały i nie potrafił już myśleć. Tylko czuł. Ona była jego punktem skupienia. Była wszystkim.

Jej zapach wypełnił mu głowę, pokrył ciało, wyostrzył zmysły.

Słyszał krew płynącą w jej żyłach, serce łomoczące w piersi. Czuł ciepło jej miękkiej, kobiecej skóry ocierającej się o niego.

Weź ją!

To był rozkaz dzikiej bestii.

Pierwotny.

Zdecydowany.

Gdyby nie stracił głowy, zapanowałby nad sobą, ale teraz nie był w stanie.

Teraz był bestią, która grasuje nocą. Myślał tylko o tym, żeby ją posiąść, więc wsunął się w nią głębiej i zatopił kły głęboko w jej szyi.

Przez ułamek sekundy czuł zaskoczenie Sunshine, ale zaraz zalała ich fala seksualnej rozkoszy.

Ich ciała i umysł się połączyły. Zlały się w jedno.

Czuł każdą myśl w jej głowie. Każdą emocję. Każdy lęk. Każdą radość.

Widział jej serce – włącznie z obawą, że nie kocha jej tak mocno, jak kochał Nynię, i że nigdy jej tak nie pokocha. Czuł jej zwątpienie i determinację.

A przede wszystkim jej miłość.

Warcząc dziko, zatopił się w jej esencji. Wsiąknęła w każdy zakamarek jego istoty. Nie było już między nimi sekretów. Nie było żadnego miejsca, żeby się ukryć.

Była naga przed nim, a on przed nią.

A jej miłość do niego była najbardziej niesamowitym uczuciem, jakiego kiedykolwiek doświadczył.

Wbił się w nią głęboko. Jego głowa i ciało eksplodowały. Ich orgazm był tak gwałtowny, że przewrócili motocykl. Zanim się zorientował, co się dzieje, leżeli na ziemi, nadal ze sobą splątani.

Talon powoli przytomniał.

Sunshine patrzyła na niego w księżycowym świetle, z ubraniem w nieładzie i uwielbieniem na twarzy.

W umyśle nadal słyszała jego myśli. Lęk, że ją utraci, potrzebę chronienia jej.

Rozumiała jego wyrzuty sumienia, że pozwolił siostrze umrzeć. Potrzebę naprawienia krzywd, które wyrządził Nynii.

Towarzyszące mu stale smutek i żal.

A przede wszystkim dostrzegała jego potrzebę zatrzymania jej przy sobie. Pragnienie, żeby jej nie zawieść.

Czuła jego moc i siłę, które nie przypominały niczego, co wcześniej sobie wyobrażała. Był drapieżnikiem.

I mężczyzną, którego kochała. Który kochał ją i który gotów był dla niej zrobić wszystko.

Nawet poświęcić życie.

– Kocham cię – szepnęła.

Talon nie mógł uwierzyć, co zrobił, kiedy otarł się głową o jej szyję i usunął charakterystyczne ślady krwi. Jej smak przeniknął jego umysł i zmysły.

Zarek miał rację, to był najbardziej niesamowity odlot, jakiego kiedykolwiek doznał. I teraz widział, co kryje się w jej sercu...

Bogowie, co on zrobił?

W jednej chwili bezrozumnej namiętności zasiał ziarno ich zguby.

ROZDZIAŁ 16

Zabrał ją do domu, ale nie odezwał się ani słowem. Nie bardzo wiedział, co powiedzieć.

Najwyraźniej nie miała nic przeciwko temu, że ją ugryzł. Bardzo dobrze.

On jednak nie potrafił przestać o tym myśleć.

O jej smaku.

Jej uczuciach.

Jej miłości.

Zawsze będą go prześladować.

Sunshine poszła do łazienki odświeżyć się trochę, a on włączył lampkę przy biurku.

Kilka sekund później ktoś zapukał do drzwi.

Talon wyciągnął sztylet z buta. Nieczęsto miewał gości.

– Kto tam?

– Ash. Tylko nie dostań zawału.

– Acheron czy Styxx?

– Tyranozaur. I nie mam ciemnych okularów.

Przygotowany na podstęp, Talon ostrożnie otworzył drzwi. To rzeczywiście był jego stary szef z upiornymi oczami. Nie wyglądał na zadowolonego.

– Co tu robisz? – zapytał Talon.

– Walczę z Daimonami. A ty?

Talon wychwycił sarkazm i potępienie w głosie Asha.

– Były tu Daimony? Gdzie?

– Zaatakowały legowisko Katagarów, więc przyszedłem Vane'owi i Fangowi z pomocą.

Talon się skrzywił. Powinien był być na miejscu i pomóc w walce. Niech to diabli, totalnie spieprzył sprawę.

– Nic im nie jest?

– Przeciwnie. Ich siostra i jej młode zginęły w walce.

Coś ścisnęło Talona za serce. Doskonale znał ten ból. Bracia będą zdruzgotani stratą.

– Stary, tak mi przykro...

– Gdzie byłeś?

Zanim Talon zdążył się odezwać, Ash go wyręczył:

– Czekaj, wiem. Byłeś w Sanctuary i popisywałeś się mocami przed autobusem japońskich turystów, uzbrojonych w aparaty i kamery cyfrowe. Moje gratulacje, stary, od dziś jesteśmy sławni na całym świecie.

Talon schował twarz w dłoniach.

– Jezu, mówisz serio?

– A wyglądam, jakbym żartował?

Nie, wyglądał na naprawdę wkurzonego.

– Nie mogę w to uwierzyć.

– Ty? Ty nie możesz?! To ja muszę iść do Artemidy i ratować ci tyłek. Już wariuje z powodu Zareka, więc jak jej mam teraz wytłumaczyć, do cholery, dlaczego ucieleśnienie spokoju i opanowania udaje Spidermana w barze pełnym turystów i ląduje jako główna informacja w wieczornym wydaniu wiadomości w Tokio pod hasłem „co jest nie tak z amerykańską kulturą"? Mam jedno pytanie. Ile zasad złamałeś w niecałą minutę? Najgorsze, że teraz Nick dzwoni do mnie i pyta, dlaczego ma wszystko utrzymywać w tajemnicy, skoro wy ganiacie po mieście i ujawniacie się jak popadnie. Ten kutas chce nawet podwyżki, bo w przeciwieństwie do was potrafi dochować tajemnicy.

– Mogę to wszystko wyjaśnić.

– Dobrze, czekam.

Talon próbował podać rozsądny powód swojego zachowania.

Ale żaden nie istniał.

– No dobrze, nie potrafię. Daj mi chwilę.

Ash zmrużył oczy.

– Nadal czekam.

– A ja nadal się zastanawiam.

Sunshine wyszła z łazienki i pobladła na widok Acherona. Złapała ze ściany jeden z kosturów Talona i rzuciła się na przybysza.

Acheron złapał kostur ręką, kiedy zamachnęła się, żeby uderzyć go w głowę.

– Ej!

Sunshine odwróciła się do Talona.

– To on mnie porwał!

– Nie – odparł urażony Acheron, wyrywając jej kij.

– To mój szef, Acheron.

Rozdziawiła usta.

– Vane mówił, że wyglądacie podobnie. Nie żartował. Chociaż, jak już jestem spokojniejsza, to widzę, że nie jesteście aż tak podobni. On był straszny, a ty jesteś... naprawdę straszny.

– Gdybym miał więcej czasu, uznałbym to za komplement. – Ash oddał kostur Talonowi. – Wyjdźmy na słówko, Celcie. Musimy dokończyć naszą rozmowę.

Talon nie lubił, kiedy tak mu rozkazywano, ale w tym wypadku nie miał wyjścia.

Naprawdę nabałaganił i Ash miał powody, żeby się wściekać.

Z jego winy wszyscy wylądowali w szambie.

Wyszedł i stanął na pomoście, gdzie Ash już czekał, z rękami opartymi na biodrach i twarzą całą pokrytą czerwonymi plamami. Ze złości.

– Wiesz, miałem dziś naprawdę cudowną noc. Musiałem powiedzieć Kyrianowi i Julianowi, że Valerius jest w mieście, i spędziłem jakieś... sam nie wiem... trzy, cztery godziny... próbując powstrzymać ich przed zaatakowaniem Rzymianina. A kiedy wreszcie mogłem wyluzować i zająć się robotą, dowiedziałem się, że Daimony są na bagnach, za to nigdzie nie ma Talona, który by je zabił. Dlaczego Talona tam nie było? Bo nasz Tarzan skakał z balkonu, żeby uratować Jane przed Cheetą. Teraz mogę tylko tu stanąć tu i powiedzieć: „Następna wpadka? Prosimy, prosimy, to tutaj".

Talon był wściekły.

– Daruj sobie sarkazm. Wiem, że dałem ciała.

– Nie tyle dałeś ciała, co dałeś się przyłapać z gołym tyłkiem w mieszkaniu Sunshine. To coś o wiele poważniejszego.

– Nie zamierzam przepraszać za to, co zrobiłem.

Ash odwrócił wzrok. Szczęka drgała mu nerwowo.

– Jutrzejsza noc nadal pozostaje zagadką. W grę wchodzi mnóstwo nieznanych czynników. A to, co wiemy, nie wygląda dobrze. Mam Juliana i Kyriana, którzy chcieliby zafundować Valowi drewnianą jesionkę; Vala, który nie ruszy palcem, żeby pomóc komukolwiek, kto nie jest potomkiem Rzymian. Mam dwa wkurzone wilki, które będą chciały zemsty za to, co stało się dzisiaj. Mam Zareka, który nawet w szczytowej formie jest świrem i którego w tej chwili poszukuje cała policja Nowego Orleanu. Mam Nicka, który krzyczy, że rzuca tę robotę, bo ma dość sprzątania po czubach. Mam rozgniewaną boginię, która za ten bajzel żąda głów was wszystkich. A jedyny Łowca, na którego mogę liczyć, to ty. – Przerwał i posłał Talonowi surowe spojrzenie. – Nie obraź się, stary, ale w ostatnich dniach nie można na tobie polegać.

– Ze mną wszystko w porządku, T-Rex.

– Nie, stary, nieprawda. Z powodu Sunshine skakałeś z piętra na parter i biłeś niewinnych ludzi. Ryzykowałeś nie tylko swoje życie, ale życie nas wszystkich oraz Peltierów na dodatek, tylko po to, żeby chronić zranione uczucia jednej kobiety. Gdzieś ty miał głowę?

Talona ogarnął gniew.

– Nie jestem dzieckiem. Znam priorytety.

– Zwykle tak, ale ostatnio myślisz sercem, a nie głową, i przez to zginiemy. Jesteśmy Mrocznymi Łowcami. Nie mamy uczuć.

W każdej innej chwili Talon zgodziłby się z Ashem, ale teraz targały nim frustracja i gniew. Nie potrzebował kazania. Znał ryzyko i niebezpieczeństwo nawet lepiej od Asha. Doskonale rozumiał, jak wysoka jest stawka.

– Panuję nad tym.

– Czyżby? Bo z mojej pozycji tego nie widać. Złamałeś mój wyraźny rozkaz, kiedy powiedziałem ci, że masz zatrzymać tu Sunshine. Zawarłeś pakt z Katagarem i Erosem, a tego ci nie wolno. My nie zawieramy takich umów. Masz pojęcie, jak to się może skończyć?

– Musiałem. Muszę chronić żonę. Nie obchodzi mnie, jakim kosztem.

– Żonę? – Ash pokręcił głową. – Talon, spójrz na mnie.

Talon posłuchał.

Ash przyjrzał mu się bacznie, obrzucając go wzrokiem zimnym i nieczułym.

– Twoja żona nie żyje. Umarła tysiąc pięćset lat temu i została pochowana w twojej ojczyźnie. Sunshine to nie Nynia.

Talon ryknął z wściekłości i bólu. To nie była prawda. Sunshine była jego żoną. Czuł to. Wiedział to. Tylko ona się dla niego liczyła.

Tylko ona.

Bez namysłu zaatakował Acherona. Złapał go za gardło i potrząsnął nim, chcąc, żeby zrozumiał.

– Ona wcale nie jest martwa! – warknął. – Niech cię szlag, nie jest martwa!

Ash wyrwał mu się i skorzystał ze swoich mocy, żeby go unieruchomić.

Talon syczał i warczał, próbując się wyrwać, ale na próżno. I wtedy zdał sobie sprawę, jak daleko się zapędził.

Zaatakował Acherona.

Ta myśl go otrzeźwiła. Ash miał rację. Jeśli się nie uspokoi i nie zapanuje nad sobą, mogą przez niego zginąć.

Wszyscy.

Ash odetchnął głęboko i go uwolnił.

– Talonie, musisz podjąć decyzję. Mroczni Łowcy nie mają żon. Nie mamy rodzin. Jesteśmy tylko my, sami ze sobą. Nasz obowiązek, nasz jedyny obowiązek to ludzie, którzy nie obronią się sami przed Daimonami. Musisz zacząć trzeźwo myśleć.

– Wiem. – Talon odetchnął roztrzęsiony.

Ash pokiwał głową. Jego oczy stały się dziwne, głęboko srebrzyste.

– Powiedz mi, co chcesz zrobić. Chcesz, żebym poprosił Artemidę o twoją duszę?

Talon się zamyślił. Stał teraz na krawędzi przepaści, której nigdy nie spodziewał się zobaczyć. Nigdy w całym swym życiu Mrocznego Łowcy nie śmiał marzyć, że Nynia wróci.

Że ona...

Zamknął oczy i się skrzywił.

Nynia nie wróciła. Acheron miał rację.

Nynia nie żyła.

Kobieta, która znajdowała się teraz w jego domu, nie była jego żoną.

To była Sunshine. Tryskająca energią, czuła kobieta, która miała w sobie prawdziwy żar.

Może i miała duszę jego żony, ale była kimś innym. Kimś, bez kogo nie chciał żyć.

Kimś, kogo nie śmiał przy sobie zatrzymać.

Czuł się, jakby rozrywano mu serce na strzępy. Sunshine była człowiekiem. Po jakimś czasie zapomni o nim i zacznie nowe życie. Z kimś innym, kogo pokocha.

Ta myśl przeszyła go na wylot, ale musiał to zrobić.

Tak czy inaczej straci ją, ale w ten sposób przynajmniej ona będzie miała szansę na szczęście, które jej nie zabije.

– Nie – odpowiedział cicho. – Nie chcę odzyskać duszy, wiedząc, że z powodu gniewu Camulusa i tak stracę Sunshine. Nie chcę swojej wolności takim kosztem.

– Na pewno?

Talon pokiwał głową, a potem nią pokręcił.

– Naprawdę, niczego już nie jestem pewien. – Spojrzał na Acherona. – Kochałeś kiedyś?

Acheron odpowiedział stoickim spojrzeniem i uniknął odpowiedzi na pytanie.

– Wiesz, z życiem i miłością jest tak, że one wiecznie się zmieniają, a ludzie rzadko – odparł. – Jeśli znasz tę kobietę i naprawdę ją kochasz, to czy nie warto zawalczyć o wolność, żeby ją zatrzymać?

– Ale jeśli ją stracę...

– „Jeśli", Celcie. Dla mnie jedyna pewna rzecz, to że na pewno ją stracisz, jeżeli nie spróbujesz.

– Jeśli jednak pozwolę jej odejść, będzie przynajmniej żywa.

– Tak jak ty żyłeś od dnia śmierci Nynii?

– To nie w porządku.

– Nie płacą mi za to, żebym był w porządku. Płacą mi za skopywanie Daimonom tyłków. – Acheron westchnął, zmęczony. – Wiesz, wieki temu poznałem w Chinach pewnego człowieka, który powiedział mi tak: „Kto pozwala, żeby strach nim rządził, ma strach za swego pana".

– Konfucjusz?

– Nie, Minh-Quan. Był rybakiem, który sprzedawał coś, co podobno było najlepszym *zogn zi* na świecie.

Talon skrzywił się, słysząc ten niespodziewany komentarz. Tak to było z Acheronem – nigdy nie wiadomo, co od niego usłyszysz.

– Dziwny z ciebie człowiek, Acheronie Partenopajosie. Powiedz mi, co byś zrobił na moim miejscu?

Acheron skrzyżował ręce na piersi.

– Nigdy nie zakładałbym, że mogę być kimś innym niż sobą. To nie ja będę musiał żyć z konsekwencjami twojej decyzji. Tylko ty możesz ją podjąć.

Talon westchnął.

– Czy można walczyć z bogiem i wygrać?

Oczy Acherona zmętniały. Talon przyglądał mu się z ciekawością. Jego pytanie otarło się o coś z przeszłości Asha. O coś głębokiego i mrocznego, sądząc po jego minie.

– Celtyccy i greccy bogowie bardzo przypominają ludzi. Popełniają błędy. I ostatecznie te błędy zadecydują o naszym zwycięstwie albo porażce.

– Teraz mówisz jak Wyrocznia.

– Straszne, co?

– Nie straszne, tylko denerwujące.

Talon zaczął się oddalać.

– Talonie.

Zatrzymał się i odwrócił do Acherona.

– Odpowiadając na twoje pytanie... Tak, można wygrać bitwę z bogiem. Ale o wiele łatwiej jest negocjować. – Acheron mówił to tonem doświadczonego eksperta.

– A jak negocjuje się z bogiem, który pragnie, żebyś cierpiał przez wieczność?

– Bardzo, bardzo ostrożnie, braciszku. Bardzo ostrożnie. – Acheron odwrócił wzrok i spojrzał na bagna. – Wiesz, myślę, że może tracisz z oczu coś naprawdę ważnego.

– Mianowicie?

– Bardzo niewielu z nas ma drugą szansę i może odzyskać coś, co stracili. Jeśli Nynia wróciła do ciebie, może to ma jakiś głębszy sens. – Acheron opuścił ręce. – Znasz mój numer. Jeśli zmienisz zdanie w kwestii petycji, daj mi znać. Ale musisz szybko podjąć decyzję. Chcę, żebyś jutro w nocy myślał już trzeźwo.

– Dlaczego dajesz mi wybór, skoro nie dałeś go Kyrianowi? Poprosiłeś Artemidę i oddałeś jego duszę Amandzie bez jego wiedzy.

Acheron wzruszył ramionami.

– Kyrian nie miał wyboru. Gdyby nie miał duszy, Desiderius by go zabił. Twojemu życiu nic nie grozi, jeśli nie odzyskasz duszy. Stracisz tylko serce. A jak dobrze wiesz, możesz żyć bez serca. Tylko czy rzeczywiście chcesz?

Bywały chwile, kiedy Talon wolałby, żeby Acheron naprawdę był dwudziestojednoletnim smarkaczem, na jakiego wyglądał, a nie mędrcem, który ma jedenaście tysięcy lat.

I to była jedna z tych chwil.

– Zabieram Sunshine do miasta.

– Nie – sprzeciwił się odruchowo Talon. – Zostaje tutaj, żebym mógł ją chronić.

– To nie było pytanie. Potrzebujesz czasu bez niej na zastanowienie. Czasu, żeby poukładać sobie wszystko w głowie przed jutrzejszą nocą.

Talon chciał się sprzeciwić, ale zrozumiał, że Ash ma rację.

I tak będzie musiał pozwolić jej odejść. Równie dobrze mógł to zrobić teraz.

Tak będzie łatwiej dla nich obojga.

– W porządku, pójdę po nią.

***

Sunshine zorientowała się, że coś jest nie tak, kiedy tylko zobaczyła wchodzącego Talona. Twarz miał ściągniętą, oczy ciemne.

– Co się stało?

– Acheron zabierze cię z powrotem do twojego mieszkania. – Mówił tak beznamiętnie, że żołądek się jej zacisnął.

– Rozumiem. I zgadzasz się z nim?

– Tak. Myślę, że tak będzie lepiej.

Ale ona nie chciała odejść. Sama zdziwiła się intensywnością swojego sprzeciwu.

– Rozumiem.

Jak otępiała zaczęła zbierać swoje rzeczy, ale w głębi duszy umierała.

Talon nie mógł jej znieść w takim stanie. Chciał złapać ją i uciec z nią gdzieś, gdzie nikt ich nie znajdzie. Zatrzymać ją w bezpiecznym miejscu.

Kłopot w tym, że nie można się ukryć przed bogiem.

Prędzej czy później Camulus ich znajdzie i wtedy ona umrze.

Wziął jej plecak, kiedy po niego sięgnęła.

– Ja go wezmę.

Pokiwała głową.

Żadne z nich nie odezwało się, kiedy wyprowadził ją do Acherona. Podał jej plecak Ashowi.

– Było, ehm... było miło – powiedziała. – Zobaczymy się jeszcze?

Talon spojrzał na Asha, który obserwował go z uniesionymi brwiami, jakby sam chciał poznać odpowiedź.

– Nie – odparł powoli.

Odchrząknęła, ale się nie odezwała. Podeszła tylko do Acherona.

– Jestem gotowa.

Ash odsunął się i przepuścił ją przodem do katamaranu.

– Celcie, jeśli zmienisz zdanie w kwestii, o której dyskutowaliśmy, daj znać.

Talon pokiwał głową.

Z rozdartym sercem patrzył, jak Sunshine przypina się pasami. Ash uruchomił łódź i odpłynął w stronę miasta.

To koniec.

Odeszła.

Jestem Mrokiem. Jestem Cieniem.

Jestem władcą Nocy.

Stoję samotnie pomiędzy ludzkością i tymi, którzy chcieliby ją zniszczyć. Jestem Strażnikiem.

Pozbawionym duszy Wartownikiem.

Ani człowiek, ani Apollita, istnieję w królestwie poza życiem, poza śmiercią.

Jestem Mrocznym Łowcą.

I jestem Wieczny... chyba że znajdę jedno czyste serce, które nigdy mnie nie zdradzi. Jedno, którego wiara i odwaga może przywrócić mi duszę i zwrócić światłu.

Gdyby nie Camulus...

„Bardzo niewielu z nas ma drugą szansę i może odzyskać coś, co stracili. Jeśli Nynia wróciła do ciebie, może to ma jakiś głębszy sens".

Obolały odwrócił się plecami do opuszczającej go Sunshine i wrócił do domu. Zatrzasnął drzwi i się rozejrzał.

Kiedy Sunshine odeszła, pozostawiła po sobie pustkę. Gdy była tutaj, wypełniała jego dom szczęściem. A przede wszystkim jego samego wypełniała szczęściem.

Wzrok Talona padł na różową kosmetyczkę na biurku. Zapomniała ją zabrać razem ze szczotką i spinkami.

Biedna Sunshine, wiecznie zapominalska.

– Speirr?

Odwrócił się gwałtownie i zobaczył za sobą Cearę.

– *Lurach*, ty też przyszłaś mnie osądzać?

– *Nae*, *bràthair*. Przyszłam tylko porozmawiać.

– O czym?

Wyciągnęła do niego rękę, ale zaraz ją opuściła, kiedy przypomniała sobie, że nie mogą się dotknąć.

– Chciałam ci po prostu powiedzieć, zanim odejdę, że porozumiałam się z bogiem Branem i zgodziłam na odrodzenie.

Ścisnęło go w piersi.

Nie mógł się ruszyć.

Nie mógł złapać powietrza.

Ceara odejdzie?

Nae! Protest przeszył go na wskroś.

Nie mogła go zostawić. Nie teraz. Nie po całym tym czasie. Była jedynym pocieszeniem, jakie mu zostało.

A jednocześnie nie potrafił jej tego powiedzieć. Dać jej do zrozumienia, jak bardzo chce, żeby została.

Jak bardzo potrzebuje, żeby została.

Gdyby powiedział, spełniłaby jego prośbę i zrezygnowała z własnej przyszłości...

Nie potrafiłby być aż takim egoistą.

– Dlaczego w końcu się zgodziłaś? – spytał z wymuszony spokojem w głosie.

– Już czas. Chcę znowu przeżyć swoje życie. Odnaleźć te wszystkie rzeczy, których nie zaznałam ostatnim razem. Miłość. Dzieci. Nawet pracę i hipotekę.

Nie potrafił odpowiedzieć uśmiechem na jej żart, kiedy ból palił go w środku żywym ogniem. Gdy ból go niszczył.

Jednakże w głębi serca wiedział, że miała rację. Nadszedł czas, żeby zasmakowała rzeczy, których odmówiono jej przed wiekami.

Chciał, żeby dostała to wszystko – i jeszcze więcej. Zasługiwała na wszelkie szczęście, jakie życie mogło jej ofiarować.

– Będzie mi ciebie brakowało.

– Mnie ciebie też, *bràthair*.

Posłał jej uśmiech, chociaż wiedział, że to pusty gest.

– Życzę ci wszystkiego najlepszego, *lurach*. Moje serce będzie ci towarzyszyć.

– Wiem, Speirr. Ja też cię kocham, ale teraz masz Nynię. Nie będziesz sam beze mnie.

A jednak będzie. Bo nie może zatrzymać Nynii.

Ze stoickim spokojem skinął głową.

– Zawsze będę cię pamiętał.

Spojrzała na niego smutno i westchnęła z żalem.

– Lepiej już pójdę. Do widzenia.

Pożegnanie uwięzło Talonowi w gardle. Nie mógł wykrztusić ani słowa. Mówienie za bardzo bolało. Jeśli coś powie, potwierdzi fakty, a on rozpaczliwie pragnął, żeby to nie była prawda.

Chciał, żeby to wszystko okazało się złym snem, z którego mógłby się obudzić.

Ale nie. To była prawda. To wszystko było prawdą.

Sunshine odeszła.

Ceara odeszła.

Nie miał nikogo.

Opuszczony i zapomniany patrzył, jak Ceara znika z pokoju.

Ze złamanym sercem padł na kolana i zrobił coś, czego nie robił od dnia, w którym pogrzebał Nynię.

Zapłakał.

Oczyma wyobraźni widział swojego ojca rażonego ciosem Sasa, kiedy chłopiec, Speirr, chronił matkę i siostrę przed śmiertelnie niebezpiecznymi wojownikami.

Widział matkę i siostrę chore na siejącą spustoszenie ospę. Widział siebie pracującego ze wszystkich sił dla Gary, której jego cierpienie sprawiało przyjemność. Nocami opiekował się siostrami. A w ostatnich miesiącach życia matki, kiedy była zbyt chora, żeby zatroszczyć się o siebie, zajmował się i nią.

Widział Cearę jako niemowlę, którego nie dało się uspokoić, chociaż próbował wszystkiego. Pamiętał, jak Gara wyrzuciła ich w ciemną noc z domu, chociaż nie mieli dokąd pójść.

Padał śnieg i jedyne, o czym wtedy myślał, to jak utrzymać siostrę przy życiu.

Tylko ona mu została.

Poniósł ją więc przez śnieżycę, a ona krzyczała i wyła. Przeszedł wiele mil przez zmrożony kraj, zanim odnalazł krewniaków swojej matki.

Dla siostry błagał ich, prosił i dał im się bić, aż nie mógł ustać na nogach.

Nigdy nie prosił o nic dla siebie.

Dopóki nie znalazł Nynii.

Wziął ją sobie, uczynił ją swoją i z własnej głupoty stracił.

Nigdy nie będą mogli być razem. Nigdy.

Jestem samotnością.

Jestem smutkiem.

Ryknął ze złości.

Nagle coś przyciągnęło jego uwagę. Ściągnął brwi.

Coś wystawało spod łóżka.

Podszedł i to wyciągnął.

Serce mu zamarło. A potem zaczęło bić jak szalone.

Sunshine zostawiła je dla niego: trzy obrazy przedstawiające jego chatę, pomost i widok z ganku.

Patrzył na żywe, czyste kolory krajobrazu uchwyconego w świetle dnia.

Były piękne, ale nawet nie w połowie tak wspaniałe, jak kobieta, która mu je podarowała.

Kobieta, która dała mu najwspanialsze dary, jakie kiedykolwiek otrzymał.

Otworzył list wciśnięty między dwa obrazy.

Otworzył go, czując, jak żołądek zaciska mu się niczym pięść.

Tak właśnie widzę bagna. Nijak jednak nie potrafię uchwycić na płótnie Ciebie takiego, jakim Cię widzę.

Żaden pędzel i farba nie oddadzą nigdy bohatera, jakim jesteś. Nigdy nie będę w stanie sportretować dźwięku Twego głosu, kiedy szepczesz moje imię. Sposobu, w jaki mrowi mnie skóra, kiedy mnie dotykasz.

Namiętności, kiedy jesteś we mnie.

Kocham Cię, Talonie. Wiem, że nie mogę Cię zatrzymać. Nikt nigdy nie ujarzmił dzikiego zwierzęcia.

Masz swoją pracę i ja także. Mam tylko nadzieję, że kiedy pomyślisz o mnie, wywoła to uśmiech na Twojej twarzy.

Twoja na zawsze,

Sunshine

Przeczytał list cztery razy.

Przez całe wieki kochał Nynię. Ale do Sunshine czuł coś znacznie większego.

„Tak, można wygrać bitwę z bogiem".

Słowa Acherona nie dawały mu spokoju.

Odetchnął głęboko, cały roztrzęsiony.

Tak, mógłby wygrać. Jutro wyjdzie na ulice i w Mardi Gras będzie pracował dla Acherona.

Ale potem...

Potem wezwie Camulusa i skończy z tym raz na zawsze.

Przed świtem w środę jeden z nich będzie martwy – albo on, albo Camulus.

ROZDZIAŁ 17

Sunshine nie bardzo wiedziała, co myśleć o Acheronie, kiedy weszli do jej pracowni. Był szczupły, porażająco wysoki i jeszcze te oczy...

Zadrżała.

Było w nich coś takiego, jakby mógł przejrzeć ją na wskroś. Jakby słyszał każdą jej myśl.

Rzuciła plecak obok kanapy i patrzyła, jak Acheron robi kółko po mieszkaniu, jakby się upewniał, że nikogo tam nie ma, chociaż wyczuwała, że to bardziej nawyk niż realna potrzeba sprawdzenia, czy są sami.

Poruszał się ze śmiercionośną gracją. Krokiem drapieżnika. Było w nim coś nieodparcie seksualnego. Coś urzekającego i uwodzicielskiego. Już sam fakt, że znajdował się w pobliżu, sprawiał, że miała ochotę go dotknąć.

Zupełnie jakby wydzielał potężne feromony, chociaż jednocześnie ją przerażał. Był niczym śmiertelnie niebezpieczne, piękne zwierzę w dziczy, które jedna jej część chciała pogłaskać, mimo że druga cząstka wiedziała, że prędzej urwie ci rękę niż odwzajemni pieszczotę.

Był pociągający, groźny. Miała ochotę uciec.

Kiedy się odezwał, głęboki dźwięk jego głosu sprawił, że aż podskoczyła, ale najbardziej uderzyło ją to, jak bardzo erotycznie brzmiał. Był niski i dudniący, każda sylaba spływała jej po kręgosłupie jak uwodzicielska pieszczota. Nigdy nie była przy kimś, kogo całe ciało i charakter wydawały się stworzone tylko w jednym celu – żeby kusić kobiety.

Ależ to działało...

– Twój brat, Storm, jest na dole – powiedział. – Sprząta. Lepiej żeby u ciebie przenocował.

– Skąd wiesz, że Storm jest na dole?

– Po prostu wiem.

Zmarszczyła brwi – był jeszcze bardziej niesamowity od jej babci.

– Dlaczego ty nie zostaniesz?

– A chcesz, żebym został?

Nie, nie do końca, ale nie chciała go urazić.

– Pewnie masz różne rzeczy do załatwienia.

Uśmiechnął się do niej sucho, jakby usłyszał jej prawdziwą odpowiedź.

– Dobrej nocy, Sunshine.

Ruszył do drzwi.

– Acheronie, poczekaj.

Zatrzymał się i obejrzał przez ramię.

– Dobrze robię, pozwalając Talonowi odejść? – spytała. – Potrzebujesz go, prawda?

Jego rtęciowe spojrzenie paliło.

– Myślę, że powinnaś posłuchać tego, co powiedziała ci babcia. Iść za głosem serca.

– Skąd o tym wiesz?

Uśmiechnął się słabo.

– Wiem wiele rzeczy.

To był naprawdę upiorny mężczyzna. Zastanawiała się, czy przypadkiem nie jest zaginionym członkiem rodziny Addamsów.

Acheron odwrócił się na pięcie i wyszedł.

Sunshine stała kilka minut bez ruchu, niepewna, co powinna zrobić w sprawie Talona.

Wiedziała jednak, czego żąda od niej serce...

Zapytała Psyche, czy można przywołać boginię. Nie była pewna, czy Psyche odpowiedziała szczerze, ale mogła się przekonać tylko w jeden sposób.

– Artemido? – powiedziała na głos. – Wzywam cię, zjaw się w ludzkiej postaci.

Nic się nie stało.

Nie rozległ się żaden dźwięk, nie rozbłysło żadne światło.

Nic.

Przygnębiona ruszyła do łazienki.

– Kim jesteś? Dlaczego mnie wezwałaś?

Zamarła na dźwięk poirytowanego głosu z wyraźnym obcym akcentem, który rozległ się za jej plecami.

Odwróciła się i zobaczyła stojącą obok sofy niewiarygodnie wysoką, piękną kobietę. Miała długie kręcone kasztanowe włosy, które zwijały się w spirale wokół anielskiej twarzy, i intensywnie zielone oczy.

Bogini miała na sobie długą białą wąską suknię. Oparła ręce na biodrach.

– Ty jesteś Artemida?

– Rety, niech się zastanowię. Wzywałaś Artemidę czy Piotrusia Pana?

Cóż, Artemida zdecydowanie nie była nocnym markiem. Nadała całkiem nowe znaczenie słowu „zrzędliwy".

– Wezwałam Artemidę.

– Więc skoro nie jestem ubrana na zielono i mam ciało kobiety, a nie małego chłopczyka, to chyba muszę być nią.

– Zawsze jesteś taka poirytowana?

– Zawsze jesteś taka głupia? – Bogini skrzyżowała ręce na piersi i spiorunowała Sunshine wzrokiem. – Posłuchaj, człowieczku, nie mam do ciebie cierpliwości. Nie jesteś jedną z moich sług, a ten medalion na twojej szyi głęboko mnie obraża. Mów więc, czego chcesz, a potem ja ci powiem, żebyś się ode mnie odchrzaniła.

To nie wyglądało dobrze. Szefowa Talona była prawdziwą suką.

– Chciałam cię zapytać, czy mogę odzyskać od ciebie duszę Talona.

Bogini uniosła brew.

– To znaczy duszę Speirra Morrigánte? Celtyckiego wodza, którego sprzątnęłam sprzed nosa Morrigán?

– Tak.

– Nie.

– Nie? – powtórzyła z niedowierzaniem Sunshine.

– Tu jest echo? Nie, człowieczku, jego dusza należy do mnie i nie możesz jej mieć.

– Dlaczego nie?

– Bo tak powiedziałam.

Sunshine była zdumiona. I wściekła. Artemida naprawdę nie należała do najmilszych osób. Przydałaby jej się lekcja dobrego wychowania.

– Więc to twoja ostateczna odpowiedź, tak?

Artemida uniosła wyniośle brwi.

– Dziewczynko, pojmujesz w ogóle z kim i z czym masz do czynienia?

Sunshine odetchnęła głęboko, modląc się w duchu o cierpliwość. Nie mogła stracić zimnej krwi w rozmowie z osobą, która dysponowała duszą Talona. Nie, jeśli chciała ją odzyskać.

Już nie wspominając o drobnym fakcie, że Artemida pewnie mogłaby zażyczyć sobie jej śmierci, gdyby Sunshine za bardzo ją wkurzyła.

– Wiem, Artemido, przepraszam. Nie chciałam cię obrazić. Kocham Talona i chcę dla nas wspólnej przyszłości. Zrobiłabym wszystko, żeby zatrzymać go przy sobie. Nie rozumiesz tego?

Twarz Artemidy odrobinę złagodniała, jakby rzeczywiście znała to uczucie.

– Tak, rozumiem.

– Więc czy mogę...

– Odpowiedź nadal brzmi: nie.

– Dlaczego?

– Bo nic na tym świecie nie jest za darmo. Jeśli chcesz odzyskać jego duszę, musisz na to zapracować albo za to zapłacić.

– W jaki sposób?

Artemida wzruszyła ramionami.

– W żaden. Nie masz niczego, czego chcę albo co cenię, więc nie masz jak się targować.

– Daj spokój, mówisz poważnie?

– Śmiertelnie poważnie.

Artemida rozpłynęła się w powietrzu i zniknęła w błysku światła.

Boże! Sunshine miała ochotę ją udusić. Jak mogła być taką egoistką?

– Artemido! – krzyknęła, zanim zdążyła ugryźć się w język. – Jesteś beznadziejna!

Zamknęła oczy i westchnęła. Co miała teraz zrobić? Nie było mowy, żeby ta egoistyczna krowa oddała jej duszę Talona.

Co począć?

***

Amanda Devereaux-Hunter obudziła się o siódmej trzydzieści. Rozkojarzona zerknęła na budzik i zamknęła oczy, a potem zerwała się całkiem przytomna, kiedy dotarło do niej, która jest godzina.

Była siódma trzydzieści, a jej mała córeczka, Marissa, nie obudziła jej o piątej na karmienie.

Jeszcze nie spanikowana, ale zdecydowanie zaniepokojona, wstała i poszła do znajdującego się po sąsiedzku pokoju dziecięcego.

Kiedy podeszła do kołyski, serce jej zmarło.

Kołyska była pusta.

Dziecko miało dopiero trzy tygodnie i nie mogło być mowy, żeby samo wstało i wyszło.

O Boże, to Desiderius! Wrócił po nich!

Ogarnęło ją przerażenie. Chociaż pokonali z Kyrianem tego potwora, cały czas nawiedzały ją koszmary, w których Desiderius powstawał z martwych, żeby się zemścić.

– Kyrian! – popędziła do łóżka i obudziła męża.

– Co jest? – zapytał zaspany.

– Marissa! Zniknęła!

Kyrian usiadł. Oprzytomniał w mgnieniu oka.

– Jak to zniknęła?

– Nie ma jej w kołysce! Nie wiem, gdzie jest!

Wyskoczył z łóżka i porwał spodnie z podłogi. Nie czekając na niego, Amanda obiegła całe piętro domu.

Gdzie mogło być jej dziecko?

Myśl o jego utracie była jej najgorszym koszmarem.

Popędziła schodami na parter, sprawdzić, czy frontowe drzwi są otwarte. Może ktoś wszedł i ją zabrał?

Kiedy wpadła do salonu, zatrzymała się w pół kroku, do głębi wstrząśnięta najbardziej niewiarygodnym widokiem w życiu.

Acheron leżał na skórzanej kanapie z zadowoloną Marissą zwiniętą na jego masywnej piersi, tuż pod brodą.

Obok kanapy, na stoliku w kształcie trumny, leżała paczka pieluch razem z pustą butelką po mleku.

Ulga i niedowierzanie zalały ją jednocześnie.

Kiedy pierwszy raz spotkała Acherona, nieco ponad rok temu, wydał jej się najstraszliwszą bestią, jaką w życiu zobaczyła. Posiadał niewiarygodne moce i był pełen sprzeczności; nie wątpiła, że jedną myślą mógłby ich wszystkich unicestwić. A jednak leżał tu z jej córeczką i obejmował ją czule potężnymi ramionami.

– Czy coś... – Kyrian też urwał w pół zdania na ten widok.

Spojrzała na niego przez ramię.

– Nie wiedziałam, że Ash lubi dzieci.

– Ja też nie. Sądząc po tym, jak niezręcznie się czuł w obecności Marissy, myślałem, że nie jest do nich przyzwyczajony.

Kyrian miał rację. Ash zawsze unikał Marissy, jak tylko się dało. Zawsze, gdy płakała, dosłownie się krzywił i natychmiast wychodził. Amanda nigdy by nie pomyślała, że mógłby zająć się ich córką.

Przeszła przez pokój i sięgnęła po dziecko.

Ash obudził się z miną tak dziką i zaciekłą, że odsunęła się ze zduszonym okrzykiem.

Usiadł na kanapie.

Zamrugał na widok Amandy i Kyriana.

– Przepraszam... – westchnął. – Nie wiedziałem, że to wy.

– Chciałam ją z ciebie zdjąć.

Zerknął na Marissę, która nadal spała w jego objęciach.

– Och. Musiałem zasnąć, kiedy czekałem, aż jej się odbije.

Podał dziecko Amandzie. Sposób, w jaki to zrobił, był wiele mówiący: miał takie wyczucie, że było oczywiste, że wiele razy zajmował się dzieckiem.

– Mam nadzieję, że was nie przestraszyłem – dodał przepraszająco. – Płakała, kiedy przyszedłem, więc poszedłem na górę i upewniłem się, że nic jej nie jest. – Był dziwnie blady, jakby myśl o płaczącym dziecku była dla niego bolesna. – Ponieważ wy spaliście, a ja nie, pomyślałem, że mogę was wyręczyć.

Amanda pochyliła się i pocałowała go w policzek.

– Dobry z ciebie człowiek. Dzięki.

Ból odmalował się na jego twarzy, kiedy odsunął się od niej. Wstał i podniósł plecak z podłogi.

– Pójdę na górę, do łóżka.

Kyrian zatrzymał się w połowie korytarza.

– Wszystko w porządku? Wyglądasz na poruszonego.

Ash się zaśmiał.

– Widziałeś mnie kiedyś poruszonego?

– Słuszna uwaga.

Acheron poklepał Kyriana po ramieniu.

– Po prostu jestem zmęczony.

– Właśnie, zastanawiałem się, gdzie byłeś wczoraj. Nie wróciłeś na noc.

– Musiałem się czymś zająć. Czymś, co nie mogło czekać.

Amanda westchnęła.

– Wiesz, pewnego dnia będziesz musiał się nauczyć zwierzać komuś.

– Dobranoc, Amando.

Ash skinął głową Kyrianowi i wszedł na schody.

Amanda dołączyła do męża, kiedy Acheron zniknął na piętrze.

– Nie mogę uwierzyć, że znacie się od dwóch tysięcy stu lat, a ty wiesz o nim tak niewiele, że nawet nie orientujesz się, jaki ma naturalny kolor włosów.

Kyrian wzruszył ramionami.

– Ash jest tak zamknięty w sobie i opanowany, że wątpię, czy ktokolwiek kiedykolwiek dowie się czegoś na jego temat, może poza tym, jak ma na imię.

***

Sunshine wylegiwała się w łóżku do późna, przypominając sobie brzmienie głębokiego, równego oddechu śpiącego Talona. Wspominała, jak lubił trzymać kolano między jej udami i rękę przerzuconą władczo przez jej piersi, z lewą dłonią zanurzoną w jej włosy.

Tak za nim tęskniła.

Jej myśli powędrowały ku przeszłości. Daleko, do innego życia...

„Nie idź, Speirr. Tam czai się zło. Ja to wiem".

Wściekły wyrwał rękę z jej dłoni.

„Zamordowali mojego wuja. Ścięli go na moich oczach. Nie spocznę, dopóki się nie zemszczę".

Jako Nynia tak bardzo bała się jego utraty, że nie naciskała bardziej. We wszystkich sprawach zdawała się na Speirra. Był jej mężem. Jednakże w głębi serca wiedziała, że w ten sposób puści w ruch ciąg wydarzeń, których nie da się później odwrócić.

I miała rację.

Tak jak wiedziała, że ta noc w taki czy inny sposób ostatecznie ustali porządek rzeczy.

A jeśli straci Talona?

Nie mogła znieść tej myśli, tak jak nie mogła myśleć o życiu bez niego.

Rozejrzała się po pracowni, po znajomych rzeczach.

Od dnia, kiedy rozwiodła się z Jerrym, marzyła tylko o karierze, o sztuce. Teraz, kiedy została sama, te przedmioty nie wydawały się już takie ważne.

Sztuka nie przytuli jej mocno nocą. Nie rozśmieszy ani nie uwiedzie. Nie sprawi, że jej ciało zapłonie pożądaniem albo zadrży od rozkoszy.

Nie zdzieli Jerry'ego w nos za to, że zachował się jak dupek.

Tylko Talon to robił.

Tylko Talon mógł to zrobić.

Jej wzrok padł na dozownik z cukierkami w kształcie Snoopy'ego i łzy napłynęły jej do oczu.

– Nie mogę pozwolić mu odejść.

Gdyby tylko wiedziała, jak go zatrzymać.

***

Zarek siedział w ciemnym kącie salonu, nasłuchując odgłosów budzącego się miasta. Powinien spać, odpoczywać przed nadchodzącą nocą, ale nie mógł znaleźć spokoju, którego potrzebował.

Zadzwonił telefon.

Zarek odebrał i usłyszał Dionizosa.

– Jesteś gotowy na dzisiejszą noc?

Zanim odpowiedział, Zarek napił się wódki.

– Zawsze jestem gotowy narobić kłopotów.

– Dobrze. Ponieważ Talon rozgryzł Styxxa, sami musimy trochę więcej popracować. Musisz zabrać Sunshine Celtowi i przyprowadzić ją do mnie. Ma znaleźć się w magazynie przed jedenastą trzydzieści. A teraz odpocznij i bądź gotów zabić Talona i Valeriusa.

To mógł zrobić bez najmniejszego kłopotu.

– A co z Acheronem?

– Zostaw go nam.

Zarek odrzucił komórkę i wrócił do wódki. Już wypił trzy czwarte butelki. Szkoda, że Mroczni Łowcy nie mogą się upić. Nie mogli się nawet znieczulić. Jedyną przyjemność mogła dać im ludzka krew.

Zamknął oczy, wspominając kobietę, której spróbował tamtej nocy. Była pełna namiętności. Śmiechu. Nawet miłości. I przez chwilę czuł coś innego niż otaczający go kokonem ból.

Pochylił głowę, dotykając czołem ściany, i dopił wódkę, czując, jak płyn wypala mu gardło.

I kiedy tak siedział samotnie, nie potrafił się opędzić od pytania, jak smakowałaby Sunshine...

***

Talon obudził się sam w pościeli pachnącej terpentyną. Powinien był ją uprać, ale nie mógł znieść myśli o utracie tej ostatniej odrobiny Sunshine.

Chciał jej. Potrzebował.

A stracił ją na zawsze.

Westchnął, wstał, wziął prysznic, ubrał się i ruszył do miasta.

Dziś wieczorem wszystko się rozstrzygnie.

Kiedy tylko zaszło słońce, pojechał na motocyklu do Sanctuary, gdzie mieli się wszyscy spotkać.

Zamiast do baru, wszedł do sąsiedniego budynku, który także należał do klanu niedźwiedzi.

W tym drugim budynku, połączonym z barem zamykanymi na zamek kuchennymi drzwiami, mieszkały niedźwiedzie i zmiennokształtna część obsługi. Znajdował się tam prowizoryczny szpital z własnym lekarzem i weterynarzem.

Sanctuary było czymś więcej niż barem – było bezpieczną przystanią dla Mrocznych Łowców i Zwierzo-Łowców, gdy potrzebowali pomocy.

Zanim Talona wpuszczono do salonu domu Peltierów, czworaczki wyszły już na ulice, szukać Daimonów w tłumach gości przybyłych na Mardi Gras.

Julian i Kyrian siedzieli w celi na górze, gdzie Mama Lo Peltier miała ich pilnować aż do rana. Nawet w salonie Talon słyszał, jak odgrażają się, że zabiją Valeriusa, który stał obok kominka i uśmiechał się szyderczo.

Nick siedział w wyściełanym fotelu, pogryzając ziemniaczane chipsy, a Eric St. James ulokował się na kanapie i patrzył w przestrzeń.

Miał prawie trzydzieści lat, ale wyglądał dużo młodziej. Miał długie czarne włosy i najwyraźniej też lubił styl Gotów.

Trafił od ich społeczności jako Giermek w drugim pokoleniu, ale wolał status *Doreana*, co oznaczało, że nie służy żadnemu konkretnemu Łowcy. Służył temu, kto go akurat potrzebował.

– Acheronie, lepiej mnie stąd wypuść! – wrzeszczał z piętra Kyrian. – Słyszysz mnie?!

– Wygląda na to, że przegapiłem całą zabawę – powiedział Talon do Asha, który stał plecami do ściany na drugim końcu pokoju.

– Nawet sobie nie wyobrażasz. Uznałem, że najlepiej będzie zamknąć Kyriana i Juliana i potrzymać do rana. Już zadzwoniłem do Amandy i Grace, żeby się nie martwiły.

– Naprawdę wolałbym, żebyś ich wypuścił – odezwał się do niego Valerius.

Ash nie odpowiedział.

Zamiast tego spojrzał na Talona.

– Dzisiaj wyglądasz prawie normalnie. Tak zostanie?

– Mówiłem, że potrafię nad sobą zapanować.

Na razie mu się udawało.

Talon pogodził się z faktem, że o świcie ostatecznie wyjaśni się sprawa z Camulusem.

Kiedy Ash do niego podszedł, żeby porozmawiać, Talona olśniło, że nigdzie nie widzi Zareka.

Też był na górze?

– Gdzie Zarek?

– Kazałem mu pilnować Sunshine.

To zniszczyło cały spokój Talona.

– Niech cię diabli! – ryknął.

– Zaufaj mi, wierzę, że Zarek zrobi to, co do niego należy.

Talon odpowiedział stanowczo:

– Nie ufam mu. W ogóle. A po tym, co zrobiłeś, nie wiem, czy ufam tobie.

– Dość tych kłótni. Po prostu rób, co ci kazałem. Wszystko powinno być jak trzeba.

– Powinno?

Kiedy Ash się odezwał, w jego głosie zabrzmiała dziwna nuta, która sprawiła, że Talon zastanowił się, o ile więcej Acheron wie, niż im mówi.

– Przeznaczenie przeznaczeniem, Talonie, ale ludzie mają wolną wolę, która może wiele zmienić. Jeśli będziecie wypełniać moje polecenia, wszystko powinno potoczyć się tak jak należy.

Talon zacisnął zęby.

– A jeśli nie?

– To jesteśmy załatwieni.

– Rety, Ash – rzucił sarkastyczne Nick – ty to potrafisz pocieszyć.

Ash rzucił mu cierpkie spojrzenie.

– Staram się, jak mogę.

Nick odpowiedział na to beznamiętnie:

– I gówno ci z tego wychodzi.

W Talonie nadal wszystko się gotowało.

Ash przemówił do wszystkich zgromadzonych:

– Chcę, żebyście wszyscy wiedzieli, że czeka nas naprawdę potworna noc. Wygląda na to, że Dionizos i Camulus połączyli siły, żeby odzyskać pełnię boskości.

– Jak zamierzają tego dokonać? – spytał Valerius.

– Nawet we dwójkę są za słabi, żeby tego dokonać. Potrzebują trzeciego boga do pomocy.

– Jakiego? – spytali jednocześnie.

– Apollymi.

– A któż to jest Apollymi, do diabła? – spytał Talon. – Nigdy o niej nie słyszałem.

Ash uśmiechnął się cierpko samym kącikiem ust.

– To stara bogini wywodząca się z moich czasów. Ma władzę nad życiem, zemstą i śmiercią. Atlantydzi nazywali ją czule Niszczycielką.

– Jest jak Hades? – spytał Valerius.

– O, nie – odparł złowieszczo Ash. – Przy niej Hades to harcerzyk. Apollymi wykańcza swoje ofiary żelaznym młotem i dowodzi armią zdeformowanych demonów. Kiedy ostatnim razem ktoś ją uwolnił, plagi i cierpienie zalały świat, a ona sama posłała Atlantydę na dno morza.

Przeszła przez Grecję, niszcząc cały kraj i cofając grecką kulturę o tysiące lat, zanim w końcu wróciła do swojej celi. Niszczycielka uwolni piekielne moce. A zacznie w Nowym Orleanie.

– Cudnie – rzucił uszczypliwie Nick. – Uwielbiam wiedzieć o takich rzeczach.

Ash udał, że go nie słyszy.

– Jak zamierzają uwolnić Niszczycielkę? – zapytał Talon.

Ash odetchnął głęboko.

– Mogą tego dokonać tylko za pomocą krwi Atlantydy.

– Twojej krwi – odparł Talon.

To było oczywiste, zważywszy że Ash był jedynym żyjącym Atlantydą.

Ash pokiwał głową.

– O północy bariera między tym wymiarem i wymiarem, w którym żyje bogini, stanie się wystarczająco cienka, żeby ją przełamać. Jeśli wypuszczą boginię...

– Ktoś jeszcze dostał wrzodów? – spytał Nick.

Talon zignorował pytanie.

– Jak ich powstrzymamy?

– Nie tracąc wiary i robiąc dokładnie to, co wam powiem.

– Czy ktoś oprócz mnie uważa, że Ash odpowiada trochę zbyt wymijająco? – żachnął się Nick.

Wszyscy oprócz Acherona podnieśli ręce.

– To nie jest śmieszne – odparł Ash. Spojrzał na Valeriusa. – Chcę, żebyś patrolował ulice razem z Peltierami. O jedenastej trzydzieści Dionizos zamierza wypuścić swoje Daimony, żeby odwrócić naszą uwagę. Zabijcie wszystkie, na które traficie. Nick, chcę, żebyście ty i Eric byli w każdej chwili gotowi nam pomóc.

Giermkowie skinęli głowami.

Ash założył ciemne okulary.

– Talon, zostajesz ze mną. Zajmiemy się Dionizosem i jego ekipą.

– Tak z czystej ciekawości zapytam... Skąd to wszystko wiesz? – spytał Talon.

Ash udał, że go nie słyszy.

– No dobrze, dzieciaki. Ruszajcie i strzeżcie ulic.

– Jedno pytanko – odezwał się Eric.

– Jasne.

– Może ja jestem jakiś tępy, ale dlaczego ci faceci właśnie teraz chcą odzyskać moc? Dlaczego nie zrobili tego w zeszłym roku albo kiedy indziej? Na co czekali?

Odpowiedź Asha nie była ani trochę pocieszająca:

– Nie pierwszy raz próbują odzyskać moc. Teraz po prostu mają największe szanse.

– No dobra – odparł powoli Eric. – A co właściwie stało się z ich mocą?

Talon odpowiedział za Asha:

– Kiedy bóg przestaje być czczony, jego moce słabną. Jeśli boga pokona inny bóg, część jego mocy przechodzi na zwycięzcę, a przegrany traci możliwość odzyskania poprzedniej pozycji.

Eric pokiwał głową.

– W porządku, jeszcze ostatnia rzecz. Co się stanie, jeśli odzyskają moc?

Ash odwrócił wzrok.

– Miejmy nadzieję, że się nie dowiemy.

– Dlaczego?

– Bo zgodnie z atlantydzkim mitem to właśnie Niszczycielka ma spowodować Talikos... Koniec świata. Niewątpliwie Dionizos i Camulus myślą, że Apollymi będzie im tak wdzięczna za uwolnienie, że bez zastanowienia do nich dołączy i podzieli się z nimi mocą. Nie wiedzą jednak, że atlantydzcy bogowie nie bez powodu ją uwięzili. Nawet oni bali się jej gniewu; ostatecznie zabiła ich wszystkich. Cokolwiek zrobimy, nie możemy dać jej się wyzwolić. Jeśli wypuszczą ją dziś w nocy, wszystko, co wiecie o tym świecie, się zmieni. Wszystko.

– Trzeba kochać ratowanie świata – odparł Talon. – Dzień jak co dzień.

Ash odetchnął głęboko.

– Właśnie. Mamy sporo do zrobienia.

Talon skinął głową, ale w głębi serca żałował, że nie może jeszcze raz zobaczyć Sunshine.

Nie chciał umierać, nie zobaczywszy jej po raz ostatni.

Obowiązki.

Ależ miał ich dość.

Valerius wyszedł pierwszy.

Talon, Nick i Eric wyszli tylnymi drzwiami. Ash szedł na końcu. Kiedy wyszedł, drzwi zatrzasnęły się za nim, przycinając mu koniec długiego, czarnego płaszcza.

Szarpnięcie zatrzymało go w miejscu. Zaklął szpetnie.

Nick zawył ze śmiechu na widok unieruchomionego Acherona.

– Od razu facet przestaje się czuć jak twardziel, co?

Ash uniósł brwi.

Drzwi otworzyły się same, puściły płaszcz i same się zatrzasnęły.

Nick natychmiast spoważniał.

– I od razu znowu czujesz się jak twardziel.

Ash zmierzwił mu włosy jak starszy brat.

– Uważaj na siebie i uspokajaj Amandę do powrotu Kyriana.

– Jasne.

Ash i Talon wyszli z ozdobnego dziedzińca i zanurzyli się w tłum turystów i miejscowych.

Na ulicach były setki ludzi. Setki, które nie miały pojęcia, że losy świata spoczywają w dłoniach tych dwóch mężczyznach ubranych na czarno, którzy idą powoli wśród nich.

Mężczyzn, którzy mieli już dość nocy. Którzy byli nią zmęczeni.

Ash dlatego, że już dawno temu przestał czuć cokolwiek poza ciężkim brzemieniem obowiązków. Nie pragnął niczego więcej, jak tylko jednego wolnego dnia, by móc się po prostu położyć i odpocząć. Jednego dnia, żeby znaleźć chwilę ukojenia.

Czekał całą wieczność na drugą szansę.

Czekał, żeby uciec od gruzów przeszłości i od potępienia, które wyznaczało jego przyszłość.

Tej nocy musiał stawić czoło bratu po raz pierwszy od jedenastu tysięcy lat.

Nigdy nie żyli na przyjacielskiej stopie. Styxx nienawidził go od chwili narodzin.

Dla Asha to będzie długa, bardzo długa noc.

Talon był myślami przy Sunshine. Delikatnych krzywiznach jej twarzy. Pięknie jej dotyku.

Malowała w pracowni?

Myślała o nim?

„Kocham cię". Te słowa rozdzierały mu serce.

Zacisnął zęby, żałując, że nie może jej dotknąć. Miał nadzieję, że pod koniec tej nocy już nic nie będzie jej groziło ze strony Camulusa.

– Nie trać wiary – powiedział Ash, jakby znał jego myśli.

– Staram się.

Talon odetchnął głęboko.

Nie martwił się swoją śmiercią. Nie chciał tylko, żeby Sunshine umarła. Już on o to zadba. Rankiem już nic nie będzie jej grozić.

Nieważne, ile on za to zapłaci.

ROZDZIAŁ 18

Sunshine jechała według wskazówek Zareka do Warehouse District, ale miała spore kłopoty z przejazdem. Ruch był ogromny. Pewnie szybciej dotarłaby na piechotę.

Normalnie nie przejmowałaby się korkami, ale Zarek nie był zbyt przyjacielski. Jego zgryźliwość i tłumy rozbawionych ludzi co chwila wypadających na ulicę wystawiały jej nerwy na ciężką próbę.

Nie do końca rozumiała, dlaczego musieli koniecznie dzisiaj wyjść, ale Zarek zapewnił ją, że Ash kazał ją przenieść ze względów bezpieczeństwa.

Obiecał, że Talonowi lepiej będzie się walczyło ze świadomością, że ona jest bezpieczna, ukryta przed Styxxem i Camulusem.

– A ty od jak dawna jesteś Mrocznym Łowcą? – spytała, próbując zmniejszyć panujące napięcie.

– Nic cię to nie obchodzi, więc po co pytasz?

– Ale z ciebie przyjemniaczek, co?

Spojrzał na nią zimno.

– Kiedy się zabija zawodowo, to przestaje się być przyjemnym.

– Talon jest inny.

– Wielka mi rzecz.

Warknęła, wciskając hamulce, żeby nie uderzyć w mężczyznę przebranego za byka. Wpadł na maskę samochodu i wrzasnął, a potem przebiegł przez ulicę.

Ruszyła dalej, powoli grzęznąc w kroku.

– Nie lubisz Talona, co?

– Życzę mu śmierci za każdym razem, gdy go widzę.

Zmarszczyła czoło, słysząc nonszalancki ton w głosie Zareka.

– Nie wiem, czy mówisz serio, czy nie.

– Serio.

– Dlaczego?

– To dupek, a ja już widziałem dość dupków w swoim życiu.

– Asha też nienawidzisz?

– Słonko, ja wszystkich nienawidzę.

– Nawet mnie?

Nie odpowiedział.

Więcej go nie zagadywała. Facet był naprawdę upiorny. Miał w sobie jakąś lodowatą, bezdenną głębię. Zupełnie jakby czerpał przyjemność z faktu, że wszystkich od siebie odpycha.

Minęło co najmniej dwadzieścia minut, zanim ją zaskoczył i sam zadał pytanie:

– Kochasz Celta, prawda?

– Tak.

– Dlaczego? Co jest w nim takiego, że ci na nim zależy?

Instynktownie wyczuła, że Zarek pyta o coś więcej. Jakby idea miłości była mu tak obca, że zmaga się z nią, próbując ją pojąć.

– Jest dobrym człowiekiem, który potrafi mnie rozśmieszyć. Kiedy na mnie patrzy, rozpływam się. Gdy z nim jestem, czuję się, jakbym mogła latać.

Zarek odwrócił głowę i przyjrzał się karnawałowemu tłumowi na zewnątrz.

– Byłeś kiedyś zakochany? – spróbowała raz jeszcze.

Znów nie odpowiedział. Zamiast tego skierował ją do magazynu przy St. Joseph Street.

To było ciemne i zakazane miejsce.

– To tutaj mieliśmy dojechać? – zdziwiła się.

Skinął głową.

Zaparkowała w zaułku za budynkiem i wysiedli z samochodu.

Zarek poprowadził ją tylnym wejściem na schody. Otworzył drzwi na końcu korytarza i przepuścił ją przodem.

Sunshine weszła do środka. Na pierwszy rzut oka wydawało się, że wysoki blondyn to Acheron, tylko zmienił kolor włosów. Kiedy jednak zobaczyła stojącego obok Camulusa, zrozumiała, że się myli.

To Styxx stał między Camulusem i brunetem, którego nie rozpoznała.

Odwróciła się i rzuciła do ucieczki.

Zarek złowieszczym gestem zamknął drzwi i stanął przed nimi. Jego mina jasno mówił, że nie zamierza pozwolić jej uciec.

– „Ależ zapraszam, zapraszam", rzekł pająk do muchy – odezwał się Camulus.

Sunshine uniosła podbródek. Camulus był nadzwyczajnie przystojny, lecz jego uśmiech wyrażał czyste zło. Jeszcze bardziej niż mina Zareka, a to już było sporym wyzwaniem.

Mężczyzna, którego nie znała, był niezwykle wysoki, miał jasnokasztanowe włosy i kozią bródkę. Jego wygląd zdradzał wyrafinowanie i dobre urodzenie.

– Zaryzykuję stwierdzenie, że ty jesteś Dionizos – powiedziała, przypominając sobie słowa Seleny na temat patrona Mardi Gras.

Uśmiechnął się, jakby pochlebiał mu fakt, że go zna.

– Przyznaję się do winy.

Camulus wypuścił ustami powietrze.

– Jest taka bystra. Aż szkoda ją zabijać, ale cóż.

– Nie możesz jej skrzywdzić – powiedział Zarek. – Obiecałeś mi, że nie stanie jej się krzywda, jeśli ją tu przyprowadzę.

– Więc skłamałem. Pozwij mnie – odparł Dionizos.

Zarek rzucił się na niego, ale Sunshine go powstrzymała. Nie była do końca pewna, dlaczego – po prostu wydawał się jedyną osobą w tym pomieszczeniu, którą mogłaby od biedy uznać za sprzymierzeńca.

Odwróciła się do Camulusa, wiedząc dokładnie, jak zamierzał dziś w nocy zranić Talona.

– Nie pozwolę ci, żebyś zabił mnie na oczach Talona.

Wszyscy się roześmiali. Oprócz Zareka.

– Nie możesz nas powstrzymać – odparł Camulus.

Zarek zerknął na nią raz, a potem drugi, kiedy zobaczył jej naszyjnik.

– Bogowie, chyba o czymś zapomnieliście.

Dionizos się skrzywił.

– My o niczym nie zapominamy.

– W porządku – odparł sarkastycznie Zarek – więc już pewnie wiecie, że ona nosi Medalion Ochrony.

Natychmiast spoważnieli.

– Co?! – warknął Camulus.

Sunshine wyciągnęła spod bluzki wisiorek. Nie mogła uwierzyć, że jej pomoże, ale z drugiej strony – w takiej sytuacji wszystkiego warto spróbować.

– Moja babka powiedziała, że Morrigán zawsze mnie ochroni.

Camulus zaklął.

– Nie, to nie w porządku. – Znowu zaklął.

– To naprawdę działa? – szepnęła Sunshine do Zareka.

– Bardziej niż myślisz – odpowiedział szeptem. – Nie może cię zabić, nie prowokując gniewu Morrigán.

– Kto by pomyślał... – zdziwiła się. – Super.

– No – przytaknął Zarek. – To lepsze niż krzyż na Drakulę.

Rozpromieniła się.

– Na Dionizosa też działa?

Pokiwał głową.

To było świetne. Wprost rewelacyjne.

– Dobrze, wobec tego porozmawiajmy.

– O czym? – syknął Dionizos.

– Nie z tobą. Z nim. – Skinęła głową w stronę Camulusa. – Chcę porozmawiać na temat klątwy Talona.

Camulusowi zapłonęły oczy, gdy na nią spojrzał.

– A co cię ona obchodzi?

– Chcę, żebyś ją zdjął.

– Nigdy.

Pokazała mu medalion.

– Zrób to albo... – Zerknęła z ukosa na Zareka. – Czy dzięki temu mogę go w jakikolwiek sposób zranić?

– Tylko jeśli on skrzywdzi cię pierwszy.

Niech to szlag. Co to za ochrona? Musiała pogadać z osobą, która wpadała na takie pomysły.

W oczach Camulusa rozbłysło wyrachowanie. Westchnął, jakby zaczynał się nudzić.

– No cóż, skoro nie mogę zabić ciebie, będę musiał się zadowolić zabiciem Talona.

Przeraziła się.

– Co takiego?!

Wzruszył nonszalancko ramionami.

– Raczej nie ma sensu pozwolić mu żyć szczęśliwie z tobą, skoro moim zamiarem miało być sprawienie mu cierpienia. Skoro ty nie możesz zginąć, on będzie musiał.

Ręka jej zadrżała, a dłoń, w której trzymała medalion, nagle się spociła.

– Artemida nie będzie zła, że zabijesz jej żołnierza?

Camulus spojrzał na Dionizosa, ale obaj wybuchli śmiechem.

– Artemida, kochana dziewczyna, z pewnością się przejmie. Nie zacznie jednak z tego powodu wojny z celtyckim panteonem. W przeciwieństwie do mnie, Camulusowi nic nie grozi z jej strony.

– Prawda, że to fatalnie się składa? – spytał Camulus, ale szczęśliwy uśmiech zaprzeczał jego słowom.

Sunshine chciało się płakać. To nie mogło się dziać naprawdę.

Ratując siebie, skazała na śmierć Talona.

Nie! Nie mogła na to pozwolić.

– Dobrze więc, musi istnieć inny sposób.

Camulus zmrużył oczy, jakby się zastanawiał.

– Może i jest. Powiedz mi, Sunshine, ile znaczy dla ciebie szczęście Talona?

– Wszystko – odparła szczerze.

– Wszystko. Cóż, to z pewnością dużo. – Jego twarz stała się zimna i twarda. Przerażająca. – Znaczy dla ciebie tyle, co twoja własna dusza?

– Sunshine – powiedział Zarek. – Nie rób tego.

– Ej, ty tam! Leżeć! – warknął na niego Dionizos.

Zarek wyłamał palce, aż strzeliły mu kostki dłoni.

– Nie mówi mi, co mam robić. Nie lubię tego.

Sunshine zignorowała obu.

– Co chcesz mi powiedzieć, Camulusie?

Wsadził ręce do kieszeni i zachowywał się swobodnie, jak ktoś gawędzący o pogodzie, a nie przypieczętowujący jej ostateczne przeznaczenie.

– To prosta wymiana. Ja zdejmę klątwę. Ty oddasz mi duszę.

Sunshine się zawahała.

– To wydaje się proste.

– Bo jest.

– Co zamierzasz zrobić z moją duszą, kiedy już ją dostaniesz?

– Nic. Będą ją trzymał przy sobie, jak Artemida duszę Talona.

– A moje ciało?

– Ciało nie potrzebuje duszy, żeby funkcjonować.

Zarek położył jej dłoń na ramieniu.
– Nie rób tego. Nie możesz ufać bogu.
– Pewnie, że może – wtrącił się Styxx. – Zaufałem im, i to było najlepsze posunięcie w moim życiu.
– No wiem. – Westchnęła, zaglądając w głąb swojego serca i zastanawiając się, co powinna zrobić.

***

Acheron i Talon stali na rojnej ulicy. Wszędzie byli ludzie, większość z nich pijana, bo świętowali Mardi Gras.
Talon zerknął drugi raz na tańczącego mężczyznę z parą złotych skrzydeł, ubranego w wielką pieluchę. Długie blond włosy miał związane w warkocz, w jednej ręce trzymał łuk, a w drugiej butelkę Jacka Danielsa. Na oślep wypuszczał złote strzały w mijających go ludzi.
– Eros! – warknął Talon, wyrywając mu łuk z ręki. – Co ty robisz?
– Świętuję.
Acheron obrzucił „kostium" Erosa sceptycznym spojrzeniem.
– Co to za strój?
Eros wzruszył ramionami.
– Skoro nie możesz ich pokonać, to się do nich przyłącz. Spodziewają się Kupidyna w pieluszce, to proszę bardzo: słodki Kupidynek w pieluszce. – Objął ramieniem Talona. Był tak pijany, że ledwie trzymał się na nogach. – Ej, dowiedziałem się czegoś ciekawego. Dionizos spiknął się z innym bogiem na tę świąteczną noc. Uwierzysz, że to

ten sam gość, o którego mnie pytałeś? Jak mu tam było? Camululu?

Talonowi ścięła się krew w żyłach.

– Camulus?

– Aha, zgadza się. Słyszałem, jak Dion mówił, że zabawią się z twoją kobietą i że ten świr z Alaski im ją przyprowadzi.

Krew zalała Talona, odepchnął Erosa i ruszył z powrotem do samochodu.

Acheron złapał go za rękę. Widząc jego minę, Talon zorientował się, że wcale nie jest zaskoczony.

– Talonie...

– Wiedziałeś! – warknął Celt. Czuł się zdradzony. – Jak mogłeś?

Ash spojrzał na niego zimno.

– Wszystko jest w porządku.

– Jak diabli.

Ogarnął go gniew. Jak Acheron mógł go tak zdradzić? Jak mógł przekazać Sunshine Zarekowi, wiedząc, że ten odda ją bogu, który chciał ukarać Talona?!

– Niech cię szlag, niech cię diabli wezmą!

Uderzył Acherona w szczękę.

Ash przyjął cios i nawet się nie wzdrygnął, ale kiedy Talon chciał uderzyć drugi raz, złapał jego pięść w locie.

– W ten sposób niczego nie zyskasz.

– Ale lepiej się poczuję.

Ash złapał go za ramię i przytrzymał.

– Posłuchaj mnie. Żeby uratować was dwoje, musisz zachować zimną krew. To jedyny sposób, zaufaj mi.

– Mam już dość ufania ci. Zwłaszcza że nie odpłacasz mi tym samym. Powiedz mi, co tu się dzieje i dlaczego wysłałeś Zareka do Sunshine, skoro wiedziałeś, że ją wyda.

– Taki bieg spraw był nam pisany.

Talona zalała wściekłość. Nie był dzieckiem, żeby prawić mu kazania na temat przeznaczenia.

– Kim ty, u diabła, jesteś, żeby mówić takie rzeczy? Nie jesteś bogiem, chociaż udajesz go, rzucając te swoje mgliste uwagi i popisując się przerażającymi mocami. Nie znasz przyszłości lepiej niż ja – warknął Talon. – Jeśli ona umrze, zabiję cię.

– Posłuchaj mnie – rzucił ostro Acheron. – Jeśli chcesz złamać klątwę Camulusa, oboje musicie stawić mu czoło. Dzisiaj w nocy, razem. To twoja jedyna szansa, żeby się od niego uwolnić.

To się nie spodobało Talonowi. Niech szlag trafi Asha i jego tajemnice.

– Gdzie oni są?

– W magazynie. Jeżeli się uspokoisz, zabiorę cię tam. Do świtu jeszcze daleko. Wejrzyj w siebie i odszukaj spokój, który kiedyś miałeś. Jeżeli go nie znajdziesz, przegrasz, zanim w ogóle zaczniesz walkę.

Talon posłuchał Asha, chociaż przyszło mu to z wielkim trudem. Ba, okazało się bez mała niemożliwe. Nie miał jednak wyboru. Musiał wziąć się w garść, albo Sunshine nie będzie miała z niego żadnego pożytku.

Kiedy oczyścił umysł, Acheron go puścił.

– Tak trzymać. – Głos jakby rozległ się w głowie Talona. Ash położył mu rękę na ramieniu.

W jednej chwili znajdowali się na Bourbon Street, w następnej stali przed magazynem.

– Coś ty zrobił? – zdziwił się Talon, zastanawiając się, ilu ludzi widziało ich zniknięcie.

– Robię to, co muszę. Nie martw się, nikt nie widział naszego zniknięcia ani pojawienia się. Nie robię takich błędów.

Talon miał taką nadzieję. Ash przytrzymał mu drzwi i Talon pierwszy wszedł do budynku.

Przeszli połowę głównego pomieszczenia, kiedy coś w rodzaju błyskawicy strzeliło z piętra. Okrzyki rozdarły powietrze.

Talon stracił zimną krew i popędził ku schodom z Ashem depczącym mu po piętach.

Wpadli przez drzwi, gdzie prawie stratował ich Zarek, który był cały we krwi i niósł na rękach Sunshine.

– Co jest, do diabła? – spytał Talon, przerażony tym widokiem. – Co jej się stało?

Zanim Zarek zdążył odpowiedzieć, drzwi wyleciały z framugi.

– Biegiem! – wrzasnął Zarek.

Nikt nie miał szansy na ucieczkę. Chmara ohydnych skrzydlatych demonów wyleciała z pokoju. Talon zaklął. Nigdy w życiu nie widział czegoś podobnego. Były koloru rdzy i rzuciły się na nich z upiornym wrzaskiem.

Miały po trzy ogony opatrzone zadziorami. Posługiwały się nimi jak biczami.

Acheron uniósł rękę i uderzył w nie energią elektryczną. Cofnęły się, ale tylko na chwilę.

– Zabierzcie stąd Sunshine – rozkazał.

Ruszyli ku schodom, ale zaraz zobaczyli, że z dołu nadchodzą Daimony.

Talon rzucił dwa *srady*, zabijając cztery bestie, ale to ich nie zatrzymało.

– Jesteśmy otoczeni.

Acheron przemówił w języku, którego Talon nie rozumiał. Demony zatrzymały się i zaczęły latać wokół nich jakby oszołomione jego rozkazem.

– To nie zatrzyma ich na długo! – krzyknął Ash. Ledwie było go słychać z powodu łopotu skrzydeł i huku gromu.

Uniósł ręce i Daimony wpadły na jakąś niewidzialną barierę.

Talon poprowadził Zareka korytarzem, mając nadzieję, że znajdą inne wyjście z budynku.

Pchnął drzwi prowadzące do mniejszego pomieszczenia.

– Myślę, że ona umiera.

Słowa Zareka poraziły go jak prąd elektryczny.

– Ona nie umiera.

– Talon, ja naprawdę myślę, że ona umiera – powtórzył Zarek.

Zapominając o demonach, Talon wziął Sunshine z rąk Zareka i ostrożnie położył na podłodze.

Wstrząsnął nim widok jej pobladłej twarzy.

– Sunshine? – szepnął z bijącym sercem. – Kochanie, możesz na mnie spojrzeć?

Spojrzała, ale zamiast zwykłej żywiołowości w jej oczach dostrzegł ból i głęboki żal.

– Jesteś wolny – szepnęła. – Sprawiłam, że zdjął klątwę.

– Co?

– Oddała Camulusowi swoją duszę, żeby cię uwolnić. – Zarek się skrzywił. – Pozwiedziałem jej, żeby tego nie robiła, że to podstęp. Nie słuchała i kiedy tylko się zgodziła, ten łajdak ją poraził.

Coś ścisnęło Talona w gardle.

– Nie! – ryknął. – Sunshine, dlaczego?!

– Powiedział, że cię zabije. Pomyślałam, że po prostu odbierze mi duszę. Nie wiedziałam, że to zrobi. Nie wiedziałam, że nie może odebrać mi duszy, nie zabijając mnie najpierw.

Talon zerwał medalion z jej szyi.

– Niech cię szlag, Morrigán! – krzyknął, ciskając wisiorkiem o ścianę. – Jak mogłaś ją opuścić?!

Sunshine przycisnęła zimną dłoń do jego ust.

– Cicho, kochany. Nie mów tak. To moja wina.

– Powiedziałem jej, że zawsze jest jakiś haczyk – mówił dalej Zarek. – Ale ona nie zadała właściwych pytań.

Łzy płynęły po policzkach Talona, kiedy patrzył, jak jego ukochana walczy o oddech. Raz za razem przypominał sobie każdą ich wspólną chwilę, w tym życiu i poprzednim.

Widział promienną, czułą twarz Sunshine, kiedy się kochali.

Widział, jak wyrywała sztalugi z pyska Beth.

Słyszał, jak śpiewała *Puff the Magic Dragon*, rysując.

Wziął ją za ręce i pocałował je, czując na nich zapach farby, terpentyny i olejku paczulowego. Jej dłonie były zapierającym dech w piersi dziełem sztuki.

Te dłonie potrafiły go rozerwać jedynym dotknięciem...

– Nie stracę cię po raz drugi – szepnął. – Nie w taki sposób.

Zarek stanął obok niego.

– Co robisz, Celcie?

– Odsuń się.

Talon położył ręce na jej ranie na piersi i zamknął oczy. Narzucił sobie spokój wewnętrzny, stłamsił emocje i przywołał moce Mrocznego Łowcy, które zalały go wezbraną falą. Jego nieśmiertelna siła napłynęła, wypełniła go, narosła i z jego rąk przelała się do ciała Sunshine.

Ręce go paliły, kiedy wchłaniał jej obrażenia do własnej piersi.

Zwykle odczuwał ból, kiedy to robił, ale tym razem cierpiał prawdziwe katusze, ponieważ nie chodziło o drobne obrażenia.

To była śmiertelna rana.

Potworny ból przeszywający serce zaparł mu dech w piersi.

Talon runął na wznak.

Sunshine leżała nieruchomo, czekając, aż ból wróci.

Ale nie wrócił.

Bojąc się, że umarła, dotknęła piersi, w którą trafiła ją błyskawica Camulusa. Rana zniknęła.

– Talon?

Usiadła i zobaczyła, że Zarek gapi się na niego.

– O Boże, nie! – wrzasnęła, widząc leżącego na podłodze zakrwawionego Talona. Doczołgała się do niego i wzięła go w ramiona. – Coś ty zrobił?

– Przejął twoje rany na swoje ciało – wyjaśnił Zarek. – Teraz umiera zamiast ciebie.

– Nie, Talonie, nie! Proszę, nie umieraj – błagała.

– Cicho – odpowiedział słabo. – To nic.

Ash wpadł przez drzwi, spojrzał tylko raz i zaklął.

– Co się stało?

– Celt przejął jej rany – szepnął z niedowierzaniem Zarek.

Coś uderzyło w drzwi. Mocno.

– Nie martwcie się – powiedział Ash. – Osłoniłem pokój. Bogowie nie mogę tu wpaść, dopóki nie przełamią bariery.

– Tak, ale w tym tempie wywalą drzwi za kilka sekund – odparł Zarek. Pchnął Acherona w stronę Talona. – Zabierz go stąd. Ja was osłonię.

– Jesteś pewien?

Zarek pokiwał głową.

– Niewolniku! – warknął zza drzwi Dionizos. – Zetrę cię za to z powierzchni ziemi!

Zarek zaśmiał się szyderczo.

– Chodź tu i spróbuj.

Ash otworzył drzwi na drugim końcu pokoju.

Sunshine była przerażona. Nie wiedziała, co się dzieje. Nie mogła uwierzyć, że Zarek zmienił front i im pomaga. I myślała tylko o skąpanym we krwi Talonie.

Wszystko działo się tak szybko, że chciała uciec i się schować. Ale nie mogła.

Talon potrzebował tego, żeby była silna za nich dwoje. Nie chciała go zawieść.

Kiedy ruszyli do drugich drzwi, Zarek krzyknął do niej:

– Ej, Sunshine?!

Spojrzała na niego.

– Dzięki za misę.

A potem odwrócił się i czekał, aż bogowie przełamią barierę Acherona i wyważą drzwi.

Zadziwiona jego postępowaniem, pobiegła pomóc Ashowi zanieść Talona korytarzem do ostatniego pokoju po lewej stronie.

Ash ostrożnie położył go na podłodze i za pomocą swoich mocy zabezpieczył pomieszczenie.

Sunshine trzęsły się ręce, kiedy uklękła obok Celta. Pobladł i dygotał. Cały spływał potem i krwią.

– Trzymaj się, skarbie – szepnęła, nie wiedząc nawet, czy ją słyszy.

– Jest nieśmiertelny, prawda? – zapytała Asha. – Nic mu nie będzie.

Ash pokręcił głową.

– Dostał w serce. Kiedy serce przestanie bić, umrze. Znowu. – Z ponurą twarzą spojrzał w sufit. – Artemido! – zawołał. – Rusz tyłek i chodź tutaj, ale już!

Rozbłysk światła niemal oślepił Sunshine, kiedy bogini pojawiła się obok niej.

Artemida spiorunowała Acherona wzrokiem.

– O co ci chodzi?

– Potrzebuję duszy Talona. Natychmiast.

Roześmiała się z niedowierzaniem.

– Wybacz, Acheronie, ale jeszcze za nią nie zapłaciłeś.

– Do diabła, Artie, on umiera. Nie mam czasu na negocjacje.

Wzruszyła ramionami.

– Więc go ulecz.

– Nie mogę i dobrze o tym wiesz. To śmiertelna rana od boskiego pocisku. Nie wolno mi interweniować w takich przypadkach.

Sunshine poczuła przepływ elektryczności przez pokój. Pociemniało jej przed oczami ze złości, kiedy spojrzała na egoistyczną boginię. Chciała się na nią rzucić, ale Ash ją złapał i odciągnął.

Trzęsła się cała ze strachu i gniewu.

– Daj mi ją. Teraz. – Głos Acherona zadudnił jak grom. – Zrób to, a przez tydzień będę ci całkowicie posłuszny.

Wyrachowanie rozbłysło w oczach Artemidy.

– Dwa tygodnie.

Sunshine zauważyła furię i rezygnację na twarzy Asha.

– Dobrze.

Artemida wyciągnęła rękę i na jej dłoni pojawił się duży rdzawoczerwony kamień.

Kiedy Ash po niego podszedł, Artemida cofnęła rękę.

– Przyjdziesz do mnie o świcie.

– Dobrze, przysięgam.

Artemida uśmiechnęła się z zadowoleniem i wręczyła kamień Ashowi, który oddał go Talonowi. Potem spojrzał w oczy Sunshine.

– Będziesz musiała wziąć go do ręki i dotykać nim jego znamienia, dopóki dusza nie zostanie uwolniona z powrotem do ciała.

Sięgnęła po kamień, ale Talon złapał ją za nadgarstek. Nie wiedziała nawet, że nadal jest przytomny, dopóki nie poczuła słabnącego uścisku na ręku.

– Ona nie może tego zrobić, Ash.

– Talon! – oburzyła się, zła, że ją powstrzymuje. – Co ty robisz?

– Nie, Sunshine – szepnął, z trudem wypowiadając słowa. – Jeśli to zrobisz, będziesz miała bliznę na ręce. Przez to możesz już nie być w stanie rysować ani malować.

Jej największy lęk.

Spojrzała w zbolałe oczy Talona.

Jej największa miłość.

Nie było porównania.

Złapała kamień z dłoni Asha i krzyknęła, kiedy przypalił jej skórę.

– Patrz Talonowi w oczy. – Usłyszała w głowie głos Asha. – I na miłość Zeusa, proszę, nie wypuść jego duszy. Skup się...

Zrobiła tak i ból zelżał, ale nadal czuła ogień kamienia palący jej dłoń.

Czas zatrzymał się, kiedy patrzyła w czarne jak smoła oczy Talona. Wspomnienia z obecnego i poprzedniego życia zlały się w jedno w jej umyśle. Wróciła znowu do chwili swojej śmierci, kiedy Talon tulił ją czule.

Pochyliła się i go pocałowała.

– Jestem przy tobie, kochany.

Talon odetchnął po raz ostatni i rozluźnił się. Jej własne serce przestało bić. Sunshine ogarnęło czyste przerażenie.

Proszę, proszę, niech to zadziała!

Ash położył jej rękę na piętnie Talona przedstawiającym łuk i strzałę. Powoli żar osłabł, kamień poszarzał.

Dłoń jednak nadal ją paliła.

Kiedy kamień zrobił się całkiem zimny, wypuściła go i czekała.

Talon się nie poruszył.

Nie oddychał.

Po prostu leżał, kompletnie nieruchomy. Nie reagował.

– Talon? – spytała, cała się trzęsąc ze strachu, że odszedł.

Kiedy już prawie była pewna, że umarł, wziął głęboki wdech i otworzył oczy.

Krzyknęła z radości, kiedy zobaczyła jego bursztynowe tęczówki. Objęła go mocno, a wtedy drzwi za ich plecami otworzyły się z hukiem.

Daimony, demony i dwaj bogowie wpadli do pokoju. Nigdzie nie było widać Zareka. Sunshine miała nadzieję, że nie zginął.

Talon zerwał się na nogi i stanął między Sunshine i resztą.

Ash wstał, gotowy do walki.

– Już północ – powiedział ze śmiechem Dionizos. – Czas zacząć przedstawienie.

Demony się rozstąpiły i spomiędzy nich wyszedł „bliźniak" Acherona.

– Witaj, Acheronie – powiedział Styxx tonem, który nie był ani przyjazny, ani uprzejmy. – Minęło trochę czasu, co? Jakieś jedenaście tysięcy lat?

Talon wstrzymał oddech. Nie wierzył własnym oczom.

Podejrzewał coś takiego, ale rzeczywistość go przerosła. Ash przez cały ten czas miał brata bliźniaka.

Dlaczego to ukrywał? Jakim cudem Styxx mógł nadal żyć, nie będąc Mrocznym Łowcą?

To nie miało sensu.

Styxx podszedł do Acherona.

– Odstąp – oznajmił stanowczo Acheron. – Nie chcę cię skrzywdzić, ale zrobię to, jeśli będę musiał. Nie dam wam jej uwolnić.

Styxx spojrzał na Talona i się roześmiał.

– Zupełnie jak w kiepskim serialu, co? Dobry brat bliźniak i zły brat bliźniak. – Jego złe spojrzenie padło znowu na Acherona. – Ale z drugiej strony nie jesteśmy tak naprawdę bliźniakami, co, Acheron? Po prostu tak się złożyło, że przez pewien czas znajdowaliśmy się w tym samym łonie.

Styxx stanął za plecami Asha, który wyraźnie się spiął; nigdy nikomu na to nie pozwalał, a jednak teraz wydawało się, że zmroziła go jakaś niewidzialna siła.

Styxx stanął tak blisko niego, że dzieliła ich zaledwie odległość dłoni.

Nie dotykali się.

Styxx pochylił się i odezwał cicho tuż przy uchu brata:

– Powiemy im, który z nas to ten dobry? Mam im zdradzić, który z nas przeżył swoje życie godnie? Którego z nas szanowali Grecy i Atlantydzi, a z którego się śmiali?

Złapał Acherona od tyłu za szyję, kładąc rękę dokładnie w tym miejscu, w którym często pojawiała się blizna Asha.

Przyciągnął go do siebie, żeby szeptać mu do ucha w języku, którego Talon nie rozumiał.

Ash dyszał, jakby w gorączce koszmaru.

Wzrok miał udręczony i zamglony, oddech rwany. Nadal się nie ruszył, żeby wyrwać się z objęć Styxxa.

Talon patrzył, nie bardzo wiedząc, co powinien zrobić. Acheron na pewno sam sobie poradzi. Nigdy nie widział niczego, z czym Acheron by sobie nie poradził.

– To koniec, Acheronie – wycedził po angielsku Styxx. – Przypomnij sobie przeszłość. Przypomnij sobie, czym byłeś. Chcę, żebyś znowu to przeżył. Doświadczył znowu każdej nikczemności, jakiej się dopuściłeś. Każdej łzy, jakie wypłakali z twojego powodu moi rodzice. Każdej chwili, kiedy musiałem patrzeć na ciebie i wstydzić się, że nosisz moje oblicze.

Talon widział, jak łzy napływają do oczu Acherona, który cały drżał. Nie wiedział, jakie sekrety skrywa Ash, ale musiały być ohydne, skoro tak na niego działały.

Osobiście miał gdzieś to, co Acheron zrobił w przeszłości. Przez tysiąc pięćset lat widział, że Ash był zawsze wierny i uczciwy.

Niezależnie od wszelkich sekretów byli przyjaciółmi.

– Puść go – zażądał.

Styxx przechylił głowę, ale nie wypuścił Asha. Zacisnął rękę mocniej na jego szyi.

– Pamiętasz, jak umarła Estes, Acheronie? W jakim stanie znalazłem cię z ojcem? Nigdy nie zdołałem o tym zapomnieć. Za każdym razem, kiedy myślałem o tobie, powracał tamten obraz. Jesteś odrażający. Obrzydliwy.

– Zabij go – rozkazał Dionizos – i otwórz portal.

Styxx jakby go nie słyszał, skupił się całkowicie na bracie.

Camulus ruszył naprzód ze sztyletem w dłoni. Talon rzucił się na niego i zaczęli wyrywać sobie broń.

Demony zaatakowały, podczas gdy Styxx nadal drażnił się z Ashem i go znieważał.

– Zabij go – ponowił rozkaz Dionizos. – Bo przegapimy właściwą chwilę.

Styxx wyciągnął sztylet spod płaszcza.

Talon zapomniał o walce z Camulusem i rzucił się w stronę braci.

Nie miał jednak szans zdążyć.

Styxx uniósł rękę i wbił sztylet w serce Asha – głęboko, aż po samą rękojeść.

Ash krzyknął bezgłośnie i wygiął się w łuk. Sztylet wystrzelił w powietrze, odbijając się od ściany nad głową Dionizosa. Światło wylało się z rany, przypaliło ją i zamknęło.

W następnej chwili fala uderzeniowa przeszła przez pokój, ścinając wszystkich z nóg. Styxxem cisnęła w przeciwległy kąt, a bogów przyszpiliła do podłogi.

Acheron uniósł się w powietrze i zawisł kilka cali nad podłogą z rozpostartymi rękami i nogami.

Nie mogąc ustać na nogach z powodu niewidzialnej siły, Talon doczołgał się do Sunshine i przytulił ją, osłaniając przed tym, co się działo – cokolwiek to było.

Nikt nie mógł się utrzymać na nogach. Nawet bogowie.

Błyskawice przeszyły ciało Acherona, okna i lampy wybuchły. Energia elektryczna strzelała wszędzie wokół i skwierczała w powietrzu. Acheron odchylił głowę, kiedy błyskawice przeszyły mu oczy i usta. Wydawały się przelatywać przez niego i wystrzeliwać w pokój, emitując oślepiające rozbłyski światła.

Daimony i demony wybuchły jasnym płomieniem.

Skrzydlaty smok wyszedł z rękawa Acherona i owinął się wokół niego, jakby go chronił.

Albo pożerał.

W całym swoim życiu Talon nie widział czegoś takiego.

– Co to jest, do diabła? – spytał Camulus. – Styxx, coś ty zrobił?

– Nic. Może to dlatego, że portal się otwiera?

– Nie – odparł Dionizos. – To coś zupełnie innego. Coś, o czym nikt mi nie powiedział. – Spojrzał na sufit i krzyknął: – Artemido!

Artemida pojawiła się i natychmiast upadła, przyszpilona do podłogi tak jak wszyscy.

Talon uścisnął mocniej drżącą Sunshine, która chwyciła się go mocno.

Artemida raz tylko spojrzała na Acherona i jej twarz rozbłysnęła gniewem.

– Który idiota wkurzył Acherona?

Obaj bogowie wskazali Styxxa.

– Głupcy! – warknęła. – Co wyście sobie wyobrażali?

– Musimy zabić Atlantydę, żeby uwolnić Niszczycielkę – odpowiedział Dionizos. – Acheron to ostatni, jaki został.

– Ależ wy jesteście głupi! – żachnęła się Artemida. – Wiedziałam, że wasz plan musi być fatalny. Nie możecie go po prostu zabić sztyletem. Nie zauważyliście, że nie jest człowiekiem? Gdzie wasz rozum?!

Dionizos się skrzywił.

– Skąd miałem wiedzieć, że twój pieszczoch to zabójca bogów? Jaka idiotka związałaby się z kimś takim?

– Ojej, a co miałam zrobić? – zaszydziła. – Spiknąć się z wszechmocnym bogobójcą czy załatwić sobie karnawałową platformę na Mardi Gras i z nim się zakumplować? – Wskazała na Camulusa, który robił wrażenie wyjątkowo urażonego jej komentarzem. – Ale z ciebie dureń – powiedziała do brata. – Nic dziwnego, że jesteś patronem pijanych studenciaków.

– Przepraszam bardzo – warknął Talon. – Czy moglibyście skupić się na chwilę? Mamy tu pewien problem.

– Zamknij się – odgryzł się Dionizos. – Wiedziałem, że trzeba było cofnąć, kiedy cię potrąciłem, i zrobić powtórkę.

Talon rozdziawił usta.

– To ty mnie potrąciłeś platformą?

– Jasne.

– Niech cię diabli, stary – powiedział Camulus do Dionizosa. – Naprawdę się stoczyłeś. Wczoraj grecki bóg... a dziś nieudolny kierowca platformy karnawałowej. A niech mnie! I ja się z tobą sprzymierzyłem? Co ja sobie myślałem? Artemida ma rację, jaki idiota wybiera platformę, żeby rozjechać faceta, który dzięki temu może wrócić do domu ze zmarłą żoną? Masz szczęście, że go wtedy nie zabiłeś i nie popsułeś całego planu.

– Ej, a próbowałeś kiedy prowadzić to cholerstwo? To nie takie proste. Poza tym to Mroczny Łowca. Wiedziałem, że go nie zabiję. Potrzebowałem tylko czegoś, co go porani wystarczająco, żeby zabrała go do domu. Muszę przypominać, że to podziałało?

Artemida warknęła na nich.

– Jesteś żałosny. Nie mogę uwierzyć, że mamy wspólne geny.

Rzucając wściekłe spojrzenie bratu, Artemida zaczęła walczyć z niewidzialną siła, która trzymała ich na podłodze. Tak jak pozostali, nie była w stanie dotrzeć do Asha.

– Acheron! – krzyknęła. – Słyszysz mnie?

Bezcielesny śmiech wypełnił pomieszczenie.

Ash pochylił głowę i jeszcze więcej błyskawic przepłynęło przez niego. Smokopodobna bestia owinęła się ciaśniej wokół niego i syknęła płomieniem na boginię.

Artemida próbowała wspiąć się po jego nodze, ale została odepchnięta.

– Wiecie co?! – krzyknął Camulus. – Pomysł był taki, żeby zabić Acherona, uwolnić Apollymi i odzyskać status bogów. A nie, żeby go wkurzyć i doprowadzić do końca świata. Osobiście nie chcę być władcą niczego. Jeśli jednak ktoś nie zatrzyma tego gościa, jego pieśń zniszczy życie, jakie znamy, i odczyni świat.

– Co robimy? – spytała Talona Sunshine.

Tylko jedna rzecz przyszła mu do głowy.

Musiał coś zrobić, żeby Acheron się opamiętał.

Pocałował ją w usta i odsunął się. Nie po to przeszedł przez śmierć, żeby odzyskać ukochaną, a teraz znów ją stracić.

Wezwał resztki swoich mocy i odczekał, aż otoczą go kokonem. Nie był już nieśmiertelny jak Mroczny Łowca, ale zachował wszystkie nadnaturalne moce, jakie mu dano.

Miał nadzieję, że to wystarczy.

Powoli wstał.

W jego stronę wystrzeliła błyskawica.

Odchylił tor jej lotu. Brnął powoli przez wir, aż dotarł do Asha. Dopóki zachowa spokój, będzie bezpieczny od gniewu Atlantydy.

– Odpuść sobie, T-Rex.

Ash odpowiedział mu w języku, którego Celt nie znał.

– Powiedział, żebyś się cofnął, albo umrzesz – przetłumaczył Styxx. – Wzywa Niszczycielkę.

– Nie mogę ci na to pozwolić – odpowiedział Talon.

Znowu śmiech zadudnił echem w pokoju.

Chcąc odwrócić uwagę Acherona od pieśni i nie mając lepszego pomysłu, Talon rzucił się na niego.

Złapał go w pasie i powalił na podłogę. Smok wygiął się w łuk, skrzecząc przeraźliwie.

Talon zignorował go i spoliczkował Asha.

Sunshine wstrzymała oddech, śledząc ich walkę. Miała wrażenie, że cały budynek zaraz się rozpadnie.

Podłoga drżała.

Tamci zwarli się w walce jak dwie wielkie, dzikie bestie i losy świata zależały od tego, który wygra, a który przegra.

Modliła się szeptem, z nabożną trwogą podziwiając makabryczne piękno i grację ich walki.

Zakrwawiony Zarek wpadł do pokoju i natychmiast zatoczył się do tyłu, na ścianę.

Artemida próbowała dotrzeć do Acherona, ale znowu została odepchnięta.

Ash nadal walczył z Talonem.

– To jedno muszę przyznać chłopakowi – odezwał się Camulus. – Zawsze był wojownikiem.

Talon przestał walczyć, słysząc te słowa.

– Nigdy nie potrafiłeś się nauczyć, gdzie twoje miejsce, Speirr. Nigdy nie wiedziałeś, kiedy należy odłożyć miecz i zachowywać się grzecznie.

Camulus miał rację. Do tej pory Talon się nie nauczył, kiedy walczyć, a kiedy się wycofać.

A przecież to właśnie opanowanie pozwoliło mu zbliżyć się do Asha.

I wtedy przypomniał sobie, co Acheron mu powiedział tamtej nocy, kiedy Talon stał się Mrocznym Łowcą. „Pokażę ci, jak ukryć ból tak głęboko w sobie, że nie będzie cię więcej dręczył. Ostrzegam jednak, że nigdy niczego nie dostaje się za darmo i nic nie trwa wiecznie. Pewnego dnia wróci, a wtedy poczujesz też cierpienie wszystkich wieków. Wszystko, co skrywałeś, ujawni się i będzie groziło zniszczeniem nie tylko tobie, ale także twoim najbliższym".

Zastanawiał się teraz, do kogo tak naprawdę były skierowane te słowa. Do niego czy do Asha?

Spojrzał na Acherona i dostrzegł jego furię. Teraz już rozumiał, co Ash miał na myśli tamtej nocy.

Obaj tak długo trzymali uczucia na wodzy, że furia odbierała im rozum. Atakowali, kiedy powinni się wycofać i przemyśleć strategię walki.

Zamykając oczy, Talon przywołał kojący spokój, tak jak nauczył go Acheron.

Ash znowu go zaatakował.

Tym razem jednak, zamiast walczyć, Talon objął go jak brat.

Zyskując siłę i moc, jakiej nigdy wcześniej nie czuł, ujął twarz Asha w dłonie i spróbował sprawić, że stary przyjaciel go dostrzeże.

Rysy Asha nie były już ani harmonijne, ani ludzkie. Miał zniekształconą twarz demona i żółto-czerwone oczy bez śladu litości. Zimne oczy. Bezwzględne.

Kolory tańczyły i wirowały jak ogień.

Talon nigdy nie widział czegoś podobnego.

Kto wiedział, że Ash ma taką moc?

Musiał go jednak powstrzymać.

W taki czy inny sposób.

– Acheronie – powiedział powoli, spokojnie. – Dość.

W pierwszej chwili nie sądził, by Ash w ogóle go usłyszał. Dopiero potem Acheron odwrócił głowę i zobaczył Sunshine na podłodze.

– Talon – wychrypiał.

Jego oczy zamigotały i Acheron spojrzał na Celta.

Nagle kolejna fala uderzeniowa przeleciała przez pokój, ale w odwrotnym kierunku niż poprzednia. Jakby uwolniona moc wróciła do Acherona.

Smok wystrzelił w kierunku sufitu i zniknął.

Twarz Asha znów stała się twarzą człowieka, którego Talon znał od wieków.

Acheron zamrugał – jego oczy znowu były srebrzyste – i rozejrzał się, jakby się obudził z koszmaru.

Bez słowa odsunął się od Talona, skrzyżował ręce na piersi i przeszedł przez pokój, jakby nic się nie stało.

Kiedy mijał Artemidę, sięgnęła ku niemu, ale uniknął jej ręki i szedł dalej.

Artemida odwróciła się do brata i warknęła:

– Poczekaj tylko, niech ojciec dorwie cię w swoje ręce.

– Ja? Wiedział, co planuję na tę noc. Poczekaj, aż mu powiem o Acheronie!

Artemida wykrzywiła usta.

– Zamknij się, ty męczyduszo.

Uniosła rękę i odesłała go z pokoju.

Styxx skulił się, kiedy Artemida spojrzała na niego.

– Ty! – powiedziała głosem chrapliwym z nienawiści.

Styxx przełknął nerwowo ślinę.

– Jak możesz chronić kogoś takiego jak on? Kiedy umarłem, trafiłem na Pola Elizejskie, podczas gdy on...

– To nie twoja sprawa – przerwała mu. – Ty i twoja kochana rodzina odwróciliście się od niego i potępiliście go za coś, co nie było jego winą.

– Nie jego winą? Litości. – Styxx chciał powiedzieć coś więcej, ale stracił głos.

– Tak lepiej – uznała Artemida. – Zabawne, że obaj mówicie podobnym głosem, ale tylko ty tak jojczysz. Zeusowi niech będą dzięki, że Acheron nie ma tej odrażającej cechy. Z drugiej strony, to on zawsze był mężczyzną, a nie pochlipującym dzieciakiem. – Pchnęła Styxxa pod ścianę. – Nie mogę w to uwierzyć. Dałam ci idealne życie, własną wyspę wypełnioną wszystkim, czego zapragnąłeś, a ty co zrobiłeś? Przez całą wieczność nienawidziłeś Acherona, knułeś, żeby go zabić. Nie zasługujesz na łaskę.

– Nie możesz mnie zabić – pisnął Styxx. – Bo wtedy umrze także Acheron.

– Przeklinam dzień, w którym Parki powiązały wasze żywoty. – Afrodyta zmrużyła oczy, patrząc na niego, jakby myślała tylko o tym, żeby go zniszczyć. – Masz rację. Nie mogę cię zabić, ale mogę uczynić twoje życie gorszym niż wszelkie piekło, jakie potrafisz sobie wyobrazić.

– Co chcesz zrobić?

Uśmiechnęła się złowrogo.

– Zobaczysz, człowieczku, zobaczysz.

Styxx zniknął.

Artemida odwróciła się do pozostałych. Wzięła głęboki wdech i natychmiast się uspokoiła.

– Pilnuj swojej duszy, Speirr – powiedziała do Talona. – Wiem, że zapłacono za nią wysoką cenę.

To powiedziawszy, zniknęła.

Zostali sami z Camulusem.

– Cóż... – powiedział do celtyckiego boga Talon. – Wygląda na to, że przyjaciele cię opuścili.

Camulus westchnął.

– Co za szkoda. Nieumiarkowanie, Wojna i Zniszczenie. Razem świetnie byśmy się bawili na świecie. Cóż. Zadowolę się więc tylko tym, że znowu ci ją odbiorę. W końcu oddała mi duszę i teraz zamierzam jej ją zabrać. Oczywiście najzabawniejsze jest w duszach to, że można je zabrać tylko z martwego ciała.

Ruszył w stronę Sunshine.

Talon wyciągnął *srady*, gotowy do walki.

Jasne światło rozbłysło niespodziewanie w pokoju. Przygasło, przybierając formę osoby niemal tak samo drogiej Sunshine jak Talon.

– Babcia? – zapytała z niedowierzaniem Sunshine.

Jej babka stanęła między nimi i Camulusem. Spojrzała surowo na boga.

– Obawiam się, że nie, skarbie. Masz figę z makiem, a nie duszę.

Camulusa zdumiało jej pojawienie się.

– Morrigán? Co tu robisz? To ciebie nie dotyczy.

– Owszem, dotyczy.

Babcia przekształciła się z drobnej starszej pani w piękną boginię wojny, którą Talon poznał jeszcze jako śmiertelnik.

Talon zamarł.

Sunshine tylko wybełkotała:

– Słucham? Co tu jest grane?

Babka spojrzała na nią przepraszająco.

– Nie chciałam, żebyś dowiedziała się w ten sposób, maleńka, ale musieliśmy z Acheronem powstrzymać ich przed uwolnieniem Apollymi. A żeby uwolnić Talona, potrzebowaliśmy was, żebyście razem stawili czoło Camulusowi.

Talon rozdziawił usta.

Ash wiedział o tym wszystkim? Dlaczego mu nie powiedział?

Morrigán odwróciła się do Camulusa.

– Przykro mi, Cam. Tym razem zapomniałeś przeczytać dopisek drobnym drukiem. Zgodziłeś się z Branem, żeby Nynia odrodziła się śmiertelnym rodzicom, bo to pasowało do twoich knowań. Nigdy nie zaznaczyłeś, że dziadkowie też muszą być śmiertelni. Ponieważ nie mogłam pomóc Speirrowi uwolnić się od twojej klątwy i zawartej przez niego umowy, nie zaczynając wojny z tobą i Artemidą, uznałam, że mogę przynajmniej zwrócić mu żonę w ciele kogoś, kogo nie możesz tknąć. Nynia odrodziła się jako Sunshine, krew z mojej krwi i kość z kości. Kiedy Speirr napił się jej krwi, przyjął także moją krew i w ten sposób również znalazł się pod moją ochroną.

Camulus zaklął.

Bogini zmarszczyła nos.

– Przerąbane, co? Nie możesz zabić ani jej, ani jego, jeśli nie chcesz zaczynać wojny ze mną.

Talon i Sunshine popatrzyli po sobie oniemiali.

– Pewnego dnia, Morrigán, pewnego dnia... – Camulus zniknął z pokoju.

Morrigán odetchnęła głęboko i odwróciła się do Talona i Sunshine.

– Moje gratulacje, dzieci.

– Jestem wolny? – spytał Talon, nadal nie mogąc w to uwierzyć.

Bogini pokiwała głową.

– I zachowałeś moce Mrocznego Łowcy.

Sunshine się zawahała.

– Nadal nim jest?

– Nie. Artemida zwolniła go z przysięgi, kiedy oddała mu duszę. Kiedy jednak ktoś otrzyma nadnaturalne moce, zostają mu na zawsze.

Sunshine się uśmiechnęła.

– Więc teraz już może wyjść na światło słoneczne?

– Tak. – Morrigán nagle się zakłopotała. – A przy okazji muszę wam coś powiedzieć.

– Co? – zapytali jednocześnie, przestraszeni tym, co mogą usłyszeć.

– Ponieważ tak działa nasz panteon, oboje jesteście... – Zagryzła usta i załamała ręce.

– Co jesteśmy? – dopytywał się Talon, bojąc się tego, co może zaraz usłyszeć. W kontaktach z bogami ostrożności nigdy za wiele.

– Jesteście nieśmiertelni, chyba że z tego zrezygnujecie.

Sunshine zamrugała zaskoczona.

– Co?

Babka odchrząknęła.

– Ty i twoi bracia urodziliście się nieśmiertelni, kochanie. To dlatego nadal wyglądasz jak dziewczyna, chociaż dobiegasz trzydziestki.

– Czy to znaczy, że mama też jest nieśmiertelna?

– Nie. Ponieważ twój ojciec nie jest, uznała, że woli zrezygnować z nieśmiertelności i zestarzeć się razem z nim. Ponieważ jednak to moja krew dała jej nieśmiertelność, przekazała ją tobie, a ty Talonowi.

Radość ogarnęła Talona.

– Więc nigdy więcej nie będę musiał patrzeć, jak Sunshine umiera?

– Nigdy. Chyba że zdecydujecie inaczej.

– Za żadne skarby! – roześmiał się Talon.

– Tak myślałam. – Morrigán się odsunęła. – Jestem pewna, że macie teraz mnóstwo do zrobienia. Na przykład zaplanowanie ślubu. Zrobienie mnóstwa dzieciaków. – Wzięła ich za ręce i je uścisnęła. – Spodziewam się po was wielkiej liczby prawnucząt.

Zniknęła, zostawiając ich gapiących się na siebie ze zdziwieniem.

Sunshine oblizała usta, patrząc na Talona. Nie mogła uwierzyć w to, co wydarzyło się tego wieczoru.

A przede wszystkim nie mogła uwierzyć, że ma Talona dla siebie.

– No to czym najpierw się zajmiemy?

Znajomy błysk pojawił się w jego bursztynowych oczach.

– Spróbujemy zrobić dziecko?

Zaśmiała się.

– Dobry pomysł, ale pewnie wstanie dzień, zanim dostaniemy się do twojego domu.

– To prawda, ale twoja pracownia nie jest aż tak daleko...

Sunshine się uśmiechnęła.

– Rzeczywiście.

Pocałował ją i wyprowadził z pokoju.

Wyszli z budynku i wmieszali się w gigantyczny karnawałowy tłum wracający do domów. Sunshine czuła lekkość w sercu, kiedy szli ręka w rękę, dopóki nie dotarli do właściwej ulicy.

Ze zduszonym okrzykiem pociągnęła Talona w bok, kiedy ogromna platforma omal w niego nie uderzyła. Wybuchnęła śmiechem.

– Co jest z tobą i tymi platformami?

– To nie platformy, kochanie, tylko ty. Kiedy jesteś w pobliżu, niczego innego nie zauważam.

Przygryzła szelmowsko wargę.

– Mów tak dalej, a na pewno zabiorę cię do domu, zamknę i wyrzucę klucz.

– Mnie to odpowiada, tylko koniecznie bądź przy tym naga.

ROZDZIAŁ 19

Zarek patrzył, jak Talon i Sunshine znikają w tłumie. Cieszył się jej szczęściem, ale nie rozumiał, co czują do siebie.

Nigdy nie zaznał miłości.

– Pieprzyć to – warknął i, kulejąc, oddalił się od magazynu.

Musiał wracać do domu.

– Dionizos będzie na ciebie polował.

Zatrzymał się, słysząc za plecami głos Acherona.

– No i?

Ash westchnął i podszedł bliżej.

– Nie możemy ogłosić rozejmu?

Zarek się skrzywił.

– Po co? Wzajemna pogarda dobrze do nas pasuje.

– Mam już tego dość. Daj mi coś, żebym mógł użyć tego w rozmowie z Artemidą. Żeby chciała dać ci jeszcze jedną szansę.

Zarek zaśmiał się gorzko.

– Pewnie. Po tym, co zobaczyłem, naprawdę myślisz, że uwierzę, że to ona pociąga za sznurki? Wyglądam na aż takiego głupca?

– Pozory czasem mylą.

Być może, ale Zarek nie zamierzał ustąpić. Tej nocy totalnie zawalił sprawę. Kiedy tylko rzucił się na bogów, wiedział, że za to zapłaci.

I co z tego?

Niech go ścigają.

– Posłuchaj – powiedział, odwracając się plecami do Acherona – jestem głodny i chcę się po prostu położyć i zaleczyć rany. W porządku?

– W porządku.

Zarek zatrzymał się obok grupy studentów z college'u, którzy mijali go, zataczając się, śmiejąc i drocząc ze sobą. Przyglądał im się z zaciekawieniem.

Skręcili za róg i zniknęli.

Powiódł wzrokiem po pijanych, rozkrzyczanych i roześmianych turystach i miejscowych. Dochodziła pierwsza w nocy, a miasto nadal tętniło życiem, chociaż tłum zaczynał rzednąć.

– Kiedy wracam? – spytał, obawiając się odpowiedzi.

– Jutro. Nick wpadnie cię zabrać około drugiej. Będzie miał furgonetkę z ciemnymi szybami, żeby nie narazić cię na kontakt ze słońcem w drodze na lądowisko.

Znowu będzie uwięziony w domu.

Jakiś rozbłysk po lewej stronie przyciągnął jego uwagę. Trzy sekundy później przez tłum przebiegł Daimon. Błysnął kłami i warknął na Zareka, jakby nie miał pojęcia z kim i z czym ma do czynienia.

Zarek uśmiechnął się złowrogo, spodziewając się, co tamten za chwilę zrobi.

– Czym jesteś? – spytał Daimon, kiedy nie udało mu się przestraszyć Zareka.

Mroczny Łowca wykrzywił usta.

– Pozwól, że opowiem ci o swojej pracy. Ja Mroczny Łowca, ty Daimon. Ja uderzam, ty krwawisz. Ja zabijam, ty umierasz.

– Nie tym razem. – Daimon zaatakował.

Działając odruchowo, Zarek złapał go za gardło i zabił pazurami.

Daimon rozpadł się w tej samej chwili, gdy w tłumie pojawił się Valerius.

Rzymianin ciężko dyszał po biegu. Musiał ścigać Daimona przez dłuższy czas. Spojrzał na Asha i skłonił głowę, a potem zerknął na Zareka i zamarł.

Zarek beznamiętnie spojrzał na jego zaszokowaną twarz. Zgodnie z rozkazem Asha zgolił bródkę.

Valerius rozpoznał go i oczy mu pociemniały. Nawet nie mrugnął.

Zarek uśmiechnął się cierpko.

– Niespodzianka – powiedział cicho. – Tego się pewnie nie spodziewałeś.

Bez dalszych słów odszedł, ginąc w tłumie i zostawiając Valeriusa i Acherona samych.

VALERIUS

NOWY ORLEAN O ŚWICIE

Bracia.

To słowo odzywało się w umyśle i sercu Valeriusa, kiedy przyglądał się marmurowemu popiersiu w przedpokoju. To była twarz jego ojca.

To była twarz jego brata.

Twarz Zareka.

Przeszył go ból, kiedy tak stał, próbując pogodzić przeszłość z teraźniejszością. Dlaczego nigdy nie dostrzegł podobieństwa?

A jednak wiedział. Po prostu nigdy wcześniej nie przyjrzał się dobrze Zarekowi.

Zarek – żałosny niewolnik – stał tak nisko, że Valerius ledwie go zauważał.

Tylko raz w życiu naprawdę go dostrzegł.

Nie pamiętał, za co wtedy Zarek został zbity. Właściwie to nie pamiętał nawet, który z braci popełnił uczynek, za który ukarano Zareka. Równie dobrze to mogła być jego własna sprawka, jak i kogoś innego.

Pamiętał tylko, że to był pierwszy raz, kiedy dostrzegł w niewolniku żywego człowieka.

Zarek leżał nagi na bruku, przyciskając ręce do piersi. Jego pobliźnione plecy spływały krwią ze świeżych ran.

Najbardziej uderzył Valeriusa wyraz twarzy Zareka. Oczy chłopca były puste. Bez wyrazu. Nie było widać nawet jednej łzy.

Valerius zastanawiał się, dlaczego Zarek nie płacze po tak surowym laniu, ale wtedy olśniło go, że nigdy nie widział u niego łez.

Żałosny niewolnik nigdy się nie skarżył, kiedy go bito. Niezależnie od tego, co z nim robiono i co mu mówiono, chłopiec przyjmował razy jak mężczyzna, bez szlochów i błagania. Z zimnym, niewzruszonym stoicyzmem.

Valerius nie pojmował takiej siły, i to u kogoś młodszego niż on.

Zanim zdał sobie sprawę z tego, co robi, wyciągnął rękę i dotknął jednego ze śladów po uderzeniu na plecach Zareka. Zakrwawiona, nabrzmiała pręga wyglądała na tak bolesną, że nie mógł sobie wyobrazić, jak to jest mieć taką ranę – już nie mówiąc o całych plecach pociętych w ten sposób.

Zarek się nie poruszył.

– Potrzebujesz...

Koniec zdania nie przeszedł Valeriusowi przez usta. Chciał pomóc Zarekowi, ale wiedział, że obaj zostaną ukarani, jeśli ktokolwiek go na tym przyłapie.

– Co robisz?

Wściekły głos ojca sprawił, że Valerius aż podskoczył.

– Oglądałem jego p-plecy – wyjąkał zgodnie z prawdą.

Ojciec zmrużył oczy.

– Po co?

– Byłem cie-ciekaw. – Valerius nienawidził tego, że przy ojcu zawsze się jąkał.

– Dlaczego? Myślisz, że to go boli?

Valerius za bardzo się bał, żeby odpowiedzieć. Ojciec spojrzał na niego lodowato, co często mu się zdarzało. To oznaczało, że dobry, kochający ojciec, jakiego znał, znikał i pojawiał się brutalny dowódca wojskowy.

Chociaż kochał ojca, bał się tego dowódcy, który był zdolny dokonać z zimną krwią niemal każdego okrucieństwa, nawet na własnych synach.

– Odpowiedz mi, chłopcze. Myślisz, że to go boli?

Valerius pokiwał głową.

– Przejmujesz się tym, że to go boli?

Zamrugał, powstrzymując łzy, by go nie zdradziły. Prawda była taka, że się przejmował, ale wiedział, że ojciec wpadnie w szał, jeśli kiedykolwiek mu o tym powie.

– N-nie, nie p-przejmuję się.

– Udowodnij to.

Valerius wytrzeszczył oczy, bojąc się znaczenia tych słów.

– Udowodnić?

Ojciec wziął bat ze stojaka i podał go synowi.

– Wymierz mu dodatkowych dziesięć uderzeń, albo sam dostaniesz dwadzieścia.

Ze zbolałym sercem i drżącymi dłońmi Valerius wziął bicz i wymierzył dziesięć razów.

Nieprzyzwyczajony do posługiwania się biczem, nie trafiał w plecy Zareka. Jego ciosy lądowały na wolnych od blizn rękach i nogach. Na dziewiczej skórze, której jeszcze nie bito.

Pierwszy raz Zarek syknął i wzdrygnął się od uderzeń. Tak bardzo, że ostatnie uderzenie trafiło go w twarz, tuż pod brwią.

Zarek krzyknął i złapał się za oko. Krew trysnęła spomiędzy brudnych palców.

Valeriusowi zrobiło się niedobrze, kiedy usłyszał, jak ojciec chwali go za oślepienie niewolnika.

Dosłownie poklepał go po plecach.

– Dobrze, synu. Zawsze uderzaj tam, gdzie najbardziej zaboli. Pewnego dnia będziesz wspaniałym generałem.

Zarek spojrzał na Valeriusa. Pustka z jego twarzy zniknęła. Prawy policzek miał we krwi, ale spojrzeniem lewego oka przekazał cały ból i cierpienie, jakie czuł. Całą nienawiść, skierowaną do wewnątrz i na zewnątrz.

Ten wzrok palił Valeriusa po dziś dzień.

Ojciec znowu zbił Zareka za bezczelne spojrzenie.

Nic dziwnego, że Zarek ich wszystkich nienawidził. Miał do tego prawo. Zwłaszcza teraz. Valerius znał prawdę o jego pochodzeniu.

Zastanawiał się, kiedy Zarek ją poznał. I dlaczego jemu, Valeriusowi, nikt nigdy o tym nie powiedział.

Wściekły złapał popiersie ojca.

– Dlaczego?! – zapytał, wiedząc, że teraz już nigdy nie pozna odpowiedzi.

I wtedy jeszcze bardziej znienawidził ojca. Nienawidził krwi, która płynęła w jego żyłach.

Jednak ostatecznie był Rzymianinem.

To było jego dziedzictwo.

Złe czy dobre, nie mógł się go wyprzeć.

Uniósł wysoko głowę i poszedł na górę, do sypialni.

Kiedy wchodził po schodach, po raz ostatni wybuchnął gniewem.

Odwrócił się i kopnął piedestał.

Popiersie ojca spadło na marmurową posadzkę i się roztrzaskało.

NOWY ORLEAN
TEGO SAMEGO DNIA PO POŁUDNIU

Zarek rozsiadł się wygodnie, kiedy helikopter poderwał się w powietrze. Leciał do domu.

Bez wątpienia tam właśnie umrze.

Jeśli nie zabije go Artemida, z pewnością zrobi to Dionizos. Groźba boga dźwięczała mu w uszach. Dla szczęścia Sunshine zadarł z bogiem, który już z pewnością dopilnuje, żeby Zarek nacierpiał się jeszcze bardziej niż w przeszłości.

Nadal nie wiedział, dlaczego to zrobił, jeśli nie liczyć faktu, że wkurzanie ludzi to jedyna rzecz, która naprawdę sprawiała mu przyjemność.

Spojrzał na swój plecak.

Niewiele myśląc, wyjął ręcznie robioną misę.

Przesunął dłońmi po zawiłych wzorach, które wyrzeźbiła Sunshine. Pewnie pracowała nad nią wiele godzin.

Dotykała jej kochającymi dłońmi...

„Poświęcają czas lalce z gałganków, która nabiera dla nich wielkiego znaczenia, i płaczą, gdy się im ją odbierze".

Przyszedł mu na myśl fragment z „Małego księcia". Sunshine zmarnowała tyle czasu i dała mu efekt swojej pracy. Pewnie nie miała pojęcia, jak bardzo poruszył go jej prosty prezent.

– Naprawdę jesteś żałosny – mruknął pod nosem, ściskając misę w dłoniach i krzywiąc się z odrazą. – To dla niej nic nie znaczy, a ty z powodu tego bezwartościowego kawałka gliny skazałeś się na śmierć.

Zamknął oczy i przełknął ślinę. Taka była prawda.

Po raz kolejny umrze bez powodu.

– I co z tego?

Niech umrze. Może wtedy znajdzie jakieś ukojenie.

Jeszcze bardziej rozeźlony własną głupotą, siłą woli roztrzaskał misę. Wyjął odtwarzacz MP3, wybrał *Hair of the Dog* Nazareth, założył słuchawki i czekał, aż Mike rozjaśni szyby helikoptera, żeby zabiło go śmiercionośne słońce.

W końcu za to właśnie zapłacił Giermkowi Dionizos.

TARTAR

W oślepiającej ciemności zewsząd dobiegały krzyki. Styxx ze wszystkich sił próbował coś zobaczyć i widział tylko dziwne punkciki, powidoki w oczach, które tak desperacko wytężał.

To miejsce było zimne. Lodowato zimne. Zaczął macać pobrużdżoną skałę i zorientował się, że znajduje się w małej celi, mierzącej sześć na sześć stóp. Nie miał nawet dość miejsca, żeby się wygodnie położyć.

Nagle obok niego pojawiło się światło. Zbladło i przybrało kształt młodej, pięknej kobiety o ciemnorudych włosach, jasnej skórze i zielonych, migoczących oczach bogini. Natychmiast ją rozpoznał.

To była Mnimi, bogini pamięci. Jej podobiznę widział mnóstwo razy w świątyniach i na zwojach.

Trzymała w ręku staromodną lampę oliwną, przyglądając mu się uważnie.

– Gdzie jestem? – spytał.

Odpowiedziała głosem słabym i delikatnym, niczym bryza szemrząca wśród kryształowych liści:

– Jesteś w Tartarze.

Styxx przełknął oburzenie. Kiedy umarł eony temu, w starożytnej Grecji, umieszczono go w raju, na Polach Elizejskich. Tartar to miejsce, na które Hades skazywał złe dusze wydane na tortury.

– To nie moje miejsce.

– A gdzie jest twoje miejsce?

– Przy rodzinie.

Posmutniała, przyglądając się mu.

– Wszyscy się odrodzili. Jedyna rodzina, jaka ci pozostała, to brat, którego nienawidzisz.

– Nie jest moim bratem. Nigdy nim nie był.

Przechyliła głowę, jakby nasłuchując czegoś w oddali.

– Dziwne. Acheron nigdy nie myślał o tobie w ten sposób. Niezależnie od wszystkich tych chwil, kiedy byłeś wobec niego okrutny, nigdy cię nie znienawidził.

– Nie obchodzi mnie, co on czuje.

– Racja – powiedziała bogini, jakby znała jego najtajniejsze myśli, jakby znała go lepiej niż on sam. – Naprawdę cię nie rozumiem. Na wieki dano ci Znikającą Wyspę jako dom. Miałeś przyjaciół i wszelkie znane luksusy. Było tam równie spokojnie i pięknie jak na Polach Elizejskich, a jednak knułeś zemstę przeciwko Acheronowi. Na pociechę dałam ci wspomnienia pięknego domu i rodziny, spokojnego i szczęśliwe dzieciństwa, a ty, zamiast czerpać z nich przyjemność, wykorzystałeś je, by karmić swą nienawiść.

– Winisz mnie za to? Wszystko mi ukradł. Wszystko, na co miałem nadzieję i co kochałem. Z jego winy moja rodzina nie żyje, moje królestwo przepadło. Nawet moje życie zakończyło się przez niego.

– Nie – odpowiedziała cicho. – Możesz oszukiwać siebie, ale nie mnie. To ty zdradziłeś brata. Ty i twój ojciec. Dałeś się zaślepić strachowi. To twoje uczynki skazały nie tylko jego, ale również ciebie.

– Co ty o tym wiesz? Acheron jest zły. Nieczysty. Bezcześci wszystko, czego dotknie.

Poruszyła palcami w płomieniach lampy, które zamigotały upiornie w ciemnościach małej celi. Wciąż przeszywała go intensywnym spojrzeniem.

– Oto piękno pamięci, prawda? Nasza rzeczywistość jest zawsze przesłonięta przez postrzeganie prawdy. Pamiętasz wydarzenia w określony sposób, więc oceniasz brata, nie wiedząc, jak wyglądały z jego punktu widzenia.

Mnimi położyła rękę na ramieniu Styxxa. Jej żar palił mu skórę, a kiedy przemówiła, jej cichy głos zabrzmiał złowrogo i podstępnie:

– Za chwilę ofiaruję ci najcenniejszy z darów. Wreszcie wszystko zrozumiesz.

Styxx chciał uciec, ale nie mógł.

Palący dotyk Mnimi go unieruchomił.

W głowie mu się zakręciło, gdy cofnął się w czasie.

Zobaczył swoją piękną matkę leżącą na złoconym łożu, zlaną potem, pobladłą. Jakaś dwórka odgarniała jej wilgotne, jasne włosy z bladoniebieskich oczu. Nigdy nie widział matki bardziej radosnej niż tamtego dnia.

W pokoju tłoczyli się urzędnicy dworscy, a jego ojciec, król, stał obok łoża razem z oficjałami. Przez otwarte wysokie witrażowe okna wpadało świeże morskie powietrze, łagodząc upał ostatnich dni lata.

– To drugi piękny chłopiec – oznajmiła rozradowana akuszerka, owijając w kocyk noworodka.

– Na słodką Apollymi, Aaro, ależ jestem z ciebie dumny! – oznajmił ojciec, kiedy głośny, radosny okrzyk rozległ się echem w komnacie. – Bliźnięta, które będę rządzić bliźniaczymi wyspami!

Śmiejąc się, matka patrzyła, jak akuszerka myje jej pierworodnego.

I wtedy właśnie Styxx poznał prawdziwy koszmar narodzin Acherona, mroczny sekret, który jego własny ojciec przed nim ukrył.

To Acheron był pierworodnym. Nie on.

Styxx, który znajdował się teraz w maleńkim ciele Acherona, walczył o pierwszy oddech. W końcu udało mu się zaczerpnąć powietrza do młodych płuc, kiedy usłyszał przerażony okrzyk:

– Na miłość Zeusa, starszy jest kaleki, Wasze Wysokości!

Zaniepokojona matka zmarszczyła czoło.

– Jak to?

Akuszerka zaniosła synka matce, która trzymała drugie dziecko przy piersi.

Przestraszony malec pragnął tylko pocieszenia. Sięgnął do brata, z którym przez ostatnie miesiące dzielił łono. Gdyby tylko mógł go dotknąć, wszystko byłoby dobrze. Wiedział to.

Matka jednak odsunęła brata poza zasięg jego rączek i wzroku.

– Niemożliwe – zapłakała. – Jest niewidomy.

– Nie jest niewidomy, Wasza Wysokość – odezwała się najstarsza wróżbitka, wychodząc spomiędzy tłumu. Jej białe szaty były gęsto haftowane złotymi nićmi, a na posiwiałych włosach nosiła ozdobny złoty wieniec. – Bogowie ci go zesłali.

Król zmrużył oczy, patrząc ze złością na królową.

– Byłaś mi niewierna? – oskarżył Aarę.

– Nigdy.

– Więc jakim cudem wyszedł z twego łona? Wszyscy byliśmy tego świadkami.

Zgromadzeni spojrzeli na wróżbitkę, która patrzyła w osłupieniu na maleńkie, bezradne dziecko, płaczące, żeby ktoś je wziął i ukoił. Dał mu ciepło.

– To dziecko będzie niszczycielem – powiedziała. Jej starczy głos rozbrzmiał głośno i dźwięcznie, więc wszyscy usłyszeli jej słowa. – Jego dotyk wielu istotom przyniesie śmierć. Nawet sami bogowie nie będą bezpieczni w obliczu jego gniewu.

– Więc je zabijcie. – Król rozkazał strażnikowi wyciągnąć miecz i zabić dziecko.

– Nie! – wykrzyknęła wróżbitka, powstrzymując strażnika, zanim wykonał wolę króla. – Zabij to dziecko, a zginie również twój syn, Wasza Wysokość. Ich siły życiowe są połączone. Taka jest wola bogów: abyś wychował go, aż osiągnie wiek męski.

Dziecko zakwiliło, nie rozumiejąc strachu, jaki wyczuwało wokół siebie. Chciało tylko, żeby ktoś wziął je na ręce tak jak jego brata; żeby ktoś je utulił i powiedział, że wszystko będzie dobrze.

– Nie wychowam potwora – odparł król.

– Nie masz wyboru, Wasza Wysokość. – Wróżbitka wzięła dziecko z rąk akuszerki i podała je królowej. – To owoc ciała Waszej Wysokości. Twój syn, królu.

Dziecko zapłakało głośniej, sięgając ku matce. Kobieta wzdrygnęła się, tuląc jeszcze mocniej drugiego syna.

– Nie będę go karmić. Nie dotknę go. Zabierzcie go z moich oczu.

Wróżbitka zaniosła syna ojcu.

– A ty, Wasza Wysokość? Uznasz go?

– Nigdy. To dziecko nie jest moim synem.

Wróżbitka odetchnęła głęboko, pokazując dziecko zgromadzonym. Trzymała je chłodno, bez miłości czy współczucia.

– A zatem zwać się będzie Acheron, na cześć rzeki żałości. I tak jak bieg rzeki podziemnego świata, jego podróż będzie mroczna, długa i znojna. Będzie zdolny dawać życie i je odbierać. Będzie szedł przez życie samotny i opuszczony... wiecznie szukając dobroci i zawsze znajdując okrucieństwo. – Spojrzała na trzymane w rękach dziecko i wypowiedziała prostą prawdę, która prześladowała chłopca przez resztę jego istnienia: – Niech bogowie zmiłują się nad tobą, dziecię, bo nikt inny tego nie uczyni.

OLIMP

Zbliżając się do uświęconej świątyni Artemidy, Ash siłą swoich myśli otworzył ogromne dwuskrzydłowe wrota.

Z wysoko uniesioną głową zacisnął dłoń na wyściełanym ramiączku zamszowego plecaka i zmusił się, żeby wejść przez ozdobne, złocone wrota do sali tronowej Artemidy, gdzie bogini siedziała i słuchała, jak jedna z jej kobiet gra na lutni i śpiewa.

Dziewięć par kobiecych oczu spojrzało na niego z zaciekawieniem.

Bez słowa polecenia osiem służebnic zebrało swoje rzeczy i opuściło pośpiesznie komnatę, tak samo jak zawsze, gdy się zjawiał. Zatrzasnęły za sobą dyskretnie drzwi i zostawiły go samego z Artemidą.

Ash jak przez mgłę przypominał sobie pierwszy raz, kiedy pozwolono mu wejść do prywatnej domeny Artemidy na Olimpie. Jako młody człowiek był pod wrażeniem misternie rzeźbionych marmurowych kolumn, które otaczały salę tronową. Wznosiły się na ponad dwadzieścia stóp ponad posadzką z marmuru i złota, aż po złoconą kopułę sklepienia, którą ozdobiono scenami z życia zwierząt. Trzy strony tej komnaty nie miały ścian, wychodziły na idealne niebo, gdzie białe, puszyste obłoki szybowały na poziomie oczu.

Sam tron był nie tyle ozdobny, ile wygodny. Bardziej przypominał wielki szezlong, który spokojnie mógłby pełnić rolę łóżka. Zajmował centrum otwartej komnaty i był zasłany puszystymi poduszkami w kolorze kości słoniowej, ozdobionymi złotymi frędzlami i lamówkami.

Tylko dwóm mężczyznom wolno było postawić stopę w tej świątyni: bliźniaczemu bratu bogini – Apollowi, i jemu.

Był to zaszczyt, z którego chętnie by zrezygnował.

Artemida miała na sobie przezroczysty biały peplos, w którym jej sprężyste ciało było właściwie nagie dla jego oczu. Ciemnoróżowe sutki były twarde i ściągnięte, odznaczając się wyraźnie pod zwiewnym materiałem, a krawędź szaty podjechała wysoko na jej nogach, odsłaniając ciemnokasztanowy trójkąt w miejscu połączenia ud.

Uśmiechnęła się do niego uwodzicielsko, przyciągając jego uwagę z powrotem do idealnie pięknej twarzy. Jej długie kasztanowe loki wydawały się równie opalizujące jak zielone oczy, kiedy obserwowała go z fascynacją. Leżała na boku, z rękami złożonymi na oparciu szezlongu i podbródkiem opartym na grzbiecie dłoni.

Biorąc głęboki wdech, Ash podszedł i stanął przed nią.

Bogini uniosła brwi wygięte w idealne łuki, patrząc łapczywym wzrokiem na jego ciało.

– Ciekawe. Wyglądasz bardziej arogancko niż zwykle. Nie widzę śladu posłuszeństwa, które mi przyrzekłeś. Mam znów odebrać Talonowi duszę?

Nie był pewien, czy ma moc, która by jej na to pozwalała, ale nie zamierzał ryzykować. Już raz zarzucił jej, że blefuje, i potem tego gorzko pożałował.

Zrzucił plecak na podłogę. Zdjął skórzaną kurtkę i odrzucił ją na plecak. Padł na kolana, położył ręce na odziane w skórę uda, zacisnął zęby i pochylił głowę.

Artemida wstała z szezlonga i podeszła do niego.

– Dziękuję, Acheronie – szepnęła, stając za jego plecami.

Przeczesała dłonią jego włosy, zamieniając je w złocisty blond i rozplątując warkoczyki. Włosy rozsypały się mu na ramiona i pierś.

Odgarnęła mu je na lewą stronę, odsłaniając kark. Przesunęła długim paznokciem po nagiej skórze, wywołując gęsią skórkę.

A potem zrobiła jedną z rzeczy, których nie cierpiał najbardziej.

Dmuchnęła mu w kark.

Zwalczył odruch i się nie wzdrygnął. Ona jedna dobrze wiedziała jak bardzo tego nie znosi. I dlaczego. To okrutne, że przypominała mu o jego miejscu na świecie.

– Wbrew temu, co możesz sobie myśleć, Acheronie, nie czerpię przyjemności z naginania cię do swojej woli. Wolałabym, żebyś sam chciał tu bywać... tak jak przychodziłeś kiedyś.

Ash zamknął oczy, wspominając tamte czasy. Tak bardzo ją wtedy kochał. Cierpiał za każdym razem, kiedy musiał ją opuścić.

Wierzył w nią i dał jej jedyną rzecz, którą nie obdarzył nikogo innego – zaufanie.

Była całym jego światem. Jego azylem. W czasach, kiedy nikt inny nie chciał się do niego przyznać, powitała go w swoim życiu i pokazała mu, co to znaczy być pożądanym.

Razem śmiali się i kochali. Podzielił się z nią rzeczami, z którymi nie dzielił się z nikim innym ani wcześniej, ani później.

A potem, kiedy potrzebował jej najbardziej, odwróciła się od niego i pozwoliła mu umrzeć bolesną śmiercią. Samotnie.

Tamtego dnia wzgardziła jego miłością i udowodniła mu, że wstydzi się go tak samo, jak jego rodzina.

Nic dla niej nie znaczył.

Nigdy.

Ta prawda bolała, ale w końcu się z nią pogodził. Nigdy nie będzie dla niej niczym więcej niż ciekawostką. Bezczelnym pupilkiem, którego trzymała pod ręką dla zabawy.

Znowu powtarzając gest, którego nienawidził, Artemida uklękła za nim, kolanami ocierając się o jego biodra. Przesunęła ręką po jego ramieniu, a potem po zawiłym tatuażu przedstawiającym ptaka.

– Mmm... – zamruczała, wtulając twarz w jego włosy. – Co takiego jest w tobie, że tak bardzo cię pragnę?

– Nie wiem, ale jeśli kiedyś to odkryjesz, daj mi znać, to z pewnością z tym skończę.

Wbiła paznokcie głęboko w tatuaż.

– Mój Acheron, zawsze zuchwały. Zawsze irytujący.

Rozerwała T-shirt i zerwała mu go z tułowia.

Wstrzymał oddech, gdy przyciągnęła go ku sobie i zaczęła wygłodniałymi rękami gładzić jego nagą pierś. Jak zawsze jego ciało zdradziło go i zareagowało na dotyk. Przebiegł go dreszcz i żołądek mu się zacisnął, kiedy stwardniał.

Poczuł na szyi jej gorący oddech, kiedy przesunęła językiem po jego obojczyku. Przechylił głowę na prawo, żeby zrobić jej więcej miejsca, gdy wzięła się za rozsznurowywanie obcisłych, skórzanych spodni.

Oddech zaczął mu się rwać. Zacisnął ręce na udach, czekając, co będzie dalej.

Uwolniła jego nabrzmiałą męskość i wzięła w dłonie.

Językiem muskając jego szyję, przesunęła prawą dłoń w górę, ku żołędzi, i zaczęła nią poruszać. Stwardniał tak bardzo, że aż bolało. Jęknął, kiedy przesunęła niżej drugą rękę, ujęła go i zaczęła masować, podczas gdy prawą nadal go pieściła.

– Jesteś taki duży i gruby – szepnęła chrapliwie, palcami rozsmarowując jego wilgoć, żeby pieścić go jeszcze szybciej. Jeszcze mocniej. – Uwielbiam czuć cię w dłoniach.

Odetchnęła głęboko, wtulając twarz w jego włosy.

– To, jak pachniesz.

Otarła się twarzą o jego ramię.

– To, jak brzmi twój głos, kiedy wypowiadasz moje imię.

Przesunęła językiem po łopatce z powrotem ku szyi.

– Jak czerwienią ci się policzki, kiedy się wysilasz.

Skubnęła go w ucho.

– Wyraz twojej twarzy, kiedy we mnie dochodzisz.

Otarła się piersiami o jego kręgosłup i szepnęła mu do ucha:

– Ale najbardziej uwielbiam twój smak.

Ash zamarł, kiedy zatopiła długie kły w jego szyi. Chwilowy ból zamienił się w fizyczną przyjemność.

Sięgnął ponad ramieniem, przyciskając jej głowę do szyi i ocierając się o jej ręce, którymi poruszała jeszcze szybciej.

Czuł ją i jej moc przepływającą przez niego, łączącą ich znacznie mocniej niż erotyczna bliskość.

W głowie mu się zakręciło, aż przestał cokolwiek widzieć. Czuł tylko Artemidę. Jej wymagające dłonie, jej gorący oddech na gardle, jej serce bijące w tym samym rytmie co jego.

Byli zsynchronizowani. Jej rozkosz stała się jego rozkoszą i w tej jednej chwili stali się jednością z jednym bijącym sercem, powiązani na poziomie wykraczającym poza ludzkie pojmowanie.

Czuł, jak go pożąda. Jak pragnie posiąść każdą część jego umysłu, ciała i serca. Miał wrażenie, że tonie. Jakby odciągała go daleko od samego siebie do ciemnej, czarnej celi, z której już nigdy nie znajdzie drogi powrotnej.

Słyszał jej szept w swoim umyśle:

– Chodź do mnie. Daj mi swoją moc. Swoją siłę. Daj mi wszystko, czym jesteś.

Walczył z jej naporem – i jak zawsze przegrał.

Nie miał wyjścia; musiał jej dać to, czego chciała.

Odchylił głowę i ryknął, kiedy całe jego ciało zadygotało w bezbrzeżnej ekstazie. Nadal piła z niego, przyjmując do własnego ciała jego esencję i moc.

Należał do niej. Niezależnie od tego, co mógł sobie myśleć, pragnąć albo czuć, zawsze będzie do niej należał.

Zadyszany i słaby, oparł się o nią i patrzył na cieniutką strużkę krwi spływającą mu po piersi...

EPILOG

TRZY MIESIĄCE PÓŹNIEJ

Sunshine uśmiechnęła się, wnosząc pudełeczko farb olejnych do salonu. Zamierzała je zanieść do nowej pracowni z widokiem na bagno Talona, ale widząc, jak mąż wiesza na ścianie jej obrazy przedstawiające jego chatę na bagnach, zatrzymała się.

Chyba nie wiedział, że Sunshine za nim stoi. Z tylnej kieszeni spodni wystawał mu młotek. Talon podniósł oprawiony w ramy krajobraz i powiesił go na ścianie.

Kiedy tylko wyszli z jej mieszkania po Mardi Gras, postanowił wybudować dla nich nowy dom.

Wspólnie zaprojektowali każdy szczegół. Ogromny pokój komputerowy, garaż na zabawki Talona, oraz otwartą, przestronną pracownię. Mieli nawet specjalny pokój z półkami, na których wystawili gigantyczną kolekcję dozowników do cukierków Peza. Snoopy zajął wyróżnione miejsce w samym centrum na środkowej półce.

Jednak jej ulubionym pomieszczeniem był mały pokoik sąsiadujący z główną sypialną, który – jak miała nadzieję – kiedyś będzie pokojem dziecięcym.

– Dobrze to wygląda? – spytał, zaskakując ją tym, że zauważył jej wejście.

– Dla mnie idealnie.

Zerknął na nią przez ramię i przyłapał ją na tym, że przygląda się jego zgrabnym pośladkom.

– Mówiłem o obrazie.

– A ja o twoim tyłku, ale obraz też nieźle się prezentuje.

Roześmiał się i przyciągnął ją do siebie, wyjmując pudełko z farbami z jej rąk.

Przeczesał dłonią jej włosy i pocałował ją lekko. Sunshine objęła go w biodrach i złapała za pośladek.

– Rób tak dalej, a już niczego więcej dziś nie wypakujemy.

Uśmiechnęła się do niego szelmowsko.

– W porządku. W końcu mamy całą wieczność, żeby się tu wprowadzić.

– W takim razie...

Odstawił pudełko i wziął ją na ręce.

Zachichotała, kiedy skręcił w stronę krytego basenu.

– Dokąd mnie niesiesz?

Na jego twarzy malowało się pożądanie.

– Do jedynego pomieszczenia, którego jeszcze nie rozprawiczyliśmy.

– Nigdy nie masz dość.

– Wiem. Jestem zły do szpiku kości.

Kiedy mijali jadalnię, zmusiła go, żeby na chwilę postawił ją na ziemi. Poszła po małą, ciasno owiniętą paczuszkę.

Talon zmarszczył brwi, ale tylko przerzucił sobie Sunshine przez ramię i pobiegł z nią na tyły domu.

Nadal się śmiała, kiedy położył ją delikatnie obok basenu.

– Co to jest? – spytał, kiedy podała mu paczuszkę.

– To prezent dla ciebie do nowego domu.

Otworzył paczkę i zobaczył dozownik w kształcie Eddiego Munstera.

Szeroki uśmiech wypłynął mu na twarz.

– Nie mogę uwierzyć, że go znalazłaś.

Sunshine uniosła jego pobliźnioną prawą rękę i ją pocałowała. A potem obróciła ją w swoich dłoniach i przyjrzała się kłębiącemu na niej śladowi po oparzeniu.

Pierwsze, co Talon zrobił, kiedy zabrał ją do mieszkania, to usunął z jej dłoni bliznę pozostawioną przez kamień. Teraz blizna znajdowała się na jego ręce.

– Kocham cię – szepnęła. – Bardziej niż kiedykolwiek to pojmiesz.

Dotknął jej policzka lewą ręką. Intensywność jego spojrzenia paliła ją żywym ogniem.

– Ja ciebie też kocham. Dziękuję ci za twoją siłę. I za to, że odpuściłaś sobie sojowe żarcie.

Roześmiała się i pocałowała go namiętnie.

Odsunął się od niej i spojrzał na pudło, który przyniosła tu kilka minut temu. Znajdowały się w nim rzeczy, które zabrali z jego biurka, w tym szkatułkę z torquesem Nynii.

– Właśnie, miałem coś zrobić...

Zdjął torques z szyi i schował go razem z naszyjnikiem Nynii.

Sunshine zmarszczyła brwi, widząc, jak Talon odsuwa drzwi prowadzące na tylną werandę i wygląda na bagno.

– Co robisz?

– Żegnam się z przeszłością. Chociaż bardzo kochałem Nynię, ciebie kocham bardziej i nie chcę, żebyś kiedykolwiek jeszcze wątpiła, w czyje oczy patrzę, kiedy się z tobą kocham.

Wziął zamach, żeby wyrzucić naszyjniki.

Złapała go za rękę. Dobrze wiedziała, ile znaczą dla niego i co chciał dla niej zrobić.

Całując go w usta, wzięła pudełko z jego rąk. Odsunęła się z uśmiechem.

– Nigdy w ciebie nie zwątpię.

Założyła mu torques na szyję.

Uśmiechnął się czule, a potem założył jej na szyję torques Nynii.

Patrząc mu w oczy, przypomniała sobie noc ich pierwszego spotkania. Widok platformy, która go potrąciła.

Wiedziała, że powinna nienawidzić Dionizosa za wszystko, na co ich naraził, ale nie potrafiła.

Przecież, gdyby nieudolny bóg cofnął wtedy platformę, ta historia miałaby zupełnie inne zakończenie.

PRZYNIEŚCIE MI GŁOWĘ WIEDŹMY

Kim Harrison

Seria o wiedźmie Rachel Morgan, której postać wykreowała Kim Harrison, cieszy się na swiecie ogromnym powodzeniem i odnosi wiele sukcesów. Powieść przetłumaczono na 11 języków i sprzedano m.in. do: Serbii, Rosji, Holandii, Niemiec, Węgier, Japonii, Włoch, Francji, Hiszpanii, Chin i Polski, a książki o wiedźmie Racheli są na listach bestsellerów większości sieci księgarskich w Stanach. Do dzisiaj w Stanach Zjednoczonych ukazało się 10 tomów, a serię wydano w 15 krajach świata.

Efektem ubocznym badań genetycznych nad modyfikowana żywnością stał się wirus. Spowodował on powstanie nowych odpornych ras. Wszystkie nowe gatunki za swoje miejsce zamieszkania wybrały miejsce zwane Zapadliskiem. Zapadlisko to Las Vegas dla paranormalnych. Tam można spotkać wampiry, wiedźmy, czarownice i wilkołaki, i wiele, innych krzyżówek ludzi i wampirów.

Rachel Morgan jest wiedźmą i agentem. Jej kariera zmierza do nikąd a ona sama każdej nocy stawia wyzwanie paranormalnym stworom usiłując całe towarzystwo utrzymać w ramach cywilizacji.

Powieść „Przynieście mi głowę wiedźmy" została nagrodzona: Romantic Times's Best Fantasy novel 2004 , P.E.A.R.L's (Paranormal Excellence Award for Romantic Literature) , Best Science Fiction novel of 2004. Autorka otrzymała również nagrodę P.E.A.R.L w kategorii Najlepszy Nowy Autor 2004 roku.

UPADLI

Lauren Kate

W Danielu Grigori jest coś boleśnie znajomego.

Luce Price zwraca uwagę na tajemniczego i zdystansowanego Daniela już pierwszego dnia w szkole Sword & Cross w dusznej Georgii. On jest jedynym jasnym punktem w miejscu, gdzie nie wolno korzystać z komórek, inni uczniowie to świry, a każdy ich ruch śledzą kamery.

Choć Daniel nie chce mieć nic wspólnego z Luce – i robi wszystko, żeby dać jej to wyraźnie do zrozumienia – dziewczyna nie potrafi się powstrzymać. Przyciągana niczym ćma do płomienia, musi dowiedzieć się, jaką tajemnicę ukrywa Daniel... nawet gdyby to miało ją zabić.

„Upadli" to powieść ekscytująca i romantyczna, połączenie wciągającego thrillera i historii miłosnej.

MARTWY AŻ DO ZMROKU

Charlaine Harris

Charlaine Harris jest fenomenem literackim w Stanach Zjednoczonych. Jako jedyna autorka wprowadziła jednocześnie 7 tytułów serii na listę bestsellerów „New York Times". Na podstawie jej serii o Sookie Stackhouse, laureat Oscara i nagrody Emmy, Alan Ball nakręcił serial, który z miejsca stał się hitem na całym świecie, zdobywając dwie nominacje do Złotych Globów i prawie 4 miliony widzów w samych USA. W Polsce emitowany na HBO serial jest najlepiej oglądanym serialem tego kanału. Prawa autorskie do serii książek Charlaine Harris o Sookie Stackhouse sprzedano do ponad 20 krajów.

Seria do października 2008 roku ukazała się w nakładzie 2.4 miliona egz. MARTWY AŻ DO ZMROKU sprzedał się w 1.200.000 egz i miał 20 dodruków. Na liście bestsellerów stowarzyszenia amerykańskich księgarzy (Independent Mystery Booksellers Association) MARTWY AŻ DO ZMROKU zajął 1 miejsce!

Dzięki wynalezionej w japońskim laboratorium syntetycznej krwi oraz napojowi z jej ekstraktem o nazwie Tru: Blood, w ciągu zaledwie jednej nocy wampiry z legendarnych potworów przeistoczyły się w przykładnych obywateli. I chociaż ludzie nie figurują już w ich jadłospisie, społeczeństwo niepokoi się, co stanie się, gdy wampiry opuszczą mroczne kryjówki. Przywódcy religijni i polityczni na całym świecie wyrazili już na ten temat swoje zdanie i jedynie mieszkańcy Bon Temps, małego miasteczka w Luizjanie, nie mogą się zdecydować, co o tym naprawdę myśleć.

Miejscowa kelnerka, Sookie Stackhouse jako osoba posiadająca wątpliwy dar słyszenia myśli innych ludzi, przychylnie patrzy na integrację społeczną wampirów, a w szczególności na pewnego przystojnego 173-latka, Billa Comptona. Niestety, seria tajemniczych wydarzeń, które towarzyszą pojawieniu się Billa w Bon Temps wystawi otwartość Sookie na ciężką próbę. MARTWY AŻ DO ZMROKU to intrygująca i przyprawiająca o dreszcz emocji powieść, „to połączenie elementów kryminału, filmu grozy i komedii z nieokiełznaną wyobraźnią. To powieść i serial, które utwierdzają nas w przekonaniu, że istnieje pełne doznań życie po śmierci [...]" – napisano na łamach USA Today.